Oscar Wilde

The Picture of Dorian Gray

Das Bildnis des Dorian Gray

Aus dem Englischen von
Meike Breitkreutz

Anaconda

Die Erstfassung von *The Picture of Dorian Gray* erschien in Fortsetzungen im *Lippincott's Monthly Magazine* 1890, die erweiterte und endgültige Fassung wurde 1891 bei Ward, Lock & Co. in London veröffentlicht. Der englische Text dieser Ausgabe folgt der Edition in der Reihe *Oxford World's Classics*, Oxford 2006. Dem deutschen Text liegt die Übersetzung von Richard Zoozmann, erschienen 1924 im Verlag Th. Knaur Nachf. in Berlin, zugrunde. Sie wurde vollständig neu überarbeitet.

Die Deutsche Nationalbibliothek verzeichnet diese Publikation in der Deutschen Nationalbibliografie; detaillierte bibliografische Daten sind im Internet unter http://dnb.d-nb.de abrufbar.

Lektorat: Isabelle Fuchs, München
Umschlagmotiv: Guy Richard Charles Wyndham (1896–1948), »Head of a Boy« (1920), © Rochdale Art Gallery, Lancashire, UK / bridgemanart.com
Umschlaggestaltung: www.katjaholst.de
Satz und Layout: GEM mbH, Ratingen
Printed in Czech Republic 2007
ISBN 978-3-86647-168-9
info@anaconda-verlag.de

Content

Inhalt

Anhang

The Preface

The artist is the creator of beautiful things.

To reveal art and conceal the artist is art's aim.

The critic is he who can translate into another manner or a new material his impression of beautiful things.

The highest as the lowest form of criticism is a mode of autobiography.

Those who find ugly meanings in beautiful things are corrupt without being charming. This is a fault.

Those who find beautiful meanings in beautiful things are the cultivated. For these there is hope.

They are the elect to whom beautiful things mean only Beauty.

There is no such thing as a moral or an immoral book.

Books are well written, or badly written. That is all.

The nineteenth century dislike of Realism is the rage of Caliban seeing his own face in a glass.

The nineteenth century dislike of Romanticism is the rage of Caliban not seeing his own face in a glass.

The moral life of man forms part of the subject-matter of the artist, but the morality of art consists in the perfect use of an imperfect medium.

No artist desires to prove anything. Even things that are true can be proved.

No artist has ethical sympathies. An ethical sympathy in an artist is an unpardonable mannerism of style.

No artist is ever morbid. The artist can express everything.

Die Vorrede

Der Künstler ist der Schöpfer schöner Dinge.

Kunst zu offenbaren und den Künstler zu verbergen ist die Aufgabe der Kunst.

Der Kritiker ist der, der seinen Eindruck von schönen Dingen in eine andere Form oder in ein neues Material übertragen kann.

Die höchste wie die niederste Form der Kritik ist eine Art Autobiografie.

Jene, die in schönen Dingen Hässlichkeit entdecken, sind verdorben, ohne anmutig zu sein. Das ist ein Fehler.

Jene, die in schönen Dingen Schönheit entdecken, sind kultiviert. Für sie besteht Hoffnung.

Das sind die Auserwählten, denen schöne Dinge einzig Schönheit bedeuten.

Es gibt kein moralisches oder unmoralisches Buch.

Bücher sind entweder gut oder schlecht geschrieben. Das ist alles.

Die Abneigung des neunzehnten Jahrhunderts gegen den Realismus ist die Wut Kalibans, der sein eigenes Gesicht im Spiegel sieht.

Die Abneigung des neunzehnten Jahrhunderts gegen die Romantik ist die Wut Kalibans, der sein eigenes Gesicht nicht im Spiegel sieht.

Das moralische Leben des Menschen bildet einen Teil des Stoffgebiets des Künstlers, doch die Moralität der Kunst besteht im vollkommenen Gebrauch eines unvollkommenen Mittels.

Kein Künstler will etwas beweisen. Selbst Dinge, die wahr sind, können bewiesen werden.

Kein Künstler hat sittliche Vorlieben. Eine sittliche Vorliebe bei einem Künstler ist eine unverzeihliche Manieriertheit des Stils.

Ein Künstler ist niemals unsittlich. Der Künstler kann alles ausdrücken.

Thought and language are to the artist instruments of an art.

Vice and virtue are to the artist materials for an art.

From the point of view of form, the type of all the arts is the art of the musician. From the point of view of feeling, the actor's craft is the type.

All art is at once surface and symbol.

Those who go beneath the surface do so at their peril.

Those who read the symbol do so at their peril.

It is the spectator, and not life, that art really mirrors.

Diversity of opinion about a work of art shows that the work is new, complex, and vital.

When critics disagree the artist is in accord with himself.

We can forgive a man for making a useful thing as long as he does not admire it. The only excuse for making a useless thing is that one admires it intensely.

All art is quite useless.

Oscar Wilde

Denken und Sprechen sind für den Künstler Werkzeuge einer Kunst.

Laster und Tugend sind für den Künstler Materialien einer Kunst.

Unter dem Gesichtspunkt der Form ist die Kunst des Musikers die Urform aller Künste. Unter dem Gesichtspunkt des Gefühls ist die Schauspielkunst die Urform.

Alle Kunst ist zugleich Oberfläche und Symbol.

Jene, die sich unter die Oberfläche begeben, tun dies auf eigene Gefahr.

Jene, die das Symbol deuten, tun dies auf eigene Gefahr.

In Wirklichkeit spiegelt die Kunst den Betrachter und nicht das Leben wider.

Meinungsvielfalt über ein Kunstwerk zeigt, dass das Werk neuartig, vielschichtig und lebendig ist.

Wenn die Kritiker uneins sind, steht der Künstler im Einklang mit sich selbst.

Wir können einem Menschen verzeihen, dass er etwas Nützliches schafft, solange er es nicht bewundert. Die einzige Entschuldigung dafür, dass er etwas Nutzloses schafft, ist, dass man es zutiefst bewundert.

Alle Kunst ist völlig nutzlos.

OSCAR WILDE

CHAPTER I

The studio was filled with the rich odour of roses, and when the light summer wind stirred amidst the trees of the garden there came through the open door the heavy scent of the lilac, or the more delicate perfume of the pink-flowering thorn.

From the corner of the divan of Persian saddlebags on which he was lying, smoking, as was his custom, innumerable cigarettes, Lord Henry Wotton could just catch the gleam of the honey-sweet and honey-coloured blossoms of a laburnum, whose tremulous branches seemed hardly able to bear the burden of a beauty so flame-like as theirs; and now and then the fantastic shadows of birds in flight flitted across the long tussore-silk curtains that were stretched in front of the huge window, producing a kind of momentary Japanese effect, and making him think of those pallid jade-faced painters of Tokio who, through the medium of an art that is necessarily immobile, seek to convey the sense of swiftness and motion. The sullen murmur of the bees shouldering their way through the long unmown grass, or circling with monotonous insistence round the dusty gilt horns of the straggling woodbine, seemed to make the stillness more oppressive. The dim roar of London was like the bourdon note of a distant organ.

In the centre of the room, clamped to an upright easel, stood the full-length portrait of a young man of extraordinary personal beauty, and in front of it, some little distance away, was sitting the artist himself, Basil Hallward, whose sudden disappearance some years ago caused, at the time, such public excitement, and gave rise to so many strange conjectures.

Kapitel 1

Das Atelier war von starkem Rosenduft erfüllt, und wenn der leichte Sommerwind die Bäume des Gartens hin und her wiegte, strömte durch die offene Tür das schwere Aroma des Flieders oder das zartere Parfum des Rotdorns.

Von der Ecke des Diwans aus persischem Satteltaschenstoff, auf dem er lag und wie gewöhnlich unzählige Zigaretten rauchte, konnte Lord Henry Wotton gerade noch den Schimmer der honigsüßen und honigfarbenen Blüten eines Goldregens erspähen, dessen zitternde Zweige die Last ihrer flammengleichen Schönheit kaum zu tragen vermochten; dann und wann huschten die fantastischen Schatten vorbeifliegender Vögel über die langen Vorhänge aus Tussahseide, die vor das riesige Fenster gezogen waren, was für einen Augenblick eine Art japanischer Stimmung erzeugte und ihn an die bleichen, jadegesichtigen Maler Tokios denken ließ, die mittels einer Kunst, die naturgemäß unbeweglich ist, den Eindruck von Schnelligkeit und Bewegung zu erwecken suchen. Das träge Summen der Bienen, die sich ihren Weg durch das hohe, ungemähte Gras bahnten oder mit eintöniger Beharrlichkeit um die staubig goldenen Blütenkelche des wuchernden Geißblatts kreisten, ließ die Stille noch drückender erscheinen. Das dumpfe Dröhnen Londons glich dem Basston einer fernen Orgel.

In der Mitte des Raumes, auf einer hoch aufgerichteten Staffelei befestigt, stand das lebensgroße Porträt eines jungen Mannes von außergewöhnlicher Schönheit, und ihm gegenüber, etwas entfernt davon, saß der Künstler selbst, Basil Hallward, dessen plötzliches Verschwinden vor einigen Jahren seinerzeit so viel Aufsehen in der Öffentlichkeit erregt und zu so vielen seltsamen Vermutungen Anlass gegeben hatte.

As the painter looked at the gracious and comely form he had so skilfully mirrored in his art, a smile of pleasure passed across his face, and seemed about to linger there. But he suddenly started up, and, closing his eyes, placed his fingers upon the lids, as though he sought to imprison within his brain some curious dream from which he feared he might awake.

'It is your best work, Basil, the best thing you have ever done,' said Lord Henry, languidly. 'You must certainly send it next year to the Grosvenor. The Academy is too large and too vulgar. Whenever I have gone there, there have been either so many people that I have not been able to see the pictures, which was dreadful, or so many pictures that I have not been able to see the people, which was worse. The Grosvenor is really the only place.'

'I don't think I shall send it anywhere,' he answered, tossing his head back in that odd way that used to make his friends laugh at him at Oxford. 'No: I won't send it anywhere.'

Lord Henry elevated his eyebrows, and looked at him in amazement through the thin blue wreaths of smoke that curled up in such fanciful whorls from his heavy opium-tainted cigarette. 'Not send it anywhere? My dear fellow, why? Have you any reason? What odd chaps you painters are! You do anything in the world to gain a reputation. As soon as you have one, you seem to want to throw it away. It is silly of you, for there is only one thing in the world worse than being talked about, and that is not being talked about. A portrait like this would set you far above all the young men in England, and make the old men quite jealous, if old men are ever capable of any emotion.'

Als der Maler die anmutige und hübsche Gestalt betrachtete, die er so meisterhaft in seiner Kunst widergespiegelt hatte, glitt ein vergnügtes Lächeln über seine Züge und schien dort verweilen zu wollen. Plötzlich aber fuhr er auf, schloss die Augen und legte seine Finger über die Lider, als wolle er in seinem Hirn einen seltsamen Traum einsperren, aus dem zu erwachen er fürchtete.

»Es ist deine beste Arbeit, Basil, das Beste, was du je gemacht hast«, sagte Lord Henry mit träger Stimme. »Du musst es nächstes Jahr unbedingt zur Grosvenor schicken. Die Akademie ist zu groß und zu gewöhnlich. Jedes Mal, wenn ich dort war, waren entweder so viele Leute dort, dass ich die Bilder nicht sehen konnte, was schrecklich war, oder so viele Bilder, dass ich die Leute nicht sehen konnte, und das war noch schlimmer. Die Grosvenor ist wirklich der einzig richtige Ort.«

»Ich glaube nicht, dass ich es überhaupt irgendwohin schicken werde«, antwortete er und warf seinen Kopf auf jene merkwürdige Art zurück, die bereits seine Freunde in Oxford immer zum Lachen gebracht hatte. »Nein, ich werde es nirgendwo hinschicken.«

Lord Henry hob die Augenbrauen und sah ihn durch die dünnen blauen Rauchkringel, die sich in fantastischen Wirbeln von seiner starken, opiumhaltigen Zigarette emporkräuselten, erstaunt an. »Es nirgendwo hinschicken? Aber warum nicht, mein Lieber? Hast du irgendeinen Grund dafür? Ihr Maler seid wirklich komische Kerle! Ihr tut alles in der Welt, um euch einen Namen zu machen. Sobald ihr ihn habt, scheint ihr ihn wieder loswerden zu wollen. Das ist töricht von dir, denn es gibt nur eine Sache auf der Welt, die schlimmer ist, als dass über einen geredet wird, nämlich, dass nicht über einen geredet wird. Ein Porträt wie dieses würde dich weit über alle jungen Männer in England erheben und die alten ziemlich eifersüchtig machen, sofern alte Männer überhaupt noch einer Gefühlsregung fähig sind.«

'I know you will laugh at me,' he replied, 'but I really can't exhibit it. I have put too much of myself into it.'

Lord Henry stretched himself out on the divan and laughed.

'Yes, I knew you would; but it is quite true, all the same.'

'Too much of yourself in it! Upon my word, Basil, I didn't know you were so vain; and I really can't see any resemblance between you, with your rugged strong face and your coal-black hair, and this young Adonis, who looks as if he was made out of ivory and rose-leaves. Why, my dear Basil, he is a Narcissus, and you—well, of course you have an intellectual expression, and all that. But beauty, real beauty, ends where an intellectual expression begins. Intellect is in itself a mode of exaggeration, and destroys the harmony of any face. The moment one sits down to think, one becomes all nose, or all forehead, or something horrid. Look at the successful men in any of the learned professions. How perfectly hideous they are! Except, of course, in the Church. But then in the Church they don't think. A bishop keeps on saying at the age of eighty what he was told to say when he was a boy of eighteen, and as a natural consequence he always looks absolutely delightful. Your mysterious young friend, whose name you have never told me, but whose picture really fascinates me, never thinks. I feel quite sure of that. He is some brainless, beautiful creature, who should be always here in winter when we have no flowers to look at, and always here in summer when we want something to chill our intelligence. Don't flatter yourself, Basil: you are not in the least like him.'

'You don't understand me, Harry,' answered the artist. 'Of course I am not like him. I know that perfectly well.

»Ich weiß, du wirst mich auslachen«, entgegnete er, »aber ich kann es wirklich nicht ausstellen. Ich habe zu viel von mir selbst hineingelegt.«

Lord Henry streckte sich auf dem Diwan aus und lachte.

»Ja, ich wusste, du würdest lachen; aber es ist trotzdem wahr.«

»Zu viel von dir selbst darin! Auf mein Wort, Basil, ich wusste nicht, dass du so eitel bist; ich kann wirklich keinerlei Ähnlichkeit zwischen dir mit deinem derben, markanten Gesicht und deinem kohlschwarzen Haar und diesem jungen Adonis entdecken, der aussieht, als sei er aus Elfenbein und Rosenblättern erschaffen. Weshalb er, mein lieber Basil, ein Narziss ist, und du – nun, natürlich hast du ein gebildetes Aussehen und so weiter. Aber Schönheit, wahre Schönheit, hört da auf, wo ein gebildetes Aussehen anfängt. Verstand ist an sich schon eine Form der Übertreibung und zerstört die Ebenmäßigkeit jedes Gesichts. In dem Augenblick, da man sich hinsetzt, um zu denken, wird man ganz Nase oder ganz Stirn oder sonst etwas Grässliches. Sieh dir die Männer an, die in irgendeinem gelehrten Beruf Erfolg haben. Wie vollkommen hässlich sie sind! Bis auf die in der Kirche, natürlich. Aber in der Kirche denken sie ja auch nicht. Ein Bischof gibt noch mit achtzig Jahren dasselbe von sich, was ihm als achtzehnjährigem Jungen beigebracht wurde, und als natürliche Folge davon sieht er immer ganz wonnig aus. Dein geheimnisvoller junger Freund, dessen Namen du mir nie genannt hast, dessen Bild mich aber wahrhaftig fasziniert, denkt niemals. Da bin ich mir ganz sicher. Er ist irgendein hirnloses, schönes Geschöpf, das im Winter stets hier sein sollte, wenn wir keine Blumen zum Anschauen haben, und das im Sommer stets hier sein sollte, wenn wir etwas zur Abkühlung unseres Geistes brauchen. Schmeichle dir nicht selbst, Basil, du hast nicht die geringste Ähnlichkeit mit ihm.«

»Du verstehst mich nicht, Harry«, antwortete der Künstler. »Natürlich bin ich nicht wie er. Das weiß ich sehr wohl. Ich wäre

Indeed, I should be sorry to look like him. You shrug your shoulders? I am telling you the truth. There is a fatality about all physical and intellectual distinction, the sort of fatality that seems to dog through history the faltering steps of kings. It is better not to be different from one's fellows. The ugly and the stupid have the best of it in this world. They can sit at their ease and gape at the play. If they know nothing of victory, they are at least spared the knowledge of defeat. They live as we all should live, undisturbed, indifferent, and without disquiet. They neither bring ruin upon others, nor ever receive it from alien hands. Your rank and wealth, Harry; my brains, such as they are–my art, whatever it may be worth; Dorian Gray's good looks–we shall all suffer for what the gods have given us, suffer terribly.'

'Dorian Gray? Is that his name?' asked Lord Henry, walking across the studio towards Basil Hallward.

'Yes, that is his name. I didn't intend to tell it to you.'

'But why not?'

'Oh, I can't explain. When I like people immensely I never tell their names to any one. It is like surrendering a part of them. I have grown to love secrecy. It seems to be the one thing that can make modern life mysterious or marvellous to us. The commonest thing is delightful if one only hides it. When I leave town now I never tell my people where I am going. If I did, I would lose all my pleasure. It is a silly habit, I dare say, but somehow it seems to bring a great deal of romance into one's life. I suppose you think me awfully foolish about it?'

sogar bekümmert, wenn ich so aussähe wie er. Du zuckst mit den Schultern? Ich sage dir die Wahrheit. Über jeder körperlichen und geistigen Auszeichnung schwebt ein Verhängnis, die Art von Verhängnis, die durch die Geschichte hindurch den schwankenden Schritten der Könige zu folgen scheint. Es ist besser, sich von seinen Mitmenschen nicht zu unterscheiden. Die Hässlichen und die Dummen haben es am besten auf dieser Welt. Sie können bequem dasitzen und das Schauspiel begaffen. Wenn sie auch nichts vom Sieg wissen, so bleibt ihnen wenigstens die Bekanntschaft mit der Niederlage erspart. Sie leben, wie wir alle leben sollten, ungestört, gleichgültig und ohne Sorge. Weder bringen sie Verderben über andere noch empfangen sie es von fremder Hand. Dein Rang und dein Reichtum, Harry; mein Verstand, soviel ich davon habe – meine Kunst, was immer sie wert sein mag; Dorian Grays blendendes Aussehen – wir alle werden unter dem, was uns die Götter mitgegeben haben, leiden, schrecklich leiden.«

»Dorian Gray? So heißt er?«, fragte Lord Henry und ging durch das Atelier auf Basil Hallward zu.

»Ja, so heißt er. Ich wollte dir seinen Namen eigentlich nicht sagen.«

»Warum denn nicht?«

»Ach, das kann ich nicht erklären. Wenn ich Menschen ganz besonders gern habe, verrate ich niemandem ihren Namen. Es ist, als gäbe ich einen Teil von ihnen preis. Ich habe eine Vorliebe für Geheimhaltung entwickelt. Sie scheint das Einzige zu sein, was unser Leben heutzutage noch geheimnisvoll und wunderbar machen kann. Das alltäglichste Ding wird reizvoll, wenn man es nur verbirgt. Wenn ich jetzt die Stadt verlasse, sage ich meinen Leuten nie, wohin ich gehe. Täte ich es, wäre mein ganzes Vergnügen dahin. Es ist eine törichte Gewohnheit, das gebe ich zu, aber irgendwie scheint sie ein großes Maß an Romantik ins Leben zu bringen. Vermutlich hältst du mich deswegen für schrecklich albern?«

'Not at all,' answered Lord Henry, 'not at all, my dear Basil. You seem to forget that I am married, and the one charm of marriage is that it makes a life of deception absolutely necessary for both parties. I never know where my wife is, and my wife never knows what I am doing. When we meet–we do meet occasionally, when we dine out together, or go down to the Duke's–we tell each other the most absurd stories with the most serious faces. My wife is very good at it–much better, in fact, than I am. She never gets confused over her dates, and I always do. But when she does find me out, she makes no row at all. I sometimes wish she would; but she merely laughs at me.'

'I hate the way you talk about your married life, Harry,' said Basil Hallward, strolling towards the door that led into the garden. 'I believe that you are really a very good husband, but that you are thoroughly ashamed of your own virtues. You are an extraordinary fellow. You never say a moral thing, and you never do a wrong thing. Your cynicism is simply a pose.'

'Being natural is simply a pose, and the most irritating pose I know,' cried Lord Henry, laughing; and the two young men went out into the garden together, and ensconced themselves on a long bamboo seat that stood in the shade of a tall laurel bush. The sunlight slipped over the polished leaves. In the grass, white daisies were tremulous.

After a pause, Lord Henry pulled out his watch. 'I am afraid I must be going, Basil,' he murmured, 'and before I go, I insist on your answering a question I put to you some time ago.'

'What is that?' said the painter, keeping his eyes fixed on the ground.

»Nicht im Geringsten«, antwortete Lord Henry, »nicht im Geringsten, mein lieber Basil. Du scheinst zu vergessen, dass ich verheiratet bin und dass der einzige Reiz der Ehe darin liegt, dass es für beide Parteien absolut notwendig ist, einander zu täuschen. Ich weiß nie, wo meine Frau ist, und meine Frau weiß nie, was ich treibe. Wenn wir uns treffen – wir treffen uns gelegentlich, wenn wir zusammen Essen gehen oder zum Herzog aufs Land fahren –, erzählen wir uns mit den ernsthaftesten Mienen die abwegigsten Geschichten. Meine Frau versteht sich vorzüglich darauf – ohne Frage viel besser als ich. Sie bringt ihre Termine nie durcheinander, ich hingegen ständig. Aber wenn sie mich ertappt, macht sie mir überhaupt keine Szene. Manchmal wünschte ich, sie täte es; aber sie lacht mich nur aus.«

»Ich verabscheue die Art, wie du über deine Ehe sprichst, Harry«, sagte Basil Hallward und schlenderte auf die Tür zu, die in den Garten führte. »Ich glaube, in Wirklichkeit bist du ein sehr guter Ehemann, schämst dich aber zutiefst deiner eigenen Tugenden. Du bist ein sonderbarer Bursche. Du sagst nie etwas Moralisches und tust nie etwas Schlechtes. Dein Zynismus ist lediglich eine Pose.«

»Natürlich zu sein ist lediglich eine Pose, und zwar die ärgerlichste Pose, die ich kenne«, rief Lord Henry lachend aus; die beiden jungen Männer gingen zusammen in den Garten und ließen sich auf einer langen Bambusbank nieder, die im Schatten eines hohen Lorbeerbusches stand. Das Sonnenlicht glitt über die glänzenden Blätter. Weiße Gänseblümchen zitterten im Gras.

Nach einer Weile zog Lord Henry seine Uhr hervor: »Ich fürchte, ich muss gleich gehen, Basil«, murmelte er, »und bevor ich gehe, bestehe ich darauf, dass du mir eine Frage beantwortest, die ich dir vorhin gestellt habe.«

»Welche denn?«, fragte der Maler, den Blick fest auf den Boden geheftet.

'You know quite well.'

'I do not, Harry.'

'Well, I will tell you what it is. I want you to explain to me why you won't exhibit Dorian Gray's picture. I want the real reason.'

'I told you the real reason.'

'No, you did not. You said it was because there was too much of yourself in it. Now, that is childish.'

'Harry,' said Basil Hallward, looking him straight in the face, 'every portrait that is painted with feeling is a portrait of the artist, not of the sitter. The sitter is merely the accident, the occasion. It is not he who is revealed by the painter; it is rather the painter who, on the coloured canvas, reveals himself. The reason I will not exhibit this picture is that I am afraid that I have shown in it the secret of my own soul.'

Lord Henry laughed. 'And what is that?' he asked.

'I will tell you,' said Hallward; but an expression of perplexity came over his face.

'I am all expectation, Basil,' continued his companion, glancing at him.

'Oh, there is really very little to tell, Harry,' answered the painter; 'and I am afraid you will hardly understand it. Perhaps you will hardly believe it.'

Lord Henry smiled, and, leaning down, plucked a pink-petalled daisy from the grass, and examined it. 'I am quite sure I shall understand it,' he replied, gazing intently at the little golden white-feathered disk, 'and as for believing things, I can believe anything, provided that it is quite incredible.'

The wind shook some blossoms from the trees, and the heavy lilac-blooms, with their clustering stars, moved

»Das weißt du ganz genau.«

»Ich weiß es nicht, Harry.«

»Nun, dann will ich's dir sagen. Du sollst mir erklären, warum du Dorian Grays Porträt nicht ausstellen willst. Ich will den wahren Grund dafür wissen.«

»Ich habe dir den wahren Grund bereits genannt.«

»Nein, das hast du nicht. Du hast gesagt, weil zu viel von dir selbst darin sei. Das ist doch kindisch.«

»Harry«, sagte Basil Hallward und sah ihm offen ins Gesicht, »jedes Porträt, das mit Gefühl gemalt ist, ist ein Porträt des Künstlers, nicht des Modells. Das Modell ist lediglich der Anlass, die Gelegenheit. Nicht dieses wird vom Maler offenbart; es ist vielmehr der Maler, der sich auf der farbigen Leinwand selbst offenbart. Ich fürchte, das Geheimnis meiner eigenen Seele darin aufgedeckt zu haben, das ist der Grund, weshalb ich dieses Bild nicht ausstellen werde.«

Lord Henry lachte. »Und das wäre?«, fragte er.

»Ich will es dir erklären«, begann Hallward, doch ein Ausdruck von Ratlosigkeit legte sich über sein Gesicht.

»Ich bin ganz Ohr, Basil«, fuhr sein Freund fort und blickte ihn an.

»Ach, da gibt es wirklich nicht viel zu erzählen, Harry«, antwortete der Maler, »und ich fürchte, du wirst es kaum verstehen. Vielleicht wirst du es kaum glauben.«

Lord Henry lächelte, dann bückte er sich, um ein rosablättriges Gänseblümchen aus dem Gras zu pflücken, und betrachtete es. »Ich bin ganz sicher, dass ich es verstehen werde«, erwiderte er, den Blick aufmerksam auf das kleine goldene, weißgefiederte Rund gerichtet, »und was das Glauben von irgendwelchen Dingen angeht, so kann ich alles glauben, vorausgesetzt, es ist unwahrscheinlich genug.«

Der Wind schüttelte ein paar Blüten von den Bäumen und die schwere Fliederflor mit ihren dicht gedrängten Sternen bewegte

to and fro in the languid air. A grasshopper began to chirrup by the wall, and like a blue thread a long thin dragon-fly floated past on its brown gauze wings. Lord Henry felt as if he could hear Basil Hallward's heart beating, and wondered what was coming.

'The story is simply this,' said the painter after some time. 'Two months ago I went to a crush at Lady Brandon's. You know we poor artists have to show ourselves in society from time to time, just to remind the public that we are not savages. With an evening coat and a white-tie, as you told me once, anybody, even a stockbroker, can gain a reputation for being civilized. Well, after I had been in the room about ten minutes, talking to huge overdressed dowagers and tedious Academicians, I suddenly became conscious that some one was looking at me. I turned half-way round, and saw Dorian Gray for the first time. When our eyes met, I felt that I was growing pale. A curious sensation of terror came over me. I knew that I had come face to face with some one whose mere personality was so fascinating that, if I allowed it to do so, it would absorb my whole nature, my whole soul, my very art itself. I did not want any external influence in my life. You know yourself, Harry, how independent I am by nature. I have always been my own master; had at least always been so, till I met Dorian Gray. Then–but I don't know how to explain it to you. Something seemed to tell me that I was on the verge of a terrible crisis in my life. I had a strange feeling that Fate had in store for me exquisite joys and exquisite sorrows. I grew afraid, and turned to quit the room. It was not conscience that made me do so: it was a sort of cowardice. I take no credit to myself for trying to escape.'

sich in der schwülen Luft hin und her. Ein Grashüpfer begann an der Gartenmauer zu zirpen und eine lange, schlanke Libelle schwebte wie ein blauer Faden auf ihren braunen Gazeflügeln vorbei. Lord Henry war, als könne er Basil Hallwards Herz pochen hören, und er war gespannt, was wohl kommen mochte.

»Die Geschichte ist einfach die«, sagte der Maler nach einer Weile. »Vor zwei Monaten ging ich zu einem völlig überlaufenen Empfang bei Lady Brandon. Du weißt, wir armen Künstler müssen uns von Zeit zu Zeit in der Gesellschaft zeigen, um das Publikum daran zu erinnern, dass wir keine Wilden sind. In Frack und Fliege, wie du mir einmal gesagt hast, kann selbst ein Börsenmakler in den Ruf eines zivilisierten Menschen kommen. Nun, nachdem ich mich etwa zehn Minuten in dem Raum aufgehalten und mit korpulenten, aufgeputzten adeligen Witwen und langweiligen Akademiemitgliedern geplaudert hatte, wurde mir plötzlich bewusst, dass mich jemand ansah. Ich wandte mich halb um und sah Dorian Gray zum ersten Mal. Als unsere Blicke sich trafen, spürte ich, dass ich blass wurde. Ein seltsames Gefühl von Angst überkam mich. Ich wusste, ich stand einem Menschen gegenüber, dessen bloße Persönlichkeit so faszinierend war, dass sie, wenn ich sie gewähren ließe, meine ganze Natur, meine ganze Seele, ja, selbst meine Kunst an sich reißen würde. Ich wollte keinerlei äußeren Einfluss auf mein Leben. Du weißt selbst, Harry, wie unabhängig ich von Natur aus bin. Ich bin immer mein eigener Herr gewesen; war es zumindest immer gewesen, bis ich Dorian Gray traf. Dann – aber ich weiß nicht, wie ich es dir erklären soll. Etwas schien mir zu sagen, dass ich kurz vor einer schrecklichen Lebenskrise stand. Ich hatte das seltsame Gefühl, das Schicksal halte erlesene Freuden und erlesene Schmerzen für mich bereit. Mir wurde angst und bange und ich wandte mich zum Gehen. Es war nicht das Gewissen, was mich dazu trieb: es war eine Art Feigheit. Ich bilde mir nichts darauf ein, dass ich zu fliehen versuchte.«

'Conscience and cowardice are really the same things, Basil. Conscience is the trade-name of the firm. That is all.'

'I don't believe that, Harry, and I don't believe you do either. However, whatever was my motive–and it may have been pride, for I used to be very proud–I certainly struggled to the door. There, of course, I stumbled against Lady Brandon. "You are not going to run away so soon, Mr Hallward?" she screamed out. You know her curiously shrill voice?'

'Yes; she is a peacock in everything but beauty,' said Lord Henry, pulling the daisy to bits with his long, nervous fingers.

'I could not get rid of her. She brought me up to Royalties, and people with Stars and Garters, and elderly ladies with gigantic tiaras and parrot noses. She spoke of me as her dearest friend. I had only met her once before, but she took it into her head to lionize me. I believe some picture of mine had made a great success at the time, at least had been chattered about in the penny newspapers, which is the nineteenth-century standard of immortality. Suddenly I found myself face to face with the young man whose personality had so strangely stirred me. We were quite close, almost touching. Our eyes met again. It was reckless of me, but I asked Lady Brandon to introduce me to him. Perhaps it was not so reckless, after all. It was simply inevitable. We would have spoken to each other without any introduction. I am sure of that. Dorian told me so afterwards. He, too, felt that we were destined to know each other.'

'And how did Lady Brandon describe this wonderful young man?' asked his companion. 'I know she goes in for giving a rapid *précis* of all her guests. I remember her bringing me up to a truculent and red-faced old gentle-

»Gewissen und Feigheit sind in Wahrheit ein und dasselbe, Basil. Gewissen ist der eingetragene Name der Firma. Weiter nichts.«

»Das glaube ich nicht, Harry, und ich glaube, du ebenso wenig. Doch einerlei, was mein Beweggrund war – es mag Stolz gewesen sein, denn ich bin immer sehr stolz gewesen –, jedenfalls schlug ich mich zur Tür durch. Dort stieß ich natürlich mit Lady Brandon zusammen. ›Sie wollen doch nicht so zeitig davonlaufen, Mr. Hallward?‹, kreischte sie. Du kennst doch ihre merkwürdig schrille Stimme?«

»Ja, von der Schönheit abgesehen ist sie ein Pfau in allem«, sagte Lord Henry und zerpflückte das Gänseblümchen mit seinen langen, nervösen Fingern.

»Ich konnte sie nicht loswerden. Sie schleppte mich zu königlichen Hoheiten, zu Leuten mit Orden und Sternen und zu älteren Damen mit riesigen Diademen und Papageiennasen. Sie sprach von mir als von ihrem besten Freund. Ich war ihr zuvor erst einmal begegnet, aber sie hatte sich in den Kopf gesetzt, mich als Berühmtheit zu behandeln. Ich glaube, ein Bild von mir hatte damals gerade großen Erfolg gehabt oder zumindest war in den Abendzeitungen darüber geklatscht worden, was im neunzehnten Jahrhundert der Maßstab für Unsterblichkeit ist. Plötzlich fand ich mich dem jungen Mann gegenüber, dessen Erscheinung mich so sonderbar erregt hatte. Wir waren einander sehr nahe und berührten uns fast. Unsere Blicke trafen sich wieder. Es war unbesonnen von mir, aber ich bat Lady Brandon, mich ihm vorzustellen. Vielleicht war es letztlich doch nicht so unbesonnen. Es war einfach unumgänglich. Wir hätten auch ohne jede Vorstellung miteinander gesprochen, da bin ich mir sicher. Dorian sagte es mir später. Auch er spürte, dass wir dazu bestimmt waren, einander kennenzulernen.«

»Und wie hat Lady Brandon diesen wunderbaren jungen Mann beschrieben?«, fragte sein Freund. »Ich weiß, sie liebt es, ein rasches *précis* von jedem ihrer Gäste zu liefern. Ich erinnere mich, wie sie mich einmal einem grimmigen, rotgesichtigen alten

man covered all over with orders and ribbons, and hissing into my ear, in a tragic whisper which must have been perfectly audible to everybody in the room, the most astounding details. I simply fled. I like to find out people for myself. But Lady Brandon treats her guests exactly as an auctioneer treats his goods. She either explains them entirely away, or tells one everything about them except what one wants to know.'

'Poor Lady Brandon! You are hard on her, Harry!' said Hallward, listlessly.

'My dear fellow, she tried to found a *salon,* and only succeeded in opening a restaurant. How could I admire her? But tell me, what did she say about Mr. Dorian Gray?'

'Oh, something like, "Charming boy—poor dear mother and I absolutely inseparable. Quite forget what he does—afraid he—doesn't do anything—oh, yes, plays the piano—or is it the violin, dear Mr. Gray?" Neither of us could help laughing, and we became friends at once.'

'Laughter is not at all a bad beginning for a friendship, and it is far the best ending for one,' said the young lord, plucking another daisy.

Hallward shook his head. 'You don't understand what friendship is, Harry,' he murmured—'or what enmity is, for that matter. You like every one; that is to say, you are indifferent to every one.'

'How horribly unjust of you!' cried Lord Henry, tilting his hat back, and looking up at the little clouds that, like ravelled skeins of glossy white silk, were drifting across the hollowed turquoise of the summer sky. 'Yes; horribly unjust of you. I make a great difference between people. I choose my friends for their good looks, my acquaintances for their good characters, and my enemies for their good intellects. A man cannot be too careful in the

Herrn vorstellte, der über und über mit Orden und Bändern bedeckt war, und mir in einem tragischen Flüsterton, der für jedermann im Zimmer hörbar gewesen sein muss, die erstaunlichsten Details ins Ohr zischte. Ich bin schlicht geflohen. Ich mache mir gern selbst ein Bild von den Leuten. Aber Lady Brandon behandelt ihre Gäste genau so, wie ein Auktionator seine Waren behandelt. Entweder sie erklärt sie vollständig hinweg oder erzählt einem alles über sie, ausgenommen das, was man wissen will.«

»Arme Lady Brandon! Du bist hart gegen sie, Harry!«, sagte Hallward zerstreut.

»Mein lieber Freund, sie wollte einen *salon* gründen und schaffte es lediglich, ein Restaurant zu eröffnen. Wie könnte ich sie bewundern? Aber sag mir, was hat sie über Mr. Dorian Gray erzählt?«

»Ach, so etwas wie ›Entzückender Junge – die liebe arme Mutter und ich ganz unzertrennlich. Vergaß ganz, was er tut – fürchte, er – tut gar nichts – ach ja, spielt Klavier – oder war es Geige, lieber Mr. Gray?‹ Wir mussten beide lachen und wurden sofort Freunde.«

»Lachen ist durchaus kein schlechter Anfang für eine Freundschaft, und es ist bei Weitem ihr bestes Ende«, sagte der junge Lord und pflückte noch ein Gänseblümchen.

Hallward schüttelte den Kopf. »Du verstehst nicht, was Freundschaft ist, Harry«, murmelte er, »und ebenso wenig, was Feindschaft ist. Du hast alle Welt gern; mit anderen Worten: Dir sind alle gleichgültig.«

»Wie schrecklich ungerecht von dir!«, rief Lord Henry, schob seinen Hut in den Nacken und sah zu den Wölkchen empor, die wie aufgelöste Stränge glänzend weißer Seide über das Türkisgewölbe des Sommerhimmels zogen. »Ja, schrecklich ungerecht von dir. Ich mache große Unterschiede zwischen den Leuten. Ich wähle meine Freunde nach ihrem guten Aussehen, meine Bekannten nach ihrem guten Charakter und meine Feinde nach ihrem guten Verstand. Bei der Wahl seiner Feinde kann ein Mann

choice of his enemies. I have not got one who is a fool. They are all men of some intellectual power, and consequently they all appreciate me. Is that very vain of me? I think it is rather vain.'

'I should think it was, Harry. But according to your category I must be merely an acquaintance.'

'My dear old Basil, you are much more than an acquaintance.'

'And much less than a friend. A sort of brother, I suppose?'

'Oh, brothers! I don't care for brothers. My elder brother won't die, and my younger brothers seem never to do anything else.'

'Harry!' exclaimed Hallward, frowning.

'My dear fellow, I am not quite serious. But I can't help detesting my relations. I suppose it comes from the fact that none of us can stand other people having the same faults as ourselves. I quite sympathize with the rage of the English democracy against what they call the vices of the upper orders. The masses feel that drunkenness, stupidity, and immorality should be their own special property, and that if any one of us makes an ass of himself he is poaching on their preserves. When poor Southwark got into the Divorce Court, their indignation was quite magnificent. And yet I don't suppose that ten per cent. of the proletariat live correctly.'

'I don't agree with a single word that you have said, and, what is more, Harry, I feel sure you don't either.'

Lord Henry stroked his pointed brown beard, and tapped the toe of his patent-leather boot with a tasselled ebony cane. 'How English you are, Basil! That is the second time you have made that observation. If one puts forward an idea to a true Englishman—always a rash thing

nicht vorsichtig genug sein.. Ich habe keinen Einzigen, der ein Dummkopf ist. Es sind alles Leute mit gewissen geistigen Fähigkeiten und daher schätzen sie mich alle. Ist das sehr eitel von mir? Ich glaube, es ist ziemlich eitel.«

»Ich glaube auch, Harry. Aber nach deiner Klassifizierung kann ich nur ein Bekannter sein.«

»Mein lieber alter Basil, du bist viel mehr als ein Bekannter.«

»Und viel weniger als ein Freund. Wohl so eine Art Bruder?«

»Oh, Brüder! Ich mache mir nichts aus Brüdern. Mein ältester Bruder will nicht sterben und meine jüngeren Brüder scheinen nichts anderes zu tun.«

»Harry!«, rief Basil missbilligend.

»Mein Lieber, ich meine es nicht ganz ernst. Aber ich kann mir nicht helfen, ich verabscheue meine Verwandten. Ich vermute, das kommt daher, dass keiner von uns andere Leute ausstehen kann, die dieselben Fehler haben wie wir. Ich habe durchaus Verständnis für die Wut der englischen Demokraten auf das, was sie die Laster der Oberschicht nennen. Die Massen spüren, dass Trunkenheit, Dummheit und Unmoral ihre besonderen Eigenarten sein sollten und dass jeder von uns, der sich zum Narren macht, in ihrem Revier wildert. Als der arme Southwark vor dem Scheidungsgericht stand, war ihre Empörung wirklich großartig. Und dennoch glaube ich kaum, dass mehr als zehn Prozent des Proletariats untadelig leben.«

»Ich stimme keinem einzigen Wort zu, das du gesagt hast, und, mehr noch, Harry, ich bin mir sicher, du auch nicht.«

Lord Henry strich sich über seinen spitzen braunen Bart und tippte mit einem quastenverzierten Stock aus Ebenholz gegen die Kappe seines Lackschuhs. »Wie englisch du bist, Basil! Diese Bemerkung hast du jetzt schon zum zweiten Mal gemacht. Wenn man einem echten Engländer eine Idee vorträgt – was im-

to do—he never dreams of considering whether the idea is right or wrong. The only thing he considers of any importance is whether one believes it oneself. Now, the value of an idea has nothing whatsoever to do with the sincerity of the man who expresses it. Indeed, the probabilities are that the more insincere the man is, the more purely intellectual will the idea be, as in that case it will not be coloured by either his wants, his desires, or his prejudices. However, I don't propose to discuss politics, sociology, or metaphysics with you. I like persons better than principles, and I like persons with no principles better than anything else in the world. Tell me more about Mr. Dorian Gray. How often do you see him?'

'Every day. I couldn't be happy if I didn't see him every day. He is absolutely necessary to me.'

'How extraordinary! I thought you would never care for anything but your art.'

'He is all my art to me now,' said the painter, gravely. 'I sometimes think, Harry, that there are only two eras of any importance in the world's history. The first is the appearance of a new medium for art, and the second is the appearance of a new personality for art also. What the invention of oil-painting was to the Venetians, the face of Antinous was to late Greek sculpture, and the face of Dorian Gray will some day be to me. It is not merely that I paint from him, draw from him, sketch from him. Of course I have done all that. But he is much more to me than a model or a sitter. I won't tell you that I am dissatisfied with what I have done of him, or that his beauty is such that Art cannot express it. There is nothing that Art cannot express, and I know that the work I have done, since I met Dorian Gray, is good work, is the best work of my life. But in some curious

mer leichtsinnig ist –, denkt er nicht im Traum daran zu erwägen, ob die Idee richtig oder falsch ist. Das Einzige, was ihm von Bedeutung scheint, ist, ob man selbst daran glaubt. Aber der Wert einer Idee hat nicht das Geringste mit der Aufrichtigkeit des Menschen zu tun, der sie ausspricht. Vielmehr ist es wahrscheinlicher, dass, je unaufrichtiger der Mensch ist, desto geistreicher die Idee sein wird, weil sie in diesem Fall weder von seinen Bedürfnissen und Wünschen noch von seinen Vorurteilen gefärbt sein wird. Ich habe allerdings nicht die Absicht, mit dir über Politik, Soziologie oder Metaphysik zu diskutieren. Mir sind Menschen lieber als Grundsätze, und Menschen ohne Grundsätze sind mir lieber als alles andere auf der Welt. Erzähle mir mehr von Dorian Gray. Wie oft siehst du ihn?«

»Jeden Tag. Ich könnte nicht glücklich sein, sähe ich ihn nicht jeden Tag. Er ist mir völlig unentbehrlich.«

»Wie merkwürdig! Ich dachte, du würdest dich nie für etwas anderes als für deine Kunst interessieren.«

»Er ist mir jetzt meine ganze Kunst«, sagte der Maler ernst. »Manchmal glaube ich, Harry, dass es nur zwei wichtige Zeitalter in der Weltgeschichte gibt. Das erste ist das Aufkommen eines neuen künstlerischen Ausdrucksmittels und das zweite das Auftreten einer neuen Persönlichkeit, ebenfalls in der Kunst. Was die Erfindung der Ölmalerei für die Venezianer war, das war das Gesicht des Antinoos für die spätgriechische Skulptur und das wird eines Tages das Gesicht Dorian Grays für mich sein. Es ist nicht nur, dass ich ihn male, zeichne, skizziere. Natürlich habe ich all das getan. Aber er ist weit mehr für mich als eine Person, die mir Modell sitzt. Ich will damit nicht sagen, dass ich unzufrieden bin mit den Porträts, die ich von ihm gemacht habe, oder dass seine Schönheit durch die Kunst nicht ausgedrückt werden kann. Es gibt nichts, was die Kunst nicht ausdrücken kann, und ich weiß: Was ich gemacht habe, seit ich Dorian Gray begegnet bin, ist gute Arbeit, ist die beste Arbeit

way—I wonder will you understand me?—his personality has suggested to me an entirely new manner in art, an entirely new mode of style. I see things differently, I think of them differently. I can now recreate life in a way that was hidden from me before. "A dream of form in days of thought:"—who is it who says that? I forget; but it is what Dorian Gray has been to me. The merely visible presence of this lad—for he seems to me little more than a lad, though he is really over twenty—his merely visible presence—ah! I wonder can you realize all that that means? Unconsciously he defines for me the lines of a fresh school, a school that is to have in it all the passion of the romantic spirit, all the perfection of the spirit that is Greek. The harmony of soul and body—how much that is! We in our madness have separated the two, and have invented a realism that is vulgar, an ideality that is void. Harry! if you only knew what Dorian Gray is to me! You remember that landscape of mine, for which Agnew offered me such a huge price, but which I would not part with? It is one of the best things I have ever done. And why is it so? Because, while I was painting it, Dorian Gray sat beside me. Some subtle influence passed from him to me, and for the first time in my life I saw in the plain woodland the wonder I had always looked for, and always missed.'

'Basil, this is extraordinary! I must see Dorian Gray.'

Hallward got up from the seat, and walked up and down the garden. After some time he came back. 'Harry,' he said, 'Dorian Gray is to me simply a motive in art. You might see nothing in him. I see everything in him. He is never more present in my work than when no image of

meines Lebens. Aber auf seltsame Weise – ich frage mich, ob du mich verstehen wirst? – hat mir seine Persönlichkeit eine völlig neue Art der Kunst, einen völlig neuen Stil offenbart. Ich sehe die Dinge anders, ich denke anders über sie. Ich kann jetzt das Leben in einer Weise nachbilden, die mir bisher verschlossen war. ›Ein Traum von Form in Tagen des Denkens‹ – wer hat das gesagt? Ich habe es vergessen; aber das ist Dorian Gray für mich geworden. Die bloße sichtbare Gegenwart dieses Jungen – denn für mich ist er kaum mehr als ein Junge, obwohl er in Wirklichkeit über zwanzig ist –, seine bloße sichtbare Gegenwart – ach! Ich frage mich, ob du dir vorstellen kannst, was all das bedeutet? Ohne es zu wissen zeigt er mir die Richtung einer neuen Schule auf, einer Schule, die bestimmt ist, die ganze Leidenschaft des romantischen Geistes und die gesamte Vollkommenheit des griechischen Geistes in sich zu tragen. Die Harmonie von Seele und Körper – wie viel ist das! In unserem Wahnsinn haben wir die beiden voneinander getrennt und haben einen Realismus begründet, der vulgär ist, und einen Idealismus, der leer ist. Harry! Wenn du nur wüsstest, was Dorian Gray mir bedeutet! Erinnerst du dich an die Landschaft, für die Agnew mir eine so gewaltige Summe geboten hat, von der ich mich aber nicht trennen wollte? Sie gehört zu dem Besten, was ich je gemacht habe. Und warum? Weil Dorian Gray neben mir saß, während ich sie malte. Irgendein geheimnisvoller Einfluss ging von ihm auf mich über und zum ersten Mal in meinem Leben sah ich in der einfachen Waldlandschaft das Wunder, nach dem ich immer gesucht und das ich nie gefunden hatte.«

»Basil, das ist außerordentlich! Ich muss Dorian Gray treffen.«

Hallward stand von der Bank auf und ging im Garten auf und ab. Nach einer Weile kam er zurück. »Harry«, sagte er, »Dorian Gray ist nur ein Kunstmotiv für mich. Vielleicht sähest du gar nichts in ihm. Ich sehe alles in ihm. Er ist in meiner Arbeit niemals mehr gegenwärtig, als wenn kein Abbild von ihm darin ist.

him is there. He is a suggestion, as I have said, of a new manner. I find him in the curves of certain lines, in the loveliness and subtleties of certain colours. That is all.'

'Then why won't you exhibit his portrait?' asked Lord Henry.

'Because, without intending it, I have put into it some expression of all this curious artistic idolatry, of which, of course, I have never cared to speak to him. He knows nothing about it. He shall never know anything about it. But the world might guess it; and I will not bare my soul to their shallow, prying eyes. My heart shall never be put under their microscope. There is too much of myself in the thing, Harry—too much of myself!'

'Poets are not so scrupulous as you are. They know how useful passion is for publication. Nowadays a broken heart will run to many editions.'

'I hate them for it,' cried Hallward. 'An artist should create beautiful things, but should put nothing of his own life into them. We live in an age when men treat art as if it were meant to be a form of autobiography. We have lost the abstract sense of beauty. Some day I will show the world what it is; and for that reason the world shall never see my portrait of Dorian Gray.'

'I think you are wrong, Basil, but I won't argue with you. It is only the intellectually lost who ever argue. Tell me, is Dorian Gray very fond of you?'

The painter considered for a few moments. 'He likes me,' he answered, after a pause; 'I know he likes me. Of course I flatter him dreadfully. I find a strange pleasure in saying things to him that I know I shall be sorry for having said. As a rule, he is charming to me, and we sit in the studio and talk of a thousand things. Now and then, however, he is horribly thoughtless, and seems to

Er ist, wie ich sagte, die Anregung zu einem neuen Stil. Ich finde ihn in den Schwüngen gewisser Linien wieder, in der Schönheit und Zartheit gewisser Farben. Das ist alles.«

»Warum willst du dann sein Porträt nicht ausstellen?«, fragte Lord Henry.

»Weil ich, ohne es zu wollen, einen gewissen Ausdruck all dieser merkwürdigen künstlerischen Vergötterung hineingelegt habe, von der ich ihm natürlich nie erzählt habe. Er weiß nichts davon. Er soll nie etwas davon erfahren. Aber die Welt könnte es erraten; und ich will meine Seele nicht vor ihren oberflächlichen, neugierigen Augen entblößen. Mein Herz soll nie unter ihr Mikroskop kommen. Es ist zu viel von mir selbst in dieser Arbeit, Harry – zu viel von mir selbst.«

»Dichter sind nicht so gewissenhaft wie du. Sie wissen, wie sehr Leidenschaft einer Publikation nützt. Heutzutage bringt ein gebrochenes Herz viele Auflagen.«

»Dafür hasse ich sie!«, rief Hallward aus. »Ein Künstler sollte schöne Dinge schaffen, aber nichts von seinem eigenen Leben in sie hineinlegen. Wir leben in einer Zeit, in der Menschen Kunst als etwas begreifen, das dazu bestimmt sei, eine Art Autobiografie zu sein. Wir haben den abstrakten Sinn für Schönheit verloren. Eines Tages werde ich der Welt zeigen, was das ist; und aus diesem Grund soll die Welt mein Porträt von Dorian Gray niemals sehen.«

»Ich glaube, du hast unrecht, Basil, aber ich will nicht mit dir streiten. Nur die geistig Verirrten streiten sich. Sag mir, hat Dorian Gray dich sehr gern?«

Der Maler überlegte einige Augenblicke. »Er mag mich«, antwortete er nach einer Weile. »Ich weiß, dass er mich mag. Natürlich schmeichle ich ihm schrecklich. Ich empfinde ein merkwürdiges Vergnügen dabei, ihm Dinge zu sagen, von denen ich weiß, dass es mir leidtun wird, sie geäußert zu haben. In der Regel ist er reizend zu mir, wir sitzen im Atelier und reden über tausend Dinge. Hin und wieder ist er allerdings schrecklich ge-

take a real delight in giving me pain. Then I feel, Harry, that I have given away my whole soul to some one who treats it as if it were a flower to put in his coat, a bit of decoration to charm his vanity, an ornament for a summer's day.'

'Days in summer, Basil, are apt to linger,' murmured Lord Henry. 'Perhaps you will tire sooner than he will. It is a sad thing to think of, but there is no doubt that Genius lasts longer than Beauty. That accounts for the fact that we all take such pains to over-educate ourselves. In the wild struggle for existence, we want to have something that endures, and so we fill our minds with rubbish and facts, in the silly hope of keeping our place. The thoroughly well-informed man–that is the modern ideal. And the mind of the thoroughly well-informed man is a dreadful thing. It is like a bric-a-brac shop, all monsters and dust, with everything priced above its proper value. I think you will tire first, all the same. Some day you will look at your friend, and he will seem to you to be a little out of drawing, or you won't like his tone of colour, or something. You will bitterly reproach him in your own heart, and seriously think that he has behaved very badly to you. The next time he calls, you will be perfectly cold and indifferent. It will be a great pity, for it will alter you. What you have told me is quite a romance, a romance of art one might call it, and the worst of having a romance of any kind is that it leaves one so unromantic.'

'Harry, don't talk like that. As long as I live, the personality of Dorian Gray will dominate me. You can't feel what I feel. You change too often.'

'Ah, my dear Basil, that is exactly why I can feel it. Those who are faithful know only the trivial side of love: it is the

dankenlos und es scheint ihm wahre Freude zu bereiten, mir weh zu tun. Dann fühle ich, Harry, dass ich meine ganze Seele an einen hingegeben habe, der sie behandelt wie eine Blume, die man sich ins Knopfloch steckt, wie ein kleines Schmuckstück zur Befriedigung seiner Eitelkeit, einen Zierrat für einen Sommertag.«

»Sommertage, Basil, neigen dazu, lang zu sein«, murmelte Lord Henry. »Vielleicht wirst du seiner eher überdrüssig als er deiner. Eine traurige Sache, wenn man sie bedenkt, aber es besteht kein Zweifel, dass Genie Schönheit überdauert. Das erklärt auch die Tatsache, warum wir solche Mühen auf uns nehmen, um uns übermäßig zu bilden. In dem wilden Kampf ums Dasein ersehnen wir etwas, das von Dauer ist, und deshalb füllen wir unser Hirn mit Unsinn und Fakten in der törichten Hoffnung, dadurch unseren Platz zu behaupten. Der wohl unterrichtete Mensch – das ist das moderne Ideal. Und der Geist dieses wohl unterrichteten Menschen ist etwas Grauenvolles. Er gleicht einem Trödelladen voller Ungeheuerlichkeiten und Staub, in dem alles über seinem wahren Wert ausgezeichnet ist. Jedenfalls glaube ich, dass du seiner zuerst überdrüssig wirst. Eines Tages wirst du deinen Freund anschauen und er wird dir ein wenig verzeichnet vorkommen oder dir wird sein Farbton nicht gefallen oder sonst etwas. Du wirst ihm in deinem Herzen bittere Vorwürfe machen und ernsthaft glauben, dass er sich dir gegenüber sehr schlecht benommen hat. Wenn er dich das nächste Mal besucht, wirst du vollkommen kühl und gleichgültig sein. Das wird sehr bedauerlich sein, denn es wird dich verändern. Was du mir erzählt hast, ist eine richtige Romanze, eine Romanze der Kunst könnte man es nennen, und das Schlimmste an jeder Romanze ist, dass sie einen so unromantisch zurücklässt.«

»Harry, sprich nicht so. Solange ich lebe, wird Dorian Grays Persönlichkeit mich beherrschen. Du kannst nicht empfinden, was ich empfinde. Du bist zu wankelmütig.«

»Oh, mein lieber Basil, gerade darum kann ich es nachempfinden. Treue Menschen kennen nur die triviale Seite der Liebe:

faithless who know love's tragedies.' And Lord Henry struck a light on a dainty silver case, and began to smoke a cigarette with a self-conscious and satisfied air, as if he had summed up the world in a phrase. There was a rustle of chirruping sparrows in the green lacquer leaves of the ivy, and the blue cloud-shadows chased themselves across the grass like swallows. How pleasant it was in the garden! And how delightful other people's emotions were!—much more delightful than their ideas, it seemed to him. One's own soul, and the passions of one's friends—those were the fascinating things in life. He pictured to himself with silent amusement the tedious luncheon that he had missed by staying so long with Basil Hallward. Had he gone to his aunt's, he would have been sure to have met Lord Goodbody there, and the whole conversation would have been about the feeding of the poor, and the necessity for model lodging-houses. Each class would have preached the importance of those virtues, for whose exercise there was no necessity in their own lives. The rich would have spoken on the value of thrift, and the idle grown eloquent over the dignity of labour. It was charming to have escaped all that! As he thought of his aunt, an idea seemed to strike him. He turned to Hallward, and said, 'My dear fellow, I have just remembered.'

'Remembered what, Harry?'

'Where I heard the name of Dorian Gray.'

'Where was it?' asked Hallward, with a slight frown.

'Don't look so angry, Basil. It was at my aunt, Lady Agatha's. She told me she had discovered a wonderful young man, who was going to help her in the East End, and that his name was Dorian Gray. I am bound to state that she never told me he was good-looking. Women have no appreciation of good looks; at least, good

Allein die Treulosen kennen die Tragödien der Liebe.« Und Lord Henry entzündete an einem zierlichen Silberetui ein Streichholz und begann mit selbstbewusster und zufriedener Miene eine Zigarette zu rauchen, als hätte er die Welt in einem Satz zusammengefasst. In den grün glänzenden Efeublättern vernahm man das Geraschel zwitschernder Spatzen und die blauen Wolkenschatten jagten einander wie Schwalben über den Rasen. Wie angenehm war es doch im Garten! Und wie reizvoll waren die Gefühlsregungen anderer Leute! – Viel reizvoller als ihre Gedanken, so schien es ihm. Die eigene Seele und die Leidenschaften der Freunde – das waren die faszinierenden Dinge im Leben. Er stellte sich mit stillem Vergnügen das langweilige Mittagessen vor, das er versäumt hatte, weil er so lange bei Basil Hallward geblieben war. Wäre er zu seiner Tante gegangen, hätte er dort sicher Lord Goodbody getroffen und die ganze Unterhaltung hätte sich um die Armenspeisung und die Notwendigkeit von vorbildlichen Wohnheimen gedreht. Jeder Stand hätte die Bedeutung jener Tugenden gepredigt, für die er in seinem eigenen Leben keine Verwendung hatte. Der Reiche hätte vom Wert der Sparsamkeit gesprochen und der Müßiggänger hätte sich beredt über die Würde der Arbeit ausgelassen. Es war herrlich, all dem entgangen zu sein! Als er an seine Tante dachte, schien ihm ein Gedanke zu kommen. Er wandte sich an Hallward und sagte: »Mein Lieber, gerade fiel es mir ein.«

»Fiel dir was ein, Harry?«

»Wo ich den Namen Dorian Grays gehört habe.«

»Wo war das?«, fragte Hallward mit leichtem Stirnrunzeln.

»Schau nicht so grimmig drein, Basil. Es war bei meiner Tante, Lady Agatha. Sie erzählte mir, sie habe einen wunderbaren jungen Mann aufgetan, der sie im East End unterstützen wolle, und sein Name sei Dorian Gray. Ich muss zugeben, sie hat mir nie erzählt, dass er gut aussieht. Frauen wissen gutes Aussehen nicht zu schätzen, zumindest ehrbare Frauen nicht. Sie

women have not. She said that he was very earnest, and had a beautiful nature. I at once pictured to myself a creature with spectacles and lank hair, horribly freckled, and tramping about on huge feet. I wish I had known it was your friend.'

'I am very glad you didn't, Harry.'

'Why?'

'I don't want you to meet him.'

'You don't want me to meet him?'

'No.'

'Mr. Dorian Gray is in the studio, sir,' said the butler, coming into the garden.

'You must introduce me now,' cried Lord Henry, laughing.

The painter turned to his servant, who stood blinking in the sunlight. 'Ask Mr. Gray to wait, Parker: I shall be in in a few moments.' The man bowed, and went up the walk.

Then he looked at Lord Henry. 'Dorian Gray is my dearest friend,' he said. 'He has a simple and a beautiful nature. Your aunt was quite right in what she said of him. Don't spoil him. Don't try to influence him. Your influence would be bad. The world is wide, and has many marvellous people in it. Don't take away from me the one person who gives to my art whatever charm it possesses: my life as an artist depends on him. Mind, Harry, I trust you.' He spoke very slowly, and the words seemed wrung out of him almost against his will.

'What nonsense you talk!' said Lord Henry, smiling, and, taking Hallward by the arm, he almost led him into the house.

sagte, dass er sehr ernsthaft sei und ein edles Wesen habe. Ich stellte mir natürlich sofort ein Geschöpf mit Brille und strähnigem Haar vor, schrecklich sommersprossig und auf riesigen Füßen daherstapfend. Ich wünschte, ich hätte gewusst, dass es sich um deinen Freund handelte.«

»Ich bin sehr froh, dass du es nicht wusstest, Harry.«

»Warum?«

»Ich will nicht, dass du ihn kennenlernst.«

»Du willst nicht, dass ich ihn kennenlerne?«

»Nein.«

»Mr. Dorian Gray ist im Atelier«, sagte der Butler, der in den Garten hinaustrat.

»Jetzt musst du mich vorstellen!«, rief Lord Henry lachend.

Der Maler wandte sich seinem Diener zu, der blinzelnd im Sonnenlicht stand. »Bitten Sie Mr. Gray zu warten, Parker: Ich komme in ein paar Minuten.« Der Mann verbeugte sich und ging ins Haus zurück.

Dann sah er Lord Henry an. »Dorian Gray ist mein teuerster Freund«, sagte er. »Er hat ein schlichtes und edles Wesen. Deine Tante hatte ganz recht mit dem, was sie über ihn sagte. Verdirb ihn nicht. Versuche nicht, ihn zu beeinflussen. Dein Einfluss wäre schlecht. Die Welt ist groß und es gibt viele wunderbare Menschen in ihr. Nimm mir nicht den einzigen Menschen, der meiner Kunst allen Zauber verleiht, den sie besitzt: Mein Leben als Künstler hängt von ihm ab. Denke daran, Harry, ich vertraue dir.« Er sprach sehr langsam und die Worte schienen sich ihm fast gegen seinen Willen zu entringen.

»Was für einen Unsinn du redest!«, sagte Lord Henry lächelnd, nahm Hallward beim Arm und zog ihn beinahe ins Haus.

Chapter II

As they entered they saw Dorian Gray. He was seated at the piano, with his back to them, turning over the pages of a volume of Schumann's 'Forest Scenes.' 'You must lend me these, Basil,' he cried. 'I want to learn them. They are perfectly charming.'

'That entirely depends on how you sit to-day, Dorian.'

'Oh, I am tired of sitting, and I don't want a life-sized portrait of myself,' answered the lad, swinging round on the music-stool, in a wilful, petulant manner.

When he caught sight of Lord Henry, a faint blush coloured his cheeks for a moment, and he started up. 'I beg your pardon, Basil, but I didn't know you had any one with you.'

'This is Lord Henry Wotton, Dorian, an old Oxford friend of mine. I have just been telling him what a capital sitter you were, and now you have spoiled everything.'

'You have not spoiled my pleasure in meeting you, Mr. Gray,' said Lord Henry, stepping forward and extending his hand. 'My aunt has often spoken to me about you. You are one of her favourites, and, I am afraid, one of her victims also.'

'I am in Lady Agatha's black books at present,' answered Dorian, with a funny look of penitence. 'I promised to go to a club in Whitechapel with her last Tuesday, and I really forgot all about it. We were to have played a duet together–three duets, I believe. I don't know what she will say to me. I am far too frightened to call.'

Kapitel 2

Als sie eintraten, erblickten sie Dorian Gray. Er saß am Klavier, hatte ihnen den Rücken zugewandt und blätterte in einem Band mit Schumanns Waldszenen. »Die musst du mir leihen, Basil«, rief er. »Ich möchte sie einstudieren. Sie sind einfach bezaubernd.«

»Das hängt ganz davon ab, wie du mir heute Modell stehst, Dorian.«

»Ach, ich habe das Modellstehen satt und ich will gar kein lebensgroßes Porträt von mir«, antwortete der junge Mann und drehte sich widerspenstig und launisch auf dem Klavierhocker herum.

Als er Lord Henry erblickte, färbte eine leichte Röte für einen Augenblick seine Wangen und er sprang auf. »Ich bitte um Verzeihung, Basil, aber ich wusste nicht, dass jemand bei dir ist.«

»Das ist Lord Henry Wotton, Dorian, ein alter Freund aus Oxforder Tagen. Ich habe ihm gerade erzählt, was für ein hervorragendes Modell du bist, und jetzt hast du alles verdorben.«

»Mein Vergnügen, Sie kennenzulernen, haben Sie nicht verdorben, Mr. Gray«, sagte Lord Henry, der vortrat und die Hand ausstreckte. »Meine Tante hat oft von Ihnen gesprochen. Sie sind einer ihrer Lieblinge und, wie ich fürchte, auch eines ihrer Opfer.«

»Ich stehe zur Zeit auf Lady Agathas schwarzer Liste«, antwortete Dorian mit schelmisch reuevollem Blick. »Ich hatte versprochen, sie am letzten Dienstag zu einem Klub in Whitechapel zu begleiten, und habe das Ganze völlig vergessen. Wir hätten vierhändig zusammen spielen sollen – drei Stücke, glaube ich. Ich weiß nicht, was sie mir sagen wird. Ich fürchte mich zu sehr, um sie aufzusuchen.«

'Oh, I will make your peace with my aunt. She is quite devoted to you. And I don't think it really matters about your not being there. The audience probably thought it was a duet. When Aunt Agatha sits down to the piano she makes quite enough noise for two people.'

'That is very horrid to her, and not very nice to me,' answered Dorian, laughing.

Lord Henry looked at him. Yes, he was certainly wonderfully handsome, with his finely-curved scarlet lips, his frank blue eyes, his crisp gold hair. There was something in his face that made one trust him at once. All the candour of youth was there, as well as all youth's passionate purity. One felt that he had kept himself unspotted from the world. No wonder Basil Hallward worshipped him.

'You are too charming to go in for philanthropy, Mr. Gray–far too charming.' And Lord Henry flung himself down on the divan, and opened his cigarette-case.

The painter had been busy mixing his colours and getting his brushes ready. He was looking worried, and when he heard Lord Henry's last remark he glanced at him, hesitated for a moment, and then said, 'Harry, I want to finish this picture to-day. Would you think it awfully rude of me if I asked you to go away?'

Lord Henry smiled, and looked at Dorian Gray. 'Am I to go, Mr. Gray?' he asked.

'Oh, please don't, Lord Henry. I see that Basil is in one of his sulky moods; and I can't bear him when he sulks. Besides, I want you to tell me why I should not go in for philanthropy.'

'I don't know that I shall tell you that, Mr. Gray. It is so tedious a subject that one would have to talk seriously about it. But I certainly shall not run away, now that you

»Ach, ich werde Sie mit meiner Tante versöhnen. Sie ist Ihnen äußerst zugetan. Und ich glaube nicht, dass es eine große Rolle spielt, dass Sie nicht dort waren. Dem Publikum kam es wahrscheinlich so vor, als sei vierhändig gespielt worden. Wenn sich Tante Agatha ans Klavier setzt, macht sie Lärm genug für zwei.«

»Das ist sehr abscheulich ihr gegenüber und nicht sehr schmeichelhaft für mich«, antwortete Dorian lachend.

Lord Henry sah ihn an. Ja, er war in der Tat außerordentlich hübsch mit seinen fein geschwungenen scharlachroten Lippen, seinen offenen blauen Augen, seinem gewellten, goldblonden Haar. In seinen Gesichtszügen war etwas, das sofort Vertrauen erweckte. Die ganze Aufrichtigkeit der Jugend lag darin und ebenso die ganze leidenschaftliche Reinheit der Jugend. Man spürte, dass er sich von der Welt unbefleckt bewahrt hatte. Kein Wunder, dass Basil Hallward ihn anbetete.

»Sie sind viel zu bezaubernd, um sich mit Philanthropie abzugeben, Mr. Gray – viel zu bezaubernd!« Lord Henry ließ sich auf den Diwan fallen und öffnete sein Zigarettenetui.

Der Maler war damit beschäftigt gewesen, seine Farben zu mischen und seine Pinsel bereitzulegen. Er sah beunruhigt aus und als er Lord Henrys letzte Bemerkung hörte, warf er ihm einen Blick zu, zögerte einen Augenblick und sagte dann: »Harry, ich möchte dieses Bild heute fertigstellen. Fändest du es sehr unhöflich von mir, wenn ich dich bäte zu gehen?«

Lord Henry lächelte und sah Dorian Gray an. »Soll ich gehen, Mr. Gray?«, fragte er.

»Oh, bitte nicht, Lord Henry. Ich sehe, dass Basil wieder einmal schlechte Laune hat, und ich kann ihn nicht ausstehen, wenn er schmollt. Außerdem möchte ich, dass Sie mir erklären, warum ich mich nicht mit Philanthropie abgeben soll.«

»Ich weiß nicht, ob ich Ihnen das sagen soll, Mr. Gray. Es ist ein so langweiliges Thema, dass man darüber ernsthaft reden müsste. Aber selbstverständlich werde ich nicht davonlaufen,

have asked me to stop. You don't really mind, Basil, do you? You have often told me that you liked your sitters to have some one to chat to.'

Hallward bit his lip. 'If Dorian wishes it, of course you must stay. Dorian's whims are laws to everybody, except himself.'

Lord Henry took up his hat and gloves. 'You are very pressing, Basil, but I am afraid I must go. I have promised to meet a man at the Orleans. Good-bye, Mr. Gray. Come and see me some afternoon in Curzon Street. I am nearly always at home at five o'clock. Write to me when you are coming. I should be sorry to miss you.'

'Basil,' cried Dorian Gray, 'if Lord Henry Wotton goes I shall go too. You never open your lips while you are painting, and it is horribly dull standing on a platform and trying to look pleasant. Ask him to stay. I insist upon it.'

'Stay, Harry, to oblige Dorian, and to oblige me,' said Hallward, gazing intently at his picture. 'It is quite true, I never talk when I am working, and never listen either, and it must be dreadfully tedious for my unfortunate sitters. I beg you to stay.'

'But what about my man at the Orleans?'

The painter laughed. 'I don't think there will be any difficulty about that. Sit down again, Harry. And now, Dorian, get up on the platform, and don't move about too much, or pay any attention to what Lord Henry says. He has a very bad influence over all his friends, with the single exception of myself.'

Dorian Gray stepped up on the dais, with the air of a young Greek martyr, and made a little *moue* of discontent to Lord Henry, to whom he had rather taken a fancy.

nachdem Sie mich gebeten haben zu bleiben. Es macht dir doch nicht wirklich etwas aus, Basil, oder? Du hast mir oft gesagt, es gefalle dir, wenn deine Modelle jemanden zum Plaudern haben.«

Hallward biss sich auf die Lippen. »Wenn Dorian es wünscht, musst du natürlich bleiben. Dorians Launen sind Gesetz für jedermann, außer für ihn selbst.«

Lord Henry nahm seinen Hut und seine Handschuhe. »Du bist sehr hartnäckig, Basil, aber ich fürchte, ich muss gehen. Ich habe einem Herrn versprochen, ihn im Orleans zu treffen. Auf Wiedersehen, Mr. Gray. Besuchen Sie mich doch einmal nachmittags in der Curzon Street. Um fünf Uhr bin ich fast immer zu Hause. Schreiben Sie mir, wann Sie kommen. Es täte mir leid, Sie zu verfehlen.«

»Basil«, rief Dorian Gray, »wenn Lord Henry Wotton geht, dann gehe ich auch. Du machst nie den Mund auf, während du malst, und es ist entsetzlich langweilig, auf einem Podest zu stehen und zu versuchen, freundlich dreinzublicken. Bitte ihn zu bleiben. Ich bestehe darauf.«

»Bleib, Harry, Dorian zuliebe und mir zuliebe«, sagte Hallward, den Blick aufmerksam auf sein Bild gerichtet. »Es ist schon wahr, ich spreche nie, wenn ich arbeite, und höre auch nicht zu, und das muss schrecklich langweilig für meine bedauernswerten Modelle sein. Ich bitte dich zu bleiben.«

»Aber was ist mit meiner Verabredung im Orleans?«

Der Maler lachte. »Ich denke nicht, dass es damit irgendein Problem geben wird. Setz dich wieder, Harry. Und jetzt, Dorian, geh auf das Podest und bewege dich nicht zuviel und achte nicht auf das, was Lord Henry sagt. Er hat einen sehr schlechten Einfluss auf alle seine Freunde, mich allein ausgenommen.«

Dorian Gray bestieg das Podest mit der Miene eines jungen griechischen Märtyrers und zog einen kleinen, missvergnügten Schmollmund in Lord Henrys Richtung, zu dem er eine gewisse

He was so unlike Basil. They made a delightful contrast. And he had such a beautiful voice. After a few moments he said to him, 'Have you really a very bad influence, Lord Henry? As bad as Basil says?'

'There is no such thing as a good influence, Mr. Gray. All influence is immoral—immoral from the scientific point of view.'

'Why?'

'Because to influence a person is to give him one's own soul. He does not think his natural thoughts, or burn with his natural passions. His virtues are not real to him. His sins, if there are such things as sins, are borrowed. He becomes an echo of some one else's music, an actor of a part that has not been written for him. The aim of life is self-development. To realize one's nature perfectly—that is what each of us is here for. People are afraid of themselves, nowadays. They have forgotten the highest of all duties, the duty that one owes to one's self. Of course they are charitable. They feed the hungry, and clothe the beggar. But their own souls starve, and are naked. Courage has gone out of our race. Perhaps we never really had it. The terror of society, which is the basis of morals, the terror of God, which is the secret of religion—these are the two things that govern us. And yet—'

'Just turn your head a little more to the right, Dorian, like a good boy,' said the painter, deep in his work, and conscious only that a look had come into the lad's face that he had never seen there before.

Zuneigung gefasst hatte. Er war so ganz anders als Basil. Sie bildeten einen reizvollen Gegensatz. Und er hatte eine so schöne Stimme. Nach ein paar Augenblicken sagte er zu ihm: »Haben Sie wirklich einen sehr schlechten Einfluss, Lord Henry? Einen so schlechten, wie Basil behauptet?«

»So etwas wie einen guten Einfluss gibt es nicht, Mr. Gray. Jeder Einfluss ist unmoralisch – unmoralisch vom wissenschaftlichen Standpunkt aus.«

»Warum?«

»Weil einen Menschen zu beeinflussen bedeutet, ihm seine eigene Seele zu geben. Er denkt nicht mehr seine natürlichen Gedanken oder wird nicht mehr von seinen natürlichen Leidenschaften entflammt. Seine Tugenden erscheinen ihm unwirklich. Seine Sünden, falls es so etwas wie Sünden überhaupt gibt, sind geborgt. Er wird zum Echo der Musik eines anderen, zum Schauspieler einer Rolle, die nicht für ihn geschrieben wurde. Das Ziel des Lebens ist Selbstentfaltung. Das eigene Wesen vollkommen zu verwirklichen – dazu ist jeder von uns hier. Die Menschen haben heutzutage Angst vor sich selbst. Sie haben die höchste aller Pflichten vergessen, die Pflicht, die man sich selbst schuldet. Natürlich sind sie wohltätig. Sie nähren den Hungernden und kleiden den Bettler. Aber ihre eigenen Seelen hungern und sind nackt. Der Mut ist unserem Geschlecht abhanden gekommen. Vielleicht haben wir nie wirklich welchen besessen. Die Furcht vor der Gesellschaft, das ist die Grundlage der Moral, die Furcht vor Gott, das ist das Geheimnis der Religion – dies sind die beiden Dinge, die uns beherrschen. Und doch –«

»Dreh einmal deinen Kopf ein wenig mehr nach rechts, Dorian, sei ein braver Junge«, sagte der Maler, der ganz in seine Arbeit vertieft war und nur merkte, dass in das Gesicht des jungen Mannes ein Ausdruck getreten war, den er vorher nie an ihm gesehen hatte.

'And yet,' continued Lord Henry, in his low, musical voice, and with that graceful wave of the hand that was always so characteristic of him, and that he had even in his Eton days, 'I believe that if one man were to live out his life fully and completely, were to give form to every feeling, expression to every thought, reality to every dream–I believe that the world would gain such a fresh impulse of joy that we would forget all the maladies of mediævalism, and return to the Hellenic ideal–to something finer, richer, than the Hellenic ideal, it may be. But the bravest man amongst us is afraid of himself. The mutilation of the savage has its tragic survival in the self-denial that mars our lives. We are punished for our refusals. Every impulse that we strive to strangle broods in the mind, and poisons us. The body sins once, and has done with its sin, for action is a mode of purification. Nothing remains then but the recollection of a pleasure, or the luxury of a regret. The only way to get rid of a temptation is to yield to it. Resist it, and your soul grows sick with longing for the things it has forbidden to itself, with desire for what its monstrous laws have made monstrous and unlawful. It has been said that the great events of the world take place in the brain. It is in the brain, and the brain only, that the great sins of the world take place also. You, Mr. Gray, you yourself, with your rose-red youth and your rose-white boyhood, you have had passions that have made you afraid, thoughts that have filled you with terror, day-dreams and sleeping dreams whose mere memory might stain your cheek with shame–'

'Stop!' faltered Dorian Gray, 'stop! you bewilder me. I don't know what to say. There is some answer to you,

»Und doch«, fuhr Lord Henry mit seiner leisen, musikalischen Stimme und mit jener anmutigen Handbewegung fort, die von jeher charakteristisch für ihn war und die er bereits in Eton an sich gehabt hatte, »ich glaube, wenn ein einziger Mensch sein Leben voll und ganz auslebte, jedem Gefühl Gestalt, jedem Gedanken Ausdruck, jedem Traum Wirklichkeit verliehe – ich glaube, die Welt erhielte einen derartig frischen Impuls der Freude, dass wir das gesamte Siechtum des mittelalterlichen Geistes vergäßen und zum hellenischen Ideal zurückkehrten – vielleicht sogar zu etwas Edlerem und Reicherem als dem hellenischen Ideal. Aber der Mutigste unter uns hat Angst vor sich selbst. Die Selbstverstümmelung des Wilden findet ihre tragische Fortsetzung in der Selbstverleugnung, die unser Leben zerstört. Wir werden bestraft für unsere Entsagungen. Jeder Trieb, den wir zu ersticken suchen, nistet weiter in unserer Seele und vergiftet uns. Der Körper sündigt einmal und hat dann mit seiner Sünde abgeschlossen, denn Tat ist immer eine Form der Läuterung. Nichts bleibt dann zurück außer der Erinnerung an eine Lust oder der köstliche Schmerz einer Reue. Der einzige Weg, eine Versuchung loszuwerden, ist, ihr zu erliegen. Widerstehe ihr, und deine Seele wird krank vor Sehnsucht nach den Dingen, die sie sich selbst verboten hat, vor Verlangen nach dem, was ihre ungeheuerlichen Gesetze zu etwas Ungeheuerlichem und Ungesetzlichem gemacht haben. Es heißt, dass die großen Ereignisse der Welt im Kopf stattfinden. Im Kopf, und im Kopf allein, vollziehen sich auch die großen Sünden der Welt. Sie, Mr. Gray, Sie selber mit Ihrer rosenroten Jugend und Ihrer Knabenhaftigkeit, die weißen Rosen gleicht, Sie haben bereits Leidenschaften erlebt, die Ihnen Angst machten, Vorstellungen, die Sie mit Schrecken erfüllten, Tagträume und Träume der Nacht, die, wenn sie nur daran denken, Ihre Wangen vor Scham verfärben könnten –«

»Hören Sie auf«, stammelte Dorian Gray, »hören Sie auf! Sie verwirren mich. Ich weiß nicht, was ich sagen soll. Es gibt eine

but I cannot find it. Don't speak. Let me think. Or, rather, let me try not to think.'

For nearly ten minutes he stood there, motionless, with parted lips, and eyes strangely bright. He was dimly conscious that entirely fresh influences were at work within him. Yet they seemed to him to have come really from himself. The few words that Basil's friend had said to him—words spoken by chance, no doubt, and with wilful paradox in them—had touched some secret chord that had never been touched before, but that he felt was now vibrating and throbbing to curious pulses.

Music had stirred him like that. Music had troubled him many times. But music was not articulate. It was not a new world, but rather another chaos, that it created in us. Words! Mere words! How terrible they were! How clear, and vivid, and cruel! One could not escape from them. And yet what a subtle magic there was in them! They seemed to be able to give a plastic form to formless things, and to have a music of their own as sweet as that of viol or of lute. Mere words! Was there anything so real as words?

Yes; there had been things in his boyhood that he had not understood. He understood them now. Life suddenly became fiery-coloured to him. It seemed to him that he had been walking in fire. Why had he not known it?

With his subtle smile, Lord Henry watched him. He knew the precise psychological moment when to say nothing. He felt intensely interested. He was amazed at the sudden impression that his words had produced, and, remembering a book that he had read when he was sixteen, a book which had revealed to him much that he had not known before, he wondered whether Dorian

Antwort auf Ihre Worte, aber ich kann sie nicht finden. Sagen Sie nichts. Lassen Sie mich nachdenken. Oder vielmehr, lassen Sie mich versuchen, nicht nachzudenken.«

Fast zehn Minuten lang stand er da, reglos, mit geöffneten Lippen und seltsam glänzenden Augen. Er war sich vage bewusst, dass vollkommen neue Einflüsse in ihm am Werk waren. Und doch schienen sie eigentlich aus seinem Innersten gekommen zu sein. Die wenigen Worte, die Basils Freund zu ihm gesagt hatte – zufällig gesprochene Worte, zweifellos, und voll absichtlichem Widerspruch –, hatten eine geheime Saite in ihm berührt, die nie zuvor berührt worden war, die er aber jetzt in seltsamem Takt vibrieren und pulsieren fühlte.

Musik hatte ihn ähnlich aufgewühlt. Musik hatte ihn oft in Aufruhr gebracht. Aber Musik war nicht fassbar. Sie erschuf keine neue Welt, sondern eher ein neues Chaos in uns. Worte! Bloße Worte! Wie schrecklich sie waren! Wie klar und lebendig und grausam! Man konnte ihnen nicht entrinnen. Und doch, welch verborgener Zauber lag in ihnen! Sie schienen imstande, formlosen Dingen eine greifbare Gestalt zu geben und eine eigene Musik zu besitzen, so süß wie die einer Gambe oder Laute. Bloße Worte! Gab es etwas, das so wirklich war wie Worte?

Ja; in seiner Kindheit hatte es Dinge gegeben, die er nicht verstanden hatte. Jetzt verstand er sie. Das Leben trug für ihn plötzlich glühende Farben. Ihm war, als sei er durch Feuer gegangen. Warum hatte er es nicht gewusst?

Lord Henry beobachtete ihn mit seinem feinen Lächeln. Er wusste um den exakten psychologischen Moment, in dem man nichts sagen darf. Er empfand höchstes Interesse. Er war erstaunt über die unmittelbare Wirkung, die seine Worte hervorgerufen hatten, er dachte an ein Buch, das er mit sechzehn gelesen hatte, ein Buch, das ihm vieles enthüllt hatte, was er bis dahin nicht gewusst hatte, und fragte sich, ob Dorian Gray gerade

Gray was passing through a similar experience. He had merely shot an arrow into the air. Had it hit the mark? How fascinating the lad was!

Hallward painted away with that marvellous bold touch of his, that had the true refinement and perfect delicacy that in art, at any rate, comes only from strength. He was unconscious of the silence.

'Basil, I am tired of standing,' cried Dorian Gray, suddenly. 'I must go out and sit in the garden. The air is stifling here.'

'My dear fellow, I am so sorry. When I am painting, I can't think of anything else. But you never sat better. You were perfectly still. And I have caught the effect I wanted–the half-parted lips, and the bright look in the eyes. I don't know what Harry has been saying to you, but he has certainly made you have the most wonderful expression. I suppose he has been paying you compliments. You mustn't believe a word that he says.'

'He has certainly not been paying me compliments. Perhaps that is the reason that I don't believe anything he has told me.'

'You know you believe it all,' said Lord Henry, looking at him with his dreamy, languorous eyes. 'I will go out to the garden with you. It is horribly hot in the studio. Basil, let us have something iced to drink, something with strawberries in it.'

'Certainly, Harry. Just touch the bell, and when Parker comes I will tell him what you want. I have got to work up this background, so I will join you later on. Don't keep Dorian too long. I have never been in better form for painting than I am to-day. This is going to be my masterpiece. It is my masterpiece as it stands.'

eine ähnliche Erfahrung durchlief. Er hatte nur einen Pfeil in die Luft geschossen. Hatte er ins Schwarze getroffen? Wie faszinierend der junge Mann war!

Hallward malte mit dem ihm eigenen wunderbar kühnen Pinselstrich weiter, der jene wahre Feinheit und vollkommene Zartheit besaß, die, in der Kunst jedenfalls, aus Stärke erwachsen. Er hatte das Schweigen gar nicht bemerkt.

»Basil, ich habe genug vom Stehen!«, rief Dorian Gray plötzlich. »Ich muss hinaus und mich im Garten hinsetzen. Die Luft hier ist zum Ersticken.«

»Mein Lieber, das tut mir wirklich leid. Wenn ich male, kann ich an nichts anderes denken. Aber du hast nie besser Modell gestanden. Du warst vollkommen ruhig. Und ich habe die Wirkung eingefangen, die ich wollte – die halb geöffneten Lippen und der Glanz in den Augen. Ich weiß nicht, was Harry zu dir gesagt hat, aber er hat auf jeden Fall bewirkt, dass du diesen äußerst wunderbaren Ausdruck hattest. Ich nehme an, er hat dir Komplimente gemacht. Du darfst nicht ein einziges Wort glauben, das er sagt.«

»Er hat mir keineswegs Komplimente gemacht. Vielleicht ist das der Grund, warum ich nichts von dem glaube, was er mir erzählt hat.«

»Sie wissen, dass Sie alles glauben«, sagte Lord Henry, der ihn mit versonnenem, trägem Blick ansah. »Ich werde mit Ihnen in den Garten hinausgehen. Es ist schrecklich heiß im Atelier. Basil, lass uns etwas Eisgekühltes zum Trinken bringen, etwas mit Erdbeeren darin.«

»Gewiss, Harry. Läute einfach die Glocke, und wenn Parker kommt, werde ich ihm sagen, was ihr haben wollt. Ich muss noch diesen Hintergrund ausarbeiten, deshalb werde ich mich euch erst später anschließen. Halte Dorian nicht zu lange auf. Ich war nie in besserer Form zum Malen als heute. Dies wird mein Meisterwerk werden. Es ist schon mein Meisterwerk, wie es da steht.«

Lord Henry went out to the garden, and found Dorian Gray burying his face in the great cool lilac-blossoms, feverishly drinking in their perfume as if it had been wine. He came close to him, and put his hand upon his shoulder. 'You are quite right to do that,' he murmured. 'Nothing can cure the soul but the senses, just as nothing can cure the senses but the soul.'

The lad started and drew back. He was bare-headed, and the leaves had tossed his rebellious curls and tangled all their gilded threads. There was a look of fear in his eyes, such as people have when they are suddenly awakened. His finely-chiselled nostrils quivered, and some hidden nerve shook the scarlet of his lips and left them trembling.

'Yes,' continued Lord Henry, 'that is one of the great secrets of life–to cure the soul by means of the senses, and the senses by means of the soul. You are a wonderful creation. You know more than you think you know, just as you know less than you want to know.'

Dorian Gray frowned and turned his head away. He could not help liking the tall, graceful young man who was standing by him. His romantic olive-coloured face and worn expression interested him. There was something in his low, languid voice that was absolutely fascinating. His cool, white, flower-like hands, even, had a curious charm. They moved, as he spoke, like music, and seemed to have a language of their own. But he felt afraid of him, and ashamed of being afraid. Why had it been left for a stranger to reveal him to himself? He had known Basil Hallward for months, but the friendship between them had never altered him. Suddenly there had come some one across his life who seemed to have disclosed to him life's mystery. And, yet, what was there to be afraid

Lord Henry ging in den Garten hinaus und sah, wie Dorian Gray sein Gesicht in den großen, kühlen Fliederblüten vergrub und fieberhaft ihren Duft trank, als wäre es Wein. Er trat nahe an ihn heran und legte ihm seine Hand auf die Schulter. »Sie haben ganz recht, das zu tun«, murmelte er. »Nichts kann die Seele heilen als die Sinne, genauso wie nichts die Sinne heilen kann als die Seele.«

Der junge Mann schreckte auf und wich zurück. Er war barhäuptig, die Blätter hatten seine widerspenstigen Locken durcheinander gebracht und all ihre goldenen Strähnen verwirrt. In seinen Augen lag ein Ausdruck von Furcht, wie Menschen ihn haben, wenn sie jäh aufgeweckt werden. Seine fein geformten Nasenflügel bebten und irgendein verborgener Nerv durchzuckte das Scharlachrot seiner Lippen und ließ sie erzittern.

»Ja«, fuhr Lord Henry fort, »das ist eines der großen Geheimnisse des Lebens – die Seele durch die Sinne und die Sinne durch die Seele zu heilen. Sie sind ein wunderbares Geschöpf. Sie wissen mehr, als Sie glauben zu wissen, genauso wie Sie weniger wissen, als Sie möchten.«

Dorian Gray runzelte die Stirn und wandte seinen Kopf ab. Er konnte nicht umhin, den hochgewachsenen, eleganten jungen Mann, der neben ihm stand, zu mögen. Sein romantisches, olivfarbenes Gesicht und der abgespannte Ausdruck darin zogen ihn an. Es war etwas in seiner leisen, trägen Stimme, was einen völlig in Bann schlug. Selbst seine kühlen, weißen, blumengleichen Hände hatten einen seltsamen Reiz. Wenn er sprach, bewegten sie sich wie Musik und schienen eine eigene Sprache zu besitzen. Aber er empfand Angst vor ihm und zugleich schämte er sich dieser Angst. Warum war es einem Fremden vorbehalten geblieben, ihn sich selbst zu offenbaren? Er kannte Basil Hallward seit Monaten, aber die Freundschaft zwischen ihnen hatte ihn überhaupt nicht verändert. Nun war plötzlich jemand in sein Leben getreten, der ihm das Geheimnis des Lebens aufgedeckt zu ha-

of? He was not a schoolboy or a girl. It was absurd to be frightened.

'Let us go and sit in the shade,' said Lord Henry. 'Parker has brought out the drinks, and if you stay any longer in this glare you will be quite spoiled, and Basil will never paint you again. You really must not allow yourself to become sunburnt. It would be unbecoming.'

'What can it matter?' cried Dorian Gray, laughing, as he sat down on the seat at the end of the garden.

'It should matter everything to you, Mr. Gray.'

'Why?'

'Because you have the most marvellous youth, and youth is the one thing worth having.'

'I don't feel that, Lord Henry.'

'No, you don't feel it now. Some day, when you are old and wrinkled and ugly, when thought has seared your forehead with its lines, and passion branded your lips with its hideous fires, you will feel it, you will feel it terribly. Now, wherever you go, you charm the world. Will it always be so? ... You have a wonderfully beautiful face, Mr. Gray. Don't frown. You have. And Beauty is a form of Genius–is higher, indeed, than Genius, as it needs no explanation. It is one of the great facts of the world, like sunlight, or spring-time, or the reflection in dark waters of that silver shell we call the moon. It cannot be questioned. It has its divine right of sovereignty. It makes princes of those who have it. You smile? Ah! when you have lost it you won't smile. ... People say sometimes that Beauty is only superficial. That may be so. But at least it is not so superficial as Thought is. To me, Beauty is the wonder of wonders. It is only shallow people who do not judge

ben schien. Und doch, wovor sollte er Angst haben? Er war kein Schuljunge oder ein Mädchen. Es war töricht, sich zu fürchten.

»Lassen Sie uns gehen und uns in den Schatten setzen«, sagte Lord Henry. »Parker hat die Getränke herausgebracht, und wenn Sie noch länger in diesem grellen Sonnenlicht stehen bleiben, werden Sie ganz verderben und Basil wird Sie nie wieder malen. Sie dürfen sich wirklich keinen Sonnenbrand holen. Es würde Ihnen nicht stehen.«

»Was bedeutet das schon?«, rief Dorian Gray lachend, als er sich auf eine Bank am Ende des Gartens setzte.

»Es sollte Ihnen alles bedeuten, Mr. Gray.«

»Warum?«

»Weil Sie die wunderbarste Jugend besitzen, und Jugend ist das Einzige, das zu besitzen sich lohnt.«

»Ich empfinde das nicht so, Lord Henry.«

»Nein, jetzt empfinden Sie es nicht. Später einmal, wenn Sie alt und runzlig und hässlich sind, wenn das Denken Ihre Stirn mit seinen Furchen verwüstet und die Leidenschaft Ihre Lippen mit ihren grausamen Feuern gebrandmarkt hat, werden Sie es empfinden, werden Sie es auf schreckliche Art und Weise empfinden! Heute, wo Sie auch hingehen, bezaubern Sie die Welt. Wird das immer so sein? ... Sie haben ein hinreißend schönes Gesicht, Mr. Gray. Runzeln Sie nicht die Stirn. Sie haben es. Und Schönheit ist eine Form des Genies – sie steht in Wahrheit noch höher als das Genie, da sie keiner Erklärung bedarf. Sie ist eine der großen Gesetzmäßigkeiten der Welt, wie das Sonnenlicht oder der Frühling oder wie in dunklen Wassern die Spiegelung jener Silbermuschel, die wir Mond nennen. Sie kann nicht in Frage gestellt werden. Sie hat ihr göttliches Hoheitsrecht. Sie macht jene zu Prinzen, die sie besitzen. Sie lächeln? Oh, wenn Sie sie verloren haben, lächeln Sie nicht mehr ... Die Leute sagen manchmal, dass Schönheit nur etwas Oberflächliches ist. Das mag so sein. Aber zumindest ist sie nicht so oberflächlich wie das Denken. Für mich

by appearances. The true mystery of the world is the visible, not the invisible. ... Yes, Mr. Gray, the gods have been good to you. But what the gods give they quickly take away. You have only a few years in which to live really, perfectly, and fully. When your youth goes, your beauty will go with it, and then you will suddenly discover that there are no triumphs left for you, or have to content yourself with those mean triumphs that the memory of your past will make more bitter than defeats. Every month as it wanes brings you nearer to something dreadful. Time is jealous of you, and wars against your lilies and your roses. You will become sallow, and hollow-cheeked, and dull-eyed. You will suffer horribly. ... Ah! realize your youth while you have it. Don't squander the gold of your days, listening to the tedious, trying to improve the hopeless failure, or giving away your life to the ignorant, the common, and the vulgar. These are the sickly aims, the false ideals, of our age. Live! Live the wonderful life that is in you! Let nothing be lost upon you. Be always searching for new sensations. Be afraid of nothing. ... A new Hedonism—that is what our century wants. You might be its visible symbol. With your personality there is nothing you could not do. The world belongs to you for a season. ... The moment I met you I saw that you were quite unconscious of what you really are, of what you really might be. There was so much in you that charmed me that I felt I must tell you something about yourself. I thought how tragic it would be if you were wasted. For there is such a little time that your youth will last—such a little time. The common hill-flowers wither, but they blossom again. The laburnum will be as yellow next June as it is now. In a month there will

ist Schönheit das Wunder aller Wunder. Nur dumme Menschen urteilen nicht nach dem Äußeren. Das wahre Geheimnis der Welt ist das Sichtbare, nicht das Unsichtbare … Ja, Mr. Gray, die Götter waren gut zu Ihnen. Aber was die Götter geben, das nehmen sie schnell wieder fort. Sie haben nur ein paar Jahre, in denen Sie wahrhaftig, vollkommen und im Überfluss leben können. Wenn Ihre Jugend vergeht, wird Ihre Schönheit mit ihr vergehen, und dann werden Sie plötzlich entdecken, dass es keine Triumphe mehr für Sie gibt oder dass Sie sich mit jenen armseligen Triumphen zufrieden geben müssen, die Ihnen die Erinnerung an Ihre Vergangenheit noch bitterer machen wird als Niederlagen. Jeder Monat, der dahingeht, bringt Sie etwas Schrecklichem näher. Die Zeit ist eifersüchtig auf Sie und kämpft gegen Ihre Lilien und Rosen. Sie werden fahl und hohlwangig und Ihre Augen werden trübe werden. Sie werden entsetzlich leiden … Ach! Verwirklichen Sie Ihre Jugend, solange Sie sie haben. Vergeuden Sie nicht das Gold Ihrer Tage, indem Sie Langweilern zuhören, hoffnungslose Versager zu bessern versuchen oder Ihr Leben an die Dummen, Einfachen und Gemeinen verschleudern. Das sind die krankhaften Ziele, die falschen Ideale unserer Zeit. Leben Sie! Leben Sie das wunderbare Leben, das in Ihnen ist! Lassen Sie sich nichts entgehen! Seien Sie stets auf der Suche nach neuen Empfindungen. Fürchten Sie nichts … Ein neuer Hedonismus – das ist es, was unser Jahrhundert braucht. Sie könnten sein sichtbares Symbol sein. Bei Ihrer Persönlichkeit gibt es nichts, was Sie nicht tun könnten. Die Welt gehört eine Saison lang Ihnen. In dem Augenblick, als ich Ihnen begegnete, erkannte ich, dass Ihnen gar nicht bewusst war, was Sie wirklich sind, was Sie wirklich sein könnten. An Ihnen entzückte mich so vieles, dass ich das Gefühl hatte, ich müsste Ihnen etwas über Sie selbst erzählen. Ich dachte daran, wie tragisch es wäre, wenn Sie sich verschwendeten. Denn Ihre Jugend wird nur eine so kurze Zeit währen – eine so kurze Zeit. Die gewöhnlichen Bergblumen verwel-

be purple stars on the clematis, and year after year the green night of its leaves will hold its purple stars. But we never get back our youth. The pulse of joy that beats in us at twenty, becomes sluggish. Our limbs fail, our senses rot. We degenerate into hideous puppets, haunted by the memory of the passions of which we were too much afraid, and the exquisite temptations that we had not the courage to yield to. Youth! Youth! There is absolutely nothing in the world but youth!'

Dorian Gray listened, open-eyed and wondering. The spray of lilac fell from his hand upon the gravel. A furry bee came and buzzed round it for a moment. Then it began to scramble all over the oval stellated globe of the tiny blossoms. He watched it with that strange interest in trivial things that we try to develop when things of high import make us afraid, or when we are stirred by some new emotion for which we cannot find expression, or when some thought that terrifies us lays sudden siege to the brain and calls on us to yield. After a time the bee flew away. He saw it creeping into the stained trumpet of a Tyrian convolvulus. The flower seemed to quiver, and then swayed gently to and fro.

Suddenly the painter appeared at the door of the studio, and made staccato signs for them to come in. They turned to each other, and smiled.

'I am waiting,' he cried. 'Do come in. The light is quite perfect, and you can bring your drinks.'

They rose up, and sauntered down the walk together. Two green-and-white butterflies fluttered past them, and in the pear-tree at the corner of the garden a thrush began to sing.

ken, aber sie blühen wieder. Der Goldregen wird im nächsten Juni genauso gelb sein wie heute. In einem Monat wird die Klematis purpurne Sterne tragen und Jahr für Jahr wird die grüne Nacht ihrer Blätter purpurne Sterne tragen. Doch wir erhalten unsere Jugend niemals zurück. Der Puls der Freude, der mit zwanzig in uns pocht, wird schleppend. Unsere Glieder versagen, unsere Sinne vermodern. Wir verkommen zu hässlichen Marionetten, verfolgt von der Erinnerung an die Leidenschaften, vor denen wir uns zu sehr fürchteten, und an die köstlichen Versuchungen, denen zu erliegen wir nicht den Mut hatten. Jugend! Jugend! Es gibt absolut nichts in der Welt außer Jugend!«

Dorian Gray lauschte staunend und mit großen Augen. Der Fliederzweig in seiner Hand fiel auf den Kies. Eine pelzige Biene kam heran und umschwirrte ihn einen Augenblick. Dann begann sie hurtig über das längliche Rund aus winzigen Blüten zu krabbeln. Er beobachtete sie mit dem seltsamen Interesse an einfachen Dingen, das wir zu entwickeln suchen, wenn Dinge von großer Bedeutung uns Angst machen oder wenn ein neues Gefühl uns aufwühlt, für das wir keine Worte finden können, oder wenn ein Gedanke, der uns erschreckt, plötzlich den Geist bestürmt und uns auffordert, ihm nachzugeben. Nach einer Weile flog die Biene davon. Er sah sie in die gefleckte Trompete einer violetten Windenblüte krabbeln. Die Blume schien zu erzittern und schwang dann sachte hin und her.

Plötzlich erschien der Maler in der Tür des Ateliers und forderte sie mit hastigen Bewegungen auf, hineinzukommen. Sie wandten sich einander zu und lächelten.

»Ich warte«, rief er. »Kommt bitte herein. Das Licht ist ganz ausgezeichnet und ihr könnt eure Getränke mitbringen.«

Sie standen auf und schlenderten zusammen den Weg hinunter. Zwei grünweiße Schmetterlinge flatterten an ihnen vorüber und in dem Birnbaum in der Ecke des Gartens begann eine Drossel zu singen.

'You are glad you have met me, Mr. Gray,' said Lord Henry, looking at him.

'Yes, I am glad now. I wonder shall I always be glad?'

'Always! That is a dreadful word. It makes me shudder when I hear it. Women are so fond of using it. They spoil every romance by trying to make it last for ever. It is a meaningless word, too. The only difference between a caprice and a life-long passion is that the caprice lasts a little longer.'

As they entered the studio, Dorian Gray put his hand upon Lord Henry's arm. 'In that case, let our friendship be a caprice,' he murmured, flushing at his own boldness, then stepped up on the platform and resumed his pose.

Lord Henry flung himself into a large wicker arm-chair, and watched him. The sweep and dash of the brush on the canvas made the only sound that broke the stillness, except when, now and then, Hallward stepped back to look at his work from a distance. In the slanting beams that streamed through the open doorway the dust danced and was golden. The heavy scent of the roses seemed to brood over everything.

After about a quarter of an hour Hallward stopped painting, looked for a long time at Dorian Gray, and then for a long time at the picture, biting the end of one of his huge brushes, and frowning. 'It is quite finished,' he cried at last, and stooping down he wrote his name in long vermilion letters on the left-hand corner of the canvas.

Lord Henry came over and examined the picture. It was certainly a wonderful work of art, and a wonderful likeness as well.

»Sie sind froh, mir begegnet zu sein, Mr. Gray«, sagte Lord Henry und blickte ihn an.

»Ja, jetzt bin ich froh. Ich frage mich allerdings, ob ich immer froh darüber sein werde?«

»Immer! Das ist ein schreckliches Wort. Es lässt mich schaudern, wenn ich es höre. Frauen gebrauchen es so gern. Sie verderben jede Romanze, indem sie versuchen, ihr ewige Dauer zu verleihen. Außerdem ist es ein sinnloses Wort. Der einzige Unterschied zwischen einer Laune und einer lebenslangen Leidenschaft ist, dass die Laune ein bisschen länger dauert.«

Als sie das Atelier betraten, legte Dorian Gray seine Hand auf Lord Henrys Arm. »Wenn das der Fall ist, dann lassen Sie unsere Freundschaft eine Laune sein«, murmelte er, errötend über seine eigene Kühnheit, bestieg dann das Podest und nahm seine Pose wieder ein.

Lord Henry warf sich in einen großen Korbsessel und beobachtete ihn. Das Hin und Her des Pinselstrichs auf der Leinwand war das einzige Geräusch, das die Stille unterbrach, außer wenn Hallward dann und wann zurücktrat, um sein Werk aus der Entfernung zu betrachten. In den schrägen Strahlen, die durch die offene Tür fluteten, tanzte der Staub und war golden. Der schwere Duft der Rosen schien alles einzuhüllen.

Nach ungefähr einer Viertelstunde hörte Hallward auf zu malen, blickte lange auf Dorian Gray, dann lange auf das Bild, wobei er auf dem Ende eines seiner großen Pinsel herumbiss und die Stirn runzelte. »Jetzt ist es fertig«, rief er endlich, bückte sich und schrieb in großen, zinnoberroten Buchstaben seinen Namen in die linke Ecke der Leinwand.

Lord Henry trat hinzu und begutachtete das Bild. Es war in der Tat ein wunderbares Kunstwerk und außerdem von wunderbarer Ähnlichkeit.

'My dear fellow, I congratulate you most warmly,' he said. 'It is the finest portrait of modern times. Mr. Gray, come over and look at yourself.'

The lad started, as if awakened from some dream. 'Is it really finished?' he murmured, stepping down from the platform.

'Quite finished,' said the painter. 'And you have sat splendidly today. I am awfully obliged to you.'

'That is entirely due to me,' broke in Lord Henry. 'Isn't it, Mr. Gray?'

Dorian made no answer, but passed listlessly in front of his picture and turned towards it. When he saw it he drew back, and his cheeks flushed for a moment with pleasure. A look of joy came into his eyes, as if he had recognized himself for the first time. He stood there motionless and in wonder, dimly conscious that Hallward was speaking to him, but not catching the meaning of his words. The sense of his own beauty came on him like a revelation. He had never felt it before. Basil Hallward's compliments had seemed to him to be merely the charming exaggerations of friendship. He had listened to them, laughed at them, forgotten them. They had not influenced his nature. Then had come Lord Henry Wotton with his strange panegyric on youth, his terrible warning of its brevity. That had stirred him at the time, and now, as he stood gazing at the shadow of his own loveliness, the full reality of the description flashed across him. Yes, there would be a day when his face would be wrinkled and wizen, his eyes dim and colourless, the grace of his figure broken and deformed. The scarlet would pass away from his lips, and the gold steal from his hair. The life that was to make his soul would mar his body. He would become dreadful, hideous, and uncouth.

»Mein Lieber, ich gratuliere dir sehr herzlich«, sagte er. »Es ist das beste Porträt der Moderne. Mr. Gray, sehen Sie selbst.«

Der junge Mann fuhr zusammen, als sei er aus einem Traum erwacht. »Ist es wirklich fertig?«, murmelte er, als er vom Podest herabstieg.

»Vollkommen fertig«, sagte der Maler. »Und du hast heute glänzend Modell gestanden. Ich bin dir außerordentlich dankbar.«

»Das ist ganz und gar mein Verdienst«, unterbrach Lord Henry. »Nicht wahr, Mr. Gray?«

Dorian gab keine Antwort, sondern trat gleichgültig vor sein Bild und wandte sich ihm zu. Als er es sah, wich er zurück und einen Augenblick lang röteten sich seine Wangen vor Begeisterung. Ein freudiger Ausdruck trat in seine Augen, als ob er sich selbst zum ersten Mal erkannt hätte. Er stand reglos und verwundert da und nahm dunkel wahr, dass Hallward mit ihm sprach, ohne dass er den Sinn seiner Worte erfasste. Das Gefühl seiner eigenen Schönheit kam über ihn wie eine Offenbarung. Er hatte sie bis dahin nie empfunden. Basil Hallwards Komplimente hatte er lediglich für liebenswürdige Übertreibungen der Freundschaft gehalten. Er hatte sie sich angehört, über sie gelacht und sie vergessen. Sie hatten sein Wesen nicht beeinflusst. Dann war Lord Henry Wotton gekommen, mit seiner sonderbaren Lobrede auf die Jugend, seiner schrecklichen Warnung vor ihrer Kürze. Das hatte ihn aufgerüttelt und jetzt, als er dastand und das Abbild seiner eigenen Schönheit bestaunte, wurde ihm blitzartig die volle Wirklichkeit dieser Schilderung bewusst. Ja, der Tag würde kommen, an dem sein Gesicht faltig und runzlig sein würde, die Augen trübe und farblos, die Anmut seiner Gestalt gebrochen und entstellt. Das Scharlachrot würde aus seinen Lippen weichen und das Gold würde sich aus seinen Haaren stehlen. Das Leben, das seine Seele ausmachen sollte, würde seinen Körper zerstören. Er würde abscheulich, hässlich und plump werden.

As he thought of it, a sharp pang of pain struck through him like a knife, and made each delicate fibre of his nature quiver. His eyes deepened into amethyst, and across them came a mist of tears. He felt as if a hand of ice had been laid upon his heart.

'Don't you like it?' cried Hallward at last, stung a little by the lad's silence, not understanding what it meant.

'Of course he likes it,' said Lord Henry. 'Who wouldn't like it? It is one of the greatest things in modern art. I will give you anything you like to ask for it. I must have it.'

'It is not my property, Harry.'

'Whose property is it?'

'Dorian's, of course,' answered the painter.

'He is a very lucky fellow.'

'How sad it is!' murmured Dorian Gray, with his eyes still fixed upon his own portrait. 'How sad it is! I shall grow old, and horrible, and dreadful. But this picture will remain always young. It will never be older than this particular day of June. … If it were only the other way! If it were I who was to be always young, and the picture that was to grow old! For that–for that–I would give everything! Yes, there is nothing in the whole world I would not give! I would give my soul for that!'

'You would hardly care for such an arrangement, Basil,' cried Lord Henry, laughing. 'It would be rather hard lines on your work.'

'I should object very strongly, Harry,' said Hallward.

Dorian Gray turned and looked at him. 'I believe you would, Basil. You like your art better than your friends. I

Als er daran dachte, durchfuhr ihn ein scharfer Schmerz wie ein Messer und ließ jede feine Faser seines Wesens erzittern. Seine Augen verdunkelten sich zu Amethysten und ein Tränenschleier legte sich über sie. Er fühlte sich, als sei ihm eine Hand aus Eis auf sein Herz gelegt worden.

»Gefällt es dir nicht?«, rief Hallward schließlich, ein wenig gereizt durch das Schweigen des jungen Mannes, da er nicht begriff, was es bedeutete.

»Natürlich gefällt es ihm«, sagte Lord Henry. »Wem würde es nicht gefallen? Es ist eines der größten Werke der modernen Kunst. Ich werde dir alles geben, was du dafür verlangst. Ich muss es haben.«

»Es ist nicht mein Eigentum, Harry.«

»Wessen Eigentum ist es?«

»Dorians natürlich«, antwortete der Maler.

»Er ist ein wahrer Glückspilz.«

»Wie traurig das ist!«, murmelte Dorian Gray, die Augen noch immer fest auf sein eigenes Porträt gerichtet. »Wie traurig das ist! Ich werde alt werden und hässlich und abscheulich. Aber dieses Bild wird immer jung bleiben. Es wird nie älter werden als dieser besagte Junitag … Wenn es doch nur umgekehrt wäre! Wenn ich es wäre, der ewig jung bliebe, und das Bild dafür altern müsste. Dafür – dafür – würde ich alles geben! Ja, es gibt nichts auf der ganzen Welt, das ich nicht dafür gäbe! Ich gäbe meine Seele dafür!«

»Du würdest dir kaum etwas aus einem solchen Handel machen, Basil«, rief Lord Henry lachend. »Das wären schlechte Aussichten für dein Werk.«

»Ich würde entschieden Einspruch erheben, Harry«, sagte Hallward.

Dorian Gray wandte sich um und sah ihn an. »Davon bin ich überzeugt, Basil. Dir liegt mehr an deiner Kunst als an deinen

am no more to you than a green bronze figure. Hardly as much, I dare say.'

The painter stared in amazement. It was so unlike Dorian to speak like that. What had happened? He seemed quite angry. His face was flushed and his cheeks burning.

'Yes,' he continued, 'I am less to you than your ivory Hermes or your silver Faun. You will like them always. How long will you like me? Till I have my first wrinkle, I suppose. I know, now, that when one loses one's good looks, whatever they may be, one loses everything. Your picture has taught me that. Lord Henry Wotton is perfectly right. Youth is the only thing worth having. When I find that I am growing old, I shall kill myself.'

Hallward turned pale, and caught his hand. 'Dorian! Dorian!' he cried, 'don't talk like that. I have never had such a friend as you, and I shall never have such another. You are not jealous of material things, are you?–you who are finer than any of them!'

'I am jealous of everything whose beauty does not die. I am jealous of the portrait you have painted of me. Why should it keep what I must lose? Every moment that passes takes something from me, and gives something to it. Oh, if it were only the other way! If the picture could change, and I could be always what I am now! Why did you paint it? It will mock me some day–mock me horribly!' The hot tears welled into his eyes; he tore his hand away, and, flinging himself on the divan, he buried his face in the cushions, as though he was praying.

'This is your doing, Harry,' said the painter, bitterly.

Lord Henry shrugged his shoulders. 'It is the real Dorian Gray–that is all.'

'It is not.'

Freunden. Ich bedeute dir nicht mehr als eine grüne Bronzestatue. Vermutlich nicht einmal so viel.«

Der Maler war starr vor Erstaunen. So zu sprechen war gar nicht Dorians Art. Was war geschehen? Er wirkte ziemlich aufgebracht. Sein Gesicht war gerötet und seine Wangen brannten.

»Ja«, fuhr er fort, »ich bedeute dir weniger als dein elfenbeinerner Hermes oder dein silberner Faun. Die wirst du immer gern haben. Wie lange wirst du mich gern haben? Bis ich meine erste Falte bekomme, nehme ich an. Jetzt weiß ich, wenn man erst sein gutes Aussehen verliert, wie immer es auch sein mag, verliert man alles. Dein Bild hat mich das gelehrt. Lord Henry Wotton hat vollkommen recht. Jugend ist das Einzige, das zu besitzen sich lohnt. Sobald ich entdecke, dass ich alt werde, bringe ich mich um.«

Hallward wurde bleich und ergriff seine Hand. »Dorian! Dorian!«, rief er. »Sprich nicht so. Ich habe nie einen Freund wie dich gehabt und ich werde nie wieder einen solchen haben. Du bist doch nicht eifersüchtig auf materielle Dinge, oder? Du, der schöner ist als irgendeines von ihnen!«

»Ich bin eifersüchtig auf alles, dessen Schönheit nicht stirbt. Ich bin eifersüchtig auf das Porträt, das du von mir gemalt hast. Warum soll es behalten, was ich verlieren muss? Jeder Augenblick, der verstreicht, nimmt mir etwas und gibt ihm etwas. Oh, wenn es doch nur umgekehrt wäre! Wenn sich das Bild verändern könnte und ich immer bleiben könnte, wie ich jetzt bin! Warum hast du es gemalt? Es wird mich eines Tages verhöhnen – furchtbar verhöhnen!« Die heißen Tränen traten ihm in die Augen; er riss seine Hand weg, warf sich auf den Diwan und vergrub sein Gesicht in den Kissen, als bete er.

»Das ist dein Werk, Harry«, sagte der Maler bitter.

Lord Henry zuckte mit den Schultern. »Es ist der wahre Dorian Gray – das ist alles.«

»Das ist er nicht.«

'If it is not, what have I to do with it?'

'You should have gone away when I asked you,' he muttered.

'I stayed when you asked me,' was Lord Henry's answer.

'Harry, I can't quarrel with my two best friends at once, but between you both you have made me hate the finest piece of work I have ever done, and I will destroy it. What is it but canvas and colour? I will not let it come across our three lives and mar them.'

Dorian Gray lifted his golden head from the pillow, and with pallid face and tear-stained eyes looked at him, as he walked over to the deal painting-table that was set beneath the high curtained window. What was he doing there? His fingers were straying about among the litter of tin tubes and dry brushes, seeking for something. Yes, it was for the long palette-knife, with its thin blade of lithe steel. He had found it at last. He was going to rip up the canvas.

With a stifled sob the lad leaped from the couch, and, rushing over to Hallward, tore the knife out of his hand, and flung it to the end of the studio. 'Don't, Basil, don't!' he cried. 'It would be murder!'

'I am glad you appreciate my work at last, Dorian,' said the painter, coldly, when he had recovered from his surprise. 'I never thought you would.'

'Appreciate it? I am in love with it, Basil. It is part of myself. I feel that.'

'Well, as soon as you are dry, you shall be varnished, and framed, and sent home. Then you can do what you like with yourself.' And he walked across the room and rang the bell for tea. 'You will have tea, of course, Dorian? And so will you, Harry? Or do you object to such simple pleasures?'

»Wenn er es nicht ist, was habe ich damit zu schaffen?«

»Du hättest gehen sollen, als ich dich darum bat«, murmelte er.

»Ich blieb, als du mich darum batest«, war Lord Henrys Antwort.

»Harry, ich kann nicht mit meinen beiden besten Freunden gleichzeitig streiten, aber ihr beide seid schuld daran, dass ich das beste Werk, das ich je geschaffen habe, hasse, und ich werde es zerstören. Was ist es anderes als Leinwand und Farbe? Ich werde es nicht über unsere drei Leben kommen und sie zerstören lassen.«

Dorian Gray erhob sein goldenes Haupt von dem Kissen und beobachtete ihn mit bleichem Gesicht und verweinten Augen, als er zu dem Maltisch aus Kiefernholz hinüberging, der unter dem hohen, verdunkelten Fenster stand. Was tat er dort? Seine Finger wühlten sich durch das Gewirr von Blechtuben und trockenen Pinseln und suchten etwas. Ja, sie suchten nach dem langen Spachtelmesser mit seiner schmalen Klinge aus biegsamem Stahl. Endlich hatte er es gefunden. Er wollte die Leinwand aufschlitzen.

Mit einem erstickten Schluchzen sprang der junge Mann vom Sofa auf, stürzte zu Hallward hinüber, riss ihm das Messer aus der Hand und schleuderte es ans andere Ende des Ateliers. »Nicht, Basil, nicht!«, rief er. »Das wäre Mord!«

»Freut mich, dass du mein Werk letztlich doch zu schätzen weißt, Dorian«, sagte der Maler kühl, als er sich von seiner Überraschung erholt hatte. »Daran habe ich gar nicht mehr geglaubt.«

»Es schätzen? Ich bin verliebt in das Bild, Basil. Es ist ein Teil von mir. Das spüre ich.«

»Schön, sobald du trocken bist, wirst du gefirnisst, gerahmt und nach Hause geschickt. Dann kannst du mit dir machen, was du willst.« Er durchquerte den Raum und läutete nach dem Tee. »Du trinkst doch sicherlich Tee, Dorian? Und du auch, Harry? Oder habt ihr etwas gegen solch einfache Genüsse?«

'I adore simple pleasures,' said Lord Henry. 'They are the last refuge of the complex. But I don't like scenes, except on the stage. What absurd fellows you are, both of you! I wonder who it was defined man as a rational animal. It was the most premature definition ever given. Man is many things, but he is not rational. I am glad he is not, after all: though I wish you chaps would not squabble over the picture. You had much better let me have it, Basil. This silly boy doesn't really want it, and I really do.'

'If you let any one have it but me, Basil, I shall never forgive you!' cried Dorian Gray; 'and I don't allow people to call me a silly boy.'

'You know the picture is yours, Dorian. I gave it to you before it existed.'

'And you know you have been a little silly, Mr. Gray, and that you don't really object to being reminded that you are extremely young.'

'I should have objected very strongly this morning, Lord Henry.'

'Ah! this morning! You have lived since then.'

There came a knock at the door, and the butler entered with a laden tea-tray and set it down upon a small Japanese table. There was a rattle of cups and saucers and the hissing of a fluted Georgian urn. Two globe-shaped china dishes were brought in by a page. Dorian Gray went over and poured out the tea. The two men sauntered languidly to the table, and examined what was under the covers.

'Let us go to the theatre to-night,' said Lord Henry. 'There is sure to be something on, somewhere. I have promised to dine at White's, but it is only with an old

»Ich bin verrückt nach einfachen Genüssen«, sagte Lord Henry. »Sie sind die letzte Zuflucht der Komplizierten. Aber ich mag keine Szenen, außer auf der Bühne. Was für lächerliche Kerle ihr doch seid, alle beide! Ich frage mich, wer es war, der den Menschen als ein vernunftbegabtes Tier bezeichnete. Das war die voreiligste Definition, die je aufgestellt wurde. Der Mensch ist vielerlei, aber vernunftbegabt ist er nicht. Im Grunde bin ich froh, dass er es nicht ist, obwohl ich mir wünschte, ihr Burschen würdet euch nicht wegen des Bildes zanken. Du hättest es lieber mir überlassen sollen, Basil. Dieser dumme Junge will es ja eigentlich gar nicht, ich dagegen wirklich sehr.«

»Wenn du es jemand anderem als mir überlässt, Basil, werde ich dir das nie verzeihen!«, rief Dorian Gray. »Und ich erlaube niemandem, mich einen dummen Jungen zu nennen.«

»Du weißt, das Bild gehört dir, Dorian. Ich habe es dir geschenkt, noch bevor es existierte.«

»Und Sie wissen, dass Sie sich ein wenig dumm benommen haben, Mr. Gray, und dass Sie in Wirklichkeit gar nichts dagegen haben, daran erinnert zu werden, dass Sie außerordentlich jung sind.«

»Heute Morgen hätte ich sehr große Einwände dagegen gehabt, Lord Henry.«

»Ach! Heute Morgen! Seither haben Sie gelebt.«

Es klopfte an der Tür, der Butler trat mit einem vollen Teebrett ein und stellte es auf einem kleinen japanischen Tisch ab. Man hörte das Klappern von Tassen und Tellern und das Zischen eines kannelierten georgischen Samowars. Zwei kugelförmige Porzellanschüsseln wurden von einem Diener hereingebracht. Dorian Gray ging hinüber und schenkte den Tee ein. Die beiden Männer gingen langsam zum Tisch hinüber und prüften, was sich unter den Deckeln befand.

»Lasst uns heute Abend ins Theater gehen«, sagte Lord Henry. »Irgendwo wird sicher etwas los sein. Ich habe zwar versprochen, im Whites zu speisen, aber nur mit einem alten

friend, so I can send him a wire to say that I am ill, or that I am prevented from coming in consequence of a subsequent engagement. I think that would be a rather nice excuse: it would have all the surprise of candour.'

'It is such a bore putting on one's dress-clothes,' muttered Hallward. 'And, when one has them on, they are so horrid.'

'Yes,' answered Lord Henry, dreamily, 'the costume of the nineteenth century is detestable. It is so sombre, so depressing. Sin is the only real colour-element left in modern life.'

'You really must not say things like that before Dorian, Harry.'

'Before which Dorian? The one who is pouring out tea for us, or the one in the picture?'

'Before either.'

'I should like to come to the theatre with you, Lord Henry,' said the lad.

'Then you shall come; and you will come too, Basil, won't you?'

'I can't, really. I would sooner not. I have a lot of work to do.'

'Well, then, you and I will go alone, Mr. Gray.'

'I should like that awfully.'

The painter bit his lip and walked over, cup in hand, to the picture. 'I shall stay with the real Dorian,' he said, sadly.

'Is it the real Dorian?' cried the original of the portrait, strolling across to him. 'Am I really like that?'

'Yes; you are just like that.'

'How wonderful, Basil!'

'At least you are like it in appearance. But it will never alter,' sighed Hallward. 'That is something.'

Freund, also kann ich ihm ein Telegramm schicken, dass ich krank sei oder eine spätere Verabredung mein Kommen verhindere. Ich finde, das wäre eine recht nette Entschuldigung: Sie besäße die ganze Überraschung der Aufrichtigkeit.«

»Es ist so langweilig, sich den Frack anzuziehen«, brummte Hallward. »Und wenn man ihn anhat, sieht man so grässlich darin aus.«

»Ja«, erwiderte Lord Henry versonnen, »die Kleidung des neunzehnten Jahrhunderts ist abscheulich. Sie ist so düster, so bedrückend. Die Sünde ist der einzige Farbtupfer, der im modernen Leben übrig geblieben ist.«

»Solche Dinge darfst du wirklich nicht vor Dorian sagen, Harry.«

»Vor welchem Dorian? Vor dem, der uns Tee einschenkt, oder vor dem auf dem Bild?«

»Vor keinem.«

»Ich würde gerne mit Ihnen ins Theater gehen, Lord Henry«, sagte der junge Mann.

»Dann werden Sie mitkommen; und du wirst auch mitkommen, Basil, nicht wahr?«

»Ich kann nicht, wirklich. Ich möchte lieber nicht. Ich habe eine Menge Arbeit zu erledigen.«

»Nun, dann werden Sie und ich eben alleine gehen, Mr. Gray.«

»Das würde ich schrecklich gern.«

Der Maler biss sich auf die Lippen und ging, die Tasse in der Hand, zu dem Bild hinüber. »Ich werde bei dem echten Dorian bleiben«, sagte er traurig.

»Ist das der echte Dorian?«, rief das Original des Porträts und schlenderte zu ihm hinüber. »Bin ich wirklich so?«

»Ja, genau so bist du.«

»Wie wunderbar, Basil!«

»Zumindest gleichst du ihm dem Aussehen nach. Aber es wird sich niemals verändern«, seufzte Hallward. »Das ist schon etwas.«

'What a fuss people make about fidelity!' exclaimed Lord Henry. 'Why, even in love it is purely a question for physiology. It has nothing to do with our own will. Young men want to be faithful, and are not; old men want to be faithless, and cannot: that is all one can say.'

'Don't go to the theatre to-night, Dorian,' said Hallward. 'Stop and dine with me.'

'I can't, Basil.'

'Why?'

'Because I have promised Lord Henry Wotton to go with him.'

'He won't like you the better for keeping your promises. He always breaks his own. I beg you not to go.'

Dorian Gray laughed and shook his head.

'I entreat you.'

The lad hesitated, and looked over at Lord Henry, who was watching them from the tea-table with an amused smile.

'I must go, Basil,' he answered.

'Very well,' said Hallward; and he went over and laid down his cup on the tray. 'It is rather late, and, as you have to dress, you had better lose no time. Good-bye, Harry. Good-bye, Dorian. Come and see me soon. Come to-morrow.'

'Certainly.'

'You won't forget?'

'No, of course not,' cried Dorian.

'And … Harry!'

'Yes, Basil?'

'Remember what I asked you, when we were in the garden this morning.'

'I have forgotten it.'

»Was für ein Aufheben die Leute um Treue machen!«, rief Lord Henry aus. »Und dabei ist sie selbst in der Liebe nur eine Frage der Physiologie. Sie hat nichts mit unserem eigenen Willen zu tun. Junge Männer wollen treu sein und sind es nicht; alte Männer wollen untreu sein und können es nicht: Das ist alles, was sich darüber sagen lässt.«

»Geh heute Abend nicht ins Theater, Dorian«, sagte Hallward. »Bleib und iss mit mir.«

»Ich kann nicht, Basil.«

»Warum?«

»Weil ich Lord Henry Wotton versprochen habe, ihn zu begleiten.«

»Er wird dich nicht lieber mögen, wenn du deine Versprechen hältst. Er bricht seine ständig. Ich bitte dich, nicht zu gehen.«

Dorian Gray lachte und schüttelte den Kopf.

»Ich flehe dich an.«

Der junge Mann zögerte und schaute zu Lord Henry hinüber, der sie vom Teetisch aus mit einem amüsierten Lächeln beobachtete.

»Ich muss gehen, Basil«, antwortete er.

»Nun gut«, sagte Hallward; und er ging hinüber und stellte seine Tasse auf dem Tablett ab. »Es ist ziemlich spät und da ihr euch noch umziehen müsst, solltet ihr keine Zeit verlieren. Auf Wiedersehen, Harry. Auf Wiedersehen, Dorian. Komm mich bald besuchen. Komm morgen.«

»Bestimmt.«

»Du wirst es nicht vergessen?«

»Nein, natürlich nicht!«, rief Dorian.

»Und … Harry!«

»Ja, Basil?«

»Denk an das, worum ich dich bat, als wir heute Morgen im Garten waren.«

»Ich habe es vergessen.«

'I trust you.'

'I wish I could trust myself,' said Lord Henry, laughing. 'Come, Mr. Gray, my hansom is outside, and I can drop you at your own place. Good-bye, Basil. It has been a most interesting afternoon.'

As the door closed behind them, the painter flung himself down on a sofa, and a look of pain came into his face.

»Ich vertraue dir.«

»Ich wünschte, ich könnte mir selbst vertrauen«, sagte Lord Henry lachend. »Kommen Sie, Mr. Gray, mein Hansom steht draußen und ich kann Sie bei Ihrer Wohnung absetzen. Auf Wiedersehen, Basil. Es war ein höchst interessanter Nachmittag.«

Als sich die Tür hinter ihnen schloss, warf sich der Maler auf ein Sofa und ein schmerzlicher Ausdruck trat in sein Gesicht.

Chapter III

At half-past twelve next day Lord Henry Wotton strolled from Curzon Street over to the Albany to call on his uncle, Lord Fermor, a genial if somewhat rough-mannered old bachelor, whom the outside world called selfish because it derived no particular benefit from him, but who was considered generous by Society as he fed the people who amused him. His father had been our ambassador at Madrid when Isabella was young, and Prim unthought of, but had retired from the Diplomatic Service in a capricious moment of annoyance on not being offered the Embassy at Paris, a post to which he considered that he was fully entitled by reason of his birth, his indolence, the good English of his despatches, and his inordinate passion for pleasure. The son, who had been his father's secretary, had resigned along with his chief, somewhat foolishly as was thought at the time, and on succeeding some months later to the title, had set himself to the serious study of the great aristocratic art of doing absolutely nothing. He had two large town houses, but preferred to live in chambers as it was less trouble, and took most of his meals at his club. He paid some attention to the management of his collieries in the Midland counties, excusing himself for this taint of industry on the ground that the one advantage of having coal was that it enabled a gentleman to afford the decency of burning wood on his own hearth. In politics he was a Tory, except when the Tories were in office, during which period he roundly abused them for being a pack of Radicals. He was a hero to his valet, who bullied him, and a terror to most of his relations, whom he bullied in turn. Only England could have produced him, and he always

KAPITEL 3

Um halb eins am nächsten Tag spazierte Lord Henry Wotton von der Curzon Street zum Albany hinüber, um seinen Onkel Lord Fermor zu besuchen, einen freundlichen, wenn auch etwas raubeinigen alten Junggesellen, den seine Umwelt egoistisch nannte, weil sie keinen besonderen Nutzen von ihm hatte, der aber bei der besseren Gesellschaft als großzügig galt, weil er die Leute ernährte, die ihn amüsierten. Sein Vater war unser Botschafter in Madrid gewesen, als Isabella jung war und noch niemand an Prim dachte, hatte sich aber in einem launenhaften Augenblick der Verärgerung aus dem diplomatischen Dienst zurückgezogen, weil man ihm nicht die Botschaft in Paris angeboten hatte, einen Posten, zu dem er sich vollauf berechtigt geglaubt hatte durch seine Geburt, seine Trägheit, das gute Englisch in seinen Depeschen und seine hemmungslose Vergnügungssucht. Der Sohn, der seines Vaters Sekretär gewesen war, war zusammen mit seinem Vorgesetzten ausgeschieden, was man damals für ziemlich töricht hielt, und als einige Monate später der Titel auf ihn überging, hatte er mit dem ernsthaften Studium der hohen aristokratischen Kunst des völligen Nichtstuns begonnen. Er besaß zwei große Stadthäuser, zog es aber vor, in einem Apartment zu wohnen, weil das weniger Umstände machte, und nahm die meisten seiner Mahlzeiten in seinem Klub ein. Er widmete der Verwaltung seiner Kohlegruben in den Grafschaften der Midlands ein wenig Aufmerksamkeit und entschuldigte sich für dieses schmutzige Gewerbe mit der Begründung, der einzige Vorteil, Kohle zu besitzen, bestehe darin, dass er es einem Gentleman erlaube, in seinem eigenen Kamin Holz zu verbrennen. Politisch gesehen war er ein Tory, außer wenn die Tories an der Regierung waren; in dieser Zeit beschimpfte er sie rundheraus als eine Bande von Radikalen. Er war ein Held für seinen Kammerdiener, der ihn herumkommandierte, und ein Schrecken für die meisten seiner Verwandten, die er herumkommandierte.

said that the country was going to the dogs. His principles were out of date, but there was a good deal to be said for his prejudices.

When Lord Henry entered the room, he found his uncle sitting in a rough shooting coat, smoking a cheroot and grumbling over *The Times*. 'Well, Harry,' said the old gentleman, 'what brings you out so early? I thought you dandies never got up till two, and were not visible till five.'

'Pure family affection, I assure you, Uncle George. I want to get something out of you.'

'Money, I suppose,' said Lord Fermor, making a wry face. 'Well, sit down and tell me all about it. Young people, nowadays, imagine that money is everything.'

'Yes,' murmured Lord Henry, settling his button-hole in his coat; 'and when they grow older they know it. But I don't want money. It is only people who pay their bills who want that, Uncle George, and I never pay mine. Credit is the capital of a younger son, and one lives charmingly upon it. Besides, I always deal with Dartmoor's tradesmen, and consequently they never bother me. What I want is information: not useful information, of course; useless information.'

'Well, I can tell you anything that is in an English Bluebook, Harry, although those fellows nowadays write a lot of nonsense. When I was in the Diplomatic, things were much better. But I hear they let them in now by examination. What can you expect? Examinations, sir, are pure humbug from beginning to end. If a man is a gentleman, he knows quite enough, and if he is not a gentleman, whatever he knows is bad for him.'

'Mr. Dorian Gray does not belong to Blue-books, Uncle George,' said Lord Henry, languidly.

Allein England konnte ihn hervorgebracht haben, und er behauptete stets, das Land gehe vor die Hunde. Seine Grundsätze waren überholt, aber für seine Vorurteile sprach eine ganze Menge.

Als Lord Henry das Zimmer betrat, fand er seinen Onkel in einem derben Jagdrock dasitzend, einen Stumpen rauchend und über der *Times* grummelnd. »Nun, Harry«, sagte der alte Herr, »was treibt dich so früh aus dem Haus? Ich dachte, ihr Dandys würdet nie vor zwei aufstehen und wärt nie vor fünf sichtbar.«

»Reine Familienliebe, das versichere ich dir, Onkel George. Ich brauche etwas von dir.«

»Geld vermutlich«, sagte Lord Fermor und verzog das Gesicht. »Also, setz dich und erzähl mir alles darüber. Die jungen Leute heutzutage bilden sich ein, Geld sei alles.«

»Ja«, murmelte Lord Henry, während er die Knopflochblume an seinem Überrock zurechtrückte; »und wenn sie älter werden, wissen sie es. Aber ich brauche kein Geld. Das brauchen nur Leute, die ihre Rechnungen bezahlen, Onkel George, und ich bezahle meine nie. Kredit ist das Kapital eines jüngeren Sohnes und man lebt herrlich damit. Außerdem mache ich meine Geschäfte stets mit Händlern aus Dartmoor und folglich behelligen sie mich nie. Was ich brauche, ist eine Auskunft; keine nützliche Auskunft natürlich, nur eine unnütze Auskunft.«

»Nun, ich kann dir alles sagen, was in einem englischen Blaubuch steht, Harry, obwohl diese Burschen heutzutage eine Menge Unsinn schreiben. Als ich noch im diplomatischen Dienst war, lagen die Dinge viel besser. Aber wie ich höre, stellen sie die Leute jetzt aufgrund einer Prüfung ein. Was kann man da erwarten? Prüfungen, mein Bester, sind der reine Humbug vom Anfang bis zum Ende. Wenn ein Mann ein Gentleman ist, weiß er wirklich genug, und wenn er kein Gentleman ist, ist alles, was er weiß, schlecht für ihn.«

»Mr. Dorian Gray steht nicht in den Blaubüchern, Onkel George«, sagte Lord Henry träge.

'Mr. Dorian Gray? Who is he?' asked Lord Fermor, knitting his bushy white eyebrows.

'That is what I have come to learn, Uncle George. Or rather, I know who he is. He is the last Lord Kelso's grandson. His mother was a Devereux, Lady Margaret Devereux. I want you to tell me about his mother. What was she like? Whom did she marry? You have known nearly everybody in your time, so you might have known her. I am very much interested in Mr. Gray at present. I have only just met him.'

'Kelso's grandson!' echoed the old gentleman—'Kelso's grandson! ... Of course. ... I knew his mother intimately. I believe I was at her christening. She was an extraordinarily beautiful girl, Margaret Devereux, and made all the men frantic by running away with a penniless young fellow, a mere nobody, sir, a subaltern in a foot regiment, or something of that kind. Certainly. I remember the whole thing as if it happened yesterday. The poor chap was killed in a duel at Spa a few months after the marriage. There was an ugly story about it. They said Kelso got some rascally adventurer, some Belgian brute, to insult his son-in-law in public, paid him, sir, to do it, paid him, and that the fellow spitted his man as if he had been a pigeon. The thing was hushed up, but, egad, Kelso ate his chop alone at the club for some time afterwards. He brought his daughter back with him, I was told, and she never spoke to him again. Oh, yes; it was a bad business. The girl died too, died within a year. So she left a son, did she? I had forgotten that. What sort of boy is he? If he is like his mother he must be a good-looking chap.'

'He is very good-looking,' assented Lord Henry.

»Mr. Dorian Gray? Wer ist das?«, fragte Lord Fermor und zog seine buschigen weißen Augenbrauen zusammen.

»Um das zu erfahren, bin ich gekommen, Onkel George. Oder vielmehr, ich weiß, wer er ist. Er ist der Enkel des verstorbenen Lord Kelso. Seine Mutter war eine Devereux, Lady Margaret Devereux. Ich möchte, dass du mir von seiner Mutter erzählst. Wie war sie? Wen hat sie geheiratet? Du hast zu deiner Zeit fast jeden gekannt, also könntest du sie auch gekannt haben. Ich bin im Augenblick sehr an Mr. Gray interessiert. Ich habe ihn gerade erst kennengelernt.«

»Kelsos Enkel!«, wiederholte der alte Herr. »Kelsos Enkel! ... Natürlich ... Ich kannte seine Mutter gut. Ich glaube, ich war bei ihrer Taufe. Sie war ein außergewöhnlich schönes Mädchen, Margaret Devereux, und machte alle Männer rasend, als sie mit einem mittellosen jungen Burschen durchbrannte, einem absoluten Niemand, mein Bester, einem Fähnrich bei der Infanterie oder etwas Ähnliches. Natürlich. Ich erinnere mich an die ganze Geschichte, als wäre sie erst gestern passiert. Der arme Kerl wurde bei einem Duell in Spa getötet, ein paar Monate nach der Hochzeit. Es kursierte ein hässliches Gerücht. Es heißt, der alte Kelso habe irgendeinen schurkenhaften Abenteurer, einen belgischen Rohling, angeheuert, um seinen Schwiegersohn öffentlich zu beleidigen, er habe ihn dafür bezahlt, ja, mein Bester, dafür bezahlt, und dieser Kerl habe sein Opfer dann aufgespießt wie eine Taube. Die Sache wurde vertuscht, aber, bei Gott, Kelso hat danach eine Weile sein Kotelett im Klub allein verspeist. Mir wurde erzählt, er brachte seine Tochter mit sich zurück und sie sprach nie wieder mit ihm. Oh ja, das war eine böse Sache. Das Mädchen starb auch, starb binnen eines Jahres. Also hat sie einen Sohn hinterlassen, ja? Das hatte ich vergessen. Was für ein Junge ist er? Wenn er seiner Mutter gleicht, muss er ein hübscher Bursche sein.«

»Er ist sehr hübsch«, bestätigte Lord Henry.

'I hope he will fall into proper hands,' continued the old man. 'He should have a pot of money waiting for him if Kelso did the right thing by him. His mother had money too. All the Selby property came to her, through her grandfather. Her grandfather hated Kelso, thought him a mean dog. He was, too. Came to Madrid once when I was there. Egad, I was ashamed of him. The Queen used to ask me about the English noble who was always quarrelling with the cabmen about their fares. They made quite a story of it. I didn't dare show my face at Court for a month. I hope he treated his grandson better than he did the jarvies.'

'I don't know,' answered Lord Henry. 'I fancy that the boy will be well off. He is not of age yet. He has Selby, I know. He told me so. And … his mother was very beautiful?'

'Margaret Devereux was one of the loveliest creatures I ever saw, Harry. What on earth induced her to behave as she did, I never could understand. She could have married anybody she chose. Carlington was mad after her. She was romantic, though. All the women of that family were. The men were a poor lot, but, egad! the women were wonderful. Carlington went on his knees to her. Told me so himself. She laughed at him, and there wasn't a girl in London at the time who wasn't after him. And by the way, Harry, talking about silly marriages, what is this humbug your father tells me about Dartmoor wanting to marry an American? Ain't English girls good enough for him?'

'It is rather fashionable to marry Americans just now, Uncle George.'

»Ich hoffe, er kommt in gute Hände«, fuhr der alte Mann fort. »Auf ihn sollte ein Haufen Geld warten, wenn Kelso ihn rechtmäßig behandelt hat. Auch seine Mutter hatte Geld. Der ganze Selby-Besitz fiel ihr zu, durch ihren Großvater. Ihr Großvater hasste Kelso, hielt ihn für einen gemeinen Hund. Das war er auch. Kam einmal nach Madrid, als ich dort war. Bei Gott, habe ich mich seinetwegen geschämt. Die Königin pflegte mich nach dem englischen Adligen zu fragen, der sich ständig mit den Kutschern über das Fahrgeld zankte. Man machte dort eine große Geschichte daraus. Einen Monat lang wagte ich es nicht, mein Gesicht bei Hof zu zeigen. Ich hoffe, er behandelte seinen Enkel besser als die Droschkenkutscher.«

»Ich weiß es nicht«, antwortete Lord Henry. »Ich denke, der Junge wird einmal wohlhabend sein. Er ist noch nicht volljährig. Selby gehört ihm, das weiß ich. Er hat es mir erzählt. Und ... seine Mutter war sehr schön?«

»Margaret Devereux war eines der entzückendsten Geschöpfe, die ich je gesehen habe, Harry. Was in aller Welt sie dazu bewogen hat, sich so zu benehmen, wie sie es tat, konnte ich nie begreifen. Sie hätte heiraten können, wen sie wollte. Carlington war verrückt nach ihr. Doch sie war romantisch. Alle Frauen in dieser Familie waren so. Die Männer waren ein armseliger Haufen, aber, bei Gott, die Frauen waren wunderbar. Carlington ging auf Knien zu ihr. Hat er mir selber erzählt. Sie lachte ihn aus, und es gab damals in London kein Mädchen, das nicht hinter ihm her gewesen wäre. Übrigens, Harry, da wir schon über törichte Eheschließungen reden, was ist das für ein Humbug, den mir dein Vater erzählt: dass Dartmoor eine Amerikanerin heiraten will? Sind ihm englische Mädchen nicht gut genug?«

»Es ist gerade ziemlich in Mode, Amerikanerinnen zu heiraten, Onkel George.«

'I'll back English women against the world, Harry,' said Lord Fermor, striking the table with his fist.

'The betting is on the Americans.'

'They don't last, I am told,' muttered his uncle.

'A long engagement exhausts them, but they are capital at a steeplechase. They take things flying. I don't think Dartmoor has a chance.'

'Who are her people?' grumbled the old gentleman. 'Has she got any?'

Lord Henry shook his head. 'American girls are as clever at concealing their parents, as English women are at concealing their past,' he said, rising to go.

'They are pork-packers, I suppose?'

'I hope so, Uncle George, for Dartmoor's sake. I am told that pork-packing is the most lucrative profession in America, after politics.'

'Is she pretty?'

'She behaves as if she was beautiful. Most American women do. It is the secret of their charm.'

'Why can't these American women stay in their own country? They are always telling us that it is the Paradise for women.'

'It is. That is the reason why, like Eve, they are so excessively anxious to get out of it,' said Lord Henry. 'Good-bye, Uncle George. I shall be late for lunch, if I stop any longer. Thanks for giving me the information I wanted. I always like to know everything about my new friends, and nothing about my old ones.'

'Where are you lunching, Harry?'

»Ich werde gegen die ganze Welt auf die englischen Frauen setzen, Harry«, sagte Lord Fermor und schlug mit der Faust auf den Tisch.

»Die Wetten stehen gut für die Amerikanerinnen.«

»Sie halten nicht lange durch, hat man mir gesagt«, brummte sein Onkel.

»Eine lange Bindung erschöpft sie, aber beim Hürdenlauf sind sie großartig. Sie nehmen die Dinge im Flug. Ich glaube nicht, dass Dartmoor eine Chance hat.«

»Was ist mit ihrer Familie?«, brummte der alte Herr. »Hat sie überhaupt eine?«

Lord Henry schüttelte den Kopf. »Amerikanische Mädchen sind ebenso geschickt darin, ihre Eltern zu verheimlichen, wie englische Frauen ihre Vergangenheit«, sagte er und erhob sich zum Gehen.

»Dann sind sie vermutlich Schweinefleischpacker?«

»Das hoffe ich, Onkel George, in Dartmoors Interesse. Ich habe gehört, dass Schweinefleischpacken der einträglichste Beruf in Amerika sein soll, gleich nach der Politik.«

»Ist sie hübsch?«

»Sie benimmt sich, als wäre sie schön. Das tun die meisten Amerikanerinnen. Es ist das Geheimnis ihres Charmes.«

»Warum können diese Amerikanerinnen nicht in ihrem eigenen Land bleiben? Sie erzählen uns doch immer, es sei das Paradies für Frauen.«

»Das ist es auch. Das ist der Grund, warum sie, wie Eva, so übermäßig bestrebt sind, es zu verlassen«, sagte Lord Henry. »Auf Wiedersehen, Onkel George. Ich komme zu spät zum Mittagessen, wenn ich noch länger bleibe. Danke für die Auskunft, die ich brauchte. Ich weiß immer gern alles über meine neuen Freunde und nichts über meine alten.«

»Wo isst du zu Mittag, Harry?«

'At Aunt Agatha's. I have asked myself and Mr. Gray. He is her latest *protégé*.

'Humph! tell your Aunt Agatha, Harry, not to bother me any more with her charity appeals. I am sick of them. Why, the good woman thinks that I have nothing to do but to write cheques for her silly fads.'

'All right, Uncle George, I'll tell her, but it won't have any effect. Philanthropic people lose all sense of humanity. It is their distinguishing characteristic.'

The old gentleman growled approvingly, and rang the bell for his servant. Lord Henry passed up the low arcade into Burlington Street, and turned his steps in the direction of Berkeley Square.

So that was the story of Dorian Gray's parentage. Crudely as it had been told to him, it had yet stirred him by its suggestion of a strange, almost modern romance. A beautiful woman risking everything for a mad passion. A few wild weeks of happiness cut short by a hideous, treacherous crime. Months of voiceless agony, and then a child born in pain. The mother snatched away by death, the boy left to solitude and the tyranny of an old and loveless man. Yes; it was an interesting background. It posed the lad, made him more perfect as it were. Behind every exquisite thing that existed, there was something tragic. Worlds had to be in travail, that the meanest flower might blow. ... And how charming he had been at dinner the night before, as with startled eyes and lips parted in frightened pleasure he had sat opposite to him at the club, the red candleshades staining to a richer rose the wakening wonder of his face. Talking to him was like playing upon an exquisite violin. He answered to every touch and thrill of the bow. ... There was something terribly enthralling in the exercise

»Bei Tante Agatha. Ich habe mich und Mr. Gray dort eingeladen. Er ist ihr neuester Protegé.«

»Hm! Sag deiner Tante Agatha, Harry, dass sie mich mit ihren Wohltätigkeitsaufrufen künftig nicht mehr behelligen soll. Ich habe sie satt. Die gute Frau glaubt wohl, ich hätte nichts anderes zu tun als Schecks für ihre albernen Launen auszustellen.«

»In Ordnung, Onkel George, ich werde es ihr sagen, aber es wird nichts nützen. Philanthropische Menschen verlieren jedes Gespür für Menschlichkeit. Das ist ihr charakteristisches Merkmal.«

Der alte Herr brummte zustimmend und läutete nach seinem Diener. Lord Henry ging durch die niedrigen Arkaden zur Burlington Street hinauf und lenkte seine Schritte in Richtung Berkeley Square.

Das war also die Geschichte von Dorian Grays Herkunft. So grob umrissen sie ihm auch geschildert worden war, hatte sie ihn doch durch ihre Andeutung einer außergewöhnlichen, fast modernen Romanze bewegt. Eine schöne Frau, die für eine wahnsinnige Leidenschaft alles aufs Spiel setzt. Ein paar stürmische Wochen des Glücks, jäh abgeschnitten durch ein abscheuliches, heimtückisches Verbrechen. Monate stummer Qual und dann ein unter Schmerzen geborenes Kind. Die Mutter vom Tode dahingerafft, der Junge der Einsamkeit und der Tyrannei eines alten und lieblosen Mannes überlassen. Ja, das war eine interessante Herkunft. Es hob den jungen Mann hervor, machte ihn gleichsam noch vollkommener. Hinter allem Erlesenen in der Welt lag etwas Tragisches. Welten mussten in Wehen liegen, damit die kleinste Blume erblühen konnte ... Und wie bezaubernd er beim Essen am Vorabend gewesen war, als er ihm, mit staunenden Augen und vor ängstlichem Entzücken halb geöffneten Lippen, im Klub gegenüber gesessen hatte und die roten Kerzenschirme das erwachende Wunder seines Gesichts in ein noch tieferes Rosa tauchten. Sich mit ihm zu unterhalten war, wie auf einer kostbaren Geige zu spielen. Er reagierte auf jede Berührung und jedes Zittern des

of influence. No other activity was like it. To project one's soul into some gracious form, and let it tarry there for a moment; to hear one's own intellectual views echoed back to one with all the added music of passion and youth; to convey one's temperament into another as though it were a subtle fluid or a strange perfume: there was a real joy in that—perhaps the most satisfying joy left to us in an age so limited and vulgar as our own, an age grossly carnal in its pleasures, and grossly common in its aims. ... He was a marvellous type, too, this lad, whom by so curious a chance he had met in Basil's studio, or could be fashioned into a marvellous type, at any rate. Grace was his, and the white purity of boyhood, and beauty such as old Greek marbles kept for us. There was nothing that one could not do with him. He could be made a Titan or a toy. What a pity it was that such beauty was destined to fade! ... And Basil? From a psychological point of view, how interesting he was! The new manner in art, the fresh mode of looking at life, suggested so strangely by the merely visible presence of one who was unconscious of it all; the silent spirit that dwelt in dim woodland, and walked unseen in open field, suddenly showing herself, Dryad-like and not afraid, because in his soul who sought for her there had been wakened that wonderful vision to which alone are wonderful things revealed; the mere shapes and patterns of things becoming, as it were, refined, and gaining a kind of symbolical value, as though they were themselves patterns of some other and more perfect form whose shadow they made real: how strange it all was! He remembered something like it in history. Was it not Plato, that artist in thought, who had first analyzed it? Was it not Buonarotti who had carved it in the

Bogens ... Es lag etwas außerordentlich Fesselndes darin, Einfluss auszuüben. Keine andere Tätigkeit kam dem gleich. Seine Seele in eine anmutige Form zu übertragen und sie darin einen Augenblick verweilen zu lassen; seine eigenen intellektuellen Ansichten als Echo zu hören, bereichert um die Musik der Leidenschaft und Jugend; sein Temperament in ein anderes hineinzulegen, als wäre es ein feines Fluidum oder ein fremdartiger Duft: darin lag eine wahre Lust – vielleicht die befriedigendste Lust, die uns geblieben ist in einer so beschränkten und vulgären Zeit wie der unseren, einer Zeit, so derb sinnlich in ihren Genüssen und so schrecklich gewöhnlich in ihren Zielen ... Er war auch ein wunderbarer Menschentypus, dieser junge Mann, den er durch einen so merkwürdigen Zufall in Basils Atelier getroffen hatte, oder konnte zumindest zu einem wunderbaren Typus geformt werden. Er besaß Anmut und die unberührte Reinheit der Jugend und Schönheit, wie sie uns die Marmorstatuen der alten Griechen bewahrt haben. Es gab nichts, was man aus ihm nicht machen konnte. Man konnte ihn in einen Titanen oder ein Spielzeug verwandeln. Wie schade, dass solche Schönheit vergehen musste! ... Und Basil? Wie interessant war er doch in psychologischer Hinsicht! Dieser neue Stil in der Kunst, die frische Art, das Leben zu betrachten, auf so merkwürdige Weise angeregt durch die bloße sichtbare Gegenwart eines Menschen, der sich all dessen gar nicht bewusst war; der stille Geist, der im dunklen Wald hauste und ungesehen über das offene Feld schritt, um sich plötzlich zu zeigen, dryadengleich und ohne Scheu, weil in der Seele dessen, der ihn suchte, jene wundersame Vision erwacht war, der sich nur die wunderbaren Dinge enthüllen; die bloßen Formen und Modelle der Dinge wurden gleichsam veredelt und bekamen eine Art symbolische Bedeutung, als wären sie selbst Modelle einer anderen und vollkommeneren Form, deren Schatten durch sie Wirklichkeit erhielt: Wie merkwürdig das alles war! Er erinnerte sich an etwas Ähnliches in der Geschichte. War es nicht Plato, dieser Künstler

coloured marbles of a sonnet-sequence? But in our own century it was strange. ... Yes; he would try to be to Dorian Gray what, without knowing it, the lad was to the painter who had fashioned the wonderful portrait. He would seek to dominate him—had already, indeed, half done so. He would make that wonderful spirit his own. There was something fascinating in this son of Love and Death.

Suddenly he stopped, and glanced up at the houses. He found that he had passed his aunt's some distance, and, smiling to himself, turned back. When he entered the somewhat sombre hall, the butler told him that they had gone in to lunch. He gave one of the footmen his hat and stick, and passed into the dining-room.

'Late as usual, Harry,' cried his aunt, shaking her head at him.

He invented a facile excuse, and having taken the vacant seat next to her, looked round to see who was there. Dorian bowed to him shyly from the end of the table, a flush of pleasure stealing into his cheek. Opposite was the Duchess of Harley, a lady of admirable good-nature and good temper, much liked by every one who knew her, and of those ample architectural proportions that in women who are not Duchesses are described by contemporary historians as stoutness. Next to her sat, on her right, Sir Thomas Burdon, a Radical member of Parliament, who followed his leader in public life, and in private followed the best cooks, dining with the Tories, and thinking with the Liberals, in accordance with a wise and well-known rule. The post on her left was occupied by Mr. Erskine of Treadley, an old gentleman of considerable charm and culture, who had fallen, however, into bad

des Denkens, der es zuerst untersucht hatte? War es nicht Buonarotti, der es in den farbigen Marmor einer Sonettfolge gemeißelt hatte? Doch in unserem eigenen Jahrhundert war so etwas unüblich … Ja, er wollte versuchen, für Dorian Gray das zu sein, was der junge Mann, ohne es zu wissen, für den Maler war, der das wunderbare Porträt geschaffen hatte. Er wollte danach streben, ihn zu beherrschen – hatte dies ja schon halb erreicht. Er wollte sich diesen wunderbaren Geist zu eigen machen. Es war etwas Faszinierendes an diesem Abkömmling von Liebe und Tod.

Plötzlich blieb er stehen und sah zu den Häusern hinauf. Er stellte fest, dass er an dem Haus seiner Tante schon ein ganzes Stück vorbeigegangen war, und machte, still vor sich hinlächelnd, kehrt. Als er die etwas düstere Eingangshalle betrat, sagte ihm der Butler, sie seien bereits zu Tisch gegangen. Er gab einem der Dienstboten seinen Hut und Stock und ging ins Speisezimmer.

»Wie gewöhnlich verspätet, Harry«, rief seine Tante und schüttelte missbilligend den Kopf.

Er erfand eine gefällige Ausrede und nachdem er den leeren Platz neben ihr eingenommen hatte, blickte er in die Runde, um zu sehen, wer da war. Dorian nickte ihm vom Ende des Tisches her schüchtern zu und ein freudiges Erröten stahl sich in seine Wangen. Ihm gegenüber saß die Herzogin von Harley, eine Dame von bewundernswerter Gutmütigkeit und guter Laune, sehr beliebt bei allen, die sie kannten, und von jenen üppigen architektonischen Ausmaßen, welche von zeitgenössischen Geschichtsschreibern bei Frauen, die keine Herzoginnen sind, als Beleibtheit bezeichnet wird. Neben ihr, zu ihrer Rechten, saß Sir Thomas Burdon, ein radikaler Parlamentarier, der im öffentlichen Leben seinem Parteichef und im Privatleben den besten Köchen folgte, indem er einer weisen und wohlbekannten Regel gemäß mit den Tories speiste und mit den Liberalen dachte. Den Platz zu ihrer Linken nahm Mr. Erskine of Treadley ein, ein überaus charmanter und kultivierter alter Herr, der allerdings

habits of silence, having, as he explained once to Lady Agatha, said everything that he had to say before he was thirty. His own neighbour was Mrs. Vandeleur, one of his aunt's oldest friends, a perfect saint amongst women, but so dreadfully dowdy that she reminded one of a badly bound hymn-book. Fortunately for him she had on the other side Lord Faudel, a most intelligent middle-aged mediocrity, as bald as a Ministerial statement in the House of Commons, with whom she was conversing in that intensely earnest manner which is the one unpardonable error, as he remarked once himself, that all really good people fall into, and from which none of them ever quite escape.

'We are talking about poor Dartmoor, Lord Henry,' cried the Duchess, nodding pleasantly to him across the table. 'Do you think he will really marry this fascinating young person?'

'I believe she has made up her mind to propose to him, Duchess.'

'How dreadful!' exclaimed Lady Agatha. 'Really, some one should interfere.'

'I am told, on excellent authority, that her father keeps an American dry-goods store,' said Sir Thomas Burdon, looking supercilious.

'My uncle has already suggested pork-packing, Sir Thomas.'

'Dry-goods! What are American dry-goods?' asked the Duchess, raising her large hands in wonder, and accentuating the verb.

'American novels,' answered Lord Henry, helping himself to some quail.

The Duchess looked puzzled.

der schlechten Gewohnheit des Schweigens verfallen war, da er, wie er einmal Lady Agatha erklärte, schon vor seinem dreißigsten Lebensjahr alles gesagt hatte, was er zu sagen hatte. Seine Nachbarin wiederum war Mrs. Vandeleur, eine der ältesten Freundinnen seiner Tante, eine vollkommene Heilige unter den Frauen, aber so schrecklich nachlässig gekleidet, dass sie einen an ein schlecht gebundenes Gesangbuch erinnerte. Zu seinem Glück saß an ihrer anderen Seite Lord Faudel, ein äußerst intelligenter Kleingeist mittleren Alters, so kahl wie der Bericht eines Ministers im Unterhaus, mit dem sie sich auf jene ungemein ernsthafte Art unterhielt, die, wie er selbst einmal anmerkte, der einzige unverzeihliche Fehler ist, den alle wirklich guten Menschen begehen und den keiner von ihnen jemals gänzlich ablegt.

»Wir sprechen gerade über den bedauernswerten Dartmoor, Henry«, rief die Herzogin und nickte ihm über den Tisch hinweg freundlich zu. »Denken Sie, er wird diese faszinierende junge Person tatsächlich heiraten?«

»Ich glaube, sie ist entschlossen, ihm einen Antrag zu machen, Herzogin.«

»Wie schrecklich!«, rief Lady Agatha aus. »Da sollte wirklich jemand einschreiten.«

»Ich habe aus erstklassiger Quelle erfahren, dass ihr Vater einen amerikanischen Kurzwarenladen unterhält«, sagte Sir Thomas Burdon mit herablassender Miene.

»Mein Onkel vermutete schon Schweinefleischpacker, Sir Thomas.«

»Kurzwaren! Was sind amerikanische Kurzwaren?«, fragte die Herzogin, wobei sie erstaunt ihre großen Hände hob und das Verb besonders betonte.

»Amerikanische Romane«, antwortete Lord Henry, während er sich ein Stück Wachtel nahm.

Die Herzogin schaute verdutzt drein.

'Don't mind him, my dear,' whispered Lady Agatha. 'He never means anything that he says.'

'When America was discovered,' said the Radical member, and he began to give some wearisome facts. Like all people who try to exhaust a subject, he exhausted his listeners. The Duchess sighed, and exercised her privilege of interruption. 'I wish to goodness it never had been discovered at all!' she exclaimed. 'Really, our girls have no chance nowadays. It is most unfair.'

'Perhaps, after all, America never has been discovered,' said Mr. Erskine; 'I myself would say that it had merely been detected.'

'Oh! but I have seen specimens of the inhabitants,' answered the Duchess, vaguely. 'I must confess that most of them are extremely pretty. And they dress well, too. They get all their dresses in Paris. I wish I could afford to do the same.'

'They say that when good Americans die they go to Paris,' chuckled Sir Thomas, who had a large wardrobe of Humour's cast-off clothes.

'Really! And where do bad Americans go to when they die?' inquired the Duchess.

'They go to America,' murmured Lord Henry.

Sir Thomas frowned. 'I am afraid that your nephew is prejudiced against that great country,' he said to Lady Agatha. 'I have travelled all over it, in cars provided by the directors, who, in such matters, are extremely civil. I assure you that it is an education to visit it.'

'But must we really see Chicago in order to be educated?' asked Mr. Erskine, plaintively. 'I don't feel up to the journey.'

»Achten Sie nicht auf ihn, meine Liebe«, flüsterte Lady Agatha. »Er meint nie, was er sagt.«

»Als Amerika entdeckt wurde«, sagte der radikale Abgeordnete und begann, einige langweilige Fakten aufzuzählen. Wie alle Leute, die versuchen, ein Thema erschöpfend zu behandeln, erschöpfte er seine Zuhörer. Die Herzogin seufzte und machte von ihrem Vorrecht, jemanden zu unterbrechen, Gebrauch. »Wollte Gott, es wäre überhaupt nicht entdeckt worden«, rief sie aus. »Wirklich, unsere Töchter haben heutzutage keine Chance. Das ist höchst ungerecht.«

»Vielleicht ist Amerika ja überhaupt nicht entdeckt worden«, wandte Mr. Erskine ein. »Ich persönlich würde sagen, dass es lediglich aufgespürt wurde.«

»Ach! Ich habe aber schon einige Exemplare seiner Bewohnerinnen gesehen«, antwortete die Herzogin zerstreut. »Ich muss zugeben, dass die meisten von ihnen ausgesprochen hübsch sind. Und sie kleiden sich auch gut. Sie kaufen all ihre Kleider in Paris. Ich wünschte, ich könnte mir das auch leisten.«

»Man sagt, wenn gute Amerikaner sterben, gehen sie nach Paris«, gluckste Sir Thomas, der über eine große Garderobe voller abgelegter Scherze verfügte.

»Tatsächlich! Und wohin gehen schlechte Amerikaner, wenn sie sterben?«, erkundigte sich die Herzogin.

»Sie gehen nach Amerika«, murmelte Lord Henry.

Sir Thomas runzelte die Stirn. »Ich fürchte, Ihr Neffe ist gegen diese große Land voreingenommen«, sagte er zu Lady Agatha. »Ich habe es ausgiebig bereist, in Eisenbahnwagen, welche die Direktoren zur Verfügung stellten, die in solchen Dingen äußerst zuvorkommend sind. Ich versichere Ihnen, es ist eine Bildungsreise, dort hinzufahren.«

»Aber müssen wir wirklich Chicago sehen, um gebildet zu sein?«, fragte Mr. Erskine jammernd. »Ich fühle mich einer solchen Reise nicht gewachsen.«

Sir Thomas waved his hand. 'Mr. Erskine of Treadley has the world on his shelves. We practical men like to see things, not to read about them. The Americans are an extremely interesting people. They are absolutely reasonable. I think that is their distinguishing characteristic. Yes, Mr. Erskine, an absolutely reasonable people. I assure you there is no nonsense about the Americans.'

'How dreadful!' cried Lord Henry. 'I can stand brute force, but brute reason is quite unbearable. There is something unfair about its use. It is hitting below the intellect.'

'I do not understand you,' said Sir Thomas, growing rather red.

'I do, Lord Henry,' murmured Mr. Erskine, with a smile.

'Paradoxes are all very well in their way ...' rejoined the Baronet.

'Was that a paradox?' asked Mr. Erskine. 'I did not think so. Perhaps it was. Well, the way of paradoxes is the way of truth. To test Reality we must see it on the tight-rope. When the Verities become acrobats we can judge them.'

'Dear me!' said Lady Agatha, 'how you men argue! I am sure I never can make out what you are talking about. Oh! Harry, I am quite vexed with you. Why do you try to persuade our nice Mr. Dorian Gray to give up the East End? I assure you he would be quite invaluable. They would love his playing.'

'I want him to play to me,' cried Lord Henry, smiling, and he looked down the table and caught a bright answering glance.

'But they are so unhappy in Whitechapel,' continued Lady Agatha.

Sir Thomas winkte ab. »Mr. Erskine of Treadley hat die Welt in seinen Bücherregalen. Wir Männer der Praxis schätzen es, die Dinge zu sehen, nicht darüber zu lesen. Die Amerikaner sind ein höchst interessantes Volk. Sie sind durch und durch vernünftig. Ich denke, das ist ihr charakteristisches Merkmal. Ja, Mr. Erskine, ein durch und durch vernünftiges Volk. Ich versichere Ihnen, bei den Amerikanern gibt es keinerlei Unsinn.«

»Wie schrecklich!«, rief Lord Henry. »Ich kann rohe Gewalt vertragen, aber rohe Vernunft ist ganz unerträglich. Ihr Gebrauch hat etwas Unredliches an sich. Sie ist ein Schlag unter die Gürtellinie des Intellekts.«

»Ich verstehe Sie nicht«, sagte Sir Thomas und wurde dabei ziemlich rot.

»Ich schon, Lord Henry«, murmelte Mr. Erskine mit einem Lächeln.

»Paradoxe sind ja an und für sich ganz schön …«, erwiderte der Baronet.

»War das ein Paradox?«, fragte Mr. Erskine. »Mir kam es nicht so vor. Vielleicht war es eins. Nun, der Weg der Paradoxe ist der Weg der Wahrheit. Um die Wirklichkeit zu prüfen, müssen wir sie auf dem Seil tanzen sehen. Erst wenn die Wahrheiten zu Akrobaten werden, können wir sie beurteilen.«

»Du liebe Zeit!«, sagte Lady Agatha. »Wie ihr Männer argumentiert! Ich werde wohl nie herausfinden, worüber ihr redet. Oh! Harry, ich bin ganz böse mit dir. Warum versuchst du, unseren lieben Mr. Dorian Gray zu überreden, das East End aufzugeben? Ich versichere dir, er wäre von unschätzbarem Wert. Sie würden sein Spiel lieben.«

»Ich möchte, dass er für mich spielt«, rief Lord Henry lächelnd, sah zum Tischende und fing einen strahlenden Blick als Antwort auf.

»Aber sie sind so unglücklich in Whitechapel«, beharrte Lady Agatha.

'I can sympathize with everything, except suffering,' said Lord Henry, shrugging his shoulders. 'I cannot sympathize with that. It is too ugly, too horrible, too distressing. There is something terribly morbid in the modern sympathy with pain. One should sympathize with the colour, the beauty, the joy of life. The less said about life's sores the better.'

'Still, the East End is a very important problem,' remarked Sir Thomas, with a grave shake of the head.

'Quite so,' answered the young lord. 'It is the problem of slavery, and we try to solve it by amusing the slaves.'

The politician looked at him keenly. 'What change do you propose, then?' he asked.

Lord Henry laughed. 'I don't desire to change anything in England except the weather,' he answered. 'I am quite content with philosophic contemplation. But, as the nineteenth century has gone bankrupt through an over-expenditure of sympathy, I would suggest that we should appeal to Science to put us straight. The advantage of the emotions is that they lead us astray, and the advantage of Science is that it is not emotional.'

'But we have such grave responsibilities,' ventured Mrs. Vandeleur, timidly.

'Terribly grave,' echoed Lady Agatha.

Lord Henry looked over at Mr. Erskine. 'Humanity takes itself too seriously. It is the world's original sin. If the caveman had known how to laugh, History would have been different.'

'You are really very comforting,' warbled the Duchess. 'I have always felt rather guilty when I came to see your dear aunt, for I take no interest at all in the East End. For

»Ich kann für alles Mitgefühl aufbringen, außer für das Leid«, sagte Lord Henry und zuckte mit den Schultern. »Dafür kann ich kein Mitgefühl aufbringen. Es ist zu hässlich, zu grauenvoll, zu bedrückend. Das heutige Mitgefühl mit dem Schmerz hat etwas schrecklich Morbides an sich. Man sollte mit der Farbe, der Schönheit, der Lebensfreude mitfühlen. Je weniger über die wunden Stellen des Lebens geredet wird, desto besser.«

»Dennoch ist das East End ein sehr wichtiges Problem«, bemerkte Sir Thomas mit ernstem Kopfschütteln.

»Ganz recht«, antwortete der junge Lord. »Es ist das Problem der Sklaverei und wir versuchen es zu lösen, indem wir die Sklaven unterhalten.«

Der Politiker sah ihn scharf an. »Welche Veränderung schlagen Sie also vor?«, fragte er.

Lord Henry lachte. »Ich habe nicht den Wunsch, in England irgendetwas zu verändern, bis auf das Wetter«, antwortete er. »Ich gebe mich mit philosophischen Betrachtungen völlig zufrieden. Da jedoch das neunzehnte Jahrhundert durch einen übermäßigen Verbrauch an Mitgefühl Bankrott gemacht hat, möchte ich vorschlagen, dass wir die Wissenschaft bitten, uns wieder ins Lot zu bringen. Der Vorteil von Gefühlen liegt darin, dass sie uns in die Irre führen, und der Vorteil der Wissenschaft liegt darin, dass sie nicht von Gefühlen bestimmt ist.«

»Aber wir haben so schwerwiegende Verpflichtungen«, wagte Mrs. Vandeleur schüchtern einzuwenden.

»Schrecklich schwerwiegende«, wiederholte Lady Agatha.

Lord Henry sah zu Mr. Erskine hinüber. »Die Menschheit nimmt sich selbst zu ernst. Das ist die Erbsünde der Welt. Hätte der Höhlenmensch gewusst, wie man lacht, die Geschichte wäre anders verlaufen.«

»Sie sind wirklich sehr tröstlich«, flötete die Herzogin. »Ich habe mich immer ziemlich schuldig gefühlt, wenn ich Ihre liebe Tante besuchte, weil ich nicht das geringste Interesse für das East

the future I shall be able to look her in the face without a blush.'

'A blush is very becoming, Duchess,' remarked Lord Henry.

'Only when one is young,' she answered. 'When an old woman like myself blushes, it is a very bad sign. Ah! Lord Henry, I wish you would tell me how to become young again.'

He thought for a moment. 'Can you remember any great error that you committed in your early days, Duchess?' he asked, looking at her across the table.

'A great many, I fear,' she cried.

'Then commit them over again,' he said, gravely. 'To get back one's youth, one has merely to repeat one's follies.'

'A delightful theory!' she exclaimed. 'I must put it into practice.'

'A dangerous theory!' came from Sir Thomas's tight lips. Lady Agatha shook her head, but could not help being amused. Mr. Erskine listened.

'Yes,' he continued, 'that is one of the great secrets of life. Nowadays most people die of a sort of creeping common sense, and discover when it is too late that the only things one never regrets are one's mistakes.'

A laugh ran round the table.

He played with the idea, and grew wilful; tossed it into the air and transformed it; let it escape and recaptured it; made it iridescent with fancy, and winged it with paradox. The praise of folly, as he went on, soared into a philosophy, and Philosophy herself became young, and catching the mad music of Pleasure, wearing, one might fancy, her

End aufbringe. In Zukunft werde ich ihr ins Gesicht sehen können, ohne zu erröten.«

»Erröten ist sehr apart, Herzogin«, bemerkte Lord Henry.

»Nur wenn man jung ist«, erwiderte sie. »Wenn eine alte Frau wie ich errötet, ist das ein sehr schlechtes Zeichen. Ach, Lord Henry, ich wünschte, Sie könnten mir sagen, wie man wieder jung wird.«

Er dachte einen Augenblick nach. »Können Sie sich an irgendeinen großen Fehler erinnern, den Sie in jungen Jahren begangen haben, Herzogin?«, fragte er und sah sie über den Tisch hinweg an.

»An sehr viele, fürchte ich!«, rief sie.

»Dann begehen Sie sie noch einmal«, sagte er ernst. »Um seine Jugend zurückzubekommen, braucht man lediglich seine Torheiten zu wiederholen.«

»Eine herrliche Theorie!«, rief sie aus. »Ich muss sie in die Tat umsetzen.«

»Eine gefährliche Theorie«, kam es von Sir Thomas' zusammengepressten Lippen. Lady Agatha schüttelte zwar den Kopf, war aber wider Willen amüsiert. Mr. Erskine lauschte.

»Ja«, fuhr Lord Henry fort, »das ist eines der großen Geheimnisse des Lebens. Heutzutage sterben die meisten Leute an einer Art schleichender Vernunft und erst wenn es zu spät ist, entdecken sie, dass die einzigen Dinge, die man niemals bereut, die eigenen Fehler sind.«

Ein Lachen ging um den Tisch.

Er spielte mit dem Einfall und wurde mutwillig; warf ihn in die Luft und wandelte ihn ab; ließ ihn entwischen und fing ihn wieder ein; ließ ihn fantasievoll schillern und beflügelte ihn mit einem Paradox. Als er fortfuhr, schwang sich das Lob der Torheit zu einer Philosophie auf und die Philosophie selbst wurde jung und tanzte, angeregt durch die wilde Musik des Genusses

wine-stained robe and wreath of ivy, danced like a Bacchante over the hills of life, and mocked the slow Silenus for being sober. Facts fled before her like frightened forest things. Her white feet trod the huge press at which wise Omar sits, till the seething grape-juice rose round her bare limbs in waves of purple bubbles, or crawled in red foam over the vat's black, dripping, sloping sides. It was an extraordinary improvisation. He felt that the eyes of Dorian Gray were fixed on him, and the consciousness that amongst his audience there was one whose temperament he wished to fascinate, seemed to give his wit keenness, and to lend colour to his imagination. He was brilliant, fantastic, irresponsible. He charmed his listeners out of themselves, and they followed his pipe laughing. Dorian Gray never took his gaze off him, but sat like one under a spell, smiles chasing each other over his lips, and wonder growing grave in his darkening eyes.

At last, liveried in the costume of the age, Reality entered the room in the shape of a servant to tell the Duchess that her carriage was waiting. She wrung her hands in mock despair. 'How annoying!' she cried. 'I must go. I have to call for my husband at the club, to take him to some absurd meeting at Willis's Rooms, where he is going to be in the chair. If I am late he is sure to be furious, and I couldn't have a scene in this bonnet. It is far too fragile. A harsh word would ruin it. No, I must go, dear Agatha. Good-bye, Lord Henry, you are quite delightful, and dreadfully demoralizing. I am sure I don't know what to say about your views. You must come and dine with us some night. Tuesday? Are you disengaged Tuesday?'

und – so könnte man sich vorstellen – mit ihrem weinbefleckten Gewand und einem Efeukranz bekleidet, wie eine Bacchantin über die Hügel des Lebens und verspottete den langsamen Silen, weil er nüchtern blieb. Tatsachen flohen vor ihr wie aufgeschreckte Waldbewohner. Ihre weißen Füße stampften in der riesigen Kelter, an welcher der weise Omar sitzt, bis der schäumende Traubensaft in Wogen von purpurnen Blasen um ihre bloßen Glieder aufstieg oder in rotem Schaum über die schwarzen, triefenden, gewölbten Seitenwände des Fasses kroch. Es war eine außergewöhnliche Improvisation. Er spürte, dass die Augen Dorian Grays auf ihn gerichtet waren, und das Bewusstsein, dass es unter seinen Zuhörern einen gab, dessen Gemüt er bezaubern wollte, schien seinem Verstand Schärfe und seiner Vorstellungskraft Farbe zu verleihen. Er war brillant, fantastisch, verantwortungslos. Er lockte seine Zuhörer aus sich heraus und lachend folgten sie seiner Pfeife. Dorian Gray wandte seinen Blick nicht von ihm ab, sondern saß da wie gebannt, während ein Lächeln nach dem anderen über seine Lippen huschte und das Staunen in seinen umdunkelten Augen sich vertiefte.

Schließlich betrat, in zeitgemäßem Livree, die Wirklichkeit in Gestalt eines Dieners das Zimmer, um der Herzogin mitzuteilen, dass ihre Kutsche warte. Sie rang die Hände in gespielter Verzweiflung. »Wie ärgerlich!«, rief sie. »Ich muss fort. Ich muss meinen Mann im Klub abholen, um ihn zu irgendeiner albernen Versammlung bei Willis's Rooms zu bringen, bei der er den Vorsitz führt. Wenn ich zu spät komme, wird er bestimmt wütend, und in diesem Hut könnte ich keine Szene ertragen. Er ist viel zu empfindlich. Ein barsches Wort würde ihn ruinieren. Nein, ich muss fort, liebe Agatha. Leben Sie wohl, Lord Henry, Sie sind ganz entzückend und schrecklich demoralisierend. Ich weiß wahrhaftig nicht, was ich zu Ihren Ansichten sagen soll. Sie müssen uns einmal besuchen und mit uns zu Abend essen. Dienstag? Sind Sie am Dienstag frei?«

'For you I would throw over anybody, Duchess,' said Lord Henry, with a bow.

'Ah! that is very nice, and very wrong of you,' she cried; 'so mind you come;' and she swept out of the room, followed by Lady Agatha and the other ladies.

When Lord Henry had sat down again, Mr. Erskine moved round, and taking a chair close to him, placed his hand upon his arm.

'You talk books away,' he said; 'why don't you write one?'

'I am too fond of reading books to care to write them, Mr. Erskine. I should like to write a novel certainly, a novel that would be as lovely as a Persian carpet and as unreal. But there is no literary public in England for anything except newspapers, primers, and encyclopædias. Of all people in the world the English have the least sense of the beauty of literature.'

'I fear you are right,' answered Mr. Erskine. 'I myself used to have literary ambitions, but I gave them up long ago. And now, my dear young friend, if you will allow me to call you so, may I ask if you really meant all that you said to us at lunch?'

'I quite forget what I said,' smiled Lord Henry. 'Was it all very bad?'

'Very bad indeed. In fact I consider you extremely dangerous, and if anything happens to our good Duchess we shall all look on you as being primarily responsible. But I should like to talk to you about life. The generation into which I was born was tedious. Some day, when you are tired of London, come down to Treadley, and expound to me your philosophy of pleasure over some admirable Burgundy I am fortunate enough to possess.'

»Für Sie würde ich jeden anderen versetzen, Herzogin«, sagte Lord Henry und verbeugte sich.

»Oh! Das ist sehr freundlich und sehr unrecht von Ihnen«, rief sie; »also vergessen Sie nicht zu kommen«; und sie rauschte aus dem Zimmer, gefolgt von Lady Agatha und den anderen Damen.

Als Lord Henry sich wieder gesetzt hatte, umrundete Mr. Erskine den Tisch, setzte sich auf einen Stuhl neben ihm und legte seine Hand auf seinen Arm.

»Sie reden wie ein Buch«, sagte er; »warum schreiben Sie keines?«

»Ich lese zu gerne Bücher, als dass ich Lust hätte, welche zu schreiben, Mr. Erskine. Natürlich würde ich gerne einen Roman schreiben, einen Roman, der so schön wie ein Perserteppich wäre und genauso unwirklich. Aber in England gibt es kein literarisches Publikum für etwas anderes als Zeitungen, Lehrbücher und Enzyklopädien. Von allen Völkern der Erde haben die Engländer am wenigsten Sinn für die Schönheit der Literatur.«

»Ich fürchte, Sie haben recht«, antwortete Mr. Erskine. »Ich hatte auch literarische Ambitionen, aber ich habe sie schon vor langer Zeit aufgegeben. Und jetzt, mein lieber junger Freund, wenn Sie mir gestatten wollen, Sie so zu nennen, darf ich Sie fragen, ob Sie all das wirklich ernst meinten, was Sie bei Tisch sagten?«

»Ich habe völlig vergessen, was ich sagte«, lächelte Lord Henry. »War es sehr schlimm?«

»Allerdings, sehr schlimm. In der Tat halte ich Sie für äußerst gefährlich und wenn unserer guten Herzogin irgendetwas zustößt, werden wir Sie alle als den Hauptverantwortlichen betrachten. Aber ich würde mich gerne mit Ihnen über das Leben unterhalten. Die Generation, in die ich hineingeboren wurde, war langweilig. Wenn Sie einmal genug von London haben, kommen Sie doch nach Treadley und erklären Sie mir Ihre Philosophie des Genusses bei einem erstklassigen Burgunder, den zu besitzen ich mich glücklich schätze.«

'I shall be charmed. A visit to Treadley would be a great privilege. It has a perfect host, and a perfect library.'

'You will complete it,' answered the old gentleman, with a courteous bow. 'And now I must bid good-bye to your excellent aunt. I am due at the Athenaeum. It is the hour when we sleep there.'

'All of you, Mr. Erskine?'

'Forty of us, in forty arm-chairs. We are practising for an English Academy of Letters.'

Lord Henry laughed, and rose. 'I am going to the Park,' he cried.

As he was passing out of the door Dorian Gray touched him on the arm. 'Let me come with you,' he murmured.

'But I thought you had promised Basil Hallward to go and see him,' answered Lord Henry.

'I would sooner come with you; yes, I feel I must come with you. Do let me. And you will promise to talk to me all the time? No one talks so wonderfully as you do.'

'Ah! I have talked quite enough for to-day,' said Lord Henry, smiling. 'All I want now is to look at life. You may come and look at it with me, if you care to.'

»Es wird mir ein Vergnügen sein. Ein Besuch in Treadley wäre eine große Ehre für mich. Es hat einen vollkommenen Gastgeber und eine vollkommene Bibliothek.«

»Die mit Ihnen vollständig sein wird«, antwortete der alte Herr mit einer höflichen Verbeugung. »Und nun muss ich mich von Ihrer vortrefflichen Tante verabschieden. Ich muss ins Athenäum. Um diese Stunde schlafen wir dort.«

»Sie alle, Mr. Erskine?«

»Vierzig von uns in vierzig Lehnstühlen. Wir trainieren für eine englische Akademie der Literatur.«

Lord Henry lachte und erhob sich. »Ich gehe in den Park!«, rief er.

Als er zur Tür hinausging, berührte ihn Dorian Gray am Arm. »Lassen Sie mich mitkommen«, murmelte er.

»Aber ich dachte, Sie hätten Basil Hallward versprochen, ihn zu besuchen«, antwortete Lord Henry.

»Ich möchte lieber mit Ihnen gehen; ja, ich fühle, ich muss mit Ihnen gehen. Bitte gestatten Sie es mir. Und versprechen Sie mir, die ganze Zeit mit mir zu reden? Niemand spricht so wunderbar wie Sie.«

»Ach, für heute habe ich schon genug geredet«, sagte Lord Henry lächelnd. »Alles, was ich jetzt möchte, ist, das Leben zu betrachten. Wenn Sie möchten, dürfen Sie mitkommen und es mit mir betrachten.«

Chapter IV

One afternoon, a month later, Dorian Gray was reclining in a luxurious arm-chair, in the little library of Lord Henry's house in Mayfair. It was, in its way, a very charming room, with its high panelled wainscoting of olive-stained oak, its cream-coloured frieze and ceiling of raised plaster-work, and its brickdust felt carpet strewn with silk long-fringed Persian rugs. On a tiny satin-wood table stood a statuette by Clodion, and beside it lay a copy of 'Les Cent Nouvelles,' bound for Margaret of Valois by Clovis Eve, and powdered with the gilt daisies that Queen had selected for her device. Some large blue china jars and parrot-tulips were ranged on the mantelshelf, and through the small leaded panes of the window streamed the apricot-coloured light of a summer day in London.

Lord Henry had not yet come in. He was always late on principle, his principle being that punctuality is the thief of time. So the lad was looking rather sulky, as with listless fingers he turned over the pages of an elaborately-illustrated edition of 'Manon Lescaut' that he had found in one of the bookcases. The formal monotonous ticking of the Louis Quatorze clock annoyed him. Once or twice he thought of going away.

At last he heard a step outside, and the door opened. 'How late you are, Harry!' he murmured.

'I am afraid it is not Harry, Mr. Gray,' answered a shrill voice.

He glanced quickly round, and rose to his feet. 'I beg your pardon. I thought–'

'You thought it was my husband. It is only his wife. You must let me introduce myself. I know you quite well by

KAPITEL 4

Eines Nachmittags, einen Monat später, saß Dorian Gray zurückgelehnt in einem bequemen Sessel in der kleinen Bibliothek von Lord Henrys Haus in Mayfair. Auf seine Art war es ein sehr ansprechender Raum mit einer hohen Wandtäfelung aus olivfarben gebeizter Eiche, einem cremefarbenen Fries und der mit Stuckreliefs verzierten Decke und dem ziegelroten, mit langfransigen seidenen Perserbrücken bedeckten Filzteppich. Auf einem winzigen Tischchen aus Satinholz stand eine Statuette von Clodion und daneben lag eine Ausgabe von *Les Cent Nouvelles*, von Clovis Eve für Margaret von Valois gebunden und mit den goldenen Gänseblümchen übersät, welche die Königin sich als Wahrzeichen auserkoren hatte. Ein paar große blaue Porzellangefäße mit Papageientulpen waren auf dem Kaminsims arrangiert und durch die kleinen Bleiglasfenster strömte das aprikosenfarbene Licht eines Londoner Sommertages herein.

Lord Henry war noch nicht nach Hause gekommen. Er kam aus Prinzip immer zu spät und sein Prinzip besagte, Pünktlichkeit sei der Dieb der Zeit. Daher sah der junge Mann ziemlich gelangweilt drein, während er mit teilnahmslosen Fingern die Seiten einer kunstvoll illustrierten Ausgabe von *Manon Lescaut* umblätterte, die er in einem der Bücherschränke gefunden hatte. Das abgemessene, monotone Ticken der Louis-Quatorze-Uhr machte ihn nervös. Ein- oder zweimal dachte er daran, wegzugehen.

Endlich hörte er draußen einen Schritt und die Tür öffnete sich. »Du kommst sehr spät, Harry!«, murmelte er.

»Leider ist es nicht Harry, Mr. Gray«, entgegnete eine schrille Stimme.

Er blickte sich rasch um und erhob sich. »Ich bitte um Entschuldigung. Ich dachte –«

»Sie dachten, es sei mein Mann. Es ist nur seine Frau. Erlauben Sie, dass ich mich selbst vorstelle. Ich kenne Sie recht

your photographs. I think my husband has got seventeen of them.'

'Not seventeen, Lady Henry?'

'Well, eighteen, then. And I saw you with him the other night at the Opera.' She laughed nervously as she spoke, and watched him with her vague forget-me-not eyes. She was a curious woman, whose dresses always looked as if they had been designed in a rage and put on in a tempest. She was usually in love with somebody, and, as her passion was never returned, she had kept all her illusions. She tried to look picturesque, but only succeeded in being untidy. Her name was Victoria, and she had a perfect mania for going to church.

'That was at "Lohengrin," Lady Henry, I think?'

'Yes; it was at dear "Lohengrin." I like Wagner's music better than anybody's. It is so loud that one can talk the whole time without other people hearing what one says. That is a great advantage: don't you think so, Mr. Gray?'

The same nervous staccato laugh broke from her thin lips, and her fingers began to play with a long tortoise-shell paper-knife.

Dorian smiled, and shook his head: 'I am afraid I don't think so, Lady Henry. I never talk during music—at least, during good music. If one hears bad music, it is one's duty to drown it in conversation.'

'Ah! that is one of Harry's views, isn't it, Mr. Gray? I always hear Harry's views from his friends. It is the only way I get to know of them. But you must not think I don't like good music. I adore it, but I am afraid of it. It makes me too romantic. I have simply worshipped pianists—two at a time, sometimes, Harry tells me. I don't know what

gut von Ihren Fotografien. Ich glaube, mein Mann besitzt siebzehn davon.«

»Doch nicht siebzehn, Lady Henry?«

»Nun, dann eben achtzehn. Und ich sah Sie neulich abends mit ihm in der Oper.« Sie lachte nervös, während sie sprach, und beobachtete ihn mit ihren blassen Vergissmeinnichtaugen. Sie war eine sonderbare Frau, deren Kleider immer so aussahen, als seien sie in einem Wutanfall entworfen und während eines Sturms angezogen worden. Sie war für gewöhnlich in irgendjemanden verliebt, und da ihre Leidenschaft nie erwidert wurde, hatte sie sich all ihre Illusionen bewahrt. Sie versuchte, malerisch auszusehen, es gelang ihr aber nur, unordentlich zu sein. Ihr Name war Victoria und sie hatte eine ausgesprochen krankhafte Neigung, in die Kirche zu gehen.

»Das war bei Lohengrin, Lady Henry, vermute ich?«

»Ja, es war bei dem lieben Lohengrin. Mir gefällt Wagners Musik mehr als die irgendeines anderen. Sie ist so laut, dass man sich die ganze Zeit über unterhalten kann, ohne dass andere Leute hören, was man sagt. Das ist ein großer Vorteil, finden Sie nicht auch, Mr. Gray?«

Dasselbe nervöse Stakkatolachen kam von ihren dünnen Lippen, und ihre Finger begannen mit einem langen Brieföffner aus Schildpatt zu spielen.

Dorian lächelte und schüttelte den Kopf: »Ich fürchte, das finde ich nicht, Lady Henry. Ich rede nie bei Musik – zumindest nicht bei guter Musik. Wenn man schlechte Musik hört, hat man allerdings die Pflicht, sie durch Konversation zu übertönen.«

»Ah, das ist eine von Harrys Ansichten, nicht wahr, Mr. Gray? Ich höre Harrys Ansichten immer von seinen Freunden. Es ist die einzige Art, auf die ich sie erfahre. Aber Sie dürfen nicht glauben, dass ich gute Musik nicht mag. Ich verehre sie, aber ich fürchte mich vor ihr. Sie macht mich zu romantisch. Ich habe Pianisten geradezu angebetet – manchmal zwei auf einmal, sagt Harry. Ich

it is about them. Perhaps it is that they are foreigners. They all are, ain't they? Even those that are born in England become foreigners after a time, don't they? It is so clever of them, and such a compliment to art. Makes it quite cosmopolitan, doesn't it? You have never been to any of my parties, have you, Mr. Gray? You must come. I can't afford orchids, but I spare no expense in foreigners. They make one's rooms look so picturesque. But here is Harry!– Harry, I came in to look for you, to ask you something–I forget what it was–and I found Mr. Gray here. We have had such a pleasant chat about music. We have quite the same ideas. No; I think our ideas are quite different. But he has been most pleasant. I am so glad I've seen him.'

'I am charmed, my love, quite charmed,' said Lord Henry, elevating his dark crescent-shaped eyebrows and looking at them both with an amused smile. 'So sorry I am late, Dorian. I went to look after a piece of old brocade in Wardour Street, and had to bargain for hours for it. Nowadays people know the price of everything, and the value of nothing.'

'I am afraid I must be going,' exclaimed Lady Henry, breaking an awkward silence with her silly sudden laugh. 'I have promised to drive with the Duchess. Good-bye, Mr. Gray. Good-bye, Harry. You are dining out, I suppose? So am I. Perhaps I shall see you at Lady Thornbury's.'

'I dare say, my dear,' said Lord Henry, shutting the door behind her, as, looking like a bird of paradise that had been out all night in the rain, she flitted out of the room, leaving a faint odour of frangipanni. Then he lit a cigarette, and flung himself down on the sofa.

weiß nicht, was sie an sich haben. Vielleicht rührt es daher, dass sie Ausländer sind. Das sind sie doch alle, nicht wahr? Selbst jene, die in England geboren wurden, werden nach einiger Zeit Ausländer, nicht wahr? Das ist so klug von ihnen und solch eine Ehre für die Kunst. Macht sie ganz kosmopolitisch, nicht wahr? Sie waren noch nie auf einer meiner Gesellschaften, nicht wahr, Mr. Gray? Sie müssen einmal kommen. Ich kann mir keine Orchideen leisten, aber bei Ausländern scheue ich keine Kosten. Sie geben den eigenen Gemächern ein so malerisches Aussehen. Aber da ist Harry! – Harry, ich kam her, um dich zu suchen, weil ich dich etwas fragen wollte – ich habe vergessen, was es war –, und fand Mr. Gray hier vor. Wir haben ganz reizend über Musik geplaudert. Wir haben genau die gleichen Ansichten. Nein, ich glaube, unsere Ansichten sind völlig verschieden. Aber er ist ganz reizend gewesen. Ich bin so froh, dass ich ihn getroffen habe.«

»Ich bin entzückt, meine Liebe, ganz entzückt«, sagte Lord Henry, hob seine dunklen, halbmondförmigen Augenbrauen und betrachtete beide mit einem vergnügten Lächeln. »Es tut mir so leid, dass ich mich verspätet habe, Dorian. Ich war in der Wardour Street, um mir einen alten Brokatstoff anzusehen, und musste stundenlang darum feilschen. Heutzutage kennen die Leute von allem den Preis und von nichts den Wert.«

»Ich muss jetzt leider gehen«, rief Lady Henry aus und brach mit ihrem plötzlichen albernen Lachen ein verlegenes Schweigen. »Ich habe versprochen, mit der Herzogin auszufahren. Auf Wiedersehen, Mr. Gray. Auf Wiedersehen, Harry. Ich nehme an, du speist außer Haus? Ich auch. Vielleicht sehe ich dich bei Lady Thornbury.«

»Vermutlich, meine Liebe«, sagte Lord Henry und schloss die Tür hinter ihr, als sie einem Paradiesvogel gleich, der die ganze Nacht im Regen draußen verbracht hatte, aus dem Zimmer huschte, einen schwachen Jasminduft hinterlassend. Dann zündete er sich eine Zigarette an und ließ sich auf das Sofa fallen.

'Never marry a woman with straw-coloured hair, Dorian,' he said, after a few puffs.

'Why, Harry?'

'Because they are so sentimental.'

'But I like sentimental people.'

'Never marry at all, Dorian. Men marry because they are tired; women, because they are curious: both are disappointed.'

'I don't think I am likely to marry, Harry. I am too much in love. That is one of your aphorisms. I am putting it into practice, as I do everything that you say.'

'Who are you in love with?' asked Lord Henry, after a pause.

'With an actress,' said Dorian Gray, blushing.

Lord Henry shrugged his shoulders. 'That is a rather common-place *début*.'

'You would not say so if you saw her, Harry.'

'Who is she?'

'Her name is Sibyl Vane.'

'Never heard of her.'

'No one has. People will some day, however. She is a genius.'

'My dear boy, no woman is a genius. Women are a decorative sex. They never have anything to say, but they say it charmingly. Women represent the triumph of matter over mind, just as men represent the triumph of mind over morals.'

'Harry, how can you?'

'My dear Dorian, it is quite true. I am analyzing women at present, so I ought to know. The subject is not so abstruse as I thought it was. I find that, ultimately, there are only two kinds of women, the plain and the coloured.

»Heirate nie eine Frau mit strohblondem Haar, Dorian«, sagte er nach einigen Zügen.

»Warum nicht, Harry?«

»Weil sie so sentimental sind.«

»Aber ich mag sentimentale Menschen.«

»Heirate überhaupt nie, Dorian. Männer heiraten, weil sie müde sind, Frauen, weil sie neugierig sind: Beide werden enttäuscht.«

»Ich glaube kaum, dass ich heiraten werde, Harry. Dazu bin ich zu verliebt. Das ist einer deiner Aphorismen. Ich setze ihn in die Tat um, wie alles, was du sagst.«

»In wen bist du verliebt?«, fragte Lord Henry nach einer Pause.

»In eine Schauspielerin«, sagte Dorian Gray errötend.

Lord Henry zuckte mit den Schultern. »Das ist ein ziemlich gewöhnliches *début*.«

»Das würdest du nicht sagen, wenn du sie gesehen hättest, Harry.«

»Wer ist sie?«

»Ihr Name ist Sibyl Vane.«

»Nie von ihr gehört.«

»Das hat niemand. Aber eines Tages wird man von ihr hören. Sie ist ein Genie.«

»Mein lieber Junge, keine Frau ist ein Genie. Frauen sind ein dekoratives Geschlecht. Sie haben nie etwas zu sagen, aber sie sagen es auf charmante Weise. Frauen verkörpern den Triumph der Materie über den Geist, so wie Männer den Triumph des Geistes über die Moral verkörpern.«

»Harry, wie kannst du nur?«

»Mein lieber Dorian, es ist vollkommen wahr. Ich bin gegenwärtig dabei, Frauen zu analysieren, also sollte ich es wissen. Das Thema ist nicht so verworren, wie ich gedacht hatte. Ich stelle fest, dass es letztendlich nur zwei Arten von Frauen gibt, die un-

The plain women are very useful. If you want to gain a reputation for respectability, you have merely to take them down to supper. The other women are very charming. They commit one mistake, however. They paint in order to try and look young. Our grandmothers painted in order to try and talk brilliantly. *Rouge* and *esprit* used to go together. That is all over now. As long as a woman can look ten years younger than her own daughter, she is perfectly satisfied. As for conversation, there are only five women in London worth talking to, and two of these can't be admitted into decent society. However, tell me about your genius. How long have you known her?'

'Ah! Harry, your views terrify me.'

'Never mind that. How long have you known her?'

'About three weeks.'

'And where did you come across her?'

'I will tell you, Henry; but you mustn't be unsympathetic about it. After all, it never would have happened if I had not met you. You filled me with a wild desire to know everything about life. For days after I met you, something seemed to throb in my veins. As I lounged in the Park, or strolled down Piccadilly, I used to look at every one who passed me, and wonder, with a mad curiosity, what sort of lives they led. Some of them fascinated me. Others filled me with terror. There was an exquisite poison in the air. I had a passion for sensations. ... Well, one evening about seven o'clock, I determined to go out in search of some adventure. I felt that this grey, monstrous London of ours, with its myriads of people, its sordid sinners, and its splendid sins, as you once phrased it, must have something in store for me. I fancied a thousand things. The mere danger gave me

scheinbaren und die angemalten. Die unscheinbaren Frauen sind sehr nützlich. Wenn du dir einen Ruf der Ehrbarkeit erwerben willst, brauchst du sie nur zum Abendessen auszuführen. Die anderen Frauen sind höchst bezaubernd. Aber sie begehen einen Fehler. Sie schminken sich, um jung auszusehen. Unsere Großmütter schminkten sich, um geistreich zu plaudern. *Rouge* und *esprit* gingen damals Hand in Hand. Das ist jetzt alles vorbei. Solange eine Frau zehn Jahre jünger aussehen kann als ihre eigene Tochter, ist sie vollkommen zufrieden. Was die Konversation angeht, so gibt es in London nur fünf Frauen, mit denen es sich zu reden lohnt, und zwei von ihnen können nicht in die feine Gesellschaft aufgenommen werden. Aber erzähle mir von deinem Genie. Wie lange kennst du sie schon?«

»Ach Harry, deine Ansichten entsetzen mich.«

»Mach dir nichts draus. Wie lange kennst du sie?«

»Ungefähr drei Wochen.«

»Und wo bist du ihr begegnet?«

»Ich werde es dir erzählen, Harry, aber du darfst dabei nicht gefühllos sein. Schließlich wäre es nie dazu gekommen, wenn ich dich nicht kennengelernt hätte. Du fülltest mich mit einem unbändigen Verlangen, alles über das Leben zu wissen. Noch Tage, nachdem ich dir begegnet war, schien etwas in meinen Adern zu pochen. Wenn ich im Park faulenzte oder die Piccadilly Street hinabschlenderte, schaute ich jeden an, der mir begegnete, und fragte mich mit unersättlicher Neugier, welche Art von Leben sie führten. Einige von ihnen faszinierten mich. Andere erfüllten mich mit Schrecken. Es lag ein köstliches Gift in der Luft. In mir war ein Verlangen nach Sinneseindrücken … Nun, eines Abends gegen sieben Uhr beschloss ich, mich auf die Suche nach einem Abenteuer zu begeben. Ich spürte, dass unser graues, ungeheuerliches London mit seinen Myriaden von Menschen, seinen schmutzigen Sündern und seinen prachtvollen Sünden, wie du es einmal ausgedrückt hast, etwas für mich bereithalten musste. Ich

a sense of delight. I remembered what you had said to me on that wonderful evening when we first dined together, about the search for beauty being the real secret of life. I don't know what I expected, but I went out and wandered eastward, soon losing my way in a labyrinth of grimy streets and black, grassless squares. About half-past eight I passed by an absurd little theatre, with great flaring gas-jets and gaudy play-bills. A hideous Jew, in the most amazing waistcoat I ever beheld in my life, was standing at the entrance, smoking a vile cigar. He had greasy ringlets, and an enormous diamond blazed in the centre of a soiled shirt. "Have a box, my Lord? "he said, when he saw me, and he took off his hat with an air of gorgeous servility. There was something about him, Harry, that amused me. He was such a monster. You will laugh at me, I know, but I really went in and paid a whole guinea for the stage-box. To the present day I can't make out why I did so; and yet if I hadn't–my dear Harry, if I hadn't, I should have missed the greatest romance of my life. I see you are laughing. It is horrid of you!'

'I am not laughing, Dorian; at least I am not laughing at you. But you should not say the greatest romance of your life. You should say the first romance of your life. You will always be loved, and you will always be in love with love. A *grande passion* is the privilege of people who have nothing to do. That is the one use of the idle classes of a country. Don't be afraid. There are exquisite things in store for you. This is merely the beginning.'

'Do you think my nature so shallow?' cried Dorian Gray, angrily.

stellte mir tausend Dinge vor. Schon die bloße Gefahr schenkte mir ein Gefühl des Entzückens. Ich erinnerte mich an das, was du mir an diesem wunderbaren Abend sagtest, als wir das erste Mal zusammen speisten: dass die Suche nach Schönheit das eigentliche Geheimnis des Lebens sei. Ich weiß nicht, was ich erwartete, aber ich ging aus und wanderte ostwärts, wo ich mich bald in einem Labyrinth aus rußigen Straßen und schwarzen, unbewachsenen Plätzen verirrte. Gegen halb neun kam ich an einem lächerlich kleinen Theater mit großen, flackernden Gaslaternen und grellbunten Plakaten vorbei. Ein widerwärtiger Jude in der unglaublichsten Weste, die ich je in meinem Leben gesehen habe, stand am Eingang und rauchte eine billige Zigarre. Er hatte fettige Locken und mitten auf seinem schmutzigen Hemd funkelte ein riesiger Diamant. »Eine Loge gefällig, mein Herr?«, sagte er, als er mich sah, und zog mit einer Geste großartiger Unterwürfigkeit seinen Hut. Er hatte etwas an sich, Harry, das mich amüsierte. Er war ein solches Monstrum. Du wirst mich auslachen, ich weiß, aber ich ging tatsächlich hinein und zahlte eine ganze Guinee für die Proszeniumsloge. Bis heute kann ich mir nicht erklären, warum ich das tat; und doch, hätte ich es nicht getan – mein lieber Harry, hätte ich es nicht getan, dann hätte ich die größte Romanze meines Lebens verpasst. Ich sehe, dass du lachst. Das ist abscheulich von dir!«

»Ich lache nicht, Dorian, wenigstens lache ich nicht über dich. Aber du solltest nicht von der größten Romanze deines Lebens sprechen. Du solltest sagen, die erste Romanze deines Lebens. Du wirst immer geliebt werden und du wirst immer in die Liebe verliebt sein. Eine *grande passion* ist das Vorrecht von Leuten, die nichts zu tun haben. Das ist der einzige Nutzen der untätigen Gesellschaftsschichten eines Landes. Hab keine Angst. Köstliche Dinge warten auf dich. Das ist erst der Anfang.«

»Hältst du mein Wesen für so oberflächlich?«, rief Dorian Gray verärgert.

'No; I think your nature so deep.'

'How do you mean?'

'My dear boy, the people who love only once in their lives are really the shallow people. What they call their loyalty, and their fidelity, I call either the lethargy of custom or their lack of imagination. Faithfulness is to the emotional life what consistency is to the life of the intellect–simply a confession of failure. Faithfulness! I must analyze it some day. The passion for property is in it. There are many things that we would throw away if we were not afraid that others might pick them up. But I don't want to interrupt you. Go on with your story.'

'Well, I found myself seated in a horrid little private box, with a vulgar drop-scene staring me in the face. I looked out from behind the curtain, and surveyed the house. It was a tawdry affair, all Cupids and cornucopias, like a third-rate wedding-cake. The gallery and pit were fairly full, but the two rows of dingy stalls were quite empty, and there was hardly a person in what I suppose they called the dress-circle. Women went about with oranges and ginger-beer, and there was a terrible consumption of nuts going on.'

'It must have been just like the palmy days of the British Drama.'

'Just like, I should fancy, and very depressing. I began to wonder what on earth I should do, when I caught sight of the play-bill. What do you think the play was, Harry?'

'I should think "The Idiot Boy, or Dumb but Innocent. "Our fathers used to like that sort of piece, I believe. The longer I live, Dorian, the more keenly I feel that whatever was good enough for our fathers is not good enough for us. In art, as in politics, *les grand-pères ont toujours tort.*'

»Nein, ich halte dein Wesen für so tiefgründig.«

»Wie meinst du das?«

»Mein lieber Junge, die Menschen, die nur einmal im Leben lieben, sind in Wahrheit die Oberflächlichen. Was sie ihre Ergebenheit und ihre Treue nennen, nenne ich entweder die Trägheit der Gewohnheit oder ihren Mangel an Einbildungskraft. Treue ist für das Gefühlsleben, was Konsequenz für das geistige Leben ist – nur ein Eingeständnis des Versagens. Treue! Ich muss sie einmal analysieren! Das Verlangen nach Besitz steckt darin. Es gibt viele Dinge, die wir wegwerfen würden, wenn wir nicht fürchteten, dass andere sie aufheben könnten. Aber ich will dich nicht unterbrechen. Erzähle weiter.«

»Ich fand mich also in einer schauderhaften kleinen Privatloge wieder und ein schäbiger Vorhang starrte mir ins Gesicht. Ich schaute hinter dem Vorhang hervor und sah mich im Haus um. Es war eine schrillbunte Angelegenheit, überall Liebesgötter und Füllhörner wie auf einer drittklassigen Hochzeitstorte. Galerie und Parkett waren recht gut besetzt, aber die zwei schmuddeligen Sperrsitzreihen waren ganz leer, und dort, wo vermutlich der erste Rang war, saß kaum ein Mensch. Frauen gingen mit Orangen und Ingwerlimonade herum und es wurden schrecklich viele Nüsse verzehrt.«

»Es muss genau so wie in den glorreichen Tagen des britischen Dramas gewesen sein.«

»Ganz genau so, könnte ich mir vorstellen, und sehr deprimierend. Ich begann mich zu fragen, was um alles in der Welt ich tun sollte, als mein Blick auf den Programmzettel fiel. Was glaubst du, welches Stück gespielt wurde, Harry?«

»Ich vermute, ›Der jugendliche Idiot‹ oder ›Stumm, aber unschuldig‹. Unsere Väter liebten diese Art Stücke, glaube ich. Je länger ich lebe, Dorian, umso deutlicher fühle ich, dass alles, was für unsere Väter gut genug war, nicht gut genug ist für uns. In der Kunst wie in der Politik *les grand-pères ont toujours tort*.«

'This play was good enough for us, Harry. It was "Romeo and Juliet." I must admit that I was rather annoyed at the idea of seeing Shakespeare done in such a wretched hole of a place. Still, I felt interested, in a sort of way. At any rate, I determined to wait for the first act. There was a dreadful orchestra, presided over by a young Hebrew who sat at a cracked piano, that nearly drove me away, but at last the drop-scene was drawn up, and the play began. Romeo was a stout elderly gentleman, with corked eyebrows, a husky tragedy voice, and a figure like a beer-barrel. Mercutio was almost as bad. He was played by the low-comedian, who had introduced gags of his own and was on most friendly terms with the pit. They were both as grotesque as the scenery, and that looked as if it had come out of a country-booth. But Juliet! Harry, imagine a girl, hardly seventeen years of age, with a little flower-like face, a small Greek head with plaited coils of dark-brown hair, eyes that were violet wells of passion, lips that were like the petals of a rose. She was the loveliest thing I had ever seen in my life. You said to me once that pathos left you unmoved, but that beauty, mere beauty, could fill your eyes with tears. I tell you, Harry, I could hardly see this girl for the mist of tears that came across me. And her voice—I never heard such a voice. It was very low at first, with deep mellow notes, that seemed to fall singly upon one's ear. Then it became a little louder, and sounded like a flute or a distant hautbois. In the garden-scene it had all the tremulous ecstasy that one hears just before dawn when nightingales are singing. There were moments, later on, when it had the wild passion of violins. You know how a voice can stir one. Your voice and the voice of Sibyl Vane are two things that I shall never forget. When I close my eyes, I

»Dieses Stück war gut genug für uns, Harry. Es war ›Romeo und Julia‹. Ich muss zugeben, dass mich der Gedanke ziemlich ärgerte, Shakespeare in einem so elenden Loch aufgeführt zu sehen. Doch in gewisser Weise interessierte es mich. Jedenfalls beschloss ich, den ersten Akt abzuwarten. Es gab ein grauenvolles Orchester, dirigiert von einem jungen Hebräer, der an einem verstimmten Klavier saß, was mich beinahe vertrieben hätte, aber schließlich wurde der Vorhang emporgezogen und die Aufführung begann. Romeo war ein untersetzter älterer Herr mit geschwärzten Augenbrauen, einer heiseren Tragödenstimme und einer Figur wie ein Bierfass. Mercutio war fast genauso schlimm. Er wurde von einem derben Komödianten gespielt, der eigene Witze einbrachte und mit dem Parkett bestens vertraut war. Sie waren beide genauso grotesk wie das Bühnenbild, und das sah aus, als stamme es von einer Jahrmarktsbude auf dem Land. Aber Julia! Harry, stell dir ein Mädchen vor, kaum siebzehn Jahre alt, mit einem kleinen, blumengleichen Gesicht, einem schmalen, griechischen Kopf mit geflochtenen Locken dunkelbraunen Haars, Augen, die veilchenblaue Quellen der Leidenschaft, Lippen, die wie die Blütenblätter einer Rose waren. Sie war das lieblichste Geschöpf, das ich je in meinem Leben gesehen hatte. Du sagtest einmal zu mir, Pathos ließe dich ungerührt, aber Schönheit, bloße Schönheit, könnte deine Augen mit Tränen füllen. Ich sage dir, Harry, ich konnte dieses Mädchen durch den aufsteigenden Tränenschleier kaum sehen. Und ihre Stimme – ich hatte noch nie eine solche Stimme gehört. Sie war zuerst sehr leise mit tiefen, weichen Tönen, die einem einzeln ins Ohr zu sinken schienen. Dann wurde sie ein wenig lauter und klang wie eine Flöte oder eine ferne Oboe. In der Gartenszene hatte sie jene bebende Verzückung, die man kurz vor Tagesanbruch hört, wenn die Nachtigallen singen. Es gab später dann Augenblicke, in denen sie die ungestüme Leidenschaft von Violinen hatte. Du weißt, wie eine Stimme einen aufwühlen kann. Deine Stimme und die Stimme von Sibyl Vane, das sind zwei

hear them, and each of them says something different. I don't know which to follow. Why should I not love her? Harry, I do love her. She is everything to me in life. Night after night I go to see her play. One evening she is Rosalind, and the next evening she is Imogen. I have seen her die in the gloom of an Italian tomb, sucking the poison from her lover's lips. I have watched her wandering through the forest of Arden, disguised as a pretty boy in hose and doublet and dainty cap. She has been mad, and has come into the presence of a guilty king, and given him rue to wear, and bitter herbs to taste of. She has been innocent, and the black hands of jealousy have crushed her reed-like throat. I have seen her in every age and in every costume. Ordinary women never appeal to one's imagination. They are limited to their century. No glamour ever transfigures them. One knows their minds as easily as one knows their bonnets. One can always find them. There is no mystery in any of them. They ride in the Park in the morning, and chatter at tea-parties in the afternoon. They have their stereotyped smile, and their fashionable manner. They are quite obvious. But an actress! How different an actress is! Harry! why didn't you tell me that the only thing worth loving is an actress?'

'Because I have loved so many of them, Dorian.'

'Oh, yes, horrid people with dyed hair and painted faces.'

'Don't run down dyed hair and painted faces. There is an extraordinary charm in them, sometimes,' said Lord Henry.

'I wish now I had not told you about Sibyl Vane.'

'You could not have helped telling me, Dorian. All through your life you will tell me everything you do.'

Dinge, die ich niemals vergessen werde. Wenn ich meine Augen schließe, höre ich sie, und jede von ihnen sagt etwas anderes. Ich weiß nicht, welcher ich folgen soll. Warum sollte ich sie nicht lieben? Harry, ich liebe sie. Sie bedeutet mir alles im Leben. Abend für Abend gehe ich hin, um sie spielen zu sehen. An einem Abend ist sie Rosalinde, am nächsten Abend ist sie Imogen. Ich habe sie im Dunkel einer italienischen Gruft sterben sehen, das Gift von den Lippen ihres Geliebten saugend. Ich habe ihr zugeschaut, wie sie den Wald von Arden durchwanderte, verkleidet als hübscher Knabe in Kniehose, Wams und zierlicher Mütze. Sie war wahnsinnig und ist vor einen schuldigen König getreten, hat ihm Raute zu tragen und bittere Kräuter zu kosten gegeben. Sie war unschuldig und die schwarzen Hände der Eifersucht haben ihren schilfrohrgleichen Hals zugedrückt. Ich habe sie in jeder Epoche und in jedem Kostüm gesehen. Gewöhnliche Frauen regen unsere Fantasie nie an. Sie sind auf ihr Jahrhundert beschränkt. Kein Zauber verwandelt sie je. Man kennt ihre Psyche ebenso schnell wie ihre Hüte. Man kann sie immer finden. Es gibt kein Geheimnis in ihnen. Sie reiten am Morgen im Park und plaudern am Nachmittag auf Teegesellschaften. Sie haben ihr stereotypes Lächeln und ihr elegantes Benehmen. Sie sind leicht zu durchschauen. Aber eine Schauspielerin! Wie anders eine Schauspielerin ist! Harry! Warum hast du mir nicht gesagt, dass das Einzige, das zu lieben sich lohnt, eine Schauspielerin ist?«

»Weil ich so viele von ihnen geliebt habe, Dorian.«

»Oh ja, grauenvolle Geschöpfe mit gefärbtem Haar und geschminkten Gesichtern.«

»Rede nicht so abfällig über gefärbtes Haar und geschminkte Gesichter. Darin liegt manchmal ein außerordentlicher Reiz«, erwiderte Lord Henry.

»Jetzt wünschte ich, ich hätte dir nichts von Sibyl Vane erzählt.«

»Du hättest gar nicht anders gekonnt, Dorian. Dein ganzes Leben lang wirst du mir alles erzählen, was du tust.«

'Yes, Harry, I believe that is true. I cannot help telling you things. You have a curious influence over me. If I ever did a crime, I would come and confess it to you. You would understand me.'

'People like you—the wilful sunbeams of life—don't commit crimes, Dorian. But I am much obliged for the compliment, all the same. And now tell me—reach me the matches, like a good boy: thanks—what are your actual relations with Sibyl Vane?'

Dorian Gray leaped to his feet, with flushed cheeks and burning eyes. 'Harry! Sibyl Vane is sacred!'

'It is only the sacred things that are worth touching, Dorian,' said Lord Henry, with a strange touch of pathos in his voice. 'But why should you be annoyed? I suppose she will belong to you some day. When one is in love, one always begins by deceiving one's self, and one always ends by deceiving others. That is what the world calls a romance. You know her, at any rate, I suppose?'

'Of course I know her. On the first night I was at the theatre, the horrid old Jew came round to the box after the performance was over, and offered to take me behind the scenes and introduce me to her. I was furious with him, and told him that Juliet had been dead for hundreds of years, and that her body was lying in a marble tomb in Verona. I think, from his blank look of amazement, that he was under the impression that I had taken too much champagne, or something.'

'I am not surprised.'

'Then he asked me if I wrote for any of the newspapers. I told him I never even read them. He seemed terribly disappointed at that, and confided to me that all the dramatic critics were in a conspiracy against him, and that they were every one of them to be bought.'

»Ja, Harry, ich glaube, das ist wahr. Ich kann nicht anders, als dir alles zu erzählen. Du übst einen seltsamen Einfluss auf mich aus. Wenn ich je ein Verbrechen beginge, würde ich zu dir kommen und es dir beichten. Du würdest mich verstehen.«

»Menschen wie du – die eigenwilligen Sonnenstrahlen des Lebens – begehen keine Verbrechen, Dorian. Aber ich bin dir trotzdem sehr zu Dank verpflichtet für das Kompliment. Und nun sage mir – reiche mir bitte die Streichhölzer, sei so gut, danke –, wie sehen deine tatsächlichen Beziehungen zu Sibyl Vane aus?«

Dorian Gray sprang auf, mit geröteten Wangen und glühenden Augen. »Harry! Sibyl Vane ist heilig!«

»Nur die heiligen Dinge sind es wert, berührt zu werden, Dorian«, sagte Lord Henry mit einem seltsamen Anflug von Pathos in der Stimme. »Aber warum solltest du dich aufregen? Ich nehme an, sie wird dir eines Tages gehören. Wenn man verliebt ist, fängt man immer damit an, sich selbst zu betrügen, und man endet immer damit, andere zu betrügen. Das ist das, was die Welt eine Romanze nennt. Ich nehme an, du kennst sie zumindest?«

»Natürlich kenne ich sie. Am ersten Abend, als ich im Theater war, kam der grässliche alte Jude nach der Vorstellung in meine Loge und bot mir an, mich hinter die Kulissen zu führen und ihr vorzustellen. Ich war wütend auf ihn und sagte ihm, dass Julia seit Hunderten von Jahren tot sei und ihr Leichnam in einer Marmorgruft in Verona liege. Aus seinem verwirrten und erstaunten Blick schloss ich, dass er den Eindruck hatte, ich hätte zu viel Champagner oder dergleichen getrunken.«

»Das überrascht mich nicht.«

»Dann fragte er mich, ob ich für irgendeine der Zeitungen schriebe. Ich sagte ihm, dass ich sie nicht einmal läse. Darüber schien er furchtbar enttäuscht und vertraute mir an, dass sich alle Theaterkritiker gegen ihn verschworen hätten und dass jeder Einzelne von ihnen käuflich sei.«

'I should not wonder if he was quite right there. But, on the other hand, judging from their appearance, most of them cannot be at all expensive.'

'Well, he seemed to think they were beyond his means,' laughed Dorian. 'By this time, however, the lights were being put out in the theatre, and I had to go. He wanted me to try some cigars that he strongly recommended. I declined. The next night, of course, I arrived at the place again. When he saw me he made me a low bow, and assured me that I was a munificent patron of art. He was a most offensive brute, though he had an extraordinary passion for Shakespeare. He told me once, with an air of pride, that his five bankruptcies were entirely due to "The Bard," as he insisted on calling him. He seemed to think it a distinction.'

'It was a distinction, my dear Dorian—a great distinction. Most people become bankrupt through having invested too heavily in the prose of life. To have ruined one's self over poetry is an honour. But when did you first speak to Miss Sibyl Vane?'

'The third night. She had been playing Rosalind. I could not help going round. I had thrown her some flowers, and she had looked at me; at least I fancied that she had. The old Jew was persistent. He seemed determined to take me behind, so I consented. It was curious my not wanting to know her, wasn't it?'

'No; I don't think so.'

'My dear Harry, why?'

'I will tell you some other time. Now I want to know about the girl.'

'Sibyl? Oh, she was so shy, and so gentle. There is something of a child about her. Her eyes opened wide in exquisite wonder when I told her what I thought of her

»Es sollte mich nicht wundern, wenn er damit völlig recht hätte. Doch andererseits, ihrem Erscheinungsbild nach zu urteilen, können die meisten von ihnen keineswegs teuer sein.«

»Nun, er schien zu glauben, dass sie seine Mittel überstiegen«, lachte Dorian. »Jedenfalls wurden inzwischen die Lichter im Theater gelöscht und ich musste gehen. Er wollte noch, dass ich irgendwelche Zigarren probierte, die er nachdrücklich empfahl. Ich lehnte ab. Am nächsten Abend ging ich natürlich wieder dorthin. Als er mich sah, machte er eine tiefe Verbeugung und versicherte mir, ich sei ein großzügiger Gönner der Kunst. Er war eine äußerst abstoßende Kreatur, obwohl er eine außergewöhnliche Leidenschaft für Shakespeare hegte. Er erzählte mir einmal mit einem Anflug von Stolz, dass er seine fünf Bankrotte ausschließlich dem ›Barden‹ zu verdanken habe, wie er ihn beharrlich nannte. Er schien das für eine Auszeichnung zu halten.«

»Es war eine Auszeichnung, mein lieber Dorian – eine große Auszeichnung. Die meisten Leute machen Bankrott, weil sie zu viel in die Prosa des Lebens investiert haben. Sich durch Poesie ruiniert zu haben ist eine Ehre. Aber wann hast du das erste Mal mit Miss Sibyl Vane gesprochen?«

»Am dritten Abend. Sie hatte die Rosalinde gespielt. Ich musste einfach nach hinten gehen. Ich hatte ihr ein paar Blumen zugeworfen und sie hatte mich angesehen, wenigstens bildete ich mir ein, dass sie es tat. Der alte Jude war hartnäckig. Er schien entschlossen, mich nach hinten zu führen, also willigte ich ein. Es war merkwürdig, dass ich sie nicht kennenlernen wollte, nicht wahr?«

»Nein, das finde ich nicht.«

»Warum nicht, mein lieber Harry?«

»Das erkläre ich dir ein andermal. Jetzt möchte ich etwas über das Mädchen erfahren.«

»Sibyl? Oh, sie war so schüchtern und so zart. Sie hat etwas von einem Kind an sich. Ihre Augen öffneten sich weit vor köstlichem Staunen, als ich ihr sagte, was ich von ihrem Spiel hielt,

performance, and she seemed quite unconscious of her power. I think we were both rather nervous. The old Jew stood grinning at the doorway of the dusty greenroom, making elaborate speeches about us both, while we stood looking at each other like children. He would insist on calling me "My Lord," so I had to assure Sibyl that I was not anything of the kind. She said quite simply to me, "You look more like a prince. I must call you Prince Charming."'

'Upon my word, Dorian, Miss Sibyl knows how to pay compliments.'

'You don't understand her, Harry. She regarded me merely as a person in a play. She knows nothing of life. She lives with her mother, a faded tired woman who played Lady Capulet in a sort of magenta dressing-wrapper on the first night, and looks as if she had seen better days.'

'I know that look. It depresses me,' murmured Lord Henry, examining his rings.

'The Jew wanted to tell me her history, but I said it did not interest me.'

'You were quite right. There is always something infinitely mean about other people's tragedies.'

'Sibyl is the only thing I care about. What is it to me where she came from? From her little head to her little feet, she is absolutely and entirely divine. Every night of my life I go to see her act, and every night she is more marvellous.'

'That is the reason, I suppose, that you never dine with me now. I thought you must have some curious romance on hand. You have; but it is not quite what I expected.'

'My dear Harry, we either lunch or sup together every day, and I have been to the Opera with you several times,' said Dorian, opening his blue eyes in wonder.

und sie schien sich ihrer Begabung gar nicht bewusst zu sein. Ich glaube, wir waren beide recht nervös. Der alte Jude stand grinsend an der Tür der staubigen Garderobe und hielt weitschweifige Reden über uns beide, während wir dastanden und einander ansahen wie Kinder. Er beharrte darauf, mich Mylord zu nennen, daher musste ich Sibyl versichern, dass ich nichts dergleichen sei. Sie sagte ganz schlicht zu mir: ›Sie sehen eher aus wie ein Prinz. Ich muss Sie Märchenprinz nennen.‹«

»Auf mein Wort, Dorian, Miss Sibyl versteht es, Komplimente zu machen.«

»Du verstehst sie nicht, Harry. Sie betrachtete mich nur wie eine Figur in einem Theaterstück. Sie weiß nichts vom Leben. Sie wohnt bei ihrer Mutter, einer verwelkten, müden Frau, die am ersten Abend in einer Art magentarotem Morgenrock Lady Capulet spielte und die aussieht, als hätte sie bessere Tage gesehen.«

»Dieses Aussehen kenne ich. Es deprimiert mich«, murmelte Lord Henry und betrachtete seine Ringe.

»Der Jude wollte mir ihre Lebensgeschichte erzählen, aber ich sagte, sie interessiere mich nicht.«

»Damit hattest du völlig recht. Die Tragödien anderer Leute haben immer etwas unendlich Gewöhnliches an sich.«

»Sibyl ist das Einzige, woran mir etwas liegt. Was geht es mich an, woher sie stammt? Von ihrem kleinen Kopf bis zu ihren kleinen Füßen ist sie absolut und vollkommen göttlich. Jeden Abend meines Lebens gehe ich hin, um sie spielen zu sehen, und jeden Abend ist sie wunderbarer.«

»Das ist vermutlich der Grund, warum du neuerdings nicht mehr mit mir speist. Ich dachte mir schon, dass du irgendeine merkwürdige Romanze hast. Das hast du, aber es ist nicht ganz das, was ich erwartete.«

»Mein lieber Harry, wir essen jeden Tag zusammen zu Mittag oder zu Abend und ich bin mehrere Male mit dir in der Oper gewesen«, sagte Dorian und riss verwundert seine blauen Augen auf.

'You always come dreadfully late.'

'Well, I can't help going to see Sibyl play,' he cried, 'even if it is only for a single act. I get hungry for her presence; and when I think of the wonderful soul that is hidden away in that little ivory body, I am filled with awe.'

'You can dine with me to-night, Dorian, can't you?'

He shook his head. 'To-night she is Imogen,' he answered, 'and to-morrow night she will be Juliet.'

'When is she Sibyl Vane?'

'Never.'

'I congratulate you.'

'How horrid you are! She is all the great heroines of the world in one. She is more than an individual. You laugh, but I tell you she has genius. I love her, and I must make her love me. You, who know all the secrets of life, tell me how to charm Sibyl Vane to love me! I want to make Romeo jealous. I want the dead lovers of the world to hear our laughter, and grow sad. I want a breath of our passion to stir their dust into consciousness, to wake their ashes into pain. My God, Harry, how I worship her!' He was walking up and down the room as he spoke. Hectic spots of red burned on his cheeks. He was terribly excited.

Lord Henry watched him with a subtle sense of pleasure. How different he was now from the shy, frightened boy he had met in Basil Hallward's studio! His nature had developed like a flower, had borne blossoms of scarlet flame. Out of its secret hiding-place had crept his Soul, and Desire had come to meet it on the way.

'And what do you propose to do?' said Lord Henry, at last.

»Du kommst immer schrecklich spät.«

»Ja, ich kann nicht anders als hinzugehen und Sibyl spielen zu sehen«, rief er, »wenn auch nur einen einzigen Akt lang. Ich hungere nach ihrer Gegenwart; und wenn ich an die wunderbare Seele denke, die in diesem kleinen Elfenbeinleib verborgen ist, erfasst mich Ehrfurcht.«

»Heute Abend kannst du doch mit mir essen, Dorian, oder nicht?«

Er schüttelte den Kopf. »Heute Abend ist sie Imogen«, antwortete er, »und morgen Abend wird sie Julia sein.«

»Wann ist sie Sibyl Vane?«

»Niemals.«

»Ich gratuliere dir.«

»Wie abscheulich du bist! Sie ist all die großen Heldinnen der Welt in einer Person. Sie ist mehr als eine Person. Du lachst, aber ich sage dir, sie hat Genie. Ich liebe sie und ich muss erreichen, dass sie mich liebt. Du, der du alle Geheimnisse des Lebens kennst, sag mir, wie ich Sibyl Vane so bezaubern kann, dass sie mich liebt! Ich will Romeo eifersüchtig machen. Ich will, dass die toten Liebhaber der Welt unser Lachen hören und traurig werden. Ich will, dass ein Hauch unserer Leidenschaft in ihrem Staub Bewusstsein erregt und ihre Asche zu Schmerzen erweckt. Mein Gott, Harry, wie ich sie anbete!« Während er sprach, ging er im Zimmer auf und ab. Hektische rote Flecken brannten auf seinen Wangen. Er war schrecklich erregt.

Lord Henry betrachtete ihn mit heimlichem Vergnügen. Wie anders er jetzt war als jener verlegene, schüchterne Junge, den er in Basil Hallwards Atelier kennengelernt hatte! Seine Natur hatte sich wie eine Blume entfaltet und Blüten von flammendrotem Scharlach hervorgebracht. Seine Seele war aus ihrem geheimen Versteck hervorgekrochen und das Verlangen kam ihr auf dem Weg entgegen.

»Und was schlägst du nun vor?«, sagte Lord Henry schließlich.

'I want you and Basil to come with me some night and see her act. I have not the slightest fear of the result. You are certain to acknowledge her genius. Then we must get her out of the Jew's hands. She is bound to him for three years–at least for two years and eight months–from the present time. I shall have to pay him something, of course. When all that is settled, I shall take a West End theatre and bring her out properly. She will make the world as mad as she has made me.'

'That would be impossible, my dear boy!'

'Yes, she will. She has not merely art, consummate art-instinct, in her, but she has personality also; and you have often told me that it is personalities, not principles, that move the age.'

'Well, what night shall we go?'

'Let me see. To-day is Tuesday. Let us fix to-morrow. She plays Juliet to-morrow.'

'All right. The Bristol at eight o'clock; and I will get Basil.'

'Not eight, Harry, please. Half-past six. We must be there before the curtain rises. You must see her in the first act, where she meets Romeo.'

'Half-past six! What an hour! It will be like having a meat-tea, or reading an English novel. It must be seven. No gentleman dines before seven. Shall you see Basil between this and then? Or shall I write to him?'

'Dear Basil! I have not laid eyes on him for a week. It is rather horrid of me, as he has sent me my portrait in the most wonderful frame, specially designed by himself, and, though I am a little jealous of the picture for being a whole month younger than I am, I must admit that I delight in it. Perhaps you had better write to him. I don't

»Ich will, dass du und Basil mich an einem Abend begleitet und sie spielen seht. Ich habe nicht die geringste Furcht vor dem Ergebnis. Ihr werdet ihr Genie zweifellos anerkennen. Dann müssen wir sie aus den Händen des Juden befreien. Sie ist für drei Jahre an ihn gebunden – zumindest zwei Jahre und acht Monate – von heute an. Ich werde ihm natürlich etwas zahlen müssen. Wenn das alles geregelt ist, werde ich ein Theater im West End mieten und sie richtig herausbringen. Sie wird die Welt genauso verrückt machen wie mich.«

»Das dürfte unmöglich sein, mein lieber Junge!«

»Doch, das wird sie. Sie besitzt nicht nur Kunstfertigkeit, vollendeten künstlerischen Instinkt, sondern sie hat auch Persönlichkeit; und du hast mir selbst oft gesagt, dass Persönlichkeiten, nicht Prinzipien, die Welt bewegen.«

»Nun gut, an welchem Abend sollen wir hingehen?«

»Lass mich überlegen. Heute ist Dienstag. Wir wollen uns für morgen verabreden. Sie spielt morgen die Julia.«

»Abgemacht. Um acht Uhr im Bristol; und ich werde Basil mitbringen.«

»Nicht um acht, Harry, bitte. Halb sieben. Wir müssen dort sein, bevor der Vorhang aufgeht. Ihr müsst sie im ersten Akt sehen, wenn sie Romeo begegnet.«

»Halb sieben! Was für eine Zeit! Das wäre so, wie am Nachmittag Abendbrot zu essen oder einen englischen Roman zu lesen. Nicht vor sieben. Kein Gentleman speist vor sieben. Wirst du Basil bis dahin noch sehen? Oder soll ich ihm schreiben?«

»Der gute Basil! Ich habe ihn seit einer Woche nicht gesehen. Das ist ziemlich abscheulich von mir, denn er hat mir mein Porträt in dem wunderbarsten, eigens von ihm entworfenen Rahmen geschickt, und obwohl ich ein bisschen eifersüchtig auf das Bild bin, weil es einen ganzen Monat jünger ist als ich, muss ich zugeben, dass ich mich daran erfreue. Vielleicht ist es besser, wenn

want to see him alone. He says things that annoy me. He gives me good advice.'

Lord Henry smiled. 'People are very fond of giving away what they need most themselves. It is what I call the depth of generosity.'

'Oh, Basil is the best of fellows, but he seems to me to be just a bit of a Philistine. Since I have known you, Harry, I have discovered that.'

'Basil, my dear boy, puts everything that is charming in him into his work. The consequence is that he has nothing left for life but his prejudices, his principles, and his common sense. The only artists I have ever known, who are personally delightful, are bad artists. Good artists exist simply in what they make, and consequently are perfectly uninteresting in what they are. A great poet, a really great poet, is the most unpoetical of all creatures. But inferior poets are absolutely fascinating. The worse their rhymes are, the more picturesque they look. The mere fact of having published a book of second-rate sonnets makes a man quite irresistible. He lives the poetry that he cannot write. The others write the poetry that they dare not realize.'

'I wonder is that really so, Harry?' said Dorian Gray, putting some perfume on his handkerchief out of a large gold-topped bottle that stood on the table. 'It must be, if you say it. And now I am off. Imogen is waiting for me. Don't forget about to-morrow. Good-bye.'

As he left the room, Lord Henry's heavy eyelids drooped, and he began to think. Certainly few people had ever interested him so much as Dorian Gray, and yet the lad's mad adoration of some one else caused him not the slightest pang of annoyance or jealousy. He was

du ihm schreibst. Ich möchte ihn nicht alleine treffen. Er sagt Dinge, die mich ärgern. Er gibt mir gute Ratschläge.«

Lord Henry lächelte. »Die Menschen geben gerne das, was sie selber am nötigsten hätten. Das nenne ich den Gipfel der Großzügigkeit.«

»Oh, Basil ist der beste Mensch, aber er scheint mir doch ein bisschen Philister zu sein. Seit ich dich kennengelernt habe, Harry, bin ich dahinter gekommen.«

»Basil, mein lieber Junge, legt alles, was er an Charme besitzt, in sein Werk hinein. Die Folge ist, dass ihm für das Leben nichts übrig bleibt als seine Vorurteile, seine Prinzipien und sein gesunder Menschenverstand. Die einzigen als Menschen anziehenden Künstler, die ich je kennengelernt habe, sind schlechte Künstler. Gute Künstler existieren nur in dem, was sie schaffen, und sind folglich vollkommen uninteressant in dem, was sie sind. Ein großer Dichter, ein wirklich großer Dichter, ist das unpoetischste aller Geschöpfe. Aber schlechte Dichter sind absolut faszinierend. Je schlechter ihre Reime sind, umso malerischer sehen sie aus. Die bloße Tatsache, einen Band mit zweitklassigen Sonetten veröffentlicht zu haben, macht einen Mann ganz unwiderstehlich. Er lebt die Poesie, die er nicht schreiben kann. Die anderen schreiben die Poesie, die sie nicht zu verwirklichen wagen.«

»Ich frage mich, ob das wirklich so ist, Harry«, sagte Dorian Gray, während er aus einer großen Flasche mit goldenem Verschluss, die auf dem Tisch stand, etwas Parfüm auf sein Taschentuch träufelte. »Es muss so sein, wenn du es sagst. Und jetzt muss ich fort. Imogen wartet auf mich. Vergiss nicht wegen morgen. Auf Wiedersehen.«

Als er das Zimmer verließ, senkten sich Lord Henrys schwere Augenlider und er begann nachzudenken. Zweifellos hatten ihn wenige Menschen jemals so sehr interessiert wie Dorian Gray, und doch verursachte ihm die zügellose Verehrung des jungen Mannes für jemand anderen nicht den geringsten Anfall von Ärger oder

pleased by it. It made him a more interesting study. He had been always enthralled by the methods of natural science, but the ordinary subject-matter of that science had seemed to him trivial and of no import. And so he had begun by vivisecting himself, as he had ended by vivisecting others. Human life–that appeared to him the one thing worth investigating. Compared to it there was nothing else of any value. It was true that as one watched life in its curious crucible of pain and pleasure, one could not wear over one's face a mask of glass, nor keep the sulphurous fumes from troubling the brain and making the imagination turbid with monstrous fancies and misshapen dreams. There were poisons so subtle that to know their properties one had to sicken of them. There were maladies so strange that one had to pass through them if one sought to understand their nature. And, yet, what a great reward one received! How wonderful the whole world became to one! To note the curious hard logic of passion, and the emotional coloured life of the intellect–to observe where they met, and where they separated, at what point they were in unison, and at what point they were at discord–there was a delight in that! What matter what the cost was? One could never pay too high a price for any sensation.

He was conscious–and the thought brought a gleam of pleasure into his brown agate eyes–that it was through certain words of his, musical words said with musical utterance, that Dorian Gray's soul had turned to this white girl and bowed in worship before her. To a large extent the lad was his own creation. He had made him premature. That was something. Ordinary people waited till life disclosed to them its secrets, but to the few, to the

Eifersucht. Er freute sich darüber. Sie machte ihn zu einem noch interessanteren Studienobjekt. Die Methoden der Naturwissenschaft hatten ihn schon immer gefesselt, aber der gewöhnliche Gegenstand dieser Wissenschaft war ihm trivial und belanglos vorgekommen. Also hatte er begonnen, sich selbst zu vivisezieren, und er hatte damit geendet, andere zu vivisezieren. Das menschliche Leben – das schien ihm der einzige Gegenstand zu sein, den zu untersuchen sich lohnte. Verglichen damit gab es nichts anderes von irgendeinem Wert. Es stimmte, wenn man das Leben in seinem seltsamen Schmelztiegel aus Leid und Lust betrachtete, konnte man keine gläserne Maske über seinem Gesicht tragen noch die Schwefeldämpfe davon abhalten, das Gehirn heimzusuchen und die Einbildungskraft mit ungeheuerlichen Fantasien und missgestalteten Träumen zu trüben. Es gab Gifte, so fein, dass man durch sie krank werden musste, um ihre Eigenschaften zu erkennen. Es gab Krankheiten, so fremdartig, dass man sie durchmachen musste, wenn man ihr Wesen zu verstehen suchte. Und doch, welch großen Lohn empfing man! Wie wunderbar wurde einem dann die ganze Welt! Die eigenartig strenge Logik der Leidenschaft und das von Gefühlen gefärbte Leben des Geistes aufzuzeichnen – zu beobachten, wo sie sich trafen und wo sie auseinander gingen, an welchem Punkt sie sich im Einklang befanden und an welchem Punkt sie nicht übereinstimmten –, das war ein Genuss! Was machte es schon, was es kostete? Man konnte niemals einen zu hohen Preis für eine Sinneserfahrung bezahlen.

Er war sich bewusst – und dieser Gedanke brachte einen freudigen Glanz in seine braunen Achataugen –, dass sich durch gewisse Worte, die er gesprochen hatte, melodische Worte, mit Wohlklang ausgesprochen, Dorian Grays Seele diesem unschuldigen Mädchen zugewandt und sich in Verehrung vor ihr verneigt hatte. Der junge Mann war in hohem Maße seine eigene Schöpfung. Er hatte ihn vor der Zeit reif gemacht. Das war doch etwas. Gewöhnliche Menschen warteten, bis ihnen das Leben seine Ge-

elect, the mysteries of life were revealed before the veil was drawn away. Sometimes this was the effect of art, and chiefly of the art of literature, which dealt immediately with the passions and the intellect. But now and then a complex personality took the place and assumed the office of art, was indeed, in its way, a real work of art, Life having its elaborate masterpieces, just as poetry has, or sculpture, or painting.

Yes, the lad was premature. He was gathering his harvest while it was yet spring. The pulse and passion of youth were in him, but he was becoming self-conscious. It was delightful to watch him. With his beautiful face, and his beautiful soul, he was a thing to wonder at. It was no matter how it all ended, or was destined to end. He was like one of those gracious figures in a pageant or a play, whose joys seem to be remote from one, but whose sorrows stir one's sense of beauty, and whose wounds are like red roses.

Soul and body, body and soul–how mysterious they were! There was animalism in the soul, and the body had its moments of spirituality. The senses could refine, and the intellect could degrade. Who could say where the fleshly impulse ceased, or the psychical impulse began? How shallow were the arbitrary definitions of ordinary psychologists! And yet how difficult to decide between the claims of the various schools! Was the soul a shadow seated in the house of sin? Or was the body really in the soul, as Giordano Bruno thought? The separation of spirit from matter was a mystery, and the union of spirit with matter was a mystery also.

heimnisse enthüllte, aber den wenigen, den Auserwählten, wurden die Mysterien des Lebens offenbart, bevor der Schleier weggezogen wurde. Manchmal war das die Wirkung der Kunst, insbesondere der literarischen Kunst, die sich unmittelbar mit den Leidenschaften und dem Geist befasste. Gelegentlich aber nahm eine vielschichtige Persönlichkeit diesen Platz ein und übernahm die Aufgabe der Kunst, ja, war auf ihre Weise selbst ein wahres Kunstwerk, denn das Leben hat ebenso seine künstlerischen Meisterwerke wie die Poesie oder die Bildhauerei oder die Malerei.

Ja, der Junge war vorzeitig gereift. Er brachte seine Ernte ein, während es noch Frühling war. Der Pulsschlag und die Leidenschaft der Jugend waren in ihm, aber er wurde sich seiner selbst bewusst. Es war eine Freude, ihn zu beobachten. Mit seinem schönen Gesicht und seiner schönen Seele war er ein Geschöpf, das man bewundern musste. Es war gleich, wie alles endete oder enden musste. Er glich einer dieser anmutigen Figuren in einem Festumzug oder einem Theaterstück, deren Freuden uns weit weg scheinen, aber deren Klagen unseren Schönheitssinn wecken und deren Wunden roten Rosen gleichen.

Seele und Leib, Leib und Seele – wie geheimnisvoll waren sie doch! Es gab Animalisches in der Seele und der Leib hatte seine Augenblicke der Spiritualität. Die Sinne konnten sich läutern und der Geist konnte sich erniedrigen. Wer konnte sagen, wo der fleischliche Trieb aufhörte oder wo der seelische Trieb anfing? Wie oberflächlich waren doch die willkürlichen Definitionen der gewöhnlichen Psychologen! Und doch, wie schwierig war es, zwischen den Behauptungen der verschiedenen Schulen zu unterscheiden! War die Seele ein Schatten, der im Haus der Sünde wohnte? Oder war der Körper wirklich innerhalb der Seele, wie Giordano Bruno glaubte? Die Trennung von Geist und Materie war ein Geheimnis und die Einheit von Geist und Materie war ebenfalls ein Geheimnis.

He began to wonder whether we could ever make psychology so absolute a science that each little spring of life would be revealed to us. As it was, we always misunderstood ourselves, and rarely understood others. Experience was of no ethical value. It was merely the name men gave to their mistakes. Moralists had, as a rule, regarded it as a mode of warning, had claimed for it a certain ethical efficacy in the formation of character, had praised it as something that taught us what to follow and showed us what to avoid. But there was no motive power in experience. It was as little of an active cause as conscience itself. All that it really demonstrated was that our future would be the same as our past, and that the sin we had done once, and with loathing, we would do many times, and with joy.

It was clear to him that the experimental method was the only method by which one could arrive at any scientific analysis of the passions; and certainly Dorian Gray was a subject made to his hand, and seemed to promise rich and fruitful results. His sudden mad love for Sibyl Vane was a psychological phenomenon of no small interest. There was no doubt that curiosity had much to do with it, curiosity and the desire for new experiences; yet it was not a simple but rather a very complex passion. What there was in it of the purely sensuous instinct of boyhood had been transformed by the workings of the imagination, changed into something that seemed to the lad himself to be remote from sense, and was for that very reason all the more dangerous. It was the passions about whose origin we deceived ourselves that tyrannized most strongly over us. Our weakest motives were those of whose nature we were conscious. It often hap-

Er begann sich zu fragen, ob wir die Psychologie jemals zu einer so absoluten Wissenschaft machen könnten, dass uns jede kleine Triebfeder des Lebens offenbar würde. Gegenwärtig verstanden wir uns selbst stets falsch und andere Menschen verstanden wir selten. Erfahrung hatte keinerlei ethischen Wert. Sie war nur der Name, den die Menschen ihren Irrtümern verliehen. Moralisten hatten sie in der Regel als eine Art Warnung betrachtet, hatten für sie eine gewisse ethische Wirksamkeit bei der Charakterbildung beansprucht, hatten sie als etwas gepriesen, das uns lehrte, wonach wir uns richten, und das uns zeigte, was wir meiden sollten. Aber die Erfahrung besaß keine Triebkraft. Sie war ebenso wenig ein aktiver Antrieb wie das Gewissen selbst. Alles, was sie tatsächlich zeigte, war, dass unsere Zukunft genauso sein würde wie unsere Vergangenheit und dass wir die Sünde, die wir einmal mit Abscheu begangen hatten, noch viele Male begehen würden, und zwar mit Freude.

Es war ihm klar, dass die experimentelle Methode die einzige Methode war, durch die man zu irgendeiner wissenschaftlichen Analyse der Leidenschaften gelangen konnte, und zweifellos war Dorian Gray als Versuchsperson wie für ihn geschaffen und schien reichhaltige und ergiebige Erfolge zu versprechen. Seine plötzliche verrückte Liebe zu Sibyl Vane war ein durchaus interessantes psychologisches Phänomen. Zweifellos spielte Neugier dabei eine große Rolle, Neugier und das Verlangen nach neuen Erfahrungen; und doch war es keine einfache, sondern eine äußerst vielschichtige Leidenschaft. Was von dem rein sinnlichen Trieb des Knabenalters in ihr war, war durch die Wirkungsweise der Fantasie umgeformt und verwandelt worden in etwas, das dem jungen Mann selbst ganz fern von allem Sinnlichen schien und das gerade deshalb umso gefährlicher war. Gerade die Leidenschaften, über deren Ursprung wir uns selbst täuschten, tyrannisierten uns am stärksten. Unsere schwächsten Beweggründe waren die, über deren Wesen wir uns im Klaren waren. Es kam

pened that when we thought we were experimenting on others we were really experimenting on ourselves.

While Lord Henry sat dreaming on these things, a knock came to the door, and his valet entered, and reminded him it was time to dress for dinner. He got up and looked out into the street. The sunset had smitten into scarlet gold the upper windows of the houses opposite. The panes glowed like plates of heated metal. The sky above was like a faded rose. He thought of his friend's young fiery-coloured life, and wondered how it was all going to end.

When he arrived home, about half-past twelve o'clock, he saw a telegram lying on the hall table. He opened it, and found it was from Dorian Gray. It was to tell him that he was engaged to be married to Sibyl Vane.

häufig vor, dass wir glaubten, mit anderen Experimente durchzuführen, in Wahrheit aber mit uns selbst experimentierten.

Während Lord Henry dasaß und über diese Dinge nachsann, klopfte es an der Tür. Sein Diener trat ein und erinnerte ihn daran, dass es Zeit war, sich für das Abendessen umzuziehen. Er stand auf und schaute auf die Straße hinaus. Der Sonnenuntergang hatte die oberen Fenster der gegenüberliegenden Häuser in scharlachrotes Gold getaucht. Die Scheiben glühten wie erhitzte Metallplatten. Der Himmel darüber glich einer verblühten Rose. Er dachte an das junge, feuerfarbene Leben seines Freundes und fragte sich, wie das alles enden würde.

Als er gegen halb eins nach Hause kam, sah er auf dem Tisch in der Eingangshalle ein Telegramm liegen. Er öffnete es und sah, dass es von Dorian Gray war. Sein Inhalt besagte, dass er sich mit Sibyl Vane verlobt hatte.

Chapter V

'Mother, mother, I am so happy!' whispered the girl, burying her face in the lap of the faded, tired-looking woman who, with back turned to the shrill intrusive light, was sitting in the one arm-chair that their dingy sitting-room contained. 'I am so happy!' she repeated, 'and you must be happy too!'

Mrs. Vane winced, and put her thin bismuth-whitened hands on her daughter's head. 'Happy!' she echoed, 'I am only happy, Sibyl, when I see you act. You must not think of anything but your acting. Mr. Isaacs has been very good to us, and we owe him money.'

The girl looked up and pouted. 'Money, mother?' she cried, 'what does money matter? Love is more than money.'

'Mr. Isaacs has advanced us fifty pounds to pay off our debts, and to get a proper outfit for James. You must not forget that, Sibyl. Fifty pounds is a very large sum. Mr. Isaacs has been most considerate.'

'He is not a gentleman, mother, and I hate the way he talks to me,' said the girl, rising to her feet, and going over to the window.

'I don't know how we could manage without him,' answered the elder woman, querulously.

Sibyl Vane tossed her head and laughed. 'We don't want him any more, mother. Prince Charming rules life for us now.' Then she paused. A rose shook in her blood, and shadowed her cheeks. Quick breath parted the petals of her lips. They trembled. Some southern wind of passion swept over her, and stirred the dainty folds of her dress. 'I love him,' she said, simply.

KAPITEL 5

»Mutter, Mutter, ich bin so glücklich!«, flüsterte das Mädchen und barg ihr Gesicht im Schoß der verwelkten, müde aussehenden Frau, die mit dem Rücken gegen das grelle, aufdringliche Licht in dem einzigen Lehnstuhl saß, den ihr schäbiges Wohnzimmer enthielt. »Ich bin so glücklich«, wiederholte sie, »und du musst auch glücklich sein.«

Mrs. Vane zuckte zusammen und legte ihre dünnen, mit Wismutweiß geschminkten Hände auf den Kopf ihrer Tochter. »Glücklich!«, wiederholte sie. »Ich bin nur glücklich, wenn ich dich spielen sehe. Du darfst an nichts anderes denken als an deine Schauspielerei. Mr. Isaacs ist sehr gut zu uns gewesen und wir schulden ihm Geld.«

Das Mädchen sah auf und verzog den Mund. »Geld, Mutter?«, rief sie. »Was zählt schon Geld? Liebe zählt mehr als Geld.«

»Mr. Isaacs hat uns fünfzig Pfund vorgestreckt, damit wir unsere Schulden bezahlen und James eine anständige Ausstattung besorgen können. Das darfst du nicht vergessen, Sibyl. Fünfzig Pfund sind eine sehr große Summe. Mr. Isaacs war äußerst freundlich.«

»Er ist kein Gentleman, Mutter, und ich hasse die Art, wie er mit mir spricht«, sagte das Mädchen, stand auf und ging zum Fenster hinüber.

»Ich weiß nicht, wie wir ohne ihn zurechtkommen sollten«, antwortete die ältere Frau gereizt.

Sibyl Vane warf den Kopf zurück und lachte. »Wir brauchen ihn nicht mehr, Mutter. Der Märchenprinz regelt jetzt das Leben für uns.« Dann hielt sie inne. Rosenrot durchzitterte ihr Blut und färbte ihre Wangen dunkel. Rascher Atem teilte die Blütenblätter ihrer Lippen. Sie zitterten. Ein südlicher Wind der Leidenschaft fegte über sie hin und bewegte die zarten Falten ihres Kleides. »Ich liebe ihn«, sagte sie schlicht.

'Foolish child! foolish child!' was the parrot-phrase flung in answer. The waving of crooked, false-jewelled fingers gave grotesqueness to the words.

The girl laughed again. The joy of a caged bird was in her voice. Her eyes caught the melody, and echoed it in radiance: then closed for a moment, as though to hide their secret. When they opened, the mist of a dream had passed across them.

Thin-lipped wisdom spoke at her from the worn chair, hinted at prudence, quoted from that book of cowardice whose author apes the name of common sense. She did not listen. She was free in her prison of passion. Her prince, Prince Charming, was with her. She had called on Memory to remake him. She had sent her soul to search for him, and it had brought him back. His kiss burned again upon her mouth. Her eyelids were warm with his breath.

Then Wisdom altered its method and spoke of espial and discovery. This young man might be rich. If so, marriage should be thought of. Against the shell of her ear broke the waves of worldly cunning. The arrows of craft shot by her. She saw the thin lips moving, and smiled.

Suddenly she felt the need to speak. The wordy silence troubled her. 'Mother, mother,' she cried, 'why does he love me so much? I know why I love him. I love him because he is like what Love himself should be. But what does he see in me? I am not worthy of him. And yet—why, I cannot tell—though I feel so much beneath him, I don't feel humble. I feel proud, terribly proud. Mother, did you love my father as I love Prince Charming?'

»Törichtes Kind! Törichtes Kind!«, lautete die papageienhafte Antwort, die ihr entgegengeschleudert wurde. Das Gefuchtel gekrümmter, mit falschen Edelsteinen geschmückter Finger verlieh den Worten etwas Groteskes.

Das Mädchen lachte erneut. Der Jubel eines gefangenen Vogels lag in ihrer Stimme. Ihre Augen fingen die Melodie auf und warfen sie strahlend zurück; dann schlossen sie sich einen Augenblick lang, als wollten sie ihr Geheimnis verbergen. Als sie sich wieder öffneten, war der Schleier eines Traumes über sie hinweggezogen.

Die schmallippige Weisheit redete aus dem abgewetzten Sessel auf sie ein, mahnte zur Besonnenheit, zitierte aus jenem Buch der Feigheit, dessen Verfasser im Namen des gesunden Menschenverstandes zu sprechen vorgibt. Sie hörte nicht hin. Sie war frei in ihrem Gefängnis der Leidenschaft. Ihr Prinz, ihr Märchenprinz, war bei ihr. Sie hatte die Erinnerung beschworen, ihn neu zu erschaffen. Sie hatte ihre Seele ausgesandt, um ihn zu suchen, und sie hatte ihn zurückgebracht. Sein Kuss brannte wieder auf ihrem Mund. Ihre Augenlider waren warm von seinem Atem.

Dann änderte die Weisheit ihre Methode und sprach von Auskundschaften und Aufdecken. Vielleicht war dieser junge Mann reich. Wenn ja, dann sollte man ans Heiraten denken. An ihre Ohrmuschel brandeten die Wellen weltlicher Durchtriebenheit. Die Pfeile der List schossen an ihr vorbei. Sie sah, wie sich die schmalen Lippen bewegten, und lächelte.

Plötzlich fühlte sie das Bedürfnis zu sprechen. Das wortreiche Schweigen quälte sie. »Mutter, Mutter«, rief sie, »warum liebt er mich so sehr? Ich weiß, warum ich ihn liebe. Ich liebe ihn, weil er so ist, wie die Liebe selbst sein sollte. Aber was sieht er in mir? Ich bin seiner nicht wert. Und doch – warum, das kann ich nicht sagen –, obwohl ich fühle, dass ich so tief unter ihm stehe, fühle ich mich nicht niedrig. Ich bin stolz, schrecklich stolz. Mutter, hast du meinen Vater so geliebt, wie ich den Märchenprinzen liebe?«

The elder woman grew pale beneath the coarse powder that daubed her cheeks, and her dry lips twitched with a spasm of pain. Sybil rushed to her, flung her arms round her neck, and kissed her. 'Forgive me, mother. I know it pains you to talk about our father. But it only pains you because you loved him so much. Don't look so sad. I am as happy to-day as you were twenty years ago. Ah! let me be happy for ever!'

'My child, you are far too young to think of falling in love. Besides, what do you know of this young man? You don't even know his name. The whole thing is most inconvenient, and really, when James is going away to Australia, and I have so much to think of, I must say that you should have shown more consideration. However, as I said before, if he is rich …'

'Ah! mother, mother, let me be happy!'

Mrs. Vane glanced at her, and with one of those false theatrical gestures that so often become a mode of second nature to a stage-player, clasped her in her arms. At this moment the door opened, and a young lad with rough brown hair came into the room. He was thick-set of figure, and his hands and feet were large, and somewhat clumsy in movement. He was not so finely bred as his sister. One would hardly have guessed the close relationship that existed between them. Mrs. Vane fixed her eyes on him, and intensified her smile. She mentally elevated her son to the dignity of an audience. She felt sure that the *tableau* was interesting.

'You might keep some of your kisses for me, Sibyl, I think,' said the lad, with a good-natured grumble.

'Ah! but you don't like being kissed, Jim,' she cried. 'You are a dreadful old bear.' And she ran across the room and hugged him.

Die ältere Frau wurde bleich unter dem groben Puder, der ihre Wangen übertünchte, und ihre trockenen Lippen zuckten in einem schmerzhaften Krampf. Sibyl eilte zu ihr, schlang die Arme um ihren Hals und küsste sie. »Verzeih mir, Mutter. Ich weiß, es schmerzt dich, über unseren Vater zu reden. Aber es schmerzt dich nur, weil du ihn so sehr geliebt hast. Sieh nicht so traurig drein. Ich bin heute so glücklich, wie du es vor zwanzig Jahren warst. Ach, lass mich für immer glücklich sein!«

»Mein Kind, du bist viel zu jung, um daran zu denken, dich zu verlieben. Außerdem, was weißt du von diesem jungen Mann? Du kennst nicht einmal seinen Namen. Die ganze Sache kommt höchst ungelegen und ich muss wirklich sagen, jetzt, wo James nach Australien geht und ich an so vieles denken muss, hättest du mehr Rücksicht nehmen sollen. Allerdings, wie ich schon sagte, wenn er reich ist …«

»Ach Mutter, Mutter, lass mich glücklich sein!«

Mrs. Vanc warf ihr einen Blick zu und schloss sie mit einer jener unaufrichtigen theatralischen Gesten, wie sie Schauspielern so oft zu einer Art zweiten Natur werden, in die Arme. In diesem Augenblick öffnete sich die Tür und ein junger Mann mit struppigem braunem Haar kam ins Zimmer. Er war von untersetzter Gestalt und seine Hände und Füße waren groß und ein wenig ungelenk in ihren Bewegungen. Er war nicht so zierlich geraten wie seine Schwester. Man hätte kaum die nahe Verwandtschaft erraten können, die zwischen ihnen bestand. Mrs. Vane richtete ihre Augen auf ihn und verstärkte ihr Lächeln. Im Geiste erhob sie ihren Sohn in den Rang eines Publikums. Sie war davon überzeugt, dass die Szene interessant war.

»Ich finde, du könntest ein paar von deinen Küsse für mich aufheben, Sibyl«, sagte der junge Mann mit gutmütigem Knurren.

»Oh! Aber du magst es doch gar nicht, geküsst zu werden, Jim«, rief sie. »Du bist ein grässlicher alter Bär.« Und sie lief durch das Zimmer und umarmte ihn.

James Vane looked into his sister's face with tenderness. 'I want you to come out with me for a walk, Sibyl. I don't suppose I shall ever see this horrid London again. I am sure I don't want to.'

'My son, don't say such dreadful things,' murmured Mrs. Vane, taking up a tawdry theatrical dress, with a sigh, and beginning to patch it. She felt a little disappointed that he had not joined the group. It would have increased the theatrical picturesqueness of the situation.

'Why not, mother? I mean it.'

'You pain me, my son. I trust you will return from Australia in a position of affluence. I believe there is no society of any kind in the Colonies, nothing that I would call society; so when you have made your fortune you must come back and assert yourself in London.'

'Society!' muttered the lad. 'I don't want to know anything about that. I should like to make some money to take you and Sibyl off the stage. I hate it.'

'Oh, Jim!' said Sibyl, laughing, 'how unkind of you! But are you really going for a walk with me? That will be nice! I was afraid you were going to say good-bye to some of your friends—to Tom Hardy, who gave you that hideous pipe, or Ned Langton, who makes fun of you for smoking it. It is very sweet of you to let me have your last afternoon. Where shall we go? Let us go to the Park.'

'I am too shabby,' he answered, frowning. 'Only swell people go to the Park.'

'Nonsense, Jim,' she whispered, stroking the sleeve of his coat.

James Vane blickte voller Zärtlichkeit in das Gesicht seiner Schwester. »Ich möchte, dass du mich auf einen Spaziergang begleitest, Sibyl. Ich glaube nicht, dass ich dieses schreckliche London je wiedersehen werde. Ich bin mir sicher, dass ich es gar nicht wiedersehen will.«

»Mein Sohn, sag nicht solche entsetzlichen Dinge«, murmelte Mrs. Vane, während sie mit einem Seufzer ein geschmackloses Theaterkostüm zur Hand nahm und es auszubessern begann. Sie fühlte sich ein wenig enttäuscht, dass er sich der Gruppe nicht angeschlossen hatte. Das hätte das theatralisch Pittoreske der Situation noch gesteigert.

»Warum nicht, Mutter? Ich meine es ernst.«

»Du tust mir weh, mein Sohn. Ich vertraue darauf, dass du als reicher Mann aus Australien zurückkehren wirst. Ich glaube, in den Kolonien gibt es keinerlei Gesellschaft, nichts, was ich Gesellschaft nennen würde; wenn du also dein Glück gemacht hast, musst du zurückkommen und dich in London durchsetzen.«

»Gesellschaft!«, murrte der junge Mann. »Davon will ich nichts wissen. Ich möchte nur etwas Geld verdienen, um dich und Sibyl von der Bühne zu holen. Ich hasse sie.«

»Oh, Jim!«, sagte Sibyl lachend. »Wie unfreundlich von dir! Aber willst du wirklich mit mir spazieren gehen? Das ist schön! Ich fürchtete schon, du wolltest dich von einigen deiner Freunde verabschieden – von Tom Hardy, der dir diese grässliche Pfeife geschenkt hat, oder Ned Langton, der sich über dich lustig macht, weil du sie rauchst. Es ist sehr lieb von dir, dass du mir deinen letzten Nachmittag schenkst. Wohin sollen wir gehen? Lass uns in den Park gehen.«

»Ich bin zu schäbig angezogen«, antwortete er stirnrunzelnd. »Nur feine Leute gehen in den Park.«

»Unsinn, Jim«, flüsterte sie und strich über den Ärmel seiner Jacke.

He hesitated for a moment. 'Very well,' he said at last, 'but don't be too long dressing.' She danced out of the door. One could hear her singing as she ran upstairs. Her little feet pattered overhead.

He walked up and down the room two or three times. Then he turned to the still figure in the chair. 'Mother, are my things ready?' he asked.

'Quite ready, James,' she answered, keeping her eyes on her work. For some months past she had felt ill at ease when she was alone with this rough, stern son of hers. Her shallow secret nature was troubled when their eyes met. She used to wonder if he suspected anything. The silence, for he made no other observation, became intolerable to her. She began to complain. Women defend themselves by attacking, just as they attack by sudden and strange surrenders. 'I hope you will be contented, James, with your sea-faring life,' she said. 'You must remember that it is your own choice. You might have entered a solicitor's office. Solicitors are a very respectable class, and in the country often dine with the best families.'

'I hate offices, and I hate clerks,' he replied. 'But you are quite right. I have chosen my own life. All I say is, watch over Sibyl. Don't let her come to any harm. Mother, you must watch over her.'

'James, you really talk very strangely. Of course I watch over Sibyl.'

'I hear a gentleman comes every night to the theatre, and goes behind to talk to her. Is that right? What about that?'

'You are speaking about things you don't understand, James. In the profession we are accustomed to receive a great deal of most gratifying attention. I myself used to

Er zögerte einen Augenblick. »Nun gut«, sagte er schließlich, »aber brauch nicht zu lange zum Anziehen.« Sie tanzte zur Tür hinaus. Man konnte sie singen hören, während sie die Treppe hinauflief. Ihre kleinen Füße trippelten oben.

Er ging zwei-, dreimal im Zimmer auf und ab. Dann wandte er sich an die schweigsame Gestalt im Sessel. »Mutter, sind meine Sachen fertig?«, fragte er.

»Alles fertig, James«, antwortete sie, den Blick weiter auf ihre Arbeit gerichtet. Seit einigen Monaten fühlte sie sich unbehaglich, wenn sie mit ihrem ruppigen, ernsten Sohn allein war. Ihr oberflächliches, verschwiegenes Wesen war beunruhigt, wenn ihre Augen sich trafen. Sie fragte sich immer wieder, ob er etwas ahnte. Das Schweigen – denn er machte keine weitere Bemerkung – wurde ihr unerträglich. Sie begann sich zu beklagen. Frauen verteidigen sich, indem sie angreifen, geradeso, wie sie durch unerwartete und merkwürdige Unterwerfungen angreifen. »Ich hoffe, dein Seemannsleben wird dich zufriedenstellen, James«, sagte sie. »Du darfst nicht vergessen, dass es deine eigene Entscheidung ist. Du hättest in ein Anwaltsbüro eintreten können. Anwälte sind ein sehr ehrbarer Stand, und auf dem Land speisen sie oft mit den besten Familien.«

»Ich hasse Büros und ich hasse Beamte«, entgegnete er. »Aber du hast völlig recht. Ich habe mir mein Leben selbst gewählt. Alles, was ich sage, ist: Gib auf Sibyl acht. Lass ihr kein Unglück zustoßen. Mutter, du musst auf sie achtgeben.«

»James, du redest wirklich sehr seltsam daher. Natürlich gebe ich auf Sibyl acht.«

»Ich höre, ein Herr kommt jeden Abend ins Theater und geht nach hinten, um mit ihr zu sprechen. Ist das wahr? Was hat es damit auf sich?«

»Du sprichst über Dinge, die du nicht verstehst, James. In diesem Beruf sind wir es gewöhnt, eine Menge höchst erfreulicher Aufmerksamkeit zu bekommen. Ich habe früher selbst

receive many bouquets at one time. That was when acting was really understood. As for Sibyl, I do not know at present whether her attachment is serious or not. But there is no doubt that the young man in question is a perfect gentleman. He is always most polite to me. Besides, he has the appearance of being rich, and the flowers he sends are lovely.'

'You don't know his name, though,' said the lad, harshly.

'No,' answered his mother, with a placid expression in her face. 'He has not yet revealed his real name. I think it is quite romantic of him. He is probably a member of the aristocracy.'

James Vane bit his lip. 'Watch over Sibyl, mother,' he cried, 'watch over her.'

'My son, you distress me very much. Sibyl is always under my special care. Of course, if this gentleman is wealthy, there is no reason why she should not contract an alliance with him. I trust he is one of the aristocracy. He has all the appearance of it, I must say. It might be a most brilliant marriage for Sibyl. They would make a charming couple. His good looks are really quite remarkable; everybody notices them.'

The lad muttered something to himself, and drummed on the window-pane with his coarse fingers. He had just turned round to say something, when the door opened, and Sibyl ran in.

'How serious you both are!' she cried. 'What is the matter?'

'Nothing,' he answered. 'I suppose one must be serious sometimes. Good-bye, mother; I will have my dinner at five o'clock. Everything is packed, except my shirts, so you need not trouble.'

viele Blumensträuße bekommen. Das war damals, als man die Schauspielerei noch wirklich verstand. Was Sibyl angeht, so weiß ich im Augenblick nicht, ob ihre Neigung ernst ist oder nicht. Aber es steht außer Zweifel, dass der fragliche junge Mann ein vollkommener Gentleman ist. Er ist mir gegenüber immer überaus höflich. Außerdem macht er den Eindruck, als sei er reich, und die Blumen, die er schickt, sind entzückend.«

»Aber seinen Namen kennst du nicht«, sagte der Junge barsch.

»Nein«, antwortete seine Mutter mit gelassener Miene. »Er hat seinen wirklichen Namen noch nicht verraten. Ich finde das sehr romantisch von ihm. Wahrscheinlich ist er ein Mitglied des Adels.«

James Vane biss sich auf die Lippen. »Gib auf Sibyl acht, Mutter«, rief er, »gib auf sie acht.«

»Mein Sohn, du quälst mich sehr. Sibyl steht ständig unter meiner besonderen Obhut. Wenn dieser Herr wohlhabend ist, gibt es allerdings keinen Grund, warum sie nicht eine Verbindung mit ihm eingehen sollte. Ich bin mir sicher, er gehört zur Aristokratie. Er hat die entsprechende Erscheinung, muss ich sagen. Es könnte eine ganz ausgezeichnete Partie für Sibyl sein. Sie würden ein bezauberndes Paar abgeben. Sein gutes Aussehen ist wirklich ganz bemerkenswert; das fällt jedem auf.«

Der junge Mann brummte etwas vor sich hin und trommelte mit seinen groben Fingern gegen die Fensterscheibe. Er hatte sich gerade umgedreht, um etwas zu sagen, als die Tür aufging und Sibyl hereinlief.

»Wie ernst ihr beiden seid!«, rief sie. »Was ist los?«

»Nichts«, antwortete er. »Man muss wohl manchmal ernst sein. Auf Wiedersehen, Mutter; ich komme um fünf Uhr zum Essen. Es ist alles gepackt bis auf meine Hemden, du brauchst dich also um nichts zu kümmern.«

'Good-bye, my son,' she answered, with a bow of strained stateliness.

She was extremely annoyed at the tone he had adopted with her, and there was something in his look that had made her feel afraid.

'Kiss me, mother,' said the girl. Her flower-like lips touched the withered cheek, and warmed its frost.

'My child! my child!' cried Mrs. Vane, looking up to the ceiling in search of an imaginary gallery.

'Come, Sibyl,' said her brother, impatiently. He hated his mother's affectations.

They went out into the flickering wind-blown sunlight, and strolled down the dreary Euston Road. The passers-by glanced in wonder at the sullen, heavy youth, who, in coarse, ill-fitting clothes, was in the company of such a graceful, refined-looking girl. He was like a common gardener walking with a rose.

Jim frowned from time to time when he caught the inquisitive glance of some stranger. He had that dislike of being stared at which comes on geniuses late in life, and never leaves the commonplace. Sibyl, however, was quite unconscious of the effect she was producing. Her love was trembling in laughter on her lips. She was thinking of Prince Charming, and, that she might think of him all the more, she did not talk of him, but prattled on about the ship in which Jim was going to sail, about the gold he was certain to find, about the wonderful heiress whose life he was to save from the wicked, red-shirted bushrangers. For he was not to remain a sailor, or a super-cargo, or whatever he was going to be. Oh, no! A sailor's existence was dreadful. Fancy being cooped up in a horrid ship, with the hoarse, hump-backed waves trying to get in, and a black

»Auf Wiedersehen, mein Sohn«, antwortete sie mit einem übertrieben würdevollen Kopfnicken.

Sie war äußerst verärgert über den Ton, den er ihr gegenüber angeschlagen hatte, und in seinem Blick lag etwas, das ihr Angst eingeflößt hatte.

»Küss mich, Mutter«, sagte das Mädchen. Ihre blumengleichen Lippen berührten die welke Wange und erwärmten ihre Eiseskälte.

»Mein Kind! Mein Kind!«, rief Mrs. Vane und blickte zur Decke empor auf der Suche nach einer imaginären Galerie.

»Komm, Sibyl«, sagte ihr Bruder ungeduldig. Er hasste die Allüren seiner Mutter.

Sie traten in das flimmernde, winddurchwehte Sonnenlicht hinaus und schlenderten die trostlose Euston Road hinab. Die Vorübergehenden blickten verwundert auf den mürrischen, schwerfälligen jungen Mann in schlecht sitzenden Kleidern, der sich in Begleitung eines so anmutigen, vornehm aussehenden Mädchens befand. Er glich einem einfachen Gärtner, der mit einer Rose spazieren geht.

Jim runzelte von Zeit zu Zeit die Stirn, wenn er den forschenden Blick irgendeines Fremden auffing. Er hatte jene Abneigung dagegen, angestarrt zu werden, welche Genies spät im Leben überkommt und welche die gewöhnlichen Menschen nie verlässt. Sibyl dagegen war sich der Wirkung, die sie hervorrief, überhaupt nicht bewusst. Ihre Liebe zitterte auf ihren lachenden Lippen. Sie dachte an den Märchenprinzen, und damit sie umso mehr an ihn denken konnte, sprach sie nicht von ihm, sondern plauderte über das Schiff, mit dem Jim auslaufen, über das Gold, das er gewiss finden, über die wunderschöne Erbin, deren Leben er vor den niederträchtigen Buschräubern in roten Hemden retten würde. Denn Matrose oder Frachtaufseher oder was auch immer er sein würde, würde er nicht bleiben. Oh nein! Das Seemannsleben war schrecklich. Man stelle sich vor, in einem entsetzlichen Schiff eingepfercht zu sein, während die rauen Wellen sich hochkrümmen,

wind blowing the masts down, and tearing the sails into long screaming ribands! He was to leave the vessel at Melbourne, bid a polite goodbye to the captain, and go off at once to the gold-fields. Before a week was over he was to come across a large nugget of pure gold, the largest nugget that had ever been discovered, and bring it down to the coast in a waggon guarded by six mounted policemen. The bush-rangers were to attack them three times, and be defeated with immense slaughter. Or no. He was not to go to the gold-fields at all. They were horrid places, where men got intoxicated, and shot each other in barrooms, and used bad language. He was to be a nice sheep-farmer, and one evening, as he was riding home, he was to see the beautiful heiress being carried off by a robber on a black horse, and give chase, and rescue her. Of course she would fall in love with him, and he with her, and they would get married, and come home, and live in an immense house in London. Yes, there were delightful things in store for him. But he must be very good, and not lose his temper, or spend his money foolishly. She was only a year older than he was, but she knew so much more of life. He must be sure, also, to write to her by every mail, and to say his prayers each night before he went to sleep. God was very good, and would watch over him. She would pray for him too, and in a few years he would come back quite rich and happy.

The lad listened sulkily to her, and made no answer. He was heartsick at leaving home.

Yet it was not this alone that made him gloomy and morose. Inexperienced though he was, he had still a strong sense of the danger of Sibyl's position. This young dandy who was making love to her could mean her no good. He was a gentleman, and he hated him for that,

um einzudringen, und ein finsterer Wind die Masten umbläst und die Segel zu langen, heulenden Bändern zerreißt! Er sollte das Schiff in Melbourne verlassen, dem Kapitän höflich Lebewohl sagen und sich sofort zu den Goldfeldern aufmachen. Noch bevor eine Woche um war, würde er einen großen Klumpen puren Goldes finden, den größten Klumpen, der je entdeckt worden war, und ihn in einem von sechs berittenen Polizisten bewachten Wagen zur Küste schaffen. Die Buschräuber würden sie dreimal überfallen und in einem ungeheuren Gemetzel zurückgeschlagen werden. Oder nein, er sollte überhaupt nicht in die Goldfelder gehen. Das waren grauenvolle Orte, wo sich die Männer betranken, einander in Kneipen erschossen und eine unanständige Sprache gebrauchten. Er sollte ein anständiger Schafzüchter werden und eines Abends, wenn er nach Hause ritt, würde er beobachten, wie die schöne Erbin von einem Räuber auf einem Rappen entführt wird, und er würde ihn verfolgen und sie befreien. Natürlich würde sie sich in ihn verlieben und er sich in sie und sie würden heiraten und heimkehren und in einem riesigen Haus in London leben. Ja, höchst angenehme Dinge standen ihm bevor. Aber er müsse sehr brav sein und nicht die Beherrschung verlieren oder sein Geld leichtsinnig verschwenden. Sie sei nur ein Jahr älter als er, aber sie wisse schon so viel mehr vom Leben. Er müsse ihr auch zuverlässig mit jeder Post schreiben und jeden Abend seine Gebete sprechen, bevor er schlafen ging. Gott sei sehr gut und werde ihn behüten. Auch sie werde für ihn beten und in ein paar Jahren werde er sehr reich und glücklich heimkehren.

Der junge Mann hörte ihr verdrossen zu und gab keine Antwort. Er war tief betrübt, weil er von zu Hause weg musste.

Doch nicht allein das war es, was ihn düster und mürrisch machte. So unerfahren er war, hatte er doch ein starkes Gespür für die Gefährlichkeit von Sibyls Lage. Dieser junge Dandy, der ihr den Hof machte, konnte nichts Gutes für sie bedeuten. Er war ein Gentleman und dafür hasste er ihn, hasste ihn aus einem

hated him through some curious race-instinct for which he could not account, and which for that reason was all the more dominant within him. He was conscious also of the shallowness and vanity of his mother's nature, and in that saw infinite peril for Sibyl and Sibyl's happiness. Children begin by loving their parents; as they grow older they judge them; sometimes they forgive them.

His mother! He had something on his mind to ask of her, something that he had brooded on for many months of silence. A chance phrase that he had heard at the theatre, a whispered sneer that had reached his ears one night as he waited at the stage-door, had set loose a train of horrible thoughts. He remembered it as if it had been the lash of a hunting-crop across his face. His brows knit together into a wedge-like furrow, and with a twitch of pain he bit his underlip.

'You are not listening to a word I am saying, Jim,' cried Sibyl, 'and I am making the most delightful plans for your future. Do say something.'

'What do you want me to say?'

'Oh! that you will be a good boy, and not forget us,' she answered, smiling at him.

He shrugged his shoulders. 'You are more likely to forget me, than I am to forget you, Sibyl.'

She flushed. 'What do you mean, Jim?' she asked.

'You have a new friend, I hear. Who is he? Why have you not told me about him? He means you no good.'

'Stop, Jim!' she exclaimed. 'You must not say anything against him. I love him.'

'Why, you don't even know his name,' answered the lad. 'Who is he? I have a right to know.'

merkwürdigen Klasseninstinkt heraus, den er sich nicht erklären konnte und der ihn darum umso stärker beherrschte. Er war sich auch der Oberflächlichkeit und Eitelkeit im Wesen seiner Mutter bewusst und sah darin eine unendliche Gefahr für Sibyl und Sibyls Glück. Kinder beginnen damit, ihre Eltern zu lieben; wenn sie älter werden, richten sie über sie; manchmal vergeben sie ihnen.

Seine Mutter! Er hatte etwas auf dem Herzen, wonach er sie fragen musste, etwas, über das er viele schweigsame Monate lang angestrengt nachgedacht hatte. Ein zufälliger Satz, den er im Theater gehört hatte, eine geflüsterte spöttische Bemerkung, die eines Abends an sein Ohr gedrungen war, als er am Bühneneingang wartete, hatten eine Reihe grauenvoller Gedanken freigesetzt. Er erinnerte sich daran, als hätte er den Schlag einer Jagdgerte ins Gesicht bekommen. Seine Brauen zogen sich zu einer keilförmigen Furche zusammen und in krampfhafter Qual biss er sich auf die Unterlippe.

»Du hörst nicht ein einziges Wort, das ich sage, Jim«, rief Sibyl, »und ich schmiede die herrlichsten Pläne für deine Zukunft. Sag doch etwas.«

»Was soll ich denn sagen?«

»Oh, dass du ein braver Junge sein und uns nicht vergessen wirst«, antwortete sie und lächelte ihn an.

Er zuckte mit den Schultern. »Es ist wahrscheinlicher, dass du mich vergisst, als dass ich dich vergesse, Sibyl.«

Sie errötete. »Was meinst du damit, Jim?«, fragte sie.

»Du hast einen neuen Freund, wie ich höre. Wer ist er? Warum hast du mir nichts von ihm erzählt? Er meint es nicht gut mit dir.«

»Hör auf, Jim!«, rief sie aus. »Du darfst nichts gegen ihn sagen. Ich liebe ihn.«

»Aber du weißt nicht einmal seinen Namen«, antwortete der junge Mann. »Wer ist er? Ich habe ein Recht, das zu wissen.«

'He is called Prince Charming. Don't you like the name. Oh! you silly boy! you should never forget it. If you only saw him, you would think him the most wonderful person in the world. Some day you will meet him: when you come back from Australia. You will like him so much. Everybody likes him, and I ... love him. I wish you could come to the theatre to-night. He is going to be there, and I am to play Juliet. Oh! how I shall play it! Fancy, Jim, to be in love and play Juliet! To have him sitting there! To play for his delight! I am afraid I may frighten the company, frighten or enthrall them. To be in love is to surpass one's self. Poor dreadful Mr. Isaacs will be shouting "genius" to his loafers at the bar. He has preached me as a dogma; to-night he will announce me as a revelation. I feel it. And it is all his, his only, Prince Charming, my wonderful lover, my god of graces. But I am poor beside him. Poor? What does that matter? When poverty creeps in at the door, love flies in through the window. Our proverbs want re-writing. They were made in winter, and it is summer now; spring-time for me, I think, a very dance of blossoms in blue skies.'

'He is a gentleman,' said the lad, sullenly.

'A Prince!' she cried, musically. 'What more do you want?'

'He wants to enslave you.'

'I shudder at the thought of being free.'

'I want you to beware of him.'

'To see him is to worship him, to know him is to trust him.'

'Sibyl, you are mad about him.'

She laughed, and took his arm. 'You dear old Jim, you talk as if you were a hundred. Some day you will be in

»Er heißt Märchenprinz. Gefällt dir der Name nicht? Oh, du dummer Junge! Du solltest ihn nie vergessen. Wenn du ihn nur sähest, würdest du ihn für den wunderbarsten Menschen auf der Welt halten. Eines Tages wirst du ihn kennenlernen: wenn du aus Australien zurückkommst. Du wirst ihn sehr mögen. Jeder mag ihn, und ich ... liebe ihn. Ich wünschte, du könntest heute Abend ins Theater kommen. Er wird da sein und ich werde die Julia spielen. Oh, und wie ich sie spielen werde! Stell dir vor, Jim, verliebt zu sein und die Julia zu spielen! Zu wissen, dass er da sitzt! Zu seiner Freude zu spielen! Ich habe Angst, dass ich die Truppe vielleicht erschrecke, sie erschrecke oder hinreiße. Verliebt zu sein bedeutet, über sich selbst hinauszuwachsen. Der arme, grässliche Mr. Isaacs wird seinen Kumpanen am Schanktisch ›Genie‹ zurufen. Er hat mich als Dogma gepriesen; heute Abend wird er mich als Offenbarung ankündigen. Ich fühle es. Und all das gehört ihm, ihm allein, dem Märchenprinzen, meinem wunderbaren Geliebten, meinem Gott der Anmut. Doch ich bin arm neben ihm. Arm? Was macht das schon? Wenn die Armut zur Tür hereinkriecht, fliegt die Liebe zum Fenster hinein. Unsere Sprichwörter müssen umgeschrieben werden. Sie wurden im Winter gemacht, und jetzt ist Sommer; Frühling für mich, glaube ich, ein wahrer Blütentanz unter blauen Himmeln.«

»Er ist ein Gentleman«, knurrte der junge Mann mürrisch.

»Ein Prinz!«, rief sie melodisch. »Was willst du mehr?«

»Er will dich zur Sklavin machen.«

»Mich schaudert bei dem Gedanken, frei zu sein.«

»Ich will, dass du dich vor ihm in Acht nimmst.«

»Ihn sehen heißt ihn anbeten, ihn kennen heißt ihm vertrauen.«

»Sibyl, du bist verrückt nach ihm.«

Sie lachte und nahm seinen Arm. »Du lieber, alter Jim, du sprichst, als wärst du hundert Jahre alt. Eines Tages wirst du

love yourself. Then you will know what it is. Don't look so sulky. Surely you should be glad to think that, though you are going away, you leave me happier than I have ever been before. Life has been hard for us both, terribly hard and difficult. But it will be different now. You are going to a new world, and I have found one. Here are two chairs; let us sit down and see the smart people go by.'

They took their seats amidst a crowd of watchers. The tulip-beds across the road flamed like throbbing rings of fire. A white dust, tremulous cloud of orris-root it seemed, hung in the panting air. The brightly-coloured parasols danced and dipped like monstrous butterflies.

She made her brother talk of himself, his hopes, his prospects. He spoke slowly and with effort. They passed words to each other as players at a game pass counters. Sibyl felt oppressed. She could not communicate her joy. A faint smile curving that sullen mouth was all the echo she could win. After some time she became silent. Suddenly she caught a glimpse of golden hair and laughing lips, and in an open carriage with two ladies Dorian Gray drove past.

She started to her feet. 'There he is!' she cried.

'Who?' said Jim Vane.

'Prince Charming,' she answered, looking after the victoria.

He jumped up, and seized her roughly by the arm, 'Show him to me. Which is he? Point him out. I must see him!' he exclaimed; but at that moment the Duke of Berwick's four-in-hand came between, and when it had left the space clear, the carriage had swept out of the Park.

selbst verliebt sein. Dann wirst du wissen, wie das ist. Schau nicht so finster drein. Du solltest eigentlich froh sein bei dem Gedanken, dass du mich, obwohl du fortgehst, glücklicher zurücklässt, als ich es je gewesen bin. Das Leben ist hart für uns beide gewesen, schrecklich hart und schwierig. Aber jetzt wird es anders werden. Du gehst in eine neue Welt und ich habe eine gefunden. Da sind zwei Stühle; wir wollen uns hinsetzen und den eleganten Leuten zusehen, die vorbeikommen.«

Sie nahmen inmitten einer Menge von Schaulustigen Platz. Die Tulpenbeete längs des Weges flammten wie pulsierende Feuerglocken. Weißer Blütenstaub, wohl eine zitternde Wolke von Veilchenwurz, hing in der stickigen Luft. Die leuchtend bunten Sonnenschirme tanzten und taumelten wie riesige Schmetterlinge.

Sie brachte ihren Bruder dazu, von sich selbst zu sprechen, von seinen Hoffnungen, seinen Erwartungen. Er sprach langsam und angestrengt. Sie schoben einander Worte zu, wie Spieler sich während einer Partie ihre Jetons zuschieben. Sibyl fühlte sich bedrückt. Sie konnte ihre Freude nicht mitteilen. Ein schwaches Lächeln, das diesen mürrischen Mund säumte, war die ganze Resonanz, die sie hervorrufen konnte. Nach einer Weile verstummte sie. Plötzlich erhaschte sie einen flüchtigen Blick auf goldenes Haar und lachende Lippen, und Dorian Gray fuhr in einer offenen Kutsche mit zwei Damen vorüber.

Sie sprang auf die Füße. »Da ist er!«, rief sie.

»Wer?«, fragte Jim Vane.

»Der Märchenprinz«, antwortete sie, während sie der Viktoriakutsche hinterherblickte.

Er sprang auf und packte sie unsanft am Arm. »Zeig ihn mir. Welcher ist es? Zeig auf ihn, ich muss ihn sehen!«, rief er aus; aber in diesem Augenblick fuhr der Vierspänner des Herzogs von Berwick dazwischen, und als er den Platz wieder freigegeben hatte, war die Kutsche schon aus dem Park gebraust.

'He is gone,' murmured Sibyl, sadly. 'I wish you had seen him.'

'I wish I had, for as sure as there is a God in heaven, if he ever does you any wrong, I shall kill him.'

She looked at him in horror. He repeated his words. They cut the air like a dagger. The people round began to gape. A lady standing close to her tittered.

'Come away, Jim; come away,' she whispered. He followed her doggedly, as she passed through the crowd. He felt glad at what he had said.

Whey they reached the Achilles Statue she turned round. There was pity in her eyes that became laughter on her lips. She shook her head at him. 'You are foolish, Jim, utterly foolish; a bad-tempered boy, that is all. How can you say such horrible things? You don't know what you are talking about. You are simply jealous and unkind. Ah! I wish you would fall in love. Love makes people good, and what you said was wicked.'

'I am sixteen,' he answered, 'and I know what I am about. Mother is no help to you. She doesn't understand how to look after you. I wish now that I was not going to Australia at all. I have a great mind to chuck the whole thing up. I would, if my articles hadn't been signed.'

'Oh, don't be so serious, Jim. You are like one of the heroes of those silly melodramas mother used to be so fond of acting in. I am not going to quarrel with you. I have seen him, and oh! to see him is perfect happiness. We won't quarrel. I know you would never harm any one I love, would you?'

'Not as long as you love him, I suppose,' was the sullen answer.

'I shall love him for ever!' she cried.

'And he?'

»Er ist fort«, murmelte Sibyl traurig. »Ich wünschte, du hättest ihn gesehen.«

»Das wünschte ich auch, denn so wahr ein Gott im Himmel ist, wenn er dir je etwas zuleide tut, bringe ich ihn um.«

Sie sah ihn entsetzt an. Er wiederholte seine Worte. Sie durchschnitten die Luft wie ein Dolch. Die Leute ringsherum begannen sie anzustarren. Eine Dame, die neben ihr stand, kicherte.

»Komm fort, Jim, komm fort«, flüsterte sie. Er folgte ihr mit verbissener Miene, als sie durch die Menge ging. Er war froh über das, was er gesagt hatte.

Als sie die Achilles-Statue erreichten, wandte sie sich um. In ihren Augen lag Mitleid, das auf ihren Lippen zum Lachen wurde. Sie schüttelte den Kopf über ihn. »Du bist töricht, Jim, vollkommen töricht; ein schlecht gelaunter Junge, das ist alles. Wie kannst du so schreckliche Dinge sagen? Du weißt nicht, wovon du sprichst. Du bist einfach eifersüchtig und unfreundlich. Ach, ich wünschte, du würdest dich verlieben. Liebe macht die Menschen gut, und was du sagtest, war böse.«

»Ich bin sechzehn«, antwortete er, »und ich weiß, wovon ich rede. Mutter ist dir keine Hilfe. Sie versteht es nicht, auf dich aufzupassen. Ich wünschte jetzt, ich ginge überhaupt nicht nach Australien. Ich habe große Lust, die ganze Sache abzublasen. Ich würde es tun, wenn meine Verträge nicht schon unterschrieben wären.«

»Ach, sei nicht so ernst, Jim. Du bist wie einer der Helden in jenen albernen Melodramen, in denen Mutter so gerne spielte. Ich werde mich nicht mit dir streiten. Ich habe ihn gesehen und, oh, ihn zu sehen ist vollkommenes Glück. Wir wollen nicht streiten. Ich weiß, du würdest niemals jemandem etwas antun, den ich liebe, nicht wahr?«

»Vermutlich nicht, solange du ihn liebst«, war die mürrische Antwort.

»Ich werde ihn immer lieben!«, rief sie.

»Und er?«

'For ever, too!'

'He had better.'

She shrank from him. Then she laughed and put her hand on his arm. He was merely a boy.

At the Marble Arch they hailed an omnibus, which left them close to their shabby home in the Euston Road. It was after five o'clock, and Sibyl had to lie down for a couple of hours before acting. Jim insisted that she should do so. He said that he would sooner part with her when their mother was not present. She would be sure to make a scene, and he detested scenes of every kind.

In Sybil's own room they parted. There was jealousy in the lad's heart, and a fierce, murderous hatred of the stranger who, as it seemed to him, had come between them. Yet, when her arms were flung round his neck, and her fingers strayed through his hair, he softened, and kissed her with real affection. There were tears in his eyes as he went downstairs.

His mother was waiting for him below. She grumbled at his unpunctuality, as he entered. He made no answer, but sat down to his meagre meal. The flies buzzed round the table, and crawled over the stained cloth. Through the rumble of omnibuses, and the clatter of street-cabs, he could hear the droning voice devouring each minute that was left to him.

After some time, he thrust away his plate, and put his head in his hands. He felt that he had a right to know. It should have been told to him before, if it was as he suspected. Leaden with fear, his mother watched him. Words dropped mechanically from her lips. A tattered lace handkerchief twitched in her fingers. When the clock struck six, he got up, and went to the door. Then he turned back, and looked at her.

»Auch für immer!«

»Das sollte er auch besser.«

Sie wich vor ihm zurück. Dann lachte sie und legte die Hand auf seinen Arm. Er war ja noch ein Junge.

Am Marble Arch bestiegen sie einen Omnibus, der sie in der Nähe ihrer armseligen Wohnung in der Euston Road absetzte. Es war nach fünf Uhr und Sibyl musste sich ein paar Stunden hinlegen, bevor sie auftrat. Jim bestand darauf, dass sie es tat. Er sagte, er würde sich lieber von ihr verabschieden, wenn die Mutter nicht dabei war. Sie würde sicher eine Szene machen und er verabscheute Szenen aller Art.

Sie verabschiedeten sich in Sibyls Zimmer. Eifersucht war im Herzen des Jungen und ein grimmiger, mörderischer Hass auf den Fremden, der, wie ihm schien, zwischen sie getreten war. Doch als sich ihre Arme um seinen Hals schlangen und ihre Finger durch sein Haar fuhren, wurde er sanfter und küsste sie mit echter Zuneigung. In seinen Augen standen Tränen, als er die Treppe hinunterging.

Seine Mutter wartete unten auf ihn. Sie murrte über seine Unpünktlichkeit, als er eintrat. Er gab keine Antwort, sondern setzte sich an sein karges Mahl. Die Fliegen summten um den Tisch und krochen über das fleckige Tischtuch. Durch das Rumpeln der Omnibusse und das Rattern der Droschken hindurch konnte er die eintönige Stimme hören, die jede Minute verschlang, die ihm noch blieb.

Nach einer Weile schob er seinen Teller von sich und stützte den Kopf in die Hände. Er fühlte, dass er ein Recht hatte, es zu erfahren. Es hätte ihm schon längst gesagt werden müssen, wenn es so war, wie er vermutete. Seine Mutter beobachtete ihn bleiern vor Angst. Die Worte kamen ihr mechanisch über die Lippen. Ein zerschlissenes Spitzentaschentuch zuckte zwischen ihren Fingern. Als die Uhr sechs schlug, stand er auf und ging zur Tür. Dann wandte er sich um und sah sie an. Ihre Augen tra-

Their eyes met. In hers he saw a wild appeal for mercy. It enraged him.

'Mother, I have something to ask you,' he said. Her eyes wandered vaguely about the room. She made no answer. 'Tell me the truth. I have a right to know. Were you married to my father?'

She heaved a deep sigh. It was a sigh of relief. The terrible moment, the moment that night and day, for weeks and months, she had dreaded, had come at last, and yet she felt no terror. Indeed in some measure it was a disappointment to her. The vulgar directness of the question called for a direct answer. The situation had not been gradually led up to. It was crude. It reminded her of a bad rehearsal.

'No,' she answered, wondering at the harsh simplicity of life.

'My father was a scoundrel then!' cried the lad, clenching his fists.

She shook her head. 'I knew he was not free. We loved each other very much. If he had lived, he would have made provision for us. Don't speak against him, my son. He was your father, and a gentleman. Indeed he was highly connected.'

An oath broke from his lips. 'I don't care for myself,' he exclaimed, 'but don't let Sibyl … It is a gentleman, isn't it, who is in love with her, or says he is? Highly connected, too, I suppose.'

For a moment a hideous sense of humiliation came over the woman. Her head drooped. She wiped her eyes with shaking hands. 'Sibyl has a mother,' she murmured; 'I had none.'

The lad was touched. He went towards her, and stooping down he kissed her. 'I am sorry if I have pained you

fen sich. In den ihren sah er eine inbrünstige Bitte um Erbarmen. Das machte ihn wütend.

»Mutter, ich muss dich etwas fragen«, sagte er. Ihre Augen irrten ziellos im Zimmer umher. Sie gab keine Antwort. »Sag mir die Wahrheit. Ich habe ein Recht, sie zu erfahren. Warst du mit meinem Vater verheiratet?«

Sie stieß einen tiefen Seufzer aus. Es war ein Seufzer der Erleichterung. Der schreckliche Augenblick, der Augenblick, den sie seit Wochen und Monaten Tag und Nacht gefürchtet hatte, war endlich gekommen, und doch empfand sie keine Furcht. Tatsächlich war es für sie in gewisser Weise eine Enttäuschung. Die grobe Direktheit der Frage verlangte nach einer direkten Antwort. Die Situation hatte sich nicht allmählich entwickelt. Sie war stillos. Sie erinnerte sie an eine schlechte Probe.

»Nein«, antwortete sie, erstaunt über die brüske Einfachheit des Lebens.

»Mein Vater war also ein Schurke!«, rief der Junge und ballte seine Fäuste.

Sie schüttelte den Kopf. »Ich wusste, dass er nicht frei war. Wir liebten einander sehr. Wäre er am Leben geblieben, hätte er für uns gesorgt. Sag nichts gegen ihn, mein Sohn. Er war dein Vater und ein Gentleman. Er hatte sogar höchste Verbindungen.«

Ein Fluch kam über seine Lippen. »Es geht mir nicht um mich«, rief er aus, »aber lass Sibyl nicht … Es ist ein Gentleman, nicht wahr, der in sie verliebt ist, oder zumindest behauptet er, einer zu sein? Ebenfalls mit höchsten Verbindungen, nehme ich an.«

Einen Augenblick lang wurde die Frau von einem grässlichen Gefühl der Demütigung ergriffen. Ihr Kopf sank herab. Mit zitternden Händen wischte sie sich die Augen. »Sibyl hat eine Mutter«, murmelte sie; »ich hatte keine.«

Der Junge war gerührt. Er ging zu ihr hin, beugte sich nieder und küsste sie. »Es tut mir leid, wenn ich dich mit der Frage

by asking about my father,' he said, 'but I could not help it. I must go now. Good-bye. Don't forget that you will have only one child now to look after, and believe me that if this man wrongs my sister, I will find out who he is, track him down, and kill him like a dog. I swear it.'

The exaggerated folly of the threat, the passionate gesture that accompanied it, the mad melodramatic words, made life seem more vivid to her. She was familiar with the atmosphere. She breathed more freely, and for the first time for many months she really admired her son. She would have liked to have continued the scene on the same emotional scale, but he cut her short. Trunks had to be carried down, and mufflers looked for. The lodging-house drudge bustled in and out. There was the bargaining with the cabman. The moment was lost in vulgar details. It was with a renewed feeling of disappointment that she waved the tattered lace handkerchief from the window, as her son drove away. She was conscious that a great opportunity had been wasted. She consoled herself by telling Sibyl how desolate she felt her life would be, now that she had only one child to look after. She remembered the phrase. It had pleased her. Of the threat she said nothing. It was vividly and dramatically expressed. She felt that they would all laugh at it some day.

nach meinem Vater verletzt habe«, sagte er, »aber ich konnte nicht anders. Ich muss jetzt fort. Leb wohl. Vergiss nicht, dass du jetzt nur noch auf ein Kind achtgeben musst, und glaube mir, wenn dieser Mann meiner Schwester ein Unrecht zufügt, dann finde ich heraus, wer er ist, spüre ihn auf und schlage ihn tot wie einen Hund. Das schwöre ich.«

Der übertriebene Wahnwitz der Drohung, die leidenschaftliche Geste, die sie begleitete, die zornigen, melodramatischen Worte ließen ihr das Leben intensiver erscheinen. Diese Atmosphäre war ihr vertraut. Sie atmete freier und zum ersten Mal seit vielen Monaten bewunderte sie ihren Sohn wirklich. Sie hätte die Szene gern auf derselben Gefühlsebene fortgesetzt, aber er schnitt ihr das Wort ab. Koffer mussten hinuntergetragen und Schals gesucht werden. Der Hausknecht des Mietshauses eilte geschäftig ein und aus. Mit dem Kutscher musste verhandelt werden. Der Augenblick ging in gewöhnlichen Kleinigkeiten unter. Mit einem erneuten Gefühl der Enttäuschung winkte sie mit dem zerschlissenen Taschentuch aus dem Fenster, als ihr Sohn wegfuhr. Ihr war bewusst, dass eine großartige Gelegenheit verpasst worden war. Sie tröstete sich damit, dass sie Sibyl sagte, wie öde ihr Leben jetzt sein würde, wo sie nur noch für ein Kind sorgen müsse. Sie erinnerte sich an die Formulierung. Sie hatte ihr gefallen. Von der Drohung sagte sie nichts. Sie war lebhaft und dramatisch ausgestoßen worden. Sie hatte das Gefühl, dass sie eines Tages alle darüber lachen würden.

CHAPTER VI

'I suppose you have heard the news, Basil?' said Lord Henry that evening, as Hallward was shown into a little private room at the Bristol where dinner had been laid for three.

'No, Harry,' answered the artist, giving his hat and coat to the bowing waiter. 'What is it? Nothing about politics, I hope? They don't interest me. There is hardly a single person in the House of Commons worth painting; though many of them would be the better for a little whitewashing.'

'Dorian Gray is engaged to be married,' said Lord Henry, watching him as he spoke.

Hallward started, and then frowned. 'Dorian engaged to be married!' he cried. 'Impossible!'

'It is perfectly true.'

'To whom?'

'To some little actress or other.'

'I can't believe it. Dorian is far too sensible.'

'Dorian is far too wise not to do foolish things now and then, my dear Basil.'

'Marriage is hardly a thing that one can do now and then, Harry.'

'Except in America,' rejoined Lord Henry, languidly. 'But I didn't say he was married. I said he was engaged to be married. There is a great difference. I have a distinct remembrance of being married, but I have no recollection at all of being engaged. I am inclined to think that I never was engaged.'

'But think of Dorian's birth, and position, and wealth. It would be absurd for him to marry so much beneath him.'

Kapitel 6

»Ich nehme an, du hast die Neuigkeit schon gehört?«, sagte Lord Henry an jenem Abend, als Hallward in ein kleines Separee im Bristol geführt wurde, wo für drei Personen zum Essen gedeckt war.

»Nein, Harry«, antwortete der Künstler, während er dem sich verbeugenden Kellner Hut und Mantel reichte. »Was ist es? Nichts Politisches, hoffe ich? Das interessiert mich nicht. Im ganzen Unterhaus gibt es kaum einen Menschen, der es wert wäre, gemalt zu werden; allerdings würde vielen von ihnen eine kleine Verschönerung gut bekommen.«

»Dorian Gray hat sich verlobt«, sagte Lord Henry und beobachtete ihn, während er sprach.

Hallward zuckte zusammen und runzelte dann die Stirn. »Dorian verlobt!«, rief er. »Unmöglich!«

»Es ist vollkommen wahr.«

»Mit wem?«

»Mit irgendeiner kleinen Schauspielerin.«

»Ich kann es nicht glauben. Dorian ist viel zu vernünftig.«

»Dorian ist viel zu klug, um nicht hin und wieder Torheiten zu begehen, mein lieber Basil.«

»Heiraten ist wohl kaum eine Sache, die man hin und wieder tun kann, Harry.«

»Außer in Amerika«, entgegnete Lord Henry lässig. »Aber ich habe nicht gesagt, dass er verheiratet sei. Ich sagte, er sei verlobt. Das ist ein großer Unterschied. Ich erinnere mich deutlich daran, dass ich verheiratet bin, aber ich habe nicht die geringste Erinnerung daran, jemals verlobt gewesen zu sein. Ich bin geneigt zu glauben, dass ich nie verlobt war.«

»Aber bedenke doch Dorians Herkunft, seine Stellung, seinen Reichtum. Es wäre absurd, wenn er so weit unter seinem Stand heiraten würde.«

'If you want to make him marry this girl tell him that, Basil. He is sure to do it, then. Whenever a man does a thoroughly stupid thing, it is always from the noblest motives.'

'I hope the girl is good, Harry. I don't want to see Dorian tied to some vile creature, who might degrade his nature and ruin his intellect.'

'Oh, she is better than good—she is beautiful,' murmured Lord Henry, sipping a glass of vermouth and orange-bitters. 'Dorian says she is beautiful; and he is not often wrong about things of that kind. Your portrait of him has quickened his appreciation of the personal appearance of other people. It has had that excellent effect, amongst others. We are to see her to-night, if that boy doesn't forget his appointment.'

'Are you serious?'

'Quite serious, Basil. I should be miserable if I thought I should ever be more serious than I am at the present moment.'

'But do you approve of it, Harry?' asked the painter, walking up and down the room, and biting his lip. 'You can't approve of it, possibly. It is some silly infatuation.'

'I never approve, or disapprove, of anything now. It is an absurd attitude to take towards life. We are not sent into the world to air our moral prejudices. I never take any notice of what common people say, and I never interfere with what charming people do. If a personality fascinates me, whatever mode of expression that personality selects is absolutely delightful to me. Dorian Gray falls in love with a beautiful girl who acts Juliet, and proposes to marry her. Why not? If he wedded Messalina he would be none the less interesting. You know I am not a champion of marriage. The real drawback to marriage is that it

»Wenn du ihn dazu bringen willst, dieses Mädchen zu heiraten, dann sag ihm das, Basil. Dann tut er es sicher. Wenn ein Mann etwas ausgesprochen Dummes tut, geschieht es immer aus den edelsten Beweggründen.«

»Ich hoffe, es ist ein anständiges Mädchen. Ich möchte Dorian nicht an irgendein gemeines Geschöpf gefesselt sehen, das sein Wesen herunterziehen und seinen Geist zugrunde richten würde.«

»Oh, sie ist mehr als anständig – sie ist schön«, sagte Lord Henry und nippte an einem Glas Wermut mit Orangenbitter. »Dorian sagt, sie ist schön, und in solchen Dingen irrt er sich selten. Dein Porträt von ihm hat sein Urteil über die persönliche Erscheinung anderer Menschen geschärft. Es hat unter anderem diese hervorragende Wirkung gehabt. Wir sollen sie heute Abend treffen, wenn dieser Junge seine Verabredung nicht vergisst.«

»Ist das dein Ernst?«

»Mein völliger Ernst, Basil. Mir wäre erbärmlich zumute bei dem Gedanken, ich müsste jemals ernsthafter sein als in diesem Augenblick.«

»Aber billigst du es denn, Harry?«, fragte der Maler, der im Separee auf und ab ging und sich auf die Lippen biss. »Du kannst es unmöglich billigen. Es ist irgendeine törichte Verliebtheit.«

»Ich billige oder missbillige niemals etwas. Das ist eine absurde Einstellung dem Leben gegenüber. Wir sind nicht in die Welt geschickt worden, um unsere moralischen Vorurteile zur Schau zu tragen. Ich nehme nie Notiz von dem, was gewöhnliche Menschen sagen, und ich mische mich nie in das ein, was reizende Menschen tun. Wenn eine Persönlichkeit mich fasziniert, dann finde ich jede Ausdrucksform, die diese Persönlichkeit wählt, absolut entzückend. Dorian Gray verliebt sich in ein schönes Mädchen, das die Julia spielt, und macht ihr einen Heiratsantrag. Warum nicht? Wenn er Messalina heiraten würde, wäre er nicht weniger interessant. Du weißt, ich bin kein Verfechter der Ehe. Der eigentliche

makes one unselfish. And unselfish people are colourless. They lack individuality. Still, there are certain temperaments that marriage makes more complex. They retain their egotism, and add to it many other egos. They are forced to have more than one life. They become more highly organized, and to be highly organized is, I should fancy, the object of man's existence. Besides, every experience is of value, and, whatever one may say against marriage, it is certainly an experience. I hope that Dorian Gray will make this girl his wife, passionately adore her for six months, and then suddenly become fascinated by some one else. He would be a wonderful study.'

'You don't mean a single word of all that, Harry; you know you don't. If Dorian Gray's life were spoiled, no one would be sorrier than yourself. You are much better than you pretend to be.'

Lord Henry laughed. 'The reason we all like to think so well of others is that we are all afraid for ourselves. The basis of optimism is sheer terror. We think that we are generous because we credit our neighbour with the possession of those virtues that are likely to be a benefit to us. We praise the banker that we may overdraw our account, and find good qualities in the highwayman in the hope that he may spare our pockets. I mean everything that I have said. I have the greatest contempt for optimism. As for a spoiled life, no life is spoiled but one whose growth is arrested. If you want to mar a nature, you have merely to reform it. As for marriage, of course that would be silly, but there are other and more interesting bonds between men and women. I will certainly encourage them. They have the charm of being fashionable. But here is Dorian himself. He will tell you more than I can.'

Nachteil der Ehe ist, dass sie einen selbstlos macht. Und selbstlose Menschen sind farblos. Ihnen mangelt es an Individualität. Trotzdem gibt es gewisse Gemüter, welche die Ehe vielschichtiger macht. Sie behalten ihren Egoismus und fügen ihm zahlreiche andere Egos hinzu. Sie sind gezwungen, mehr als ein Leben zu führen. Sie werden immer besser organisiert, und bestens organisiert zu sein scheint mir der Zweck des menschlichen Daseins. Überdies hat jede Erfahrung ihren Wert und was man auch gegen die Ehe sagen mag, eine Erfahrung ist sie sicher. Ich hoffe, Dorian Gray wird dieses Mädchen zu seiner Frau machen, sie sechs Monate lang leidenschaftlich anbeten und dann plötzlich von einer anderen angezogen werden. Er wäre ein wunderbares Studienobjekt.«

»Du glaubst kein einziges Wort von alledem, Harry; du weißt das. Wenn Dorian Grays Leben zerstört würde, wäre niemand trauriger als du. Du bist viel besser, als du vorgibst.«

Lord Henry lachte. »Der Grund, weshalb wir alle gern so gut von anderen denken, ist, dass wir alle um uns selbst fürchten. Die Grundlage des Optimismus ist nackte Angst. Wir halten uns für großmütig, weil wir unserem Nächsten den Besitz jener Tugenden zuschreiben, die uns wahrscheinlich von Nutzen sein werden. Wir loben den Bankier, damit wir unser Konto überziehen können, und entdecken gute Eigenschaften an dem Straßenräuber in der Hoffnung, er möge unsere Taschen verschonen. Ich glaube alles, was ich gesagt habe. Ich empfinde die größte Verachtung für den Optimismus. Was das ruinierte Leben angeht, so ist kein Leben ruiniert außer jenem, dessen Wachstum gehemmt wird. Willst du einen Charakter zerstören, brauchst du ihn nur zu bessern. Was die Heirat angeht, so wäre das natürlich eine Dummheit, aber es gibt andere und interessantere Verbindungen zwischen Männern und Frauen. Zu diesen werde ich selbstverständlich ermutigen. Sie haben den Reiz, in Mode zu sein. Aber da ist Dorian selbst. Er wird dir mehr erzählen, als ich es kann.«

'My dear Harry, my dear Basil, you must both congratulate me!' said the lad, throwing off his evening cape with its satin-lined wings, and shaking each of his friends by the hand in turn. 'I have never been so happy. Of course it is sudden: all really delightful things are. And yet it seems to me to be the one thing I have been looking for all my life.' He was flushed with excitement and pleasure, and looked extraordinarily handsome.

'I hope you will always be very happy, Dorian,' said Hallward, 'but I don't quite forgive you for not having let me know of your engagement. You let Harry know.'

'And I don't forgive you for being late for dinner,' broke in Lord Henry, putting his hand on the lad's shoulder, and smiling as he spoke. 'Come, let us sit down and try what the new *chef* here is like, and then you will tell us how it all came about.'

'There is really not much to tell,' cried Dorian, as they took their seats at the small round table. 'What happened was simply this. After I left you yesterday evening, Harry, I dressed, had some dinner at that little Italian restaurant in Rupert Street, you introduced me to, and went down at eight o'clock to the theatre. Sibyl was playing Rosalind. Of course the scenery was dreadful, and the Orlando absurd. But Sibyl! You should have seen her! When she came on in her boy's clothes she was perfectly wonderful. She wore a moss-coloured velvet jerkin with cinnamon sleeves, slim brown cross-gartered hose, a dainty little green cap with a hawk's feather caught in a jewel, and a hooded cloak lined with dull red. She had never seemed to me more exquisite. She had all the delicate grace of that Tanagra figurine that you have in your studio, Basil. Her hair clustered round her face like dark leaves round a pale rose. As for

»Mein lieber Harry, mein lieber Basil, ihr müsst mir beide gratulieren!«, sagte der junge Mann, während er seinen Abendumhang mit den atlasgefütterten Schößen abwarf und seinen Freunden nacheinander die Hand schüttelte. »Ich war noch nie so glücklich. Natürlich kommt es überraschend, wie alle wirklich entzückenden Dinge. Und doch scheint es mir das eine zu sein, wonach ich mein Leben lang gesucht habe.« Er war rot vor Aufregung und Freude und sah außerordentlich hübsch aus.

»Ich hoffe, du wirst immer sehr glücklich sein, Dorian«, sagte Hallward, »aber ich verzeihe dir nicht ganz, dass du mir deine Verlobung nicht mitgeteilt hast. Harry hast du sie mitgeteilt.«

»Und ich verzeihe dir nicht, dass du zu spät zum Essen kommst«, fiel Lord Henry ein, wobei er seine Hand auf die Schulter des jungen Mannes legte und lächelte. »Komm, wir wollen uns setzen und probieren, wie der neue Küchenchef hier ist, und dann erzählst du uns, wie alles gekommen ist.«

»Da gibt es wirklich nicht viel zu erzählen«, rief Dorian, als sie ihre Plätze an dem kleinen runden Tisch einnahmen. »Was geschah, war einfach dies. Nachdem ich dich gestern Abend zurückgelassen hatte, Harry, zog ich mich um, aß etwas in dem kleinen italienischen Restaurant in der Rupert Street, in das du mich eingeführt hast, und ging um acht Uhr zum Theater. Sibyl spielte die Rosalinde. Natürlich war die Kulisse grauenvoll und der Orlando lächerlich. Aber Sibyl! Ihr hättet sie sehen sollen! Als sie in ihren Knabenkleidern auftrat, war sie einfach wunderbar. Sie trug eine moosgrüne Samtjacke mit zimtfarbenen Ärmeln, eine eng anliegende braune Kniehose mit kreuzweise geschnürten Bändern, eine reizende kleine grüne Mütze mit einer Falkenfeder, die von einem Edelstein gehalten wurde, und einen dunkelrot gefütterten Kapuzenmantel. Sie war mir nie edler erschienen. Sie besaß die gesamte zarte Grazie jener Tanagrafigur, die du in deinem Atelier hast, Basil. Ihr Haar umrahmte ihr Gesicht wie dunkles Laub eine blasse Rose. Was ihr Spiel angeht – nun,

her acting—well, you shall see her to-night. She is simply a born artist. I sat in the dingy box absolutely enthralled. I forgot that I was in London and in the nineteenth century. I was away with my love in a forest that no man had ever seen. After the performance was over I went behind, and spoke to her. As we were sitting together, suddenly there came into her eyes a look that I had never seen there before. My lips moved towards hers. We kissed each other. I can't describe to you what I felt at that moment. It seemed to me that all my life had been narrowed to one perfect point of rose-coloured joy. She trembled all over, and shook like a white narcissus. Then she flung herself on her knees and kissed my hands. I feel that I should not tell you all this, but I can't help it. Of course our engagement is a dead secret. She has not even told her own mother. I don't know what my guardians will say. Lord Radley is sure to be furious. I don't care. I shall be of age in less than a year, and then I can do what I like. I have been right, Basil, haven't I, to take my love out of poetry, and to find my wife in Shakespeare's plays? Lips that Shakespeare taught to speak have whispered their secret in my ear. I have had the arms of Rosalind around me, and kissed Juliet on the mouth.'

'Yes, Dorian, I suppose you were right,' said Hallward, slowly.

'Have you seen her to-day?' asked Lord Henry.

Dorian Gray shook his head. 'I left her in the forest of Arden, I shall find her in an orchard in Verona.'

Lord Henry sipped his champagne in a meditative manner. 'At what particular point did you mention the

ihr werdet sie heute Abend sehen. Sie ist einfach eine geborene Künstlerin. Ich saß vollkommen bezaubert in der schmutzigen Loge. Ich vergaß, dass ich mich in London und im neunzehnten Jahrhundert befand. Ich war mit meiner Liebsten weit weg in einem Wald, den kein Mensch je gesehen hatte. Nachdem die Vorstellung vorüber war, ging ich nach hinten und sprach mit ihr. Als wir beieinander saßen, trat plötzlich ein Ausdruck in ihre Augen, den ich nie zuvor gesehen hatte. Meine Lippen näherten sich den ihren. Wir küssten einander. Ich kann euch nicht beschreiben, was ich in dem Augenblick fühlte. Mir kam es vor, als habe sich mein ganzes Leben auf einen vollkommenen Punkt rosenfarbener Wonne verengt. Sie zitterte am ganzen Körper und bebte wie eine weiße Narzisse. Dann warf sie sich auf die Knie und küsste meine Hände. Ich habe das Gefühl, dass ich euch all dies nicht erzählen sollte, aber ich kann nicht anders. Natürlich ist unsere Verlobung ein absolutes Geheimnis. Sie hat nicht einmal ihrer eigenen Mutter davon erzählt. Ich weiß nicht, was meine Vormünder dazu sagen werden. Lord Radley wird sicher wütend sein. Das ist mir egal. In weniger als einem Jahr werde ich volljährig sein, und dann kann ich tun, was mir gefällt. Ich habe doch recht daran getan, nicht wahr, Basil, meine Liebste aus der Poesie zu holen und meine Frau in Shakespeares Stücken zu finden? Lippen, die Shakespeare das Sprechen lehrte, haben mir ihr Geheimnis ins Ohr geflüstert. Ich habe Rosalindens Arme um mich gespürt und Julia auf den Mund geküsst.«

»Ja, Dorian, ich nehme an, du hast recht daran getan«, sagte Hallward langsam.

»Hast du sie heute schon gesehen?«, fragte Lord Henry.

Dorian Gray schüttelte den Kopf. »Ich ließ sie zurück im Wald von Arden und werde sie in einem Garten in Verona wiederfinden.«

Lord Henry nippte nachdenklich an seinem Champagner. »An welchem Punkt genau hast du das Wort Heirat erwähnt,

word marriage, Dorian? And what did she say in answer? Perhaps you forgot all about it.'

'My dear Harry, I did not treat it as a business transaction, and I did not make any formal proposal. I told her that I loved her, and she said she was not worthy to be my wife. Not worthy! Why, the whole world is nothing to me compared with her.'

'Women are wonderfully practical,' murmured Lord Henry,–'much more practical than we are. In situations of that kind, we often forget to say anything about marriage, and they always remind us.'

Hallward laid his hand upon his arm. 'Don't Harry. You have annoyed Dorian. He is not like other men. He would never bring misery upon any one. His nature is too fine for that.'

Lord Henry looked across the table. 'Dorian is never annoyed with me,' he answered. 'I asked the question for the best reason possible, for the only reason, indeed, that excuses one for asking any question–simple curiosity. I have a theory that it is always the women who propose to us, and not we who propose to the women. Except, of course, in middle-class life. But then the middle classes are not modern.'

Dorian Gray laughed, and tossed his head. 'You are quite incorrigible, Harry; but I don't mind. It is impossible to be angry with you. When you see Sibyl Vane you will feel that the man who could wrong her would be a beast, a beast without a heart. I cannot understand how any one can wish to shame the thing he loves. I love Sibyl Vane. I want to place her on a pedestal of gold, and to see the world worship the woman who is mine. What is marriage? An irrevocable vow. You mock at it for that. Ah! don't mock. It is an irrevocable vow that I want to take. Her

Dorian? Und was hat sie dir zur Antwort gegeben? Vielleicht hast du das ganz vergessen.«

»Mein lieber Harry, ich habe es nicht als Geschäftsvorgang betrachtet und habe ihr keinen förmlichen Antrag gemacht. Ich sagte ihr, dass ich sie liebe, und sie sagte, sie sei nicht würdig, meine Frau zu sein. Nicht würdig! Wo mir die ganze Welt nichts bedeutet verglichen mit ihr.«

»Frauen sind wunderbar praktisch«, murmelte Lord Henry, » – viel praktischer als wir. In derartigen Situationen vergessen wir oft, etwas übers Heiraten zu sagen, und sie erinnern uns immer daran.«

Hallward legte die Hand auf seinen Arm. »Nicht, Harry. Du hast Dorian verärgert. Er ist nicht wie andere Männer. Er würde nie Elend über jemanden bringen. Dazu ist seine Natur zu edel.«

Lord Henry blickte über den Tisch. »Dorian ärgert sich nie über mich«, antwortete er. »Ich habe die Frage aus dem bestmöglichen Grund gestellt, ja, aus dem einzigen Grund, der einen dafür entschuldigt, überhaupt irgendeine Frage zu stellen – aus reiner Neugier. Ich habe eine Theorie, wonach es immer die Frauen sind, die uns einen Antrag machen, und nicht wir, die den Frauen einen Antrag machen. Ausgenommen natürlich der Mittelstand. Aber der Mittelstand ist eben nicht modern.«

Dorian Gray lachte und schüttelte den Kopf. »Du bist wirklich unverbesserlich, Harry; aber es macht mir nichts aus. Es ist unmöglich, dir böse zu sein. Wenn du Sibyl Vane siehst, wirst du spüren, dass der Mann, der ihr ein Unrecht zufügen könnte, eine Bestie wäre, eine herzlose Bestie. Ich kann nicht begreifen, wie irgendjemand danach trachten kann, Schande über das Wesen zu bringen, das er liebt. Ich liebe Sibyl Vane. Ich möchte sie auf einen goldenen Sockel stellen und die Welt die Frau anbeten sehen, die mir gehört. Was ist die Ehe? Ein unwiderrufliches Gelübde. Deshalb spottest du darüber. Oh, spotte nicht! Sie ist ein unwiderruf-

trust makes me faithful, her belief makes me good. When I am with her, I regret all that you have taught me. I become different from what you have known me to be. I am changed, and the mere touch of Sibyl Vane's hand makes me forget you and all your wrong, fascinating, poisonous, delightful theories.'

'And those are ...?' asked Lord Henry, helping himself to some salad.

'Oh, your theories about life, your theories about love, your theories about pleasure. All your theories, in fact, Harry.'

'Pleasure is the only thing worth having a theory about;' he answered, in his slow, melodious voice. 'But I am afraid I cannot claim my theory as my own. It belongs to Nature, not to me. Pleasure is Nature's test, her sign of approval. When we are happy we are always good, but when we are good we are not always happy.'

'Ah, but what do you mean by good?' cried Basil Hallward.

'Yes,' echoed Dorian, leaning back in his chair, and looking at Lord Henry over the heavy clusters of purple-lipped irises that stood in the centre of the table, 'what do you mean by good, Harry?'

'To be good is to be in harmony with one's self,' he replied, touching the thin stem of his glass with his pale, fine-pointed fingers. 'Discord is to be forced to be in harmony with others. One's own life—that is the important thing. As for the lives of one's neighbours, if one wishes to be a prig or a Puritan, one can flaunt one's moral views about them, but they are not one's concern. Besides, Individualism has really the higher aim. Modern morality consists in accepting the standard of one's age. I consider

liches Gelübde, das ich ablegen möchte. Ihr Vertrauen macht mich treu, ihr Glaube macht mich gut. Wenn ich bei ihr bin, bereue ich alles, was du mich gelehrt hast. Ich werde ganz anders als der Mensch, den du in mir siehst. Ich bin verändert und die bloße Berührung von Sibyl Vanes Hand lässt mich dich und all deine falschen, faszinierenden, vergifteten, herrlichen Theorien vergessen.«

»Und die wären ...?«, fragte Lord Henry, während er sich vom Salat nahm.

»Oh, deine Theorien über das Leben, deine Theorien über die Liebe, deine Theorien über den Genuss. Eigentlich alle deine Theorien, Harry.«

»Genuss ist das Einzige auf der Welt, worüber eine Theorie zu haben sich lohnt,« antwortete er mit seiner trägen, melodischen Stimme. »Aber ich fürchte, ich kann meine Theorie nicht als meine eigene in Anspruch nehmen. Sie gehört der Natur, nicht mir. Genuss ist der Prüfstein der Natur, ihr Zeichen der Zustimmung. Wenn wir glücklich sind, sind wir immer gut, aber wenn wir gut sind, sind wir nicht immer glücklich.«

»Oh, aber was verstehst du unter gut?«, rief Basil Hallward.

»Ja«, wiederholte Dorian, indem er sich auf seinem Stuhl zurücklehnte und Lord Henry über die schweren Gebinde purpurlippiger Schwertlilien in der Mitte des Tisches hinweg ansah, »was verstehst du unter gut, Harry?«

»Gut sein heißt mit sich selbst in Einklang sein«, entgegnete er und berührte dabei den dünnen Stiel seines Glases mit seinen blassen, feingliedrigen Fingern. »Ein Missklang ist es, zur Harmonie mit anderen gezwungen zu sein. Das eigene Leben – das ist das Entscheidende. Was das Leben der Nächsten betrifft, kann man, wenn man ein Pharisäer oder ein Puritaner sein will, seine moralischen Ansichten darüber hinausposaunen, aber es geht einen nichts an. Außerdem hat der Individualismus in Wahrheit das höhere Ziel. Die moderne Moral besteht darin,

that for any man of culture to accept the standard of his age is a form of the grossest immorality.'

'But, surely, if one lives merely for one's self, Harry, one pays a terrible price for doing so?' suggested the painter.

'Yes, we are overcharged for everything nowadays. I should fancy that the real tragedy of the poor is that they can afford nothing but self-denial. Beautiful sins, like beautiful things, are the privilege of the rich.'

'One has to pay in other ways but money.'

'What sort of ways, Basil?'

'Oh! I should fancy in remorse, in suffering, in ... well, in the consciousness of degradation.'

Lord Henry shrugged his shoulders. 'My dear fellow, mediaeval art is charming, but mediæval emotions are out of date. One can use them in fiction, of course. But then the only things that one can use in fiction are the things that one has ceased to use in fact. Believe me, no civilized man ever regrets a pleasure, and no uncivilized man ever knows what a pleasure is.'

'I know what pleasure is,' cried Dorian Gray. 'It is to adore some one.'

'That is certainly better than being adored,' he answered, toying with some fruits. 'Being adored is a nuisance. Women treat us just as Humanity treats its gods. They worship us, and are always bothering us to do something for them.'

'I should have said that whatever they ask for they had first given to us,' murmured the lad, gravely. 'They create Love in our natures. They have a right to demand it back.'

dass man den Maßstab seiner Zeit anerkennt. Ich bin der Meinung, dass es für jeden kultivierten Menschen eine Form gröbster Unmoral ist, den Maßstab seiner Zeit anzuerkennen.«

»Wenn man aber nur für sich selbst lebt, Harry, muss man doch sicher einen schrecklichen Preis dafür zahlen?«, warf der Maler ein.

»Ja, heutzutage wird uns für alles zuviel berechnet. Ich denke mir, dass die wahre Tragödie der Armen die ist, dass sie sich nichts leisten können als Selbstverleugnung. Schöne Sünden wie schöne Dinge sind das Privileg der Reichen.«

»Man muss auf andere Art und Weise bezahlen als mit Geld.«

»Auf welche Art und Weise, Basil?«

»Oh, ich könnte mir vorstellen, mit Gewissensbissen, mit Leid, mit … nun, mit dem Bewusstsein der Erniedrigung.«

Lord Henry zuckte mit den Schultern. »Mein lieber Freund, mittelalterliche Kunst ist entzückend, aber mittelalterliche Gefühle sind außer Mode. Man kann sie natürlich in Romanen verwenden. Folglich sind die einzigen Dinge, die man in Romanen verwenden kann, jene Dinge, für die man im wirklichen Leben keine Verwendung mehr hat. Glaube mir, kein zivilisierter Mensch bereut je einen Genuss, und kein unzivilisierter Mensch weiß je, was ein Genuss ist.«

»Ich weiß, was Genuss ist«, rief Dorian Gray. »Jemanden anzubeten.«

»Das ist jedenfalls besser, als angebetet zu werden«, entgegnete Lord Henry und spielte dabei mit ein paar Früchten. »Angebetet zu werden ist eine Plage. Die Frauen behandeln uns so, wie die Menschheit ihre Götter behandelt. Sie verehren uns und belästigen uns ständig damit, etwas für sie zu tun.«

»Ich würde eher sagen, worum auch immer sie bitten, sie haben es uns vorher geschenkt«, murmelte der junge Mann ernst. »Sie erzeugen die Liebe in unserem Wesen. Sie haben ein Recht, sie zurückzuverlangen.«

'That is quite true, Dorian,' cried Hallward.

'Nothing is ever quite true,' said Lord Henry.

'This is,' interrupted Dorian. 'You must admit, Harry, that women give to men the very gold of their lives.'

'Possibly,' he sighed, 'but they invariably want it back in such very small change. That is the worry. Women, as some witty Frenchman once put it, inspire us with the desire to do masterpieces, and always prevent us from carrying them out.'

'Harry, you are dreadful! I don't know why I like you so much.'

'You will always like me, Dorian,' he replied. 'Will you have some coffee, you fellows?–Waiter, bring coffee, and *fine-champagne*, and some cigarettes. No: don't mind the cigarettes; I have some. Basil, I can't allow you to smoke cigars. You must have a cigarette. A cigarette is the perfect type of a perfect pleasure. It is exquisite, and it leaves one unsatisfied. What more can one want? Yes, Dorian, you will always be fond of me. I represent to you all the sins you have never had the courage to commit.'

'What nonsense you talk, Harry!' cried the lad, taking a light from a fire-breathing silver dragon that the waiter had placed on the table. 'Let us go down to the theatre. When Sibyl comes on the stage you will have a new ideal of life. She will represent something to you that you have never known.'

'I have known everything,' said Lord Henry, with a tired look in his eyes, 'but I am always ready for a new emotion. I am afraid, however, that, for me at any rate, there is no such thing. Still, your wonderful girl may thrill me. I love acting. It is so much more real than life. Let us go.

»Das ist völlig richtig, Dorian«, rief Hallward.

»Nichts ist jemals völlig richtig«, sagte Lord Henry.

»Das schon«, unterbrach Dorian. »Du musst zugeben, Harry, dass die Frauen den Männern das wahre Gold ihres Lebens schenken.«

»Möglich«, seufzte er, »aber sie verlangen es ausnahmslos in sehr kleiner Münze zurück. Das ist das Übel. Die Frauen, wie es ein geistreicher Franzose einmal ausgedrückt hat, wecken in uns das Verlangen, Meisterwerke zu schaffen, und hindern uns ständig daran, sie auszuführen.«

»Harry, du bist schrecklich! Ich weiß nicht, warum ich dich so sehr mag.«

»Du wirst mich immer mögen, Dorian«, entgegnete er. »Wollt ihr Kaffee, Freunde? – Ober, bringen Sie Kaffee und *fine-champagne* und Zigaretten. Nein, lassen Sie die Zigaretten, ich habe welche. Basil, ich kann dir nicht erlauben, Zigarren zu rauchen. Du musst eine Zigarette nehmen. Eine Zigarette ist die vollendete Erscheinungsform eines vollendeten Genusses. Sie ist köstlich und sie lässt einen unbefriedigt. Was kann man mehr verlangen? Ja, Dorian, du wirst mich immer gern haben. Ich verkörpere für dich all die Sünden, die zu begehen du nie den Mut gehabt hast.«

»Was für einen Unsinn du redest, Harry!«, rief der junge Mann und zündete sich an einem Feuer speienden silbernen Drachen, den der Kellner auf den Tisch gestellt hatte, eine Zigarette an. »Lasst uns zum Theater gehen. Wenn Sibyl die Bühne betritt, werdet ihr ein neues Lebensideal haben. Sie wird für euch etwas darstellen, das ihr nie kennengelernt habt.«

»Ich habe alles kennengelernt«, sagte Lord Henry mit einem müden Ausdruck in den Augen, »aber ich bin immer bereit für eine neue Erregung des Gefühls. Ich fürchte nur, dass es, zumindest für mich, so etwas gar nicht gibt. Dennoch vermag dein wunderbares Mädchen mich vielleicht zu berauschen. Ich liebe

Dorian, you will come with me. I am so sorry, Basil, but there is only room for two in the brougham. You must follow us in a hansom.'

They got up and put on their coats, sipping their coffee standing. The painter was silent and pre-occupied. There was a gloom over him. He could not bear this marriage, and yet it seemed to him to be better than many other things that might have happened. After a few minutes, they all passed downstairs. He drove off by himself, as had been arranged, and watched the flashing lights of the little brougham in front of him. A strange sense of loss came over him. He felt that Dorian Gray would never again be to him all that he had been in the past. Life had come between them. ... His eyes darkened, and the crowded, flaring streets became blurred to his eyes. When the cab drew up at the theatre, it seemed to him that he had grown years older.

die Schauspielerei. Sie ist so viel wirklicher als das Leben. Lasst uns gehen. Dorian, du kommst mit mir. Es tut mir sehr leid, Basil, aber im Brougham ist nur Platz für zwei. Du musst uns in einem Hansom folgen.«

Sie standen auf, zogen ihre Mäntel an und tranken ihren Kaffee im Stehen. Der Maler war schweigsam und gedankenverloren. Eine gedrückte Stimmung lastete auf ihm. Er konnte sich mit dieser Heirat nicht abfinden und doch schien sie ihm besser als vieles andere zu sein, was hätte geschehen können. Nach ein paar Minuten gingen sie gemeinsam die Treppe hinunter. Er fuhr wie verabredet allein und sah die blitzenden Lichter des kleinen Brougham vor sich. Ein seltsames Gefühl des Verlustes überkam ihn. Er fühlte, dass Dorian Gray nie wieder all das für ihn sein würde, was er ihm früher gewesen war. Das Leben war zwischen sie getreten ... Sein Blick trübte sich und die belebten, erleuchteten Straßen verschwammen vor seinen Augen. Als der Wagen vor dem Theater hielt, schien es ihm, als sei er um Jahre gealtert.

CHAPTER VII

For some reason or other, the house was crowded that night, and the fat Jew manager who met them at the door was beaming from ear to ear with an oily, tremulous smile. He escorted them to their box with a sort of pompous humility, waving his fat jewelled hands, and talking at the top of his voice. Dorian Gray loathed him more than ever. He felt as if he had come to look for Miranda and had been met by Caliban. Lord Henry, upon the other hand, rather liked him. At least he declared he did, and insisted on shaking him by the hand, and assuring him that he was proud to meet a man who had discovered a real genius and gone bankrupt over a poet. Hallward amused himself with watching the faces in the pit. The heat was terribly oppressive, and the huge sunlight flamed like a monstrous dahlia with petals of yellow fire. The youths in the gallery had taken off their coats and waistcoats and hung them over the side. They talked to each other across the theatre, and shared their oranges with the tawdry girls who sat beside them. Some women were laughing in the pit. Their voices were horribly shrill and discordant. The sound of the popping of corks came from the bar.

'What a place to find one's divinity in!' said Lord Henry.

'Yes!' answered Dorian Gray. 'It was here I found her, and she is divine beyond all living things. When she acts you will forget everything. These common, rough people, with their coarse faces and brutal gestures, become quite different when she is on the stage. They sit silently and watch her. They weep and laugh as she wills them to do. She makes them as responsive as a violin. She spiritual-

Kapitel 7

Aus irgendeinem Grund war das Haus an diesem Abend voll besetzt und der fette jüdische Direktor, der sie an der Tür empfing, strahlte mit einem öligen, bebenden Lächeln über das ganze Gesicht. Er geleitete sie mit einer gewissen wichtigtuerischen Unterwürfigkeit zu ihrer Loge, fuchtelte mit seinen dicken, juwelenbesetzten Händen herum und redete mit lauter Stimme. Dorian Gray verabscheute ihn mehr denn je. Er hatte das Gefühl, als sei er gekommen, Miranda zu suchen, und von Kaliban empfangen worden. Lord Henry dagegen gefiel er ziemlich gut. Wenigstens behauptete er das und bestand darauf, ihm die Hand zu schütteln und ihm zu versichern, dass er stolz sei, einen Mann kennenzulernen, der ein wahres Genie entdeckt habe und wegen eines Dichters Bankrott gemacht habe. Hallward unterhielt sich damit, die Gesichter im Parkett zu betrachten. Die Hitze war schrecklich drückend und der riesige Sonnenkronleuchter flammte wie eine gigantische Dahlie mit Blättern aus gelbem Feuer. Die jungen Männer auf der Galerie hatten ihre Überröcke und Westen ausgezogen und sie über die Brüstung gehängt. Sie unterhielten sich quer durch das Theater miteinander und teilten ihre Orangen mit den grell gekleideten Mädchen, die neben ihnen saßen. Ein paar Frauen im Parkett lachten. Ihre Stimmen waren entsetzlich schrill und misstönend. Das Geräusch knallender Korken drang vom Schanktisch herüber.

»Welch ein Ort, um seine Göttin zu finden!«, sagte Lord Henry.

»Ja!«, antwortete Dorian Gray. »Hier habe ich sie gefunden, und sie ist göttlicher als alles Lebendige. Wenn sie spielt, werdet ihr alles vergessen. Diese gewöhnlichen, ruppigen Menschen mit ihren derben Gesichtern und rohen Gebärden werden ganz anders, wenn sie auf der Bühne steht. Sie sitzen still da und schauen ihr zu. Sie weinen und lachen, wie sie es will. Sie spielt auf ihnen wie auf einer Geige. Sie vergeistigt sie und

izes them, and one feels that they are of the same flesh and blood as one's self.'

'The same flesh and blood as one's self! Oh, I hope not!' exclaimed Lord Henry, who was scanning the occupants of the gallery through his opera-glass.

'Don't pay any attention to him, Dorian,' said the painter. 'I understand what you mean, and I believe in this girl. Any one you love must be marvellous, and any girl that has the effect you describe must be fine and noble. To spiritualize one's age—that is something worth doing. If this girl can give a soul to those who have lived without one, if she can create the sense of beauty in people whose lives have been sordid and ugly, if she can strip them of their selfishness and lend them tears for sorrows that are not their own, she is worthy of all your adoration, worthy of the adoration of the world. This marriage is quite right. I did not think so at first, but I admit it now. The gods made Sibyl Vane for you. Without her you would have been incomplete.'

'Thanks, Basil,' answered Dorian Gray, pressing his hand. 'I knew that you would understand me. Harry is so cynical, he terrifies me. But here is the orchestra. It is quite dreadful, but it only lasts for about five minutes. Then the curtain rises, and you will see the girl to whom I am going to give all my life, to whom I have given everything that is good in me.'

A quarter of an hour afterwards, amidst an extraordinary turmoil of applause, Sibyl Vane stepped on to the stage. Yes, she was certainly lovely to look at—one of the loveliest creatures, Lord Henry thought, that he had ever seen. There was something of the fawn in her shy grace and startled eyes. A faint blush, like the shadow of a rose in a mirror of silver,

man fühlt, dass sie vom selben Fleisch und Blut sind wie man selbst.«

»Vom selben Fleisch und Blut wie man selbst! Oh, ich hoffe nicht!«, rief Lord Henry, der die Besucher auf der Galerie durch sein Opernglas musterte.

»Beachte ihn gar nicht, Dorian«, sagte der Maler. »Ich verstehe, was du meinst, und ich glaube an dieses Mädchen. Jeder Mensch, den du liebst, muss wunderbar sein, und jedes Mädchen, das die Wirkung hat, die du schilderst, muss schön und edel sein. Seine Zeitgenossen zu vergeistigen – das ist etwas, das sich lohnt. Wenn dieses Mädchen jenen eine Seele zu geben vermag, die ohne eine gelebt haben, wenn sie in Menschen, deren Dasein schmutzig und hässlich war, einen Sinn für Schönheit zu wecken vermag, wenn sie ihnen ihre Selbstsucht zu nehmen und ihnen Tränen zu borgen vermag für Schmerzen, die nicht ihre eigenen sind, dann ist sie deiner ganzen Verehrung würdig, der Verehrung der ganzen Welt würdig. Diese Heirat ist völlig richtig. Ich dachte zuerst nicht so, aber jetzt gebe ich es zu. Die Götter haben Sibyl Vane für dich erschaffen. Ohne sie wärst du nicht vollständig gewesen.«

»Danke, Basil«, antwortete Dorian Gray und drückte ihm die Hand. »Ich wusste, du würdest mich verstehen. Harry ist so zynisch, er erschreckt mich. Aber hier ist das Orchester. Es ist wirklich miserabel, aber es dauert nur etwa fünf Minuten. Dann geht der Vorhang auf und du wirst das Mädchen sehen, dem ich mein ganzes Leben schenken will, dem ich alles gegeben habe, was gut ist in mir.«

Eine Viertelstunde später betrat Sibyl Vane unter einem außerordentlichen Beifallssturm die Bühne. Ja, sie war zweifellos reizend anzusehen – eines der reizendsten Geschöpfe, dachte Lord Henry, die er je gesehen hatte. Es lag etwas von einem Rehkitz in ihrer scheuen Grazie und ihren erstaunten Augen. Ein schwaches Erröten wie der Widerschein einer Rose in einem silbernen Spiegel

came to her cheeks as she glanced at the crowded, enthusiastic house. She stepped back a few paces, and her lips seemed to tremble. Basil Hallward leaped to his feet and began to applaud. Motionless, and as one in a dream, sat Dorian Gray, gazing at her. Lord Henry peered through his glasses, murmuring, 'Charming! charming!'

The scene was the hall of Capulet's house, and Romeo in his pilgrim's dress had entered with Mercutio and his other friends. The band, such as it was, struck up a few bars of music, and the dance began. Through the crowd of ungainly, shabbily-dressed actors, Sibyl Vane moved like a creature from a finer world. Her body swayed, while she danced, as a plant sways in the water. The curves of her throat were the curves of a white lily. Her hands seemed to be made of cool ivory.

Yet she was curiously listless. She showed no sign of joy when her eyes rested on Romeo. The few words she had to speak—

Good pilgrim, you do wrong your hand too much,
Which mannerly devotion shows in this;
For Saints have hands that pilgrims' hands do touch,
And palm to palm is holy palmers' kiss—

with the brief dialogue that follows, were spoken in a thoroughly artificial manner. The voice was exquisite, but from the point of view of tone it was absolutely false. It was wrong in colour. It took away all the life from the verse. It made the passion unreal.

Dorian Gray grew pale as he watched her. He was puzzled and anxious. Neither of his friends dared to say anything to him. She seemed to them to be absolutely incompetent. They were horribly disappointed.

trat auf ihre Wangen, als sie einen Blick in das voll besetzte, begeisterte Haus warf. Sie trat ein paar Schritte zurück und ihre Lippen schienen zu beben. Basil Hallward sprang auf die Füße und begann zu applaudieren. Regungslos und wie ein Träumender saß Dorian Gray da und starrte sie an. Lord Henry spähte durch sein Opernglas und murmelte: »Entzückend, entzückend!«

Die Bühne war der Saal in Capulets Haus und Romeo in seinem Pilgergewand war mit Mercutio und seinen anderen Freunden eingetreten. Das so genannte Orchester spielte ein paar Takte Musik und der Tanz begann. Durch den Haufen unbeholfener, schäbig gekleideter Schauspieler bewegte sich Sibyl Vane wie ein Geschöpf aus einer höheren Welt. Ihr Körper wiegte sich beim Tanzen, wie eine Pflanze sich im Wasser wiegt. Die Konturen ihres Halses waren wie die Konturen einer weißen Lilie. Ihre Hände schienen aus kühlem Elfenbein geschaffen zu sein.

Doch sie wirkte seltsam teilnahmslos. Sie zeigte keinerlei Zeichen der Freude, als ihr Blick auf Romeo ruhte. Die wenigen Worte, die sie zu sprechen hatte –

Nein, Pilger, lege nichts der Hand zuschulden
Für ihren sittsam-andachtsvollen Gruß;
Der Heiligen Rechte darf Berührung dulden,
und Hand in Hand ist frommer Waller Kuss –

mit dem kurzen Dialog, der folgt, wurden in durch und durch gekünstelter Manier gesprochen. Die Stimme war wunderbar, aber der Ton war vollkommen verfehlt. Er lag in der Klangfarbe falsch. Er nahm dem Vers alles Leben. Er machte die Leidenschaft unwahr.

Dorian Gray wurde blass, während er ihr zusah. Er war verwirrt und beunruhigt. Keiner seiner Freunde wagte es, irgendetwas zu ihm zu sagen. Sie erschien ihnen vollkommen untalentiert. Sie waren schrecklich enttäuscht.

Yet they felt that the true test of any Juliet is the balcony scene of the second act. They waited for that. If she failed there, there was nothing in her.

She looked charming as she came out in the moonlight. That could not be denied. But the staginess of her acting was unbearable, and grew worse as she went on. Her gestures became absurdly artificial. She over-emphasized everything that she had to say. The beautiful passage—

Thou knowest the mask of night is on my face,
Else would a maiden blush bepaint my cheek
For that which thou hast heard me speak to-night—

was declaimed with the painful precision of a school-girl who has been taught to recite by some second-rate professor of elocution. When she leaned over the balcony and came to those wonderful lines—

Although I joy in thee,
I have no joy of this contract to-night:
It is too rash, too unadvised, too sudden;
Too like the lightning, which doth cease to be
Ere one can say, 'It lightens.' Sweet, good-night!
This bud of love by summer's ripening breath
May prove a beauteous flower when next we meet—

she spoke the words as though they conveyed no meaning to her. It was not nervousness. Indeed, so far from being nervous, she was absolutely self-contained. It was simply bad art. She was a complete failure.

Even the common, uneducated audience of the pit and gallery lost their interest in the play. They got restless, and began to talk loudly and to whistle. The Jew man-

Dennoch fanden sie, dass der wahre Prüfstein für jede Julia die Balkonszene im zweiten Akt war. Darauf warteten sie. Wenn sie dort versagte, war nichts an ihr.

Sie sah reizend aus, als sie im Mondlicht auftrat. Das war nicht zu leugnen. Aber das Theatralische ihres Spiels war unerträglich und wurde immer schlimmer, während sie weiterspielte. Ihre Gesten gerieten lächerlich gekünstelt. Sie übertrieb die Betonung von allem, was sie zu sagen hatte. Die schöne Stelle –

Du weißt, die Nacht verschleiert mein Gesicht,
Sonst färbte Mädchenröte meine Wangen
Um das, was du vorhin mich sagen hörtest –

wurde mit der peinlichen Genauigkeit eines Schulmädchens deklamiert, dem irgendein zweitklassiger Rhetorikprofessor das Rezitieren beigebracht hatte. Als sie sich über den Balkon beugte und zu den wunderbaren Zeilen kam –

Obwohl ich dein mich freue,
Freu' ich mich nicht des Bundes dieser Nacht:
Er ist zu rasch, zu unbedacht, zu plötzlich,
Gleicht allzusehr dem Blitz, der schon vorbei,
Noch eh' man sagen kann: es blitzt. – Schlaf süß!
Mag warmer Sommerhauch die Liebesknospe
Zur Blume bis zum Wiedersehn entfalten –

sprach sie die Worte, als enthielten sie keinen Sinn für sie. Es war nicht Nervosität. Ja, weit entfernt davon, nervös zu sein, war sie vollkommen beherrscht. Es war einfach schlechte Kunst. Sie war eine vollkommene Versagerin.

Sogar das gewöhnliche, ungebildete Publikum im Parkett und auf der Galerie verlor das Interesse an dem Stück. Die Leute wurden unruhig und fingen an, sich laut zu unterhalten und zu

ager, who was standing at the back of the dress-circle, stamped and swore with rage. The only person unmoved was the girl herself.

When the second act was over there came a storm of hisses, and Lord Henry got up from his chair and put on his coat. 'She is quite beautiful, Dorian,' he said, 'but she can't act. Let us go.'

'I am going to see the play through,' answered the lad, in a hard, bitter voice. 'I am awfully sorry that I have made you waste an evening, Harry. I apologize to you both.'

'My dear Dorian, I should think Miss Vane was ill,' interrupted Hallward. 'We will come some other night.'

'I wish she were ill,' he rejoined. 'But she seems to me to be simply callous and cold. She has entirely altered. Last night she was a great artist. This evening she is merely a common-place, mediocre actress.'

'Don't talk like that about any one you love, Dorian. Love is a more wonderful thing than Art.'

'They are both simply forms of imitation,' remarked Lord Henry. 'But do let us go. Dorian, you must not stay here any longer. It is not good for one's morals to see bad acting. Besides, I don't suppose you will want your wife to act. So what does it matter if she plays Juliet like a wooden doll? She is very lovely, and if she knows as little about life as she does about acting, she will be a delightful experience. There are only two kinds of people who are really fascinating—people who know absolutely everything, and people who know absolutely nothing. Good heavens, my dear boy, don't look so tragic! The secret of remaining young is never to have an emotion that is unbecoming. Come to the club with Basil

pfeifen. Der jüdische Direktor, der im hinteren Teil des ersten Ranges stand, stampfte und fluchte vor Wut. Die Einzige, die unbewegt blieb, war das Mädchen selbst.

Als der zweite Akt vorüber war, brach ein Sturm von Pfiffen los und Lord Henry stand von seinem Stuhl auf und zog seinen Überrock an. »Sie ist wirklich schön, Dorian«, sagte er, »aber sie kann nicht spielen. Lass uns gehen.«

»Ich werde mir das Stück ganz ansehen«, antwortete der junge Mann mit harter, bitterer Stimme. »Es tut mir furchtbar leid, dass ich dich dazu gebracht habe, einen Abend zu vergeuden, Harry. Ich bitte euch beide um Entschuldigung.«

»Mein lieber Dorian, ich glaube, Miss Vane war krank«, unterbrach Hallward. »Wir werden an einem anderen Abend wiederkommen.«

»Ich wünschte, sie wäre krank«, erwiderte er. »Aber sie scheint mir einfach gefühllos und kalt zu sein. Sie ist völlig verändert. Gestern Abend war sie eine großartige Künstlerin. Heute Abend ist sie bloß eine gewöhnliche, mittelmäßige Schauspielerin.«

»Sprich nicht so über jemanden, den du liebst, Dorian. Die Liebe ist etwas viel Wunderbareres als die Kunst.«

»Sie sind beide nur Formen der Nachahmung«, bemerkte Lord Henry. »Aber lasst uns wirklich gehen. Dorian, du darfst nicht länger hier bleiben. Es ist nicht gut für die Moral eines Menschen, schlechte Schauspielkunst zu sehen. Außerdem nehme ich nicht an, dass du deine Frau auftreten lassen willst. Was macht es also, wenn sie die Julia wie eine Holzpuppe spielt? Sie ist ganz bezaubernd, und wenn sie vom Leben so wenig weiß wie von der Schauspielerei, dann wird sie ein köstliches Erlebnis sein. Es gibt nur zwei Arten von Menschen, die wirklich faszinierend sind – Menschen, die wirklich alles wissen, und Menschen, die rein gar nichts wissen. Um Himmels Willen, mein lieber Junge, schau nicht so tragisch drein! Das Geheimnis, jung zu bleiben, besteht darin, niemals eine Erregung zu haben, die nicht

and myself. We will smoke cigarettes and drink to the beauty of Sibyl Vane. She is beautiful. What more can you want?'

'Go away, Harry,' cried the lad. 'I want to be alone. Basil, you must go. Ah! can't you see that my heart is breaking?' The hot tears came to his eyes. His lips trembled, and, rushing to the back of the box, he leaned up against the wall, hiding his face in his hands.

'Let us go, Basil,' said Lord Henry, with a strange tenderness in his voice; and the two young men passed out together.

A few moments afterwards the footlights flared up, and the curtain rose on the third act. Dorian Gray went back to his seat. He looked pale, and proud, and indifferent. The play dragged on, and seemed interminable. Half of the audience went out, tramping in heavy boots, and laughing. The whole thing was a *fiasco*. The last act was played to almost empty benches. The curtain went down on a titter, and some groans.

As soon as it was over, Dorian Gray rushed behind the scenes into the greenroom. The girl was standing there alone, with a look of triumph on her face. Her eyes were lit with an exquisite fire. There was a radiance about her. Her parted lips were smiling over some secret of their own.

When he entered, she looked at him, and an expression of infinite joy came over her. 'How badly I acted tonight, Dorian!' she cried.

'Horribly!' he answered, gazing at her in amazement—'horribly! It was dreadful. Are you ill? You have no idea what it was. You have no idea what I suffered.'

The girl smiled. 'Dorian,' she answered, lingering over his name with long-drawn music in her voice, as though

zuträglich ist. Komm mit Basil und mir in den Klub. Wir wollen Zigaretten rauchen und auf die Schönheit von Sibyl Vane trinken. Sie ist schön. Was willst du mehr?«

»Geh, Harry«, rief der junge Mann. »Ich will allein sein. Basil, du musst gehen. Ach, könnt ihr nicht sehen, wie mir das Herz bricht?« Heiße Tränen traten in seine Augen. Seine Lippen bebten, er eilte in den hinteren Teil der Loge, lehnte sich gegen die Wand und verbarg sein Gesicht in den Händen.

»Lass uns gehen, Basil«, sagte Lord Henry mit einer ungewohnten Zärtlichkeit in der Stimme; und die beiden jungen Männer gingen zusammen hinaus.

Ein paar Augenblicke später flammte das Rampenlicht wieder auf und der Vorhang hob sich zum dritten Akt. Dorian Gray ging zu seinem Platz zurück. Er sah blass und hochmütig und gleichgültig aus. Das Spiel zog sich in die Länge und schien endlos. Die Hälfte des Publikums ging mit schweren Stiefeln trampelnd und lachend hinaus. Das Ganze war ein Fiasko. Der letzte Akt wurde vor nahezu leeren Bänken gespielt. Der Vorhang fiel unter Gekicher und Geächze.

Sobald es vorbei war, stürzte Dorian Gray hinter den Kulissen in die Garderobe. Das Mädchen stand allein da, mit einem triumphierenden Ausdruck im Gesicht. In ihren Augen leuchtete ein köstliches Feuer. Ein strahlender Glanz umgab sie. Ihre geöffneten Lippen lächelten über ein Geheimnis, das nur sie kannten.

Als er eintrat, blickte sie ihn an und ein Ausdruck unendlichen Glücks kam über sie. »Wie schlecht ich heute Abend spielte, Dorian!«, rief sie.

»Entsetzlich«, antwortete er und starrte sie fassungslos an – »entsetzlich! Es war schrecklich! Bist du krank? Du hast keine Ahnung, wie es war. Du hast keine Ahnung, wie ich gelitten habe.«

Das Mädchen lächelte. »Dorian«, antwortete sie und zog seinen Namen mit melodischer Stimme in die Länge, als wäre er

it were sweeter than honey to the red petals of her mouth—'Dorian, you should have understood. But you understand now, don't you?'

'Understand what?' he asked, angrily.

'Why I was so bad to-night. Why I shall always be bad. Why I shall never act well again.'

He shrugged his shoulders. 'You are ill, I suppose. When you are ill you shouldn't act. You make yourself ridiculous. My friends were bored. I was bored.'

She seemed not to listen to him. She was transfigured with joy. An ecstasy of happiness dominated her.

'Dorian, Dorian,' she cried, 'before I knew you, acting was the one reality of my life. It was only in the theatre that I lived. I thought that it was all true. I was Rosalind one night, and Portia the other. The joy of Beatrice was my joy, and the sorrows of Cordelia were mine also. I believed in everything. The common people who acted with me seemed to me to be godlike. The painted scenes were my world. I knew nothing but shadows, and I thought them real. You came—oh, my beautiful love!—and you freed my soul from prison. You taught me what reality really is. To-night, for the first time in my life, I saw through the hollowness, the sham, the silliness of the empty pageant in which I had always played. To-night, for the first time, I became conscious that the Romeo was hideous, and old, and painted, that the moonlight in the orchard was false, that the scenery was vulgar, and that the words I had to speak were unreal, were not my words, were not what I wanted to say. You had brought me something higher, something of which all art is but a reflection. You had made me understand what love really is. My love! my love! Prince Charming! Prince of life! I

den roten Blütenblättern ihres Mundes süßer als Honig – »Dorian, du hättest es verstehen müssen. Aber jetzt verstehst du es, nicht wahr?«

»Was verstehe ich?«, fragte er verärgert.

»Warum ich heute Abend so schlecht war. Warum ich immer schlecht sein werde. Warum ich nie mehr gut spielen werde.«

Er zuckte mit den Schultern. »Du bist wahrscheinlich krank. Wenn du krank bist, solltest du nicht spielen. Du machst dich lächerlich. Meine Freunde haben sich gelangweilt. Ich habe mich gelangweilt.«

Sie schien ihm nicht zuzuhören. Sie war verklärt vor Freude. Ein Rausch des Glücks beherrschte sie.

»Dorian, Dorian«, rief sie, »bevor ich dich kannte, war die Schauspielerei die einzige Wirklichkeit in meinem Leben. Nur im Theater lebte ich. Ich hielt das alles für wahr. An einem Abend war ich Rosalinde, am nächsten Portia. Beatrices Freude war meine Freude und Cordelias Kummer war meiner. Ich glaubte an alles. Die gewöhnlichen Menschen, die mit mir zusammen spielten, schienen mir göttlich zu sein. Die gemalten Kulissen waren meine Welt. Ich kannte nichts als Schatten und ich hielt sie für wirklich. Dann kamst du – oh mein schöner Geliebter – und du befreitest meine Seele aus dem Gefängnis. Du lehrtest mich, was die Wirklichkeit wirklich ist. Heute Abend habe ich zum ersten Mal in meinem Leben die Hohlheit durchschaut, die Heuchelei, die Albernheit des nichtigen Maskenspiels, in dem ich immer mitgespielt habe. Heute Abend wurde mir zum ersten Mal bewusst, dass der Romeo hässlich, alt und geschminkt war, dass das Mondlicht im Garten unecht war, dass das Bühnenbild geschmacklos war und dass die Worte, die ich zu sprechen hatte, unwirklich waren, nicht meine Worte waren, nicht das waren, was ich sagen wollte. Du hattest mir etwas Höheres gebracht, etwas, wovon alle Kunst nur ein Abglanz ist. Du hast mich verstehen gelehrt, was Liebe wirklich ist. Mein Geliebter! Mein Geliebter!

have grown sick of shadows. You are more to me than all art can ever be. What have I to do with the puppets of a play? When I came on to-night, I could not understand how it was that everything had gone from me. I thought that I was going to be wonderful. I found that I could do nothing. Suddenly it dawned on my soul what it all meant. The knowledge was exquisite to me. I heard them hissing, and I smiled. What could they know of love such as ours? Take me away, Dorian—take me away with you, where we can be quite alone. I hate the stage. I might mimic a passion that I do not feel, but I cannot mimic one that burns me like fire. Oh, Dorian, Dorian, you understand now what it signifies? Even if I could do it, it would be profanation for me to play at being in love. You have made me see that.'

He flung himself down on the sofa, and turned away his face. 'You have killed my love,' he muttered.

She looked at him in wonder, and laughed. He made no answer. She came across to him, and with her little fingers stroked his hair. She knelt down and pressed his hands to her lips. He drew them away, and a shudder ran through him.

Then he leaped up, and went to the door. 'Yes,' he cried, 'you have killed my love. You used to stir my imagination. Now you don't even stir my curiosity. You simply produce no effect. I loved you because you were marvellous, because you had genius and intellect, because you realized the dreams of great poets and gave shape and substance to the shadows of art. You have thrown it all away. You are shallow and stupid. My God! how mad I was to love you! What a fool I have been! You are nothing to me now. I will never see you again. I will never think of you. I will never mention your name. You don't

Märchenprinz! Prinz meines Lebens! Ich bin der Schatten überdrüssig. Du bist mir mehr als alle Kunst je sein kann. Was habe ich mit den Puppen eines Schauspiels zu schaffen? Als ich heute Abend auftrat, konnte ich nicht begreifen, wie es kam, dass alles fort war. Ich dachte, ich würde wunderbar sein. Ich merkte, dass ich nichts mehr konnte. Plötzlich dämmerte es meiner Seele, was das alles bedeutete. Diese Erkenntnis war herrlich für mich. Ich hörte sie pfeifen und ich lächelte. Was konnten sie von einer Liebe wie der unseren wissen? Bring mich fort, Dorian – nimm mich mit dir dorthin, wo wir ganz allein sein können. Ich hasse die Bühne. Ich kann eine Leidenschaft spielen, die ich nicht empfinde, aber ich kann nicht eine spielen, die mich wie Feuer verbrennt. Oh Dorian, Dorian, verstehst du jetzt, was das bedeutet? Selbst wenn ich es zustande brächte, wäre es eine Entweihung, Verliebtheit zu spielen. Du hast mich das erkennen lassen.«

Er warf sich aufs Sofa und wandte sein Gesicht ab. »Du hast meine Liebe getötet«, murmelte er.

Sie sah ihn erstaunt an und lachte. Er gab keine Antwort. Sie kam zu ihm herüber und streichelte mit ihren kleinen Fingern sein Haar. Sie kniete nieder und drückte seine Hände an ihre Lippen. Er zog sie weg und ein Schauder überlief ihn.

Dann sprang er auf und ging zur Tür. »Ja«, rief er, »du hast meine Liebe getötet. Bisher hast du meine Fantasie geweckt. Jetzt weckst du nicht einmal meine Neugier. Du rufst einfach keine Wirkung hervor. Ich liebte dich, weil du wunderbar warst, weil du Genialität und Verstand hattest, weil du die Träume großer Dichter greifbar machtest und den Schatten der Kunst Gestalt und Inhalt verliehst. All das hast du weggeworfen. Du bist oberflächlich und dumm. Mein Gott! Wie verrückt war ich doch, dich zu lieben! Was für ein Narr bin ich gewesen! Du bedeutest mir jetzt nichts mehr. Ich will dich nie wiedersehen. Ich will nie mehr an dich denken. Ich will deinen Namen nie wieder

know what you were to me, once. Why, once ... Oh, I can't bear to think of it! I wish I had never laid eyes upon you! You have spoiled the romance of my life. How little you can know of love, if you say it mars your art! Without your art you are nothing. I would have made you famous, splendid, magnificent. The world would have worshipped you, and you would have borne my name. What are you now? A third-rate actress with a pretty face.'

The girl grew white, and trembled. She clenched her hands together, and her voice seemed to catch in her throat. 'You are not serious, Dorian?' she murmured. 'You are acting.'

'Acting! I leave that to you. You do it so well,' he answered, bitterly.

She rose from her knees, and, with a piteous expression of pain in her face, came across the room to him. She put her hand upon his arm, and looked into his eyes. He thrust her back. 'Don't touch me!' he cried.

A low moan broke from her, and she flung herself at his feet, and lay there like a trampled flower. 'Dorian, Dorian, don't leave me!' she whispered. 'I am so sorry I didn't act well. I was thinking of you all the time. But I will try—indeed, I will try. It came so suddenly across me, my love for you. I think I should never have known it if you had not kissed me—if we had not kissed each other. Kiss me again, my love. Don't go away from me. I couldn't bear it. Oh! don't go away from me. My brother ... No; never mind. He didn't mean it. He was in jest. ... But you, oh! can't you forgive me for to-night? I will work so hard, and try to improve. Don't be cruel to me because I love you better than anything in the world. After all, it is only once that I have not pleased you. But you are quite right,

erwähnen. Du weißt nicht, was du mir einst warst. Ja, einst … Oh, ich kann es nicht ertragen, daran zu denken. Ich wünschte, ich hätte dich niemals erblickt. Du hast die Romanze meines Lebens zerstört. Wie wenig kannst du von der Liebe wissen, wenn du sagst, sie zerstöre deine Kunst! Ohne deine Kunst bist du nichts. Ich hätte dich berühmt gemacht, strahlend, großartig. Die Welt hätte dich angebetet und du hättest meinen Namen getragen. Was bist du jetzt? Eine drittklassige Schauspielerin mit einem hübschen Gesicht.«

Das Mädchen wurde leichenblass und zitterte. Sie presste die Hände zusammen und die Stimme schien ihr in der Kehle stecken zu bleiben. »Du meinst das doch nicht ernst, Dorian?«, murmelte sie. »Du spielst Theater.«

»Theaterspielen! Das überlasse ich dir. Du kannst es so gut«, antwortete er bitter.

Sie erhob sich von den Knien und kam mit einem herzzerreißenden Ausdruck der Qual im Gesicht durch das Zimmer zu ihm. Sie legte ihm die Hand auf den Arm und sah ihm in die Augen. Er stieß sie zurück. »Rühr mich nicht an!«, schrie er.

Ein leises Stöhnen brach aus ihr heraus, sie warf sich ihm zu Füßen und lag da wie eine zertretene Blume. »Dorian, Dorian, verlass mich nicht!«, flüsterte sie. »Es tut mir so leid, dass ich nicht gut gespielt habe. Ich habe die ganze Zeit an dich gedacht. Aber ich werde mich anstrengen – ich werde mich wirklich anstrengen. Sie traf mich so unerwartet, meine Liebe zu dir. Ich glaube, ich hätte nichts davon bemerkt, wenn du mich nicht geküsst hättest – wenn wir einander nicht geküsst hätten. Küss mich noch einmal, mein Geliebter. Geh nicht fort von mir. Ich könnte es nicht ertragen. Oh, geh nicht fort von mir. Mein Bruder … nein, vergiss es. Er meinte es nicht so. Er scherzte nur … Aber du, oh, kannst du mir wegen heute Abend nicht verzeihen? Ich werde so hart arbeiten und versuchen, besser zu werden. Sei nicht grausam gegen mich, weil ich dich mehr liebe als alles auf der Welt. Schließlich

Dorian. I should have shown myself more of an artist. It was foolish of me; and yet I couldn't help it. Oh, don't leave me, don't leave me.' A fit of passionate sobbing choked her. She crouched on the floor like a wounded thing, and Dorian Gray, with his beautiful eyes, looked down at her, and his chiselled lips curled in exquisite disdain. There is always something ridiculous about the emotions of people whom one has ceased to love. Sibyl Vane seemed to him to be absurdly melodramatic. Her tears and sobs annoyed him.

'I am going,' he said at last, in his calm, clear voice. 'I don't wish to be unkind, but I can't see you again. You have disappointed me.'

She wept silently, and made no answer, but crept nearer. Her little hands stretched blindly out, and appeared to be seeking for him. He turned on his heel, and left the room. In a few moments he was out of the theatre.

Where he went to he hardly knew. He remembered wandering through dimly-lit streets, past gaunt black-shadowed archways and evil-looking houses. Women with hoarse voices and harsh laughter had called after him. Drunkards had reeled by cursing, and chattering to themselves like monstrous apes. He had seen grotesque children huddled upon doorsteps, and heard shrieks and oaths from gloomy courts.

As the dawn was just breaking he found himself close to Covent Garden. The darkness lifted, and, flushed with faint fires, the sky hollowed itself into a perfect pearl. Huge carts filled with nodding lilies rumbled slowly down the polished empty street. The air was heavy with the per-

habe ich dir nur ein einziges Mal nicht gefallen. Aber du hast völlig recht, Dorian. Ich hätte mich mehr als Künstlerin erweisen sollen. Es war töricht von mir; und doch konnte ich nicht anders. Oh, verlass mich nicht, verlass mich nicht.« Ein Ausbruch leidenschaftlichen Schluchzens erstickte sie. Sie kauerte auf dem Boden wie ein wundes Tier und Dorian Gray sah mit seinen schönen Augen auf sie herab und seine wohlgeformten Lippen kräuselten sich in tiefster Verachtung. Die Gefühlsregungen von Menschen, die man aufgehört hat zu lieben, haben immer etwas Lächerliches an sich. Sibyl Vane schien ihm albern melodramatisch zu sein. Ihre Tränen und ihr Schluchzen gingen ihm auf die Nerven.

»Ich gehe«, sagte er schließlich mit seiner ruhigen, klaren Stimme. »Ich will nicht unfreundlich sein, aber ich kann dich nicht wiedersehen. Du hast mich enttäuscht.«

Sie weinte still vor sich hin und gab keine Antwort, kroch aber näher. Ihre kleinen Hände streckten sich blindlings aus und schienen ihn zu suchen. Er drehte sich auf dem Absatz um und verließ das Zimmer. Wenige Augenblicke später war er aus dem Theater heraus.

Wohin er ging, wusste er kaum. Er erinnerte sich, durch schwach beleuchtete Straßen gewandert zu sein, vorbei an finsteren, in schwarze Schatten getauchte Torbogen und elend aussehenden Häusern. Frauen mit heiseren Stimmen und schrillem Lachen hatten hinter ihm hergerufen. Betrunkene waren fluchend und mit sich selbst sprechend wie riesige Affen vorbeigetorkelt. Er hatte fratzenhafte Kinder gesehen, auf Türschwellen zusammengekauert, und Schreie und Flüche aus düsteren Hinterhöfen gehört.

Als die Morgendämmerung anbrach, befand er sich in der Nähe von Covent Garden. Die Dunkelheit lichtete sich und der Himmel, gerötet von blassen Feuern, wölbte sich zu einer vollendeten Perle. Riesige Karren voller nickender Lilien rumpelten langsam die glänzende, leere Straße hinunter. Die Luft war schwer vom Duft

fume of the flowers, and their beauty seemed to bring him an anodyne for his pain. He followed into the market, and watched the men unloading their waggons. A white-smocked carter offered him some cherries. He thanked him, wondered why he refused to accept any money for them, and began to eat them listlessly. They had been plucked at midnight, and the coldness of the moon had entered into them. A long line of boys carrying crates of striped tulips, and of yellow and red roses, defiled in front of him, threading their way through the huge jade-green piles of vegetables. Under the portico, with its grey sun-bleached pillars, loitered a troop of draggled bareheaded girls, waiting for the auction to be over. Others crowded round the swinging doors of the coffee-house in the Piazza. The heavy cart-horses slipped and stamped upon the rough stones, shaking their bells and trappings. Some of the drivers were lying asleep on a pile of sacks. Iris-necked, and pink-footed, the pigeons ran about picking up seeds.

After a little while, he hailed a hansom, and drove home. For a few moments he loitered upon the doorstep, looking round at the silent Square with its blank close-shuttered windows, and its staring blinds. The sky was pure opal now, and the roofs of the houses glistened like silver against it. From some chimney opposite a thin wreath of smoke was rising. It curled, a violet riband, through the nacre-coloured air.

In the huge gilt Venetian lantern, spoil of some Doge's barge, that hung from the ceiling of the great oak-panelled hall of entrance, lights were still burning from three flickering jets: thin blue petals of flame they seemed, rimmed with white fire. He turned them out, and, having thrown his hat and cape on the table, passed through the

der Blumen und ihre Schönheit schien seinem Schmerz Linderung zu bringen. Er folgte ihnen zum Markt und sah den Männern zu, die ihre Wagen ausluden. Ein Fuhrmann in weißem Kittel bot ihm ein paar Kirschen an. Er dankte ihm, fragte sich, warum er sich weigerte, Geld dafür zu nehmen, und begann zerstreut davon zu essen. Sie waren um Mitternacht gepflückt worden und die Kühle des Mondes war in sie eingedrungen. Eine lange Reihe von Jungen, die Kisten mit gestreiften Tulpen und gelben und roten Rosen schleppten, zog vor ihm vorbei und bahnte sich ihren Weg durch die riesigen jadegrünen Gemüseberge hindurch. Unter dem Portikus mit seinen grauen, sonnengebleichten Säulen lungerte eine Gruppe von schmuddeligen, barhäuptigen Mädchen herum, die warteten, bis die Versteigerung vorüber war. Andere drängten sich vor den Schwingtüren des Kaffeehauses auf der Piazza. Die schweren Zugpferde schlitterten und stampften auf den groben Pflastersteinen, ihre Glocken und Geschirre schüttelnd. Einige der Fuhrleute lagen schlafend auf einem Haufen von Säcken. Die Tauben liefen mit regenbogenfarbenen Hälsen und rosa Füßen herum und pickten Körner auf.

Nach einer Weile rief er sich einen Hansom und fuhr nach Hause. Ein paar Augenblicke zögerte er auf der Türschwelle und ließ seinen Blick über den stillen Platz mit seinen leeren, fest geschlossenen Fenstern und seinen starrenden Fensterläden schweifen. Der Himmel war inzwischen reiner Opal und die Dächer der Häuser hoben sich silbern glitzernd gegen ihn ab. Von einem Schornstein gegenüber stieg eine dünne Rauchsäule auf. Sie kräuselte sich als violettes Band durch die perlmutterfarbene Luft.

In der riesigen venezianischen Goldlaterne, einem Beutestück von der Barke irgendeines Dogen, die von der Decke der großen, eichengetäfelten Eingangshalle herabhing, brannten noch die Lichter von drei flackernden Gasflammen: Sie sahen aus wie dünne blaue Flammenblätter, umsäumt von weißem Feuer. Er drehte sie aus und ging, nachdem er Hut und Mantel auf den

library towards the door of his bedroom, a large octagonal chamber on the ground floor that, in his new-born feeling for luxury, he had just had decorated for himself, and hung with some curious Renaissance tapestries that had been discovered stored in a disused attic at Selby Royal. As he was turning the handle of the door, his eye fell upon the portrait Basil Hallward had painted of him. He started back as if in surprise. Then he went on into his own room, looking somewhat puzzled. After he had taken the buttonhole out of his coat, he seemed to hesitate. Finally he came back, went over to the picture, and examined it. In the dim arrested light that struggled through the cream-coloured silk blinds, the face appeared to him to be a little changed. The expression looked different. One would have said that there was a touch of cruelty in the mouth. It was certainly strange.

He turned round, and, walking to the window, drew up the blind. The bright dawn flooded the room, and swept the fantastic shadows into dusky corners, where they lay shuddering. But the strange expression that he had noticed in the face of the portrait seemed to linger there, to be more intensified even. The quivering, ardent sunlight showed him the lines of cruelty round the mouth as clearly as if he had been looking into a mirror after he had done some dreadful thing.

He winced, and, taking up from the table an oval glass framed in ivory Cupids, one of Lord Henry's many presents to him, glanced hurriedly into its polished depths. No line like that warped his red lips. What did it mean?

He rubbed his eyes, and came close to the picture, and examined it again. There were no signs of any change when he looked into the actual painting, and yet there

Tisch geworfen hatte, durch die Bibliothek zur Tür seines Schlafzimmers, einer großen, achteckigen Kammer im Erdgeschoss, die er sich in seinem neu erwachten Gefühl für Luxus erst kürzlich hatte einrichten und mit einigen eigentümlichen Renaissance-Wandteppichen bespannen lassen, die in einer ungenutzten Dachkammer in Selby Royal entdeckt worden waren. Als er den Türknauf drehte, fiel sein Blick auf das Porträt, das Basil Hallward von ihm gemalt hatte. Er schrak erstaunt zurück. Dann ging er in sein Zimmer und sah leicht verwirrt aus. Nachdem er die Blume aus dem Knopfloch seines Überrocks genommen hatte, schien er zu zögern. Schließlich kam er zurück, ging zu dem Bild hinüber und betrachtete es genau. In dem dämmrigen, verhaltenen Licht, das mühsam durch die cremefarbenen Seidenvorhänge drang, kam ihm das Gesicht ein wenig verändert vor. Der Ausdruck war anders. Man hätte sagen können, dass ein Anflug von Grausamkeit um den Mund läge. Es war wirklich eigenartig.

Er wandte sich um, ging zum Fenster und zog den Vorhang auf. Das helle Morgenlicht durchflutete das Zimmer und fegte die fantastischen Schatten in düstere Ecken, wo sie schaudernd liegen blieben. Aber der befremdliche Ausdruck, den er im Gesicht des Porträts bemerkt hatte, schien dort zu verharren und sich sogar noch verstärkt zu haben. Das zitternde, glühende Sonnenlicht zeigte ihm die Linien der Grausamkeit um den Mund so deutlich, als hätte er in einen Spiegel geschaut, nachdem er etwas Entsetzliches getan hatte.

Er zuckte zusammen, nahm vom Tisch einen ovalen Spiegel, der von elfenbeinernen Liebesgöttern eingefasst war, eines der vielen Geschenke, die Lord Henry ihm gemacht hatte, und warf einen hastigen Blick in seine glänzenden Tiefen. Keine derartige Linie entstellte seine roten Lippen. Was bedeutete das?

Er rieb sich die Augen, trat ganz nahe an das Bild heran und musterte es erneut. Als er die eigentliche Malstruktur untersuchte, gab es keinerlei Hinweise auf irgendeine Veränderung,

was no doubt that the whole expression had altered. It was not a mere fancy of his own. The thing was horribly apparent.

He threw himself into a chair, and began to think. Suddenly there flashed across his mind what he had said in Basil Hallward's studio the day the picture had been finished. Yes, he remembered it perfectly. He had uttered a mad wish that he himself might remain young, and the portrait grow old; that his own beauty might be untarnished, and the face on the canvas bear the burden of his passions and his sins; that the painted image might be seared with the lines of suffering and thought, and that he might keep all the delicate bloom and loveliness of his then just conscious boyhood. Surely his wish had not been fulfilled? Such things were impossible. It seemed monstrous even to think of them. And, yet, there was the picture before him, with the touch of cruelty in the mouth.

Cruelty! Had he been cruel? It was the girl's fault, not his. He had dreamed of her as a great artist, had given his love to her because he had thought her great. Then she had disappointed him. She had been shallow and unworthy. And, yet, a feeling of infinite regret came over him, as he thought of her lying at his feet sobbing like a little child. He remembered with what callousness he had watched her. Why had he been made like that? Why had such a soul been given to him? But he had suffered also. During the three terrible hours that the play had lasted, he had lived centuries of pain, aeon upon aeon of torture. His life was well worth hers. She had marred him for a moment, if he had wounded her for an age. Besides, women were better suited to bear sorrow than men. They lived on their emotions. They only thought of their

und doch war kein Zweifel daran, dass sich der gesamte Ausdruck verändert hatte. Es war keine bloße Einbildung von ihm. Die Sache war entsetzlich offenkundig.

Er warf sich in einen Sessel und begann nachzudenken. Plötzlich blitzte in seiner Erinnerung auf, was er in Basil Hallwards Atelier an dem Tag, als das Bild fertig geworden war, gesagt hatte. Ja, er erinnerte sich genau. Er hatte den wahnsinnigen Wunsch geäußert, dass er selbst jung bleiben möge und das Porträt altern; dass seine eigene Schönheit makellos bleiben und das Gesicht auf der Leinwand die Last seiner Leidenschaften und Sünden tragen möge; dass das gemalte Abbild von den Linien des Leidens und Denkens zerfurcht werden möge und dass er die zarte Blüte und die Anmut seiner ihm damals gerade erst bewusst gewordenen Jugend behalten möge. Sein Wunsch war doch nicht etwa erfüllt worden? Solche Dinge waren unmöglich. Es schien ungeheuerlich, auch nur daran zu denken. Und doch, da stand das Bild vor ihm, mit dem Anflug von Grausamkeit um den Mund.

Grausamkeit! War er grausam gewesen? Es war die Schuld des Mädchens, nicht seine. Er hatte von ihr als einer großen Künstlerin geträumt, hatte ihr seine Liebe geschenkt, weil er sie für großartig gehalten hatte. Dann hatte sie ihn enttäuscht. Sie war oberflächlich und unwürdig gewesen. Und doch überkam ihn ein Gefühl unendlichen Mitleids, als er daran dachte, wie sie ihm, schluchzend wie ein kleines Kind, zu Füßen gelegen hatte. Er erinnerte sich, mit welcher Gefühllosigkeit er sie betrachtet hatte. Warum war er so geschaffen worden? Warum war ihm eine solche Seele verliehen worden? Aber auch er hatte gelitten. Während der drei schrecklichen Stunden, die das Stück gedauert hatte, hatte er Jahrhunderte der Qual durchlebt, Äon um Äon der Folter. Sein Leben war so viel wert wie ihres. Sie hatte ihn für einen Augenblick vernichtet, selbst wenn er sie für ein ganzes Menschenleben verletzt hatte. Außerdem waren Frauen besser geeignet, Kummer

emotions. When they took lovers, it was merely to have some one with whom they could have scenes. Lord Henry had told him that, and Lord Henry knew what women were. Why should he trouble about Sibyl Vane? She was nothing to him now.

But the picture? What was he to say of that? It held the secret of his life, and told his story. It had taught him to love his own beauty. Would it teach him to loathe his own soul? Would he ever look at it again?

No; it was merely an illusion wrought on the troubled senses. The horrible night that he had passed had left phantoms behind it. Suddenly there had fallen upon his brain that tiny scarlet speck that makes men mad. The picture had not changed. It was folly to think so.

Yet it was watching him, with its beautiful marred face and its cruel smile. Its bright hair gleamed in the early sunlight. Its blue eyes met his own. A sense of infinite pity, not for himself, but for the painted image of himself, came over him. It had altered already, and would alter more. Its gold would wither into grey. Its red and white roses would die. For every sin that he committed, a stain would fleck and wreck its fairness. But he would not sin. The picture, changed or unchanged, would be to him the visible emblem of conscience. He would resist temptation. He would not see Lord Henry any more—would not, at any rate, listen to those subtle poisonous theories that in Basil Hallward's garden had first stirred within him the passion for impossible things. He would go back to Sibyl Vane, make her amends, marry her, try to love her again. Yes, it was his duty to do so.

zu ertragen, als Männer. Sie lebten von ihren Gefühlen. Sie dachten nur an ihre Gefühle. Wenn sie sich Liebhaber nahmen, dann nur, um jemanden zu haben, dem sie Szenen machen konnten. Lord Henry hatte ihm das gesagt, und Lord Henry wusste, wie die Frauen waren. Warum sollte er sich wegen Sibyl Vane beunruhigen? Sie bedeutete ihm jetzt nichts mehr.

Aber das Bild? Was sollte er dazu sagen? Es barg das Geheimnis seines Lebens und erzählte seine Geschichte. Es hatte ihn gelehrt, seine eigene Schönheit zu lieben. Würde es ihn lehren, seine eigene Seele zu verabscheuen? Würde er es jemals wieder betrachten?

Nein; es war nur eine Täuschung, erdacht von den aufgewühlten Sinnen. Die entsetzliche Nacht, die er durchlebt hatte, hatte Gespenster zurückgelassen. Plötzlich war auf sein Gehirn jener winzige scharlachrote Fleck gefallen, der Menschen in den Wahnsinn treibt. Das Bild hatte sich nicht verändert. Es war töricht, das zu glauben.

Dennoch blickte es ihn an mit seinem schönen entstellten Gesicht und seinem grausamen Lächeln. Sein helles Haar leuchtete im frühen Sonnenlicht. Seine blauen Augen trafen seine eigenen. Ein Gefühl unendlichen Mitleids, nicht mit sich selbst, sondern mit seinem gemalten Abbild, überkam ihn. Es hatte sich bereits verändert und würde sich weiter verändern. Sein Gold würde zu Grau verblassen. Seine roten und weißen Rosen würden verwelken. Für jede Sünde, die er beging, würde ein Makel seine Schönheit beflecken und verderben. Aber er würde nicht sündigen. Das Bild, verändert oder unverändert, würde für ihn das sichtbare Wahrzeichen des Gewissens sein. Er würde der Versuchung widerstehen. Er würde Lord Henry nicht wiedersehen – würde jedenfalls nicht mehr auf jene heimtückischen, vergiftenden Theorien hören, die in Basil Hallwards Garten zum ersten Mal die Leidenschaft für unvorstellbare Dinge in ihm geweckt hatten. Er würde zu Sibyl Vane zurückgehen, Wiedergutmachung leisten, sie heiraten, versuchen, sie wie-

She must have suffered more than he had. Poor child! He had been selfish and cruel to her. The fascination that she had exercised over him would return. They would be happy together. His life with her would be beautiful and pure.

He got up from his chair, and drew a large screen right in front of the portrait, shuddering as he glanced at it. 'How horrible!' he murmured to himself, and he walked across to the window and opened it. When he stepped out on to the grass, he drew a deep breath. The fresh morning air seemed to drive away all his sombre passions. He thought only of Sibyl. A faint echo of his love came back to him. He repeated her name over and over again. The birds that were singing in the dew-drenched garden seemed to be telling the flowers about her.

der zu lieben. Ja, es war seine Pflicht, das zu tun. Sie musste mehr gelitten haben als er. Armes Kind! Er war selbstsüchtig und grausam gegen sie gewesen. Die Faszination, die sie auf ihn ausgeübt hatte, würde zurückkehren. Sie würden zusammen glücklich sein. Sein Leben mit ihr würde schön und rein sein.

Er erhob sich aus seinem Sessel und zog einen großen Wandschirm genau vor das Porträt. Ihn schauderte, als er einen Blick darauf warf. »Wie entsetzlich«, murmelte er vor sich hin, ging zur Glastür hinüber und öffnete sie. Als er auf den Rasen hinaustrat, atmete er tief ein. Die frische Morgenluft schien all seine düsteren Empfindungen zu verscheuchen. Er dachte nur noch an Sibyl. Ein schwacher Widerhall seiner Liebe kehrte zu ihm zurück. Er wiederholte ihren Namen immer und immer wieder. Die Vögel, die in dem taugetränkten Garten sangen, schienen den Blumen von ihr zu erzählen.

Chapter VIII

It was long past noon when he awoke. His valet had crept several times on tiptoe into the room to see if he was stirring, and had wondered what made his young master sleep so late. Finally his bell sounded, and Victor came in softly with a cup of tea, and a pile of letters, on a small tray of old Sevres china, and drew back the olive-satin curtains, with their shimmering blue lining, that hung in front of the three tall windows.

'Monsieur has well slept this morning,' he said, smiling.

'What o'clock is it, Victor?' asked Dorian Gray, drowsily.

'One hour and a quarter, Monsieur.'

How late it was! He sat up, and, having sipped some tea, turned over his letters. One of them was from Lord Henry, and had been brought by hand that morning. He hesitated for a moment, and then put it aside. The others he opened listlessly. They contained the usual collection of cards, invitations to dinner, tickets for private views, programmes of charity concerts, and the like, that are showered on fashionable young men every morning during the season. There was a rather heavy bill, for a chased silver Louis-Quinze toilet-set, that he had not yet had the courage to send on to his guardians, who were extremely old-fashioned people and did not realize that we live in an age when unnecessary things are our only necessities; and there were several very courteously worded communications from Jermyn Street moneylenders offering to advance any sum of money at a moment's notice and at the most reasonable rates of interest.

After about ten minutes he got up, and, throwing on an elaborate dressing-gown of silk-embroidered cash-

Kapitel 8

Es war weit nach Mittag, als er erwachte. Sein Diener war mehrmals auf Zehenspitzen in das Zimmer geschlichen, um zu sehen, ob er sich rührte, und hatte sich gefragt, was seinen jungen Herrn so lange schlafen ließ. Schließlich erklang seine Glocke und Victor trat leise mit einer Tasse Tee und einem Stapel Briefe auf einem kleinen Tablett aus altem Sèvresporzellan ein und zog die olivfarbenen Atlasvorhänge mit ihrem blau schimmernden Futter zurück, die vor den drei großen Fenstern hingen.

»Monsieur hat heute Morgen gut geschlafen«, sagte er lächelnd.

»Wie viel Uhr ist es, Victor?«, fragte Dorian Gray schlaftrunken.

»Viertel nach eins, Monsieur.«

Wie spät es war! Er setzte sich auf, und nachdem er am Tee genippt hatte, sah er seine Briefe durch. Einer davon war von Lord Henry und war an diesem Morgen von einem Boten gebracht worden. Er zögerte einen Augenblick und legte ihn dann beiseite. Lustlos öffnete er die anderen. Sie enthielten die übliche Sammlung von Visitenkarten, Einladungen zu Essen, Eintrittskarten für Vernissagen, Programmen für Wohltätigkeitskonzerte und dergleichen, mit der junge Männer der Gesellschaft während der Saison jeden Morgen überschüttet werden. Es war auch eine recht hohe Rechnung für eine ziselierte silberne Louis-Quinze-Waschgarnitur dabei, die seinen Vormündern zu schicken er bisher noch nicht den Mut gehabt hatte, welche außerordentlich altmodische Leute waren und nicht begriffen, dass wir in einer Zeit leben, in der unnötige Dinge unsere einzigen Notwendigkeiten sind; außerdem gab es einige sehr höflich formulierte Schreiben von Geldverleihern in der Jermyn Street, die anboten, jede beliebige Geldsumme in kürzester Zeit und zum niedrigsten Zinssatz vorzustrecken.

Nach etwa zehn Minuten stand er auf, warf sich einen aufwändig gearbeiteten Schlafrock aus seidenbestickter Kaschmir-

mere wool, passed into the onyx-paved bath-room. The cool water refreshed him after his long sleep. He seemed to have forgotten all that he had gone through. A dim sense of having taken part in some strange tragedy came to him once or twice, but there was the unreality of a dream about it.

As soon as he was dressed, he went into the library and sat down to a light French breakfast, that had been laid out for him on a small round table close to the open window. It was an exquisite day. The warm air seemed laden with spices. A bee flew in, and buzzed round the blue-dragon bowl that, filled with sulphur-yellow roses, stood before him. He felt perfectly happy.

Suddenly his eye fell on the screen that he had placed in front of the portrait, and he started.

'Too cold for Monsieur?' asked his valet, putting an omelette on the table. 'I shut the window?'

Dorian shook his head. 'I am not cold,' he murmured.

Was it all true? Had the portrait really changed? Or had it been simply his own imagination that had made him see a look of evil where there had been a look of joy? Surely a painted canvas could not alter? The thing was absurd. It would serve as a tale to tell Basil some day. It would make him smile.

And, yet, how vivid was his recollection of the whole thing! First in the dim twilight, and then in the bright dawn, he had seen the touch of cruelty round the warped lips. He almost dreaded his valet leaving the room. He knew that when he was alone he would have to examine the portrait. He was afraid of certainty. When the coffee and cigarettes had been brought and the man turned to go, he felt a wild desire to tell him

wolle über und ging in das onyxgeflieste Badezimmer. Das kühle Wasser erfrischte ihn nach seinem langen Schlaf. Er schien alles vergessen zu haben, was er durchgemacht hatte. Ein- oder zweimal überkam ihn ein undeutliches Gefühl, in irgendeine seltsame Tragödie verwickelt gewesen zu sein, aber es hatte die Unwirklichkeit eines Traumes an sich.

Sobald er angezogen war, ging er in die Bibliothek und setzte sich zu einem leichten französischen Frühstück, das auf einem kleinen runden Tisch nahe dem offenen Fenster für ihn gedeckt worden war. Es war ein herrlicher Tag. Die warme Luft schien von würzigen Düften erfüllt. Eine Biene flog herein und summte um die Schale mit den blauen Drachen, die mit schwefelgelben Rosen gefüllt vor ihm stand. Er fühlte sich vollkommen glücklich.

Plötzlich fiel sein Blick auf den Wandschirm, den er vor das Porträt gestellt hatte, und er zuckte zusammen.

»Zu kalt für Monsieur?«, fragte sein Diener, während er ein Omelett auf den Tisch stellte. »Soll ich das Fenster schließen?«

Dorian schüttelte den Kopf. »Mir ist nicht kalt«, murmelte er.

War es alles wahr? Hatte sich das Porträt wirklich verändert? Oder war es lediglich seine eigene Fantasie gewesen, die ihn einen Ausdruck des Bösen hatte sehen lassen, wo ein Ausdruck der Freude gewesen war? Eine bemalte Leinwand konnte sich doch nicht verändern? Die Sache war absurd. Sie würde sich als Anekdote eignen, um sie Basil eines Tages zu erzählen. Er würde darüber lächeln.

Und doch, wie lebhaft war seine Erinnerung an das Ganze! Zuerst in dem dämmrigen Zwielicht und dann im hellen Tagesanbruch hatte er den Anflug von Grausamkeit um die verzogenen Lippen gesehen. Er fürchtete sich fast davor, dass sein Diener das Zimmer verließ. Er wusste, wenn er allein war, würde er das Porträt betrachten müssen. Er hatte Angst vor der Gewissheit. Nachdem Kaffee und Zigaretten gebracht worden waren und der Mann sich zum Gehen wandte, verspürte er den heftigen

to remain. As the door was closing behind him he called him back. The man stood waiting for his orders. Dorian looked at him for a moment. 'I am not at home to any one, Victor,' he said, with a sigh. The man bowed and retired.

Then he rose from the table, lit a cigarette, and flung himself down on a luxuriously-cushioned couch that stood facing the screen. The screen was an old one, of gilt Spanish leather, stamped and wrought with a rather florid Louis-Quatorze pattern. He scanned it curiously, wondering if ever before it had concealed the secret of a man's life.

Should he move it aside, after all? Why not let it stay there? What was the use of knowing? If the thing was true, it was terrible. If it was not true, why trouble about it? But what if, by some fate or deadlier chance, eyes other than his spied behind, and saw the horrible change? What should he do if Basil Hallward came and asked to look at his own picture? Basil would be sure to do that. No; the thing had to be examined, and at once. Anything would be better than this dreadful state of doubt.

He got up, and locked both doors. At least he would be alone when he looked upon the mask of his shame. Then he drew the screen aside, and saw himself face to face. It was perfectly true. The portrait had altered.

As he often remembered afterwards, and always with no small wonder, he found himself at first gazing at the portrait with a feeling of almost scientific interest. That such a change should have taken place was incredible to him. And yet it was a fact. Was there some subtle affinity between the chemical atoms, that shaped themselves

Wunsch, ihn zum Bleiben aufzufordern. Als sich die Tür hinter ihm schließen wollte, rief er ihn zurück. Der Mann stand da und wartete auf seine Anweisungen. Dorian sah ihn einen Augenblick an. »Ich bin für niemanden zu Hause, Victor«, sagte er mit einem Seufzer. Der Mann verbeugte sich und zog sich zurück.

Dann stand er vom Tisch auf, zündete sich eine Zigarette an und ließ sich auf ein luxuriös gepolstertes Sofa fallen, das dem Wandschirm gegenüber stand. Es war ein alter Wandschirm aus spanischem Goldleder, in das ein recht überladenes Louis-Quatorze-Muster geprägt und punziert war. Er betrachtete ihn neugierig und fragte sich, ob er jemals zuvor das Geheimnis eines Menschenlebens verhüllt hatte.

Sollte er ihn überhaupt beiseite schieben? Warum ihn nicht dort stehen lassen? Was half es, es zu wissen? War die Sache wahr, so war es schrecklich. War sie nicht wahr, warum sich darüber beunruhigen? Aber angenommen, dass durch irgendeine Fügung oder einen tödlichen Zufall andere Augen als seine dahinter spähten und die entsetzliche Veränderung sähen? Was sollte er tun, wenn Basil Hallward kam und sein eigenes Bild sehen wollte? Basil würde das sicher tun. Nein, die Sache musste untersucht werden, und zwar sofort. Alles wäre besser als dieser schreckliche Zustand der Ungewissheit.

Er stand auf und verschloss beide Türen. Wenigstens würde er allein sein, wenn er die Maske seiner Schande betrachtete. Daraufhin zog er den Wandschirm beiseite und sah sich selbst von Angesicht zu Angesicht. Es war vollkommen wahr. Das Porträt hatte sich verändert.

Er erinnerte sich später oft und stets mit nicht geringer Verwunderung, dass er das Porträt zuerst mit einem Gefühl von nahezu wissenschaftlichem Interesse angestarrt hatte. Dass eine derartige Veränderung stattgefunden haben sollte, erschien ihm unglaublich. Und doch war es eine Tatsache. Bestand irgendeine geheime Verbundenheit zwischen den chemischen Atomen, die

into form and colour on the canvas, and the soul that was within him? Could it be that what that soul thought, they realized?—that what it dreamed, they made true? Or was there some other, more terrible reason? He shuddered, and felt afraid, and, going back to the couch, lay there, gazing at the picture in sickened horror.

One thing, however, he felt that it had done for him. It had made him conscious how unjust, how cruel, he had been to Sibyl Vane. It was not too late to make reparation for that. She could still be his wife. His unreal and selfish love would yield to some higher influence, would be transformed into some nobler passion, and the portrait that Basil Hallward had painted of him would be a guide to him through life, would be to him what holiness is to some, and conscience to others, and the fear of God to us all. There were opiates for remorse, drugs that could lull the moral sense to sleep. But here was a visible symbol of the degradation of sin. Here was an everpresent sign of the ruin men brought upon their souls.

Three o'clock struck, and four, and the half-hour rang its double chime, but Dorian Gray did not stir. He was trying to gather up the scarlet threads of life, and to weave them into a pattern; to find his way through the sanguine labyrinth of passion through which he was wandering. He did not know what to do, or what to think. Finally, he went over to the table and wrote a passionate letter to the girl he had loved, imploring her forgiveness, and accusing himself of madness. He covered page after page with wild words of sorrow, and wilder words of pain. There is a luxury in self-reproach. When we blame ourselves we feel that no one else has a right to blame us. It is the confession, not the priest, that gives us absolution.

auf der Leinwand Form und Farbe annahmen, und der Seele, die in ihm wohnte? Konnte es sein, dass sie veranschaulichten, was seine Seele dachte? Dass sie wahr machten, wovon jene träumte? Oder gab es eine andere, schrecklichere Ursache? Ihn schauderte und er verspürte Angst, dann ging er zum Sofa zurück, legte sich hin und starrte das Bild in krankhaftem Entsetzen an.

Eines jedoch, fühlte er, hatte es für ihn bewirkt. Es hatte ihm bewusst gemacht, wie ungerecht, wie grausam er gegen Sibyl Vane gewesen war. Es war noch nicht zu spät, dafür Wiedergutmachung zu leisten. Sie konnte immer noch seine Frau werden. Seine unwirkliche und selbstsüchtige Liebe würde einem höheren Einfluss weichen, würde sich in eine edlere Leidenschaft verwandeln, und das Porträt, das Basil Hallward von ihm gemalt hatte, würde ihm ein Wegweiser durch das Leben sein, würde ihm sein, was manchen Heiligkeit, anderen Gewissen und uns allen Gottesfurcht ist. Es gab Opiate gegen Gewissensbisse, Drogen, die den Sinn für Moral einschläfern konnten. Aber hier war ein sichtbares Symbol für die Erniedrigung durch Sünde. Hier war ein allgegenwärtiges Zeichen für das Verderben, das die Menschen über ihre Seelen brachten.

Es schlug drei Uhr, und vier, und der doppelte Glockenschlag der nächsten halben Stunde erklang, aber Dorian Gray rührte sich nicht. Er versuchte, die scharlachroten Fäden des Lebens aufzusammeln und sie zu einem Muster zu weben; seinen Weg durch das blutrote Labyrinth der Leidenschaft zu finden, durch das er irrte. Er wusste nicht, was er tun oder was er denken sollte. Schließlich ging er zum Tisch hinüber und schrieb einen leidenschaftlichen Brief an das Mädchen, das er geliebt hatte, flehte sie darin um Vergebung an und beschuldigte sich selbst des Wahnsinns. Er bedeckte Seite um Seite mit heftigen Worten des Kummers und noch heftigeren Worten des Schmerzes. Es gibt eine Verschwendungssucht in der Selbstanklage. Wenn wir uns selbst tadeln, glauben wir, kein anderer habe das Recht, uns zu tadeln. Die Beichte,

When Dorian had finished the letter, he felt that he had been forgiven.

Suddenly there came a knock to the door, and he heard Lord Henry's voice outside. 'My dear boy, I must see you. Let me in at once. I can't bear your shutting yourself up like this.'

He made no answer at first, but remained quite still. The knocking still continued, and grew louder. Yes, it was better to let Lord Henry in, and to explain to him the new life he was going to lead, to quarrel with him if it became necessary to quarrel, to part if parting was inevitable. He jumped up, drew the screen hastily across the picture, and unlocked the door.

'I am so sorry for it all, Dorian,' said Lord Henry, as he entered. 'But you must not think too much about it.'

'Do you mean about Sibyl Vane?' asked the lad.

'Yes, of course,' answered Lord Henry, sinking into a chair, and slowly pulling off his yellow gloves. 'It is dreadful, from one point of view, but it was not your fault. Tell me, did you go behind and see her, after the play was over?'

'Yes.'

'I felt sure you had. Did you make a scene with her?'

'I was brutal, Harry—perfectly brutal. But it is all right now. I am not sorry for anything that has happened. It has taught me to know myself better.'

'Ah, Dorian, I am so glad you take it in that way! I was afraid I would find you plunged in remorse, and tearing that nice curly hair of yours.'

'I have got through all that,' said Dorian, shaking his head, and smiling. 'I am perfectly happy now. I know what conscience is, to begin with. It is not what you told me it

nicht der Priester, erteilt uns Absolution. Als Dorian den Brief beendet hatte, fühlte er, dass ihm vergeben worden war.

Plötzlich klopfte es an der Tür und er hörte draußen Lord Henrys Stimme. »Mein lieber Junge, ich muss dich sehen. Lass mich sofort herein. Ich kann es nicht ertragen, wenn du dich so einschließt.«

Er gab zunächst keine Antwort, sondern blieb ganz still. Das Klopfen hörte nicht auf und wurde lauter. Ja, es war besser, Lord Henry einzulassen und ihm das neue Leben, das er führen wollte, zu erklären, mit ihm zu streiten, falls es notwendig sein würde zu streiten, sich von ihm zu trennen, wenn eine Trennung unvermeidlich wäre. Er sprang auf, zog hastig den Wandschirm vor das Bild und schloss die Tür auf.

»Es tut mir alles so leid, Dorian«, sagte Lord Henry, als er eintrat. »Aber du darfst nicht zu viel darüber nachdenken.«

»Du meinst, über Sibyl Vane?«, fragte der junge Mann.

»Ja, natürlich«, antwortete Lord Henry, während er sich in einen Sessel sinken ließ und langsam seine gelben Handschuhe auszog. »Es ist entsetzlich, einerseits betrachtet, aber es war nicht deine Schuld. Sag, bist du nach hinten gegangen und hast sie getroffen, nachdem das Stück vorbei war?«

»Ja.«

»Ich war mir sicher, dass du dort warst. Hast du ihr eine Szene gemacht?«

»Ich war brutal, Harry – absolut brutal. Aber jetzt ist alles in Ordnung. Ich bereue nichts von dem, was geschehen ist. Es hat mich gelehrt, mich selbst besser kennenzulernen.«

»Ach Dorian, ich bin so froh, dass du es so aufnimmst! Ich fürchtete, ich würde dich in Gewissensbisse versunken vorfinden und wie du dir die hübschen lockigen Haare raufst.«

»Das habe ich alles durchgemacht«, sagte Dorian und schüttelte lächelnd den Kopf. »Jetzt bin ich vollkommen glücklich. Zunächst einmal weiß ich jetzt, was ein Gewissen ist. Es ist nicht

was. It is the divinest thing in us. Don't sneer at it, Harry, any more—at least not before me. I want to be good. I can't bear the idea of my soul being hideous.'

'A very charming artistic basis for ethics, Dorian! I congratulate you on it. But how are you going to begin?'

'By marrying Sibyl Vane.'

'Marrying Sibyl Vane!' cried Lord Henry, standing up, and looking at him in perplexed amazement. 'But, my dear Dorian—'

'Yes, Harry, I know what you are going to say. Something dreadful about marriage. Don't say it. Don't ever say things of that kind to me again. Two days ago I asked Sibyl to marry me. I am not going to break my word to her. She is to be my wife.'

'Your wife! Dorian! ... Didn't you get my letter? I wrote to you this morning, and sent the note down, by my own man.'

'Your letter? Oh, yes, I remember. I have not read it yet, Harry. I was afraid there might be something in it that I wouldn't like. You cut life to pieces with your epigrams.'

'You know nothing then?'

'What do you mean?'

Lord Henry walked across the room, and, sitting down by Dorian Gray, took both his hands in his own, and held them tightly. 'Dorian,' he said, 'my letter—don't be frightened—was to tell you that Sibyl Vane is dead.'

A cry of pain broke from the lad's lips, and he leaped to his feet, tearing his hands away from Lord Henry's grasp. 'Dead! Sibyl dead! It is not true! It is a horrible lie! How dare you say it?'

das, was du mir beschrieben hast. Es ist das Göttlichste in uns. Spotte nicht mehr darüber, Harry – wenigstens nicht vor mir. Ich will gut sein. Ich kann den Gedanken nicht ertragen, eine hässliche Seele zu haben.«

»Eine wirklich entzückende künstlerische Grundlage für Moral, Dorian! Ich gratuliere dir dazu. Aber wie willst du damit anfangen?«

»Indem ich Sibyl Vane heirate.«

»Sibyl Vane heiraten!«, rief Lord Henry, stand auf und sah ihn mit fassungslosem Erstaunen an. »Aber, mein lieber Dorian –«

»Ja, Harry, ich weiß, was du sagen willst. Irgendetwas Hässliches über die Ehe. Sag es nicht. Sag mir nie wieder solche Dinge. Vor zwei Tagen habe ich Sibyl gebeten, mich zu heiraten. Ich werde mein Wort ihr gegenüber nicht brechen. Sie soll meine Frau werden.«

»Deine Frau! Dorian! … Hast du meinen Brief nicht bekommen? Ich habe dir heute Morgen geschrieben und schickte die Mitteilung durch meinen eigenen Diener her.«

»Deinen Brief? Ach ja, ich erinnere mich. Ich habe ihn noch nicht gelesen, Harry. Ich fürchtete, es könnte etwas darin stehen, was mir nicht gefallen würde. Du reißt das Leben in Stücke mit deinen Epigrammen.«

»Dann weißt du nichts?«

»Was meinst du?«

Lord Henry ging durch das Zimmer, setzte sich neben Dorian Gray, nahm dessen Hände in seine und hielt sie fest. »Dorian«, sagte er, »mein Brief – erschrick nicht – sollte dir mitteilen, dass Sibyl Vane tot ist.«

Ein Schmerzensschrei entfuhr den Lippen des jungen Mannes, er sprang auf die Füße und riss seine Hände aus Lord Henrys Umklammerung. »Tot! Sibyl tot! Das ist nicht wahr! Das ist eine abscheuliche Lüge! Wie kommst du dazu, so etwas zu behaupten?«

'It is quite true, Dorian,' said Lord Henry, gravely. 'It is in all the morning papers. I wrote down to you to ask you not to see any one till I came. There will have to be an inquest, of course, and you must not be mixed up in it. Things like that make a man fashionable in Paris. But in London people are so prejudiced. Here, one should never make one's *début* with a scandal. One should reserve that to give an interest to one's old age. I suppose they don't know your name at the theatre? If they don't, it is all right. Did any one see you going round to her room? That is an important point.'

Dorian did not answer for a few moments. He was dazed with horror. Finally he stammered, in a stifled voice, 'Harry, did you say an inquest? What did you mean by that? Did Sibyl–? Oh, Harry, I can't bear it! But be quick. Tell me everything at once.'

'I have no doubt it was not an accident, Dorian, though it must be put in that way to the public. It seems that as she was leaving the theatre with her mother, about half-past twelve or so, she said she had forgotten something upstairs. They waited some time for her, but she did not come down again. They ultimately found her lying dead on the floor of her dressing-room. She had swallowed something by mistake, some dreadful thing they use at theatres. I don't know what it was, but it had either prussic acid or white lead in it. I should fancy it was prussic acid, as she seems to have died instantaneously.'

'Harry, Harry, it is terrible!' cried the lad.

'Yes; it is very tragic, of course, but you must not get yourself mixed up in it. I see by *The Standard* that she was seventeen. I should have thought she was almost younger than that. She looked such a child, and seemed to know so little about acting. Dorian, you mustn't let this thing get on

»Es ist ganz und gar wahr, Dorian«, sagte Lord Henry ernst. »Es steht in allen Morgenzeitungen. Ich habe dir geschrieben, um dich zu bitten, niemanden zu empfangen, bis ich käme. Es wird natürlich eine Leichenschau stattfinden müssen und du darfst da nicht hineingezogen werden. Dinge dieser Art machen einen Mann in Paris *en vogue*. Aber in London sind die Leute so voreingenommen. Hier sollte man sein *début* niemals mit einem Skandal geben. Das sollte man sich aufheben, um sich im Alter interessant zu machen. Ich nehme an, sie kennen deinen Namen im Theater nicht? Wenn sie ihn nicht kennen, ist alles in Ordnung. Hat dich jemand in ihre Garderobe gehen sehen? Das ist ein wichtiger Punkt.«

Ein paar Augenblicke lang antwortete Dorian nicht. Er war betäubt vor Entsetzen. Endlich stammelte er mit erstickter Stimme: »Harry, sagtest du Leichenschau? Was meintest du damit? Hat Sibyl – ? Oh Harry, ich kann es nicht ertragen! Aber mach schnell. Erzähl mir alles, sofort.«

»Ich habe keinen Zweifel, dass es kein Unfall war, Dorian, obwohl man es der Öffentlichkeit so darstellen muss. Offensichtlich sagte sie, als sie das Theater gegen halb eins mit ihrer Mutter verließ, dass sie oben etwas vergessen habe. Man wartete eine Zeitlang auf sie, aber sie kam nicht wieder herunter. Schließlich fand man sie tot auf dem Boden ihrer Garderobe liegend. Sie hatte versehentlich etwas geschluckt, irgendein grässliches Zeug, das man in Theatern verwendet. Ich weiß nicht, was es war, aber es enthielt entweder Blausäure oder Bleiweiß. Ich vermute, es war Blausäure, denn sie scheint sofort tot gewesen zu sein.«

»Harry, Harry, das ist schrecklich!«, schrie der junge Mann.

»Ja, es ist natürlich äußerst tragisch, aber du darfst dich da nicht hineinverwickeln lassen. Ich las im *Standard*, dass sie siebzehn war. Ich hätte gedacht, sie wäre noch jünger. Sie sah so kindlich aus und schien so wenig von der Schauspielerei zu verstehen. Dorian, du darfst dir diese Sache nicht an die Nerven ge-

your nerves. You must come and dine with me, and afterwards we will look in at the Opera. It is a Patti night, and everybody will be there. You can come to my sister's box. She has got some smart women with her.'

'So I have murdered Sibyl Vane,' said Dorian Gray, half to himself—'murdered her as surely as if I had cut her little throat with a knife. Yet the roses are not less lovely for all that. The birds sing just as happily in my garden. And to-night I am to dine with you, and then go on to the Opera, and sup somewhere, I suppose, afterwards. How extraordinarily dramatic life is! If I had read all this in a book, Harry, I think I would have wept over it. Somehow, now that it has happened actually, and to me, it seems far too wonderful for tears. Here is the first passionate love-letter I have ever written in my life. Strange, that my first passionate love-letter should have been addressed to a dead girl. Can they feel, I wonder, those white silent people we call the dead? Sibyl! Can she feel, or know, or listen? Oh, Harry, how I loved her once! It seems years ago to me now. She was everything to me. Then came that dreadful night—was it really only last night?—when she played so badly, and my heart almost broke. She explained it all to me. It was terribly pathetic. But I was not moved a bit. I thought her shallow. Suddenly something happened that made me afraid. I can't tell you what it was, but it was terrible. I said I would go back to her. I felt I had done wrong. And now she is dead. My God! my God! Harry, what shall I do? You don't know the danger I am in, and there is nothing to keep me straight. She would have done that for me. She had no right to kill herself. It was selfish of her.'

hen lassen. Du musst mit mir zusammen essen und danach schauen wir in der Oper vorbei. Die Patti singt und jeder wird da sein. Du kannst mit in die Loge meiner Schwester kommen. Sie hat ein paar elegante Frauen bei sich.«

»Also habe ich Sibyl Vane ermordet«, sagte Dorian Gray halb zu sich selbst – »so sicher ermordet, als hätte ich ihre zarte Kehle mit einem Messer durchschnitten. Doch die Rosen sind trotz alledem nicht weniger lieblich. Die Vögel in meinem Garten singen genauso fröhlich. Und heute Abend werde ich mit dir essen und dann in die Oper gehen und danach vermutlich irgendwo soupieren. Wie außerordentlich dramatisch das Leben ist! Wenn ich das alles in einem Buch gelesen hätte, Harry, ich glaube, ich hätte darüber geweint. Aber jetzt, da es tatsächlich geschehen ist, und mir geschehen ist, scheint es viel zu wunderbar für Tränen. Hier ist der erste leidenschaftliche Liebesbrief, den ich je in meinem Leben geschrieben habe. Seltsam, dass mein erster leidenschaftlicher Liebesbrief an ein totes Mädchen gerichtet sein sollte. Ich frage mich, ob sie noch fühlen können, jene bleichen, stummen Menschen, die wir die Toten nennen? Sibyl! Kann sie fühlen oder wissen oder hören? Oh Harry, wie sehr ich sie einmal liebte! Es scheint mir jetzt Jahre her zu sein. Sie war alles für mich. Dann kam jener entsetzliche Abend – war es wirklich erst gestern? –, wo sie so schlecht spielte und mir beinahe das Herz brach. Sie erklärte mir alles. Es war schrecklich pathetisch. Aber ich war kein bisschen gerührt. Ich hielt sie für oberflächlich. Plötzlich geschah etwas, das mir Angst machte. Ich kann dir nicht sagen, was es war, aber es war schrecklich. Ich beschloss, zu ihr zurückzukehren. Ich spürte, dass ich einen Fehler gemacht hatte. Und jetzt ist sie tot. Mein Gott! Mein Gott! Harry, was soll ich tun? Du kennst die Gefahr nicht, in der ich mich befinde, und es gibt nichts, was mich auf dem rechten Weg halten könnte. Sie hätte das für mich getan. Sie hatte kein Recht, sich umzubringen. Das war selbstsüchtig von ihr.«

'My dear Dorian,' answered Lord Henry, taking a cigarette from his case, and producing a gold-latten matchbox, 'the only way a woman can ever reform a man is by boring him so completely that he loses all possible interest in life. If you had married this girl you would have been wretched. Of course you would have treated her kindly. One can always be kind to people about whom one cares nothing. But she would have soon found out that you were absolutely indifferent to her. And when a woman finds that out about her husband, she either becomes dreadfully dowdy, or wears very smart bonnets that some other woman's husband has to pay for. I say nothing about the social mistake, which would have been abject, which, of course, I would not have allowed, but I assure you that in any case the whole thing would have been an absolute failure.'

'I suppose it would,' muttered the lad, walking up and down the room, and looking horribly pale. 'But I thought it was my duty. It is not my fault that this terrible tragedy has prevented my doing what was right. I remember your saying once that there is a fatality about good resolutions–that they are always made too late. Mine certainly were.'

'Good resolutions are useless attempts to interfere with scientific laws. Their origin is pure vanity. Their result is absolutely *nil.* They give us, now and then, some of those luxurious sterile emotions that have a certain charm for the weak. That is all that can be said for them. They are simply cheques that men draw on a bank where they have no account.'

'Harry,' cried Dorian Gray, coming over and sitting down beside him, 'why is it that I cannot feel this

»Mein lieber Dorian«, antwortete Lord Henry, während er eine Zigarette aus seinem Etui nahm und eine mit Gold überzogene Streichholzschachtel hervorholte, »die einzige Art, auf die eine Frau einen Mann je bessern kann, besteht darin, ihn so gründlich zu langweilen, dass er alles Interesse am Leben verliert. Wenn du dieses Mädchen geheiratet hättest, hätte es dich zerrüttet. Natürlich hättest du sie freundlich behandelt. Zu Menschen, aus denen man sich nichts macht, kann man immer freundlich sein. Aber sie hätte bald herausgefunden, dass sie dir völlig gleichgültig ist. Und wenn eine Frau das über ihren Mann herausfindet, wird sie entweder entsetzlich schlampig oder sie trägt sehr elegante Hüte, die der Mann einer anderen Frau bezahlen muss. Ich sage nichts über den gesellschaftlichen Missgriff, der erbärmlich gewesen wäre und den ich natürlich niemals zugelassen hätte, aber ich versichere dir, die ganze Sache wäre auf jeden Fall ein absoluter Fehlschlag gewesen.«

»Vermutlich«, murmelte der junge Mann, der im Zimmer auf und ab ging und entsetzlich blass aussah. »Aber ich hielt es für meine Pflicht. Es ist nicht meine Schuld, dass diese schreckliche Tragödie mich daran gehindert hat, zu tun, was richtig wäre. Ich erinnere mich, dass du einmal sagtest, gute Vorsätze hätten etwas Verhängnisvolles an sich – sie würden immer zu spät gefasst. Bei meinen war das gewiss der Fall.«

»Gute Vorsätze sind nutzlose Versuche, Naturgesetze außer Kraft zu setzen. Ihr Ursprung ist reine Eitelkeit. Ihr Ergebnis ist gleich Null. Sie wecken dann und wann ein paar komfortable, unfruchtbare Gefühle in uns, die auf schwache Menschen einen gewissen Reiz ausüben. Das ist alles, was zu ihren Gunsten gesagt werden kann. Sie sind lediglich Schecks, die Menschen auf eine Bank ausstellen, bei der sie kein Konto haben.«

»Harry«, rief Dorian Gray, der herantrat und sich neben ihn setzte, »warum kann ich diese Tragödie nicht so stark empfin-

tragedy as much as I want to? I don't think I am heartless. Do you?'

'You have done too many foolish things during the last fortnight to be entitled to give yourself that name, Dorian,' answered Lord Henry, with his sweet, melancholy smile.

The lad frowned. 'I don't like that explanation, Harry,' he rejoined, 'but I am glad you don't think I am heartless. I am nothing of the kind. I know I am not. And yet I must admit that this thing that has happened does not affect me as it should. It seems to me to be simply like a wonderful ending to a wonderful play. It has all the terrible beauty of a Greek tragedy, a tragedy in which I took a great part, but by which I have not been wounded.'

'It is an interesting question,' said Lord Henry, who found an exquisite pleasure in playing on the lad's unconscious egotism—'an extremely interesting question. I fancy that the true explanation is this. It often happens that the real tragedies of life occur in such an inartistic manner that they hurt us by their crude violence, their absolute incoherence, their absurd want of meaning, their entire lack of style. They affect us just as vulgarity affects us. They give us an impression of sheer brute force, and we revolt against that. Sometimes, however, a tragedy that possesses artistic elements of beauty crosses our lives. If these elements of beauty are real, the whole thing simply appeals to our sense of dramatic effect. Suddenly we find that we are no longer the actors, but the spectators of the play. Or rather we are both. We watch ourselves, and the mere wonder of the spectacle enthralls us. In the present case, what is it that has really happened? Some one has killed herself for

den, wie ich es möchte? Ich glaube nicht, dass ich herzlos bin. Glaubst du das?«

»Du hast in den letzten vierzehn Tagen zu viele törichte Dinge getan, als dass du diese Bezeichnung für dich beanspruchen dürftest, Dorian«, antwortete Lord Henry mit seinem sanften, melancholischen Lächeln.

Der junge Mann runzelte die Stirn. »Diese Erklärung gefällt mir zwar nicht, Harry«, erwiderte er, »aber ich bin froh, dass du mich nicht für herzlos hältst. Ich bin es wirklich nicht. Ich weiß, dass ich es nicht bin. Und doch muss ich zugeben, dass die Sache, die geschehen ist, mich nicht so berührt, wie sie sollte. Es kommt mir einfach wie das wunderbare Ende eines wunderbaren Stückes vor. Es hat die ganze schreckliche Schönheit einer griechischen Tragödie, einer Tragödie, in der ich eine bedeutende Rolle spielte, aber in der ich selbst nicht verwundet worden bin.«

»Das ist eine interessante Frage«, sagte Lord Henry, der ein köstliches Vergnügen daran fand, mit dem unbewussten Egoismus des jungen Mannes zu spielen – »eine außerordentlich interessante Frage. Ich glaube, die wahre Erklärung ist diese: Es kommt oft vor, dass sich die wahren Tragödien des Lebens auf derart unkünstlerische Weise abspielen, dass sie uns durch ihre rohe Gewalt, ihre vollkommene Zusammenhangslosigkeit, ihre lächerliche Sinnlosigkeit und ihre vollkommene Stillosigkeit verletzen. Sie haben auf uns dieselbe Wirkung wie etwas Anstößiges. Sie vermitteln uns den Eindruck von nackter, brutaler Gewalt und wir lehnen uns dagegen auf. Manchmal aber kreuzt eine Tragödie unser Leben, die künstlerische Momente der Schönheit besitzt. Sind diese Schönheitsmomente echt, dann spricht die ganze Sache lediglich unseren Sinn für dramatische Wirkung an. Plötzlich merken wir, dass wir nicht länger die Schauspieler, sondern die Zuschauer des Stückes sind. Oder vielmehr sind wir beides. Wir sehen uns selbst zu und das schiere Wunder des Schauspiels fesselt uns. Was ist im vorliegenden Fall tatsächlich geschehen? Eine Frau hat sich aus Liebe zu dir umge-

love of you. I wish that I had ever had such an experience. It would have made me in love with love for the rest of my life. The people who have adored me—there have not been very many, but there have been some—have always insisted on living on, long after I had ceased to care for them, or they to care for me. They have become stout and tedious, and when I meet them they go in at once for reminiscences. That awful memory of woman! What a fearful thing it is! And what an utter intellectual stagnation it reveals! One should absorb the colour of life, but one should never remember its details. Details are always vulgar.'

'I must sow poppies in my garden,' sighed Dorian.

'There is no necessity,' rejoined his companion. 'Life has always poppies in her hands. Of course, now and then things linger. I once wore nothing but violets all through one season, as a form of artistic mourning for a romance that would not die. Ultimately, however, it did die. I forget what killed it. I think it was her proposing to sacrifice the whole world for me. That is always a dreadful moment. It fills one with the terror of eternity. Well—would you believe it?—a week ago, at Lady Hampshire's, I found myself seated at dinner next the lady in question, and she insisted on going over the whole thing again, and digging up the past, and raking up the future. I had buried my romance in a bed of asphodel. She dragged it out again, and assured me that I had spoiled her life. I am bound to state that she ate an enormous dinner, so I did not feel any anxiety. But what a lack of taste she showed! The one charm of the past is that it is the past. But women never know when the curtain has fallen. They always want a sixth act, and as soon as the interest of the play is entirely over they propose to continue it. If they were

bracht. Ich wünschte, ich hätte jemals eine solche Erfahrung gemacht. Sie hätte dafür gesorgt, dass ich den Rest meines Lebens in die Liebe verliebt gewesen wäre. Die Menschen, die mich angehimmelt haben – es waren nicht sehr viele, aber doch immerhin einige –, bestanden stets darauf, weiterzuleben, noch lange nachdem ich aufgehört hatte, mich für sie zu interessieren, oder sie, sich für mich zu interessieren. Sie sind dick und langweilig geworden und wenn ich ihnen begegne, schwelgen sie sofort in Erinnerungen. Dieses schreckliche Gedächtnis der Frauen! Was für ein furchtbares Ding das ist! Und welch völligen geistigen Stillstand es offenbart! Man sollte die Farbe des Lebens in sich aufsaugen, aber man sollte sich niemals an seine Details erinnern. Details sind immer ordinär.«

»Ich muss Mohn in meinen Garten säen«, seufzte Dorian.

»Das ist nicht nötig«, erwiderte sein Freund. »Das Leben hält immer Mohn bereit. Natürlich, hin und wieder ziehen sich die Dinge hin. Ich trug einmal eine ganze Saison hindurch nichts als Veilchen als eine Art künstlerischer Trauer um eine Romanze, die nicht sterben wollte. Schließlich ist sie doch gestorben. Ich habe vergessen, was sie getötet hat. Ich glaube, es war ihr Anerbieten, mir die ganze Welt zum Opfer zu bringen. Das ist immer ein schrecklicher Augenblick. Es erfüllt einen mit der Angst vor der Ewigkeit. Nun – ist das zu glauben? –, vorige Woche bei Lady Hampshire fand ich mich beim Diner neben der fraglichen Dame wieder und sie bestand darauf, die ganze Geschichte noch einmal durchzugehen, die Vergangenheit auszugraben und die Zukunft aufzuwühlen. Ich hatte meine Romanze unter einem Affodillenbeet begraben. Sie zerrte sie wieder heraus und versicherte mir, dass ich ihr Leben zerstört habe. Ich kann nicht umhin festzustellen, dass sie ihr Diner mit großem Appetit vertilgte, daher war ich nicht beunruhigt. Aber welchen Mangel an Geschmack sie bewies! Der einzige Reiz der Vergangenheit liegt darin, dass sie Vergangenheit ist. Aber Frauen wissen nie, wann der Vorhang gefallen ist. Sie wollen immer einen sechsten Akt, und sobald das

allowed their own way, every comedy would have a tragic ending, and every tragedy would culminate in a farce. They are charmingly artificial, but they have no sense of art. You are more fortunate than I am. I assure you, Dorian, that not one of the women I have known would have done for me what Sibyl Vane did for you. Ordinary women always console themselves. Some of them do it by going in for sentimental colours. Never trust a woman who wears mauve, whatever her age may be, or a woman over thirty-five who is fond of pink ribbons. It always means that they have a history. Others find a great consolation in suddenly discovering the good qualities of their husbands. They flaunt their conjugal felicity in one's face, as if it were the most fascinating of sins. Religion consoles some. Its mysteries have all the charm of a flirtation, a woman once told me; and I can quite understand it. Besides, nothing makes one so vain as being told that one is a sinner. Conscience makes egotists of us all. Yes; there is really no end to the consolations that women find in modern life. Indeed, I have not mentioned the most important one.'

'What is that, Harry?' said the lad, listlessly.

'Oh, the obvious consolation. Taking some one else's admirer when one loses one's own. In good society that always whitewashes a woman. But really, Dorian, how different Sibyl Vane must have been from all the women one meets! There is something to me quite beautiful about her death. I am glad I am living in a century when such wonders happen. They make one believe in the reality of the things we all play with, such as romance, passion, and love.'

'I was terribly cruel to her. You forget that.'

Interesse an dem Stück vollständig erloschen ist, schlagen sie vor, es fortzusetzen. Ließe man ihnen ihren Willen, hätte jede Komödie ein tragisches Ende und jede Tragödie gipfelte in einer Farce. Sie sind entzückend künstlich, aber sie haben keinen Sinn für Kunst. Du bist glücklicher als ich. Ich versichere dir, Dorian, keine einzige der Frauen, die ich gekannt habe, hätte für mich getan, was Sibyl Vane für dich getan hat. Gewöhnliche Frauen trösten sich immer. Einige von ihnen tun es, indem sie sich auf sentimentale Farben verlegen. Traue nie einer Frau, die Mauve trägt, wie alt sie auch sein mag, oder einer Frau über fünfunddreißig, die für rosa Bänder schwärmt. Das bedeutet immer, dass sie eine Geschichte haben. Andere finden großen Trost darin, plötzlich die Vorzüge ihrer Männer zu entdecken. Sie halten einem ihr eheliches Glück so stolz unter die Nase, als wäre es die faszinierendste aller Sünden. Manche tröstet die Religion. Ihre Mysterien haben ganz den Reiz einer Liebelei, sagte mir eine Frau einmal, und ich kann das gut verstehen. Außerdem macht einen nichts so eitel, als gesagt zu bekommen, man sei ein Sünder. Das Gewissen macht uns alle zu Egoisten. Ja, die Tröstungen, welche die Frauen im modernen Leben vorfinden, sind wirklich endlos. Dabei habe ich die Wichtigste noch gar nicht erwähnt.«

»Welche ist das, Harry?«, fragte der junge Mann teilnahmslos.

»Oh, der nächstliegende Trost. Sich den Verehrer einer anderen zu nehmen, wenn man den eigenen verliert. In der guten Gesellschaft stellt dies das Ansehen einer Frau wieder her. Aber wahrhaftig, Dorian, wie anders muss Sibyl Vane gewesen sein als all die Frauen, denen man sonst begegnet. Für mich hat ihr Tod etwas sehr Schönes. Ich bin froh, in einem Jahrhundert zu leben, in dem solche Wunder geschehen. Sie lassen einen an die Wirklichkeit der Dinge glauben, mit denen wir alle spielen, wie Romantik, Leidenschaft und Liebe.«

»Ich war schrecklich grausam zu ihr. Du vergisst das.«

'I am afraid that women appreciate cruelty, downright cruelty, more than anything else. They have wonderfully primitive instincts. We have emancipated them, but they remain slaves looking for their masters, all the same. They love being dominated. I am sure you were splendid. I have never seen you really and absolutely angry, but I can fancy how delightful you looked. And, after all, you said something to me the day before yesterday that seemed to me at the time to be merely fanciful, but that I see now was absolutely true, and it holds the key to everything.'

'What was that, Harry?'

'You said to me that Sibyl Vane represented to you all the heroines of romance—that she was Desdemona one night, and Ophelia the other; that if she died as Juliet, she came to life as Imogen.'

'She will never come to life again now,' muttered the lad, burying his face in his hands.

'No, she will never come to life. She has played her last part. But you must think of that lonely death in the tawdry dressing-room simply as a strange lurid fragment from some Jacobean tragedy, as a wonderful scene from Webster, or Ford, or Cyril Tourneur. The girl never really lived, and so she has never really died. To you at least she was always a dream, a phantom that flitted through Shakespeare's plays and left them lovelier for its presence, a reed through which Shakespeare's music sounded richer and more full of joy. The moment she touched actual life, she marred it, and it marred her, and so she passed away. Mourn for Ophelia, if you like. Put ashes on your head because Cordelia was strangled. Cry out against Heaven because the daughter of Brabantio died. But don't waste your tears over Sibyl Vane. She was less real than they are.'

»Ich fürchte, Frauen schätzen Grausamkeit, schonungslose Grausamkeit, mehr als alles andere. Sie haben erstaunlich primitive Instinkte. Wir haben sie emanzipiert, aber sie bleiben trotz allem Sklavinnen, die ihren Herrn suchen. Sie lieben es, beherrscht zu werden. Ich bin sicher, du warst großartig. Ich habe dich nie wirklich und wahrhaftig wütend gesehen, aber ich kann mir vorstellen, wie entzückend du ausgesehen hast. Und außerdem sagtest du vorgestern etwas zu mir, was mir damals nur wirklichkeitsfremd vorkam, das aber, wie ich jetzt sehe, völlig zutreffend war und den Schlüssel zu allem enthält.«

»Was war das, Harry?«

»Du sagtest zu mir, Sibyl Vane verkörpere für dich alle Heldinnen der Romantik – dass sie an einem Abend Desdemona war und am nächsten Ophelia; dass sie, wenn sie als Julia starb, als Imogen wieder zum Leben erwachte.«

»Jetzt wird sie nie wieder zum Leben erwachen«, sagte der junge Mann leise und begrub sein Gesicht in den Händen.

»Nein, sie wird nie wieder zum Leben erwachen. Sie hat ihre letzte Rolle gespielt. Aber du musst an diesen einsamen Tod in der schäbigen Garderobe denken wie an einen seltsam schaurigen Ausschnitt aus einer Tragödie im jakobinischen Stil, wie an eine wunderbare Szene von Webster oder Ford oder Cyril Tourneur. Das Mädchen hat nie wirklich gelebt, also ist sie auch nie wirklich gestorben. Für dich zumindest war sie immer ein Traum, eine Erscheinung, die durch Shakespeares Stücke huschte und sie durch ihre Gegenwart noch reizvoller machte, eine Flöte, durch die Shakespeares Musik reicher und freudiger erklang. In dem Augenblick, da sie das wirkliche Leben berührte, zerstörte sie es und es zerstörte sie, und so schied sie dahin. Trauere um Ophelia, wenn du willst. Streu Asche auf dein Haupt, weil Cordelia erhängt wurde. Schrei zum Himmel, weil Brabantios Tochter starb. Aber verschwende deine Tränen nicht an Sibyl Vane. Sie war weniger wirklich, als jene es sind.«

There was a silence. The evening darkened in the room. Noiselessly, and with silver feet, the shadows crept in from the garden. The colours faded wearily out of things.

After some time Dorian Gray looked up. 'You have explained me to myself, Harry,' he murmured, with something of a sigh of relief. 'I felt all that you have said, but somehow I was afraid of it, and I could not express it to myself. How well you know me! But we will not talk again of what has happened. It has been a marvellous experience. That is all. I wonder if life has still in store for me anything as marvellous.'

'Life has everything in store for you, Dorian. There is nothing that you, with your extraordinary good looks, will not be able to do.'

'But suppose, Harry, I became haggard, and old, and wrinkled? What then?'

'Ah, then,' said Lord Henry, rising to go—'then, my dear Dorian, you would have to fight for your victories. As it is, they are brought to you. No, you must keep your good looks. We live in an age that reads too much to be wise, and that thinks too much to be beautiful. We cannot spare you. And now you had better dress, and drive down to the club. We are rather late, as it is.'

'I think I shall join you at the Opera, Harry. I feel too tired to eat anything. What is the number of your sister's box?'

'Twenty-seven, I believe. It is on the grand tier. You will see her name on the door. But I am sorry you won't come and dine.'

'I don't feel up to it,' said Dorian, listlessly. 'But I am awfully obliged to you for all that you have said to me.

Stille trat ein. Der Abend dämmerte im Zimmer. Geräuschlos und auf silbernen Füßen schlichen die Schatten aus dem Garten herein. Die Farben schwanden müde aus allen Dingen.

Nach einer Weile sah Dorian auf. »Du hast mich mir selbst erklärt, Harry«, sagte er leise mit einer Art Seufzer der Erleichterung. »Ich empfand alles, was du gesagt hast, aber irgendwie fürchtete ich mich davor und ich konnte es mir selbst nicht zum Ausdruck bringen. Wie gut du mich kennst! Aber wir wollen von dem, was geschehen ist, nie wieder sprechen. Es war ein wundersames Erlebnis. Weiter nichts. Ich frage mich, ob das Leben noch mehr so Wundersames für mich bereithält.«

»Das Leben hält alles für dich bereit, Dorian. Es gibt nichts, was du mit deinem außergewöhnlich guten Aussehen nicht tun könntest.«

»Aber angenommen, Harry, ich würde hager und alt und runzlig? Was dann?«

»Ach, dann«, sagte Lord Henry und erhob sich zum Gehen – »dann, mein lieber Dorian, würdest du um deine Siege kämpfen müssen. Wie es jetzt ist, werden sie dir entgegengetragen. Nein, du musst dir dein gutes Aussehen bewahren. Wir leben in einer Generation, die zu viel liest, um klug zu sein, und die zu viel denkt, um schön zu sein. Wir können dich nicht entbehren. Und jetzt ziehst du dich besser um und fährst in den Klub. Wir sind ohnehin schon spät dran.«

»Ich glaube, ich werde dich in der Oper treffen, Harry. Ich fühle mich zu müde, um etwas zu essen. Welche Nummer hat die Loge deiner Schwester?«

»Siebenundzwanzig, glaube ich. Sie liegt im ersten Rang. Du findest ihren Namen an der Tür. Aber ich bedaure, dass du nicht mit zum Essen kommen willst.«

»Ich bin nicht in der Stimmung dazu«, sagte Dorian teilnahmslos. »Aber ich bin dir schrecklich dankbar für alles, was du

You are certainly my best friend. No one has ever understood me as you have.'

'We are only at the beginning of our friendship, Dorian,' answered Lord Henry, shaking him by the hand. 'Good-bye. I shall see you before nine-thirty, I hope. Remember, Patti is singing.'

As he closed the door behind him, Dorian Gray touched the bell, and in a few minutes Victor appeared with the lamps and drew the blinds down. He waited impatiently for him to go. The man seemed to take an interminable time over everything.

As soon as he had left, he rushed to the screen, and drew it back. No; there was no further change in the picture. It had received the news of Sibyl Vane's death before he had known of it himself. It was conscious of the events of life as they occurred. The vicious cruelty that marred the fine lines of the mouth had, no doubt, appeared at the very moment that the girl had drunk the poison, whatever it was. Or was it indifferent to results? Did it merely take cognizance of what passed within the soul? He wondered, and hoped that some day he would see the change taking place before his very eyes, shuddering as he hoped it.

Poor Sibyl! what a romance it had all been! She had often mimicked death on the stage. Then Death himself had touched her, and taken her with him. How had she played that dreadful last scene? Had she cursed him, as she died? No; she had died for love of him, and love would always be a sacrament to him now. She had atoned for everything, by the sacrifice she had made of her life. He would not think any more of what she had made him go through, on that horrible night at the theatre. When he thought of her, it would be as a wonderful tragic figure

zu mir gesagt hast. Du bist wirklich mein bester Freund. Niemand hat mich je so verstanden wie du.«

»Wir stehen erst am Beginn unserer Freundschaft, Dorian«, antwortete Lord Henry und schüttelte ihm die Hand. »Adieu! Ich sehe dich hoffentlich vor halb zehn. Denk dran, die Patti singt.«

Als er die Tür hinter sich geschlossen hatte, läutete Dorian Gray und nach einigen Minuten erschien Victor mit den Lampen und ließ die Rouleaus herunter. Er wartete ungeduldig, dass er wieder ging. Der Mann schien für alles unendlich lange zu brauchen.

Sobald er gegangen war, stürzte er zu dem Wandschirm und zog ihn zurück. Nein, es gab keine weitere Veränderung an dem Bild. Es hatte die Nachricht von Sibyl Vanes Tod erhalten, bevor er selbst davon erfahren hatte. Es wusste um die Ereignisse des Lebens, sobald sie geschahen. Die boshafte Grausamkeit, die die feinen Linien des Mundes entstellte, war zweifellos genau in dem Augenblick erschienen, in dem das Mädchen das Gift, was immer es gewesen war, getrunken hatte. Oder kümmerte es sich nicht um Auswirkungen? Nahm es nur davon Notiz, was in der Seele vorging? Das hätte er gerne gewusst und hoffte, dass er eines Tages sehen würde, wie sich die Veränderung vor seinen eigenen Augen vollzog, und ihn schauderte, als er das hoffte.

Arme Sibyl! Was das für eine Romanze gewesen war! Oft hatte sie den Tod auf der Bühne dargestellt. Dann hatte der Tod selbst sie berührt und mit sich genommen. Wie hatte sie diese grauenvolle letzte Szene gespielt? Hatte sie ihn verflucht, als sie starb? Nein, sie war aus Liebe zu ihm gestorben und die Liebe würde ihm von nun an immer ein Sakrament sein. Sie hatte alles gesühnt durch das Opfer, das sie aus ihrem Leben gemacht hatte. Er wollte nicht mehr daran denken, was er ihretwegen an jenem schrecklichen Abend im Theater durchgemacht hatte. Wenn er an sie dachte, dann als an eine wunderbare, tragische Figur, auf die

sent on to the world's stage to show the supreme reality of Love. A wonderful tragic figure? Tears came to his eyes as he remembered her childlike look and winsome fanciful ways and shy tremulous grace. He brushed them away hastily, and looked again at the picture.

He felt that the time had really come for making his choice. Or had his choice already been made? Yes, life had decided that for him—life, and his own infinite curiosity about life. Eternal youth, infinite passion, pleasures subtle and secret, wild joys and wilder sins—he was to have all these things. The portrait was to bear the burden of his shame: that was all.

A feeling of pain crept over him as he thought of the desecration that was in store for the fair face on the canvas. Once, in boyish mockery of Narcissus, he had kissed, or feigned to kiss, those painted lips that now smiled so cruelly at him. Morning after morning he had sat before the portrait wondering at its beauty, almost enamoured of it, as it seemed to him at times. Was it to alter now with every mood to which he yielded? Was it to become a monstrous and loathsome thing, to be hidden away in a locked room, to be shut out from the sunlight that had so often touched to brighter gold the waving wonder of its hair? The pity of it! the pity of it!

For a moment he thought of praying that the horrible sympathy that existed between him and the picture might cease. It had changed in answer to a prayer; perhaps in answer to a prayer it might remain unchanged. And, yet, who, that knew anything about Life, would surrender the chance of remaining always young, however fantastic that chance might be, or with what fateful consequences it might be fraught? Besides, was it really

Bühne der Welt gesandt, um die höchste Wirklichkeit der Liebe zu zeigen. Eine wunderbare, tragische Figur? Tränen traten ihm in die Augen, als er an ihr kindliches Aussehen, ihre gewinnende, fantasievolle Art und ihre scheue, zaghafte Anmut dachte. Er wischte alles hastig fort und blickte wieder auf das Bild.

Er fühlte, dass der Zeitpunkt für ihn gekommen war, eine Entscheidung zu treffen. Oder war seine Entscheidung bereits getroffen? Ja, das Leben hatte für ihn entschieden – das Leben und seine eigene grenzenlose Neugier auf das Leben. Ewige Jugend, grenzenlose Leidenschaft, geheimnisvolle und verborgene Genüsse, wilde Freuden und wildere Sünden – all diese Dinge sollte er haben. Das Porträt sollte die Last seiner Schande tragen: Das war alles.

Ein schmerzliches Gefühl beschlich ihn, als er an die Entweihung dachte, die dem schönen Gesicht auf der Leinwand bevorstand. Einmal hatte er in kindischer Nachahmung des Narziss die gemalten Lippen, die ihn jetzt so grausam anlächelten, geküsst oder zu küssen vorgegeben. Morgen für Morgen hatte er vor dem Porträt gesessen und seine Schönheit bestaunt, beinahe in es verliebt, wie es ihm zuweilen schien. Würde es sich jetzt mit jeder Laune, der er nachgab, verändern? Würde es ein ungeheuerliches und widerwärtiges Ding werden, in einem abgesperrten Zimmer verborgen und verschlossen vor dem Sonnenlicht, das dem gewellten Wunder seines Haars so oft einen noch glänzenderen Goldton verliehen hatte? Welch ein Jammer! Welch ein Jammer!

Einen Augenblick lang dachte er daran zu beten, dass die entsetzliche Beziehung, die zwischen ihm und dem Bild bestand, aufhören möge. Auf ein Gebet hin hatte es sich verändert; vielleicht könnte es auf ein Gebet hin unverändert bleiben. Und doch, welcher Mensch, der etwas vom Leben wusste, würde die Möglichkeit, immer jung zu bleiben, aufgeben, wie fantastisch diese Möglichkeit auch sein oder mit welch verhängnisvollen Folgen sie verknüpft sein mochte? Außerdem, stand es wirklich in seiner

under his control? Had it indeed been prayer that had produced the substitution? Might there not be some curious scientific reason for it all? If thought could exercise its influence upon a living organism, might not thought exercise an influence upon dead and inorganic things? Nay, without thought or conscious desire, might not things external to ourselves vibrate in unison with our moods and passions, atom calling to atom in secret love or strange affinity? But the reason was of no importance. He would never again tempt by a prayer any terrible power. If the picture was to alter, it was to alter. That was all. Why inquire too closely into it?

For there would be a real pleasure in watching it. He would be able to follow his mind into its secret places. This portrait would be to him the most magical of mirrors. As it had revealed to him his own body, so it would reveal to him his own soul. And when winter came upon it, he would still be standing where spring trembles on the verge of summer. When the blood crept from its face, and left behind a pallid mask of chalk with leaden eyes, he would keep the glamour of boyhood. Not one blossom of his loveliness would ever fade. Not one pulse of his life would ever weaken. Like the gods of the Greeks, he would be strong, and fleet, and joyous. What did it matter what happened to the coloured image on the canvas? He would be safe. That was everything.

He drew the screen back into its former place in front of the picture, smiling as he did so, and passed into his bedroom, where his valet was already waiting for him. An hour later he was at the Opera, and Lord Henry was leaning over his chair.

Macht? War es wirklich das Gebet gewesen, das die Verwandlung ausgelöst hatte? Könnte es für das Ganze nicht irgendeine merkwürdige wissenschaftliche Ursache geben? Wenn Gedanken ihren Einfluss auf einen lebenden Organismus ausüben konnten, könnten nicht auch Gedanken einen Einfluss auf tote und unorganische Dinge ausüben? Ja, abgesehen von Gedanken oder bewusstem Wollen, könnten nicht Dinge, die außerhalb unseres Körpers lagen, im Einklang mit unseren Stimmungen und Leidenschaften schwingen, konnte nicht Atom zu Atom sprechen in heimlicher Liebe oder seltsamer Verbundenheit? Aber die Ursache war nicht von Bedeutung. Er würde nie wieder irgendeine schreckliche Macht durch ein Gebet versuchen. Wenn sich das Bild verändern musste, so musste es sich verändern. Das war alles. Warum es zu eingehend untersuchen?

Denn es läge ein wahrer Genuss darin, es zu beobachten. Er wäre in der Lage, seinem Geist in seine geheimen Winkel zu folgen. Dieses Porträt würde für ihn der magischste Spiegel sein. Wie es ihm seinen Körper offenbart hatte, so würde es ihm seine Seele offenbaren. Und wenn der Winter über es hereinbrach, würde er immer noch dort stehen, wo der Frühling an der Schwelle zum Sommer zaudert. Wenn das Blut aus seinem Gesicht wich und eine bleiche Kreidemaske mit fahlen Augen zurückließ, würde er sich den Zauberglanz der Jugend bewahren. Nicht eine Blüte seiner Lieblichkeit würde je welken. Nicht ein Pulsschlag seines Lebens würde je schwächer werden. Wie die Götter der Griechen würde er stark und flink und heiter bleiben. Was machte es schon, was mit dem gemalten Bild auf der Leinwand geschah? Er würde unversehrt blieben. Darauf kam es an.

Er zog den Wandschirm an seinen alten Platz vor dem Bild zurück und lächelte dabei; dann ging er in sein Schlafzimmer, wo sein Diener schon auf ihn wartete. Eine Stunde später war er in der Oper und Lord Henry beugte sich über seinen Sessel.

CHAPTER IX

As he was sitting at breakfast next morning, Basil Hallward was shown into the room.

'I am so glad I have found you, Dorian,' he said, gravely. 'I called last night, and they told me you were at the Opera. Of course I knew that was impossible. But I wish you had left word where you had really gone to. I passed a dreadful evening, half afraid that one tragedy might be followed by another. I think you might have telegraphed for me when you heard of it first. I read of it quite by chance in a late edition of *The Globe,* that I picked up at the club. I came here at once, and was miserable at not finding you. I can't tell you how heart-broken I am about the whole thing. I know what you must suffer. But where were you? Did you go down and see the girl's mother? For a moment I thought of following you there. They gave the address in the paper. Somewhere in the Euston Road, isn't it? But I was afraid of intruding upon a sorrow that I could not lighten. Poor woman! What a state she must be in! And her only child, too! What did she say about it all?'

'My dear Basil, how do I know?' murmured Dorian Gray, sipping some pale-yellow wine from a delicate gold-beaded bubble of Venetian glass, and looking dreadfully bored. 'I was at the Opera. You should have come on there. I met Lady Gwendolen, Harry's sister, for the first time. We were in her box. She is perfectly charming; and Patti sang divinely. Don't talk about horrid subjects. If one doesn't talk about a thing, it has never happened. It is simply expression, as Harry says, that gives reality to things. I may mention that she was not the woman's only child. There is a son, a charming fellow, I

Kapitel 9

Als er am nächsten Morgen beim Frühstück saß, wurde Basil Hallward ins Zimmer geführt.

»Ich bin so froh, dass ich dich antreffe, Dorian«, sagte er ernst. »Ich war gestern Abend hier und man sagte mir, du seist in der Oper. Natürlich wusste ich, dass das unmöglich war. Aber ich wünschte, du hättest eine Nachricht hinterlassen, wohin du wirklich gegangen bist. Ich verbrachte einen schrecklichen Abend und fürchtete halb, dass der einen Tragödie eine weitere folgen könnte. Ich finde, du hättest mir gleich telegrafieren können, als du es erfuhrst. Ich las es rein zufällig in einer Spätausgabe des *Globe*, die mir im Klub in die Hände fiel. Ich kam sofort hierher und war unglücklich, dich nicht anzutreffen. Ich kann dir gar nicht sagen, wie untröstlich ich über die ganze Sache bin. Ich weiß, was du leiden musst. Aber wo warst du? Bist du hingegangen und hast die Mutter des Mädchens besucht? Einen Augenblick lang dachte ich daran, dir dorthin zu folgen. In der Zeitung stand die Adresse. Irgendwo in der Euston Road, nicht wahr? Aber ich hatte Angst, mich in dem Leid aufzudrängen, das ich doch nicht lindern könnte. Die arme Frau! In was für einem Zustand muss sie sein! Noch dazu ihr einziges Kind! Was hat sie zu all dem gesagt?«

»Mein lieber Basil, woher soll ich das wissen?«, murmelte Dorian Gray, nippte etwas blassgelben Wein aus einem erlesenen, mit Goldperlen besetzten bauchigen Kelch aus venezianischem Glas und sah entsetzlich gelangweilt drein. »Ich war in der Oper. Du hättest auch hinkommen sollen. Ich lernte Lady Gwendolen kennen, Harrys Schwester. Wir waren in ihrer Loge. Sie ist ganz reizend; und die Patti sang göttlich. Sprich nicht über grauenvolle Dinge. Wenn man über eine Sache nicht spricht, ist sie nie geschehen. Nur wenn man den Dingen Ausdruck verleiht, sagt Harry, werden sie Wirklichkeit. Ich darf erwähnen, dass sie nicht das einzige Kind der Frau war. Da ist noch ein Sohn, ein

believe. But he is not on the stage. He is a sailor, or something. And now, tell me about yourself and what you are painting.'

'You went to the Opera?' said Hallward, speaking very slowly, and with a strained touch of pain in his voice. 'You went to the Opera while Sibyl Vane was lying dead in some sordid lodging? You can talk to me of other women being charming, and of Patti singing divinely, before the girl you loved has even the quiet of a grave to sleep in? Why, man, there are horrors in store for that little white body of hers!'

'Stop, Basil! I won't hear it!' cried Dorian, leaping to his feet. 'You must not tell me about things. What is done is done. What is past is past.'

'You call yesterday the past?'

'What has the actual lapse of time got to do with it? It is only shallow people who require years to get rid of an emotion. A man who is master of himself can end a sorrow as easily as he can invent a pleasure. I don't want to be at the mercy of my emotions. I want to use them, to enjoy them, and to dominate them.'

'Dorian, this is horrible! Something has changed you completely. You look exactly the same wonderful boy who, day after day, used to come down to my studio to sit for his picture. But you were simple, natural, and affectionate then. You were the most unspoiled creature in the whole world. Now, I don't know what has come over you. You talk as if you had no heart, no pity in you. It is all Harry's influence. I see that.'

The lad flushed up, and, going to the window, looked out for a few moments on the green, flickering, sunlashed garden. 'I owe a great deal to Harry, Basil,' he said,

liebenswerter Bursche, glaube ich. Aber er ist nicht beim Theater. Er ist Matrose oder so. Und jetzt erzähl mir von dir und was du gerade malst.«

»Du bist in die Oper gegangen?«, sagte Hallward und sprach dabei sehr langsam und mit einem angespannten schmerzhaften Ton in der Stimme. »Du bist in die Oper gegangen, während Sibyl Vane tot in irgendeiner heruntergekommenen Wohnung lag? Du kannst mir von anderen reizenden Frauen erzählen und von der göttlich singenden Patti, noch ehe das Mädchen, das du geliebt hast, die Ruhe eines Grabes gefunden hat, in dem sie schlafen kann? Mensch, auf ihren kleinen weißen Körper warten grauenvolle Dinge!«

»Hör auf, Basil! Ich will das nicht hören!«, rief Dorian und sprang auf die Füße. »Du darfst nicht darüber sprechen. Was geschehen ist, ist geschehen. Was vergangen ist, ist vergangen.«

»Du bezeichnest gestern als Vergangenheit?«

»Was hat die tatsächliche Zeitspanne damit zu tun? Nur oberflächliche Menschen brauchen Jahre, um sich von einem Gefühl zu befreien. Ein Mensch, der Herr über sich selbst ist, kann einem Kummer ebenso leicht ein Ende machen, wie er einen Genuss erfinden kann. Ich will meinen Gefühlen nicht ausgeliefert sein. Ich will sie nutzen, mich an ihnen freuen und sie beherrschen.«

»Dorian, das ist entsetzlich! Irgendetwas hat dich vollkommen verändert. Du siehst noch genauso aus wie der wunderbare Junge, der Tag für Tag in mein Atelier zu kommen pflegte, um für sein Bildnis Modell zu stehen. Aber damals warst du arglos, natürlich und herzlich. Du warst das unverdorbenste Geschöpf auf der ganzen Welt. Ich weiß nicht, was jetzt über dich gekommen ist. Du sprichst, als hättest du kein Herz, kein Mitgefühl in dir. Das ist alles Harrys Einfluss. Das sehe ich.«

Der junge Mann errötete, trat ans Fenster und schaute ein paar Augenblicke in den grünen, flirrenden, sonnendurchfluteten Garten hinaus. »Ich verdanke Harry eine Menge, Basil«,

at last—'more than I owe to you. You only taught me to be vain.'

'Well, I am punished for that, Dorian—or shall be some day.'

'I don't know what you mean, Basil,' he exclaimed, turning round. 'I don't know what you want. What do you want?'

'I want the Dorian Gray I used to paint,' said the artist, sadly.

'Basil,' said the lad, going over to him, and putting his hand on his shoulder, 'you have come too late. Yesterday when I heard that Sibyl Vane had killed herself—'

'Killed herself! Good heavens! is there no doubt about that?' cried Hallward, looking up at him with an expression of horror.

'My dear Basil! Surely you don't think it was a vulgar accident? Of course she killed herself.'

The elder man buried his face in his hands. 'How fearful,' he muttered, and a shudder ran through him.

'No,' said Dorian Gray, 'there is nothing fearful about it. It is one of the great romantic tragedies of the age. As a rule, people who act lead the most commonplace lives. They are good husbands, or faithful wives, or something tedious. You know what I mean—middle-class virtue, and all that kind of thing. How different Sibyl was! She lived her finest tragedy. She was always a heroine. The last night she played—the night you saw her—she acted badly because she had known the reality of love. When she knew its unreality, she died, as Juliet might have died. She passed again into the sphere of art. There is something of the martyr about her. Her death has all the pathetic uselessness of martyrdom, all its wasted beauty. But, as I was saying, you must not think I have not suffered. If you had come in yesterday

sagte er schließlich – »mehr als ich dir verdanke. Du hast mich nur gelehrt, eitel zu sein.«

»Ja, dafür bin ich bestraft worden, Dorian – oder werde es eines Tages sein.«

»Ich weiß nicht, was du meinst, Basil«, rief er aus und wandte sich um. »Ich weiß nicht, was du willst. Was willst du?«

»Ich will den Dorian Gray, den ich einst gemalt habe«, sagte der Künstler traurig.

»Basil«, sagte der junge Mann, ging zu ihm hinüber und legte ihm die Hand auf die Schulter, »du bist zu spät gekommen. Als ich gestern hörte, dass Sibyl Vane sich umgebracht hat –«

»Sich umgebracht! Großer Gott! Besteht kein Zweifel daran?«, rief Hallward und sah mit einem Ausdruck des Entsetzens zu ihm auf.

»Mein lieber Basil! Du glaubst doch nicht, dass es ein gewöhnlicher Unfall war? Natürlich hat sie sich umgebracht.«

Der Ältere vergrub sein Gesicht in den Händen. »Wie furchtbar«, murmelte er und ein Schauder überlief ihn.

»Nein«, entgegnete Dorian Gray, »es ist nichts Furchtbares daran. Es ist eine der großen romantischen Tragödien unserer Zeit. In der Regel führen Leute, die Theater spielen, das alltäglichste Leben. Sie sind gute Ehemänner oder treue Ehefrauen oder sonst etwas Langweiliges. Du weißt, was ich meine – Mittelstandstugend und lauter solche Dinge. Wie anders Sibyl war! Sie lebte ihre schönste Tragödie. Sie war immer eine Heldin. Am letzten Abend, an dem sie spielte – der Abend, an dem du sie sahst –, spielte sie schlecht, weil sie die Wirklichkeit der Liebe kennengelernt hatte. Als sie ihre Unwirklichkeit erkannte, starb sie, wie Julia gestorben wäre. Sie kehrte wieder in das Reich der Kunst zurück. Sie hat etwas von einer Märtyrerin an sich. Ihr Tod besitzt die ganze pathetische Nutzlosigkeit des Märtyrertums, all seine vergeudete Schönheit. Aber wie ich schon sagte, du darfst nicht denken, ich hätte nicht gelitten. Wenn du gestern zu einem ganz bestimmten Zeitpunkt ge-

at a particular moment—about half-past five, perhaps, or a quarter to six—you would have found me in tears. Even Harry, who was here, who brought me the news, in fact, had no idea what I was going through. I suffered immensely. Then it passed away. I cannot repeat an emotion. No one can, except sentimentalists. And you are awfully unjust, Basil. You come down here to console me. That is charming of you. You find me consoled, and you are furious. How like a sympathetic person! You remind me of a story Harry told me about a certain philanthropist who spent twenty years of his life in trying to get some grievance redressed, or some unjust law altered—I forget exactly what it was. Finally he succeeded, and nothing could exceed his disappointment. He had absolutely nothing to do, almost died of *ennui,* and became a confirmed misanthrope. And besides, my dear old Basil, if you really want to console me, teach me rather to forget what has happened, or to see it from a proper artistic point of view. Was it not Gautier who used to write about *la consolation des arts?* I remember picking up a little vellum-covered book in your studio one day and chancing on that delightful phrase. Well, I am not like that young man you told me of when we were down at Marlow together, the young man who used to say that yellow satin could console one for all the miseries of life. I love beautiful things that one can touch and handle. Old brocades, green bronzes, lacquer-work, carved ivories, exquisite surroundings, luxury, pomp, there is much to be got from all these. But the artistic temperament that they create, or at any rate reveal, is still more to me. To become the spectator of one's own life, as Harry says, is to escape the suffering of life. I know you are surprised at my talking to you like

kommen wärst – um halb sechs vielleicht, oder um Viertel vor sechs –, hättest du mich in Tränen gefunden. Selbst Harry, der hier war und mir die Nachricht erst überbracht hat, hatte keine Ahnung, was ich durchmachte. Ich litt unsäglich. Dann ging es vorüber. Ich kann ein Gefühl nicht wiederholen. Niemand kann das, außer Gefühlsmenschen. Und du bist schrecklich ungerecht, Basil. Du kommst hierher, um mich zu trösten. Das ist reizend von dir. Du findest mich getröstet und bist wütend. Was für ein mitfühlender Mensch! Du erinnerst mich an eine Geschichte, die mir Harry über einen Philanthropen erzählte, der zwanzig Jahre seines Lebens mit dem Versuch zubrachte, irgendeinen Missstand zu beheben oder irgendein ungerechtes Gesetz abzuändern – ich habe vergessen, was es genau war. Schließlich gelang es ihm, und nichts konnte größer sein als seine Enttäuschung. Er hatte absolut nichts mehr zu tun, starb beinahe vor *ennui* und wurde ein überzeugter Misanthrop. Und außerdem, mein lieber alter Basil, wenn du mich wirklich trösten willst, dann lehre mich lieber zu vergessen, was geschehen ist, oder es von einem rein künstlerischen Standpunkt aus zu betrachten. War es nicht Gautier, der einmal über *la consolation des arts* schrieb? Ich erinnere mich, dass ich in deinem Atelier einmal ein kleines, in Pergament gebundenes Buch zur Hand nahm und zufällig auf diesen herrlichen Satz stieß. Nun, ich bin nicht wie der junge Mann, von dem du mir erzähltest, als wir zusammen in Marlow waren, jener junge Mann, der zu sagen pflegte, gelber Atlas könne einen über alles Elend im Leben hinwegtrösten. Ich liebe schöne Dinge, die man berühren und in die Hand nehmen kann. Alte Brokatstoffe, grüne Bronzen, Lackarbeiten, geschnitztes Elfenbein, erlesene Einrichtungen, Luxus, Prunk, all das vermag einem viel zu geben. Aber die künstlerische Stimmung, die sie erzeugen oder zumindest offenbaren, bedeutet mir noch mehr. Ein Zuschauer seines eigenen Lebens werden, wie Harry sagt, das heißt, dem Leid des Lebens zu entrinnen. Ich weiß, du bist überrascht, dass ich so zu dir spreche. Du hast nicht bemerkt, wie ich

this. You have not realized how I have developed. I was a schoolboy when you knew me. I am a man now. I have new passions, new thoughts, new ideas. I am different, but you must not like me less. I am changed, but you must always be my friend. Of course I am very fond of Harry. But I know that you are better than he is. You are not stronger–you are too much afraid of life–but you are better. And how happy we used to be together! Don't leave me, Basil, and don't quarrel with me. I am what I am. There is nothing more to be said.'

The painter felt strangely moved. The lad was infinitely dear to him, and his personality had been the great turning-point in his art. He could not bear the idea of reproaching him any more. After all, his indifference was probably merely a mood that would pass away. There was so much in him that was good, so much in him that was noble.

'Well, Dorian,' he said, at length, with a sad smile. 'I won't speak to you again about this horrible thing, after to-day. I only trust your name won't be mentioned in connection with it. The inquest is to take place this afternoon. Have they summoned you?'

Dorian shook his head, and a look of annoyance passed over his face at the mention of the word 'inquest.' There was something so crude and vulgar about everything of the kind. 'They don't know my name,' he answered.

'But surely she did?'

'Only my Christian name, and that I am quite sure she never mentioned to any one. She told me once that they were all rather curious to learn who I was, and that she invariably told them my name was Prince Charming. It was pretty of her. You must do me a drawing of Sibyl, Basil. I should like to have something more of her than

mich entwickelt habe. Ich war ein Schuljunge, als du mich kennenlerntest. Jetzt bin ich ein Mann. Ich habe neue Leidenschaften, neue Gedanken, neue Vorstellungen. Ich bin anders, aber du darfst mich nicht weniger mögen. Ich bin verändert, aber du musst immer mein Freund bleiben. Natürlich habe ich Harry sehr gern. Aber ich weiß, dass du besser bist als er. Du bist nicht stärker – du fürchtest dich zu sehr vor dem Leben –, aber du bist besser. Und wie glücklich wir immer zusammen waren! Verlass mich nicht, Basil, und streite nicht mit mir. Ich bin, was ich bin. Mehr ist dazu nicht zu sagen.«

Der Maler fühlte sich seltsam bewegt. Der junge Mann bedeutete ihm unendlich viel und seine Persönlichkeit war der große Wendepunkt in seiner Kunst gewesen. Er konnte den Gedanken nicht ertragen, ihm noch weiter Vorwürfe zu machen. Am Ende war seine Gleichgültigkeit vielleicht nur eine Laune, die vorübergehen würde. Es steckte so viel in ihm, das gut war, so viel, das edel war.

»Gut, Dorian«, sagte er endlich mit einem traurigen Lächeln. »Ich werde von heute an nie wieder mit dir über diese entsetzliche Sache sprechen. Ich hoffe nur, dein Name wird in diesem Zusammenhang nicht genannt. Die Leichenschau soll heute Nachmittag stattfinden. Hat man dich vorgeladen?«

Dorian schüttelte den Kopf und ein Ausdruck des Verdrusses glitt bei dem Wort ›Leichenschau‹ über sein Gesicht. Alle derartigen Dinge hatten etwas so Rohes und Gemeines an sich. »Sie kennen meinen Namen nicht«, antwortete er.

»Aber sie kannte ihn doch?«

»Nur meinen Vornamen, und ich bin mir ganz sicher, dass sie ihn niemandem gegenüber erwähnte. Sie erzählte mir einmal, dass alle ganz neugierig wären zu erfahren, wer ich sei, und dass sie ihnen stets sagte, mein Name sei Märchenprinz. Das war reizend von ihr. Du musst mir eine Zeichnung von Sibyl machen, Basil. Ich möchte von ihr gerne etwas mehr haben als die Erin-

the memory of a few kisses and some broken pathetic words.'

'I will try and do something, Dorian, if it would please you. But you must come and sit to me yourself again. I can't get on without you.'

'I can never sit to you again, Basil. It is impossible!' he exclaimed, starting back.

The painter stared at him. 'My dear boy, what nonsense!' he cried. 'Do you mean to say you don't like what I did of you? Where is it? Why have you pulled the screen in front of it? Let me look at it. It is the best thing I have ever done. Do take the screen away, Dorian. It is simply disgraceful of your servant hiding my work like that. I felt the room looked different as I came in.'

'My servant has nothing to do with it, Basil. You don't imagine I let him arrange my room for me? He settles my flowers for me sometimes–that is all. No; I did it myself. The light was too strong on the portrait.'

'Too strong! Surely not, my dear fellow? It is an admirable place for it. Let me see it.' And Hallward walked towards the corner of the room.

A cry of terror broke from Dorian Gray's lips, and he rushed between the painter and the screen. 'Basil,' he said, looking very pale, 'you must not look at it. I don't wish you to.'

'Not look at my own work! you are not serious. Why shouldn't I look at it?' exclaimed Hallward, laughing.

'If you try to look at it, Basil, on my word of honour I will never speak to you again as long as I live. I am quite serious. I don't offer any explanation, and you are not to ask for any. But, remember, if you touch this screen, everything is over between us.'

nerung an ein paar Küsse und einige gestammelte pathetische Worte.«

»Ich will versuchen, etwas zu machen, Dorian, wenn es dir Freude bereitet. Aber du musst mir selbst wieder Modell stehen. Ohne dich komme ich nicht voran.«

»Ich kann dir nie wieder Modell stehen, Basil. Es ist unmöglich!«, rief er aus und zuckte zurück.

Der Maler starrte ihn an. »Mein lieber Junge, was für ein Unsinn!«, rief er. »Willst du damit sagen, dass dir nicht gefällt, was ich von dir gemalt habe? Wo ist es? Warum hast du den Wandschirm davorgezogen? Lass es mich anschauen. Es ist das Beste, was ich je gemacht habe. Nimm den Wandschirm weg, Dorian. Es ist einfach schändlich von deinem Diener, dass er mein Werk so versteckt. Ich merkte gleich, als ich hereinkam, dass das Zimmer anders aussah.«

»Mein Diener hat nichts damit zu tun, Basil. Du glaubst doch nicht, ich erlaubte ihm, mein Zimmer für mich einzurichten? Er arrangiert mir manchmal meine Blumen – das ist alles. Nein; ich habe es selbst getan. Das Licht war zu grell für das Porträt.«

»Zu grell! Gewiss nicht, mein Lieber. Das ist ein großartiger Platz dafür. Lass es mich sehen.« Und Hallward schritt auf die Zimmerecke zu.

Ein Schrei des Entsetzens entfuhr Dorian Grays Lippen und er stürzte sich zwischen den Maler und den Wandschirm. »Basil«, stieß er hervor und sah sehr blass aus, »du darfst es nicht ansehen. Ich will es nicht.«

»Mein eigenes Werk nicht ansehen! Das ist nicht dein Ernst. Warum sollte ich es nicht ansehen?«, rief Hallward lachend aus.

»Wenn du versuchst, es anzusehen, Basil, gebe ich dir mein Ehrenwort, dass ich nie wieder mit dir sprechen werde, so lange ich lebe. Ich meine es völlig ernst. Ich gebe dir keine Erklärung und du sollst um keine bitten. Aber denk daran, wenn du diesen Wandschirm anrührst, dann ist zwischen uns alles aus.«

Hallward was thunderstruck. He looked at Dorian Gray in absolute amazement. He had never seen him like this before. The lad was actually pallid with rage. His hands were clenched, and the pupils of his eyes were like discs of blue fire. He was trembling all over.

'Dorian!'

'Don't speak!'

'But what is the matter? Of course I won't look at it if you don't want me to,' he said, rather coldly, turning on his heel, and going over towards the window. 'But, really, it seems rather absurd that I shouldn't see my own work, especially as I am going to exhibit it in Paris in the autumn. I shall probably have to give it another coat of varnish before that, so I must see it some day, and why not to-day?'

'To exhibit it! You want to exhibit it?' exclaimed Dorian Gray, a strange sense of terror creeping over him. Was the world going to be shown his secret? Were people to gape at the mystery of his life? That was impossible. Something—he did not know what—had to be done at once.

'Yes; I don't suppose you will object to that. Georges Petit is going to collect all my best pictures for a special exhibition in the Rue de Seze, which will open the first week in October. The portrait will only be away a month. I should think you could easily spare it for that time. In fact, you are sure to be out of town. And if you keep it always behind a screen, you can't care much about it.'

Dorian Gray passed his hand over his forehead. There were beads of perspiration there. He felt that he was on the brink of a horrible danger. 'You told me a month ago that you would never exhibit it,' he cried. 'Why have you changed your mind? You people who go in for being con-

Hallward war wie vom Donner gerührt. Er sah Dorian vollkommen fassungslos an. Er hatte ihn nie zuvor so gesehen. Der junge Mann war tatsächlich blass vor Zorn. Seine Hände waren zu Fäusten geballt und die Pupillen seiner Augen sahen wie Kreise aus blauem Feuer aus. Er zitterte am ganzen Körper.

»Dorian!«

»Sag nichts!«

»Aber was ist los? Natürlich schaue ich es nicht an, wenn du es nicht willst«, sagte er ziemlich kühl, drehte sich auf dem Absatz um und ging zum Fenster hinüber. »Aber es kommt mir wahrhaftig ziemlich lächerlich vor, dass ich mein eigenes Werk nicht sehen soll, vor allem, weil ich es im Herbst in Paris ausstellen will. Ich werde es wahrscheinlich vorher noch einmal mit einer zweiten Schicht Firnis überziehen müssen, daher muss ich es irgendwann sehen, warum also nicht heute?«

»Es ausstellen? Du willst es ausstellen?«, rief Dorian Gray und ein seltsames Gefühl des Entsetzens überkam ihn. Sollte der Welt sein Geheimnis gezeigt werden? Sollten die Leute das Mysterium seines Lebens begaffen? Das war unmöglich. Irgendetwas – er wusste nicht was – musste sofort geschehen.

»Ja, ich denke nicht, dass du etwas dagegen haben wirst. George Petit ist dabei, meine besten Bilder für eine Sonderausstellung in der Rue de Sèze zusammenzustellen, die in der ersten Oktoberwoche eröffnet wird. Das Porträt wird nur einen Monat lang weg sein. Ich meine, so lange könntest du es leicht entbehren. Du bist dann bestimmt ohnehin verreist. Und wenn du es immer hinter einem Wandschirm verbirgst, kann dir nicht viel daran gelegen sein.«

Dorian Gray fuhr sich mit der Hand über die Stirn. Schweißtropfen standen darauf. Er fühlte, dass er am Rande einer entsetzlichen Gefahr stand. »Vor einem Monat sagtest du mir, du würdest es niemals ausstellen«, rief er. »Warum hast du es dir anders überlegt? Ihr Leute, die ihr so viel Wert auf Konsequenz legt, habt

sistent have just as many moods as others have. The only difference is that your moods are rather meaningless. You can't have forgotten that you assured me most solemnly that nothing in the world would induce you to send it to any exhibition. You told Harry exactly the same thing.' He stopped suddenly, and a gleam of light came into his eyes. He remembered that Lord Henry had said to him once, half seriously and half in jest, 'If you want to have a strange quarter of an hour, get Basil to tell you why he won't exhibit your picture. He told me why he wouldn't, and it was a revelation to me.' Yes, perhaps Basil, too, had his secret. He would ask him and try.

'Basil,' he said, coming over quite close, and looking him straight in the face, 'we have each of us a secret. Let me know yours, and I shall tell you mine. What was your reason for refusing to exhibit my picture?'

The painter shuddered in spite of himself. 'Dorian, if I told you, you might like me less than you do, and you would certainly laugh at me. I could not bear your doing either of those two things. If you wish me never to look at your picture again, I am content. I have always you to look at. If you wish the best work I have ever done to be hidden from the world, I am satisfied. Your friendship is dearer to me than any fame or reputation.'

'No, Basil, you must tell me,' insisted Dorian Gray. 'I think I have a right to know.' His feeling of terror had passed away, and curiosity had taken its place. He was determined to find out Basil Hallward's mystery.

'Let us sit down, Dorian,' said the painter, looking troubled. 'Let us sit down. And just answer me one question. Have you noticed in the picture something curious?–

ebenso viele Launen wie andere. Der einzige Unterschied ist der, dass eure Launen ziemlich sinnlos sind. Du kannst nicht vergessen haben, dass du mir höchst feierlich versichert hast, nichts in der Welt könne dich dazu bewegen, es zu irgendeiner Ausstellung zu schicken. Zu Harry hast du genau dasselbe gesagt.« Er hielt plötzlich inne und ein Leuchten trat in seine Augen. Er erinnerte sich, wie Lord Henry einmal halb ernsthaft, halb scherzend zu ihm gesagt hatte: »Willst du eine merkwürdige Viertelstunde erleben, dann bring Basil dazu dir zu sagen, warum er dein Bild nicht ausstellen will. Er hat mir erzählt, warum, und es war eine Offenbarung für mich.« Ja, vielleicht hatte auch Basil sein Geheimnis. Er wollte es versuchen und ihn fragen.

»Basil«, sagte er, trat ganz nah an ihn heran und sah ihm gerade ins Gesicht, »jeder von uns hat ein Geheimnis. Lass mich deines wissen und ich werde dir meines erzählen. Aus welchem Grund hast du dich geweigert, mein Bild auszustellen?«

Der Maler erschauderte unwillkürlich. »Dorian, wenn ich es dir sagte, würdest du mich vielleicht weniger mögen als jetzt und du würdest mich bestimmt auslachen. Ich könnte beide Reaktionen von dir nicht ertragen. Wenn du wünschst, dass ich dein Bild nie wieder ansehe, dann gebe ich mich damit zufrieden. Ich kann jederzeit dich anschauen. Wenn du wünschst, dass die beste Arbeit, die ich je gemacht habe, vor der Welt verborgen bleibt, soll es mir recht sein. Deine Freundschaft ist mir mehr wert als Berühmtheit oder Ansehen.«

»Nein, Basil, du musst es mir sagen«, beharrte Dorian Gray. »Ich denke, ich habe ein Recht, es zu wissen.« Sein Gefühl der Angst war gewichen und Neugier hatte seinen Platz eingenommen. Er war entschlossen, hinter Basil Hallwards Geheimnis zu kommen.

»Setzen wir uns, Dorian«, sagte der Maler, der beunruhigt aussah. »Setzen wir uns. Und beantworte mir nur eine Frage. Hast du an dem Bild etwas Seltsames bemerkt? Etwas, das dir

something that probably at first did not strike you, but that revealed itself to you suddenly?'

'Basil!' cried the lad, clutching the arms of his chair with trembling hands, and gazing at him with wild, startled eyes.

'I see you did. Don't speak. Wait till you hear what I have to say. Dorian, from the moment I met you, your personality had the most extraordinary influence over me. I was dominated, soul, brain, and power by you. You became to me the visible incarnation of that unseen ideal whose memory haunts us artists like an exquisite dream. I worshipped you. I grew jealous of every one to whom you spoke. I wanted to have you all to myself. I was only happy when I was with you. When you were away from me you were still present in my art. ... Of course I never let you know anything about this. It would have been impossible. You would not have understood it. I hardly understood it myself. I only knew that I had seen perfection face to face, and that the world had become wonderful to my eyes—too wonderful, perhaps, for in such mad worships there is peril, the peril of losing them, no less than the peril of keeping them. ... Weeks and weeks went on, and I grew more and more absorbed in you. Then came a new development. I had drawn you as Paris in dainty armour, and as Adonis with huntsman's cloak and polished boar-spear. Crowned with heavy lotus-blossoms you had sat on the prow of Adrian's barge, gazing across the green turbid Nile. You had leant over the still pool of some Greek woodland, and seen in the water's silent silver the marvel of your own face. And it had all been what art should be, unconscious, ideal, and remote. One day, a fatal day I sometimes think, I determined to paint a wonderful portrait of you as you actually are, not

vielleicht zuerst nicht aufgefallen ist, was sich dir aber plötzlich offenbarte?«

»Basil!«, rief der junge Mann aus, umklammerte die Armlehnen seines Sessels mit zitternden Händen und starrte ihn mit wilden, entsetzten Augen an.

»Ich sehe, du hast es bemerkt. Sag nichts. Warte, bis du hörst, was ich zu sagen habe. Dorian, von dem Augenblick an, als ich dich kennenlernte, übte deine Persönlichkeit den außerordentlichsten Einfluss auf mich aus. Ich war beherrscht von dir mitsamt Seele, Verstand und Schaffenskraft. Du wurdest für mich die sichtbare Verkörperung jenes unsichtbaren Ideals, dessen Erinnerung uns Künstler wie ein köstlicher Traum verfolgt. Ich betete dich an. Ich wurde eifersüchtig auf jeden, mit dem du sprachst. Ich wollte dich ganz für mich allein haben. Ich war nur glücklich, wenn ich mit dir zusammen war. Warst du fort von mir, so warst du immer noch in meiner Kunst gegenwärtig … Natürlich ließ ich dich nie etwas davon wissen. Das wäre unmöglich gewesen. Du hättest es nicht verstanden. Ich habe es selbst kaum verstanden. Ich wusste nur, dass ich die Vollkommenheit von Angesicht zu Angesicht gesehen hatte und dass die Welt in meinen Augen wunderbar geworden war – vielleicht zu wunderbar, denn in so wahnsinniger Anbetung liegt Gefahr, die Gefahr, sie zu verlieren, und die nicht geringere Gefahr, sie beizubehalten … Wochen um Wochen verstrichen und ich verlor mich mehr und mehr in dir. Dann trat eine Wendung ein. Ich hatte dich als Paris in schmucker Rüstung gemalt und als Adonis im Jägergewand mit blitzendem Spieß. Gekrönt mit schweren Lotusblüten hast du auf dem Bug von Hadrians Barke gesessen und über den grünen, trüben Nil geblickt. Du hast dich über den stillen Teich einer griechischen Waldlandschaft gebeugt und im schweigenden Silber des Wassers das Wunder deines eigenen Angesichts gesehen. Und alles war gewesen, wie Kunst sein sollte, unbewusst, ideal und unnahbar. Eines Tages – eines verhängnisvollen Tages, denke ich manchmal – beschloss ich, ein wunderbares

in the costume of dead ages, but in your own dress and in your own time. Whether it was the Realism of the method, or the mere wonder of your own personality, thus directly presented to me without mist or veil, I cannot tell. But I know that as I worked at it, every flake and film of colour seemed to me to reveal my secret. I grew afraid that others would know of my idolatry. I felt, Dorian, that I had told too much, that I had put too much of myself into it. Then it was that I resolved never to allow the picture to be exhibited. You were a little annoyed; but then you did not realize all that it meant to me. Harry, to whom I talked about it, laughed at me. But I did not mind that. When the picture was finished, and I sat alone with it, I felt that I was right. … Well, after a few days the thing left my studio, and as soon as I had got rid of the intolerable fascination of its presence it seemed to me that I had been foolish in imagining that I had seen anything in it, more than that you were extremely good-looking and that I could paint. Even now I cannot help feeling that it is a mistake to think that the passion one feels in creation is ever really shown in the work one creates. Art is always more abstract than we fancy. Form and colour tell us of form and colour–that is all. It often seems to me that art conceals the artist far more completely than it ever reveals him. And so when I got this offer from Paris I determined to make your portrait the principal thing in my exhibition. It never occurred to me that you would refuse. I see now that you were right. The picture cannot be shown. You must not be angry with me, Dorian, for what I have told you. As I said to Harry, once, you are made to be worshipped.'

Dorian Gray drew a long breath. The colour came back to his cheeks, and a smile played about his lips. The peril

Porträt von dir zu malen, wie du wirklich bist, nicht im Kostüm toter Zeiten, sondern in deiner eigenen Kleidung und in deiner eigenen Zeit. Ob es der Realismus der Methode war oder das bloße Wunder deiner eigenen Persönlichkeit, die sich mir ohne Nebel oder Schleier unmittelbar darbot, kann ich nicht sagen. Aber ich weiß, dass mir, während ich daran arbeitete, jede aufgetragene Farbschicht mein Geheimnis zu verraten schien. Ich bekam Angst, andere könnten meine Abgötterei entdecken. Ich spürte, Dorian, dass ich zu viel gesagt, dass ich zu viel von mir selbst hineingelegt hatte. Damals beschloss ich, nicht zuzulassen, dass das Bild jemals ausgestellt wird. Du warst ein wenig verärgert; aber damals erkanntest du nicht, was es mir alles bedeutete. Harry, mit dem ich darüber sprach, lachte mich aus. Aber das machte mir nichts. Als das Bild fertig war und ich alleine davor saß, fühlte ich, dass ich recht hatte. Nun, ein paar Tage später verließ es mein Atelier, und sobald ich die unerträgliche Faszination seiner Gegenwart losgeworden war, schien es mir, es sei töricht von mir gewesen, mir einzubilden, ich hätte mehr darin gesehen, als dass du ungewöhnlich schön bist und dass ich malen kann. Selbst jetzt kann ich mich des Gefühls nicht erwehren, dass es ein Irrtum ist zu glauben, die Leidenschaft, die man beim Schaffen hat, zeige sich jemals tatsächlich in dem Werk, das man erschafft. Kunst ist immer abstrakter, als wir meinen. Form und Farbe erzählen uns von Form und Farbe – das ist alles. Oft scheint mir, dass die Kunst den Künstler weit mehr verbirgt als sie ihn jemals offenbart. Und als ich dann dieses Angebot aus Paris bekam, beschloss ich, dein Porträt zum Hauptwerk meiner Ausstellung zu machen. Es kam mir nie in den Sinn, dass du ablehnen würdest. Ich sehe jetzt, dass du recht hattest. Das Bild kann nicht gezeigt werden. Du darfst mir nicht böse sein, Dorian, wegen der Dinge, die ich dir erzählt habe. Wie ich einmal zu Harry sagte: Du bist dazu geschaffen, angebetet zu werden.«

Dorian Gray holte tief Luft. Die Farbe kehrte in seine Wangen zurück und ein Lächeln umspielte seine Lippen. Die Gefahr

was over. He was safe for the time. Yet he could not help feeling infinite pity for the painter who had just made this strange confession to him, and wondered if he himself would ever be so dominated by the personality of a friend. Lord Henry had the charm of being very dangerous. But that was all. He was too clever and too cynical to be really fond of. Would there ever be some one who would fill him with a strange idolatry? Was that one of the things that life had in store?

'It is extraordinary to me, Dorian,' said Hallward, 'that you should have seen this in the portrait. Did you really see it?'

'I saw something in it,' he answered, 'something that seemed to me very curious.'

'Well, you don't mind my looking at the thing now?'

Dorian shook his head. 'You must not ask me that, Basil. I could not possibly let you stand in front of that picture.'

'You will some day, surely?'

'Never.'

'Well, perhaps you are right. And now good-bye, Dorian. You have been the one person in my life who has really influenced my art. Whatever I have done that is good, I owe to you. Ah! you don't know what it cost me to tell you all that I have told you.'

'My dear Basil,' said Dorian, 'what have you told me? Simply that you felt that you admired me too much. That is not even a compliment.'

'It was not intended as a compliment. It was a confession. Now that I have made it, something seems to have gone out of me. Perhaps one should never put one's worship into words.'

war vorüber. Für den Augenblick war er gerettet. Dennoch konnte er sich des Gefühls unendlichen Mitleids mit dem Maler nicht erwehren, der ihm gerade dieses seltsame Geständnis gemacht hatte, und er fragte sich, ob er selbst jemals so stark von der Persönlichkeit eines Freundes beherrscht sein würde. Lord Henry hatte den Reiz, sehr gefährlich zu sein. Aber das war alles. Er war zu klug und zu zynisch, als dass man ihn wirklich gern haben konnte. Würde es je einen Menschen geben, der ihn mit einer unnatürlichen abgöttischen Verehrung erfüllen würde? War das eines der Dinge, die das Leben für ihn bereithielt?

»Es kommt mir außergewöhnlich vor, Dorian«, sagte Hallward, »dass du dies in dem Porträt gesehen haben solltest. Hast du es wirklich gesehen?«

»Ich habe etwas darin gesehen«, erwiderte er, »etwas, das mir sehr merkwürdig vorkam.«

»Du hast doch jetzt sicher nichts mehr dagegen, dass ich es mir ansehe?«

Dorian schüttelte den Kopf. »Darum darfst du mich nicht bitten, Basil. Ich kann dich unmöglich vor dieses Bild treten lassen.«

»Aber doch ein andermal?«

»Niemals.«

»Nun, vielleicht hast du recht. Und jetzt auf Wiedersehen, Dorian. Du warst der einzige Mensch in meinem Leben, der meine Kunst wirklich beeinflusst hat. Was immer ich Gutes geschaffen habe, verdanke ich dir. Ach, du weißt ja nicht, was es mich gekostet hat, dir all das zu erzählen, was ich dir erzählt habe.«

»Mein lieber Basil«, sagte Dorian, »was hast du mir denn erzählt? Nur, dass du das Gefühl hattest, mich zu sehr zu bewundern. Das ist nicht einmal ein Kompliment.«

»Es sollte auch kein Kompliment sein. Es war ein Geständnis. Jetzt, da ich es abgelegt habe, scheint etwas in mir erloschen zu sein. Vielleicht sollte man seine Verehrung niemals in Worte fassen.«

'It was a very disappointing confession.'

'Why, what did you expect, Dorian? You didn't see anything else in the picture, did you? There was nothing else to see?'

'No; there was nothing else to see. Why do you ask? But you mustn't talk about worship. It is foolish. You and I are friends, Basil, and we must always remain so.'

'You have got Harry,' said the painter, sadly.

'Oh, Harry!' cried the lad, with a ripple of laughter. 'Harry spends his days in saying what is incredible, and his evenings in doing what is improbable. Just the sort of life I would like to lead. But still I don't think I would go to Harry if I were in trouble. I would sooner go to you, Basil.'

'You will sit to me again?'

'Impossible!'

'You spoil my life as an artist by refusing, Dorian. No man came across two ideal things. Few come across one.'

'I can't explain it to you, Basil, but I must never sit to you again. There is something fatal about a portrait. It has a life of its own. I will come and have tea with you. That will be just as pleasant.'

'Pleasanter for you, I am afraid,' murmured Hallward, regretfully. 'And now good-bye. I am sorry you won't let me look at the picture once again. But that can't be helped. I quite understand what you feel about it.'

As he left the room, Dorian Gray smiled to himself. Poor Basil! how little he knew of the true reason! And how strange it was that, instead of having been forced to reveal his own secret, he had succeeded, almost by chance, in wresting a secret from his friend! How much that strange confession explained to him! The painter's

»Es war ein sehr enttäuschendes Geständnis.«

»Warum, was hast du erwartet, Dorian? Du hast doch nicht noch etwas anderes in dem Bild gesehen, oder? Es war doch nichts anderes zu sehen?«

»Nein, es war nichts anderes zu sehen. Warum fragst du? Aber du darfst nicht von Verehrung sprechen. Das ist töricht. Du und ich, wir sind Freunde, Basil, und müssen es immer bleiben.«

»Du hast ja Harry«, sagte der Maler traurig.

»Ach, Harry!«, rief der junge Mann mit einem gedämpften Lachen. »Harry verbringt seine Tage damit, Unglaubliches zu sagen, und seine Abende damit, Unwahrscheinliches zu tun. Genau die Art von Leben, das ich gerne führen würde. Aber trotzdem glaube ich nicht, dass ich zu Harry ginge, wenn ich in Schwierigkeiten wäre. Ich würde eher zu dir gehen, Basil.«

»Wirst du mir wieder Modell stehen?«

»Unmöglich!«

»Du vernichtest mein Dasein als Künstler, wenn du dich weigerst, Dorian. Kein Mensch begegnet zwei Idealen. Wenigen begegnet eines.«

»Ich kann es dir nicht erklären, Basil, aber ich darf dir nie wieder Modell stehen. Ein Porträt hat etwas Verhängnisvolles an sich. Es hat ein Eigenleben. Ich werde dich besuchen und Tee mit dir trinken. Das wird genauso angenehm sein.«

»Angenehmer für dich, fürchte ich«, murmelte Hallward bedauernd. »Und jetzt auf Wiedersehen. Ich bin traurig, dass du mich das Bild nicht noch einmal ansehen lassen willst. Aber es lässt sich nicht ändern. Ich verstehe sehr gut, was du dabei fühlst.«

Als er das Zimmer verließ, lächelte Dorian Gray vor sich hin. Armer Basil! Wie wenig ahnte er den wahren Grund! Und wie seltsam war es, dass es ihm, anstatt gezwungen zu sein, sein eigenes Geheimnis preiszugeben, fast zufällig gelungen war, seinem Freund ein Geheimnis zu entreißen! Wie viel erklärte ihm doch dieses seltsame Geständnis! Die lächerlichen Eifersuchtsanfälle

absurd fits of jealousy, his wild devotion, his extravagant panegyrics, his curious reticences–he understood them all now, and he felt sorry. There seemed to him to be something tragic in a friendship so coloured by romance.

He sighed, and touched the bell. The portrait must be hidden away at all costs. He could not run such a risk of discovery again. It had been mad of him to have allowed the thing to remain, even for an hour, in a room to which many of his friends had access.

des Malers, seine ungestüme Verehrung, seine übertriebenen Lobeshymnen, seine merkwürdige Verschlossenheit – das alles verstand er jetzt und es betrübte ihn. Ihm schien einer Freundschaft, die so stark von Romantik gefärbt war, etwas Tragisches innezuwohnen.

Er seufzte und läutete die Glocke. Das Porträt musste um jeden Preis versteckt werden. Er konnte sich nicht noch einmal einer solchen Gefahr der Entdeckung aussetzen. Es war wahnsinnig von ihm gewesen, das Ding auch nur eine Stunde lang in einem Zimmer zu lassen, zu dem viele seiner Freunde Zugang hatten.

CHAPTER X

When his servant entered, he looked at him steadfastly, and wondered if he had thought of peering behind the screen. The man was quite impassive, and waited for his orders. Dorian lit a cigarette, and walked over to the glass and glanced into it. He could see the reflection of Victor's face perfectly. It was like a placid mask of servility. There was nothing to be afraid of, there. Yet he thought it best to be on his guard.

Speaking very slowly, he told him to tell the housekeeper that he wanted to see her, and then to go to the frame-maker and ask him to send two of his men round at once. It seemed to him that as the man left the room his eyes wandered in the direction of the screen. Or was that merely his own fancy?

After a few moments, in her black silk dress, with old-fashioned thread mittens on her wrinkled hands, Mrs. Leaf bustled into the library. He asked her for the key of the schoolroom.

'The old schoolroom, Mr. Dorian?' she exclaimed. 'Why, it is full of dust. I must get it arranged, and put straight before you go into it. It is not fit for you to see, sir. It is not, indeed.'

'I don't want it put straight, Leaf. I only want the key.'

'Well, sir, you'll be covered with cobwebs if you go into it. Why, it hasn't been opened for nearly five years, not since his lordship died.'

He winced at the mention of his grandfather. He had hateful memories of him. 'That does not matter,' he answered. 'I simply want to see the place—that is all. Give me the key.'

Kapitel 10

Als sein Diener eintrat, blickte er ihn forschend an und fragte sich, ob es ihm wohl eingefallen sei, hinter den Wandschirm zu spähen. Der Mann war völlig gleichmütig und wartete auf seine Befehle. Dorian zündete sich eine Zigarette an, ging zum Spiegel und schaute hinein. Er konnte das Abbild von Victors Gesicht darin deutlich sehen. Es glich einer reglosen Maske der Unterwürfigkeit. Von dieser Seite war nichts zu befürchten. Dennoch hielt er es für das Beste, auf der Hut zu sein.

In sehr bedächtigem Ton trug er ihm auf, der Haushälterin zu bestellen, dass er sie zu sehen wünsche, und dann zum Rahmenmacher zu gehen und ihn zu bitten, sofort zwei seiner Männer herzuschicken. Es schien ihm, dass die Augen des Mannes, als er das Zimmer verließ, in Richtung Wandschirm schweiften. Oder hatte er sich das nur eingebildet?

Nach wenigen Augenblicken eilte Mrs. Leaf in ihrem schwarzen Seidenkleid und mit altmodischen Zwirnhandschuhen an ihren runzligen Händen in die Bibliothek. Er bat sie um den Schlüssel zum Schulzimmer.

»Das alte Schulzimmer, Mr. Dorian?«, rief sie aus. »Aber das ist voller Staub. Ich muss es aufräumen und herrichten lassen, bevor Sie hineingehen. Es ist nicht in dem Zustand, dass Sie es sehen können, Sir. Wirklich nicht.«

»Ich will es nicht hergerichtet haben, Leaf. Ich will nur den Schlüssel.«

»Aber, Sir, Sie werden mit Spinnweben überzogen werden, wenn Sie hineingehen. Es ist doch seit fast fünf Jahren nicht aufgeschlossen worden, nicht, seit Seine Lordschaft gestorben ist.«

Bei der Erwähnung seines Großvaters zuckte er zusammen. Er hatte nur hasserfüllte Erinnerungen an ihn. »Das macht nichts«, antwortete er. »Ich will das Zimmer nur sehen – nichts weiter. Geben Sie mir den Schlüssel.«

'And here is the key, sir,' said the old lady, going over the contents of her bunch with tremulously uncertain hands. 'Here is the key. I'll have it off the bunch in a moment. But you don't think of living up there, sir, and you so comfortable here?'

'No, no,' he cried, petulantly. 'Thank you, Leaf. That will do.'

She lingered for a few moments, and was garrulous over some detail of the household. He sighed, and told her to manage things as she thought best. She left the room, wreathed in smiles.

As the door closed, Dorian put the key in his pocket, and looked round the room. His eye fell on a large purple satin coverlet heavily embroidered with gold, a splendid piece of late seventeenth-century Venetian work that his grandfather had found in a convent near Bologna. Yes, that would serve to wrap the dreadful thing in. It had perhaps served often as a pall for the dead. Now it was to hide something that had a corruption of its own, worse than the corruption of death itself—something that would breed horrors and yet would never die. What the worm was to the corpse, his sins would be to the painted image on the canvas. They would mar its beauty, and eat away its grace. They would defile it, and make it shameful. And yet the thing would still live on. It would be always alive.

He shuddered, and for a moment he regretted that he had not told Basil the true reason why he had wished to hide the picture away. Basil would have helped him to resist Lord Henry's influence, and the still more poisonous influences that came from his own temperament. The love that he bore him—for it was really love—

»Hier ist der Schlüssel, Sir«, sagte die alte Dame, die mit zittrigen, unsicheren Händen den Bestand ihres Schlüsselbunds durchging. »Hier ist der Schlüssel. Ich werde ihn gleich vom Bund losgemacht haben. Aber Sie denken doch nicht daran, dort oben zu wohnen, wo Sie es hier so angenehm haben?«

»Nein, nein«, rief er gereizt. »Danke, Leaf. Das ist alles.«

Sie verweilte noch einen Moment und erging sich wortreich über irgendeine Haushaltsangelegenheit. Er seufzte und forderte sie auf, die Dinge so zu regeln, wie sie es für das Beste hielt. Lächelnd verließ sie das Zimmer.

Als sich die Tür schloss, steckte Dorian den Schlüssel in seine Tasche und sah sich im Zimmer um. Sein Blick fiel auf eine große purpurrote Atlasdecke, die reich mit Gold bestickt war, ein prachtvolles Stück venezianischer Handarbeit aus dem späten siebzehnten Jahrhundert, das sein Großvater in einem Kloster bei Bologna entdeckt hatte. Ja, die wäre geeignet, um das schreckliche Ding damit zu verhüllen. Vielleicht hatte sie oft als Bahrtuch für die Toten gedient. Jetzt sollte sie etwas verbergen, das eine Verwesung eigener Art in sich trug, eine schlimmere noch als die Verwesung des Todes selbst – etwas, das Grauenvolles gebären und trotzdem nie sterben würde. Was der Wurm für den Leichnam war, würden seine Sünden für das gemalte Bild auf der Leinwand sein. Sie würden seine Schönheit zerstören und seine Anmut zerfressen. Sie würden es beflecken und verabscheuungswürdig machen. Und doch würde das Ding immer weiterleben. Es würde immer lebendig bleiben.

Ihn schauderte und einen Augenblick lang bedauerte er, dass er Basil nicht den wahren Grund genannt hatte, warum er das Bild versteckt halten wollte. Basil hätte ihm geholfen, Lord Henrys Einfluss zu widerstehen und den noch viel giftigeren Einflüssen, die von seinem eigenen Charakter ausgingen. Die Liebe, die er für ihn hegte – denn es war wirklich Liebe –, hatte nichts an

had nothing in it that was not noble and intellectual. It was not that mere physical admiration of beauty that is born of the senses, and that dies when the senses tire. It was such love as Michael Angelo had known, and Montaigne, and Winckelmann, and Shakespeare himself Yes, Basil could have saved him. But it was too late now. The past could always be annihilated. Regret, denial, or forgetfulness could do that. But the future was inevitable. There were passions in him that would find their terrible outlet, dreams that would make the shadow of their evil real.

He took up from the couch the great purple-and-gold texture that covered it, and, holding it in his hands, passed behind the screen. Was the face on the canvas viler than before? It seemed to him that it was unchanged; and yet his loathing of it was intensified. Gold hair, blue eyes, and rose-red lips—they all were there. It was simply the expression that had altered. That was horrible in its cruelty. Compared to what he saw in it of censure or rebuke, how shallow Basil's reproaches about Sibyl Vane had been!—how shallow, and of what little account! His own soul was looking out at him from the canvas and calling him to judgment. A look of pain came across him, and he flung the rich pall over the picture. As he did so, a knock came to the door. He passed out as his servant entered.

'The persons are here, Monsieur.'

He felt that the man must be got rid of at once. He must not be allowed to know where the picture was being taken to. There was something sly about him, and he had thoughtful, treacherous eyes. Sitting down at the writing-table, he scribbled a note to Lord Henry, asking him to send him round something to read, and reminding him that they were to meet at eight-fifteen that evening.

sich, was nicht edel und geistig gewesen wäre. Es war nicht jene rein physische Bewunderung der Schönheit, welche die Sinne hervorbringen und welche stirbt, wenn die Sinne ermüden. Es war eine Liebe, wie sie Michelangelo gekannt hatte und Montaigne und Winckelmann und auch Shakespeare. Ja, Basil hätte ihn retten können. Aber jetzt war es zu spät. Die Vergangenheit konnte immer ausgelöscht werden. Reue, Verleugnung oder Vergessen konnten das bewirken. Aber die Zukunft war unausweichlich. In ihm waren Leidenschaften, die ihr schreckliches Ventil finden würden, Träume, die den Schatten ihres Unheils zur Wirklichkeit machen würden.

Er nahm den großen purpur- und goldfarbenen Stoff vom Sofa, dem er als Überwurf diente, und ging damit hinter den Wandschirm. War das Gesicht auf der Leinwand niederträchtiger als vorher? Es erschien ihm unverändert; und doch hatte sich seine Abscheu dagegen verstärkt. Goldenes Haar, blaue Augen und rosenrote Lippen – all das war da. Es war nur der Ausdruck, der sich verändert hatte. Er war entsetzlich in seiner Grausamkeit. Wie oberflächlich waren Basils Vorhaltungen wegen Sibyl Vane gewesen, verglichen mit dem, was er darin an Missbilligung oder Vorwurf sah! Wie oberflächlich und von welch geringer Bedeutung! Seine eigene Seele blickte ihn aus der Leinwand heraus an und zitierte ihn vor Gericht. Ein qualvoller Ausdruck ergriff ihn und er warf das prächtige Bahrtuch über das Bild. In diesem Augenblick klopfte es an der Tür. Er trat hervor, als sein Diener eintrat.

»Die Leute sind da, Monsieur.«

Er spürte, dass er den Mann auf der Stelle loswerden musste. Er durfte nicht wissen, wohin das Bild gebracht wurde. Es war etwas Durchtriebenes an ihm und er hatte aufmerksame, verräterische Augen. Er setzte sich an den Schreibtisch, kritzelte eine Nachricht an Lord Henry, worin er ihn bat, ihm etwas zu lesen zu schicken, und ihn daran erinnerte, dass sie sich am selben Abend um Viertel nach acht treffen wollten.

'Wait for an answer,' he said, handing it to him, 'and show the men in here.'

In two or three minutes there was another knock, and Mr. Hubbard himself, the celebrated frame-maker of South Audley Street, came in with a somewhat rough-looking young assistant. Mr. Hubbard was a florid, red-whiskered little man, whose admiration for art was considerably tempered by the inveterate impecuniosity of most of the artists who dealt with him. As a rule, he never left his shop. He waited for people to come to him. But he always made an exception in favour of Dorian Gray. There was something about Dorian that charmed everybody. It was a pleasure even to see him.

'What can I do for you, Mr. Gray?' he said, rubbing his fat freckled hands. 'I thought I would do myself the honour of coming round in person. I have just got a beauty of a frame, sir. Picked it up at a sale. Old Florentine. Came from Fonthill, I believe. Admirably suited for a religious subject, Mr. Gray.'

'I am so sorry you have given yourself the trouble of coming round, Mr. Hubbard. I shall certainly drop in and look at the frame—though I don't go in much at present for religious art—but to-day I only want a picture carried to the top of the house for me. It is rather heavy, so I thought I would ask you to lend me a couple of your men.'

'No trouble at all, Mr. Gray. I am delighted to be of any service to you. Which is the work of art, sir?'

'This,' replied Dorian, moving the screen back. 'Can you move it, covering and all, just as it is? I don't want it to get scratched going upstairs.'

»Warten Sie auf Antwort«, sagte er, indem er ihm den Brief übergab, »und führen Sie die Männer herein.«

Nach zwei oder drei Minuten klopfte es wieder und Mr. Hubbard persönlich, der berühmte Rahmenmacher aus der South Audley Street, trat zusammen mit einem etwas ruppig aussehenden jungen Gehilfen ein. Mr. Hubbard war ein rotgesichtiger kleiner Mann mit rotem Backenbart, dessen Bewunderung für die Kunst durch die chronische Mittellosigkeit der meisten Künstler, die mit ihm feilschten, beträchtlich gedämpft worden war. In der Regel verließ er seine Werkstatt nie. Er erwartete, dass die Leute zu ihm kamen. Aber bei Dorian Gray machte er immer eine Ausnahme. Dorian hatte etwas an sich, das jeden bezauberte. Allein ihn zu sehen war ein Vergnügen.

»Was kann ich für Sie tun, Mr. Gray?«, sagte er und rieb seine fleischigen, sommersprossigen Hände. »Ich dachte, ich sollte mir selbst die Ehre geben, persönlich herüberzukommen. Ich habe gerade ein Prachtstück von einem Rahmen, Sir. Bei einer Versteigerung ergattert. Altflorentinisch. Stammt aus Foothill, glaube ich. Wunderbar geeignet für ein religiöses Motiv, Mr. Gray.«

»Es tut mir sehr leid, dass Sie sich die Mühe gemacht haben, selbst herzukommen, Mr. Hubbard. Ich werde bestimmt vorbeikommen und mir den Rahmen ansehen – obwohl ich mich zur Zeit nicht sehr für religiöse Kunst interessiere –, aber heute möchte ich nur ein Bild ins Dachgeschoss tragen lassen. Es ist ziemlich schwer, deshalb dachte ich daran, Sie zu bitten, mir zwei Ihrer Männer zu leihen.«

»Macht überhaupt keine Umstände, Mr. Gray. Ich freue mich, Ihnen zu Diensten zu sein. Um welches Kunstwerk handelt es sich, Sir?«

»Um das da«, antwortete Dorian und schob den Wandschirm zurück. »Können Sie es so tragen, wie es ist, mit Decke und allem? Ich will nicht, dass es beim Hinauftragen zerkratzt wird.«

'There will be no difficulty, sir,' said the genial frame-maker, beginning, with the aid of his assistant, to unhook the picture from the long brass chains by which it was suspended. 'And, now, where shall we carry it to, Mr. Gray?'

'I will show you the way, Mr. Hubbard, if you will kindly follow me. Or perhaps you had better go in front. I am afraid it is right at the top of the house. We will go up by the front staircase, as it is wider.'

He held the door open for them, and they passed out into the hall and began the ascent. The elaborate character of the frame had made the picture extremely bulky, and now and then, in spite of the obsequious protests of Mr. Hubbard, who had the true tradesman's spirited dislike of seeing a gentleman doing anything useful, Dorian put his hand to it so as to help them.

'Something of a load to carry, sir,' gasped the little man, when they reached the top landing. And he wiped his shiny forehead.

'I am afraid it is rather heavy,' murmured Dorian, as he unlocked the door that opened into the room that was to keep for him the curious secret of his life and hide his soul from the eyes of men.

He had not entered the place for more than four years—not, indeed, since he had used it first as a playroom when he was a child, and then as a study when he grew somewhat older. It was a large, well-proportioned room, which had been specially built by the last Lord Kelso for the use of the little grandson whom, for his strange likeness to his mother, and also for other reasons, he had always hated and desired to keep at a distance. It appeared to Dorian to have but little changed. There was the huge Italian *cassone* with its fantastically-painted panels and its tarnished gilt mouldings, in which he had so

»Das wird kein Problem sein, Sir«, sagte der freundliche Rahmenmacher und begann zusammen mit seinem Gehilfen, das Bild von den langen Messingketten abzuhängen, an denen es aufgehängt war. »Und wohin sollen wir es nun tragen, Mr. Gray?«

»Ich werde Ihnen den Weg zeigen, Mr. Hubbard, wenn Sie mir freundlicherweise folgen wollen. Oder vielleicht gehen Sie besser voran. Leider ist es ganz oben unter dem Dach. Wir wollen über die Vordertreppe gehen, die ist breiter.«

Er hielt ihnen die Tür auf und sie traten in die Eingangshalle hinaus und machten sich an den Aufstieg. Die kunstvolle Beschaffenheit des Rahmens hatte das Bild äußerst sperrig gemacht, und trotz der unterwürfigen Einwände von Mr. Hubbard, der die lebhafte Abneigung eines wahren Handwerkers dagegen hatte, einen Gentleman etwas Nützliches tun zu sehen, legte Dorian von Zeit zu Zeit mit Hand an, um ihnen zu helfen.

»Hat ein ganz schönes Gewicht, Sir«, keuchte der kleine Mann, als sie den obersten Treppenabsatz erreichten. Und er wischte sich die glänzende Stirn.

»Es tut mir leid, dass es so schwer ist«, murmelte Dorian, während er die Tür zu dem Raum aufschloss, der für ihn das sonderbare Geheimnis seines Lebens bewahren und seine Seele vor den Augen der Menschen verbergen sollte.

Er hatte das Zimmer seit über vier Jahren nicht betreten – genau genommen nicht mehr, seit er es als Kind zunächst als Spielzimmer und später, als er etwas älter geworden war, als Studierzimmer genutzt hatte. Es war ein großer, gut geschnittener Raum, von dem verstorbenen Lord Kelso eigens für den kleinen Enkelsohn ausgebaut, den er wegen seiner auffallenden Ähnlichkeit mit seiner Mutter und auch aus anderen Gründen immer gehasst und von sich fernzuhalten gewünscht hatte. Er schien Dorian nur wenig verändert. Da war die riesige italienische *cassone* mit ihren fantasievoll bemalten Wänden und ihren angelaufenen Goldleisten, in der er sich als kleiner Junge so oft versteckt hatte. Dort der

often hidden himself as a boy. There the satinwood bookcase filled with his dog-eared schoolbooks. On the wall behind it was hanging the same ragged Flemish tapestry where a faded king and queen were playing chess in a garden, while a company of hawkers rode by, carrying hooded birds on their gauntleted wrists. How well he remembered it all! Every moment of his lonely childhood came back to him as he looked round. He recalled the stainless purity of his boyish life, and it seemed horrible to him that it was here the fatal portrait was to be hidden away. How little he had thought, in those dead days, of all that was in store for him!

But there was no other place in the house so secure from prying eyes as this. He had the key, and no one else could enter it. Beneath its purple pall, the face painted on the canvas could grow bestial, sodden, and unclean. What did it matter? No one could see it. He himself would not see it. Why should he watch the hideous corruption of his soul? He kept his youth—that was enough. And, besides, might not his nature grow finer, after all? There was no reason that the future should be so full of shame. Some love might come across his life, and purify him, and shield him from those sins that seemed to be already stirring in spirit and in flesh—those curious unpictured sins whose very mystery lent them their subtlety and their charm. Perhaps, some day, the cruel look would have passed away from the scarlet sensitive mouth, and he might show to the world Basil Hallward's masterpiece.

No; that was impossible. Hour by hour, and week by week, the thing upon the canvas was growing old. It might escape the hideous-ness of sin, but the hideousness of age was in store for it. The cheeks would become

Bücherschrank aus Satinholz mit seinen Schulbüchern voller Eselsohren darin. An der Wand dahinter hing noch derselbe zerschlissene flämische Wandteppich, auf dem ein König und eine Königin, beide verblasst, in einem Garten Schach spielten, während ein Trupp Falkner vorbeiritt, die auf ihren Schutzhandschuhen Vögel mit Hauben trugen. Wie gut er sich an alles erinnerte! Jeder Augenblick seiner einsamen Kindheit kehrte zu ihm zurück, während er sich umsah. Er entsann sich der makellosen Reinheit seines Knabenlebens und es schien im entsetzlich, dass das verhängnisvolle Porträt ausgerechnet hier versteckt werden sollte. Wie wenig hatte er in jenen längst vergangenen Tagen an all das gedacht, was ihm bevorstand!

Aber es gab im Haus keinen anderen Ort, der vor neugierigen Augen so sicher war wie dieser. Er hatte den Schlüssel und niemand sonst konnte hinein. Unter dem purpurroten Bahrtuch konnte das auf die Leinwand gemalte Gesicht bestialisch, aufgedunsen und lasterhaft werden. Was machte das schon? Niemand konnte es sehen. Er selber wollte es nicht sehen. Warum sollte er die grässliche Verwesung seiner Seele beobachten? Er behielt seine Jugend – das war genug. Und außerdem, konnte sein Wesen nicht trotz allem edler werden? Es gab keinen Grund, warum die Zukunft so schmachvoll sein sollte. Die Liebe konnte in sein Leben treten und ihn läutern und ihn vor den Sünden beschützen, die sich im Geist und im Fleisch schon zu regen schienen – jene merkwürdigen, unvorstellbaren Sünden, deren Rätselhaftigkeit ihnen Raffinesse und Reiz verlieh. Vielleicht würde eines Tages der grausame Ausdruck um den empfindsamen, scharlachroten Mund verschwunden sein und er könnte der Welt Basil Hallwards Meisterwerk zeigen.

Nein, das war unmöglich. Stunde um Stunde und Woche um Woche wurde das Gebilde auf der Leinwand älter. Es mochte der Hässlichkeit der Sünde entfliehen, aber die Hässlichkeit des Alters stand ihm bevor. Die Wangen würden hohl oder schlaff

hollow or flaccid. Yellow crow's-feet would creep round the fading eyes and make them horrible. The hair would lose its brightness, the mouth would gape or droop, would be foolish or gross, as the mouths of old men are. There would be the wrinkled throat, the cold, blue-veined hands, the twisted body, that he remembered in the grandfather who had been so stern to him in his boyhood. The picture had to be concealed. There was no help for it.

'Bring it in, Mr. Hubbard, please,' he said, wearily, turning round. 'I am sorry I kept you so long. I was thinking of something else.'

'Always glad to have a rest, Mr. Gray,' answered the frame-maker, who was still gasping for breath. 'Where shall we put it, sir?'

'Oh, anywhere. Here: this will do. I don't want to have it hung up. Just lean it against the wall. Thanks.'

'Might one look at the work of art, sir?'

Dorian started. 'It would not interest you, Mr. Hubbard,' he said, keeping his eye on the man. He felt ready to leap upon him and fling him to the ground if he dared to lift the gorgeous hanging that concealed the secret of his life. 'I shan't trouble you any more now. I am much obliged for your kindness in coming round.'

'Not at all, not at all, Mr. Gray. Ever ready to do anything for you, sir.' And Mr. Hubbard tramped downstairs, followed by the assistant, who glanced back at Dorian with a look of shy wonder in his rough, uncomely face. He had never seen any one so marvellous.

When the sound of their footsteps had died away, Dorian locked the door, and put the key in his pocket.

werden. Gelbe Krähenfüße würden sich um die schwächer werdenden Augen ranken und sie grauenvoll machen. Das Haar würde seinen Glanz verlieren, der Mund würde auseinanderklaffen oder einfallen, würde töricht oder grob aussehen, wie die Münder alter Menschen es sind. Der runzlige Hals, die kalten, blau geäderten Hände und der verkrümmte Körper wären da, wie er es von seinem Großvater in Erinnerung hatte, der so streng gegen ihn gewesen war in seiner Kindheit. Das Bild musste verborgen werden. Da war nichts zu machen.

»Bringen Sie es bitte herein, Mr. Hubbard«, sagte er erschöpft und wandte sich um. »Es tut mir leid, dass ich Sie so lange warten ließ. Ich habe an etwas anderes gedacht.«

»Immer froh über eine Pause, Mr. Gray«, antwortete der Rahmenmacher, der noch immer um Luft rang. »Wo sollen wir es hinstellen?«

»Ach, irgendwohin. Hierher, das genügt. Ich will es nicht aufgehängt haben. Lehnen Sie es einfach gegen die Wand. Danke.«

»Darf man das Kunstwerk ansehen, Mr. Gray?«

Dorian zuckte zusammen. »Es würde Sie nicht interessieren, Mr. Hubbard«, sagte er und behielt den Mann im Auge. Er war bereit, sich auf ihn zu stürzen und ihn zu Boden zu werfen, wenn er es wagte, den prächtigen Behang hochzuheben, der das Geheimnis seines Lebens verbarg. »Ich will Sie jetzt nicht länger bemühen. Ich bin Ihnen sehr dankbar, dass Sie so freundlich waren, herüberzukommen.«

»Keine Ursache, keine Ursache, Mr. Gray. Jederzeit bereit, etwas für Sie zu tun, Sir.« Und Mr. Hubbard stapfte die Treppe hinab, gefolgt von seinem Gehilfen, der sich mit einem Ausdruck scheuer Bewunderung auf seinem derben, unschönen Gesicht noch einmal nach Dorian umblickte. Er hatte noch nie einen Menschen gesehen, der so wunderschön war.

Als das Geräusch ihrer Fußtritte verklungen war, sperrte Dorian die Tür zu und steckte den Schlüssel in seine Tasche. Jetzt fühlte

He felt safe now. No one would ever look upon the horrible thing. No eye but his would ever see his shame.

On reaching the library he found that it was just after five o'clock, and that the tea had been already brought up. On a little table of dark perfumed wood thickly incrusted with nacre, a present from Lady Radley, his guardian's wife, a pretty professional invalid, who had spent the preceding winter in Cairo, was lying a note from Lord Henry, and beside it was a book bound in yellow paper, the cover slightly torn and the edges soiled. A copy of the third edition of *The St. James's Gazette* had been placed on the tea-tray. It was evident that Victor had returned. He wondered if he had met the men in the hall as they were leaving the house, and had wormed out of them what they had been doing. He would be sure to miss the picture—had no doubt missed it already, while he had been laying the tea-things. The screen had not been set back, and a blank space was visible on the wall. Perhaps some night he might find him creeping upstairs and trying to force the door of the room. It was a horrible thing to have a spy in one's house. He had heard of rich men who had been blackmailed all their lives by some servant who had read a letter, or overheard a conversation, or picked up a card with an address, or found beneath a pillow a withered flower or a shred of crumpled lace.

He sighed, and, having poured himself out some tea, opened Lord Henry's note. It was simply to say that he sent him round the evening paper, and a book that might interest him, and that he would be at the club at eight-fifteen. He opened *The St. James's* languidly, and looked through it. A red pencil-mark on the fifth page caught his eye. It drew attention to the following paragraph:—

er sich sicher. Niemand würde das schreckliche Ding jemals betrachten. Kein Auge außer seinem würde je seine Schande sehen.

Als er die Bibliothek betrat, sah er, dass es kurz nach fünf Uhr war und dass der Tee schon gebracht worden war. Auf einem kleinen Tisch aus dunklem, wohlriechenden Holz, das reich mit Perlmutter ausgelegt war, einem Geschenk von Lady Radley, der Frau seines Vormunds, einer geradezu berufsmäßigen Invalidin, die den vergangenen Winter in Kairo verbracht hatte, lag eine Nachricht von Lord Henry und daneben ein in gelbes Papier gebundenes Buch, der Umschlag leicht eingerissen und die Kanten verschmutzt. Ein Exemplar der dritten Ausgabe der *St. James's Gazette* war auf das Teebrett gelegt worden. Offensichtlich war Victor zurückgekommen. Er fragte sich, ob er wohl die Männer in der Eingangshalle getroffen hatte, als sie das Haus verließen, und ihnen entlockt hatte, was sie gemacht hatten. Er würde das Bild sicher vermissen – hatte es ohne Zweifel schon vermisst, während er den Teetisch gedeckt hatte. Der Wandschirm war noch nicht zurückgestellt worden und der leere Platz an der Wand war unübersehbar. Vielleicht würde er ihn eines Nachts ertappen, wie er die Treppe hinaufschlich und versuchte, die Tür zu dem Zimmer gewaltsam zu öffnen. Es war etwas Entsetzliches, einen Spion im Haus zu haben. Er hatte von reichen Leuten gehört, die ihr Leben lang von irgendeinem Diener erpresst wurden, der einen Brief gelesen, ein Gespräch belauscht, eine Karte mit einer Adresse aufgelesen oder unter einem Kissen eine verwelkte Blume oder einen Fetzen zerknitterter Spitze entdeckt hatte.

Er seufzte, und nachdem er sich etwas Tee eingeschenkt hatte, öffnete er Lord Henrys Nachricht. Es stand nur darin, dass er ihm die Abendzeitung schicke sowie ein Buch, das ihn vielleicht interessiere, und dass er um Viertel nach acht im Klub sein würde. Lustlos schlug er die *St. James's* auf und blätterte sie durch. Eine Rotstiftmarkierung auf der fünften Seite fiel ihm ins Auge. Sie lenkte seine Aufmerksamkeit auf den folgenden Absatz:

> 'Inquest on an Actress.–An inquest was held this morning at the Bell Tavern, Hoxton Road, by Mr. Danby, the District Coroner, on the body of Sibyl Vane, a young actress recently engaged at the Royal Theatre, Holborn. A verdict of death by misadventure was returned. Considerable sympathy was expressed for the mother of the deceased, who was greatly affected during the giving of her own evidence, and that of Dr. Birrell, who had made the post-mortem examination of the deceased.'

He frowned, and, tearing the paper in two went across the room and flung the pieces away. How ugly it all was! And how horribly real ugliness made things! He felt a little annoyed with Lord Henry for having sent him the report. And it was certainly stupid of him to have marked it with red pencil. Victor might have read it. The man knew more than enough English for that.

Perhaps he had read it, and had begun to suspect something. And, yet, what did it matter? What had Dorian Gray to do with Sibyl Vane's death? There was nothing to fear. Dorian Gray had not killed her.

His eye fell on the yellow book that Lord Henry had sent him. What was it, he wondered. He went towards the little pearl-coloured octagonal stand, that had always looked to him like the work of some strange Egyptian bees that wrought in silver, and taking up the volume, flung himself into an armchair, and began to turn over the leaves. After a few minutes he became absorbed. It was the strangest book that he had ever read. It seemed to him that in exquisite raiment, and to the delicate sound of flutes, the sins of the world were passing in dumb show

›Leichenschau bei einer Schauspielerin. – Eine gerichtliche Untersuchung wurde heute Morgen in der Bell Tavern, Hoxton Road, von Mr. Danby, dem Bezirksleichenbeschauer, an der Leiche von Sibyl Vane, einer jungen Schauspielerin, die seit kurzem am Royal Theatre in Holborn engagiert war, durchgeführt. Das Urteil lautete auf Tod durch Unglücksfall. Rege Anteilnahme wurde der Mutter der Verstorbenen zuteil, die während ihrer Aussage und der von Dr. Birrell, der die Obduktion an der Leiche vorgenommen hatte, äußerst bewegt war.‹

Er runzelte die Stirn, ging, während er das Blatt entzweiriss, durch das Zimmer und warf die Papierfetzen fort. Wie hässlich das alles war! Und wie entsetzlich wirklich die Hässlichkeit alles machte! Er ärgerte sich ein wenig über Lord Henry, dass er ihm den Bericht geschickt hatte. Und es war zweifellos dumm von ihm gewesen, ihn mit Rotstift anzustreichen. Victor hätte ihn lesen können. Dafür reichte das Englisch des Mannes aus.

Vielleicht hatte er ihn tatsächlich gelesen und angefangen, Verdacht zu schöpfen. Und wenn schon, was machte das? Was hatte Dorian Gray mit Sibyl Vanes Tod zu tun? Es war nichts zu befürchten. Dorian Gray hatte sie nicht umgebracht.

Sein Blick fiel auf das gelbe Buch, das Lord Henry ihm geschickt hatte. Er fragte sich, was es wohl war. Er ging zu dem kleinen perlfarbenen achteckigen Tisch hinüber, der ihm immer wie das Werk seltsamer ägyptischer Bienen vorgekommen war, die Silber verarbeiteten, nahm das Buch, warf sich in einen Sessel und begann zu blättern. Nach wenigen Minuten war er ganz davon in Beschlag genommen. Es war das merkwürdigste Buch, das er je gelesen hatte. Es schien ihm, als zögen die Sünden der Welt in kostbaren Gewändern und zu zarten Flötenklängen in stummem Spektakel an ihm vorüber. Dinge, von denen er vage

before him. Things that he had dimly dreamed of were suddenly made real to him. Things of which he had never dreamed were gradually revealed.

It was a novel without a plot, and with only one character, being, indeed, simply a psychological study of a certain young Parisian, who spent his life trying to realize in the nineteenth century all the passions and modes of thought that belonged to every century except his own, and to sum up, as it were, in himself the various moods through which the world-spirit had ever passed, loving for their mere artificiality those renunciations that men have unwisely called virtue, as much as those natural rebellions that wise men still call sin. The style in which it was written was that curious jewelled style, vivid and obscure at once, full of *argot* and of archaisms, of technical expressions and of elaborate paraphrases, that characterizes the work of some of the finest artists of the French school of *Symbolistes.* There were in it metaphors as monstrous as orchids, and as subtle in colour. The life of the senses was described in the terms of mystical philosophy. One hardly knew at times whether one was reading the spiritual ecstasies of some mediaeval saint or the morbid confessions of a modern sinner. It was a poisonous book. The heavy odour of incense seemed to cling about its pages and to trouble the brain. The mere cadence of the sentences, the subtle monotony of their music, so full as it was of complex refrains and movements elaborately repeated, produced in the mind of the lad, as he passed from chapter to chapter, a form of reverie, a malady of dreaming, that made him unconscious of the falling day and creeping shadows.

Cloudless, and pierced by one solitary star, a copper-green sky gleamed through the windows. He read on by

geträumt hatte, wurden auf einmal Wirklichkeit für ihn. Dinge, von denen er noch nicht einmal geträumt hatte, wurden ihm nach und nach offenbart.

Es war ein Roman ohne Handlung und mit nur einer Person, eigentlich nur eine psychologische Studie über einen gewissen jungen Pariser, der sein Leben damit zubrachte, zu versuchen, im neunzehnten Jahrhundert alle Leidenschaften und Denkweisen zu verwirklichen, die jedem Jahrhundert außer seinem eigenen angehört hatten, und auf diese Weise alle unterschiedlichen Stimmungen, die der Weltgeist je durchlebt hatte, in sich selbst gewissermaßen zu vereinigen, indem er jene Entsagungen, welche die Menschen törichterweise Tugend genannt haben, ihrer bloßen Künstlichkeit wegen ebenso liebte wie jenes natürliche Aufbegehren, das weise Menschen immer noch Sünde nennen. Der Stil, in dem es geschrieben war, war jener merkwürdige ausgeschmückte Stil, lebendig und dunkel zugleich, voller *argot* und Archaismen, Fachausdrücke und kunstreicher Umschreibungen, ein Stil, der das Werk einiger der besten Künstler der französischen Schule der *Symbolistes* kennzeichnet. Es waren Metaphern darin, so ungeheuerlich wie Orchideen und ebenso nuanciert in der Farbgebung. Das Leben der Sinne war mit der Terminologie der mystischen Philosophie beschrieben. Man wusste manchmal kaum, ob man die spirituellen Ekstasen eines mittelalterlichen Heiligen las oder die krankhaften Bekenntnisse eines modernen Sünders. Es war ein Buch voller Gift. Der schwere Duft von Weihrauch schien seinen Seiten anzuhaften und das Gehirn zu verwirren. Der bloße Rhythmus der Sätze, die subtile Monotonie ihrer Melodie, so voller komplizierter Refrains und kunstvoll wiederholter Läufe wie sie war, erzeugten im Geist des jungen Mannes, als er von Kapitel zu Kapitel weiterlas, eine Art Träumerei, eine Traumkrankheit, sodass er den sinkenden Tag und die schleichenden Schatten nicht bemerkte.

Wolkenlos, von einem einzigen Stern durchstochen, schimmerte ein kupfergrüner Himmel durch die Fenster. Er las bei sei-

its wan light till he could read no more. Then, after his valet had reminded him several times of the lateness of the hour, he got up, and, going into the next room, placed the book on the little Florentine table that always stood at his bedside, and began to dress for dinner.

It was almost nine o'clock before he reached the club, where he found Lord Henry sitting alone, in the morning-room, looking very much bored.

'I am so sorry, Harry,' he cried, 'but really it is entirely your fault. That book you sent me so fascinated me that I forgot how the time was going.'

'Yes: I thought you would like it,' replied his host, rising from his chair.

'I didn't say I liked it, Harry. I said it fascinated me. There is a great difference.'

'Ah, you have discovered that?' murmured Lord Henry. And they passed into the dining-room.

nem fahlen Licht weiter, bis er nicht mehr lesen konnte. Dann, nachdem ihn sein Diener mehrmals an die vorgerückte Stunde erinnert hatte, stand er auf, ging ins Nebenzimmer, legte das Buch auf den kleinen Florentiner Tisch, der immer neben seinem Bett stand, und begann sich zum Abendessen umzuziehen.

Es war fast neun Uhr, als er im Klub eintraf, wo er Lord Henry allein und sehr gelangweilt dreinblickend im Salon vorfand.

»Es tut mir so leid, Harry«, rief er, »aber es ist eigentlich ganz allein deine Schuld. Das Buch, das du mir geschickt hast, fesselte mich so, dass ich gar nicht merkte, wie die Zeit verging.«

»Ja, ich dachte mir, dass es dir gefallen würde«, antwortete sein Gastgeber und erhob sich von seinem Sessel.

»Ich sagte nicht, dass es mir gefiel, Harry. Ich sagte, dass es mich fesselte. Das ist ein großer Unterschied.«

»Ach, das hast du also herausgefunden?«, murmelte Lord Henry. Und sie gingen in den Speisesaal hinüber.

CHAPTER XI

For years, Dorian Gray could not free himself from the influence of this book. Or perhaps it would be more accurate to say that he never sought to free himself from it. He procured from Paris no less than nine large-paper copies of the first edition, and had them bound in different colours, so that they might suit his various moods and the changing fancies of a nature over which he seemed, at times, to have almost entirely lost control. The hero, the wonderful young Parisian, in whom the romantic and the scientific temperaments were so strangely blended, became to him a kind of prefiguring type of himself. And, indeed, the whole book seemed to him to contain the story of his own life, written before he had lived it.

In one point he was more fortunate than the novel's fantastic hero. He never knew—never indeed, had any cause to know—that somewhat grotesque dread of mirrors, and polished metal surfaces, and still water, which came upon the young Parisian so early in his life, and was occasioned by the sudden decay of a beauty that had once, apparently, been so remarkable. It was with an almost cruel joy—and perhaps in nearly every joy, as certainly in every pleasure, cruelty has its place—that he used to read the latter part of the book, with its really tragic, if somewhat over-emphasized, account of the sorrow and despair of one who had himself lost what in others, and in the world, he had most dearly valued.

For the wonderful beauty that had so fascinated Basil Hallward, and many others besides him, seemed never to leave him. Even those who had heard the most evil things against him, and from time to time strange rumours about his mode of life crept through London and became the

KAPITEL 11

Jahrelang konnte sich Dorian Gray von dem Einfluss dieses Buches nicht befreien. Oder vielleicht wäre es zutreffender zu sagen, dass er nie versuchte, sich davon zu befreien. Er besorgte sich aus Paris nicht weniger als neun Luxusexemplare der Erstausgabe und ließ sie in verschiedenen Farben binden, damit sie zu seinen unterschiedlichen Stimmungen und den wechselnden Launen einer Natur passten, über die er bisweilen jegliche Kontrolle verloren zu haben schien. Der Held, der wunderbare junge Pariser, in dem die romantischen und die wissenschaftlichen Temperamente so merkwürdig vermengt waren, wurde für ihn eine Art zukunftweisendes Vorbild seiner selbst. Und in der Tat schien ihm das ganze Buch die Geschichte seines eigenen Lebens zu enthalten, aufgeschrieben, bevor er es gelebt hatte.

In einem Punkt aber war er glücklicher als der fantastische Held des Romans. Er kannte nie – hatte in der Tat nie einen Grund dazu – jene leicht groteske Furcht vor Spiegeln und glänzenden Metallflächen und stillen Wassern, die den jungen Pariser so früh im Leben befiel und die durch den jähen Verfall einer Schönheit verursacht worden war, die offenbar einmal ganz bemerkenswert gewesen sein musste. Mit einer fast grausamen Freude – und vielleicht hat in nahezu jeder Freude, wie sicherlich in jedem Genuss, die Grausamkeit ihren Platz – pflegte er den letzten Teil des Buches zu lesen mit seiner wirklich tragischen, wenn auch etwas übertriebenen Schilderung des Leidens und der Verzweiflung eines Menschen, der selber verloren hatte, was er an anderen und an der Welt am höchsten geschätzt hatte.

Denn die wunderbare Schönheit, die Basil Hallward und viele andere außer ihm so fasziniert hatte, schien ihn nie zu verlassen. Selbst jene, die die übelsten Dinge über ihn gehört hatten – und von Zeit zu Zeit schlichen seltsame Gerüchte über seinen Lebenswandel durch London und wurden zum Klatsch in den Klubs –,

chatter of the clubs, could not believe anything to his dishonour when they saw him. He had always the look of one who had kept himself unspotted from the world. Men who talked grossly became silent when Dorian Gray entered the room. There was something in the purity of his face that rebuked them. His mere presence seemed to recall to them the memory of the innocence that they had tarnished. They wondered how one so charming and graceful as he was could have escaped the stain of an age that was at once sordid and sensual.

Often, on returning home from one of those mysterious and prolonged absences that gave rise to such strange conjecture among those who were his friends, or thought that they were so, he himself would creep upstairs to the locked room, open the door with the key that never left him now, and stand, with a mirror, in front of the portrait that Basil Hallward had painted of him, looking now at the evil and aging face on the canvas, and now at the fair young face that laughed back at him from the polished glass. The very sharpness of the contrast used to quicken his sense of pleasure. He grew more and more enamoured of his own beauty, more and more interested in the corruption of his own soul. He would examine with minute care, and sometimes with a monstrous and terrible delight, the hideous lines that seared the wrinkling forehead or crawled around the heavy sensual mouth, wondering sometimes which were the more horrible, the signs of sin or the signs of age. He would place his white hands beside the coarse bloated hands of the picture, and smile. He mocked the misshapen body and the failing limbs.

There were moments, indeed, at night, when, lying sleepless in his own delicately-scented chamber, or in

konnten nichts von dem, was ihm zur Unehre gereicht hätte, glauben, wenn sie ihn sahen. Er hatte immer das Aussehen eines Menschen, der sich selbst von der Welt unbefleckt gehalten hatte. Männer, die Anstößiges erzählten, verstummten, wenn Dorian Gray ins Zimmer trat. Es lag etwas in der Reinheit seines Gesichtes, das sie zurechtwies. Seine bloße Gegenwart schien in ihnen die Erinnerung an die Unschuld wachzurufen, die sie beschmutzt hatten. Sie fragten sich, wie jemand, der so bezaubernd und anmutig war, der Besudelung eines Zeitalters hatte entgehen können, das schmutzig und sinnlich zugleich war.

Oft, wenn er von einem jener geheimnisvollen ausgedehnten Ausflüge zurückkehrte, die zu solch seltsamen Mutmaßungen unter jenen Anlass gaben, die seine Freunde waren oder sich dafür hielten, schlich er die Treppe zu dem verschlossenen Zimmer hinauf und öffnete die Tür mit dem Schlüssel, den er jetzt immer bei sich trug. Dann stand er mit einem Spiegel vor dem Porträt, das Basil Hallward von ihm gemalt hatte, und blickte bald auf das schändliche und alternde Gesicht auf der Leinwand, bald auf das schöne junge Gesicht, das ihm aus dem glänzenden Glas entgegenlachte. Gerade die Schärfe des Gegensatzes regte sein Lustgefühl stets aufs Neue an. Er verliebte sich mehr und mehr in seine eigene Schönheit und interessierte sich mehr und mehr für die Zersetzung seiner eigenen Seele. Mit peinlicher Sorgfalt und manchmal mit ungeheuerlichem und schrecklichem Vergnügen untersuchte er die hässlichen Linien, die die faltige Stirn versengten oder um den schweren, sinnlichen Mund krochen, und fragte sich manchmal, was grauenvoller war: die Spuren der Sünde oder die Spuren des Alters. Er legte seine weißen Hände neben die rauen, aufgedunsenen Hände des Bildes und lächelte. Er verhöhnte den unförmigen Körper und die erschlaffenden Gliedmaßen.

In der Nacht gab es allerdings Augenblicke, wenn er schlaflos in seinem eigenen, fein duftenden Zimmer lag oder in der

the sordid room of the little ill-famed tavern near the Docks, which, under an assumed name, and in disguise, it was his habit to frequent, he would think of the ruin he had brought upon his soul, with a pity that was all the more poignant because it was purely selfish. But moments such as these were rare. That curiosity about life which Lord Henry had first stirred in him, as they sat together in the garden of their friend, seemed to increase with gratification. The more he knew, the more he desired to know. He had mad hungers that grew more ravenous as he fed them.

Yet he was not really reckless, at any rate in his relations to society. Once or twice every month during the winter, and on each Wednesday evening while the season lasted, he would throw open to the world his beautiful house and have the most celebrated musicians of the day to charm his guests with the wonders of their art. His little dinners, in the settling of which Lord Henry always assisted him, were noted as much for the careful selection and placing of those invited, as for the exquisite taste shown in the decoration of the table, with its subtle symphonic arrangements of exotic flowers, and embroidered cloths, and antique plate of gold and silver. Indeed, there were many, especially among the very young men, who saw, or fancied that they saw, in Dorian Gray the true realization of a type of which they had often dreamed in Eton or Oxford days, a type that was to combine something of the real culture of the scholar with all the grace and distinction and perfect manner of a citizen of the world. To them he seemed to be of the company of those whom Dante describes as having sought to 'make themselves perfect by the worship of beauty.' Like Gautier, he was one for whom 'the visible world existed.'

schmutzigen Kammer der berüchtigten kleinen Kneipe in der Nähe der Docks, die er unter falschem Namen und in Verkleidung häufig aufzusuchen pflegte, in denen er über das Verderben nachdachte, das er über seine Seele gebracht hatte – voller Bedauern, das ihn um so mehr schmerzte, als es völlig selbstsüchtig war. Aber Augenblicke wie diese waren selten. Jene Neugier auf das Leben, die Lord Henry zuerst in ihm geweckt hatte, als sie im Garten ihres Freundes beisammen saßen, schien mit ihrer Befriedigung zu wachsen. Je mehr er wusste, umso mehr begehrte er zu wissen. Er hatte wahnsinnige Hungergelüste, die immer gieriger wurden, je mehr er sie nährte.

Und doch war er nicht wirklich leichtfertig geworden, zumindest nicht in seinen Beziehungen zur Gesellschaft. Ein- oder zweimal in jedem Monat im Winter und jeden Mittwochabend während der Saison öffnete er der Welt sein schönes Haus und hatte immer die berühmtesten Musiker der Zeit, um seine Gäste mit ihrer wunderbaren Kunst zu entzücken. Seine kleinen Diners, bei deren Ausrichtung ihn Lord Henry immer unterstützte, waren ebenso berühmt für die sorgfältige Auswahl und Platzierung der Geladenen wie für den erlesenen Geschmack, der sich in der Tischdekoration mit feinen sinfonischen Arrangements exotischer Blumen, bestickten Tischtüchern und antikem Gold- und Silbergeschirr zeigte. Tatsächlich gab es viele, besonders unter den jungen Männern, die in Dorian Gray die wahrhaftige Verkörperung eines Typus sahen oder zu sehen glaubten, von dem sie in den Tagen von Eton oder Oxford oft geträumt hatten, eines Typus, der etwas von der wahren Kultur des Gelehrten mit der Anmut und der Vornehmheit und dem vollendeten Auftreten eines Weltbürgers vereinigen sollte. Für sie schien er ein Mitglied jener Gesellschaft zu sein, von der Dante sagt, dass sie danach strebte, »sich durch die Anbetung der Schönheit vollkommen zu machen.« Wie Gautier war er ein Mensch, für den »die sichtbare Welt existierte.«

And, certainly, to him Life itself was the first, the greatest, of the arts, and for it all the other arts seemed to be but a preparation. Fashion, by which what is really fantastic becomes for a moment universal, and Dandyism, which, in its own way, is an attempt to assert the absolute modernity of beauty, had, of course, their fascination for him. His mode of dressing, and the particular styles that from time to time he affected, had their marked influence on the young exquisites of the Mayfair balls and Pall Mall club windows, who copied him in everything that he did, and tried to reproduce the accidental charm of his graceful, though to him only half-serious, fopperies.

For, while he was but too ready to accept the position that was almost immediately offered to him on his coming of age, and found, indeed, a subtle pleasure in the thought that he might really become to the London of his own day what to imperial Neronian Rome the author of the 'Satyricon' once had been, yet in his inmost heart he desired to be something more than a mere *arbiter elegantiarum* to be consulted on the wearing of a jewel, or the knotting of a necktie, or the conduct of a cane. He sought to elaborate some new scheme of life that would have its reasoned philosophy and its ordered principles, and find in the spiritualizing of the senses its highest realization.

The worship of the senses has often, and with much justice, been decried, men feeling a natural instinct of terror about passions and sensations that seem stronger than themselves, and that they are conscious of sharing with the less highly organized forms of existence. But it appeared to Dorian Gray that the true nature of the senses had never been understood, and that they had

Und gewiss war für ihn das Leben selbst die erste, die großartigste der Künste, und alle anderen Künste schienen nur eine Vorbereitung darauf zu sein. Die Mode, durch die einen Moment lang allgemein gültig wird, was eigentlich launenhaft ist, und das Dandytum, das auf seine Weise ein Versuch ist, die uneingeschränkte Modernität der Schönheit zu behaupten, hatten natürlich ihren Reiz für ihn. Seine Art, sich zu kleiden, und die verschiedenen Stile, die er von Zeit zu Zeit zur Schau trug, hatten deutlichen Einfluss auf die jungen Stutzer auf den Bällen in Mayfair und in den Fenstern des Pall-Mall-Klubs, die ihn in allem, was er tat, nachahmten und den absichtslosen Charme seiner anmutigen, für ihn selbst allerdings nur halb ernst gemeinten Extravaganzen aufgriffen.

Denn obwohl er nur zu gern bereit war, die Rolle, die ihm fast unmittelbar nach seiner Volljährigkeit angeboten wurde, anzunehmen, und er tatsächlich ein heimliches Vergnügen bei dem Gedanken empfand, dass er für das London seiner Zeit tatsächlich das werden könnte, was einst für das kaiserliche Rom Neros der Verfasser des *Satyricon* gewesen war, so verlangte es ihn in seinem innersten Herzen, etwas mehr zu sein als ein bloßer *arbiter elegantiarum*, der zu Rate gezogen wurde, wenn es um das Tragen eines Edelsteins, das Binden einer Krawatte oder das Halten eines Spazierstocks ging. Er war bestrebt, einen neuen Lebensentwurf zu erarbeiten, der eine vernünftige Philosophie und geordnete Grundsätze haben und in der Vergeistigung der Sinne seine höchste Verwirklichung finden sollte.

Der Kult der Sinne ist oft und mit vielem Recht geschmäht worden, da die Menschen eine natürliche, instinktive Abscheu vor Leidenschaften und Empfindungen haben, die stärker scheinen als sie selbst und die sie, wie sie wissen, mit weniger hoch organisierten Lebensformen gemein haben. Dorian Gray aber schien es, dass die wahre Natur der Sinne nie verstanden worden sei und dass sie nur deshalb unzivilisiert und animalisch geblieben seien, weil die

remained savage and animal merely because the world had sought to starve them into submission or to kill them by pain, instead of aiming at making them elements of a new spirituality, of which a fine instinct for beauty was to be the dominant characteristic. As he looked back upon man moving through History, he was haunted by a feeling of loss. So much had been surrendered! and to such little purpose! There had been mad wilful rejections, monstrous forms of self-torture and self-denial, whose origin was fear, and whose result was a degradation infinitely more terrible than that fancied degradation from which, in their ignorance, they had sought to escape, Nature, in her wonderful irony, driving out the anchorite to feed with the wild animals of the desert and giving to the hermit the beasts of the field as his companions.

Yes: there was to be, as Lord Henry had prophesied, a new Hedonism that was to recreate life, and to save it from that harsh, uncomely puritanism that is having, in our own day, its curious revival. It was to have its service of the intellect, certainly; yet, it was never to accept any theory or system that would involve the sacrifice of any mode of passionate experience. Its aim, indeed, was to be experience itself, and not the fruits of experience, sweet or bitter as they might be. Of the asceticism that deadens the senses, as of the vulgar profligacy that dulls them, it was to know nothing. But it was to teach man to concentrate himself upon the moments of a life that is itself but a moment.

There are few of us who have not sometimes wakened before dawn, either after one of those dreamless nights that make us almost enamoured of death, or one of those nights of horror and misshapen joy, when through the chambers of the brain sweep phantoms

Welt darauf aus war, sie bis zur Unterwerfung auszuhungern oder durch Schmerz abzutöten, anstatt danach zu streben, sie zu Bestandteilen einer neuen Spiritualität zu machen, in der ein feiner Instinkt für Schönheit das vorherrschende Merkmal sein sollte. Wenn er auf den Gang des Menschen durch die Geschichte zurückblickte, wurde er von einem Gefühl des Verlustes heimgesucht. So vieles war preisgegeben worden! Und nahezu vergeblich! Es hatte wahnsinnige freiwillige Entsagungen gegeben, ungeheuerliche Formen von Selbstquälerei und Selbstverleugnung, deren Ursprung Furcht und deren Ergebnis eine unendlich schrecklichere Erniedrigung war als jene eingebildete Erniedrigung, der sie in ihrer Unwissenheit entkommen wollten, da die Natur in ihrer wunderbaren Ironie den Eremiten hinaustrieb, damit er sich zusammen mit den wilden Tieren der Wüste ernährte, und dem Einsiedler die Tiere des Feldes zu Gefährten gab.

Ja, es musste, wie Lord Henry prophezeit hatte, ein neuer Hedonismus kommen, um das Leben zu erneuern und es von jenem strengen, hässlichen Puritanismus zu erlösen, der in unseren Tagen seine sonderbare Wiedergeburt erlebt. Gewiss, er würde die Dienste des Intellekts beanspruchen müssen; doch durfte er nie irgendeine Theorie oder ein System anerkennen, die den Verzicht auf irgendeine Form der leidenschaftlichen Erfahrung beinhalteten. Sein Ziel sollte ja gerade die Erfahrung selbst sein und nicht die Früchte der Erfahrung, so süß oder bitter sie auch wären. Von der Askese, die die Sinne tötet, wie von der vulgären Lasterhaftigkeit, die sie abstumpft, sollte er nichts wissen. Aber er sollte den Menschen lehren, sich auf die Augenblicke eines Lebens zu konzentrieren, das selbst nur ein Augenblick ist.

Es gibt nur wenige unter uns, die nicht manchmal vor Morgengrauen erwacht sind, entweder nach einer jener traumlosen Nächte, die uns fast in den Tod verliebt machen, oder nach einer jener Nächte voller Grauen und entstellter Lust, wenn durch die Kammern des Gehirns Phantome brausen, die schrecklicher sind

more terrible than reality itself, and instinct with that vivid life that lurks in all grotesques, and that lends to Gothic art its enduring vitality, this art being, one might fancy, especially the art of those whose minds have been troubled with the malady of reverie. Gradually white fingers creep through the curtains, and they appear to tremble. In black fantastic shapes, dumb shadows crawl into the corners of the room, and crouch there. Outside, there is the stirring of birds among the leaves, or the sound of men going forth to their work, or the sigh and sob of the wind coming down from the hills, and wandering round the silent house, as though it feared to wake the sleepers, and yet must needs call forth sleep from her purple cave. Veil after veil of thin dusky gauze is lifted, and by degrees the forms and colours of things are restored to them, and we watch the dawn remaking the world in its antique pattern. The wan mirrors get back their mimic life. The flameless tapers stand where we had left them, and beside them lies the half-cut book that we had been studying, or the wired flower that we had worn at the ball, or the letter that we had been afraid to read, or that we had read too often. Nothing seems to us changed. Out of the unreal shadows of the night comes back the real life that we had known. We have to resume it where we had left off, and there steals over us a terrible sense of the necessity for the continuance of energy in the same wearisome round of stereotyped habits, or a wild longing, it may be, that our eyelids might open some morning upon a world that had been refashioned anew in the darkness for our pleasure, a world in which things would have fresh shapes and colours, and be changed, or have other secrets, a world in which the past would have lit-

als die Wirklichkeit selbst und beseelt von jenem starken Leben, das in allem Grotesken lauert und das der gotischen Kunst ihre bleibende Kraft verleiht, denn diese Kunst, könnte man meinen, ist vor allem die Kunst jener, deren Geist durch die Krankheit des Träumens verwirrt wurde. Langsam schieben sich weiße Finger durch die Vorhänge und sie scheinen zu zittern. In fantastischen schwarzen Formen kriechen stumme Schatten in die Winkel des Zimmers und kauern sich dort nieder. Draußen hört man das Rascheln der Vögel in den Blättern oder die Schritte von Menschen, die zur Arbeit gehen, oder das Seufzen und Heulen des Windes, der von den Bergen kommt und um das stille Haus streift, als fürchte er, die Schlafenden zu wecken, und müsse dennoch notgedrungen den Schlaf aus seiner purpurnen Höhle hervorrufen. Schleier um Schleier aus feiner, dunkler Gaze hebt sich und allmählich erhalten die Dinge ihre Formen und Farben zurück und wir sehen zu, wie die Dämmerung die Welt in ihrer althergebrachten Gestalt wiederherstellt. Die matten Spiegel erlangen ihr mimisches Leben zurück. Die flammenlosen Kerzen stehen dort, wo wir sie zurückgelassen hatten, und neben ihnen liegt das halb aufgeschnittene Buch, in dem wir gelesen, oder die mit Draht verstärkte Blume, die wir auf dem Ball getragen, oder der Brief, den zu lesen wir uns gefürchtet oder den wir zu oft gelesen hatten. Nichts scheint uns verändert. Aus den unwirklichen Schatten der Nacht kehrt das wirkliche Leben zurück, das wir kannten. Wir müssen es da wieder aufnehmen, wo wir es unterbrochen hatten, und es beschleicht uns eine schreckliche Ahnung von der Notwendigkeit der Fortdauer der Tatkraft in demselben ermüdenden Kreislauf stereotyper Gewohnheiten oder vielleicht ein unbändiges Verlangen, dass sich unsere Augenlider eines Morgens einer Welt öffnen mögen, die in der Dunkelheit zu unserer Lust neu gestaltet worden wäre, einer Welt, in der die Dinge neue Formen und Farben hätten und verändert wären oder andere Geheimnisse hätten, einer Welt, in der die Vergangenheit nur einen unbedeutenden oder gar

tle or no place, or survive, at any rate, in no conscious form of obligation or regret, the remembrance even of joy having its bitterness, and the memories of pleasure their pain.

It was the creation of such worlds as these that seemed to Dorian Gray to be the true object, or amongst the true objects, of life; and in his search for sensations that would be at once new and delightful, and possess that element of strangeness that is so essential to romance, he would often adopt certain modes of thought that he knew to be really alien to his nature, abandon himself to their subtle influences, and then, having, as it were, caught their colour and satisfied his intellectual curiosity, leave them with that curious indifference that is not incompatible with a real ardour of temperament, and that indeed, according to certain modern psychologists, is often a condition of it.

It was rumoured of him once that he was about to join the Roman Catholic communion; and certainly the Roman ritual had always a great attraction for him. The daily sacrifice, more awful really than all the sacrifices of the antique world, stirred him as much by its superb rejection of the evidence of the senses as by the primitive simplicity of its elements and the eternal pathos of the human tragedy that it sought to symbolize. He loved to kneel down on the cold marble pavement, and watch the priest, in his stiff flowered dalmatic, slowly and with white hands moving aside the veil of the tabernacle, or raising aloft the jewelled lantern-shaped monstrance with that pallid wafer that at times, one would fain think, is indeed the *'panis coelestis,'* the bread of angels, or, robed in the garments of the Passion of Christ, breaking the Host into the chalice, and smiting his breast for his sins. The fuming censers, that the grave boys, in their

keinen Platz hätte oder zumindest in keiner bewussten Form von Verpflichtung oder Reue weiterlebte, weil selbst die Reminiszenz an Freude Bitterkeit enthält und den Erinnerungen an Lust ein Schmerz innewohnt.

Die Erschaffung von Welten wie dieser schien Dorian Gray das wahre Ziel oder eines der wahren Ziele des Lebens zu sein; und auf seiner Suche nach Sinneseindrücken, die zugleich neu und genussvoll wären und jenes Element der Fremdartigkeit besäßen, das für die Romantik so wesentlich ist, machte er sich oft gewisse Denkweisen zu eigen, von denen er wusste, dass sie seiner Natur in Wahrheit fremd waren, gab sich ihren subtilen Einflüssen hin und verließ sie dann, nachdem er gewissermaßen ihre Farbe eingefangen und seine geistige Neugier befriedigt hatte, mit jener eigentümlichen Gleichgültigkeit, die nicht unvereinbar ist mit einer wahren Inbrunst des Gemüts und die in der Tat nach Meinung gewisser moderner Psychologen oft eine Voraussetzung dafür ist.

Einmal ging das Gerücht über ihn, er sei im Begriff, der römisch-katholischen Kirche beizutreten, und gewiss hatte der katholische Kult schon immer eine große Anziehungskraft für ihn. Das tägliche Messopfer, das in Wahrheit bedeutend Ehrfurcht gebietender ist als alle Opfer der antiken Welt, bewegte ihn ebenso sehr durch seine erhabene Zurückweisung der Beweiskraft der Sinne wie durch die primitive Schlichtheit seiner Elemente und das ewige Pathos der menschlichen Tragödie, die es zu symbolisieren suchte. Er liebte es, auf dem kalten Marmorboden niederzuknien und den Priester zu beobachten, wie er in seiner steifen, blumenbestickten Stola langsam und mit weißen Händen den Vorhang des Tabernakels zur Seite schob oder die edelsteinbesetzte, laternenförmige Monstranz mit jener blassen Oblate, von der man gern glauben möchte, sie sei zuweilen tatsächlich das *panis caelestis*, das Brot der Engel, in die Höhe hob, oder wie er, gekleidet in die Gewänder der Passion Christi, die Hostie in den Abendmahlskelch brach und sich um seiner Sünden willen die Brust schlug. Die dampfenden Weih-

lace and scarlet, tossed into the air like great gilt flowers, had their subtle fascination for him. As he passed out, he used to look with wonder at the black confessionals, and long to sit in the dim shadow of one of them and listen to men and women whispering through the worn grating the true story of their lives.

But he never fell into the error of arresting his intellectual development by any formal acceptance of creed or system, or of mistaking, for a house in which to live, an inn that is but suitable for the sojourn of a night, or for a few hours of a night in which there are no stars and the moon is in travail. Mysticism, with its marvellous power of making common things strange to us, and the subtle anti-nomianism that always seems to accompany it, moved him for a season; and for a season he inclined to the materialistic doctrines of the *Darwinismus* movement in Germany, and found a curious pleasure in tracing the thoughts and passions of men to some pearly cell in the brain, or some white nerve in the body, delighting in the conception of the absolute dependence of the spirit on certain physical conditions, morbid or healthy, normal or diseased. Yet, as has been said of him before, no theory of life seemed to him to be of any importance compared with life itself. He felt keenly conscious of how barren all intellectual speculation is when separated from action and experiment. He knew that the senses, no less than the soul, have their spiritual mysteries to reveal.

And so he would now study perfumes, and the secrets of their manufacture, distilling heavily-scented oils, and burning odorous gums from the East. He saw

rauchfässchen, die die ernsthaften Jungen in Spitze und Scharlachrot gleich großen goldenen Blumen durch die Luft schwangen, übten einen geheimen Zauber auf ihn aus. Beim Hinausgehen betrachtete er immer voller Staunen die schwarzen Beichtstühle und sehnte sich danach, im düsteren Schatten eines solchen zu sitzen und den Männern und Frauen zu lauschen, die durch das abgenutzte Gitter die wahre Geschichte ihres Lebens flüsterten.

Aber er beging nie den Fehler, seine geistige Entwicklung durch die förmliche Annahme irgendeines Glaubens oder Systems zu behindern oder eine Herberge, die sich nur für den kurzen Aufenthalt einer Nacht eignet oder für ein paar Stunden einer Nacht, in der es keine Sterne gibt und der Mond in Wehen liegt, mit einem Haus zu verwechseln, in dem man leben konnte. Die Mystik mit ihrer wunderbaren Macht, uns alltägliche Dinge fremdartig erscheinen zu lassen, und der subtile Antinomismus, der sie immer zu begleiten scheint, bewegte ihn eine Saison lang; eine weitere Saison neigte er zu den materialistischen Lehren der Darwinismus-Bewegung in Deutschland und fand ein merkwürdiges Vergnügen daran, die Gedanken und Leidenschaften der Menschen auf irgendeine perlengleiche Zelle im Gehirn oder auf irgendeinen weißen Nerv im Körper zurückzuführen, wobei ihn die Vorstellung der vollkommenen Abhängigkeit des Geistes von bestimmten physischen Bedingungen, kranken oder gesunden, normalen oder pathologischen, entzückte. Aber, wie bereits über ihn gesagt wurde, keine Theorie über das Leben schien, verglichen mit dem Leben selbst, von irgendeiner Bedeutung für ihn. Er war sich deutlich bewusst, wie unfruchtbar jede intellektuelle Spekulation ist, wenn sie vom Tun und vom Experiment getrennt stattfindet. Er wusste, dass die Sinne nicht weniger als die Seele ihre geistigen Geheimnisse zu offenbaren haben.

Und so analysierte er nunmehr Duftstoffe und die Geheimnisse ihrer Herstellung, indem er schwer duftende Öle destillierte und wohlriechende Gummiharze aus dem Orient verbrannte. Er

that there was no mood of the mind that had not its counterpart in the sensuous life, and set himself to discover their true relations, wondering what there was in frankincense that made one mystical, and in ambergris that stirred one's passions, and in violets that woke the memory of dead romances, and in musk that troubled the brain, and in champak that stained the imagination; and seeking often to elaborate a real psychology of perfumes, and to estimate the several influences of sweet-smelling roots, and scented pollen-laden flowers, of aromatic balms, and of dark and fragrant woods, of spikenard that sickens, of hovenia that makes men mad, and of aloes that are said to be able to expel melancholy from the soul.

At another time he devoted himself entirely to music, and in a long latticed room, with a vermilion-and-gold ceiling and walls of olive-green lacquer, he used to give curious concerts in which mad gypsies tore wild music from little zithers, or grave yellow-shawled Tunisians plucked at the strained strings of monstrous lutes, while grinning negroes beat monotonously upon copper drums, and, crouching upon scarlet mats, slim turbaned Indians blew through long pipes of reed or brass, and charmed, or feigned to charm, great hooded snakes and horrible horned adders The harsh intervals and shrill discords of barbaric music stirred him at times when Schubert's grace, and Chopin's beautiful sorrows, and the mighty harmonies of Beethoven himself, fell unheeded on his ear. He collected together from all parts of the world the strangest instruments that could be found, either in the tombs of dead nations or among the few savage tribes that have survived contact with Western civilizations, and loved to touch and try them. He had the

erkannte, dass es keine Stimmung des Geistes gab, die nicht ihr Gegenstück im sinnlichen Leben hatte, und machte sich daran, ihre wahren Beziehungen zu erforschen, indem er sich fragte, was im Weihrauch war, der einen mystisch stimmte, und in grauer Ambra, die die Leidenschaft weckte, und in Veilchen, die die Erinnerung an vergangene Romanzen wachriefen, und in Moschus, der das Gehirn verwirrte, und in Champak, das die Fantasie befleckte; und oft bemühte er sich, eine regelrechte Psychologie der Duftstoffe zu erarbeiten und die verschiedenen Einflüsse süßlich riechender Wurzeln und duftender, pollenbeladener Blumen, aromatischer Balsame und dunkler, wohlriechender Hölzer zu bestimmen, von der Narde, die krank macht, von der Hovenia, die die Menschen wahnsinnig macht, und von der Aloe, von der es heißt, sie könne die Schwermut aus der Seele vertreiben.

Ein andermal widmete er sich ganz der Musik und pflegte in einem langen, vergitterten Raum mit einer zinnober- und goldfarbenen Decke und olivgrün lackierten Wänden sonderbare Konzerte zu veranstalten, in denen närrische Zigeuner kleinen Zithern wilde Melodien entlockten oder ernste, in gelbe Schals gehüllte Tunesier die straffen Saiten riesiger Lauten zupften, während grinsende Neger monoton auf kupferne Trommeln schlugen und schmächtige, Turban tragende Inder, auf scharlachroten Matten kauernd, auf langen Flöten aus Rohr oder Messing bliesen und große Brillenschlangen oder grauenvolle Hornvipern beschworen oder zu beschwören vorgaben. Die harschen Intervalle und die schrillen Dissonanzen barbarischer Musik erregten ihn zuweilen, wenn Schuberts Anmut und Chopins schöne Klagen und selbst die gewaltigen Harmonien Beethovens unbeachtet an sein Ohr drangen. Aus allen Teilen der Welt trug er die fremdartigsten Instrumente zusammen, die sich entweder in den Gräbern ausgestorbener Völker oder bei den wenigen wilden Stämmen, die die Berührung mit den westlichen Kulturen überlebt haben, finden ließen, und er liebte es, sie zu berühren und auszuprobieren. Er besaß die

mysterious *juruparis* of the Rio Negro Indians, that women are not allowed to look at, and that even youths may not see till they have been subjected to fasting and scourging, and the earthen jars of the Peruvians that have the shrill cries of birds, and flutes of human bones such as Alfonso de Ovalle heard in Chili, and the sonorous green jaspers that are found near Cuzco and give forth a note of singular sweetness. He had painted gourds filled with pebbles that rattled when they were shaken; the long *clarin* of the Mexicans, into which the performer does not blow, but through which he inhales the air; the harsh *turé* of the Amazon tribes, that is sounded by the sentinels who sit all day long in high trees, and can be heard, it is said, at a distance of three leagues; the *teponaztli,* that has two vibrating tongues of wood, and is beaten with sticks that are smeared with an elastic gum obtained from the milky juice of plants; the *yotl*-bells of the Aztecs, that are hung in clusters like grapes; and a huge cylindrical drum, covered with the skins of great serpents, like the one that Bernal Diaz saw when he went with Cortes into the Mexican temple, and of whose doleful sound he has left us so vivid a description. The fantastic character of these instruments fascinated him, and he felt a curious delight in the thought that Art, like Nature, has her monsters, things of bestial shape and with hideous voices. Yet, after some time, he wearied of them, and would sit in his box at the Opera, either alone or with Lord Henry, listening in rapt pleasure to 'Tannhauser,' and seeing in the prelude to that great work of art a presentation of the tragedy of his own soul.

On one occasion he took up the study of jewels, and appeared at a costume ball as Anne de Joyeuse, Admiral of France, in a dress covered with five hundred and sixty

geheimnisvollen *juruparis* der Indianer vom Rio Negro, die die Frauen nicht ansehen dürfen und die selbst die jungen Männer nicht sehen dürfen, bis sie sich dem Fasten und der Selbstgeißelung unterzogen haben, und die irdenen Gefäße der Peruaner, die den schrillen Schrei der Vögel wiedergeben, und Flöten aus Menschenknochen, wie sie Alfonso de Ovalle in Chile hörte, und die tönenden grünen Jaspissteine, die bei Cuzco zu finden sind und einen Ton von einzigartiger Süße hervorbringen. Er hatte bemalte, mit Kieselsteinen gefüllte Kalebassen, die rasselten, wenn sie geschüttelt wurden; die lange *clarin* der Mexikaner, in die der Spieler nicht hineinbläst, sondern durch die er die Luft einzieht; die schrille *turé* der Amazonasstämme, welche die Wachposten ertönen lassen, die den ganzen Tag auf hohen Bäumen sitzen, und die, wie man sagt, auf eine Entfernung von drei Wegstunden zu hören ist; das *teponaztli*, das zwei vibrierende Holzzungen hat und mit Stöcken geschlagen wird, die mit einem aus milchigem Pflanzensaft gewonnenen elastischen Gummiharz bestrichen sind; die *yotl*-Glocken der Azteken, die wie Trauben in Büscheln aufgehängt sind; und eine riesige, mit den Häuten großer Schlangen bespannte zylinderförmige Trommel wie jene, die Bernal Diaz sah, als er mit Cortez in den mexikanischen Tempel ging und von deren klagendem Klang er uns eine so lebhafte Schilderung hinterlassen hat. Die wunderliche Beschaffenheit dieser Instrumente faszinierte ihn und er empfand ein seltsames Vergnügen bei dem Gedanken, dass die Kunst wie die Natur ihre Ungeheuer hatte, Dinge von wüster Gestalt und mit grässlichen Stimmen. Aber nach einiger Zeit wurde er ihrer überdrüssig und saß dann wieder in seiner Loge in der Oper, entweder allein oder mit Lord Henry, lauschte hingerissen dem *Tannhäuser* und sah im Vorspiel zu diesem großartigen Werk eine Darbietung der Tragödie seiner eigenen Seele.

Bei anderer Gelegenheit nahm er die Erforschung von Edelsteinen auf und erschien auf einem Kostümball als Herzog Anne von Joyeuse, Admiral von Frankreich, in einem mit fünfhundert-

pearls. This taste enthralled him for years, and, indeed, may be said never to have left him. He would often spend a whole day settling and resettling in their cases the various stones that he had collected, such as the olive-green chrysoberyl that turns red by lamplight, the cymophane with its wire-like line of silver, the pistachio-coloured peridot, rose-pink and wine-yellow topazes, carbuncles of fiery scarlet with tremulous four-rayed stars, flame-red cinnamon-stones, orange and violet spinels, and amethysts with their alternate layers of ruby and sapphire. He loved the red gold of the sunstone, and the moonstone's pearly whiteness, and the broken rainbow of the milky opal. He procured from Amsterdam three emeralds of extraordinary size and richness of colour, and had a turquoise *de la vieille roche* that was the envy of all the connoisseurs.

He discovered wonderful stories, also, about jewels. In Alphonso's 'Clericalis Disciplina' a serpent was mentioned with eyes of real jacinth, and in the romantic history of Alexander, the Conqueror of Emathia was said to have found in the vale of Jordan snakes 'with collars of real emeralds growing on their backs.' There was a gem in the brain of the dragon, Philostratus told us, and 'by the exhibition of golden letters and a scarlet robe' the monster could be thrown into a magical sleep, and slain. According to the great alchemist, Pierre de Boniface, the diamond rendered a man invisible, and the agate of India made him eloquent. The cornelian appeased anger, and the hyacinth provoked sleep, and the amethyst drove away the fumes of wine. The garnet cast out demons, and the hydropicus deprived the moon of her colour. The selenite waxed and waned with the moon, and the meloceus, that discovers thieves, could be affected only by the

undsechzig Perlen besetzten Gewand. Diese Neigung fesselte ihn jahrelang, ja, man kann sagen, sie hat ihn nie verlassen. Er brachte oft einen ganzen Tag damit zu, die verschiedenen Steine, die er gesammelt hatte, in ihren Kästchen ein- und umzuordnen, wie zum Beispiel den olivgrünen Chrysoberyll, der im Lampenlicht rot wird, den Cymophan mit seiner drahtähnlichen Silberlinie, den pistazienfarbenen Peridot, rosafarbene und weingelbe Topase, Karfunkelsteine aus feurigem Scharlachrot mit zitternden vierstrahligen Sternen, flammenrote Zimtsteine, orangefarbene und violette Spinelle und Amethyste mit ihren regelmäßig abwechselnden Schichten aus Rubin und Saphir. Er liebte das rote Gold des Sonnensteins und des Mondsteins perlgleiches Weiß und den gebrochenen Regenbogen des milchigen Opals. Aus Amsterdam ließ er drei Smaragde von außergewöhnlicher Größe und Farbpracht kommen und er besaß einen Türkis *de la vieille roche*, der den Neid aller Kenner erregte.

Er entdeckte auch wunderbare Geschichten über Edelsteine. In Alphonsos *Clericalis Disciplina* wurde eine Schlange mit Augen aus echtem braunen Zirkon erwähnt und in der romantischen Geschichte Alexanders hieß es, der Eroberer von Emathia habe im Jordantal Schlangen entdeckt mit »Bändern aus echten Smaragden, die auf ihren Rücken wuchsen.« Im Gehirn des Drachen befand sich ein Schmuckstein, erzählte uns Philostratus, und »durch das Vorzeigen goldener Buchstaben und eines scharlachroten Gewandes« konnte das Ungeheuer in einen magischen Schlaf versetzt und getötet werden. Dem großen Alchimisten Pierre de Boniface zufolge machte der Diamant einen Menschen unsichtbar und der indische Achat machte ihn beredt. Der Karneol besänftigte Zorn, der Hyazinth rief den Schlaf herbei und der Amethyst verscheuchte die Dünste des Weines. Der Granat trieb Dämonen aus und der Hydrophan beraubte den Mond seiner Farbe. Der Selenit nahm mit dem Mond zu und ab, und dem Meloceus, der Diebe entdeckt, konnte nur das Blut junger Zie-

blood of kids. Leonardus Camillus had seen a white stone taken from the brain of a newly-killed toad, that was a certain antidote against poison. The bezoar, that was found in the heart of the Arabian deer, was a charm that could cure the plague. In the nests of Arabian birds was the aspilates, that, according to Democritus, kept the wearer from any danger by fire.

The King of Ceilan rode through his city with a large ruby in his hand, at the ceremony of his coronation. The gates of the palace of John the Priest were 'made of sardius, with the horn of the horned snake inwrought, so that no man might bring poison within.' Over the gable were 'two golden apples, in which were two carbuncles,' so that the gold might shine by day, and the carbuncles by night. In Lodge's strange romance 'A Margarite of America' it was stated that in the chamber of the queen one could behold 'all the chaste ladies of the world, inchased out of silver, looking through fair mirrours of chrysolites, carbuncles, sapphires, and greene emeraults.' Marco Polo had seen the inhabitants of Zipangu place rose-coloured pearls in the mouths of the dead. A sea-monster had been enamoured of the pearl that the diver brought to King Perozes, and had slain the thief, and mourned for seven moons over its loss. When the Huns lured the king into the great pit, he flung it away—Procopius tells the story—nor was it ever found again, though the Emperor Anastasius offered five hundred-weight of gold pieces for it. The King of Malabar had shown to a certain Venetian a rosary of three hundred and four pearls, one for every god that he worshipped.

When the Duke de Valentinois, son of Alexander VI., visited Louis XII. of France, his horse was loaded with gold leaves, according to Brantôme, and his cap had double

gen etwas anhaben. Leonardus Camillus hatte gesehen, wie man dem Gehirn einer frisch getöteten Kröte einen weißen Stein entnommen hatte, der ein sicheres Gegenmittel gegen Gift war. Der Bezoarstein, den man im Herzen des arabischen Hirsches fand, war ein Zaubermittel, das die Pest zu heilen vermochte. In den Nestern arabischer Vögel kam der Aspilates vor, der Demokrit zufolge seinen Träger vor jeglicher Feuergefahr bewahrte.

Der König von Ceylon ritt bei den Feierlichkeiten anlässlich seiner Krönung mit einem großen Rubin in der Hand durch seine Stadt. Die Tore des Palastes von Johannes dem Priester waren »aus Sarder, in den das Horn der Hornviper eingearbeitet war, so dass kein Mensch Gift hineintragen könnte.« Über dem Giebel waren »zwei goldene Äpfel, in denen zwei Karfunkel waren«, so dass am Tag das Gold glänzen möge und die Karfunkel bei Nacht. In Lodges seltsamem Versroman *Eine Perle aus Amerika* heißt es, man könne in dem Zimmer der Königin »alle keuschen Frauen der Welt aus getriebenem Silber« betrachten, »wenn man durch helle Spiegel aus Chrysolithen, Karfunkeln, Saphiren und grünen Smaragden blicke.« Marco Polo hatte beobachtet, wie die Einwohner von Zipangu rosafarbene Perlen in die Münder der Toten legten. Ein Seeungeheuer war in die Perle verliebt gewesen, die der Taucher König Perozes brachte, und es hatte den Dieb getötet und sieben Monde lang seinen Verlust betrauert. Als die Hunnen den König in die große Grube lockten, warf er sie weg – Prokopios erzählt die Geschichte – und sie wurde nie wieder gefunden, obwohl Kaiser Anastasios fünf Zentner Goldstücke dafür bot. Der König von Malabar hatte einem gewissen Venezianer einen Rosenkranz aus dreihundertvier Perlen gezeigt, eine für jeden Gott, den er verehrte.

Als der Herzog von Valentinois, der Sohn Alexanders VI., Ludwig XII. von Frankreich besuchte, war sein Pferd Brantôme zufolge mit goldenen Blättern beladen und sein Barett hatte Dop-

rows of rubies that threw out a great light. Charles of England had ridden in stirrups hung with four hundred and twenty-one diamonds. Richard II. had a coat, valued at thirty thousand marks, which was covered with balas rubies. Hall described Henry VIII., on his way to the Tower previous to his coronation, as wearing 'a jacket of raised gold, the placard embroidered with diamonds and other rich stones, and a great bau-derike about his neck of large balasses.' The favourites of James I. wore ear-rings of emeralds set in gold filigrane. Edward II. gave to Piers Gaveston a suit of red-gold armour studded with jacinths, a collar of gold roses set with turquoise-stones, and a skull-cap *parsemé* with pearls. Henry II. wore jewelled gloves reaching to the elbow, and had a hawk-glove sewn with twelve rubies and fifty-two great orients. The ducal hat of Charles the Rash, the last Duke of Burgundy of his race, was hung with pear-shaped pearls, and studded with sapphires.

How exquisite life had once been! How gorgeous in its pomp and decoration! Even to read of the luxury of the dead was wonderful.

Then he turned his attention to embroideries, and to the tapestries that performed the office of frescoes in the chill rooms of the Northern nations of Europe. As he investigated the subject—and he always had an extraordinary faculty of becoming absolutely absorbed for the moment in whatever he took up—he was almost saddened by the reflection of the ruin that Time brought on beautiful and wonderful things. He, at any rate, had escaped that. Summer followed summer, and the yellow jonquils bloomed and died many times, and nights of horror repeated the story of their shame, but he was

pelreihen von Rubinen, die ein herrliches Licht ausstrahlten. Karl von England war in Steigbügeln geritten, die mit vierhunderteinundzwanzig Diamanten behängt waren. Richard II. hatte einen auf dreißigtausend Mark geschätzten Mantel, der mit Balasrubinen bedeckt war. Hall schilderte, dass Heinrich VIII. auf seinem Weg zum Tower vor seiner Krönung »ein Gewand aus getriebenem Gold, die Brustplatte mit Diamanten und anderen Edelsteinen geschmückt, und eine mächtige Kette aus großen Balasrubinen um den Hals« trug. Die Günstlinge Jakobs I. trugen Ohrringe aus in Goldfiligran gefassten Smaragden. Eduard II. schenkte Piers Gaveston eine mit braunen Zirkonen übersäte rotgoldene Rüstung, ein mit Türkisen besetztes Collier aus goldenen Rosen und eine mit Perlen bespickte Scheitelkappe. Heinrich II. trug bis zum Ellbogen reichende, mit Edelsteinen besetzte Handschuhe und besaß einen Falknerhandschuh, auf den zwölf Rubine und zweiundfünfzig wertvolle echte Perlen aufgenäht waren. Der Herzogshut Karls des Kühnen, des letzten Herzogs von Burgund seines Geschlechts, war mit birnenförmigen Perlen behängt und mit Saphiren übersät.

Wie edel das Leben einst gewesen war! Wie prachtvoll in seinem Prunk und Zierrat! Von dem Luxus der Toten auch nur zu lesen war wunderbar.

Dann wandte er seine Aufmerksamkeit den Stickereien und den Wandteppichen zu, die in den frostigen Gemächern der Völker Nordeuropas die Rolle der Fresken übernahmen. Als er dieses Gebiet erforschte – und er besaß immer die außerordentliche Fähigkeit, sich für den Augenblick vollkommen in das zu vertiefen, was er in Angriff nahm –, stimmte ihn der Gedanke an die Zerstörung, welche die Zeit über schöne und wunderbare Dinge brachte, fast traurig. Wenigsten er war ihr entronnen. Sommer folgte auf Sommer, die gelben Jonquillen blühten und verwelkten viele Male und Nächte des Grauens wiederholten die Geschichte ihrer Schande, doch er war unverändert. Kein Winter

unchanged. No winter marred his face or stained his flower-like bloom. How different it was with material things! Where had they passed to? Where was the great crocus-coloured robe, on which the gods fought against the giants, that had been worked by brown girls for the pleasure of Athena? Where, the huge velarium that Nero had stretched across the Colosseum at Rome, that Titan sail of purple on which was represented the starry sky, and Apollo driving a chariot drawn by white gilt-reined steeds? He longed to see the curious table-napkins wrought for the Priest of the Sun, on which were displayed all the dainties and viands that could be wanted for a feast; the mortuary cloth of King Chilperic, with its three hundred golden bees; the fantastic robes that excited the indignation of the Bishop of Pontus, and were figured with 'lions, panthers, bears, dogs, forests, rocks, hunters—all, in fact, that a painter can copy from nature'; and the coat that Charles of Orleans once wore, on the sleeves of which were embroidered the verses of a song beginning '*Madame, je suis tout joyeux,*' the musical accompaniment of the words being wrought in gold thread, and each note, of square shape in those days, formed with four pearls. He read of the room that was prepared at the palace at Rheims for the use of Queen Joan of Burgundy, and was decorated with 'thirteen hundred and twenty-one parrots, made in broidery, and blazoned with the king's arms, and five hundred and sixty-one butterflies, whose wings were similarly ornamented with the arms of the queen, the whole worked in gold.' Catherine de Medicis had a mourning-bed made for her of black velvet powdered with crescents and suns. Its curtains were of damask, with leafy wreaths and garlands, figured upon a gold and silver ground, and fringed along the

entstellte sein Gesicht oder befleckte seine blumengleiche Schönheit. Wie anders war das mit materiellen Dingen! Wohin waren sie verschwunden? Wo war das prächtige krokusfarbene Gewand, auf dem die Götter gegen die Giganten kämpften und das von braunen Mädchen der Athene zur Freude gefertigt worden war? Wo war das riesige Velarium, das Nero über das Kolosseum in Rom gespannt hatte, das Titanensegel aus Purpur, auf dem der Sternenhimmel abgebildet war und Apollo, wie er einen von weißen Rossen mit goldenen Zügeln gezogenen Wagen lenkt? Es verlangte ihn, die eigentümlichen, für den Sonnenpriester gewebten Tischtücher zu sehen, auf denen all die Leckereien und Speisen dargestellt waren, die man sich für ein Festmahl wünschen konnte; das Leichentuch König Chilperichs mit seinen dreihundert goldenen Bienen; die fantastischen Gewänder, die die Entrüstung des Bischofs von Pontus hervorriefen und mit »Löwen, Panthern, Bären, Hunden, Wäldern, Felsen, Jägern – kurz, mit allem, was ein Maler der Natur abschauen kann«, geschmückt waren; und den Mantel, den Karl von Orléans einst trug, auf dessen Ärmel die Verse eines Liedes eingestickt waren, das begann mit *Madame, je suis tout joyeux*, während die musikalische Begleitung der Worte mit Goldfaden ausgearbeitet und jede Note in der damals üblichen quadratischen Form aus vier Perlen gebildet war. Er las von dem Zimmer, das man im Palast von Reims für Königin Johanna von Burgund eingerichtet hatte und das ausgeschmückt war mit »dreizehnhunderteinundzwanzig gestickten Papageien, verziert mit den Wappen den Königs, und fünfhunderteinundsechzig Schmetterlingen, die Flügel auf dieselbe Weise mit den Wappen der Königin geschmückt, das Ganze in Gold gearbeitet.« Katharina von Medici hatte sich ein Trauerbett aus schwarzem Samt anfertigen lassen, das mit Halbmonden und Sonnen übersät war. Seine Vorhänge waren aus Damast mit Mustern aus Laubkränzen und Girlanden auf goldenem und silbernem Grund und mit Perlenstickereien gesäumt,

edges with broideries of pearls, and it stood in a room hung with rows of the queen's devices in cut black velvet upon cloth of silver. Louis XIV. had gold-embroidered caryatides fifteen feet high in his apartment. The state bed of Sobieski, King of Poland, was made of Smyrna gold brocade embroidered in turquoises with verses from the Koran. Its supports were of silver gilt, beautifully chased, and profusely set with enamelled and jewelled medallions. It had been taken from the Turkish camp before Vienna, and the standard of Mohammed had stood beneath the tremulous gilt of its canopy.

And so, for a whole year, he sought to accumulate the most exquisite specimens that he could find of textile and embroidered work, getting the dainty Delhi muslins, finely wrought with gold-thread palmates, and stitched over with iridescent beetles' wings; the Dacca gauzes, that from their transparency are known in the East as 'woven air,' and 'running water,' and 'evening dew'; strange figured cloths from Java; elaborate yellow Chinese hangings; books bound in tawny satins or fair blue silks, and wrought with *fleurs de lys,* birds, and images; veils of *lacis* worked in Hungary point; Sicilian brocades, and stiff Spanish velvets; Georgian work with its gilt coins, and Japanese *Foukousas* with their green-toned golds and their marvellously-plumaged birds.

He had a special passion, also, for ecclesiastical vestments, as indeed he had for everything connected with the service of the Church. In the long cedar chests that lined the west gallery of his house he had stored away many rare and beautiful specimens of what is really the raiment of the Bride of Christ, who must wear purple and jewels and fine linen that she may hide the pallid macerated body that is worn by the suffering that she seeks for,

und es stand in einem Zimmer, in dem reihenweise Leitsätze der Königin in ausgeschnittenem schwarzem Samt auf silbernem Stoff hingen. Ludwig XIV. hatte in seinen Gemächern fünfzehn Fuß hohe Karyatiden. Das Prunkbett Sobieskis, König von Polen, bestand aus Smyrna-Goldbrokat, auf den mit Türkisen Verse aus dem Koran gestickt waren. Seine Pfosten waren aus vergoldetem Silber, schön ziseliert und reich mit emaillierten und edelsteinbesetzten Medaillons verziert. Es war aus einem türkischen Feldlager vor Wien entwendet worden und das Banner Mohammeds hatte unter dem flimmernden Gold seines Baldachins gestanden.

Und so suchte er ein ganzes Jahr lang die kostbarsten Muster von Stoffen und Stickereien zusammenzutragen, die er finden konnte, er erstand die feinen Musseline aus Delhi, fein durchwirkt mit Palmetten aus Goldfäden und mit irisierenden Käferflügeln bestickt; die Gaze aus Dhaka, die im Orient ihrer Durchsichtigkeit wegen als »gewebte Luft« und »fließendes Wasser« und »Abendtau« bekannt ist; fremdartig gemusterte Stoffe aus Java; kunstvoll gearbeitete gelbe chinesische Wandbehänge; in lohfarbene Atlas- oder hellblaue Seidenstoffe gebundene Bücher mit eingearbeiteten *fleurs de lys*, Vögeln und Bildern; Schleier aus *lacis*, gearbeitet in ungarischer Nadelspitze; sizilianische Brokat- und steife spanische Samtstoffe; georgische Handarbeit mit ihren goldenen Münzen und japanische *Foukousas* mit ihren grünlichen Goldtönen und ihren herrlich gefiederten Vögeln.

Er hatte außerdem eine besondere Leidenschaft für sakrale Gewänder wie übrigens für alles, was mit dem Gottesdienst der Kirche zusammenhing. In den langen Kästen aus Zedernholz, die den westlichen Korridor seines Hauses säumten, hatte er viele seltene, schöne Exemplare des wahren Gewands der Braut Christi verstaut, die Purpur und Edelsteine und feines Leinen tragen muss, um den bleichen, abgezehrten Leib darin zu verhüllen, der erschöpft ist von dem Leiden, nach dem er sucht, und der von

and wounded by self-inflicted pain. He possessed a gorgeous cope of crimson silk and gold-thread damask, figured with a repeating pattern of golden pomegranates set in six-petalled formal blossoms, beyond which on either side was the pine-apple device wrought in seed-pearls. The orphreys were divided into panels representing scenes from the life of the Virgin, and the coronation of the Virgin was figured in coloured silks upon the hood. This was Italian work of the fifteenth century. Another cope was of green velvet, embroidered with heart-shaped groups of acanthus-leaves, from which spread long-stemmed white blossoms, the details of which were picked out with silver thread and coloured crystals. The morse bore a seraph's head in gold-thread raised work. The orphreys were woven in a diaper of red and gold silk, and were starred with medallions of many saints and martyrs, among whom was St. Sebastian. He had chasubles, also, of amber-coloured silk, and blue silk and gold brocade, and yellow silk damask and cloth of gold, figured with representations of the Passion and Crucifixion of Christ, and embroidered with lions and peacocks and other emblems; dalmatics of white satin and pink silk damask, decorated with tulips and dolphins and *fleurs de lys;* altar frontals of crimson velvet and blue linen; and many corporals, chalice-veils, and sudaria. In the mystic offices to which such things were put, there was something that quickened his imagination.

For these treasures, and everything that he collected in his lovely house, were to be to him means of forgetfulness, modes by which he could escape, for a season, from the fear that seemed to him at times to be almost too great to be borne. Upon the walls of the lonely locked room where he had spent so much of his boy-

selbst auferlegter Qual verwundet ist. Er besaß einen prächtigen Rauchmantel aus karminroter Seide und golddurchwirktem Damast, verziert mit einem sich wiederholenden Muster aus goldenen Granatäpfeln, die in geometrische sechsblättrige Blüten gefasst waren, worunter auf jeder Seite das Ananasmotiv mit Zuchtperlen aufgestickt war. Die Bordüren waren in Felder aufgeteilt, die Szenen aus dem Leben der Jungfrau zeigten, und die Krönung der Jungfrau war in farbigen Seidenfäden auf der Kapuze dargestellt. Es war eine italienische Arbeit aus dem fünfzehnten Jahrhundert. Ein anderer Rauchmantel war aus grünem Samt, bestickt mit herzförmigen Bündeln von Akanthusblättern, aus denen langstielige weiße Blüten herauswuchsen, deren Details mit Silberfaden und farbigen Kristallen hervorgehoben waren. Die Spange trug den Kopf eines Seraphs, gearbeitet aus erhabenen Goldfäden. Die Bordüren waren in einem regelmäßigen Muster aus roter und goldener Seide gewebt und mit Medaillons zahlreicher Heiliger und Märtyrer geschmückt, unter ihnen der Heilige Sebastian. Darüber hinaus hatte er Messgewänder aus bernsteinfarbener Seide und aus blauer Seide und Goldbrokat und aus gelbem Seidendamast und goldenem Tuch, geschmückt mit Darstellungen der Passion und Kreuzigung Christi und bestickt mit Löwen und Pfauen und anderen Emblemen; Dalmatikas aus weißem Atlas und rosafarbenem Seidendamast, verziert mit Tulpen und Delfinen und *fleurs de lys*; Altardecken aus karmesinrotem Samt und blauem Leinen; und zahlreiche Korporale, Kelchdecken und Schweißtücher. In den mystischen Zeremonien, für die derartige Dinge bestimmt waren, lag etwas, das seine Fantasie beflügelte.

Denn diese Schätze und alles, was er in seinem herrlichen Haus sammelte, waren für ihn Mittel zum Vergessen, Maßnahmen, durch die er eine Zeitlang der Angst entrinnen konnte, die ihm manchmal zu groß erschien, um sie zu ertragen. An die Wand des abgeschiedenen verschlossenen Raumes, in dem er einen so großen Teil seiner Kindheit verbracht hatte, hatte er mit

hood, he had hung with his own hands the terrible portrait whose changing features showed him the real degradation of his life, and in front of it had draped the purple-and-gold pall as a curtain. For weeks he would not go there, would forget the hideous painted thing, and get back his light heart, his wonderful joyousness, his passionate absorption in mere existence. Then, suddenly, some night he would creep out of the house, go down to dreadful places near Blue Gate Fields, and stay there, day after day, until he was driven away. On his return he would sit in front of the picture, sometimes loathing it and himself, but filled, at other times, with that pride of individualism that is half the fascination of sin, and smiling, with secret pleasure, at the misshapen shadow that had to bear the burden that should have been his own.

After a few years he could not endure to be long out of England, and gave up the villa that he had shared at Trouville with Lord Henry, as well as the little white walled-in house at Algiers where they had more than once spent the winter. He hated to be separated from the picture that was such a part of his life, and was also afraid that during his absence some one might gain access to the room, in spite of the elaborate bars that he had caused to be placed upon the door.

He was quite conscious that this would tell them nothing. It was true that the portrait still preserved, under all the foulness and ugliness of the face, its marked likeness to himself; but what could they learn from that? He would laugh at any one who tried to taunt him. He had not painted it. What was it to him how vile and full of shame it looked? Even if he told them, would they believe it?

Yet he was afraid. Sometimes when he was down at his great house in Nottinghamshire, entertaining the fash-

eigenen Händen das schreckliche Porträt gehängt, dessen sich verändernde Züge ihm die wirkliche Erniedrigung seines Lebens vor Augen führten, und davor hatte er das purpur- und goldfarbene Bahrtuch als Vorhang drapiert. Wochenlang ging er nicht dorthin, vergaß das grässliche gemalte Ding und gewann sein leichtes Herz, seine wunderbare Fröhlichkeit, seine leidenschaftliche Hingabe an das pure Leben zurück. Dann schlich er sich plötzlich eines Nachts aus dem Haus, suchte grauenvolle Orte in der Nähe der Blue Gate Fields auf und blieb dort Tag um Tag, bis es ihn forttrieb. Nach seiner Rückkehr saß er vor dem Bild, manchmal voller Verachtung für das Bild und sich selbst, ein andermal aber erfüllt mit dem Stolz des Individualismus, der die halbe Faszination der Sünde ausmacht, und den verunstalteten Schatten mit heimlichem Vergnügen belächelnd, der die Last tragen musste, die eigentlich die seine hätte sein sollen.

Nach einigen Jahren konnte er es nicht ertragen, länger außerhalb Englands zu sein, und gab die Villa auf, die er gemeinsam mit Lord Henry in Trouville besessen hatte, ebenso wie das kleine, von weißen Mauern umgebene Haus in Algier, wo sie mehr als einmal den Winter verbracht hatten. Er hasste es, von dem Bild getrennt zu sein, das so sehr Teil seines Lebens war, und fürchtete auch, dass sich jemand während seiner Abwesenheit Zugang zu dem Raum verschaffen könnte trotz der aufwändigen Riegel, die er an der Tür hatte anbringen lassen.

Er war sich durchaus bewusst, dass es ihnen nichts verraten würde. Zwar bewahrte das Porträt unter all der Verderbtheit und Hässlichkeit des Gesichts noch seine deutliche Ähnlichkeit mit ihm, aber was konnten sie daraus schließen? Er würde jeden auslachen, der ihn zu schmähen versuchte. Er hatte es nicht gemalt. Was ging es ihn an, wie abscheulich und schändlich es aussah? Selbst wenn er es ihnen erzählte, würden sie es überhaupt glauben?

Trotzdem hatte er Angst. Manchmal, wenn er in seinem großen Haus in Nottinghamshire war und die eleganten jungen

ionable young men of his own rank who were his chief companions, and astounding the country by the wanton luxury and gorgeous splendour of his mode of life, he would suddenly leave his guests and rush back to town to see that the door had not been tampered with, and that the picture was still there. What if it should be stolen? The mere thought made him cold with horror. Surely the world would know his secret then. Perhaps the world already suspected it.

For, while he fascinated many, there were not a few who distrusted him. He was very nearly blackballed at a West End club of which his birth and social position fully entitled him to become a member, and it was said that on one occasion, when he was brought by a friend into the smoking-room of the Churchill, the Duke of Berwick and another gentleman got up in a marked manner and went out. Curious stories became current about him after he had passed his twenty-fifth year. It was rumoured that he had been seen brawling with foreign sailors in a low den in the distant parts of Whitechapel, and that he consorted with thieves and coiners and knew the mysteries of their trade. His extraordinary absences became notorious, and, when he used to reappear again in society, men would whisper to each other in corners, or pass him with a sneer, or look at him with cold searching eyes, as though they were determined to discover his secret.

Of such insolences and attempted slights he, of course, took no notice, and in the opinion of most people his frank debonnair manner, his charming boyish smile, and the infinite grace of that wonderful youth that seemed never to leave him, were in themselves a sufficient answer to the calumnies, for so they termed them, that

Leute seines Standes zu Gast hatte, die meistens seine Gesellschaft bildeten, und die Grafschaft durch seinen verschwenderischen Luxus und den überragenden Prunk seines Lebensstils in Erstaunen versetzte, verließ er plötzlich seine Gäste und eilte in die Stadt zurück, um nachzusehen, ob sich niemand an der Tür zu schaffen gemacht hatte und ob das Bild noch da war. Was, wenn es gestohlen würde? Der bloße Gedanke ließ ihn vor kaltem Entsetzen erstarren. Gewiss würde die Welt sein Geheimnis dann erfahren. Vielleicht ahnte die Welt es bereits.

Denn während er viele bezauberte, gab es nicht wenige, die ihm misstrauten. Um ein Haar wäre ihm in einem Westend-Klub die Mitgliedschaft verweigert worden, zu der ihn seine Herkunft und gesellschaftliche Stellung voll berechtigte, und es hieß, dass einmal, als ihn ein Freund in das Raucherzimmer des Churchill mitgebracht hatte, der Herzog von Berwick und ein anderer Herr demonstrativ aufgestanden und hinausgegangen seien. Merkwürdige Geschichten waren über ihn im Umlauf, nachdem er sein fünfundzwanzigstes Lebensjahr überschritten hatte. Es wurde gemunkelt, dass er in einer üblen Spelunke in den abgelegensten Winkeln von Whitechapel mit ausländischen Matrosen grölend gesehen worden war und dass er mit Dieben und Falschmünzern verkehre und die Geheimnisse ihres Gewerbes kenne. Seine ungewöhnlichen Ausflüge wurden allgemein bekannt, und wenn er danach wieder in der Gesellschaft auftauchte, flüsterten die Männer in den Ecken miteinander oder gingen mit einem hämischen Grinsen an ihm vorbei oder musterten ihn mit einem kühlen, forschenden Blick, als seien sie entschlossen, hinter sein Geheimnis zu kommen.

Von derartigen Unverschämtheiten und versuchten Beleidigungen nahm er natürlich keine Notiz, und nach Ansicht der meisten Leute waren sein offenes, liebenswürdiges Wesen, sein reizendes jungenhaftes Lächeln und die unendliche Anmut seiner wunderbaren Jugend, die ihn nie zu verlassen schien, an sich eine hinreichende Antwort auf die – wie sie es nannten – Ver-

were circulated about him. It was remarked, however, that some of those who had been most intimate with him appeared, after a time, to shun him. Women who had wildly adored him, and for his sake had braved all social censure and set convention at defiance, were seen to grow pallid with shame or horror if Dorian Gray entered the room.

Yet these whispered scandals only increased, in the eyes of many, his strange and dangerous charm. His great wealth was a certain element of security. Society, civilized society at least, is never very ready to believe anything to the detriment of those who are both rich and fascinating. It feels instinctively that manners are of more importance than morals, and, in its opinion, the highest respectability is of much less value than the possession of a good *chef*. And, after all, it is a very poor consolation to be told that the man who has given one a bad dinner, or poor wine, is irreproachable in his private life. Even the cardinal virtues cannot atone for half-cold *entrées*, as Lord Henry remarked once, in a discussion on the subject; and there is possibly a good deal to be said for his view. For the canons of good society are, or should be, the same as the canons of art. Form is absolutely essential to it. It should have the dignity of a ceremony, as well as its unreality, and should combine the insincere character of a romantic play with the wit and beauty that make such plays delightful to us. Is insincerity such a terrible thing? I think not. It is merely a method by which we can multiply our personalities.

Such, at any rate, was Dorian Gray's opinion. He used to wonder at the shallow psychology of those who conceive the Ego in man as a thing simple, permanent, reli-

leumdungen, die über ihn in Umlauf gebracht wurden. Es wurde jedoch bemerkt, dass einige von denen, die am vertrautesten mit ihm gewesen waren, ihn nach einer Weile zu meiden schienen. Frauen, die ihn stürmisch verehrt hatten und um seinetwillen allem gesellschaftlichen Tadel getrotzt und sich über die Konventionen hinweggesetzt hatten, sah man vor Scham oder Entsetzen erbleichen, wenn Dorian Gray den Raum betrat.

Doch dieses Skandalgeflüster steigerte in den Augen vieler seinen seltsamen und gefährlichen Reiz nur noch mehr. Sein großer Reichtum war ein gewisses Element der Sicherheit. Die Gesellschaft, zumindest die zivilisierte Gesellschaft, ist nie schnell bereit, etwas zum Nachteil jener zu glauben, die gleichermaßen reich und faszinierend sind. Sie spürt instinktiv, dass Manieren wichtiger sind als Moral, und ihrer Meinung nach ist die höchste Ehrbarkeit weniger wert als der Besitz eines guten Kochs. Und außerdem ist es ein sehr schwacher Trost, wenn einem gesagt wird, dass der Mann, der einem ein schlechtes Essen oder einen billigen Wein vorgesetzt hat, in seinem Privatleben untadelig dasteht. Selbst die Kardinaltugenden können nicht für lauwarme *entrées* entschädigen, wie Lord Henry einmal bemerkte, als man über dieses Thema sprach; und für seine Ansicht spricht vermutlich sehr viel. Denn die Regeln der guten Gesellschaft sind oder sollten wenigstens dieselben sein wie die Regeln der Kunst. Die Form ist für sie absolut wesentlich. Sie sollte die Würde einer Zeremonie ebenso besitzen wie deren Unwirklichkeit und sie sollte den unaufrichtigen Charakter eines romantischen Theaterstückes mit dem Witz und der Schönheit verbinden, die solche Theaterstücke für uns reizvoll machen. Ist Unaufrichtigkeit etwas so Schreckliches? Ich glaube nicht. Sie ist lediglich ein Mittel, wodurch wir unsere Persönlichkeit vervielfältigen können.

Jedenfalls war das die Meinung Dorian Grays. Er wunderte sich oft über die oberflächliche Psychologie derer, die sich das menschliche Ego als etwas Einfaches, Beständiges, Verlässliches und Ein-

able, and of one essence. To him, man was a being with myriad lives and myriad sensations, a complex multiform creature that bore within itself strange legacies of thought and passion, and whose very flesh was tainted with the monstrous maladies of the dead. He loved to stroll through the gaunt cold picture-gallery of his country house and look at the various portraits of those whose blood flowed in his veins. Here was Philip Herbert, described by Francis Osborne, in his 'Memoires on the Reigns of Queen Elizabeth and King James,' as one who was 'caressed by the Court for his handsome face, which kept him not long company' Was it young Herbert's life that he sometimes led? Had some strange poisonous germ crept from body to body till it had reached his own? Was it some dim sense of that ruined grace that had made him so suddenly, and almost without cause, give utterance, in Basil Hall-ward's studio, to the mad prayer that had so changed his life? Here, in gold-embroidered red doublet, jewelled surcoat, and gilt-edged ruff and wrist-bands, stood Sir Anthony Sherard, with his silver-and-black armour piled at his feet. What had this man's legacy been? Had the lover of Giovanna of Naples bequeathed him some inheritance of sin and shame? Were his own actions merely the dreams that the dead man had not dared to realize? Here, from the fading canvas, smiled Lady Elizabeth Devereux, in her gauze hood, pearl stomacher, and pink slashed sleeves. A flower was in her right hand, and her left clasped an enamelled collar of white and damask roses. On a table by her side lay a mandolin and an apple. There were large green rosettes upon her little pointed shoes. He knew her life, and the strange stories that were told about her lovers. Had he something of her temperament in him? These

heitliches vorstellen. Für ihn war der Mensch ein Wesen mit Myriaden von Leben und Myriaden von Empfindungen, ein vielschichtiges, vielgestaltiges Geschöpf, das seltsame Vermächtnisse von Denken und Leidenschaft in sich trug und dessen Fleisch schon von den ungeheuerlichen Krankheiten der Toten angesteckt war. Er liebte es, durch die kahle, kalte Gemäldegalerie seines Landhauses zu schlendern und die verschiedenen Porträts jener zu betrachten, deren Blut in seinen Adern floss. Hier war Philip Herbert, den Francis Osborne in seinen *Erinnerungen an die Herrschaftsjahre Königin Elisabeths und König Jakobs* als jemanden beschrieb, der »vom Hof umschmeichelt wurde wegen seines hübschen Gesichtes, das ihm nicht lange Gesellschaft leistete.« War es das Leben des jungen Herbert, das er manchmal führte? War irgendein merkwürdiger, giftiger Keim von Körper zu Körper geschlichen, bis er seinen eigenen erreicht hatte? War es eine dumpfe Ahnung von jener zerstörten Anmut gewesen, die ihn in Basil Hallwards Atelier so plötzlich und beinahe ohne Grund jenes wahnsinnige Gebet aussprechen ließ, das sein Leben so sehr verändert hatte? Hier stand, in goldbesticktem roten Wams, edelsteinbesetztem Waffenrock und goldgesäumter Halskrause und Manschetten Sir Anthony Sherard, seine silbern-schwarze Rüstung zu seinen Füßen aufgetürmt. Was war das Vermächtnis dieses Mannes gewesen? Hatte ihm der Geliebte Johannas von Neapel ein Erbteil der Sünde und Schande hinterlassen? Waren seine eigenen Taten nur die Träume, die der Tote nicht zu verwirklichen gewagt hatte? Hier lächelte Lady Elizabeth Devereux in ihrer Haube aus Gaze, ihrem Perlenmieder und rosafarbenen Schlitzärmeln von der verblassenden Leinwand herab. In der rechten Hand hielt sie eine Blume und die linke umfasste ein emailliertes Halsband aus weißen und Damaszener Rosen. Auf einem Tisch neben ihr lagen eine Mandoline und ein Apfel. Auf ihren kleinen, spitzen Schuhen waren große, grüne Rosetten. Er kannte ihr Leben und die seltsamen Geschichten, die man über ihre Liebhaber erzählte. Hatte er etwas von ihrem Na-

oval heavy-lidded eyes seemed to look curiously at him. What of George Willoughby, with his powdered hair and fantastic patches? How evil he looked! The face was saturnine and swarthy, and the sensual lips seemed to be twisted with disdain. Delicate lace ruffles fell over the lean yellow hands that were so overladen with rings. He had been a macaroni of the eighteenth century, and the friend, in his youth, of Lord Ferrars. What of the second Lord Beckenham, the companion of the Prince Regent in his wildest days, and one of the witnesses at the secret marriage with Mrs. Fitzherbert? How proud and handsome he was, with his chestnut curls and insolent pose! What passions had he bequeathed? The world had looked upon him as infamous. He had led the orgies at Carlton House. The star of the Garter glittered upon his breast. Beside him hung the portrait of his wife, a pallid, thin-lipped woman in black. Her blood, also, stirred within him. How curious it all seemed! And his mother with her Lady Hamilton face, and her moist wine-dashed lips—he knew what he had got from her. He had got from her his beauty, and his passion for the beauty of others. She laughed at him in her loose Bacchante dress. There were vine leaves in her hair. The purple spilled from the cup she was holding. The carnations of the painting had withered, but the eyes were still wonderful in their depth and brilliancy of colour. They seemed to follow him wherever he went.

Yet one had ancestors in literature, as well as in one's own race, nearer perhaps in type and temperament, many of them, and certainly with an influence of which one was more absolutely conscious. There were times when it appeared to Dorian Gray that the whole of history was merely the record of his own life, not as he had

turell in sich? Diese ovalen Augen mit den schweren Lidern schienen ihn neugierig anzublicken. Was war mit George Willoughby mit seinem gepuderten Haar und seinen wunderlichen Schönheitspflästerchen? Wie böse er aussah! Das Gesicht war finster und dunkelhäutig und die sinnlichen Lippen schienen verzerrt vor Verachtung. Feine Spitzenmanschetten fielen über die mageren gelben Hände, die stark mit Ringen überladen waren. Er war ein Dandy des achtzehnten Jahrhunderts gewesen und in seiner Jugend der Freund von Lord Ferrars. Was war mit dem zweiten Lord Beckenham, dem Gefährten des Prinzregenten in seinen wildesten Tagen und einem der Zeugen bei der heimlichen Eheschließung mit Mrs. Fitzherbert? Wie stolz und hübsch er war mit seinen kastanienbraunen Locken und der herausfordernden Pose! Welche Leidenschaften hatte er vererbt? Die Welt hatte ihn für ehrlos gehalten. Er hatte die Orgien im Carlton House angeführt. Der Stern des Hosenbandordens glänzte auf seiner Brust. Neben ihm hing das Porträt seiner Gemahlin, einer blassen, schmallippigen Frau in Schwarz. Auch ihr Blut regte sich in ihm. Wie merkwürdig dies alles schien! Und seine Mutter mit ihrem Lady-Hamilton-Gesicht und ihren feuchten, vom Wein benetzten Lippen – er wusste, was er von ihr mitbekommen hatte. Von ihr hatte er seine Schönheit und seine Leidenschaft für die Schönheit anderer. In ihrer losen Bacchantinnentracht lachte sie ihm zu. In ihrem Haar waren Weinblätter. Purpurrot ergoss sich aus dem Becher, den sie hielt. Die Fleischfarben des Gemäldes waren verblasst, aber die Augen waren noch wunderbar in ihrer Tiefe und der Leuchtkraft ihrer Farbe. Sie schienen ihm zu folgen, wohin er auch ging.

Doch man hatte auch, genau wie im eigenen Geschlecht, Vorfahren in der Literatur, von denen einem möglicherweise viele in Typus und Temperament näher standen und die mit Sicherheit eine Einfluss ausübten, dessen man sich deutlicher bewusst war. Es gab Zeiten, da kam es Dorian Gray so vor, als sei die gesamte Geschichte nur die Aufzeichnung seines eigenen Lebens, nicht

lived it in act and circumstance, but as his imagination had created it for him, as it had been in his brain and in his passions. He felt that he had known them all, those strange terrible figures that had passed across the stage of the world and made sin so marvellous and evil so full of subtlety. It seemed to him that in some mysterious way their lives had been his own.

The hero of the wonderful novel that had so influenced his life had himself known this curious fancy. In the seventh chapter he tells how, crowned with laurel, lest lightning might strike him, he had sat, as Tiberius, in a garden at Capri, reading the shameful books of Elephantis, while dwarfs and peacocks strutted round him and the flute-player mocked the swinger of the censer; and, as Caligula, had caroused with the green-shirted jockeys in their stables, and supped in an ivory manger with a jewel-frontleted horse; and, as Domitian, had wandered through a corridor lined with marble mirrors, looking round with haggard eyes for the reflection of the dagger that was to end his days, and sick with that ennui, that terrible *tædium vitæ,* that comes on those to whom life denies nothing; and had peered through a clear emerald at the red shambles of the Circus, and then, in a litter of pearl and purple drawn by silver-shod mules, been carried through the Street of Pomegranates to a House of Gold, and heard men cry on Nero Caesar as he passed by; and, as Elagabalus, had painted his face with colours, and plied the distaff among the women, and brought the Moon from Carthage, and given her in mystic marriage to the Sun.

Over and over again Dorian used to read this fantastic chapter, and the two chapters immediately follow-

wie er es nach Taten und Umständen gelebt hatte, sondern wie es seine Fantasie für ihn erschaffen hatte, wie es in seinem Gehirn und in seinen Leidenschaften gewesen war. Er spürte, dass er sie alle gekannt hatte, diese merkwürdigen, schrecklichen Gestalten, die über die Weltbühne geschritten waren und die Sünde so wunderbar gemacht und dem Böse so viel Raffinesse verliehen hatten. Ihm schien, als sei auf irgendeine geheimnisvolle Weise ihr Leben sein eigenes gewesen.

Der Held des wunderbaren Romans, der sein Leben so stark beeinflusst hatte, hatte diese merkwürdige Vorstellung selbst gekannt. Im siebten Kapitel erzählt er, wie er mit Lorbeer bekränzt, damit ihn der Blitz nicht treffe, als Tiberius in einem Garten auf Capri gesessen und in den schändlichen Büchern des Elephantis gelesen habe, während Zwerge und Pfauen um ihn herumstolzierten und der Flötenspieler den Weihrauchschwinger verspottete; und wie er als Caligula mit den grün gewandeten Wagenlenkern in deren Ställen zechte und mit einem Pferd mit edelsteingeschmückter Stirn aus einer Elfenbeinkrippe zu Abend aß; und als Domitian durch einen von Marmorspiegeln gesäumten Säulengang wandelte und sich mit sorgenvollen Augen nach dem Spiegelbild des Dolches umsah, der seinen Tagen ein Ende setzen sollte, und krank war vor jenem *ennui*, jenem schrecklichen *taedium vitae*, das jene befällt, denen das Leben nichts versagt; und wie er durch einen klaren Smaragd die blutrote Schlachterei im Zirkus betrachtete und dann in einer von silbern beschlagenen Maultieren getragenen Sänfte aus Perlen und Purpur durch die Granatapfelstraße zu einem Goldenen Haus getragen wurde und die Menschen ›Nero Caesar‹ rufen hörte, als er vorüberkam; und wie er als Elagabal sein Gesicht mit Farben schminkte und mitten unter den Frauen am Spinnrad hantierte und den Mond aus Karthago holte und ihn in mystischer Ehe mit der Sonne vermählte.

Wieder und wieder las Dorian dieses fantastische Kapitel und die beiden unmittelbar darauf folgenden Kapitel, in denen wie auf

ing, in which, as in some curious tapestries or cunningly-wrought enamels, were pictured the awful and beautiful forms of those whom Vice and Blood and Weariness had made monstrous or mad: Filippo, Duke of Milan, who slew his wife, and painted her lips with a scarlet poison that her lover might suck death from the dead thing he fondled; Pietro Barbi, the Venetian, known as Paul the Second, who sought in his vanity to assume the title of Formosus, and whose tiara, valued at two hundred thousand florins, was bought at the price of a terrible sin; Gian Maria Visconti, who used hounds to chase living men, and whose murdered body was covered with roses by a harlot who had loved him; the Borgia on his white horse, with Fratricide riding beside him, and his mantle stained with the blood of Perotto; Pietro Riario, the young Cardinal Archbishop of Florence, child and minion of Sixtus IV., whose beauty was equalled only by his debauchery, and who received Leonora of Aragon in a pavilion of white and crimson silk, filled with nymphs and centaurs, and gilded a boy that he might serve at the feast as Ganymede or Hylas; Ezzelin, whose melancholy could be cured only by the spectacle of death, and who had a passion for red blood, as other men have for red wine–the son of the Fiend, as was reported, and one who had cheated his father at dice when gambling with him for his own soul; Giambattista Cibo, who in mockery took the name of Innocent, and into whose torpid veins the blood of three lads was infused by a Jewish doctor; Sigismondo Malatesta, the lover of Isotta, and the lord of Rimini, whose effigy was burned at Rome as the enemy of God and man, who strangled Polyssena with a napkin, and gave poison to Ginevra d'Este in a cup of emerald, and in honour of a

wundersamen Wandteppichen oder raffiniert gearbeiteten Emaillearbeiten die furchtbaren und schönen Gestalten derjenigen dargestellt waren, die Laster und Blut und Überdruss zu Ungeheuern oder zu Wahnsinnigen gemacht hatte: Filippo, der Herzog von Mailand, der seine Gemahlin erschlug und ihre Lippen mit scharlachrotem Gift färbte, damit ihr Geliebter den Tod von dem verstorbenen Geschöpf sauge, wenn er es liebkoste; der Venezianer Pietro Barbi, bekannt als Paul der Zweite, der in seiner Eitelkeit den Beinamen Formosus annehmen wollte und dessen Tiara, die auf zweihunderttausend Florin geschätzt wurde, um den Preis einer schrecklichen Sünde erkauft worden war; Gian Maria Visconti, der Hunde benutzte, um lebende Menschen zu jagen und dessen ermordeter Leib von einer Dirne, die ihn geliebt hatte, mit Rosen bedeckt wurde; der Borgia auf seinem Schimmel, der Brudermord an seiner Seite reitend und der Mantel befleckt vom Blut Perottos; Pietro Riario, der junge Kardinal-Erzbischof von Florenz, Kind und Günstling von Sixtus IV., dessen Schönheit nur seine Verkommenheit gleichkam und der Leonora von Aragon in einem Pavillon aus weißer und karmesinroter Seide voller Nymphen und Zentauren empfing und einen Knaben vergoldete, damit er bei dem Festmahl als Ganymed oder Hylas aufwarte; Ezzelino, dessen Schwermut nur durch das Schauspiel des Todes geheilt werden konnte und der eine Leidenschaft für rotes Blut hatte wie andere Menschen für roten Wein – der Sohn des Teufels, wie es hieß, und einer, der seinen Vater beim Würfelspiel betrogen hatte, als er mit ihm um seine eigene Seele spielte; Giambattista Cibo, der zum Hohn den Namen Innozenz annahm und in dessen gelähmte Venen ein jüdischer Arzt das Blut von drei Jünglingen infundierte; Sigismondo Malatesta, der Geliebte Isottas und der Herrscher von Rimini, dessen Abbild in Gestalt einer Puppe in Rom als Feind Gottes und der Menschen verbrannt wurde, der Polyssena mit einer Serviette erdrosselte und Ginevra d'Este Gift in einem Smaragdbecher reichte und zu Ehren einer

shameful passion built a pagan church for Christian worship; Charles VI., who had so wildly adored his brother's wife that a leper had warned him of the insanity that was coming on him, and who, when his brain had sickened and grown strange, could only be soothed by Saracen cards painted with the images of Love and Death and Madness; and, in his trimmed jerkin and jewelled cap and acanthus-like curls, Grifonetto Baglioni, who slew Astorre with his bride, and Simonetto with his page, and whose comeliness was such that, as he lay dying in the yellow piazza of Perugia, those who had hated him could not choose but weep, and Atalanta, who had cursed him, blessed him.

There was a horrible fascination in them all. He saw them at night, and they troubled his imagination in the day. The Renaissance knew of strange manners of poisoning—poisoning by a helmet and a lighted torch, by an embroidered glove and a jewelled fan, by a gilded pomander and by an amber chain. Dorian Gray had been poisoned by a book. There were moments when he looked on evil simply as a mode through which he could realize his conception of the beautiful.

schändlichen Leidenschaft eine heidnische Kirche für den christlichen Gottesdienst baute; Karl VI., der die Frau seines Bruders so heftig verehrt hatte, dass ein Aussätziger ihn vor dem Wahnsinn, der auf ihn zukam, gewarnt hatte, und der, als sein Gehirn krank und verwirrt geworden war, nur durch mit den Symbolen für Liebe, Tod und Wahnsinn bemalte sarazenische Spielkarten besänftigt werden konnte; und in seinem herausgeputzten Wams und dem edelsteinbesetzten Barett und den akanthusgleichen Locken Grifonetto Baglioni, der Astorre samt seiner Braut und Simonetto samt seinem Pagen erschlug und dessen Schönheit derart war, dass, als er sterbend auf der gelben Piazza von Perugia lag, jene, die ihn gehasst hatten, nicht anders konnten als zu weinen, und Atalanta, die ihn verflucht hatte, ihn segnete.

Eine grauenvolle Faszination lag in all diesen Geschichten. Er sah sie bei Nacht und sie verwirrten seine Fantasie bei Tag. Die Renaissance kannte seltsame Methoden der Vergiftung – Vergiftung durch einen Helm und eine angezündete Fackel, durch einen bestickten Handschuh und einen edelsteinbesetzten Fächer, durch ein vergoldetes Riechdöschen und durch eine Bernsteinkette. Dorian Gray war durch ein Buch vergiftet worden. Es gab Augenblicke, in denen er das Böse lediglich als ein Mittel ansah, durch das er seine Vorstellung von Schönheit verwirklichen konnte.

CHAPTER XII

It was on the ninth of November, the eve of his own thirty-eighth birthday, as he often remembered afterwards.

He was walking home about eleven o'clock from Lord Henry's, where he had been dining, and was wrapped in heavy furs, as the night was cold and foggy. At the corner of Grosvenor Square and South Audley Street a man passed him in the mist, walking very fast, and with the collar of his grey ulster turned up. He had a bag in his hand. Dorian recognized him. It was Basil Hallward. A strange sense of fear, for which he could not account, came over him. He made no sign of recognition, and went on quickly, in the direction of his own house.

But Hallward had seen him. Dorian heard him first stopping on the pavement and then hurrying after him. In a few moments his hand was on his arm.

'Dorian! What an extraordinary piece of luck! I have been waiting for you in your library ever since nine o'clock. Finally I took pity on your tired servant, and told him to go to bed, as he let me out. I am off to Paris by the midnight train, and I particularly wanted to see you before I left. I thought it was you, or rather your fur coat, as you passed me. But I wasn't quite sure. Didn't you recognize me?'

'In this fog, my dear Basil? Why, I can't even recognize Grosvenor Square. I believe my house is somewhere about here, but I don't feel at all certain about it. I am sorry you are going away, as I have not seen you for ages. But I suppose you will be back soon?'

'No: I am going to be out of England for six months. I intend to take a studio in Paris, and shut myself up till I have finished a great picture I have in my head. However,

KAPITEL 12

Es war am neunten November, dem Vorabend seines achtunddreißigsten Geburtstags, wie er sich später oftmals erinnerte.

Er ging gegen elf Uhr von Lord Henry, bei dem er diniert hatte, nach Hause und war in einen dicken Pelz gehüllt, da die Nacht kalt und neblig war. An der Ecke von Grosvenor Square und South Audley Street ging im Nebel ein Mann an ihm vorüber, der sehr schnell ausschritt und der den Kragen seines grauen Mantels hochgeschlagen hatte. Er trug eine Tasche in der Hand. Dorian erkannte ihn. Es war Basil Hallward. Ein seltsames Gefühl der Angst, das er sich nicht erklären konnte, überkam ihn. Er gab kein Zeichen des Erkennens und ging rasch weiter in Richtung seines Hauses.

Aber Hallward hatte ihn gesehen. Dorian hörte, wie er zunächst auf dem Gehsteig stehen blieb und ihm dann nacheilte. Wenige Augenblicke später lag seine Hand auf seinem Arm.

»Dorian! Was für ein außerordentlich glücklicher Zufall! Ich habe seit neun Uhr in deiner Bibliothek auf dich gewartet. Schließlich hatte ich Mitleid mit deinem müden Diener und sagte ihm, er solle zu Bett gehen, als er mich hinausließ. Ich fahre mit dem Mitternachtszug nach Paris und ich wollte dich unbedingt sehen, bevor ich abreise. Ich dachte mir, dass du es bist oder wenigstens dein Pelzmantel, als du an mir vorübergingst. Aber ich war mir nicht ganz sicher. Hast du mich nicht erkannt?«

»Bei diesem Nebel, mein lieber Basil? Ich kann nicht einmal Grosvenor Square erkennen. Ich glaube, mein Haus ist ungefähr hier, aber ich bin mir nicht ganz sicher. Es tut mir leid, dass du weggehst, denn ich habe dich eine Ewigkeit nicht gesehen. Aber ich nehme an, du wirst bald wieder zurück sein?«

»Nein, ich werde sechs Monate lang von England fort sein. Ich habe vor, mir in Paris ein Atelier zu mieten und mich darin einzuschließen, bis ich ein großes Gemälde fertiggestellt habe,

it wasn't about myself I wanted to talk. Here we are at your door. Let me come in for a moment. I have something to say to you.'

'I shall be charmed. But won't you miss your train?' said Dorian Gray, languidly, as he passed up the steps and opened the door with his latch-key.

The lamp-light struggled out through the fog, and Hallward looked at his watch. 'I have heaps of time,' he answered. 'The train doesn't go till twelve-fifteen, and it is only just eleven. In fact, I was on my way to the club to look for you, when I met you. You see, I shan't have any delay about luggage, as I have sent on my heavy things. All I have with me is in this bag, and I can easily get to Victoria in twenty minutes.'

Dorian looked at him and smiled. 'What a way for a fashionable painter to travel! A Gladstone bag, and an ulster! Come in, or the fog will get into the house. And mind you don't talk about anything serious. Nothing is serious nowadays. At least nothing should be.'

Hallward shook his head, as he entered, and followed Dorian into the library. There was a bright wood fire blazing in the large open hearth. The lamps were lit, and an open Dutch silver spirit-case stood, with some siphons of soda-water and large cut-glass tumblers, on a little marqueterie table.

'You see your servant made me quite at home, Dorian. He gave me everything I wanted, including your best gold-tipped cigarettes. He is a most hospitable creature. I like him much better than the Frenchman you used to have. What has become of the Frenchman, by the bye?'

Dorian shrugged his shoulders. 'I believe he married Lady Radley's maid, and has established her in Paris as an English dressmaker. *Anglomanie* is very fashionable over

das ich im Kopf habe. Aber ich wollte nicht über mich reden. Hier sind wir an deiner Tür. Lass mich einen Augenblick mit hineinkommen. Ich habe dir etwas zu sagen.«

»Es wird mir eine Freude sein. Aber wirst du deinen Zug nicht versäumen?«, fragte Dorian Gray träge, als er die Stufen hinaufstieg und die Tür mit seinem Hausschlüssel aufschloss.

Das Lampenlicht durchdrang mühsam den Nebel und Hallward sah auf seine Uhr. »Ich habe noch eine Menge Zeit«, antwortete er. »Der Zug fährt erst um zwölf Uhr fünfzehn, und jetzt ist es eben erst elf. Eigentlich war ich auf dem Weg in den Klub, um dich dort zu suchen, als ich dich traf. Mein Gepäck wird mich nicht aufhalten, wie du siehst, weil ich meine schweren Sachen vorausgeschickt habe. Alles, was ich dabei habe, ist in dieser Tasche, und die Victoria Station erreiche ich bequem in zwanzig Minuten.«

Dorian sah ihn an und lächelte. »Welch eine Art zu reisen für einen berühmten Maler! Eine Reisetasche und ein Ulstermantel! Komm herein, sonst dringt der Nebel ins Haus. Und sprich bitte nicht über irgendetwas Ernstes. Heutzutage ist nichts ernst. Jedenfalls sollte nichts ernst sein.«

Hallward schüttelte den Kopf, als er eintrat, und folgte Dorian in die Bibliothek. Dort brannte ein helles Holzfeuer in dem großen offenen Kamin. Die Lampen waren angezündet und ein geöffneter holländischer Spirituosenkasten aus Silber stand neben einigen Siphons mit Sodawasser und großen geschliffenen Trinkgläsern auf einem kleinen, mit Intarsien verzierten Tischchen.

»Du siehst, dein Diener hat es mir gemütlich gemacht, Dorian. Er gab mir alles, was ich brauchte, einschließlich deiner besten Zigaretten mit Goldmundstück. Er ist ein äußerst gastfreundlicher Mensch. Ich mag ihn viel lieber als den Franzosen, den du früher hattest. Was ist eigentlich aus dem Franzosen geworden?«

Dorian zuckte mit den Schultern. »Ich glaube, er heiratete Lady Radleys Zofe und etablierte sie in Paris als englische Schneiderin. *Anglomanie* ist dort drüben jetzt sehr in Mode, höre

there now, I hear. It seems silly of the French, doesn't it? But–do you know ?–he was not at all a bad servant. I never liked him, but I had nothing to complain about. One often imagines things that are quite absurd. He was really very devoted to me, and seemed quite sorry when he went away. Have another brandy-and-soda? Or would you like hock-and-seltzer? I always take hock-and-seltzer myself. There is sure to be some in the next room'.

'Thanks, I won't have anything more,' said the painter, taking his cap and coat ofT, and throwing them on the bag that he had placed in the corner. 'And now, my dear fellow, I want to speak to you seriously. Don't frown like that. You make it so much more difficult for me.'

'What is it all about?' cried Dorian, in his petulant way, flinging himself down on the sofa. 'I hope it is not about myself. I am tired of myself to-night. I should like to be somebody else.'

'It is about yourself,' answered Hallward, in his grave, deep voice, 'and I must say it to you. I shall only keep you half an hour.'

Dorian sighed, and lit a cigarette. 'Half an hour!' he murmured.

'It is not much to ask of you, Dorian, and it is entirely for your own sake that I am speaking. I think it right that you should know that the most dreadful things are being said against you in London.'

'I don't wish to know anything about them. I love scandals about other people, but scandals about myself don't interest me. They have not got the charm of novelty.'

'They must interest you, Dorian. Every gentleman is interested in his good name. You don't want people to talk of you as something vile and degraded. Of course

ich. Es scheint töricht von den Franzosen, nicht wahr? Aber weißt du, er war wirklich kein schlechter Diener. Ich mochte ihn nie, aber ich hatte keinen Grund zur Klage. Man bildet sich oft Dinge ein, die völlig absurd sind. Er war mir wirklich sehr ergeben und schien es zu bedauern, als er wegging. Noch einen Brandy mit Soda? Oder möchtest du einen Rheinwein mit Selters? Ich trinke immer Rheinwein mit Selters. Im Nebenzimmer ist bestimmt welcher.«

»Danke, ich möchte nichts mehr«, sagte der Maler, legte Hut und Mantel ab und warf sie auf die Tasche, die er in die Zimmerecke gestellt hatte. »Und nun, mein Lieber, möchte ich ernsthaft mit dir reden. Sieh nicht so finster drein. Dadurch machst du es mir noch viel schwerer.«

»Worum geht es denn?«, rief Dorian auf seine launische Art und warf sich auf das Sofa. »Ich hoffe, es geht nicht um mich. Ich bin heute Abend meiner überdrüssig. Ich wäre gern jemand anders.«

»Es geht um dich«, antwortete Hallward mit seiner ernsten, tiefen Stimme, »und ich muss es dir sagen. Ich werde dich nur eine halbe Stunde aufhalten.«

Dorian seufzte und zündete sich eine Zigarette an. »Eine halbe Stunde!«, murmelte er.

»Das ist nicht viel von dir verlangt, Dorian, und ich spreche nur um deinetwillen. Ich halte es für richtig, dass du erfährst, dass in London die schrecklichsten Dinge über dich erzählt werden.«

»Ich will nicht das Geringste darüber wissen. Ich liebe Skandalgeschichten über andere Leute, aber Skandalgeschichten über mich selbst interessieren mich nicht. Sie haben nicht den Reiz des Neuen.«

»Sie müssen dich interessieren, Dorian. Jeder Gentleman ist an seinem guten Ruf interessiert. Du willst doch nicht, dass die Leute über dich als einen niederträchtigen und verkommenen Menschen

you have your position, and your wealth, and all that kind of thing. But position and wealth are not everything. Mind you, I don't believe these rumours at all. At least, I can't believe them when I see you. Sin is a thing that writes itself across a man's face. It cannot be concealed. People talk sometimes of secret vices. There are no such things. If a wretched man has a vice, it shows itself in the lines of his mouth, the droop of his eyelids, the moulding of his hands even. Somebody—I won't mention his name, but you know him—came to me last year to have his portrait done. I had never seen him before, and had never heard anything about him at the time, though I have heard a good deal since. He offered an extravagant price. I refused him. There was something in the shape of his fingers that I hated. I know now that I was quite right in what I fancied about him. His life is dreadful. But you, Dorian, with your pure, bright, innocent face, and your marvellous untroubled youth—I can't believe anything against you. And yet I see you very seldom, and you never come down to the studio now, and when I am away from you, and I hear all these hideous things that people are whispering about you, I don't know what to say. Why is it, Dorian, that a man like the Duke of Berwick leaves the room of a club when you enter it? Why is it that so many gentlemen in London will neither go to your house nor invite you to theirs? You used to be a friend of Lord Staveley. I met him at dinner last week. Your name happened to come up in conversation, in connection with the miniatures you have lent to the exhibition at the Dudley. Staveley curled his lip, and said that you might have the most artistic tastes, but that you were a man whom no pure-minded girl should be allowed to know, and whom no

reden. Natürlich hast du deine gesellschaftliche Stellung und deinen Reichtum und all das. Aber Stellung und Reichtum sind nicht alles. Wohlgemerkt, ich schenke diesen Gerüchten keinerlei Glauben. Zumindest kann ich ihnen nicht glauben, wenn ich dich sehe. Sünde ist etwas, was einem Menschen ins Gesicht geschrieben steht. Sie lässt sich nicht verbergen. Die Menschen sprechen manchmal von geheimen Lastern. So etwas gibt es nicht. Wenn ein liederlicher Mensch ein Laster hat, zeigt es sich in den Linien seines Mundes, dem Erschlaffen seiner Augenlider, sogar in der Form seiner Hände. Jemand – ich will seinen Namen nicht nennen, aber du kennst ihn – kam voriges Jahr zu mir, um sich malen zu lassen. Ich hatte ihn nie zuvor gesehen und bis zu jenem Zeitpunkt nie etwas von ihm gehört, seither habe ich jedoch eine Menge über ihn gehört. Er bot mir einen außerordentlich hohen Preis dafür. Ich lehnte ab. Da war etwas an der Form seiner Finger, das mir zuwider war. Jetzt weiß ich, dass ich mit meinen Vermutungen über ihn völlig recht hatte. Sein Leben ist entsetzlich. Aber du, Dorian, mit deinem reinen, leuchtenden, unschuldigen Gesicht und deiner wunderbaren, unberührten Jugend – ich kann nichts von dem glauben, was sich gegen dich richtet. Und doch sehe ich dich sehr selten und du kommst jetzt gar nicht mehr in mein Atelier, und wenn ich dir fern bin und all diese abscheulichen Dinge höre, die sich die Leute über dich zuflüstern, weiß ich nicht, was ich sagen soll. Wie kommt es, Dorian, dass ein Mann wie der Herzog von Berwick im Klub den Raum verlässt, wenn du ihn betrittst? Wie kommt es, dass so viele Herren der Gesellschaft weder dein Haus betreten noch dich in ihres einladen? Du warst doch ein Freund von Lord Staveley. Ich traf ihn vorige Woche beim Abendessen. In der Unterhaltung tauchte zufällig dein Name auf in Verbindung mit den Miniaturen, die du der Ausstellung in der Dudley-Galerie ausgeliehen hast. Staveley verzog den Mund und sagte, du hättest vielleicht einen höchst künstlerischen Geschmack, aber du seist ein Mann, mit dem kein reines Mädchen Bekanntschaft machen dürfe und mit

chaste woman should sit in the same room with. I reminded him that I was a friend of yours, and asked him what he meant. He told me. He told me right out before everybody. It was horrible! Why is your friendship so fatal to young men? There was that wretched boy in the Guards who committed suicide. You were his great friend. There was Sir Henry Ashton, who had to leave England, with a tarnished name. You and he were inseparable. What about Adrian Singleton, and his dreadful end? What about Lord Kent's only son, and his career? I met his father yesterday in St. James's Street. He seemed broken with shame and sorrow. What about the young Duke of Perth? What sort of life has he got now? What gentleman would associate with him?'

'Stop, Basil. You are talking about things of which you know nothing,' said Dorian Gray, biting his lip, and with a note of infinite contempt in his voice. 'You ask me why Berwick leaves a room when I enter it. It is because I know everything about his life, not because he knows anything about mine. With such blood as he has in his veins, how could his record be clean? You ask me about Henry Ashton and young Perth. Did I teach the one his vices, and the other his debauchery? If Kent's silly son takes his wife from the streets, what is that to me? If Adrian Singleton writes his friend's name across a bill, am I his keeper? I know how people chatter in England. The middle classes air their moral prejudices over their gross dinner-tables, and whisper about what they call the profligacies of their betters in order to try and pretend that they are in smart society, and on intimate terms with the people they slander. In this country it is enough for a man to have distinction and brains for every common tongue to wag against him. And what sort of lives do

dem keine anständige Frau im selben Zimmer sitzen solle. Ich erinnerte ihn daran, dass ich ein Freund von dir bin, und fragte ihn, was er damit meine. Er sagte es mir. Er sagte es mir geradeheraus, vor allen Leuten. Es war grauenvoll! Warum ist deine Freundschaft für junge Männer so verhängnisvoll? Da gab es diesen unseligen Jungen bei der berittenen Brigade, der Selbstmord begangen hat. Du warst sein bester Freund. Da war Sir Henry Ashton, der England mit angeschlagenem Ruf verlassen musste. Ihr beide wart unzertrennlich. Was ist mit Adrian Singleton und seinem furchtbaren Ende? Was mit Lord Kents einzigem Sohn und seiner Karriere? Ich traf gestern seinen Vater in der St. James's Street. Er schien vor Scham und Kummer gebrochen. Was ist mit dem jungen Herzog von Perth? Was für ein Leben führt er jetzt? Welcher Gentleman wollte mit ihm Umgang haben?«

»Hör auf, Basil. Du redest über Dinge, von denen du nichts verstehst«, sagte Dorian Gray, der sich auf die Lippen biss, mit einem Ton grenzenloser Verachtung in der Stimme. »Du fragst mich, warum Berwick den Raum verlässt, wenn ich eintrete. Er tut das, weil ich alles über sein Leben weiß, nicht, weil er irgendetwas über meines weiß. Wie könnte er bei dem Blut, das in seinen Adern fließt, eine reine Weste haben? Du fragst mich nach Henry Ashton und dem jungen Perth. Habe ich dem einen seine Laster und dem anderen seine Ausschweifungen beigebracht? Wenn sich Kents einfältiger Sohn seine Frau von der Straße holt, was geht mich das an? Wenn Adrian Singleton den Namen seines Freundes auf einen Wechsel schreibt, bin ich sein Hüter? Ich weiß, wie die Leute in England tratschen. Die Mittelschichten tun ihre moralischen Vorurteile an ihren ungehobelten Esstischen kund und tuscheln über das, was sie als die Lasterhaftigkeiten der Bessergestellten bezeichnen, und versuchen damit so zu tun, als verkehrten sie in der feinen Gesellschaft und seien den Leuten, über die sie lästern, in enger Freundschaft verbunden. In diesem Land genügt es, dass ein Mann vornehm ist und Geist hat, damit jede gemeine Zunge ge-

these people, who pose as being moral, lead themselves? My dear fellow, you forget that we are in the native land of the hypocrite.'

'Dorian,' cried Hallward, 'that is not the question. England is bad enough I know, and English society is all wrong. That is the reason why I want you to be fine. You have not been fine. One has a right to judge of a man by the effect he has over his friends. Yours seem to lose all sense of honour, of goodness, of purity. You have filled them with a madness for pleasure. They have gone down into the depths. You led them there. Yes: you led them there, and yet you can smile, as you are smiling now. And there is worse behind. I know you and Harry are inseparable. Surely for that reason, if for none other, you should not have made his sister's name a by-word.'

'Take care, Basil. You go too far.'

'I must speak, and you must listen. You shall listen. When you met Lady Gwendolen, not a breath of scandal had ever touched her. Is there a single decent woman in London now who would drive with her in the Park? Why, even her children are not allowed to live with her. Then there are other stories—stories that you have been seen creeping at dawn out of dreadful houses and slinking in disguise into the foulest dens in London. Are they true? Can they be true? When I first heard them, I laughed. I hear them now, and they make me shudder. What about your country house, and the life that is led there? Dorian, you don't know what is said about you. I won't tell you that I don't want to preach to you. I remember Harry saying once that every man who turned himself into an amateur curate for the moment always began by saying that, and then proceeded to break his

gen ihn hetzt. Und was für eine Art Leben führen diese Leute, die sich als moralisch aufspielen, selbst? Mein Lieber, du vergisst, dass wir im Heimatland der Heuchler leben.«

»Dorian«, rief Hallward, »darum geht es nicht. England ist schlimm genug, ich weiß, und die englische Gesellschaft ist durch und durch verkehrt. Das ist der Grund, warum ich will, dass du gut bist. Du bist nicht gut gewesen. Man hat ein Recht darauf, einen Menschen nach dem Einfluss zu beurteilen, den er auf seine Freunde ausübt. Deine scheinen jedes Gefühl für Ehre, für Anstand, für Reinheit zu verlieren. Du hast sie mit einer wahnsinnigen Genusssucht erfüllt. Sie sind in den Abgrund gefallen. Du hast sie dahin geführt. Ja, du hast sie dahin geführt, und doch kannst du lächeln, wie du jetzt lächelst. Und es kommt noch Schlimmeres. Ich weiß, du und Harry, ihr seid unzertrennlich. Allein aus diesem Grund, wenn schon aus keinem anderen, hättest du den Namen seiner Schwester nicht zum Gespött machen dürfen.«

»Nimm dich in Acht, Basil. Du gehst zu weit.«

»Ich muss sprechen und du musst zuhören. Du wirst zuhören. Als du Lady Gwendolen kennenlerntest, hatte sie nie auch nur der Hauch eines Skandals berührt. Gibt es in London eine einzige anständige Frau, die heute mit ihr im Park ausfahren würde? Ja, nicht einmal ihre Kinder dürfen bei ihr wohnen. Dann gibt es weitere Geschichten – Geschichten, dass du gesehen wurdest, wie du in der Morgendämmerung aus schauderhaften Häusern krochst und wie du dich verkleidet in die übelsten Spelunken Londons schlichst. Sind sie wahr? Können sie wahr sein? Als ich sie zum ersten Mal hörte, lachte ich. Höre ich sie jetzt, lassen sie mich schaudern. Was ist mit deinem Landhaus und wie geht es da zu? Dorian, du weißt nicht, was über dich erzählt wird. Ich werde nicht behaupten, dass ich dir keine Predigt halten will. Ich erinnere mich, wie Harry einmal sagte, dass jeder, der sich für einen Augenblick in einen Laienprediger verwandle, anfangs immer genau das versicherte, um im nächsten Moment sein Wort zu brechen. Ich will

word. I do want to preach to you. I want you to lead such a life as will make the world respect you. I want you to have a clean name and a fair record. I want you to get rid of the dreadful people you associate with. Don't shrug your shoulders like that. Don't be so indifferent. You have a wonderful influence. Let it be for good, not for evil. They say that you corrupt every one with whom you become intimate, and that it is quite sufficient for you to enter a house, for shame of some kind to follow after. I don't know whether it is so or not. How should I know? But it is said of you. I am told things that it seems impossible to doubt. Lord Gloucester was one of my greatest friends at Oxford. He showed me a letter that his wife had written to him when she was dying alone in her villa at Mentone. Your name was implicated in the most terrible confession I ever read. I told him that it was absurd–that I knew you thoroughly, and that you were incapable of anything of the kind. Know you? I wonder do I know you? Before I could answer that, I should have to see your soul.'

'To see my soul!' muttered Dorian Gray, starting up from the sofa and turning almost white from fear.

'Yes,' answered Hallward, gravely, and with deep-toned sorrow in his voice–'to see your soul. But only God can do that.'

A bitter laugh of mockery broke from the lips of the younger man. 'You shall see it yourself, to-night!' he cried, seizing a lamp from the table. 'Come: it is your own handiwork. Why shouldn't you look at it? You can tell the world all about it afterwards, if you choose. Nobody would believe you. If they did believe you, they would like me all the better for it. I know the age better than you do, though you will prate about it so tediously.

dir also durchaus eine Predigt halten. Ich will, dass du ein solches Leben führst, das der Welt Achtung vor dir abverlangt. Ich will, dass du einen reinen Namen und einen unbescholtenen Ruf hast. Ich will, dass du dich von den grässlichen Leuten lossagst, mit denen du verkehrst. Zuck nicht so mit den Schultern. Sei nicht so gleichgültig. Du hast einen erstaunlichen Einfluss. Lass ihn zum Guten sein und nicht zum Bösen. Man sagt, dass du jeden verdirbst, mit dem du eng befreundet bist, und dass es völlig ausreiche, dass du ein Haus betrittst, um in irgendeiner Form Schande über es zu bringen. Ich weiß nicht, ob es so ist oder nicht. Wie sollte ich es wissen? Aber es wird über dich gesagt. Man hat mir Dinge erzählt, die schier unmöglich bezweifelt werden können. Lord Gloucester war einer meiner besten Freunde in Oxford. Er zeigte mir einen Brief, den ihm seine Frau geschrieben hatte, als sie in ihrer Villa in Mentone allein im Sterben lag. Dein Name war in die furchtbarste Beichte verwickelt, die ich je gelesen habe. Ich sagte ihm, es sei absurd – dass ich dich durch und durch kenne und dass du zu etwas Derartigem nicht fähig wärst. Dich kennen? Ich frage mich, kenne ich dich? Damit ich das beantworten könnte, müsste ich deine Seele sehen.«

»Meine Seele sehen!«, murmelte Dorian Gray, stand vom Sofa auf und wurde fast weiß vor Angst.

»Ja«, antwortete Hallward ernst und mit tiefem Schmerz in der Stimme – »deine Seele sehen. Aber das kann allein Gott.«

Ein bitteres Hohngelächter entrang sich den Lippen des Jüngeren. »Du sollst sie selbst sehen, heute Nacht!«, rief er und nahm eine Lampe vom Tisch. »Komm, es ist das Werk deiner eigenen Hände. Warum solltest du es nicht sehen? Du kannst der Welt danach alles darüber erzählen, wenn du willst. Niemand würde dir glauben. Wenn sie dir doch glaubten, würden sie mich deswegen nur noch mehr mögen. Ich kenne unsere Zeit besser als du, auch wenn du noch so langweilig darüber faselst. Komm,

Come, I tell you. You have chattered enough about corruption. Now you shall look on it face to face.'

There was the madness of pride in every word he uttered. He stamped his foot upon the ground in his boyish insolent manner. He felt a terrible joy at the thought that some one else was to share his secret, and that the man who had painted the portrait that was the origin of all his shame was to be burdened for the rest of his life with the hideous memory of what he had done.

'Yes,' he continued, coming closer to him, and looking steadfastly into his stern eyes, 'I shall show you my soul. You shall see the thing that you fancy only God can see.'

Hallward started back. 'This is blasphemy, Dorian!' he cried. 'You must not say things like that. They are horrible, and they don't mean anything.'

'You think so?' He laughed again.

'I know so. As for what I said to you to-night, I said it for your good. You know I have been always a staunch friend to you.'

'Don't touch me. Finish what you have to say.'

A twisted flash of pain shot across the painter's face. He paused for a moment, and a wild feeling of pity came over him. After all, what right had he to pry into the life of Dorian Gray? If he had done a tithe of what was rumoured about him, how much he must have suffered! Then he straightened himself up, and walked over to the fireplace, and stood there, looking at the burning logs with their frost-like ashes and their throbbing cores of flame.

'I am waiting, Basil,' said the young man, in a hard, clear voice.

sage ich dir. Du hast genug über Verderbtheit geschwatzt. Jetzt sollst du sie von Angesicht zu Angesicht sehen.«

In jedem Wort, das er sprach, lag der Wahnsinn des Hochmuts. Er stampfte in seiner jungenhaften, anmaßenden Art mit dem Fuß auf den Boden. Er empfand ein schreckliches Vergnügen bei dem Gedanken, dass ein anderer sein Geheimnis teilen würde und dass dem Mann, der das Porträt, das der Ursprung all seiner Schande war, gemalt hatte, für den Rest seines Lebens die Last der grässlichen Erinnerung an das, was er getan hatte, aufgebürdet würde.

»Ja«, fuhr er fort, trat näher an ihn heran und blickte ihm unverwandt in die ernsten Augen. »Ich werde dir meine Seele zeigen. Du sollst das Ding sehen, von dem du glaubst, dass nur Gott es sehen kann.«

Hallward fuhr zurück. »Das ist Gotteslästerung, Dorian!«, rief er. »Solche Dinge darfst du nicht sagen. Sie sind entsetzlich und sie ergeben keinen Sinn.«

»Glaubst du?« Er lachte wieder.

»Ich weiß es. Und was ich dir heute Abend gesagt habe, habe ich zu deinem Besten gesagt. Du weißt, ich bin dir immer ein treuer Freund gewesen.«

»Rühr mich nicht an. Komm zum Ende mit dem, was du zu sagen hast.«

Ein schmerzliches Zucken huschte über das Gesicht des Malers. Er hielt einen Augenblick inne und ein heftiges Gefühl des Mitleids überfiel ihn. Welches Recht hatte er eigentlich, in Dorian Grays Leben herumzuschnüffeln? Wenn er nur ein Zehntel von dem getan hatte, was über ihn geredet wurde, wie viel musste er gelitten haben! Dann richtete er sich auf, ging zum Kamin hinüber, blieb dort stehen und schaute auf die brennenden Holzscheite mit ihrer dem Raureif ähnlichen Asche und ihren zitternden Flammenherzen.

»Ich warte, Basil«, sagte der junge Mann mit harter, klarer Stimme.

He turned round. 'What I have to say is this,' he cried. 'You must give me some answer to these horrible charges that are made against you. If you tell me that they are absolutely untrue from beginning to end, I shall believe you. Deny them, Dorian, deny them! Can't you see what I am going through? My God! don't tell me that you are bad, and corrupt, and shameful.'

Dorian Gray smiled. There was a curl of contempt in his lips. 'Come upstairs, Basil,' he said, quietly. 'I keep a diary of my life from day to day, and it never leaves the room in which it is written. I will show it to you if you come with me.'

'I will come with you, Dorian, if you wish it. I see I have missed my train. That makes no matter. I can go to-morrow. But don't ask me to read anything to-night. All I want is a plain answer to my question.'

'That shall be given to you upstairs. I could not give it here. You will not have to read long.'

Er wandte sich um. »Was ich noch zu sagen habe ist dieses«, rief er. »Du musst mir eine Antwort geben auf diese entsetzlichen Anschuldigungen, die gegen dich erhoben werden. Wenn du mir sagst, dass sie von Anfang bis Ende ganz und gar unwahr sind, werde ich dir glauben. Weise sie von dir, Dorian, weise sie von dir! Siehst du nicht, was ich durchmache? Mein Gott, sage mir nicht, dass du schlecht und verdorben und schändlich bist.«

Dorian Gray lächelte. Seine Lippen kräuselten sich verächtlich. »Komm nach oben, Basil«, sagte er ruhig. »Ich führe ein Tagebuch über mein Leben, Tag für Tag, und es verlässt nie das Zimmer, in dem es geschrieben wird. Ich werde es dir zeigen, wenn du mit mir kommst.«

»Ich werde mit dir kommen, Dorian, wenn du es wünschst. Ich sehe, ich habe meinen Zug versäumt. Das macht nichts. Ich kann morgen fahren. Aber verlange nicht von mir, heute Nacht etwas zu lesen. Alles, was ich will, ist eine klare Antwort auf meine Frage.«

»Die wirst du oben erhalten. Ich könnte sie dir hier nicht geben. Du wirst nicht lange zu lesen haben.«

CHAPTER XIII

He passed out of the room, and began the ascent, Basil Hallward following close behind. They walked softly, as men do instinctively at night. The lamp cast fantastic shadows on the wall and staircase. A rising wind made some of the windows rattle.

When they reached the top landing, Dorian set the lamp down on the floor, and taking out the key turned it in the lock. 'You insist on knowing, Basil?' he asked, in a low voice.

'Yes.'

'I am delighted,' he answered, smiling. Then he added, somewhat harshly, 'You are the one man in the world who is entitled to know everything about me. You have had more to do with my life than you think': and, taking up the lamp, he opened the door and went in. A cold current of air passed them, and the light shot up for a moment in a flame of murky orange. He shuddered. 'Shut the door behind you,' he whispered, as he placed the lamp on the table.

Hallward glanced round him, with a puzzled expression. The room looked as if it had not been lived in for years. A faded Flemish tapestry, a curtained picture, an old Italian *cassone,* and an almost empty bookcase–that was all that it seemed to contain, besides a chair and a table. As Dorian Gray was lighting a half-burned candle that was standing on the mantelshelf, he saw that the whole place was covered with dust, and that the carpet was in holes. A mouse ran scuffling behind the wainscoting. There was a damp odour of mildew.

'So you think that it is only God who sees the soul, Basil? Draw that curtain back, and you will see mine.'

KAPITEL 13

Er ging aus dem Zimmer und begann die Treppe hinaufzusteigen, Basil Hallward folgte dicht hinter ihm. Sie gingen leise, wie man es bei Nacht unwillkürlich tut. Die Lampe warf fantastische Schatten auf Wand und Treppe. Ein aufkommender Wind ließ einige Fenster klappern.

Als sie den obersten Treppenabsatz erreichten, stellte Dorian die Lampe auf den Boden, nahm den Schlüssel heraus und drehte ihn im Schloss. »Du bestehst darauf, es zu erfahren, Basil?«, fragte er leise.

»Ja.«

»Das freut mich«, antwortete er lächelnd. Dann fügte er etwas schroff hinzu: »Du bist der einzige Mensch auf der Welt, der ein Recht darauf hat, alles über mich zu wissen. Du hast mehr mit meinem Leben zu tun gehabt, als du glaubst«, und damit nahm er die Lampe, öffnete die Tür und trat ein. Ein kalter Luftzug strich an ihnen vorbei und das Licht schoss für einen Augenblick in einer dunkelorangefarbenen Flamme empor. Ihn schauderte. »Schließ die Tür hinter dir«, flüsterte er, während er die Lampe auf den Tisch stellte.

Hallward blickte sich mit verwirrter Miene um. Das Zimmer sah aus, als sei es seit Jahren nicht bewohnt worden. Ein verblichener flämischer Wandteppich, ein verhängtes Bild, eine alte italienische *cassone* und ein fast leerer Bücherschrank – das war alles, was er, außer einem Stuhl und einem Tisch, zu enthalten schien. Als Dorian Gray eine halb heruntergebrannte Kerze anzündete, die auf dem Kaminsims stand, sah Basil, dass der ganze Raum mit Staub bedeckt und der Teppich durchlöchert war. Eine Maus lief geräuschvoll hinter der Wandtäfelung entlang. Über allem lag ein feuchter Modergeruch.

»Du glaubst also, dass nur Gott die Seele sieht, Basil? Zieh diesen Vorhang zurück und du wirst die meine sehen.«

The voice that spoke was cold and cruel. 'You are mad, Dorian, or playing a part,' muttered Hallward, frowning.

'You won't? Then I must do it myself,' said the young man; and he tore the curtain from its rod, and flung it on the ground.

An exclamation of horror broke from the painter's lips as he saw in the dim light the hideous face on the canvas grinning at him. There was something in its expression that filled him with disgust and loathing. Good heavens! it was Dorian Gray's own face that he was looking at! The horror, whatever it was, had not yet entirely spoiled that marvellous beauty. There was still some gold in the thinning hair and some scarlet on the sensual mouth. The sodden eyes had kept something of the loveliness of their blue, the noble curves had not yet completely passed away from chiselled nostrils and from plastic throat. Yes, it was Dorian himself. But who had done it? He seemed to recognize his own brushwork, and the frame was his own design. The idea was monstrous, yet he felt afraid. He seized the lighted candle, and held it to the picture. In the left-hand corner was his own name, traced in long letters of bright vermilion.

It was some foul parody, some infamous, ignoble satire. He had never done that. Still, it was his own picture. He knew it, and he felt as if his blood had changed in a moment from fire to sluggish ice. His own picture! What did it mean? Why had it altered? He turned, and looked at Dorian Gray with the eyes of a sick man. His mouth twitched, and his parched tongue seemed unable to articulate. He passed his hand across his forehead. It was dank with clammy sweat.

Die Stimme, die sprach, war kalt und grausam. »Du bist wahnsinnig, Dorian, oder du spielst Theater«, murmelte Hallward stirnrunzelnd.

»Du willst nicht? Dann muss ich es selbst tun«, sagte der junge Mann; und er riss den Vorhang von seiner Stange und schleuderte ihn auf den Boden.

Ein Ausruf des Entsetzens entfuhr den Lippen des Malers, als er in dem trüben Licht das grässliche Gesicht auf der Leinwand sah, das ihm entgegengrinste. In seinem Ausdruck war etwas, das ihn mit Ekel und Abscheu erfüllte. Gütiger Himmel! Es war Dorian Grays eigenes Gesicht, in das er blickte! Das Grauenvolle, was immer es sein mochte, hatte diese wunderbare Schönheit noch nicht völlig zerstört. Noch lag etwas Gold auf dem sich lichtenden Haar und etwas Scharlachrot auf dem sinnlichen Mund. Die trüben Augen hatten sich etwas von der Lieblichkeit ihres Blaus bewahrt, die edlen Schwünge waren noch nicht ganz aus den fein geschnittenen Nasenflügeln und dem biegsamen Hals gewichen. Ja, es war Dorian selbst. Aber wer hatte das gemalt? Er glaubte seinen eigenen Pinselstrich zu erkennen, und der Rahmen war seine eigene Anfertigung. Der Gedanke war ungeheuerlich, und doch verspürte er Angst. Er ergriff die brennende Kerze und hielt sie vor das Bild. In der linken Ecke stand sein eigener Name, geschrieben in langgezogenen Buchstaben aus hellem Zinnoberrot.

Es war irgendeine schändliche Parodie, eine infame, unwürdige Satire. Er hatte das niemals gemalt. Und doch, es war sein eigenes Bild. Er wusste es und ihm war, als verwandle sich sein Blut in einem Augenblick von Feuer in erstarrtes Eis. Sein eigenes Bild! Was hatte das zu bedeuten? Warum hatte es sich verändert? Er wandte sich um und sah Dorian Gray mit den Augen eines Kranken an. Sein Mund zuckte und seine trockene Zunge schien außer Stande, einen Laut hervorzubringen. Er fuhr sich mit der Hand über die Stirn. Sie war feucht von kaltem Schweiß.

The young man was leaning against the mantelshelf, watching him with that strange expression that one sees on the faces of those who are absorbed in a play when some great artist is acting. There was neither real sorrow in it nor real joy. There was simply the passion of the spectator, with perhaps a flicker of triumph in his eyes. He had taken the flower out of his coat, and was smelling it, or pretending to do so.

'What does this mean?' cried Hallward, at last. His own voice sounded shrill and curious in his ears.

'Years ago, when I was a boy,' said Dorian Gray, crushing the flower in his hand, 'you met me, flattered me, and taught me to be vain of my good looks. One day you introduced me to a friend of yours, who explained to me the wonder of youth, and you finished a portrait of me that revealed to me the wonder of beauty. In a mad moment, that, even now, I don't know whether I regret or not, I made a wish, perhaps you would call it a prayer ...'

'I remember it! Oh, how well I remember it! No! the thing is impossible. The room is damp. Mildew has got into the canvas. The paints I used had some wretched mineral poison in them. I tell you the thing is impossible.'

'Ah, what is impossible?' murmured the young man, going over to the window, and leaning his forehead against the cold, mist-stained glass.

'You told me you had destroyed it.'

'I was wrong. It has destroyed me.'

'I don't believe it is my picture.'

'Can't you see your ideal in it?' said Dorian, bitterly.

Der junge Mann lehnte am Kaminsims und beobachtete ihn mit jenem seltsamen Ausdruck, wie man ihn auf den Gesichtern derer sieht, die in ein Theaterstück versunken sind, in dem ein großer Künstler mitspielt. Es lag weder echter Kummer noch echte Freude darin. Es war lediglich die Leidenschaft des Zuschauers, vielleicht noch mit einem Aufflackern von Triumph in seinen Augen. Er hatte die Blume aus seinem Knopfloch genommen und roch daran oder gab vor, es zu tun.

»Was hat das zu bedeuten?«, rief Hallward endlich. Seine eigene Stimme klang schrill und sonderbar in seinen Ohren.

»Vor Jahren, als ich noch ein Junge war«, sagte Dorian Gray, während er die Blume in seiner Hand zerdrückte, »hast du mich kennengelernt, mir geschmeichelt und mich gelehrt, mir auf mein gutes Aussehen etwas einzubilden. Eines Tages hast du mich einem deiner Freunde vorgestellt, der mir das Wunder der Jugend erklärte, und du hast ein Porträt von mir vollendet, das mir das Wunder der Schönheit offenbarte. In einem wahnsinnigen Augenblick, von dem ich bis heute nicht weiß, ob ich ihn bedaure oder nicht, sprach ich einen Wunsch aus, vielleicht würdest du es ein Gebet nennen …«

»Ich erinnere mich daran! Oh, wie gut ich mich daran erinnere! Nein! Das ist unmöglich. Das Zimmer ist feucht. Schimmel ist in die Leinwand gedrungen. Die Farben, die ich verwendete, enthielten irgendein mineralisches Gift. Ich sage dir, das ist unmöglich.«

»Ach, was ist schon unmöglich?«, murmelte der junge Mann, ging zum Fenster und lehnte die Stirn gegen das kalte, nebelbeschlagene Glas.

»Du sagtest mir, du hättest es zerstört.«

»Ich habe mich geirrt. Es hat mich zerstört.«

»Ich glaube nicht, dass das mein Bild ist.«

»Kannst du dein Ideal nicht darin erkennen?«, sagte Dorian bitter.

'My ideal, as you call it ...'

'As you called it.'

'There was nothing evil in it, nothing shameful. You were to me such an ideal as I shall never meet again. This is the face of a satyr.'

'It is the face of my soul.'

'Christ! what a thing I must have worshipped! It has the eyes of a devil.'

'Each of us has Heaven and Hell in him, Basil,' cried Dorian, with a wild gesture of despair.

Hallward turned again to the portrait, and gazed at it. 'My God! if it is true,' he exclaimed, 'and this is what you have done with your life, why, you must be worse even than those who talk against you fancy you to be!' He held the light up again to the canvas, and examined it. The surface seemed to be quite undisturbed, and as he had left it. It was from within, apparently, that the foulness and horror had come. Through some strange quickening of inner life the leprosies of sin were slowly eating the thing away. The rotting of a corpse in a watery grave was not so fearful.

His hand shook, and the candle fell from its socket on the floor, and lay there sputtering. He placed his foot on it and put it out. Then he flung himself into the rickety chair that was standing by the table and buried his face in his hands.

'Good God, Dorian, what a lesson! what an awful lesson!' There was no answer, but he could hear the young man sobbing at the window. 'Pray, Dorian, pray,' he murmured. 'What is it that one was taught to say in one's boyhood? "Lead us not into temptation. Forgive us our sins. Wash away our iniquities." Let us say that together. The prayer of your pride has been answered. The prayer of

»Mein Ideal, wie du es nennst …«

»Wie du es nanntest.«

»In ihm war nichts Böses, nichts Schändliches. Du warst für mich ein Ideal, wie ich ihm nie mehr begegnen werde. Dies ist das Gesicht eines Satyrs.«

»Es ist das Gesicht meiner Seele.«

»Herrgott! Was für ein Wesen muss ich angebetet haben! Es hat die Augen eines Teufels.«

»Jeder von uns hat Himmel und Hölle in sich, Basil«, rief Dorian mit einer wilden Geste der Verzweiflung.

Hallward wandte sich wieder dem Porträt zu und starrte es an. »Mein Gott! Wenn es wahr ist«, rief er aus, »und dies hier zeigt, was du aus deinem Leben gemacht hast, dann musst du noch schlimmer sein als die Leute glauben, die schlecht über dich reden!« Wieder hielt er das Licht vor die Leinwand und untersuchte sie. Die Oberfläche schien ganz unversehrt und so, wie er sie zuletzt gesehen hatte. Allem Anschein nach waren die Verderbtheit und Grauenhaftigkeit von innen heraus gekommen. Durch irgendeine merkwürdige Belebung eines Innenlebens zerfraß der Aussatz der Sünde das Ding allmählich. Die Verwesung eines Leichnams in einem feuchten Grab war nicht so furchtbar.

Seine Hand zitterte, die Kerze fiel aus ihrer Halterung auf den Boden und lag qualmend da. Er trat mit dem Fuß darauf und löschte sie. Dann ließ er sich auf den wackeligen Stuhl fallen, der neben dem Tisch stand, und vergrub das Gesicht in den Händen.

»Guter Gott, Dorian, was für eine Lehre! Was für eine furchtbare Lehre!« Es kam keine Antwort, aber er konnte den jungen Mann am Fenster schluchzen hören. »Bete, Dorian, bete«, murmelte er. »Was war das noch, was man uns in der Kindheit zu sagen gelehrt hat? Führe uns nicht in Versuchung. Vergib uns unsere Sünden. Wasche uns rein von unseren Missetaten. Lass uns das zusammen sprechen. Das Gebet deines Stolzes ist erhört wor-

your repentance will be answered also. I worshipped you too much. I am punished for it. You worshipped yourself too much. We are both punished.'

Dorian Gray turned slowly around, and looked at him with tear-dimmed eyes. 'It is too late, Basil,' he faltered.

'It is never too late, Dorian. Let us kneel down and try if we cannot remember a prayer. Isn't there a verse somewhere, "Though your sins be as scarlet, yet I will make them as white as snow"?'

'Those words mean nothing to me now.'

'Hush! don't say that. You have done enough evil in your life. My God! don't you see that accursed thing leering at us?'

Dorian Gray glanced at the picture, and suddenly an uncontrollable feeling of hatred for Basil Hallward came over him, as though it had been suggested to him by the image on the canvas, whispered into his ear by those grinning lips. The mad passions of a hunted animal stirred within him, and he loathed the man who was seated at the table, more than in his whole life he had ever loathed anything. He glanced wildly around. Something glimmered on the top of the painted chest that faced him. His eye fell on it. He knew what it was. It was a knife that he had brought up, some days before, to cut a piece of cord, and had forgotten to take away with him. He moved slowly towards it, passing Hallward as he did so. As soon as he got behind him, he seized it, and turned round. Hallward stirred in his chair as if he was going to rise. He rushed at him, and dug the knife into the great vein that is behind the ear, crushing the man's head down on the table, and stabbing again and again.

There was a stifled groan, and the horrible sound of some one choking with blood. Three times the out-

den. Das Gebet deiner Reue wird auch erhört werden. Ich habe dich zu sehr angebetet. Dafür werde ich bestraft. Du hast dich selbst zu sehr angebetet. Wir werden beide bestraft.«

Dorian Gray wandte sich langsam um und sah ihn mit tränendunklen Augen an. »Es ist zu spät, Basil«, sagte er stockend.

»Es ist nie zu spät, Dorian. Lass und niederknien und versuchen, ob wir uns nicht an ein Gebet erinnern können. Steht nicht irgendwo der Vers: ›Wären eure Sünden auch rot wie Scharlach, so will ich sie doch so weiß machen wie Schnee‹?«

»Diese Worte bedeuten mir jetzt nichts mehr.«

»Pst! Sag das nicht. Du hast in deinem Leben genug Böses getan. Mein Gott! Siehst du nicht, wie dieses verfluchte Ding uns höhnisch angrinst?«

Dorian Gray warf einen Blick auf das Bild und plötzlich überfiel ihn ein unbezwingbares Gefühl des Hasses auf Basil Hallward, als sei es ihm von dem Bild auf der Leinwand eingegeben, von diesen grinsenden Lippen in sein Ohr geflüstert worden. Die rasende Leidenschaft eines gejagten Tieres regte sich in ihm und er verabscheute den Mann, der an dem Tisch saß, mehr, als er in seinem ganzen Leben jemals etwas verabscheut hatte. Er blickte wild um sich. Auf dem Deckel der bemalten Truhe, die ihm gegenüberstand, glänzte etwas. Sein Blick fiel darauf. Er wusste, was es war. Es war ein Messer, das er einige Tage zuvor mit heraufgebracht hatte, um ein Stück Schnur abzuschneiden, und das er vergessen hatte wieder mitzunehmen. Er bewegte sich langsam an Hallward vorbei darauf zu. Sobald er hinter ihm stand, packte er es und wandte sich um. Hallward rührte sich auf seinem Stuhl, als wolle er aufstehen. Dorian stürzte sich auf ihn und stieß das Messer in die große Ader, die hinter dem Ohr verläuft, drückte den Kopf des Mannes auf den Tisch herunter und stach wieder und wieder zu.

Ein gedämpftes Stöhnen war zu hören und das grauenvolle Geräusch eines Menschen, der an seinem Blut erstickt. Dreimal

stretched arms shot up convulsively, waving grotesque stiff-fingered hands in the air. He stabbed him twice more, but the man did not move. Something began to trickle on the floor. He waited for a moment, still pressing the head down. Then he threw the knife on the table, and listened.

He could hear nothing, but the drip, drip on the threadbare carpet. He opened the door and went out on the landing. The house was absolutely quiet. No one was about. For a few seconds he stood bending over the balustrade, and peering down into the black seething well of darkness. Then he took out the key and returned to the room, locking himself in as he did so.

The thing was still seated in the chair, straining over the table with bowed head, and humped back, and long fantastic arms. Had it not been for the red jagged tear in the neck, and the clotted black pool that was slowly widening on the table, one would have said that the man was simply asleep.

How quickly it had all been done! He felt strangely calm, and, walking over to the window, opened it, and stepped out on the balcony. The wind had blown the fog away, and the sky was like a monstrous peacock's tail, starred with myriads of golden eyes. He looked down, and saw the policeman going his rounds and flashing the long beam of his lantern on the doors of the silent houses. The crimson spot of a prowling hansom gleamed at the corner, and then vanished. A woman in a fluttering shawl was creeping slowly by the railings, staggering as she went. Now and then she stopped, and peered back. Once, she began to sing in a hoarse voice. The policeman strolled over and said something to her. She stumbled away, laughing. A bitter blast swept across the

schossen die ausgestreckten Arme krampfartig hoch und groteske, steifgliedrige Hände fuhren durch die Luft. Er stach noch zweimal zu, aber der Mann rührte sich nicht mehr. Etwas begann auf den Boden zu tröpfeln. Er wartete einen Augenblick, während er den Kopf noch immer nach unten drückte. Dann warf er das Messer auf den Tisch und horchte.

Er konnte nichts hören außer dem Tropf-Tropf auf den fadenscheinigen Teppich. Er öffnete die Tür und trat auf den Treppenabsatz hinaus. Das Haus war vollkommen still. Niemand war in der Nähe. Einige Sekunden lang stand er über das Geländer gebeugt da und spähte in den schwarzen, brodelnden Schacht der Dunkelheit hinab. Dann zog er den Schlüssel heraus, kehrte in das Zimmer zurück und schloss sich darin ein.

Die Gestalt saß noch immer auf dem Stuhl und lag hingestreckt mit gebeugtem Kopf, gekrümmtem Rücken und langen, gespenstischen Armen über dem Tisch. Wären nicht der rote, klaffende Riss am Hals und die geronnene schwarze Lache gewesen, die sich langsam auf dem Tisch ausbreitete, hätte man meinen können, der Mann schlafe nur.

Wie schnell alles geschehen war! Er fühlte sich merkwürdig ruhig, ging zur Balkontür, öffnete sie und trat hinaus. Der Wind hatte den Nebel fortgeblasen und der Himmel sah wie ein riesiges Pfauenrad aus, übersät mit Myriaden goldener Augen. Er blickte hinunter und sah, wie der Polizist seine Runde machte und den langen Lichtstrahl seiner Laterne über die Türen der stillen Häuser gleiten ließ. Das karmesinrote Licht eines gemächlich vorbeifahrenden Hansom leuchtete an der Ecke auf und verschwand dann. Eine Frau in einem flatternden Umhang schlich langsam an den Gittern vorbei und taumelte beim Gehen. Hin und wieder blieb sie stehen und spähte zurück. Einmal begann sie mit heiserer Stimme zu singen. Der Polizist schlenderte hinüber und sagte etwas zu ihr. Sie stolperte lachend davon. Ein scharfer Windstoß fegte über den Platz. Die Gas-

Square. The gas-lamps flickered, and became blue, and the leafless trees shook their black iron branches to and fro. He shivered, and went back, closing the window behind him.

Having reached the door, he turned the key, and opened it. He did not even glance at the murdered man. He felt that the secret of the whole thing was not to realize the situation. The friend who had painted the fatal portrait to which all his misery had been due, had gone out of his life. That was enough.

Then he remembered the lamp. It was a rather curious one of Moorish workmanship, made of dull silver inlaid with arabesques of burnished steel, and studded with coarse turquoises. Perhaps it might be missed by his servant, and questions would be asked. He hesitated for a moment, then he turned back and took it from the table. He could not help seeing the dead thing. How still it was! How horribly white the long hands looked! It was like a dreadful wax image.

Having locked the door behind him, he crept quietly downstairs. The woodwork creaked, and seemed to cry out as if in pain. He stopped several times, and waited. No: everything was still. It was merely the sound of his own footsteps.

When he reached the library, he saw the bag and coat in the corner. They must be hidden away somewhere. He unlocked a secret press that was in the wainscoting, a press in which he kept his own curious disguises, and put them into it. He could easily burn them afterwards. Then he pulled out his watch. It was twenty minutes to two.

He sat down, and began to think. Every year—every month, almost—men were strangled in England for what

lampen flackerten und wurden blau und die laublosen Bäume bewegten ihre schwarzen, eisernen Äste hin und her. Ihn fröstelte, und die Balkontür hinter sich schließend, ging er wieder hinein.

Als er die Tür erreicht hatte, drehte er den Schlüssel um und öffnete sie. Er warf nicht einmal mehr einen Blick auf den Ermordeten. Er spürte, dass das Geheimnis der ganzen Sache darin lag, sich die Situation nicht zu vergegenwärtigen. Der Freund, der das verhängnisvolle Porträt gemalt hatte, von dem all sein Elend herrührte, war aus seinem Leben verschwunden. Das war genug.

Dann fiel ihm die Lampe ein. Es war ein recht ungewöhnliches Exemplar maurischer Handwerkskunst, gefertigt aus mattem Silber mit eingelegten Arabesken aus brüniertem Stahl und mit ungeschliffenen Türkisen besetzt. Sein Diener würde sie vielleicht vermissen und es könnte danach gefragt werden. Er zögerte einen Augenblick, dann kehrte er um und nahm sie vom Tisch. Er konnte nicht umhin, die tote Gestalt zu sehen. Wie reglos sie war! Wie furchtbar weiß die langen Hände aussahen! Sie glich einer grässlichen Wachsfigur.

Nachdem er die Tür hinter sich abgeschlossen hatte, schlich er leise die Treppe hinunter. Das Holz knarrte und schien wie vor Schmerz aufzuschreien. Er hielt mehrmals inne und wartete. Nein, alles war ruhig. Es war nur das Geräusch seiner eigenen Schritte.

Als er die Bibliothek erreichte, sah er die Tasche und den Mantel in der Ecke. Sie mussten irgendwo versteckt werden. Er öffnete einen Geheimschrank, der sich in der Wandtäfelung befand, einen Schrank, in dem er seine eigenen sonderbaren Verkleidungen aufbewahrte, und legte sie hinein. Er konnte sie später mühelos verbrennen. Dann zog er seine Uhr hervor. Es war zwanzig Minuten vor zwei.

Er setzte sich und begann nachzudenken. Jedes Jahr – beinahe jeden Monat – wurden in England Menschen für eine Tat

he had done. There had been a madness of murder in the air. Some red star had come too close to the earth. ... And yet what evidence was there against him? Basil Hallward had left the house at eleven. No one had seen him come in again. Most of the servants were at Selby Royal. His valet had gone to bed. ... Paris! Yes. It was to Paris that Basil had gone, and by the midnight train, as he had intended. With his curious reserved habits, it would be months before any suspicions would be aroused. Months! Everything could be destroyed long before then.

A sudden thought struck him. He put on his fur coat and hat, and went out into the hall. There he paused, hearing the slow heavy tread of the policeman on the pavement outside, and seeing the flash of the bull's-eye reflected in the window. He waited, and held his breath.

After a few moments he drew back the latch, and slipped out, shutting the door very gently behind him. Then he began ringing the bell. In about five minutes his valet appeared, half dressed, and looking very drowsy.

'I am sorry to have had to wake you up, Francis,' he said, stepping in; 'but I had forgotten my latch-key. What time is it?'

'Ten minutes past two, sir,' answered the man, looking at the clock and blinking.

'Ten minutes past two? How horribly late! You must wake me at nine to-morrow. I have some work to do.'

'All right, sir.'

'Did any one call this evening?'

'Mr. Hallward, sir. He stayed here till eleven, and then he went away to catch his train.'

gehenkt, wie er sie begangen hatte. Eine wahnsinnige Mordlust hatte in der Luft gelegen. Irgendein roter Stern war der Erde zu nahe gekommen … Und doch, welchen Beweis gab es gegen ihn? Basil Hallward hatte um elf das Haus verlassen. Niemand hatte ihn wieder hereinkommen sehen. Die meisten Diener waren in Selby Royal. Sein Kammerdiener war zu Bett gegangen … Paris! Ja. Basil war nach Paris gefahren, und zwar mit dem Mitternachtszug, wie es seine Absicht gewesen war. Bei seiner sonderbar zurückgezogenen Lebensweise würden Monate vergehen, bevor irgendein Verdacht aufkäme. Monate! Alle Spuren konnten lange vorher vernichtet werden.

Plötzlich kam ihm ein Gedanke. Er zog seinen Pelzmantel an, setzte den Hut auf und ging in die Eingangshalle. Dort blieb er stehen, weil er den langsamen, schweren Schritt des Polizisten draußen auf dem Gehsteig hörte und den Lichtstrahl der Blendlaterne sah, der sich im Fenster widerspiegelte. Er wartete und hielt den Atem an.

Einige Augenblicke später schob er den Riegel zurück und schlüpfte hinaus, die Tür ganz behutsam hinter sich schließend. Dann begann er die Glocke zu läuten. Nach etwa fünf Minuten erschien sein Kammerdiener, halb angezogen und sehr verschlafen dreinblickend.

»Es tut mir leid, dass ich Sie wecken musste, Francis«, sagte er und trat ein, »aber ich habe meinen Hausschlüssel vergessen. Wie viel Uhr ist es?«

»Zehn Minuten nach zwei, Sir«, antwortete der Mann, der blinzelnd auf seine Uhr sah.

»Zehn Minuten nach zwei? Wie entsetzlich spät! Sie müssen mich morgen um neun wecken. Ich habe einiges zu erledigen.«

»Sehr wohl, Sir.«

»War heute Abend jemand hier?«

»Mr. Hallward, Sir. Er blieb bis elf hier und ging dann fort, um seinen Zug zu erreichen.«

'Oh! I am sorry I didn't see him. Did he leave any message?'

'No, sir, except that he would write to you from Paris, if he did not find you at the club.'

'That will do, Francis. Don't forget to call me at nine to-morrow.'

'No, sir.'

The man shambled down the passage in his slippers.

Dorian Gray threw his hat and coat upon the table, and passed into the library. For a quarter of an hour he walked up and down the room biting his lip, and thinking. Then he took down the Blue Book from one of the shelves, and began to turn over the leaves. 'Alan Campbell, 152, Hertford Street, Mayfair.' Yes; that was the man he wanted.

»Oh! Wie schade, dass ich ihn verpasst habe. Hat er eine Nachricht hinterlassen?«

»Nein, Sir, nur dass er Ihnen aus Paris schreiben würde, falls er Sie im Klub nicht träfe.«

»Das ist alles, Francis. Vergessen Sie nicht, mich morgen um neun zu wecken.«

»Nein, Sir.«

Der Mann schlurfte in seinen Pantoffeln den Korridor hinunter.

Dorian Gray warf Hut und Stock auf den Tisch und ging in die Bibliothek. Eine Viertelstunde lang ging er im Zimmer auf und ab, biss sich auf die Lippen und dachte nach. Dann nahm er das Blaubuch aus einem der Regale und begann die Seiten umzublättern. »Alan Campbell, 152, Hertford Street, Mayfair.« Ja, das war der Mann, den er brauchte.

Chapter XIV

At nine o'clock the next morning his servant came in with a cup of chocolate on a tray, and opened the shutters. Dorian was sleeping quite peacefully, lying on his right side, with one hand underneath his cheek. He looked like a boy who had been tired out with play, or study.

The man had to touch him twice on the shoulder before he woke, and as he opened his eyes a faint smile passed across his lips, as though he had been lost in some delightful dream. Yet he had not dreamed at all. His night had been untroubled by any images of pleasure or of pain. But youth smiles without any reason. It is one of its chiefest charms.

He turned round, and, leaning upon his elbow, began to sip his chocolate. The mellow November sun came streaming into the room. The sky was bright, and there was a genial warmth in the air. It was almost like a morning in May.

Gradually the events of the preceding night crept with silent blood-stained feet into his brain, and reconstructed themselves there with terrible distinctness. He winced at the memory of all that he had suffered, and for a moment the same curious feeling of loathing for Basil Hallward, that had made him kill him as he sat in the chair, came back to him, and he grew cold with passion. The dead man was still sitting there, too, and in the sunlight now. How horrible that was! Such hideous things were for the darkness, not for the day.

He felt that if he brooded on what he had gone through he would sicken or grow mad. There were sins whose fascination was more in the memory than in the doing of them, strange triumphs that gratified the pride

KAPITEL 14

Um neun Uhr am nächsten Morgen kam sein Diener mit einer Tasse Schokolade auf einem Tablett herein und öffnete die Fensterläden. Dorian lag auf der rechten Seite, eine Hand unter seiner Wange, und schlief ganz friedlich. Er sah aus wie ein Junge, der vom Spielen oder Lernen müde geworden war.

Der Diener musste ihn zweimal an der Schulter berühren, bevor er aufwachte, und als er die Augen aufschlug, glitt ein schwaches Lächeln über seine Lippen, als wäre er in einen herrlichen Traum versunken gewesen. Dabei hatte er gar nicht geträumt. Seine Nacht war ungestört von Bildern der Lust oder des Leids gewesen. Doch die Jugend lächelt ohne Grund. Das ist einer ihrer größten Reize.

Er wandte sich um, stützte sich auf einen Ellbogen und begann seine Schokolade zu schlürfen. Die milde Novembersonne strömte ins Zimmer. Der Himmel war klar und eine heitere Wärme lag in der Luft. Es war fast wie ein Morgen im Mai.

Allmählich schlichen sich die Ereignisse der vergangenen Nacht auf leisen, blutbefleckten Sohlen in sein Gehirn und bauten sich dort mit schrecklicher Deutlichkeit wieder auf. Bei der Erinnerung an all das, was er durchlitten hatte, zuckte er zusammen, und einen Augenblick lang verspürte er erneut dasselbe merkwürdige Gefühl der Abscheu gegenüber Basil Hallward, das ihn dazu getrieben hatte, ihn zu töten, als dieser auf dem Stuhl saß, und er wurde kalt vor Wut. Der Tote saß noch immer dort, jetzt dazu noch im Sonnenlicht. Wie grauenvoll das war! Solch grässliche Dinge waren für die Dunkelheit, nicht für den Tag.

Er spürte, wenn er über das, was er durchgemacht hatte, ins Brüten kam, würde er krank oder wahnsinnig werden. Es gab Sünden, deren Reiz mehr in der Erinnerung als in der Ausführung lag, seltsame Triumphe, die den Stolz mehr als die Leiden-

more than the passions, and gave to the intellect a quickened sense of joy, greater than any joy they brought, or could ever bring, to the senses. But this was not one of them. It was a thing to be driven out of the mind, to be drugged with poppies, to be strangled lest it might strangle one itself.

When the half-hour struck, he passed his hand across his forehead, and then got up hastily, and dressed himself with even more than his usual care, giving a good deal of attention to the choice of his necktie and scarf-pin, and changing his rings more than once. He spent a long time also over breakfast, tasting the various dishes, talking to his valet about some new liveries that he was thinking of getting made for the servants at Selby, and going through his correspondence. At some of the letters he smiled. Three of them bored him. One he read several times over, and then tore up with a slight look of annoyance in his face. 'That awful thing, a woman's memory!' as Lord Henry had once said.

After he had drunk his cup of black coffee, he wiped his lips slowly with a napkin, motioned to his servant to wait, and going over to the table sat down and wrote two letters. One he put in his pocket, the other he handed to the valet.

'Take this round to 152, Hertford Street, Francis, and if Mr. Campbell is out of town, get his address.'

As soon as he was alone, he lit a cigarette, and began sketching upon a piece of paper, drawing first flowers, and bits of architecture, and then human faces. Suddenly he remarked that every face that he drew seemed to have a fantastic likeness to Basil Hallward. He frowned, and, getting up, went over to the bookcase and took out a

schaften befriedigten und die dem Geist ein gesteigertes Gefühl der Wonne schenkten, stärker als jede Wonne, die sie den Sinnen verschafften oder jemals verschaffen konnten. Aber dies gehörte nicht dazu. Dies war eine Sache, die man aus den Gedanken verjagen, mit Mohn betäuben oder ersticken musste, damit sie einen nicht selbst erstickte.

Als es halb zehn schlug, fuhr er sich mit der Hand über die Stirn, stand dann rasch auf und zog sich mit noch größerer Sorgfalt als gewöhnlich an, indem er sehr viel Aufmerksamkeit auf die Wahl seiner Halsbinde und der Krawattennadel verwandte und seine Ringe mehr als einmal wechselte. Auch beim Frühstück verbrachte er lange Zeit, kostete von den verschiedenen Gerichten, sprach mit seinem Diener über neue Livreen, die er für die Bediensteten in Selby anfertigen lassen wollte, und sah seine Korrespondenz durch. Über einige Briefe lächelte er. Drei langweilten ihn. Einen las er mehrfach durch und zerriss ihn dann mit leicht verärgerter Miene. »Ein grässliches Ding, das Gedächtnis einer Frau!«, wie Lord Henry einmal gesagt hatte.

Nachdem er seine Tasse schwarzen Kaffee getrunken hatte, wischte er sich mit einer Serviette langsam über die Lippen, gab dem Diener ein Zeichen zu warten, ging zum Tisch hinüber, setzte sich und schrieb zwei Briefe. Einen steckte er in seine Tasche, den anderen reichte er dem Diener.

»Bringen Sie den in die Hertford Street 152, Francis, und falls Mr. Campbell nicht in der Stadt ist, lassen Sie sich seine Adresse geben.«

Sobald er allein war, zündete er sich eine Zigarette an und begann auf einem Blatt Papier Skizzen zu machen, zeichnete zuerst Blumen und architektonische Fragmente, dann menschliche Gesichter. Plötzlich bemerkte er, dass jedes Gesicht, das er zeichnete, eine wundersame Ähnlichkeit mit Basil Hallward zu haben schien. Er runzelte die Stirn, stand auf, ging zum Bücherschrank und nahm auf gut Glück einen Band heraus. Er war entschlos-

volume at hazard. He was determined that he would not think about what had happened until it became absolutely necessary that he should do so.

When he had stretched himself on the sofa, he looked at the title-page of the book. It was Gautier's 'Émaux et Camées,' a Charpentier's Japanese-paper edition, with the Jacquemart etching. The binding was of citron-green leather, with a design of gilt trellis-work and dotted pomegranates. It had been given to him by Adrian Singleton. As he turned over the pages his eye fell on the poem about the hand of Lacenaire, the cold yellow hand *'du supplice encore mal lavée,'* with its downy red hairs and its *'doigts de faune.'* He glanced at his own white taper fingers, shuddering slightly in spite of himself, and passed on, till he came to those lovely stanzas upon Venice:—

'Sur une gamme chromatique,
Le sein de perles ruisselant,
La Vénus de l'Adriatique
Sort de l'eau son corps rose et blanc.

Les domes, sur l'azur des ondes
Suivant la phrase au pur contour,
S 'enflent comme des gorges rondes
Que soulève un soupir d'amour.

L'esquif aborde et me dépose,
Jetant son amarre au pilier,
Devant une façade rose,
Sur le marbre d'un escalier.'

How exquisite they were! As one read them, one seemed to be floating down the green waterways of the pink and

sen, nicht eher an das Geschehene zu denken, als bis es absolut notwendig sein würde.

Als er sich auf dem Sofa ausgestreckt hatte, schaute er auf den Titel des Buches. Es war Gautiers *Émaux et Camées*, die Ausgabe von Charpentier auf Japanpapier mit einer Radierung von Jacquemart. Der Einband war aus zitronengrünem Leder mit einem Ornament aus goldenen Ranken und punktierten Granatäpfeln. Er hatte es von Adrian Singleton geschenkt bekommen. Als er die Seiten umblätterte, fiel sein Blick auf ein Gedicht über die Hand Lacenaires, die kalte gelbe Hand *du supplice encore mal lavée*, mit ihren flaumigen roten Härchen und ihren *doigts de faune*. Er blickte auf seine eigenen weißen, spitz zulaufenden Finger, fröstelte dabei unwillkürlich leicht und blätterte weiter, bis er zu jenen herrlichen Strophen über Venedig kam:

Sur une gamme chromatique,
Le sein de perles ruisselant,
La Vénus de l'Adriatique
Sort de l'eau son corps rose et blanc.

Les dômes, sur l'azur des ondes
Suivant la phrase au pur contour,
S'enflent comme des gorges rondes
Que soulève un soupir d'amour.

L'esquif aborde et me dépose,
Jetant son amarre au pilier,
Devant une façade rose,
Sur le marbre d'un escalier.

Wie köstlich sie waren! Wenn man sie las, schien man in einer schwarzen Gondel mit silbernem Bug und wehenden Vorhängen

pearl city, seated in a black gondola with silver prow and trailing curtains. The mere lines looked to him like those straight lines of turquoise-blue that follow one as one pushes out to the Lido. The sudden flashes of colour reminded him of the gleam of the opal-and-iris-throated birds that flutter round the tall honey-combed Campanile, or stalk, with such stately grace, through the dim, dust-stained arcades. Leaning back with half-closed eyes, he kept saying over and over to himself:–

> *'Devant une façade rose,*
> *Sur le marbre d'un escalier.'*

The whole of Venice was in those two lines. He remembered the autumn that he had passed there, and a wonderful love that had stirred him to mad, delightful follies. There was romance in every place. But Venice, like Oxford, had kept the background for romance, and, to the true romantic, background was everything, or almost everything. Basil had been with him part of the time, and had gone wild over Tintoret. Poor Basil! what a horrible way for a man to die!

He sighed, and took up the volume again, and tried to forget. He read of the swallows that fly in and out of the little cafe at Smyrna where the Hadjis sit counting their amber beads and the turbaned merchants smoke their long tasselled pipes and talk gravely to each other; he read of the Obelisk in the Place de la Concorde that weeps tears of granite in its lonely sunless exile, and longs to be back by the hot lotus-covered Nile, where there are Sphinxes, and rose-red ibises, and white vultures with gilded claws, and crocodiles, with small beryl eyes, that crawl over the green steaming mud; he began

zu sitzen und die grünen Wasserstraßen der rosa- und perlweißen Stadt hinabzugleiten. Allein die Zeilen sahen für ihn aus wie jene geraden, türkisblauen Linien, die einem folgen, wenn man zum Lido hinausrudert. Die plötzlichen Farbblitze erinnerten ihn an den Schimmer der Vögel mit opal- und regenbogenfarbenen Hälsen, die den hohen, honigwabenartigen Campanile umflattern oder mit so würdevoller Anmut durch die düsteren, staubigen Arkaden stolzieren. Zurückgelehnt, mit halb geschlossenen Augen, wiederholte er wieder und wieder zu sich selbst:

Devant une façade rose,
Sur le marbre d'un escalier.

Das ganze Venedig lag in diesen zwei Zeilen. Er dachte an den Herbst, den er dort verbracht hatte, und an eine wunderbare Liebe, die ihn zu wahnsinnigen, herrlichen Torheiten getrieben hatte. Überall war Romantik. Aber wie Oxford hatte sich Venedig die Kulisse für Romantik bewahrt, und für den wahren Romantiker war Kulisse alles oder fast alles. Basil war zeitweise bei ihm gewesen und hatte sich leidenschaftlich für Tintoretto begeistert. Armer Basil! Was für eine grauenvolle Art zu sterben!

Er seufzte, nahm den Band wieder auf und versuchte zu vergessen. Er las von den Schwalben, die in dem kleinen Café in Smyrna ein- und ausfliegen, wo die Hadschis sitzen und ihre Bernsteinperlen zählen und die Turban tragenden Kaufleute ihre langen, mit Quasten verzierten Pfeifen rauchen und ernsthaft miteinander sprechen; er las von dem Obelisken auf der Place de la Concorde, der in seinem einsamen, sonnenlosen Exil Tränen aus Granit weint und sich an den heißen, lotusbedeckten Nil zurücksehnt, wo es Sphinxe gibt und rosarote Ibisse und weiße Geier mit goldenen Krallen und Krokodile mit kleinen Beryllaugen, die über den grünen, dampfenden Schlamm kriechen; er

to brood over those verses which, drawing music from kiss-stained marble, tell of that curious statue that Gautier compares to a contralto voice, the *'monstre charmant'* that couches in the porphyry-room of the Louvre. But after a time the book fell from his hand. He grew nervous, and a horrible fit of terror came over him. What if Alan Campbell should be out of England? Days would elapse before he could come back. Perhaps he might refuse to come. What could he do then? Every moment was of vital importance.

They had been great friends once, five years before—almost inseparable, indeed. Then the intimacy had come suddenly to an end. When they met in society now, it was only Dorian Gray who smiled: Alan Campbell never did.

He was an extremely clever young man, though he had no real appreciation of the visible arts, and whatever little sense of the beauty of poetry he possessed he had gained entirely from Dorian. His dominant intellectual passion was for science. At Cambridge he had spent a great deal of his time working in the Laboratory, and had taken a good class in the Natural Science Tripos of his year. Indeed, he was still devoted to the study of chemistry, and had a laboratory of his own, in which he used to shut himself up all day long, greatly to the annoyance of his mother, who had set her heart on his standing for Parliament and had a vague idea that a chemist was a person who made up prescriptions. He was an excellent musician, however, as well, and played both the violin and the piano better than most amateurs. In fact, it was music that had first brought him and Dorian Gray together—music and that indefinable attraction that Dorian seemed to be able to exercise whenever he

fing an, über jene Verse nachzugrübeln, die, indem sie dem kussbefleckten Marmor Musik entlocken, von jener sonderbaren Statue erzählen, die Gautier mit einer Altstimme vergleicht, von dem *monstre charmant*, das im Porphyrsaal des Louvre steht. Doch nach einer Weile fiel ihm das Buch aus der Hand. Er wurde nervös und ein entsetzlicher Anfall von Angst überfiel ihn. Was, wenn Alan Campbell nicht in England wäre? Tage würden verstreichen, bevor er zurückkäme. Vielleicht würde er sich weigern zu kommen. Was konnte er dann tun? Jeder Augenblick war von entscheidender Bedeutung.

Sie waren einmal beste Freunde gewesen, vor fünf Jahren – ja, sogar beinahe unzertrennlich. Dann hatte die Vertrautheit ein jähes Ende genommen. Wenn sie sich jetzt in Gesellschaft begegneten, war es nur Dorian Gray, der lächelte, Alan Campbell nie.

Er war ein außerordentlich kluger junger Mann, auch wenn er kein wirkliches Verständnis für die sichtbaren Künste hatte, und das bisschen Gefühl für die Schönheit der Poesie, das er besaß, hatte er ausschließlich Dorian zu verdanken. Seine vorherrschende geistige Leidenschaft galt der Wissenschaft. In Cambridge hatte er einen großen Teil seiner Zeit mit Arbeiten im Laboratorium verbracht und in seinem Jahrgang ein gutes naturwissenschaftliches Examen abgelegt. Ja, er widmete sich noch immer dem Studium der Chemie und besaß ein eigenes Laboratorium, in dem er sich den ganzen Tag lang einzuschließen pflegte, sehr zum Kummer seiner Mutter, die ihr Herz daran gehängt hatte, dass er für das Parlament kandidieren sollte und die die vage Vorstellung hatte, ein Chemiker sei jemand, der Rezepturen zusammenstelle. Indessen war er ein ausgezeichneter Musiker und spielte besser Geige und Klavier als die meisten Dilettanten. Die Musik war es auch, die ihn und Dorian Gray ursprünglich zusammengebracht hatte – die Musik und jene unerklärliche Anziehungskraft, die Dorian auszuüben imstande schien, wann im-

wished, and indeed exercised often without being conscious of it. They had met at Lady Berkshire's the night that Rubinstein played there, and after that used to be always seen together at the Opera, and wherever good music was going on. For eighteen months their intimacy lasted. Campbell was always either at Selby Royal or in Grosvenor Square. To him, as to many others, Dorian Gray was the type of everything that is wonderful and fascinating in life. Whether or not a quarrel had taken place between them no one ever knew. But suddenly people remarked that they scarcely spoke when they met, and that Campbell seemed always to go away early from any party at which Dorian Gray was present. He had changed, too—was strangely melancholy at times, appeared almost to dislike hearing music, and would never himself play, giving as his excuse, when he was called upon, that he was so absorbed in science that he had no time left in which to practise. And this was certainly true. Every day he seemed to become more interested in biology, and his name appeared once or twice in some of the scientific reviews, in connection with certain curious experiments.

This was the man Dorian Gray was waiting for. Every second he kept glancing at the clock. As the minutes went by he became horribly agitated. At last he got up, and began to pace up and down the room, looking like a beautiful caged thing. He took long stealthy strides. His hands were curiously cold.

The suspense became unbearable. Time seemed to him to be crawling with feet of lead, while he by monstrous winds was being swept towards the jagged edge of some black cleft or precipice. He knew what was waiting for him there; saw it indeed, and, shuddering,

mer er wollte, und auch oft ausübte, ohne sich darüber bewusst zu sein. Sie hatten sich bei Lady Berkshire an dem Abend kennengelernt, als Rubinstein dort spielte, und danach wurden sie stets zusammen in der Oper gesehen und überall dort, wo gute Musik gespielt wurde. Achtzehn Monate dauerte ihre Freundschaft. Campbell war ständig in Selby Royal oder am Grosvenor Square. Für ihn wie für viele andere war Dorian Gray die Verkörperung all dessen, was wunderbar und faszinierend im Leben ist. Ob zwischen ihnen ein Streit vorgefallen war oder nicht, erfuhr man nie. Aber plötzlich bemerkten die Leute, dass sie kaum miteinander sprachen, wenn sie sich trafen, und dass Campbell jede Gesellschaft früh zu verlassen schien, bei der Dorian Gray anwesend war. Er hatte sich auch verändert – war zuweilen seltsam melancholisch, schien fast eine Abneigung dagegen zu haben, Musik zu hören, und wollte selbst nie mehr spielen. Wenn man ihn dazu aufforderte, führte er als Entschuldigung an, dass ihn die Wissenschaft so stark in Anspruch nehme, dass ihm keine Zeit mehr zum Üben bliebe. Und das war zweifellos wahr. Er schien sich jeden Tag mehr für Biologie zu interessieren und sein Name tauchte ein- oder zweimal im Zusammenhang mit gewissen sonderbaren Experimenten in wissenschaftlichen Zeitschriften auf.

Das war der Mann, auf den Dorian Gray wartete. Jede Sekunde blickte er auf die Uhr. Als die Minuten verstrichen, wurde er entsetzlich aufgeregt. Schließlich stand er auf und begann im Zimmer auf und ab zu gehen; er sah aus wie ein schönes Tier in einem Käfig. Er machte lange, schleichende Schritte. Seine Hände waren eigenartig kalt.

Die Spannung wurde unerträglich. Die Zeit schien mit bleiernen Füßen zu kriechen, gleichzeitig trieben ihn ungeheuerliche Windstöße auf den schroffen Rand einer schwarzen Kluft oder eines Abgrundes zu. Er wusste, was ihn dort erwartete; ja, er sah es und presste seine brennenden Lider mit feuchten Händen schaudernd zusammen, als wolle er dem Gehirn die

crushed with dank hands his burning lids as though he would have robbed the very brain of sight, and driven the eyeballs back into their cave. It was useless. The brain had its own food on which it battened, and the imagination, made grotesque by terror, twisted and distorted as a living thing by pain, danced like some foul puppet on a stand, and grinned through moving masks. Then, suddenly, Time stopped for him. Yes: that blind, slow-breathing thing crawled no more, and horrible thoughts, Time being dead, raced nimbly on in front, and dragged a hideous future from its grave, and showed it to him. He stared at it. Its very horror made him stone.

At last the door opened, and his servant entered. He turned glazed eyes upon him.

'Mr. Campbell, sir,' said the man.

A sigh of relief broke from his parched lips, and the colour came back to his cheeks.

'Ask him to come in at once, Francis.' He felt that he was himself again. His mood of cowardice had passed away.

The man bowed, and retired. In a few moments Alan Campbell walked in, looking very stern and rather pale, his pallor being intensified by his coal-black hair and dark eyebrows.

'Alan! this is kind of you. I thank you for coming.'

'I had intended never to enter your house again, Gray. But you said it was a matter of life and death.' His voice was hard and cold. He spoke with slow deliberation. There was a look of contempt in the steady searching gaze that he turned on Dorian. He kept his hands in the pockets of his Astrakhan coat, and seemed not to have noticed the gesture with which he had been greeted.

Sehkraft rauben und die Augäpfel in ihre Höhlen zurückdrängen. Es war vergebens. Das Gehirn hatte seine eigene Nahrung, mit der es sich mästete, und die Fantasie, von der Angst ins Groteske gesteigert, verdreht und verzerrt wie ein lebendiges Wesen unter Schmerzen, tanzte wie eine garstige Marionette auf einer Bühne und grinste durch bewegliche Masken hindurch. Dann, plötzlich, blieb die Zeit für ihn stehen. Ja, dieses blinde, langsam atmende Ding kroch nicht mehr weiter und nun, da die Zeit tot war, stürmten grauenvolle Gedanken rasch in den Vordergrund, zerrten eine grässliche Zukunft aus ihrem Grab und zeigten sie ihm. Er starrte sie an. Ihre Grauenhaftigkeit ließ ihn zu Stein werden.

Endlich öffnete sich die Tür und sein Diener trat ein. Er wandte ihm seinen glasigen Blick zu.

»Mr. Campbell, Sir«, sagte der Mann.

Ein Seufzer der Erleichterung entrang sich seinen ausgedörrten Lippen und die Farbe kehrte in seine Wangen zurück.

»Bitten Sie ihn sofort herein, Francis.« Er spürte, dass er wieder er selbst war. Der Anfall von Feigheit war vorüber.

Der Diener verbeugte sich und zog sich zurück. Wenige Augenblicke später kam Alan Campbell herein; er sah sehr ernst und ziemlich blass aus, wobei seine Blässe von dem kohlschwarzen Haar und den dunklen Augenbrauen noch verstärkt wurde.

»Alan! Das ist freundlich von dir. Ich danke dir, dass du gekommen bist.«

»Ich hatte die Absicht, dein Haus nie wieder zu betreten, Gray. Aber du sagtest, es ginge um Leben und Tod.« Seine Stimme war hart und kalt. Er sprach langsam und bedächtig. Ein Ausdruck der Verachtung lag in dem festen, forschenden Blick, den er auf Dorian richtete. Er behielt die Hände in den Taschen seines Astrachanmantels und schien die Hand, sie sich zur Begrüßung ausstreckte, nicht bemerkt zu haben.

'Yes: it is a matter of life and death, Alan, and to more than one person. Sit down.'

Campbell took a chair by the table, and Dorian sat opposite to him. The two men's eyes met. In Dorian's there was infinite pity. He knew that what he was going to do was dreadful.

After a strained moment of silence, he leaned across and said, very quietly, but watching the effect of each word upon the face of him he had sent for, 'Alan, in a locked room at the top of this house, a room to which nobody but myself has access, a dead man is seated at a table. He has been dead ten hours now. Don't stir, and don't look at me like that. Who the man is, why he died, how he died, are matters that do not concern you. What you have to do is this–'

'Stop, Gray. I don't want to know anything further. Whether what you have told me is true or not true, doesn't concern me. I entirely decline to be mixed up in your life. Keep your horrible secrets to yourself. They don't interest me any more.'

'Alan, they will have to interest you. This one will have to interest you. I am awfully sorry for you, Alan. But I can't help myself. You are the one man who is able to save me. I am forced to bring you into the matter. I have no option. Alan, you are scientific. You know about chemistry, and things of that kind. You have made experiments. What you have got to do is to destroy the thing that is upstairs–to destroy it so that not a vestige of it will be left. Nobody saw this person come into the house. Indeed, at the present moment he is supposed to be in Paris. He will not be missed for months. When he is missed, there must be no trace of him found here. You, Alan, you must change him, and everything that belongs

»Ja, es geht um Leben und Tod, Alan, und zwar für mehr als einen Menschen. Setz dich.«

Campbell nahm am Tisch Platz und Dorian setzte sich ihm gegenüber. Die Blicke der beiden Männer trafen sich. In Dorians Augen lag unendliches Mitleid. Er wusste, was er vorhatte, war entsetzlich.

Nach einem Augenblick gespannten Schweigens beugte er sich vor und indem er die Wirkung jedes Wortes auf dem Gesicht dessen, nach dem er geschickt hatte, beobachtete, sagte er sehr ruhig: »Alan, in einem verschlossenen Zimmer unter dem Dach dieses Hauses, einem Zimmer, zu dem niemand außer mir Zutritt hat, sitzt ein toter Mann an einem Tisch. Er ist jetzt seit zehn Stunden tot. Rühr dich nicht und sieh mich nicht so an. Wer der Mann ist, warum er starb, wie er starb, das sind Dinge, die dich nichts angehen. Was du zu tun hast ist Folgendes –«

»Hör auf, Gray. Ich will nichts weiter wissen. Ob das, was du mir erzählt hast, wahr ist oder nicht, kümmert mich nicht. Ich lehne es entschieden ab, in dein Leben verwickelt zu werden. Behalte deine grauenvollen Geheimnisse für dich. Sie interessieren mich nicht mehr.«

»Alan, sie werden dich interessieren müssen. Dieses eine wird dich interessieren müssen. Es tut mir schrecklich leid für dich, Alan. Aber ich kann mir selbst nicht helfen. Du bist der einzige Mensch, der mich retten kann. Ich bin gezwungen, dich in die Sache hineinzuziehen. Ich habe keine Wahl. Alan, du bist ein Mann der Naturwissenschaft. Du verstehst dich auf Chemie und derlei Dinge. Du hast Experimente gemacht. Was du zu tun hast ist, das Wesen da oben zu vernichten, so zu vernichten, dass nicht eine Spur davon übrig bleibt. Niemand sah diese Person ins Haus kommen. Ja, man nimmt an, dass er zum gegenwärtigen Zeitpunkt in Paris ist. Er wird monatelang nicht vermisst werden. Wenn er vermisst wird, darf hier keine Spur von ihm gefunden werden. Du, Alan, du musst ihn und alles, was ihm gehört,

to him, into a handful of ashes that I may scatter in the air.'

'You are mad, Dorian.'

'Ah! I was waiting for you call me Dorian.'

'You are mad, I tell you—mad to imagine that I would raise a finger to help you, mad to make this monstrous confession. I will have nothing to do with this matter, whatever it is. Do you think I am going to peril my reputation for you? What is it to me what devil's work you are up to?'

'It was suicide, Alan.'

'I am glad of that. But who drove him to it? You, I should fancy.'

'Do you still refuse to do this for me?'

'Of course I refuse. I will have absolutely nothing to do with it. I don't care what shame comes on you. You deserve it all. I should not be sorry to see you disgraced, publicly disgraced. How dare you ask me, of all men in the world, to mix myself up in this horror? I should have thought you knew more about people's characters. Your friend Lord Henry Wotton can't have taught you much about psychology, whatever else he has taught you. Nothing will induce me to stir a step to help you. You have come to the wrong man. Go to some of your friends. Don't come to me.'

'Alan, it was murder. I killed him. You don't know what he had made me suffer. Whatever my life is, he had more to do with the making or the marring of it than poor Harry has had. He may not have intended it, the result was the same.'

'Murder! Good God, Dorian, is that what you have come to? I shall not inform upon you. It is not my busi-

in eine Handvoll Asche verwandeln, die ich in die Luft streuen kann.«

»Du bist verrückt, Dorian.«

»Oh! Ich habe darauf gewartet, dass du mich Dorian nennst.«

»Du bist verrückt, sage ich dir – verrückt zu glauben, ich würde auch nur einen Finger rühren, um dir zu helfen, verrückt, vor mir dieses ungeheuerliche Geständnis abzulegen. Ich will mit dieser Sache nichts zu tun haben, was immer es ist. Glaubst du, ich werde meinen guten Ruf für dich aufs Spiel setzen? Was geht es mich an, welches Teufelswerk du vorhast?«

»Es war Selbstmord, Alan.«

»Darüber bin ich froh. Aber wer trieb ihn dazu? Du vermutlich.«

»Weigerst du dich noch immer, das für mich zu tun?«

»Natürlich weigere ich mich. Ich will absolut nichts damit zu tun haben. Es ist mir gleich, welche Schande über dich kommt. Du verdienst es vollauf. Es würde mir nicht leid tun, dich entehrt zu sehen, öffentlich entehrt. Wie kannst du es wagen, von allen Menschen auf der Welt ausgerechnet mich zu bitten, mich in dieses Grauen hineinziehen zu lassen? Ich hätte gedacht, du wüsstest besser über den Charakter der Menschen Bescheid. Dein Freund Lord Henry Wotton kann dir nicht viel über Psychologie beigebracht haben, was immer er dir sonst beigebracht hat. Nichts wird mich dazu bewegen, auch nur einen Schritt zu tun, um dir zu helfen. Du hast dich an den Falschen gewandt. Geh zu einem deiner Freunde. Komm nicht zu mir.«

»Alan, es war Mord. Ich habe ihn umgebracht. Du weißt nicht, was ich durch ihn gelitten habe. Was auch immer mein Leben ist, er hatte mehr damit zu tun, es zu erschaffen und zu zerstören, als der arme Harry. Er mag es nicht beabsichtigt haben, aber das Ergebnis war das gleiche.«

»Mord! Großer Gott, Dorian, so weit ist es mit dir gekommen? Ich werde dich nicht anzeigen. Das ist nicht meine Ange-

ness. Besides, without my stirring in the matter, you are certain to be arrested. Nobody ever commits a crime without doing something stupid. But I will have nothing to do with it.'

'You must have something to do with it. Wait, wait a moment; listen to me. Only listen, Alan. All I ask of you is to perform a certain scientific experiment. You go to hospitals and dead-houses, and the horrors that you do there don't affect you. If in some hideous dissecting-room or fetid laboratory you found this man lying on a leaden table with red gutters scooped out in it for the blood to flow through, you would simply look upon him as an admirable subject. You would not turn a hair. You would not believe that you were doing anything wrong. On the contrary, you would probably feel that you were benefiting the human race, or increasing the sum of knowledge in the world, or gratifying intellectual curiosity, or something of that kind. What I want you to do is merely what you have often done before. Indeed, to destroy a body must be far less horrible than what you are accustomed to work at. And, remember, it is the only piece of evidence against me. If it is discovered, I am lost; and it is sure to be discovered unless you help me.'

'I have no desire to help you. You forget that. I am simply indifferent to the whole thing. It has nothing to do with me.'

'Alan, I entreat you. Think of the position I am in. Just before you came I almost fainted with terror. You may know terror yourself some day. No! don't think of that. Look at the matter purely from the scientific point of view. You don't inquire where the dead things on which you experiment come from. Don't inquire now. I have

legenheit. Außerdem wirst du mit Sicherheit festgenommen werden, auch ohne dass ich in der Sache etwas unternehme. Niemand verübt jemals ein Verbrechen, ohne eine Dummheit zu begehen. Aber ich will nichts damit zu tun haben.«

»Du musst etwas damit zu tun haben. Warte, warte einen Augenblick; hör mir zu. Hör mir nur zu, Alan. Alles, worum ich dich bitte, ist, ein bestimmtes wissenschaftliches Experiment durchzuführen. Du gehst in Krankenhäuser und Leichenhallen, und die grauenvollen Dinge, die du dort tust, berühren dich nicht. Wenn du diesen Mann in irgendeinem grässlichen Seziersaal oder in einem übel riechenden Laboratorium fändest, auf einem bleiernen Tisch mit roten Rinnen liegend, die man ausgekerbt hat, damit das Blut abfließen kann, dann würdest du ihn einfach als ein großartiges Studienobjekt betrachten. Du würdest nicht mit der Wimper zucken. Du würdest nicht denken, dass du etwas Unrechtes tust. Im Gegenteil, du würdest wahrscheinlich glauben, dass du der Menschheit einen Dienst erweist oder die Summe des Wissens in der Welt erhöhst oder die intellektuelle Neugier befriedigst oder etwas Ähnliches. Was ich von dir verlange, ist lediglich etwas, was du schon oft getan hast. Wahrhaftig, einen Leichnam zu vernichten muss doch weitaus weniger grauenvoll sein als das, woran du für gewöhnlich arbeitest. Und bedenke, er ist das einzige Beweisstück gegen mich. Wenn er entdeckt wird, bin ich verloren; und er wird bestimmt entdeckt werden, wenn du mir nicht hilfst.«

»Ich habe keine Lust, dir zu helfen. Du vergisst das. Die ganze Sache ist mir schlichtweg gleichgültig. Sie hat nichts mit mir zu tun.«

»Alan, ich flehe dich an. Denk an die Lage, in der ich bin. Eben bevor du kamst, wurde ich fast ohnmächtig vor Angst. Vielleicht lernst du eines Tages selbst die Angst kennen. Nein! Denke nicht daran. Betrachte die Angelegenheit vom rein wissenschaftlichen Standpunkt aus. Du fragst nicht, woher die toten Wesen kommen, an denen du experimentierst. Frag auch jetzt nicht da-

told you too much as it is. But I beg of you to do this. We were friends once, Alan.'

'Don't speak about those days, Dorian: they are dead.'

'The dead linger sometimes. The man upstairs will not go away. He is sitting at the table with bowed head and outstretched arms. Alan! Alan! if you don't come to my assistance I am ruined. Why, they will hang me, Alan! Don't you understand? They will hang me for what I have done.'

'There is no good in prolonging this scene. I absolutely refuse to do anything in the matter. It is insane of you to ask me.'

'You refuse?'

'Yes.'

'I entreat you, Alan.'

'It is useless.'

The same look of pity came into Dorian Gray's eyes. Then he stretched out his hand, took a piece of paper, and wrote something on it. He read it over twice, folded it carefully, and pushed it across the table. Having done this, he got up, and went over to the window.

Campbell looked at him in surprise, and then took up the paper, and opened it. As he read it, his face became ghastly pale, and he fell back in his chair. A horrible sense of sickness came over him. He felt as if his heart was beating itself to death in some empty hollow.

After two or three minutes of terrible silence, Dorian turned round, and came and stood behind him, putting his hand upon his shoulder.

'I am so sorry for you, Alan,' he murmured, 'but you leave me no alternative. I have a letter written already. Here it is. You see the address. If you don't help me, I must send it. If you don't help me, I will send it. You know what the result will be. But you are going to help me. It

nach. Ich habe dir ohnehin schon zu viel erzählt. Aber ich bitte dich inständig, es zu tun. Wir waren einmal Freunde, Alan.«

»Sprich nicht von jenen Tagen, Dorian: Sie sind tot.«

»Manchmal verweilen die Toten. Der Mann dort oben wird nicht fortgehen. Er sitzt am Tisch mit gebeugtem Kopf und ausgestreckten Armen. Alan! Alan! Wenn du mir nicht zu Hilfe kommst, bin ich zerstört. Alan! Begreifst du nicht? Man wird mich hängen für das, was ich getan habe.«

»Es hat keinen Sinn, diese Szene zu verlängern. Ich weigere mich entschieden, irgendetwas in der Sache zu unternehmen. Es ist irrsinnig von dir, mich darum zu bitten.«

»Du weigerst dich?«

»Ja.«

»Ich flehe dich an, Alan.«

»Es ist zwecklos.«

Der gleiche mitleidige Ausdruck trat in Dorian Grays Augen. Dann streckte er die Hand aus, nahm ein Stück Papier und schrieb etwas darauf. Er las es zweimal durch, faltete es sorgfältig zusammen und schob es über den Tisch. Nachdem er dies getan hatte, stand er auf und ging zum Fenster hinüber.

Campbell sah ihn überrascht an, nahm dann das Papier und faltete es auseinander. Während er es las, wurde sein Gesicht totenblass und er sank in seinem Stuhl zurück. Eine grauenvolle Übelkeit überkam ihn. Ihm war, als schlüge sich sein Herz in einer leeren Höhle zu Tode.

Nach zwei oder drei Minuten schrecklichen Schweigens wandte Dorian sich um, ging zu ihm hin, stellte sich hinter ihn und legte ihm die Hand auf die Schulter.

»Es tut mir sehr leid für dich, Alan«, murmelte er, »aber du lässt mir keine andere Wahl. Ich habe den Brief schon geschrieben. Hier ist er. Du siehst die Adresse. Wenn du mir nicht hilfst, werde ich ihn abschicken. Du weißt, was dann passieren wird. Aber du wirst mir helfen. Jetzt ist es unmöglich für dich, dich zu

is impossible for you to refuse now. I tried to spare you. You will do me the justice to admit that. You were stern, harsh, offensive. You treated me as no man has ever dared to treat me–no living man, at any rate. I bore it all. Now it is for me to dictate terms.'

Campbell buried his face in his hands, and a shudder passed through him.

'Yes, it is my turn to dictate terms, Alan. You know what they are. The thing is quite simple. Come, don't work yourself into this fever. The thing has to be done. Face it, and do it.'

A groan broke from Campbell's lips, and he shivered all over. The ticking of the clock on the mantelpiece seemed to him to be dividing Time into separate atoms of agony, each of which was too terrible to be borne. He felt as if an iron ring was being slowly tightened round his forehead, as if the disgrace with which he was threatened had already come upon him. The hand upon his shoulder weighed like a hand of lead. It was intolerable. It seemed to crush him.

'Come, Alan, you must decide at once.'

'I cannot do it,' he said, mechanically, as though words could alter things.

'You must. You have no choice. Don't delay.'

He hesitated a moment. 'Is there a fire in the room upstairs?'

'Yes, there is a gas-fire with asbestos.'

'I shall have to go home and get some things from the laboratory.'

'No, Alan, you must not leave the house. Write out on a sheet of note-paper what you want, and my servant will take a cab and bring the things back to you.'

weigern. Ich versuchte dich zu schonen. Das wirst du der Gerechtigkeit halber zugeben müssen. Du warst hart, schroff, beleidigend. Du hast mich behandelt, wie kein Mensch mich je zu behandeln gewagt hat – kein lebender Mensch jedenfalls. Ich ertrug alles. Jetzt ist es an mir, die Bedingungen zu diktieren.«

Campbell vergrub sein Gesicht in den Händen und ein Schauder überlief ihn.

»Ja, jetzt ist die Reihe an mir, die Bedingungen zu diktieren, Alan. Du weißt, worin sie bestehen. Die Sache ist ganz einfach. Komm, steigere dich nicht in ein solches Fieber hinein. Die Sache muss getan werden. Schau ihr ins Gesicht und erledige sie.«

Ein Stöhnen entfuhr Campbells Lippen und er zitterte am ganzen Leib. Das Ticken der Uhr auf dem Kaminsims schien ihm die Zeit in einzelne Atome einer Agonie zu zerteilen, von denen jedes einzelne zu entsetzlich war, um es zu ertragen. Er hatte das Gefühl, als ob ein eiserner Ring langsam um seine Stirn zusammengezogen würde, als ob die Schande, mit der man ihm drohte, schon über ihn gekommen sei. Die Hand auf seiner Schulter wog schwer wie eine Hand aus Blei. Sie war unerträglich. Sie schien ihn zu zerdrücken.

»Komm, Alan, du musst dich sofort entscheiden.«

»Ich kann es nicht tun«, sagte er mechanisch, als könnten Worte die Dinge ändern.

»Du musst. Du hast keine Wahl. Schieb es nicht auf.«

Er zögerte einen Augenblick. »Gibt es in dem Zimmer oben ein Feuer?«

»Ja, es gibt dort einen Gasofen mit Asbest.«

»Ich werde nach Hause gehen und einige Dinge aus dem Laboratorium holen müssen.«

»Nein, Alan, du darfst das Haus nicht verlassen. Schreib auf ein Blatt Papier, was du brauchst, und mein Diener wird eine Droschke nehmen und dir die Sachen bringen.«

Campbell scrawled a few lines, blotted them, and addressed an envelope to his assistant. Dorian took the note up and read it carefully. Then he rang the bell, and gave it to his valet, with orders to return as soon as possible, and to bring the things with him.

As the hall door shut, Campbell started nervously, and, having got up from the chair, went over to the chimney-piece. He was shivering with a kind of ague. For nearly twenty minutes, neither of the men spoke. A fly buzzed noisily about the room, and the ticking of the clock was like the beat of a hammer.

As the chime struck one, Campbell turned round, and, looking at Dorian Gray, saw that his eyes were filled with tears. There was something in the purity and refinement of that sad face that seemed to enrage him. 'You are infamous, absolutely infamous!' he muttered.

'Hush, Alan: you have saved my life,' said Dorian.

'Your life? Good heavens! what a life that is! You have gone from corruption to corruption, and now you have culminated in crime. In doing what I am going to do, what you force me to do, it is not of your life that I am thinking.'

'Ah, Alan,' murmured Dorian, with a sigh, 'I wish you had a thousandth part of the pity for me that I have for you.' He turned away as he spoke, and stood looking at the garden. Campbell made no answer.

After about ten minutes a knock came to the door, and the servant entered, carrying a large mahogany chest of chemicals, with a long coil of steel and platinum wire and two rather curiously-shaped iron clamps.

'Shall I leave the things here, sir?' he asked Campbell.

Campbell kritzelte ein paar Zeilen, löschte sie ab und adressierte einen Umschlag an seinen Gehilfen. Dorian nahm die Notiz und las sie aufmerksam. Dann läutete er die Glocke und gab sie seinem Kammerdiener mit dem Auftrag, so rasch wie möglich zurückzukommen und die Sachen mitzubringen.

Als die Haustür ins Schloss fiel, zuckte Campbell nervös zusammen, stand vom Stuhl auf und ging zum Kaminsims hinüber. Eine Art Schüttelfrost ließ ihn zittern. Beinahe zwanzig Minuten lang sprach keiner der beiden Männer. Eine Fliege brummte geräuschvoll im Zimmer umher und das Ticken der Uhr klang wie das Schlagen eines Hammers.

Als die Uhr eins schlug, wandte Campbell sich um, blickte Dorian Gray an und sah, dass dessen Augen mit Tränen gefüllt waren. In der Reinheit und Anmut dieses traurigen Gesichts lag etwas, das ihn wütend zu machen schien. »Du bist niederträchtig, vollkommen niederträchtig!«, stieß er leise hervor.

»Pst, Alan: Du hast mein Leben gerettet«, sagte Dorian.

»Dein Leben? Gütiger Himmel! Was für ein Leben ist das! Du bist von Verderbtheit zu Verderbtheit gegangen und jetzt hast du mit einem Verbrechen den Gipfel erreicht. Wenn ich das tue, was ich tun werde, was du mich zu tun zwingst, dann denke ich dabei nicht an dein Leben.«

»Ach, Alan«, murmelte Dorian seufzend, »ich wünschte, du hättest ein Tausendstel des Mitleids, das ich mit dir habe.« Er wandte sich ab, während er sprach, und stand in den Garten blickend da. Campbell gab keine Antwort.

Etwa zehn Minuten später klopfte es an der Tür und der Diener betrat den Raum, beladen mit einem großen Mahagonikasten mit Chemikalien, einer großen Rolle Stahl- und Platindraht und zwei ziemlich eigenartig geformten Eisenklammern.

»Soll ich die Sachen hier lassen, Sir?«, fragte er Campbell.

'Yes,' said Dorian. 'And I am afraid, Francis, that I have another errand for you. What is the name of the man at Richmond who supplies Selby with orchids?'

'Harden, sir.'

'Yes–Harden. You must go down to Richmond at once, see Harden personally, and tell him to send twice as many orchids as I ordered, and to have as few white ones as possible. In fact, I don't want any white ones. It is a lovely day, Francis, and Richmond is a very pretty place, otherwise I wouldn't bother you about it.'

'No trouble, sir. At what time shall I be back?'

Dorian looked at Campbell. 'How long will your experiment take, Alan?' he said, in a calm, indifferent voice. The presence of a third person in the room seemed to give him extraordinary courage.

Campbell frowned, and bit his lip. 'It will take about five hours,' he answered.

'It will be time enough, then, if you are back at half-past seven, Francis. Or stay: just leave my things out for dressing. You can have the evening to yourself. I am not dining at home, so I shall not want you.'

'Thank you, sir,' said the man, leaving the room.

'Now, Alan, there is not a moment to be lost. How heavy this chest is! I'll take it for you. You bring the other things.' He spoke rapidly, and in an authoritative manner. Campbell felt dominated by him. They left the room together.

When they reached the top landing, Dorian took out the key and turned it in the lock. Then he stopped, and a troubled look came into his eyes. He shuddered. 'I don't think I can go in, Alan,' he murmured.

»Ja«, sagte Dorian. »Und ich habe leider noch einen Auftrag für Sie, Francis. Wie heißt der Mann in Richmond, der die Orchideen nach Selby liefert?«

»Harden, Sir.«

»Richtig – Harden. Sie müssen unverzüglich nach Richmond hinunter, mit Harden persönlich sprechen und ihm sagen, er solle doppelt so viele Orchideen schicken, wie ich bestellt habe, und möglichst wenig weiße darunter. Eigentlich will ich überhaupt keine weißen. Es ist ein schöner Tag und Richmond ist ein sehr hübscher Ort, sonst würde ich Sie damit nicht behelligen.«

»Macht keine Umstände, Sir. Um wie viel Uhr soll ich zurück sein?«

Dorian sah Campbell an. »Wie lange wird dein Experiment dauern, Alan?«, fragte er mit ruhiger, gleichgültiger Stimme. Die Gegenwart eines Dritten im Zimmer schien ihm außerordentlichen Mut einzuflößen.

Campbell runzelte die Stirn und biss sich auf die Lippen. »Es wird etwa fünf Stunden dauern«, antwortete er.

»Dann reicht es aus, wenn Sie um halb acht zurück sind, Francis. Oder warten Sie: Legen Sie einfach meine Sachen zum Umkleiden heraus. Sie können den Abend frei haben. Ich esse nicht zu Hause, also werde ich Sie nicht brauchen.«

»Vielen Dank, Sir«, sagte der Diener und verließ das Zimmer.

»Jetzt dürfen wir keinen Augenblick verlieren, Alan. Wie schwer dieser Kasten ist! Ich werde ihn für dich tragen. Bring du die anderen Sachen.« Er sprach schnell und in befehlendem Ton. Campbell fühlte sich von ihm beherrscht. Zusammen verließen sie das Zimmer.

Als sie den obersten Treppenabsatz erreichten, nahm Dorian den Schlüssel heraus und drehte ihn im Schloss. Dann hielt er inne und ein besorgter Ausdruck trat in seine Augen. Ihn schauderte. »Ich glaube, ich kann nicht hineingehen, Alan«, flüsterte er.

'It is nothing to me. I don't require you,' said Campbell, coldly.

Dorian half opened the door. As he did so, he saw the face of his portrait leering in the sunlight. On the floor in front of it the torn curtain was lying. He remembered that the night before he had forgotten, for the first time in his life, to hide the fatal canvas, and was about to rush forward, when he drew back with a shudder.

What was that loathsome red dew that gleamed, wet and glistening, on one of the hands, as though the canvas had sweated blood? How horrible it was!—more horrible, it seemed to him for the moment, than the silent thing that he knew was stretched across the table, the thing whose grotesque misshapen shadow on the spotted carpet showed him that it had not stirred, but was still there, as he had left it.

He heaved a deep breath, opened the door a little wider, and with half-closed eyes and averted head walked quickly in, determined that he would not look even once upon the dead man. Then, stooping down, and taking up the gold-and-purple hanging, he flung it right over the picture.

There he stopped, feeling afraid to turn round, and his eyes fixed themselves on the intricacies of the pattern before him. He heard Campbell bringing in the heavy chest, and the irons, and the other things that he had required for his dreadful work. He began to wonder if he and Basil Hallward had ever met, and, if so, what they had thought of each other.

'Leave me now,' said a stern voice behind him.

He turned and hurried out, just conscious that the dead man had been thrust back into the chair, and that Campbell was gazing into a glistening yellow face. As he

»Das macht mir nichts aus. Ich brauche dich nicht«, sagte Campbell kalt.

Dorian öffnete halb die Tür. Als er dies tat, sah er das Gesicht seines Porträts höhnisch im Sonnenlicht grinsen. Auf dem Boden davor lag der heruntergerissene Vorhang. Er erinnerte sich, dass er in der vergangenen Nacht zum ersten Mal in seinem Leben vergessen hatte, die verhängnisvolle Leinwand zu verhüllen, und war gerade im Begriff, vorzustürmen, als er mit einem Schaudern zurückwich.

Was war das für ein widerlicher roter Taufleck, der feucht und glänzend auf einer der Hände schimmerte, als hätte die Leinwand Blut geschwitzt? Wie grauenvoll das war! – Grauenvoller, so schien es ihm in diesem Augenblick, als das stumme Wesen, das, wie er wusste, über den Tisch hingestreckt war, das Wesen, dessen grotesk entstellter Schatten auf dem fleckigen Teppich ihm zeigte, dass es sich nicht gerührt hatte, sondern noch immer genauso dasaß, wie er es zurückgelassen hatte.

Er atmete tief durch, öffnete die Tür etwas weiter und ging mit halb geschlossenen Augen und abgewandtem Kopf rasch hinein, entschlossen, nicht einen einzigen Blick auf den Toten zu werfen. Dann bückte er sich, hob den gold- und purpurfarbenen Vorhang auf und warf ihn über das Bild.

Er blieb dort stehen, weil er Angst hatte, sich umzudrehen, und seine Augen starrten auf das verschlungene Muster vor ihm. Er hörte, wie Campbell den schweren Kasten, die Eisen und die anderen Dinge hereinbrachte, die er für sein entsetzliches Werk hatte kommen lassen. Er begann sich zu fragen, ob er und Basil Hallward einander je begegnet waren und falls ja, was sie voneinander gehalten hatten.

»Lass mich jetzt allein«, sagte eine schroffe Stimmer hinter ihm.

Er wandte sich um und eilte hinaus, gerade noch wahrnehmend, dass der Tote auf den Stuhl zurückgestoßen worden war und dass Campbell in ein schimmerndes gelbes Gesicht starrte.

was going downstairs he heard the key being turned in the lock.

It was long after seven when Campbell came back into the library. He was pale, but absolutely calm. 'I have done what you asked me to do,' he muttered. 'And now, goodbye. Let us never see each other again.'

'You have saved me from ruin, Alan. I cannot forget that,' said Dorian, simply.

As soon as Campbell had left, he went upstairs. There was a horrible smell of nitric acid in the room. But the thing that had been sitting at the table was gone.

Als er die Treppe hinunterging, hörte er, wie der Schlüssel im Schloss umgedreht wurde.

Es war lange nach sieben, als Campbell wieder in die Bibliothek kam. Er war blass, aber vollkommen ruhig. »Ich habe getan, was du von mir verlangt hast«, murmelte er. »Und jetzt lebe wohl. Wir wollen einander nie wieder sehen.«

»Du hast mich vor dem Untergang gerettet, Alan. Das werde ich nie vergessen«, sagte Dorian schlicht.

Sobald Campbell fort war, ging er hinauf. Ein entsetzlicher Geruch von Salpetersäure hing im Zimmer. Aber das Wesen, das am Tisch gesessen hatte, war verschwunden.

CHAPTER XV

That evening, at eight-thirty, exquisitely dressed, and wearing a large buttonhole of Parma violets, Dorian Gray was ushered into Lady Narborough's drawing-room by bowing servants. His forehead was throbbing with maddened nerves, and he felt wildly excited, but his manner as he bent over his hostess's hand was as easy and graceful as ever. Perhaps one never seems so much at one's ease as when one has to play a part. Certainly no one looking at Dorian Gray that night could have believed that he had passed through a tragedy as horrible as any tragedy of our age. Those finely-shaped fingers could never have clutched a knife for sin, nor those smiling lips have cried out on God and goodness. He himself could not help wondering at the calm of his demeanour, and for a moment felt keenly the terrible pleasure of a double life.

It was a small party, got up rather in a hurry by Lady Narborough, who was a very clever woman, with what Lord Henry used to describe as the remains of really remarkable ugliness. She had proved an excellent wife to one of our most tedious ambassadors, and having buried her husband properly in a marble mausoleum, which she had herself designed, and married off her daughters to some rich, rather elderly men, she devoted herself now to the pleasures of French fiction, French cookery, and French *esprit* when she could get it.

Dorian was one of her especial favourites, and she always told him that she was extremely glad she had not met him in early life. 'I know, my dear, I should have fallen madly in love with you,' she used to say, 'and thrown my bonnet right over the mills for your sake. It is

KAPITEL 15

An jenem Abend um halb neun wurde Dorian Gray, elegant gekleidet und mit einem großen Knopflochsträußchen aus Parmaveilchen, von sich verbeugenden Dienern in Lady Narboroughs Salon geleitet. Wahnsinnig gewordene Nerven pochten in seiner Stirn und er fühlte sich heftig erregt, doch als er sich über die Hand seiner Gastgeberin beugte, war sein Auftreten ungezwungen und anmutig wie immer. Vielleicht wirkt man nie so gelassen, wie wenn man eine Rolle zu spielen hat. Gewiss hätte niemand, der Dorian Gray an jenem Abend sah, glauben können, dass er eine Tragödie durchgemacht hatte, die so grauenvoll war wie irgendeine Tragödie unserer Zeit. Diese fein geformten Finger konnten nie ein Messer in sündiger Absicht umklammert noch diese lächelnden Lippen gegen Gott und Güte aufbegehrt haben. Er musste sich selbst über die Ruhe seines Auftretens wundern und einen Augenblick lang empfand er deutlich die furchtbare Wonne eines Doppellebens.

Es war eine kleine Gesellschaft, von Lady Narborough recht überstürzt zusammengestellt, einer sehr klugen Frau mit, wie Lord Henry es zu beschreiben pflegte, den Überresten einer wirklich bemerkenswerten Hässlichkeit. Sie hatte sich einem unserer langweiligsten Botschafter als ausgezeichnete Ehefrau erwiesen und nachdem sie ihren Gatten in einem marmornen Mausoleum, das sie selbst entworfen hatte, angemessen bestattet und ihre Töchter an einige reiche, schon etwas ältere Männer verheiratet hatte, widmete sie sich nun den Freuden französischer Romane, französischer Küche und, wenn sie ihn auftreiben konnte, französischen Esprits.

Dorian war einer ihrer besonderen Lieblinge und sie versicherte ihm stets, sie sei außerordentlich froh darüber, ihn nicht in ihrer Jugend kennengelernt zu haben. »Ich weiß, mein Lieber, ich hätte mich wahnsinnig in Sie verliebt«, pflegte sie zu sagen, »und hätte Ihretwegen meine Haube geradewegs über die Müh-

most fortunate that you were not thought of at the time. As it was, our bonnets were so unbecoming, and the mills were so occupied in trying to raise the wind, that I never had even a flirtation with anybody. However, that was all Narborough's fault. He was dreadfully short-sighted, and there is no pleasure in taking in a husband who never sees anything.'

Her guests this evening were rather tedious. The fact was, as she explained to Dorian, behind a very shabby fan, one of her married daughters had come up quite suddenly to stay with her, and, to make matters worse, had actually brought her husband with her. 'I think it is most unkind of her, my dear,' she whispered. 'Of course I go and stay with them every summer after I come from Homburg, but then an old woman like me must have fresh air sometimes, and besides, I really wake them up. You don't know what an existence they lead down there. It is pure unadulterated country life. They get up early, because they have so much to do, and go to bed early because they have so little to think about. There has not been a scandal in the neighbourhood since the time of Queen Elizabeth, and consequently they all fall asleep after dinner. You shan't sit next either of them. You shall sit by me, and amuse me.'

Dorian murmured a graceful compliment, and looked round the room. Yes: it was certainly a tedious party. Two of the people he had never seen before, and the others consisted of Ernest Harrowden, one of those middle-aged mediocrities so common in London clubs who have no enemies, but are thoroughly disliked by their friends; Lady Ruxton, an overdressed woman of forty-seven, with a hooked nose, who was always trying to get herself compromised, but was so peculiarly plain that to her great dis-

len geworfen. Es ist ein großes Glück, dass man damals noch nichts von Ihnen wusste. Unsere Hauben waren ohnehin so unkleidsam und die Mühlen so damit beschäftigt, Wind zu machen, dass ich nicht einmal eine harmlose Liebschaft mit irgendjemandem hatte. Das war allerdings allein Narboroughs Schuld. Er war schrecklich kurzsichtig und es macht keinen Spaß, einen Ehemann zu betrügen, der nie etwas sieht.«

Ihre Gäste an diesem Abend waren ziemlich langweilig. Die Sache sei die, wie sie Dorian hinter einem sehr abgenutzten Fächer erklärte, dass eine ihrer verheirateten Töchter ganz unerwartet zu Besuch gekommen sei, und, um die Sache noch schlimmer zu machen, obendrein ihren Mann mitgebracht habe. »Ich finde, das ist sehr unfreundlich von ihr, mein Lieber«, flüsterte sie. »Natürlich besuche ich sie jeden Sommer, wenn ich aus Homburg zurückkomme, aber eine alte Frau wie ich muss eben zuweilen frische Luft haben und außerdem rüttle ich sie regelrecht wach. Sie ahnen nicht, was für ein Leben sie dort unten führen. Es ist das reine, unverfälschte Landleben. Sie stehen früh auf, weil sie so viel zu tun haben, und gehen früh zu Bett, weil sie so wenig zum Nachdenken haben. Seit der Zeit Königin Elisabeths hat es in der Gegend keinen Skandal mehr gegeben und infolgedessen schlafen sie alle nach dem Abendessen ein. Sie sollen neben keinem der beiden sitzen. Sie sollen neben mir sitzen und mich unterhalten.«

Dorian murmelte ein charmantes Kompliment und blickte sich im Zimmer um. Ja, es war zweifellos eine langweilige Gesellschaft. Zwei der Anwesenden hatte er noch nie gesehen und die anderen waren Ernest Harrowden, einer der in Londoner Klubs häufig anzutreffenden Mittelmäßigen in mittleren Jahren, die zwar keine Feinde haben, bei ihren Freunden aber vollkommen unbeliebt sind; Lady Ruxton, eine übertrieben herausgeputzte Frau von siebenundvierzig Jahren mit einer Hakennase, die sich unablässig bemühte, sich selbst zu kompromittieren, aber so ungewöhnlich

appointment no one would ever believe anything against her; Mrs. Erlynne, a pushing nobody, with a delightful lisp, and Venetian-red hair; Lady Alice Chapman, his hostess's daughter, a dowdy dull girl, with one of those characteristic British faces, that, once seen, are never remembered; and her husband, a red-cheeked, white-whiskered creature who, like so many of his class, was under the impression that inordinate joviality can atone for an entire lack of ideas.

He was rather sorry he had come, till Lady Narborough, looking at the great ormolu gilt clock that sprawled in gaudy curves on the mauve-draped mantelshelf, exclaimed: 'How horrid of Henry Wotton to be so late! I sent round to him this morning on chance, and he promised faithfully not to disappoint me.'

It was some consolation that Harry was to be there, and when the door opened and he heard his slow musical voice lending charm to some insincere apology, he ceased to feel bored.

But at dinner he could not eat anything. Plate after plate went away untasted. Lady Narborough kept scolding him for what she called 'an insult to poor Adolphe, who invented the *menu* specially for you,' and now and then Lord Henry looked across at him, wondering at his silence and abstracted manner. From time to time the butler filled his glass with champagne. He drank eagerly, and his thirst seemed to increase.

'Dorian,' said Lord Henry, at last, as the *chaudfroid* was being handed round, 'what is the matter with you to-night? You are quite out of sorts.'

reizlos war, dass zu ihrer großen Enttäuschung niemals jemand etwas Schlechtes von ihr glauben wollte; Mrs. Erlynne, ein aufdringlicher Niemand mit einem entzückenden Lispeln und venezianisch rotem Haar; Lady Alice Chapman, die Tochter seiner Gastgeberin, ein schlecht gekleidetes, geistloses Mädchen mit einem jener typisch britischen Gesichter, an die man sich nie wieder erinnert, wenn man sie einmal gesehen hat; und ihr Gatte, ein rotwangiger, weißbärtiger Mensch, der, wie so viele seines Standes, die Vorstellung hatte, übermäßige Heiterkeit könne einen völligen Mangel an Einfällen wettmachen.

Es tat ihm fast leid, dass er gekommen war, bis Lady Narborough mit einem Blick auf die große vergoldete Uhr, die sich mit protzigen Rundungen auf dem malvenfarben behängten Kaminsims spreizte, ausrief: »Wie abscheulich von Henry Wotton, sich so zu verspäten! Ich schickte ihm heute Morgen auf gut Glück eine Einladung und er versprach hoch und heilig, mich nicht zu enttäuschen.«

Es war ein gewisser Trost, dass Harry kommen sollte, und als die Tür aufging und er hörte, wie seine träge, melodische Stimme irgendeiner unaufrichtigen Entschuldigung Charme verlieh, hörte er auf, gelangweilt zu sein.

Doch bei Tisch konnte er nichts essen. Ein Teller nach dem anderen ging unberührt zurück. Lady Narborough tadelte ihn in einem fort wegen dieser, wie sie es nannte, »Beleidigung für den armen Adolphe, der sich das Menü eigens für Sie ausgedacht hat«, und dann und wann blickte Lord Henry zu ihm herüber und wunderte sich über sein Schweigen und geistesabwesendes Benehmen. Von Zeit zu Zeit füllte der Diener sein Glas mit Champagner. Er trank hastig und sein Durst schien immer größer zu werden.

»Dorian«, sagte Lord Henry schließlich, als das *chaudfroid* herumgereicht wurde, »was ist heute Abend mit dir los? Du bist gar nicht gut aufgelegt.«

'I believe he is in love,' cried Lady Narborough, 'and that he is afraid to tell me for fear I should be jealous. He is quite right. I certainly should.'

'Dear Lady Narborough,' murmured Dorian, smiling, 'I have not been in love for a whole week–not, in fact, since Madame de Ferrol left town.'

'How you men can fall in love with that woman!' exclaimed the old lady. 'I really cannot understand it.'

'It is simply because she remembers you when you were a little girl, Lady Narborough,' said Lord Henry. 'She is the one link between us and your short frocks.'

'She does not remember my short frocks at all, Lord Henry. But I remember her very well at Vienna thirty years ago, and how *décolletée* she was then.'

'She is still *décolletée,'* he answered, taking an olive in his long fingers; 'and when she is in a very smart gown she looks like an *édition de luxe* of a bad French novel. She is really wonderful, and full of surprises. Her capacity for family affection is extraordinary. When her third husband died, her hair turned quite gold from grief.'

'How can you, Harry!' cried Dorian.

'It is a most romantic explanation,' laughed the hostess. 'But her third husband, Lord Henry! You don't mean to say Ferrol is the fourth?'

'Certainly, Lady Narborough.'

'I don't believe a word of it.'

'Well, ask Mr. Gray. He is one of her most intimate friends.'

'Is it true, Mr. Gray?'

»Ich glaube, er ist verliebt«, rief Lady Narborough, »und er hat Angst, es mir zu sagen, weil er fürchtet, ich könnte eifersüchtig sein. Er hat völlig recht. Das wäre ich gewiss.«

»Teure Lady Narborough«, murmelte Dorian lächelnd, »ich bin seit einer ganzen Woche nicht verliebt gewesen – in der Tat nicht mehr, seit Madame de Ferrol die Stadt verlassen hat.«

»Wie könnt ihr Männer euch in diese Frau verlieben!«, rief die alte Dame aus. »Das kann ich wirklich nicht verstehen.«

»Das kommt einfach daher, weil sie sich an Sie erinnern kann, als Sie ein kleines Mädchen waren, Lady Narborough«, sagte Lord Henry. »Sie ist das einzige Verbindungsglied zwischen uns und Ihren kurzen Kleidern.«

»Sie kann sich an meine kurzen Kleider überhaupt nicht erinnern, Lord Henry. Aber ich entsinne mich sehr wohl der Zeit, da ich sie vor dreißig Jahren in Wien getroffen habe und wie *décolletée* sie damals war.«

»Sie ist noch immer *décolletée*«, antwortete er und nahm eine Olive in seine langen Finger; »und wenn sie ein sehr elegantes Abendkleid trägt, sieht sie aus wie die *édition de luxe* eines schlechten französischen Romans. Sie ist wirklich wunderbar und voller Überraschungen. Ihre Begabung für familiäre Zuneigung ist außerordentlich. Als ihr dritter Mann starb, wurde ihr Haar vor Kummer ganz golden.«

»Wie kannst du nur, Harry!«, rief Dorian.

»Das ist eine äußerst romantische Erklärung«, lachte seine Gastgeberin. »Aber ihr dritter Mann, Lord Henry! Sie wollen doch nicht sagen, dass Ferrol ihr vierter ist?«

»Gewiss, Lady Narborough.«

»Ich glaube Ihnen kein Wort.«

»Nun, dann fragen Sie Mr. Gray. Er ist einer ihrer engsten Freunde.«

»Ist das wahr, Mr. Gray?«

'She assures me so, Lady Narborough,' said Dorian. 'I asked her whether, like Marguerite de Navarre, she had their hearts embalmed and hung at her girdle. She told me she didn't, because none of them had had any hearts at all.'

'Four husbands! Upon my word that is *trop de zêle.*'

'*Trop d'audace,* I tell her,' said Dorian.

'Oh! she is audacious enough for anything, my dear. And what is Ferrol like? I don't know him.'

'The husbands of very beautiful women belong to the criminal classes,' said Lord Henry, sipping his wine.

Lady Narborough hit him with her fan. 'Lord Henry, I am not at all surprised that the world says that you are extremely wicked.'

'But what world says that?' asked Lord Henry, elevating his eyebrows. 'It can only be the next world. This world and I are on excellent terms.'

'Everybody I know says you are very wicked,' cried the old lady, shaking her head.

Lord Henry looked serious for some moments. 'It is perfectly monstrous,' he said, at last, 'the way people go about nowadays saying things against one behind one's back that are absolutely and entirely true.'

'Isn't he incorrigible?' cried Dorian, leaning forward in his chair.

'I hope so,' said his hostess laughing. 'But really if you all worship Madame de Ferrol in this ridiculous way, I shall have to marry again so as to be in the fashion.'

'You will never marry again, Lady Narborough,' broke in Lord Henry. 'You were far too happy. When a woman marries again it is because she detested her first hus-

»Sie versichert es mir, Lady Narborough«, sagte Dorian. »Ich fragte sie, ob sie wie Margarete von Navarra ihre Herzen einbalsamiert und an ihren Gürtel gehängt habe. Sie sagte mir, das habe sie nicht getan, weil keiner von ihnen überhaupt ein Herz gehabt hätte.«

»Vier Ehemänner! Auf mein Wort, das ist *trop de zêle*.«

»*Trop d'audace*, sage ich zu ihr«, erwiderte Dorian.

»Oh! Sie ist verwegen genug für alles Mögliche, mein Lieber. Und wie ist Ferrol? Ich kenne ihn nicht.«

»Die Ehemänner sehr schöner Frauen gehören zur Klasse der Kriminellen«, sagte Lord Henry und nippte an seinem Wein.

Lady Narborough schlug ihn mit ihrem Fächer. »Lord Henry, ich bin nicht im Mindesten überrascht, dass die Welt sagt, Sie seien außerordentlich ruchlos.«

»Aber welche Welt sagt das?«, fragte Lord Henry und hob die Augenbrauen. »Es kann nur die nächste Welt sein. Diese Welt und ich kommen hervorragend miteinander aus.«

»Jeder, den ich kenne, sagt, dass Sie sehr ruchlos sind!«, rief die alte Dame kopfschüttelnd.

Lord Henry sah einige Augenblicke lang ernsthaft aus. »Es ist ganz abscheulich«, sagte er schließlich, »wie die Leute heutzutage herumgehen und hinter dem Rücken Dinge über einen erzählen, die voll und ganz wahr sind.«

»Ist er nicht unverbesserlich?«, rief Dorian und beugte sich auf seinem Stuhl vor.

»Ich hoffe es«, sagte seine Gastgeberin lachend. »Aber wenn Sie wirklich alle Madame de Ferrol auf diese lächerliche Art und Weise anbeten, werde ich wieder heiraten müssen, um mit der Mode zu gehen.«

»Sie werden nie wieder heiraten, Lady Narborough«, fiel Lord Henry ihr ins Wort. »Sie waren viel zu glücklich. Wenn eine Frau wieder heiratet, so deshalb, weil sie ihren ersten Gat-

band. When a man marries again, it is because he adored his first wife. Women try their luck; men risk theirs.'

'Narborough wasn't perfect,' cried the old lady.

'If he had been, you would not have loved him, my dear lady,' was the rejoinder. 'Women love us for our defects. If we have enough of them they will forgive us everything, even our intellects. You will never ask me to dinner again, after saying this, I am afraid, Lady Narborough; but it is quite true.'

'Of course it is true, Lord Henry. If we women did not love you for your defects, where would you all be? Not one of you would ever be married. You would be a set of unfortunate bachelors. Not, however, that that would alter you much. Nowadays all the married men live like bachelors, and all the bachelors like married men.'

'*Fin de siècle,*' murmured Lord Henry.

'*Fin du globe,*' answered his hostess.

'I wish it were *fin du globe,*' said Dorian, with a sigh. 'Life is a great disappointment.'

'Ah, my dear,' cried Lady Narborough, putting on her gloves, 'don't tell me that you have exhausted Life. When a man says that one knows that Life has exhausted him. Lord Henry is very wicked, and I sometimes wish that I had been; but you are made to be good—you look so good. I must find you a nice wife. Lord Henry, don't you think that Mr. Gray should get married?'

'I am always telling him so, Lady Narborough,' said Lord Henry, with a bow.

'Well, we must look out for a suitable match for him. I shall go through Debrett carefully to-night, and draw out a list of all the eligible young ladies.'

ten verabscheute. Wenn ein Mann wieder heiratet, so deshalb, weil er seine erste Gattin anbetete. Frauen versuchen ihr Glück; Männer setzen das ihre aufs Spiel.«

»Narborough war nicht vollkommen«, rief die alte Dame.

»Wenn er es gewesen wäre, hätten Sie ihn nicht geliebt, meine teure Dame«, war die Erwiderung. »Frauen lieben uns um unserer Fehler willen. Wenn wir genug davon haben, vergeben sie uns alles, selbst unseren Verstand. Ich fürchte, nach dieser Bemerkung werden Sie mich nie wieder zum Essen einladen, Lady Narborough, aber es ist wirklich wahr.«

»Natürlich ist es wahr, Lord Henry. Wenn wir Frauen euch nicht um eurer Fehler willen lieben würden, wo wärt ihr dann alle? Kein einziger von euch würde je verheiratet sein. Ihr wärt ein Haufen unglücklicher Junggesellen. Nicht, dass euch das sehr verändern würde. Heutzutage leben alle verheirateten Männer wie Junggesellen und alle Junggesellen wie verheiratete Männer.«

»*Fin de siècle*«, murmelte Lord Henry.

»*Fin du globe*«, antwortete seine Gastgeberin.

»Ich wünschte, es wäre *fin du globe*«, sagte Dorian mit einem Seufzer. »Das Leben ist eine große Enttäuschung.«

»Ach, mein Lieber«, rief Lady Narborough und zog ihre Handschuhe an, »erzählen Sie mir nicht, dass Sie das Leben schon ausgeschöpft haben. Wenn ein Mann das sagt, weiß man, dass das Leben ihn erschöpft hat. Lord Henry ist sehr ruchlos, und manchmal wünschte ich, ich wäre es auch gewesen; aber Sie sind dazu geschaffen, gut zu sein – Sie sehen so gut aus. Ich muss eine hübsche Frau für Sie finden. Lord Henry, meinen Sie nicht, dass Mr. Gray heiraten sollte?«

»Das sage ich ihm immer, Lady Narborough«, sagte Lord Henry mit einer Verbeugung.

»Nun, wir müssen eine geeignete Partie für ihn finden. Ich werde heute Abend den Debrett aufmerksam durchgehen und eine Liste aller in Frage kommenden jungen Damen aufstellen.«

'With their ages, Lady Narborough?' asked Dorian.

'Of course, with their ages, slightly edited. But nothing must be done in a hurry. I want it to be what *The Morning Post* calls a suitable alliance, and I want you both to be happy.'

'What nonsense people talk about happy marriages!' exclaimed Lord Henry. 'A man can be happy with any woman, as long as he does not love her.'

'Ah! what a cynic you are!' cried the old lady, pushing back her chair, and nodding to Lady Ruxton. 'You must come and dine with me soon again. You are really an admirable tonic, much better than what Sir Andrew prescribes for me. You must tell me what people you would like to meet, though. I want it to be a delightful gathering.'

'I like men who have a future, and women who have a past,' he answered. 'Or do you think that would make it a petticoat party?'

'I fear so,' she said, laughing, as she stood up. 'A thousand pardons, my dear Lady Ruxton,' she added, 'I didn't see you hadn't finished your cigarette.'

'Never mind, Lady Narborough. I smoke a great deal too much. I am going to limit myself, for the future.'

'Pray don't, Lady Ruxton,' said Lord Henry. 'Moderation is a fatal thing. Enough is as bad as a meal. More than enough is as good as a feast.'

Lady Ruxton glanced at him curiously. 'You must come and explain that to me some afternoon, Lord Henry. It sounds a fascinating theory,' she murmured, as she swept out of the room.

»Mit Altersangaben, Lady Narborough?«, fragte Dorian.

»Natürlich mit ihren Altersangaben, leicht bearbeitet. Aber wir dürfen nichts übereilen. Ich will, dass es das wird, was die *Morning Post* eine passende Verbindung nennt, und ich möchte, dass Sie beide glücklich sind.«

»Welchen Unsinn die Leute doch über glückliche Ehen erzählen!«, rief Lord Henry. »Ein Mann kann mit jeder Frau glücklich sein, solange er sie nicht liebt.«

»Oh, was für ein Zyniker Sie sind!«, rief die alte Dame, schob ihren Stuhl zurück und nickte Lady Ruxton zu. »Sie müssen bald wieder zu mir zum Essen kommen. Sie sind wirklich ein großartiges Stärkungsmittel, viel besser als das, was Sir Andrew mir verschreibt. Sie müssen mir allerdings sagen, welche Leute sie gerne treffen würden. Ich möchte, dass es eine reizvolle Gesellschaft wird.«

»Ich mag Männer, die eine Zukunft haben, und Frauen, die eine Vergangenheit haben«, antwortete er. »Oder glauben Sie, es würde dann eine Weibergesellschaft?«

»Das befürchte ich«, sagte sie lachend, während sie aufstand. »Ich bitte tausendfach um Vergebung, meine liebe Lady Ruxton«, fügte sie hinzu, »ich habe nicht bemerkt, dass Sie Ihre Zigarette noch nicht zu Ende geraucht haben.«

»Das macht nichts, Lady Narborough. Ich rauche viel zu viel. Ich werde mich in Zukunft einschränken.«

»Bitte tun Sie das nicht, Lady Ruxton«, sagte Lord Henry. »Mäßigung ist eine verhängnisvolle Sache. Genug ist so schlecht wie eine Mahlzeit. Mehr als genug ist so gut wie ein Festmahl.«

Lady Ruxton sah ihn neugierig an. »Sie müssen mich einmal an einem Nachmittag besuchen und mir das erklären, Lord Henry. Das klingt nach einer faszinierenden Theorie«, murmelte sie, während sie aus dem Zimmer rauschte.

'Now, mind you don't stay too long over your politics and scandal,' cried Lady Narborough from the door. 'If you do, we are sure to squabble upstairs.'

The men laughed, and Mr. Chapman got up solemnly from the foot of the table and came up to the top. Dorian Gray changed his seat, and went and sat by Lord Henry. Mr. Chapman began to talk in a loud voice about the situation in the House of Commons. He guffawed at his adversaries. The word *doctrinaire*–word full of terror to the British mind–reappeared from time to time between his explosions. An alliterative prefix served as an ornament of oratory. He hoisted the Union Jack on the pinnacles of Thought. The inherited stupidity of the race–sound English common sense he jovially termed it–was shown to be the proper bulwark for Society.

A smile curved Lord Henry's lips, and he turned round and looked at Dorian.

'Are you better, my dear fellow?' he asked. 'You seemed rather out of sorts at dinner.'

'I am quite well, Harry. I am tired. That is all.'

'You were charming last night. The little Duchess is quite devoted to you. She tells me she is going down to Selby.'

'She has promised to come on the twentieth.'

'Is Monmouth to be there too?'

'Oh, yes, Harry.'

'He bores me dreadfully, almost as much as he bores her. She is very clever, too clever for a woman. She lacks the indefinable charm of weakness. It is the feet of clay that make the gold of the image precious. Her feet are very pretty, but they are not feet of clay. White porcelain feet, if you like. They have been through the fire, and what fire does not destroy, it hardens. She has had experiences.'

»Jetzt sehen Sie zu, dass Sie nicht zu lange bei Ihrer Politik und Ihren Skandalgeschichten verweilen«, rief Lady Narborough von der Tür her. »Wenn Sie es tun, werden wir uns sicher oben zanken.«

Die Männer lachten und Mr. Chapman erhob sich feierlich vom Fuße der Tafel und kam zum Kopfende. Dorian Gray wechselte den Platz und setzte sich neben Lord Henry. Mr. Chapman begann mit lauter Stimme über die Zustände im Unterhaus zu sprechen. Er wieherte laut über seine Widersacher. Das Wort *doctrinaire* – ein schreckenerregendes Wort für den britischen Geist – tauchte von Zeit zu Zeit zwischen seinen Ausbrüchen auf. Eine alliterierende Vorsilbe diente zur Ausschmückung der Redekunst. Er hisste den Union Jack auf den Zinnen des Denkens. Die ererbte Dummheit der Rasse – gesunder englischer Menschenverstand nannte er sie schmunzelnd – wurde als das eigentliche Bollwerk der Gesellschaft dargestellt.

Ein Lächeln verzog Lord Henrys Lippen, er wandte sich um und sah Dorian an.

»Geht es dir besser, mein Lieber?«, fragte er. »Bei Tisch schienst du recht unpässlich zu sein.«

»Ich bin wohlauf, Harry. Ich bin müde. Das ist alles.«

»Du warst bezaubernd gestern Abend. Die kleine Herzogin ist dir völlig ergeben. Sie sagt, sie wird nach Selby hinunterfahren.«

»Sie hat versprochen, am Zwanzigsten zu kommen.«

»Wird Monmouth auch da sein?«

»Oh ja, Harry.«

»Er langweilt mich entsetzlich, fast ebenso sehr, wie er sie langweilt. Sie ist sehr klug, zu klug für eine Frau. Ihr fehlt der gewisse Reiz der Schwäche. Es sind die Füße aus Ton, die das Gold des Bildes kostbar machen. Ihre Füße sind sehr hübsch, aber es sind keine Füße aus Ton. Weiße Porzellanfüße, wenn du so willst. Sie sind durchs Feuer gegangen, und was das Feuer nicht zerstört, härtet es. Sie hat Erfahrungen gesammelt.«

'How long has she been married?' asked Dorian.

'An eternity, she tells me. I believe, according to the Peerage, it is ten years, but ten years with Monmouth must have been like eternity, with time thrown in. Who else is coming?'

'Oh, the Willoughbys, Lord Rugby and his wife, our hostess, Geoffrey Clouston, the usual set. I have asked Lord Grotrian.'

'I like him,' said Lord Henry. 'A great many people don't, but I find him charming. He atones for being occasionally somewhat overdressed, by being always absolutely over-educated. He is a very modern type.'

'I don't know if he will be able to come, Harry. He may have to go to Monte Carlo with his father.'

'Ah! what a nuisance people's people are! Try and make him come. By the way, Dorian, you ran off very early last night. You left before eleven. What did you do afterwards? Did you go straight home?'

Dorian glanced at him hurriedly, and frowned. 'No, Harry,' he said at last, 'I did not get home till nearly three.'

'Did you go to the club?'

'Yes,' he answered. Then he bit his lip. 'No, I don't mean that. I didn't go to the club. I walked about. I forget what I did. … How inquisitive you are, Harry! You always want to know what one has been doing. I always want to forget what I have been doing. I came in at half-past two, if you wish to know the exact time. I had left my latch-key at home, and my servant had to let me in. If you want any corroborative evidence on the subject you can ask him.'

»Wie lange ist sie schon verheiratet?«, fragte Dorian.

»Eine Ewigkeit, sagt sie. Ich glaube, nach dem Adelskalender sind es zehn Jahre, aber zehn Jahre mit Monmouth müssen wie eine Ewigkeit und länger gewesen sein. Wer kommt sonst noch?«

»Oh, die Willoughbys, Lord Rugby und seine Frau, unsere Gastgeberin, Geoffrey Clouston, die übliche Besetzung. Ich habe auch Lord Grotrian gebeten zu kommen.«

»Ich mag ihn«, sagte Lord Henry. »Sehr viele Leute mögen ihn nicht, aber ich finde ihn reizend. Dass er gelegentlich etwas übertrieben elegant gekleidet ist, macht er dadurch wett, dass er stets vollkommen übertrieben gebildet ist. Er ist ein sehr moderner Mensch.«

»Ich weiß nicht, ob er kommen kann, Harry. Möglicherweise muss er mit seinem Vater nach Monte Carlo.«

»Ach, was für eine Plage die Verwandten sind! Sieh zu, dass er kommt. Übrigens, Dorian, du bist gestern Abend sehr früh davongelaufen. Du bist vor elf gegangen. Was hast du danach gemacht? Bist du direkt nach Hause gegangen?«

Dorian warf ihm einen raschen Blick zu und runzelte die Stirn. »Nein, Harry«, sagte er endlich, »ich bin erst gegen drei nach Hause gekommen.«

»Bist du noch in den Klub gegangen?«

»Ja«, antwortete er. Dann biss er sich auf die Lippen. »Nein, das stimmt nicht. Ich ging nicht in den Klub. Ich bin herumgelaufen. Ich habe vergessen, was ich gemacht habe … Wie du einen ausforschst, Harry! Immer willst du wissen, was man gemacht hat. Ich will immer vergessen, was ich gemacht habe. Ich bin um halb drei nach Hause gekommen, wenn du die genaue Uhrzeit wissen willst. Ich hatte meinen Schlüssel zu Hause vergessen und mein Diener musste mich hereinlassen. Wenn du eine beweiskräftige Aussage in der Sache brauchst, kannst du ihn ja fragen.«

Lord Henry shrugged his shoulders. 'My dear fellow, as if I cared! Let us go up to the drawing-room. No sherry, thank you, Mr. Chapman. Something has happened to you, Dorian. Tell me what it is. You are not yourself to-night.'

'Don't mind me, Harry. I am irritable, and out of temper. I shall come round and see you to-morrow, or next day. Make my excuses to Lady Narborough. I shan't go upstairs. I shall go home. I must go home.'

'All right, Dorian. I dare say I shall see you to-morrow at tea-time. The Duchess is coming.'

'I will try to be there, Harry,' he said, leaving the room. As he drove back to his own house he was conscious that the sense of terror he thought he had strangled had come back to him. Lord Henry's casual questioning had made him lose his nerves for the moment, and he wanted his nerve still. Things that were dangerous had to be destroyed. He winced. He hated the idea of even touching them.

Yet it had to be done. He realized that, and when he had locked the door of his library, he opened the secret press into which he had thrust Basil Hallward's coat and bag. A huge fire was blazing. He piled another log on it. The smell of the singeing clothes and burning leather was horrible. It took him three-quarters of an hour to consume everything. At the end he felt faint and sick, and having lit some Algerian pastilles in a pierced copper brazier, he bathed his hands and forehead with a cool musk-scented vinegar.

Suddenly he started. His eyes grew strangely bright, and he gnawed nervously at his under-lip. Between two of the windows stood a large Florentine cabinet, made out of ebony, and inlaid with ivory and blue lapis. He

Lord Henry zuckte mit den Schultern. »Als ob mich das interessierte, mein Lieber! Lass uns in den Salon hinaufgehen. Keinen Sherry, danke, Mr. Chapman. Irgendetwas ist dir zugestoßen, Dorian. Sag mir, was es ist. Du bist heute Abend nicht du selbst.«

»Kümmere dich nicht um mich, Harry. Ich bin gereizt und schlecht gelaunt. Ich werde morgen oder übermorgen bei dir vorbeischauen. Bitte entschuldige mich bei Lady Narborough. Ich werde nicht nach oben gehen. Ich werde nach Hause gehen. Ich muss nach Hause gehen.«

»Schon gut, Dorian. Ich sehe dich dann hoffentlich morgen zum Tee. Die Herzogin wird da sein.«

»Ich will versuchen zu kommen, Harry«, sagte er und verließ das Zimmer. Als er zu seinem Haus zurückfuhr, wurde ihm bewusst, dass das Gefühl der Angst, das er erstickt zu haben glaubte, wiedergekommen war. Lord Henrys beiläufiges Fragen hatte ihn einen Augenblick lang die Nerven verlieren lassen und er brauchte seine Nerven noch. Dinge, die gefährlich waren, mussten vernichtet werden. Er zuckte zusammen. Der Gedanke, sie auch nur zu berühren, war ihm zuwider.

Und doch musste es getan werden. Das war ihm klar, und als er die Tür seiner Bibliothek abgeschlossen hatte, öffnete er den Geheimschrank, in den er Basil Hallwards Mantel und Tasche gesteckt hatte. Ein riesiges Feuer loderte. Er legte noch ein Holzscheit nach. Der Gestank der versengenden Kleidung und des brennenden Leders war entsetzlich. Es dauerte eine Dreiviertelstunde, bis alles vernichtet war. Am Ende fühlte er sich schwach und krank, und nachdem er einige algerische Räucherkerzen in einer durchlöcherten Kupferpfanne angezündet hatte, badete er Hände und Stirn in einem kühlen, moschusduftenden Essig.

Plötzlich schrak er zusammen. Seine Augen bekamen einen merkwürdigen Glanz und er nagte nervös an seiner Unterlippe. Zwischen zwei Fenstern stand ein großer florentinischer Schrank aus Ebenholz mit Intarsien aus Elfenbein und blauem Lapisla-

watched it as though it were a thing that could fascinate and make afraid, as though it held something that he longed for and yet almost loathed. His breath quickened. A mad craving came over him. He lit a cigarette and then threw it away. His eyelids drooped till the long fringed lashes almost touched his cheek. But he still watched the cabinet. At last he got up from the sofa on which he had been lying, went over to it, and, having unlocked it, touched some hidden spring. A triangular drawer passed slowly out. His fingers moved instinctively towards it, dipped in, and closed on something. It was a small Chinese box of black and gold-dust lacquer, elaborately wrought, the sides patterned with curved waves, and the silken cords hung with round crystals and tasselled in plaited metal threads. He opened it. Inside was a green paste waxy in lustre, the odour curiously heavy and persistent.

He hesitated for some moments, with a strangely immobile smile upon his face. Then shivering, though the atmosphere of the room was terribly hot, he drew himself up, and glanced at the clock. It was twenty minutes to twelve. He put the box back, shutting the cabinet doors as he did so, and went into his bedroom.

As midnight was striking bronze blows upon the dusky air, Dorian Gray, dressed commonly, and with a muffler wrapped round his throat, crept quietly out of his house. In Bond Street he found a hansom with a good horse. He hailed it, and in a low voice gave the driver an address.

The man shook his head. 'It is too far for me,' he muttered.

'Here is a sovereign for you,' said Dorian. 'You shall have another if you drive fast.'

zuli. Er betrachtete ihn, als wäre er etwas, das faszinieren und ängstigen könne, als enthielte er etwas, wonach er sich sehnte und das er doch fast verabscheute. Sein Atem ging schneller. Eine wilde Gier überkam ihn. Er zündete sich eine Zigarette an und warf sie dann fort. Seine Lider senkten sich, bis die langen Wimpern fast die Wangen berührten. Doch noch immer betrachtete er den Schrank. Schließlich erhob er sich vom Sofa, auf dem er gelegen hatte, ging zu ihm hinüber, schloss ihn auf und berührte eine verborgene Feder. Ein dreieckiges Schubfach glitt langsam heraus. Seine Finger bewegten sich instinktiv darauf zu, griffen hinein und schlossen sich um etwas. Es war ein kleines chinesisches Kästchen aus schwarzem, goldbestäubtem Lack, kunstvoll gearbeitet, die Seiten mit geschwungenen Wellen verziert, und an den seidenen Schnüren hingen runde Kristalle und Quasten aus geflochtenen Metallfäden. Er öffnete es. Darin lag eine grüne Paste mit wachsartigem Schimmer und einem seltsam schweren und durchdringenden Geruch.

Er zögerte einige Augenblicke mit einem eigenartig unbewegten Lächeln auf dem Gesicht. Dann richtete er sich fröstelnd auf, obwohl die Luft im Zimmer schrecklich heiß war, und warf einen Blick auf die Uhr. Es war zwanzig Minuten vor zwölf. Er legte das Kästchen zurück, schloss dann die Schranktüren und ging in sein Schlafzimmer.

Als um Mitternacht bronzene Schläge durch die düstere Luft hallten, schlich Dorian Gray in gewöhnlicher Kleidung und mit einem dicken Schal um den Hals leise aus dem Haus. In der Bond Street entdeckte er einen Hansom mit einem guten Pferd. Er winkte ihn herbei und nannte dem Kutscher mit leiser Stimme eine Adresse.

Der Mann schüttelte den Kopf. »Das ist mir zu weit«, brummte er.

»Hier ist ein Sovereign für Sie«, sagte Dorian. »Wenn Sie schnell fahren, bekommen Sie noch einen.«

'All right, sir,' answered the man, 'you will be there in an hour,' and after his fare had got in he turned his horse round, and drove rapidly towards the river.

»Sehr wohl, Sir«, antwortete der Mann, »Sie werden in einer Stunde dort sein«, und nachdem sein Fahrgast eingestiegen war, wendete er sein Pferd und fuhr rasch in Richtung Fluss davon.

CHAPTER XVI

A cold rain began to fall, and the blurred street-lamps looked ghastly in the dripping mist. The public-houses were just closing, and dim men and women were clustering in broken groups round their doors. From some of the bars came the sound of horrible laughter. In others, drunkards brawled and screamed.

Lying back in the hansom, with his hat pulled over his forehead, Dorian Gray watched with listless eyes the sordid shame of the great city, and now and then he repeated to himself the words that Lord Henry had said to him on the first day they had met, 'To cure the soul by means of the senses, and the senses by means of the soul.' Yes, that was the secret. He had often tried it, and would try it again now. There were opium-dens, where one could buy oblivion, dens of horror where the memory of old sins could be destroyed by the madness of sins that were new.

The moon hung low in the sky like a yellow skull. From time to time a huge misshapen cloud stretched a long arm across and hid it. The gas-lamps grew fewer, and the streets more narrow and gloomy. Once the man lost his way, and had to drive back half a mile. A steam rose from the horse as it splashed up the puddles. The side-windows of the hansom were clogged with a grey-flannel mist.

'To cure the soul by means of the senses, and the senses by means of the soul!' How the words rang in his ears! His soul, certainly, was sick to death. Was it true that the senses could cure it? Innocent blood had been spilt. What could atone for that? Ah! for that there was no atonement; but though forgiveness was impossible, for-

KAPITEL 16

Ein kalter Regen setzte ein und die schemenhaften Straßenlaternen in dem triefenden Nebel sahen gespenstisch aus. Die Wirtshäuser schlossen gerade und obskure Männer und Frauen standen in versprengten Gruppen vor den Türen beisammen. Aus einigen Schenken erklang entsetzliches Gelächter. In anderen lärmten und grölten Betrunkene.

In dem Hansom zurückgelehnt, den Hut in die Stirn gezogen, beobachtete Dorian Gray mit teilnahmslosem Blick die schmutzige Schande der Großstadt und dann und wann wiederholte er die Worte, die Lord Henry am ersten Tag, als sie sich kennengelernt hatten, zu ihm gesagt hatte: »Die Seele durch die Sinne und die Sinne durch die Seele heilen.« Ja, das war das Geheimnis. Er hatte es oft ausprobiert und wollte es jetzt wieder ausprobieren. Es gab Opiumhöhlen, in denen man das Vergessen kaufen, Höhlen des Grauens, in denen die Erinnerung an alte Sünden durch den Wahnsinn neuer Sünden ausgelöscht werden konnte.

Der Mond hing wie ein gelber Schädel tief am Himmel. Von Zeit zu Zeit streckte eine riesige unförmige Wolke ihren langen Arm aus und verbarg ihn. Die Gaslaternen wurden spärlicher und die Straßen enger und düsterer. Einmal verfuhr sich der Mann und musste eine halbe Meile zurückfahren. Dampf stieg von dem Pferd auf, als es die Pfützen aufspritzen ließ. Die Seitenfenster des Hansom waren vom Nebel wie mit grauem Flanell beschlagen.

»Die Seele durch die Sinne und die Sinne durch die Seele heilen.« Wie die Worte ihm in den Ohren klangen! Seine Seele war jedenfalls todkrank. Stimmte es, dass die Sinne sie heilen konnten? Unschuldiges Blut war vergossen worden. Wodurch konnte das gesühnt werden? Ach, dafür gab es keine Sühne; aber selbst wenn Vergebung unmöglich war, so war doch Vergessen mög-

getfulness was possible still, and he was determined to forget, to stamp the thing out, to crush it as one would crush the adder that had stung one. Indeed, what right had Basil to have spoken to him as he had done? Who had made him a judge over others? He had said things that were dreadful, horrible, not to be endured.

On and on plodded the hansom, going slower, it seemed to him, at each step. He thrust up the trap, and called to the man to drive faster. The hideous hunger for opium began to gnaw at him. His throat burned, and his delicate hands twitched nervously together. He struck at the horse madly with his stick. The driver laughed, and whipped up. He laughed in answer, and the man was silent.

The way seemed interminable, and the streets like the black web of some sprawling spider. The monotony became unbearable, and, as the mist thickened, he felt afraid.

Then they passed by lonely brickfields. The fog was lighter here, and he could see the strange bottle-shaped kilns with their orange fan-like tongues of fire. A dog barked as they went by, and far away in the darkness some wandering seagull screamed. The horse stumbled in a rut, then swerved aside, and broke into a gallop.

After some time they left the clay road, and rattled again over rough-paven streets. Most of the windows were dark, but now and then fantastic shadows were silhouetted against some lamp-lit blind. He watched them curiously. They moved like monstrous marionettes, and made gestures like live things. He hated them. A dull rage was in his heart. As they turned a corner a woman yelled something at them from an open door, and two men ran after the hansom for about a hundred yards. The driver beat at them with his whip.

lich, und er war entschlossen, zu vergessen, die Sache auszumerzen, sie zu zertreten wie man die Natter zertreten würden, die einen gebissen hat. Welches Recht hatte Basil eigentlich gehabt, so mit ihm zu sprechen, wie er es getan hatte? Wer hatte ihn zum Richter über andere bestellt? Er hatte Dinge gesagt, die furchtbar, grauenvoll, nicht zu ertragen waren.

Immer weiter rollte der Hansom und schien ihm mit jedem Schritt langsamer zu werden. Er stieß das Klappfenster auf und rief dem Mann zu, schneller zu fahren. Der grässliche Hunger nach Opium begann an ihm zu nagen. Seine Kehle brannte und seine feinen Hände zerrten nervös aneinander. Er schlug mit dem Spazierstock wie toll auf das Pferd ein. Der Kutscher lachte und trieb es mit der Peitsche an. Er lachte ebenfalls und der Mann verstummte.

Der Weg schien endlos und die Straßen wie das schwarze Netz einer sich ausbreitenden Spinne. Die Eintönigkeit wurde unerträglich und als sich der Nebel verdichtete, bekam er Angst.

Dann fuhren sie an abgeschiedenen Ziegeleien vorbei. Hier war der Nebel lichter und er konnte die seltsamen, flaschenförmigen Brennöfen mit ihren orangefarbenen, fächerartigen Feuerzungen erkennen. Ein Hund bellte, als sie vorbeifuhren, und weit entfernt in der Dunkelheit schrie eine verirrte Möwe. Das Pferd strauchelte in einer Wagenspur, brach seitwärts aus und fiel in Galopp.

Nach einer Weile verließen sie den Lehmweg und ratterten wieder über grob gepflasterte Straßen. Die meisten Fenster waren dunkel, aber dann und wann sah man die Umrisse fantastischer Schatten hinter einem erleuchteten Vorhang. Er betrachtete sie neugierig. Sie bewegten sich wie riesenhafte Marionetten und gestikulierten wie lebendige Wesen. Er hasste sie. Eine dumpfe Wut war in seinem Herzen. Als sie um eine Ecke bogen, rief ihnen eine Frau aus einer offenen Tür etwas nach und zwei Männer liefen dem Hansom ein paar hundert Meter hinterher. Der Kutscher schlug mit seiner Peitsche nach ihnen.

It is said that passion makes one think in a circle. Certainly with hideous iteration the bitten lips of Dorian Gray shaped and reshaped those subtle words that dealt with soul and sense, till he had found in them the full expression, as it were, of his mood, and justified, by intellectual approval, passions that without such justification would still have dominated his temper. From cell to cell of his brain crept the one thought; and the wild desire to live, most terrible of all man's appetites, quickened into force each trembling nerve and fibre. Ugliness that had once been hateful to him because it made things real, became dear to him now for that very reason. Ugliness was the one reality. The coarse brawl, the loathsome den, the crude violence of disordered life, the very vileness of thief and outcast, were more vivid, in their intense actuality of impression, than all the gracious shapes of Art, the dreamy shadows of Song. They were what he needed for forgetfulness. In three days he would be free.

Suddenly the man drew up with a jerk at the top of a dark lane. Over the low roofs and jagged chimney-stacks of the houses rose the black masts of ships. Wreaths of white mist clung like ghostly sails to the yards.

'Somewhere about here, sir, ain't it?' he asked huskily through the trap.

Dorian started, and peered round. 'This will do,' he answered, and, having got out hastily, and given the driver the extra fare he had promised him, he walked quickly in the direction of the quay. Here and there a lantern gleamed at the stern of some huge merchantman. The light shook and splintered in the puddles. A red glare

Man sagt, die Leidenschaft lasse die Gedanken kreisen. Jedenfalls formten die zerbissenen Lippen Dorian Grays in grässlicher Wiederholung wieder und wieder jene eindringlichen Worte, die von Seele und Sinnen handelten, bis er in ihnen sozusagen den vollen Ausdruck seiner Stimmung gefunden und durch Zustimmung des Verstandes Leidenschaften gerechtfertigt hatte, die sein Gemüt auch ohne eine solche Rechtfertigung beherrscht hätten. Von Gehirnzelle zu Gehirnzelle kroch der eine Gedanke; und die wilde Lebensgier, das schrecklichste aller menschlichen Gelüste, erweckte jeden zitternden Nerv und jede Faser zu neuer Kraft. Die Hässlichkeit, die ihm einst verhasst gewesen war, weil sie den Dingen Wirklichkeit verlieh, wurde ihm jetzt aus eben diesem Grund lieb. Die Hässlichkeit war die einzige Wirklichkeit. Das derbe Gezänk, die abscheuliche Spelunke, die rohe Gewalt des zerrütteten Lebens, die große Niedertracht der Diebe und Ausgestoßenen waren in ihrem intensiven Wirklichkeitsbezug lebendiger als all die anmutigen Formen der Kunst, alle träumerischen Schatten der Poesie. Das war es, was er zum Vergessen brauchte. In drei Tagen würde er frei sein.

Plötzlich hielt der Mann mit einem Ruck an der Einmündung einer finsteren Straße. Über den niedrigen Dächern und gezackten Schornsteinen der Häuser ragten schwarze Schiffsmasten empor. Weiße Nebelschwaden hingen wie gespenstische Segel zwischen den Rahen.

»Hier irgendwo, Sir, nicht wahr?«, fragte der Mann mit heiserer Stimme durch das Klappfenster.

Dorian schrak auf und blickte sich um. »Es ist gut«, antwortete er, und nachdem er rasch ausgestiegen war und dem Kutscher das versprochene zusätzliche Fahrgeld gegeben hatte, ging er eilig in Richtung des Kais. Hie und da leuchtete eine Laterne am Heck eines riesigen Handelsschiffes. Das Licht zitterte und brach sich in den Pfützen. Von einem auslaufenden Dampfer, der

came from an outward-bound steamer that was coaling. The slimy pavement looked like a wet mackintosh.

He hurried on towards the left, glancing back now and then to see if he was being followed. In about seven or eight minutes he reached a small shabby house, that was wedged in between two gaunt factories. In one of the top windows stood a lamp. He stopped, and gave a peculiar knock.

After a little time he heard steps in the passage, and the chain being unhooked. The door opened quietly, and he went in without saying a word to the squat misshapen figure that flattened itself into the shadow as he passed. At the end of the hall hung a tattered green curtain that swayed and shook in the gusty wind which had followed him in from the street. He dragged it aside, and entered a long, low room which looked as if it had once been a third-rate dancing-saloon. Shrill flaring gas-jets, dulled and distorted in the fly-blown mirrors that faced them, were ranged round the walls. Greasy reflectors of ribbed tin backed them, making quivering discs of light. The floor was covered with ochre-coloured sawdust, trampled here and there into mud, and stained with dark rings of spilt liquor. Some Malays were crouching by a little charcoal stove playing with bone counters, and showing their white teeth as they chattered. In one corner with his head buried in his arms, a sailor sprawled over a table, and by the tawdrily-painted bar that ran across one complete side stood two haggard women mocking an old man who was brushing the sleeves of his coat with an expression of disgust. 'He thinks he's got red ants on him,' laughed one of them, as Dorian passed by. The man looked at her in terror, and began to whimper.

Kohlen an Bord nahm, kam ein rotes Blendlicht. Das glitschige Pflaster sah aus wie ein nasser Regenmantel.

Er eilte nach links weiter und warf hin und wieder einen Blick zurück um zu sehen, ob er verfolgt wurde. Nach etwa sieben oder acht Minuten erreichte er ein kleines, schäbiges Haus, das zwischen zwei heruntergekommene Fabrikgebäude gezwängt war. In einem der oberen Fenster stand eine Lampe. Er blieb stehen und gab ein bestimmtes Klopfzeichen.

Wenig später hörte er Schritte im Flur und wie die Türkette ausgehängt wurde. Die Tür öffnete sich leise und er trat ein, ohne ein Wort zu der untersetzten, entstellten Gestalt zu sagen, die sich in den Schatten drückte, als er vorbeiging. Am Ende des Flurs hing ein zerlumpter grüner Vorhang, der in dem Windstoß, der ihm von der Straße herein gefolgt war, hin und her wehte und flatterte. Er zog ihn zur Seite und betrat einen langen, niedrigen Raum, der aussah, als sei er einmal ein drittklassiger Tanzsaal gewesen. Grell flackernde Gaslampen, die sich in den fliegenbeschmutzten Spiegeln gegenüber trübe und verzerrt abbildeten, hingen ringsum an den Wänden. Schmierige Reflektoren aus Wellblech waren dahinter angebracht und warfen zitternde Lichtkreise. Der Boden war mit ockerfarbenem Sägemehl bedeckt, das hie und da zu Matsch zertreten und mit dunklen runden Flecken von verschüttetem Branntwein übersät war. Ein paar Malaien hockten neben einem kleinen Kohleofen, spielten mit knöchernen Spielmarken und zeigten beim Sprechen ihre weißen Zähne. In einer Ecke hing ein Matrose über einem Tisch, den Kopf zwischen den Armen vergraben, und an dem geschmacklos bemalten Schanktisch, der sich über eine ganze Seitenwand erstreckte, standen zwei ausgezehrte Frauen, die sich über einen alten Mann lustig machten, der mit einem Ausdruck des Ekels die Ärmel seines Mantels bürstete. »Er glaubt, er hat rote Ameisen am Leib«, lachte eine von ihnen, als Dorian vorbeiging. Der Mann sah sie entsetzt an und begann zu wimmern.

At the end of the room there was a little staircase, leading to a darkened chamber. As Dorian hurried up its three rickety steps, the heavy odour of opium met him. He heaved a deep breath, and his nostrils quivered with pleasure. When he entered, a young man with smooth yellow hair, who was bending over a lamp lighting a long thin pipe, looked up at him, and nodded in a hesitating manner.

'You here, Adrian?' muttered Dorian.

'Where else should I be?' he answered, listlessly. 'None of the chaps will speak to me now.'

'I thought you had left England.'

'Darlington is not going to do anything. My brother paid the bill at last. George doesn't speak to me either. ... I don't care,' he added, with a sigh. 'As long as one has this stuff, one doesn't want friends. I think I have had too many friends.'

Dorian winced, and looked round at the grotesque things that lay in such fantastic postures on the ragged mattresses. The twisted limbs, the gaping mouths, the staring lustreless eyes, fascinated him. He knew in what strange heavens they were suffering, and what dull hells were teaching them the secret of some new joy. They were better off than he was. He was prisoned in thought. Memory, like a horrible malady, was eating his soul away. From time to time he seemed to see the eyes of Basil Hallward looking at him. Yet he felt he could not stay. The presence of Adrian Singleton troubled him. He wanted to be where no one would know who he was. He wanted to escape from himself.

'I am going on to the other place,' he said, after a pause.

'On the wharf?'

'Yes.'

Am Ende des Raumes befand sich eine kleine Treppe, die zu einer verdunkelten Kammer führte. Als Dorian die drei wackeligen Stufen hinaufeilte, schlug ihm der schwere Duft von Opium entgegen. Er nahm einen tiefen Atemzug und seine Nasenflügel bebten vor Wonne. Als er eintrat, sah ein junger Mann mit glattem gelbem Haar, der sich gerade über eine Lampe beugte und eine lange dünne Pfeife anzündete, zu ihm auf und nickte ihm zögernd zu.

»Du hier, Adrian?«, stieß Dorian leise hervor.

»Wo sollte ich sonst sein?«, entgegnete er teilnahmslos. »Kein Mensch spricht jetzt mehr mit mir.«

»Ich dachte, du hättest England verlassen.«

»Darlington wird nichts unternehmen. Mein Bruder hat den Wechsel schließlich bezahlt. George spricht auch nicht mehr mit mir … Das kümmert mich nicht«, fügte er mit einem Seufzer hinzu. »Solange man diesen Stoff hat, braucht man keine Freunde. Ich glaube, ich habe zu viele Freunde gehabt.«

Dorian zuckte zusammen und betrachtete die grotesken Gestalten, die in so bizarren Stellungen auf den zerlumpten Matratzen lagen. Die verdrehten Glieder, die offenen Münder, die stierenden, glanzlosen Augen faszinierten ihn. Er wusste, in welch seltsamen Himmeln sie litten und welch düstere Höllen sie das Geheimnis neuer Wonnen lehrten. Sie waren besser dran als er. Er war im Denken gefangen. Die Erinnerung fraß an seiner Seele wie eine grauenvolle Krankheit. Von Zeit zu Zeit glaubte er die Augen Basil Hallwards auf sich gerichtet zu sehen. Dennoch spürte er, dass er nicht bleiben konnte. Die Anwesenheit Adrian Singletons beunruhigte ihn. Er wollte irgendwo sein, wo niemand wusste, wer er war. Er wollte sich selbst entfliehen.

»Ich gehe in das andere Haus«, sagte er nach einer Weile.

»Am Kai?«

»Ja.«

'That mad-cat is sure to be there. They won't have her in this place now.'

Dorian shrugged his shoulders. 'I am sick of women who love one. Women who hate one are much more interesting. Besides, the stuff is better.'

'Much the same.'

'I like it better. Come and have something to drink. I must have something.'

'I don't want anything,' murmured the young man.

'Never mind.'

Adrian Singleton rose up wearily, and followed Dorian to the bar. A half-caste, in a ragged turban and a shabby ulster, grinned a hideous greeting as he thrust a bottle of brandy and two tumblers in front of them. The women sidled up, and began to chatter. Dorian turned his back on them, and said something in a low voice to Adrian Singleton.

A crooked smile, like a Malay crease, writhed across the face of one of the women. 'We are very proud to-night,' she sneered.

'For God's sake don't talk to me,' cried Dorian, stamping his foot on the ground. 'What do you want? Money? Here it is. Don't ever talk to me again.'

Two red sparks flashed for a moment in the woman's sodden eyes, then flickered out, and left them dull and glazed. She tossed her head, and raked the coins off the counter with greedy fingers. Her companion watched her enviously.

'It's no use,' sighed Adrian Singleton. 'I don't care to go back. What does it matter? I am quite happy here.'

»Die Wildkatze ist sicher dort. Sie wollen sie hier nicht mehr haben.«

Dorian zuckte mit den Schultern. »Ich habe die Frauen, die einen lieben, satt. Frauen, die einen hassen, sind viel interessanter. Übrigens ist dort der Stoff besser.«

»Fast der gleiche.«

»Ich mag ihn lieber. Komm, lass uns etwas trinken. Ich muss etwas haben.«

»Ich möchte nichts«, murmelte der junge Mann.

»Das macht nichts.«

Adrian Singleton erhob sich müde und folgte Dorian an den Schanktisch. Ein Mischling in zerrissenem Turban und schäbigem Mantel begrüßte sie mit einem hässlichen Grinsen, als er eine Flasche Brandy und zwei Gläser vor sie hinstellte. Die Frauen rückten heran und begannen zu schwatzen. Dorian wandte ihnen den Rücken zu und sagte mit leiser Stimme etwas zu Adrian Singleton.

Ein schiefes Lächeln, einem malaiischen Dolch gleich, verzerrte das Gesicht einer der Frauen. »Wir sind wohl sehr stolz heute Abend«, bemerkte sie spöttisch.

»Um Himmels willen, sprich nicht mit mir«, rief Dorian und stampfte mit dem Fuß auf den Boden. »Was willst du? Geld? Hier hast du welches! Sprich mich nie wieder an!«

Zwei rote Funken blitzten einen Augenblick lang in den wässrigen Augen der Frau auf, erloschen dann und ließen sie stumpf und glasig aussehen. Sie warf den Kopf zurück und strich die Münzen auf dem Schanktisch mit gierigen Fingern ein. Ihre Gefährtin beobachtete sie neidisch.

»Es hat keinen Sinn«, seufzte Adrian Singleton. »Mir liegt nichts daran, zurückzukehren. Was macht es schon? Ich bin hier ganz glücklich.«

'You will write to me if you want anything, won't you?' said Dorian, after a pause.

'Perhaps.'

'Good-night, then.'

'Good-night,' answered the young man, passing up the steps, and wiping his parched mouth with a handkerchief.

Dorian walked to the door with a look of pain in his face. As he drew the curtain aside a hideous laugh broke from the painted lips of the woman who had taken his money. 'There goes the devil's bargain!' she hiccoughed, in a hoarse voice.

'Curse you!' he answered, 'don't call me that.'

She snapped her fingers. 'Prince Charming is what you like to be called, ain't it?' she yelled after him.

The drowsy sailor leapt to his feet as she spoke, and looked wildly round. The sound of the shutting of the hall door fell on his ear. He rushed out as if in pursuit.

Dorian Gray hurried along the quay through the drizzling rain. His meeting with Adrian Singleton had strangely moved him, and he wondered if the ruin of that young life was really to be laid at his door, as Basil Hallward had said to him with such infamy of insult. He bit his lip, and for a few seconds his eyes grew sad. Yet, after all, what did it matter to him? One's days were too brief to take the burden of another's errors on one's shoulders. Each man lived his own life, and paid his own price for living it. The only pity was one had to pay so often for a single fault. One had to pay over and over again, indeed. In her dealings with man Destiny never closed her accounts.

»Du wirst mir doch schreiben, wenn du etwas brauchst?«, fragte Dorian nach einer Weile.

»Vielleicht.«

»Also, gute Nacht.«

»Gute Nacht«, antwortete der junge Mann, ging die Stufen hinauf und wischte sich mit einem Taschentuch über den ausgetrockneten Mund.

Mit einem schmerzlichen Ausdruck im Gesicht ging Dorian zur Tür. Als er den Vorhang beiseite zog, ertönte ein grässliches Lachen von den geschminkten Lippen der Frau, die sein Geld genommen hatte. »Da geht der Pakt mit dem Teufel!«, stieß sie mit heiserer Stimme glucksend hervor.

»Hol dich der Teufel!«, erwiderte er. »Nenn mich nicht so.«

Sie schnippte mit den Fingern. »Märchenprinz wirst du wohl lieber genannt, stimmt's?«, rief sie ihm gellend nach.

Bei diesen Worten sprang der schläfrige Matrose auf die Füße und blickte wild um sich. Das Geräusch der zufallenden Haustür drang an sein Ohr. Er stürzte hinaus, als wolle er ihn verfolgen.

Dorian Gray eilte durch den Nieselregen den Kai entlang. Sein Zusammentreffen mit Adrian Singleton hatte ihn seltsam bewegt und er fragte sich, ob die Zerstörung dieses jungen Lebens wirklich ihm anzulasten war, wie Basil Hallward mit so beleidigender Unverschämtheit behauptet hatte. Er biss sich auf die Lippen und einige Sekunden lang wurden seine Augen traurig. Doch letztlich, was ging es ihn an? Das Leben war zu kurz, um sich die Bürde der Fehler anderer aufzuladen. Jeder lebte sein eigenes Leben und zahlte seinen eigenen Preis dafür, dass er es lebte. Der einzige Jammer war, dass man für einen einzigen Fehler so oft zahlen musste. Ja, man musste immer und immer wieder zahlen. In seinen Abrechnungen mit dem Menschen schloss das Schicksal seine Bücher nie.

There are moments, psychologists tell us, when the passion for sin, or for what the world calls sin, so dominates a nature, that every fibre of the body, as every cell of the brain, seems to be instinct with fearful impulses. Men and women at such moments lose the freedom of their will. They move to their terrible end as automatons move. Choice is taken from them, and conscience is either killed, or, if it lives at all, lives but to give rebellion its fascination, and disobedience its charm. For all sins, as theologians weary not of reminding us, are sins of disobedience. When that high spirit, that morning-star of evil, fell from heaven, it was as a rebel that he fell.

Callous, concentrated on evil, with stained mind and soul hungry for rebellion, Dorian Gray hastened on, quickening his step as he went, but as he darted aside into a dim archway, that had served him often as a short cut to the ill-famed place where he was going, he felt himself suddenly seized from behind, and before he had time to defend himself he was thrust back against the wall, with a brutal hand round his throat.

He struggled madly for life, and by a terrible effort wrenched the tightening fingers away. In a second he heard the click of a revolver, and saw the gleam of a polished barrel pointing straight at his head, and the dusky form of a short thick-set man facing him.

'What do you want?' he gasped.

'Keep quiet,' said the man. 'If you stir, I shoot you.'

'You are mad. What have I done to you?'

Psychologen behaupten, es gäbe Augenblicke, in denen die Leidenschaft für die Sünde oder für das, was die Welt Sünde nennt, ein Wesen so beherrscht, dass jede Faser des Körpers und jede Zelle des Gehirns von fürchterlichen Trieben gesteuert zu werden scheint. In solchen Augenblicken verlieren Männer und Frauen ihren freien Willen. Wie Automaten bewegen sie sich auf ihr schreckliches Ende zu. Sie haben keine Wahl mehr, das Gewissen ist entweder abgetötet oder lebt, wenn es überhaupt lebt, nur, um der Auflehnung ihre Faszination und dem Ungehorsam seinen Reiz zu verleihen. Denn alle Sünden, wie die Theologen uns zu ermahnen nicht müde werden, sind Sünden des Ungehorsams. Als jener erhabene Geist, jener Morgenstern des Bösen, vom Himmel stürzte, stürzte er als Aufrührer.

Gefühllos, ganz auf das Böse konzentriert, mit verdunkeltem Geist und einer nach Auflehnung hungernden Seele hastete Dorian Gray weiter, beschleunigte seinen Schritt, während er ging, aber als er in einen düsteren Bogengang stürzte, der ihm schon oft als Abkürzung zu dem berüchtigten Ort gedient hatte, zu dem er unterwegs war, fühlte er sich plötzlich von hinten gepackt, und bevor er Zeit hatte, sich zu wehren, wurde er gegen eine Mauer geschleudert und fühlte eine brutale Hand um seine Kehle.

Er rang wild um sein Leben und mit einer fürchterlichen Anstrengung riss er die zudrückenden Hände fort. Eine Sekunde später hörte er das Klicken eines Revolvers und sah den Schimmer eines polierten Laufs, der geradewegs auf seinen Kopf gerichtet war, und die dunkle Gestalt eines kleinen, untersetzten Mannes, der ihm gegenüberstand.

»Was wollen Sie«, keuchte er.

»Sei still«, sagte der Mann. »Wenn du dich rührst, erschieße ich dich.«

»Sie sind wahnsinnig. Was habe ich Ihnen getan?«

'You wrecked the life of Sibyl Vane,' was the answer, 'and Sibyl Vane was my sister. She killed herself. I know it. Her death is at your door. I swore I would kill you in return. For years I have sought you. I had no clue, no trace. The two people who could have described you were dead. I knew nothing of you but the pet name she used to call you. I heard it to-night by chance. Make your peace with God, for to-night you are going to die.'

Dorian Gray grew sick with fear. 'I never knew her,' he stammered. 'I never heard of her. You are mad.'

'You had better confess your sin, for as sure as I am James Vane, you are going to die.' There was a horrible moment. Dorian did not know what to say or do. 'Down on your knees!' growled the man. 'I give you one minute to make your peace—no more. I go on board to-night for India, and I must do my job first. One minute. That's all.'

Dorian's arms fell to his side. Paralyzed with terror, he did not know what to do. Suddenly a wild hope flashed across his brain. 'Stop,' he cried. 'How long ago is it since your sister died? Quick, tell me!'

'Eighteen years,' said the man. 'Why do you ask me? What do years matter?'

'Eighteen years,' laughed Dorian Gray, with a touch of triumph in his voice. 'Eighteen years! Set me under the lamp and look at my face!'

James Vane hesitated for a moment, not understanding what was meant. Then he seized Dorian Gray and dragged him from the archway.

Dim and wavering as was the windblown light, yet it served to show him the hideous error, as it seemed, into which he had fallen, for the face of the man he had

»Du hast das Leben von Sibyl Vane zugrunde gerichtet«, war die Antwort, »und Sibyl Vane war meine Schwester. Sie hat sich umgebracht. Ich weiß es. Ihr Tod ist deine Schuld. Ich habe geschworen, dich dafür zu töten. Jahrelang habe ich dich gesucht. Ich hatte keinen Anhaltspunkt, keine Spur. Die beiden Menschen, die dich hätten beschreiben können, waren tot. Ich wusste nichts von dir als den Kosenamen, den sie dir gab. Heute Nacht habe ich ihn zufällig gehört. Mach deinen Frieden mit Gott, denn heute Nacht wirst du sterben.«

Dorian Gray wurde übel vor Angst. »Ich kannte sie gar nicht«, stammelte er. »Ich habe nie von ihr gehört. Sie sind wahnsinnig.«

»Du solltest deine Sünde lieber gestehen, denn so wahr ich James Vane bin: Du wirst sterben.« Es war ein entsetzlicher Augenblick. Dorian wusste nicht, was er sagen oder tun sollte. »Auf die Knie!«, knurrte der Mann. »Ich gebe dir eine Minute, deinen Frieden zu machen – mehr nicht. Ich gehe heute Nacht an Bord Richtung Indien und zuvor muss ich meinen Auftrag erledigen. Eine Minute. Mehr nicht.«

Dorians Arme sanken herab. Vor Entsetzen gelähmt wusste er nicht, was er tun sollte. Plötzlich durchzuckte eine wilde Hoffnung sein Gehirn. »Halt«, rief er. »Wie lange ist es her, dass Ihre Schwester starb? Rasch, sagen Sie es mir!«

»Achtzehn Jahre«, sagte der Mann. »Warum fragst du? Was spielen Jahre für eine Rolle?«

»Achtzehn Jahre«, lachte Dorian Gray mit einem Anflug von Triumph in der Stimme. »Achtzehn Jahre! Stellen Sie mich unter die Laterne und sehen Sie sich mein Gesicht an!«

James Vane zögerte einen Augenblick, weil er nicht begriff, was gemeint war. Dann packte er Dorian Gray und schleifte ihn aus dem Bogengang.

So trübe und flackernd das windverwehte Licht auch war, es genügte doch, ihm den grässlichen Irrtum zu zeigen, dem er anscheinend erlegen war, denn das Gesicht des Mannes, den er

sought to kill had all the bloom of boyhood, all the unstained purity of youth. He seemed little more than a lad of twenty summers, hardly older, if older indeed at all, than his sister had been when they had parted so many years ago. It was obvious that this was not the man who had destroyed her life.

He loosened his hold and reeled back. 'My God! my God!' he cried, 'and I would have murdered you!'

Dorian Gray drew a long breath. 'You have been on the brink of committing a terrible crime, my man,' he said, looking at him sternly. 'Let this be a warning to you not to take vengeance into your own hands.'

'Forgive me, sir,' muttered James Vane. 'I was deceived. A chance word I heard in that damned den set me on the wrong track.'

'You had better go home, and put that pistol away, or you may get into trouble,' said Dorian, turning on his heel, and going slowly down the street.

James Vane stood on the pavement in horror. He was trembling from head to foot. After a little while a black shadow that had been creeping along the dripping wall, moved out into the light and came close to him with stealthy footsteps. He felt a hand laid on his arm and looked round with a start. It was one of the women who had been drinking at the bar.

'Why didn't you kill him?' she hissed out, putting her haggard face quite close to his. 'I knew you were following him when you rushed out from Daly's. You fool! You should have killed him. He has lots of money, and he's as bad as bad.'

'He is not the man I am looking for,' he answered, 'and I want no man's money. I want a man's life. The man

hatte töten wollen, besaß die volle Blüte der Knabenjahre, die ganze unbefleckte Reinheit der Jugend. Er schien ein junger Mann von kaum mehr als zwanzig Lenzen zu sein, kaum älter, wenn überhaupt älter, als seine Schwester gewesen war, als sie vor so vielen Jahren auseinander gegangen waren. Es war offensichtlich, dass dies nicht der Mann war, der ihr Leben zerstört hatte.

Er lockerte seinen Griff und taumelte zurück. »Mein Gott! Mein Gott!«, rief er. »Und ich hätte Sie beinahe ermordet!«

Dorian Gray holte tief Atem. »Sie waren kurz davor, ein furchtbares Verbrechen zu begehen, guter Mann«, sagte er mit ernstem Blick. »Lassen Sie sich das eine Warnung sein, die Rache nicht in die eigenen Hände zu nehmen.«

»Verzeihen Sie mir, Sir«, stieß James Vane leise hervor. »Ich habe mich getäuscht. Ein zufälliges Wort, das ich in dieser verfluchten Spelunke hörte, brachte mich auf die falsche Spur.«

»Sie sollten lieber nach Hause gehen und diese Pistole weglegen, sonst geraten Sie vielleicht noch in Schwierigkeiten«, sagte Dorian, drehte sich auf dem Absatz um und ging langsam die Straße hinunter.

Voller Entsetzen stand James Vane auf dem Gehweg. Er zitterte von Kopf bis Fuß. Nach einer Weile trat ein schwarzer Schatten, der die tropfnasse Wand entlanggeschlichen war, ins Licht hinaus und näherte sich ihm mit leisen Schritten. Er spürte eine Hand auf seinem Arm und blickte sich erschrocken um. Es war eine der Frauen, die am Schanktisch getrunken hatten.

»Warum hast du ihn nicht umgebracht?«, zischte sie und brachte ihr verhärmtes Gesicht ganz nahe an seines heran. »Ich wusste, dass du ihm gefolgt bist, als du aus Dalys Haus hinausgestürzt bist. Du Narr! Du hättest ihn umbringen sollen. Er hat einen Haufen Geld und ist schlechter als schlecht.«

»Er ist nicht der Mann, den ich suche«, antwortete er, »und ich will nicht das Geld eines Mannes, ich will sein Leben. Der

whose life I want must be nearly forty now. This one is little more than a boy. Thank God, I have not got his blood upon my hands.'

The woman gave a bitter laugh. 'Little more than a boy!' she sneered. 'Why, man, it's nigh on eighteen years since Prince Charming made me what I am.'

'You lie!' cried James Vane.

She raised her hand up to heaven. 'Before God I am telling the truth,' she cried.

'Before God?'

'Strike me dumb if it ain't so. He is the worst one that comes here. They say he has sold himself to the devil for a pretty face. It's nigh on eighteen years since I met him. He hasn't changed much since then. I have though,' she added, with a sickly leer.

'You swear this?'

'I swear it,' came in hoarse echo from her flat mouth. 'But don't give me away to him,' she whined; 'I am afraid of him. Let me have some money for my night's lodging.'

He broke from her with an oath, and rushed to the corner of the street, but Dorian Gray had disappeared. When he looked back, the woman had vanished also.

Mann, dessen Leben ich will, muss heute an die vierzig sein. Dieser da ist fast noch ein Kind. Gott sei Dank klebt sein Blut nicht an meinen Händen.«

Die Frau stieß ein bitteres Lachen aus. »Fast noch ein Kind!«, höhnte sie. »Mann, es ist beinahe achtzehn Jahre her, seit der Märchenprinz mich zu dem gemacht hat, was ich bin.«

»Du lügst!«, schrie James Vane.

Sie hob ihre Hand zum Himmel. »Bei Gott, ich sage die Wahrheit«, rief sie.

»Bei Gott?«

»Die Sprache soll es mir verschlagen, wenn's nicht stimmt. Er ist der Schlimmste von allen, die herkommen. Man sagt, er hat sich dem Teufel für ein hübsches Gesicht verkauft. Es ist beinahe achtzehn Jahre her, dass ich ihn kennenlernte. Er hat sich seitdem kaum verändert. Ich umso mehr«, fügte sie mit einem matten, anzüglichen Grinsen hinzu.

»Schwörst du das?«

»Ich schwöre es«, ertönte das heisere Echo aus ihrem stumpfen Mund. »Aber verrate mich nicht«, winselte sie; »ich habe Angst vor ihm. Gib mir ein bisschen Geld für mein Nachtquartier.«

Er riss sich mit einem Fluch von ihr los und stürzte zur Straßenecke, aber Dorian Gray war verschwunden. Als er zurückblickte, was auch die Frau fort.

CHAPTER XVII

A week later Dorian Gray was sitting in the conservatory at Selby Royal talking to the pretty Duchess of Monmouth, who with her husband, a jaded-looking man of sixty, was amongst his guests. It was tea-time, and the mellow light of the huge lace-covered lamp that stood on the table lit up the delicate china and hammered silver of the service at which the Duchess was presiding. Her white hands were moving daintily among the cups, and her full red lips were smiling at something that Dorian had whispered to her. Lord Henry was lying back in a silk-draped wicker chair looking at them. On a peach-coloured divan sat Lady Narborough pretending to listen to the Duke's description of the last Brazilian beetle that he had added to his collection. Three young men in elaborate smoking-suits were handing tea-cakes to some of the women. The house-party consisted of twelve people, and there were more expected to arrive on the next day.

'What are you two talking about?' said Lord Henry, strolling over to the table, and putting his cup down. 'I hope Dorian has told you about my plan for rechristening everything, Gladys. It is a delightful idea.'

'But I don't want to be rechristened, Harry,' rejoined the Duchess, looking up at him with her wonderful eyes. 'I am quite satisfied with my own name, and I am sure Mr. Gray should be satisfied with his.'

'My dear Gladys, I would not alter either name for the world. They are both perfect. I was thinking chiefly of flowers. Yesterday I cut an orchid, for my buttonhole. It was a marvellous spotted thing, as effective as the seven

KAPITEL 17

Eine Woche später saß Dorian Gray im Wintergarten von Selby Royal und unterhielt sich mit der hübschen Herzogin von Monmouth, die sich mit ihrem Gatten, einem verlebt aussehenden Mann von sechzig Jahren, unter seinen Gästen befand. Es war gerade Teestunde, und das milde Licht der großen, spitzenbehängten Lampe, die auf dem Tisch stand, beleuchtete das feine Porzellan und das getriebene Silber des Teeservices, mit dem die Herzogin hantierte. Ihre weißen Hände bewegten sich anmutig zwischen den Tassen und ihre vollen roten Lippen lächelten über etwas, das Dorian ihr zugeflüstert hatte. Lord Henry lehnte sich in einem mit Seide bezogenen Korbstuhl zurück und beobachtete die beiden. Auf einem pfirsichfarbenen Diwan saß Lady Narborough und tat so, als lausche sie der Beschreibung des Herzogs von dem letzten brasilianischen Käfer, den er seiner Sammlung einverleibt hatte. Drei junge Männer in gut sitzenden Smokings reichten einigen Frauen Teekuchen. Die Gesellschaft bestand aus zwölf Personen und für den nächsten Tag wurden noch mehr Gäste erwartet.

»Worüber unterhaltet ihr beiden euch?«, sagte Lord Henry, der zum Tisch hinüberschlenderte und seine Tasse abstellte. »Ich hoffe, Dorian hat dir von meinem Plan erzählt, alles umzubenennen, Gladys. Das ist eine reizvolle Vorstellung.«

»Ich möchte aber nicht umbenannt werden, Harry«, erwiderte die Herzogin und blickte mit ihren wunderbaren Augen zu ihm auf. »Ich bin mit meinem eigenen Namen ganz zufrieden und ich bin mir sicher, dass auch Mr. Gray mit dem seinen zufrieden sein dürfte.«

»Meine liebe Gladys, um nichts in der Welt würde ich einen dieser beiden Namen ändern. Sie sind beide vollkommen. Ich dachte hauptsächlich an Blumen. Gestern schnitt ich eine Orchidee für mein Knopfloch. Es war ein wunderschön gesprenkeltes Ding, so

deadly sins. In a thoughtless moment I asked one of the gardeners what it was called. He told me it was a fine specimen of *Robinsoniana* or something dreadful of that kind. It is a sad truth, but we have lost the faculty of giving lovely names to things. Names are everything. I never quarrel with actions. My one quarrel is with words. That is the reason I hate vulgar realism in literature. The man who could call a spade a spade should be compelled to use one. It is the only thing he is fit for.'

'Then what should we call you, Harry?' she asked.

'His name is Prince Paradox,' said Dorian.

'I recognize him in a flash,' exclaimed the Duchess.

'I won't hear of it,' laughed Lord Henry, sinking into a chair. 'From a label there is no escape! I refuse the title.'

'Royalties may not abdicate,' fell as a warning from pretty lips.

'You wish me to defend my throne, then?'

'Yes.'

'I give the truths of to-morrow.'

'I prefer the mistakes of to-day,' she answered.

'You disarm me, Gladys,' he cried, catching the wilfulness of her mood.

'Of your shield, Harry: not of your spear.'

'I never tilt against Beauty,' he said, with a wave of his hand.

'That is your error, Harry, believe me. You value beauty far too much.'

'How can you say that? I admit that I think that it is better to be beautiful than to be good. But on the other hand no one is more ready than I am to acknowledge that it is better to be good than to be ugly.'

wirkungsvoll wie die sieben Todsünden. In einem unbesonnenen Augenblick fragte ich einen der Gärtner, wie sie heiße. Er sagte mir, es sei ein schönes Exemplar der Robinsoniana oder etwas ähnlich Fürchterliches. Es ist eine traurige Wahrheit, aber wir haben die Fähigkeit verloren, Dingen hübsche Namen zu geben. Namen sind alles. Ich hadere nie mit Taten. Mein einziger Kampf richtet sich gegen Wörter. Das ist der Grund, weshalb ich den vulgären Realismus in der Literatur hasse. Der Mann, der imstande war, einen Spaten einen Spaten zu nennen, sollte gezwungen werden, einen zu gebrauchen. Das ist das Einzige, wozu er taugt.«

»Wie sollen wir dich denn nennen, Harry?«, fragte sie.

»Sein Name ist Prinz Paradox«, sagte Dorian.

»Darin erkenne ich ihn sofort«, rief die Herzogin aus.

»Ich will nichts davon hören«, lachte Lord Henry, während er sich in einen Sessel sinken ließ. »Einem Etikett kann man nicht entrinnen! Ich lehne den Titel ab.«

»Königliche Hoheiten dürfen nicht abdanken«, lautete die Ermahnung von den hübschen Lippen.

»Du willst also, dass ich meinen Thron verteidige?«

»Ja.«

»Ich verkünde die Wahrheiten von morgen.«

»Ich ziehe die Irrtümer von heute vor«, antwortete sie.

»Du entwaffnest mich, Gladys«, rief er, die Übermütigkeit ihrer Laune aufgreifend.

»Deines Schildes, Harry, nicht deiner Lanze.«

»Ich kämpfe nie gegen Schönheit«, sagte er mit einer Handbewegung.

»Das ist dein Fehler, Harry, glaub es mir. Du schätzt Schönheit viel zu hoch.«

»Wie kannst du das sagen? Ich gebe zu, dass ich es für besser halte, schön zu sein als gut. Aber andererseits ist niemand eher als ich bereit anzuerkennen, dass es besser ist, gut zu sein als hässlich.«

'Ugliness is one of the seven deadly sins, then?' cried the Duchess. 'What becomes of your simile about the orchid?'

'Ugliness is one of the seven deadly virtues, Gladys. You, as a good Tory, must not underrate them. Beer, the Bible, and the seven deadly virtues have made our England what she is.'

'You don't like your country, then?' she asked.

'I live in it.'

'That you may censure it the better.'

'Would you have me take the verdict of Europe on it?' he enquired.

'What do they say of us?'

'That Tartuffe has emigrated to England and opened a shop.'

'Is that yours, Harry?'

'I give it to you.'

'I could not use it. It is too true.'

'You need not be afraid. Our countrymen never recognize a description.'

'They are practical.'

'They are more cunning than practical. When they make up their ledger, they balance stupidity by wealth, and vice by hypocrisy.'

'Still, we have done great things.'

'Great things have been thrust on us, Gladys.'

'We have carried their burden.'

'Only as far as the Stock Exchange.'

She shook her head. 'I believe in the race,' she cried.

'It represents the survival of the pushing.'

'It has development.'

'Decay fascinates me more.'

»Hässlichkeit ist also eine der sieben Todsünden?«, rief die Herzogin. »Was ist dann mit deinem Gleichnis von der Orchidee?«

»Hässlichkeit ist eine der sieben Todtugenden, Gladys. Du als gute Tory darfst sie nicht unterschätzen. Bier, die Bibel und die sieben Todtugenden haben unser England zu dem gemacht, was es ist.«

»Du liebst dein Vaterland also nicht?«, fragte sie.

»Ich lebe darin.«

»Damit du es besser tadeln kannst.«

»Möchtest du, dass ich mich dem Urteil Europas über unser Land anschließe?«, fragte er.

»Was sagt man über uns?«

»Dass Tartuffe nach England ausgewandert sei und einen Laden aufgemacht habe.«

»Ist das von dir, Harry?«

»Ich schenke es dir.«

»Ich könnte es nicht verwenden. Es ist zu wahr.«

»Du brauchst keine Angst zu haben. Unsere Landsleute erkennen sich nie in einer Beschreibung wieder.«

»Sie sind pragmatisch.«

»Sie sind eher gerissen als pragmatisch. Wenn sie Bilanz ziehen, rechnen sie Dummheit gegen Reichtum und Laster gegen Heuchelei auf.«

»Und doch haben wir Großes vollbracht.«

»Großes ist uns auferlegt worden, Gladys.«

»Wir haben die Last getragen.«

»Nur bis zur Börse.«

Sie schüttelte den Kopf. »Ich glaube an diesen Menschenschlag«, rief sie.

»Er verkörpert das Überleben der Ellenbogengesellschaft.«

»Er hat das Zeug zur Enfaltung.«

»Verfall fasziniert mich mehr.«

'What of Art?' she asked.

'It is a malady.'

'Love?'

'An illusion.'

'Religion?'

'The fashionable substitute for Belief.'

'You are a sceptic.'

'Never! Scepticism is the beginning of Faith.'

'What are you?'

'To define is to limit.'

'Give me a clue.'

'Threads snap. You would lose your way in the labyrinth.'

'You bewilder me. Let us talk of some one else.'

'Our host is a delightful topic. Years ago he was christened Prince Charming.'

'Ah! don't remind me of that,' cried Dorian Gray.

'Our host is rather horrid this evening,' answered the Duchess, colouring. 'I believe he thinks that Monmouth married me on purely scientific principles as the best specimen he could find of a modern butterfly.'

'Well, I hope he won't stick pins into you, Duchess,' laughed Dorian.

'Oh! my maid does that already, Mr. Gray, when she is annoyed with me.'

'And what does she get annoyed with you about, Duchess?'

'For the most trivial things, Mr. Gray, I assure you. Usually because I come in at ten minutes to nine and tell her that 1 must be dressed by half-past eight.'

'How unreasonable of her! You should give her warning.'

'I daren't, Mr. Gray. Why, she invents hats for me. You remember the one I wore at Lady Hilstone's garden-

»Was ist mit der Kunst?«, fragte sie.

»Sie ist eine Krankheit.«

»Liebe?«

»Eine Sinnestäuschung.«

»Religion?«

»Der modische Ersatz für den Glauben.«

»Du bist ein Skeptiker.«

»Niemals! Skeptizismus ist der Anfang des Glaubens.«

»Was bist du?«

»Definieren bedeutet einschränken.«

»Gib mir einen roten Faden.«

»Fäden reißen. Du würdest dich im Labyrinth verirren.«

»Du verwirrst mich. Lass uns über jemand anderen sprechen.«

»Unser Gastgeber ist ein reizvolles Thema. Vor Jahren wurde er Märchenprinz getauft.«

»Ach, erinnere mich nicht daran«, rief Dorian Gray.

»Unser Gastgeber ist heute Abend recht abscheulich«, antwortete die Herzogin errötend. »Er denkt wohl, Monmouth habe mich aus rein wissenschaftlichen Gründen geheiratet, als das beste Exemplar eines modernen Schmetterlings, das er finden konnte.«

»Nun, ich hoffe, er wird Sie nicht mit Nadeln aufspießen, Herzogin«, lachte Dorian.

»Oh, das besorgt schon meine Kammerzofe, Mr. Gray, wenn sie sich über mich ärgert.«

»Und warum ärgert sie sich über Sie, Herzogin?«

»Wegen der belanglosesten Dinge, Mr. Gray, das versichere ich Ihnen. Gewöhnlich deshalb, weil ich zehn Minuten vor neun daherkomme und ihr sage, dass ich bis halb neun angekleidet sein muss.«

»Wie unvernünftig von ihr! Sie sollten sie rügen.«

»Das wage ich nicht, Mr. Gray. Sie entwirft nämlich Hüte für mich. Erinnern Sie sich an den, den ich auf Lady Hilstones Gar-

party? You don't, but it is nice of you to pretend that you do. Well, she made it out of nothing. All good hats are made out of nothing.'

'Like all good reputations, Gladys,' interrupted Lord Henry. 'Every effect that one produces gives one an enemy. To be popular one must be a mediocrity.'

'Not with women,' said the Duchess, shaking her head; 'and women rule the world. I assure you we can't bear mediocrities. We women, as some one says, love with our ears, just as you men love with your eyes, if you ever love at all.'

'It seems to me that we never do anything else,' murmured Dorian.

'Ah! then, you never really love, Mr. Gray,' answered the Duchess, with mock sadness.

'My dear Gladys!' cried Lord Henry. 'How can you say that? Romance lives by repetition, and repetition converts an appetite into an art. Besides, each time that one loves is the only time one has ever loved. Difference of object does not alter singleness of passion. It merely intensifies it. We can have in life but one great experience at best, and the secret of life is to reproduce that experience as often as possible.'

'Even when one has been wounded by it, Harry?' asked the Duchess, after a pause.

'Especially when one has been wounded by it,' answered Lord Henry.

The Duchess turned and looked at Dorian Gray with a curious expression in her eyes. 'What do you say to that, Mr. Gray?' she enquired.

Dorian hesitated for a moment. Then he threw his head back and laughed. 'I always agree with Harry, Duchess.'

tenfest getragen habe? Natürlich nicht, aber es ist reizend von Ihnen, so zu tun, als täten Sie es. Nun, sie hat ihn aus nichts gemacht. Alle guten Hüte sind aus nichts gemacht.«

»Wie jeder gute Ruf, Gladys«, unterbrach Lord Henry. »Jeder Eindruck, den man hervorruft, bringt einem einen Feind ein. Um beliebt zu sein, muss man Mittelmaß sein.«

»Nicht bei den Frauen«, sagte die Herzogin und schüttelte den Kopf; »und die Frauen regieren die Welt. Ich versichere dir, wir können Mittelmäßigkeiten nicht ausstehen. Wir Frauen, hat einmal jemand gesagt, lieben mit den Ohren, so wie ihr Männer mit den Augen liebt, wenn ihr überhaupt liebt.«

»Mir scheint, dass wir nie etwas anderes tun«, murmelte Dorian.

»Ach, dann lieben Sie niemals wirklich, Mr. Gray«, antwortete die Herzogin mit gespielter Betrübtheit.

»Meine liebe Gladys!«, rief Lord Henry. »Wie kannst du das sagen? Romantik lebt von der Wiederholung und die Wiederholung verwandelt Verlangen in eine Kunst. Außerdem ist es jedes Mal, wenn man liebt, das einzige Mal, dass man je geliebt hat. Die Verschiedenheit des Objekts ändert nichts an der Einmaligkeit der Leidenschaft. Es macht sie nur stärker. Wir können im Leben bestenfalls eine großartige Erfahrung machen und das Geheimnis des Lebens besteht darin, diese Erfahrung so oft wie möglich zu reproduzieren.«

»Selbst wenn sie einen verwundet hat, Harry?«, fragte die Herzogin nach einer Pause.

»Gerade wenn sie einen verwundet hat«, antwortete Lord Henry.

Die Herzogin wandte sich um und sah Dorian Gray mit einem seltsamen Ausdruck in den Augen an. »Was sagen Sie dazu, Mr. Gray?«, fragte sie.

Dorian zögerte einen Augenblick. Dann warf er den Kopf zurück und lachte. »Ich stimme immer mit Harry überein, Herzogin.«

'Even when he is wrong?'

'Harry is never wrong, Duchess.'

'And does his philosophy make you happy?'

'I have never searched for happiness. Who wants happiness? I have searched for pleasure.'

'And found it, Mr. Gray?'

'Often. Too often.'

The Duchess sighed. 'I am searching for peace,' she said, 'and if I don't go and dress, I shall have none this evening.'

'Let me get you some orchids, Duchess,' cried Dorian, starting to his feet, and walking down the conservatory.

'You are flirting disgracefully with him,' said Lord Henry to his cousin. 'You had better take care. He is very fascinating.'

'If he were not, there would be no battle.'

'Greek meets Greek, then?'

'I am on the side of the Trojans. They fought for a woman.'

'They were defeated.'

'There are worse things than capture,' she answered.

'You gallop with a loose rein.'

'Pace gives life,' was the *riposte*.

'I shall write it in my diary to-night.'

'What?'

'That a burnt child loves the fire.'

'I am not even singed. My wings are untouched.'

'You use them for everything, except flight.'

'Courage has passed from men to women. It is a new experience for us.'

'You have a rival.'

'Who?'

»Selbst wenn er unrecht hat?«

»Harry hat nie unrecht, Herzogin.«

»Und macht seine Philosophie Sie glücklich?«

»Ich habe nie das Glück gesucht. Wer braucht schon Glück? Ich habe den Genuss gesucht.«

»Und ihn gefunden, Mr. Gray?«

»Oft. Zu oft.«

Die Herzogin seufzte. »Ich suche Frieden«, sagte sie, »und wenn ich nicht gehe und mich umziehe, werde ich heute Abend keinen haben.«

»Lassen Sie mich Ihnen ein paar Orchideen holen, Herzogin«, rief Dorian, sprang auf und ging den Wintergarten hinunter.

»Du flirtest schamlos mit ihm«, sagte Lord Henry zu seiner Cousine. »Du solltest dich lieber in Acht nehmen. Er ist äußerst faszinierend.«

»Wäre er es nicht, gäbe es keinen Kampf.«

»Grieche trifft also Griechin?«

»Ich stehe auf Seiten der Trojaner. Sie kämpften für eine Frau.«

»Sie wurden besiegt.«

»Es gibt Schlimmeres als Gefangenschaft«, antwortete sie.

»Du galoppierst mit lockerem Zügel.«

»Tempo verleiht Leben«, war die *riposte*.

»Das werde ich heute Abend in mein Tagebuch schreiben.«

»Was?«

»Dass ein gebranntes Kind das Feuer liebt.«

»Ich bin nicht einmal versengt. Meine Flügel sind unversehrt.«

»Du gebrauchst sie zu allem, nur nicht zur Flucht.«

»Der Mut ist von den Männern auf die Frauen übergegangen. Das ist eine neue Erfahrung für uns.«

»Du hast eine Rivalin.«

»Wen?«

He laughed. 'Lady Narborough,' he whispered. 'She perfectly adores him.'

'You fill me with apprehension. The appeal to Antiquity is fatal to us who are romanticists.'

'Romanticists! You have all the methods of science.'

'Men have educated us.'

'But not explained you.'

'Describe us as a sex,' was her challenge.

'Sphinxes without secrets.'

She looked at him, smiling. 'How long Mr. Gray is!' she said. 'Let us go and help him. I have not yet told him the colour of my frock.'

'Ah! you must suit your frock to his flowers, Gladys.'

'That would be a premature surrender.'

'Romantic Art begins with its climax.'

'I must keep an opportunity for retreat.'

'In the Parthian manner?'

'They found safety in the desert. I could not do that.'

'Women are not always allowed a choice,' he answered, but hardly had he finished the sentence before from the far end of the conservatory came a stifled groan, followed by the dull sound of a heavy fall. Everybody started up. The Duchess stood motionless in horror. And with fear in his eyes Lord Henry rushed through the flapping palms, to find Dorian Gray lying face downwards on the tiled floor in a death-like swoon.

He was carried at once into the blue drawing-room, and laid upon one of the sofas. After a short time he came to himself, and looked round with a dazed expression.

'What has happened?' he asked. 'Oh! I remember. Am I safe here, Harry?' He began to tremble.

Er lachte. »Lady Narborough«, flüsterte er. »Sie betet ihn hoffnungslos an.«

»Du machst mir Angst. Die Berufung auf das Altertum ist für uns Romantiker verhängnisvoll.«

»Romantiker! Du beherrschst alle Methoden der Wissenschaft.«

»Die Männer haben uns erzogen.«

»Aber euch nicht erklärt.«

»Beschreibe uns als Geschlecht«, forderte sie ihn heraus.

»Sphinxe ohne Rätsel.«

Sie sah ihn lächelnd an. »Wie lange Mr. Gray fortbleibt!«, sagte sie. »Lass uns gehen und ihm helfen. Ich habe ihm noch nicht die Farbe meines Kleides verraten.«

»Ach! Du musst dein Kleid auf seine Blumen abstimmen, Gladys.«

»Das wäre eine vorzeitige Kapitulation.«

»Die romantische Kunst beginnt mit ihrem Höhepunkt.«

»Ich muss mir eine Möglichkeit zum Rückzug offenhalten.«

»Nach Art der Parther?«

»Sie fanden Schutz in der Wüste. Das wäre nichts für mich.«

»Man lässt Frauen nicht immer die Wahl«, antwortete er, aber kaum hatte er den Satz zu Ende gesprochen, als vom anderen Ende des Wintergartens ein unterdrücktes Stöhnen kam, gefolgt von dem dumpfen Geräusch eines schweren Sturzes. Alle sprangen auf. Die Herzogin stand vor Schreck reglos da. Mit besorgtem Blick stürzte Lord Henry zwischen den schwankenden Palmen hindurch und fand Dorian Gray mit dem Gesicht nach unten in einer todesähnlichen Ohnmacht auf dem gefliesten Fußboden liegen.

Er wurde sofort in den blauen Salon getragen und auf eines der Sofas gelegt. Nach kurzer Zeit kam er wieder zu sich und blickte mit einem benommenen Gesichtsausdruck um sich.

»Was ist geschehen?«, fragte er. »Oh! Ich erinnere mich. Bin ich hier sicher, Harry?« Er begann zu zittern.

'My dear Dorian,' answered Lord Henry, 'you merely fainted. That was all. You must have overtired yourself. You had better not come down to dinner. I will take your place.'

'No, I will come down,' he said, struggling to his feet. 'I would rather come down. I must not be alone.'

He went to his room and dressed. There was a wild recklessness of gaiety in his manner as he sat at table, but now and then a thrill of terror ran through him when he remembered that, pressed against the window of the conservatory like a white handkerchief, he had seen the face of James Vane watching him.

»Mein lieber Dorian«, antwortete Lord Henry, »du bist nur ohnmächtig geworden. Das war alles. Du musst übermüdet sein. Komm lieber nicht zum Abendessen hinunter. Ich werde dich vertreten.«

»Nein, ich werde hinunterkommen«, sagte er und rappelte sich hoch. »Ich möchte lieber hinunterkommen. Ich darf nicht allein sein.«

Er ging in sein Zimmer und zog sich um. Als er bei Tisch saß, zeigte er eine unbekümmerte, unbändige Ausgelassenheit, doch hin und wieder durchrieselte ihn ein Angstschauer, wenn er sich daran erinnerte, dass er, wie ein weißes Taschentuch gegen das Fenster des Wintergartens gepresst, James Vanes Gesicht gesehen hatte, das ihn beobachtete.

CHAPTER XVIII

The next day he did not leave the house, and, indeed, spent most of the time in his own room, sick with a wild terror of dying, and yet indifferent to life itself. The consciousness of being hunted, snared, tracked down, had begun to dominate him. If the tapestry did but tremble in the wind, he shook. The dead leaves that were blown against the leaded panes seemed to him like his own wasted resolutions and wild regrets. When he closed his eyes, he saw again the sailor's face peering through the mist-stained glass, and horror seemed once more to lay its hand upon his heart.

But perhaps it had been only his fancy that had called vengeance out of the night, and set the hideous shapes of punishment before him. Actual life was chaos, but there was something terribly logical in the imagination. It was the imagination that set remorse to dog the feet of sin. It was the imagination that made each crime bear its misshapen brood. In the common world of fact the wicked were not punished, nor the good rewarded. Success was given to the strong, failure thrust upon the weak. That was all. Besides, had any stranger been prowling round the house he would have been seen by the servants or the keepers. Had any footmarks been found on the flower-beds, the gardeners would have reported it. Yes: it had been merely fancy. Sibyl Vane's brother had not come back to kill him. He had sailed away in his ship to founder in some winter sea. From him, at any rate, he was safe. Why, the man did not know who he was, could not know who he was. The mask of youth had saved him.

And yet if it had been merely an illusion, how terrible it was to think that conscience could raise such fearful

KAPITEL 18

Am nächsten Tag verließ er das Haus nicht, verbrachte sogar die meiste Zeit in seinem Zimmer, krank vor heftiger Todesangst und doch dem Leben selbst gegenüber gleichgültig. Das Bewusstsein, gejagt, in eine Falle geraten, aufgespürt zu sein, hatte begonnen, ihn zu beherrschen. Wenn der Wandteppich nur im Wind flatterte, zitterte er. Die toten Blätter, die gegen die Bleiglasfenster geweht wurden, erschienen ihm wie seine eigenen vertanen Vorsätze und heftigen Gewissensbisse. Wenn er die Augen schloss, sah er wieder das Gesicht des Matrosen durch das feuchtbeschlagene Glas spähen und das Grauen schien ihm erneut seine Hand aufs Herz zu legen.

Aber vielleicht war es ja nur seine Einbildungskraft gewesen, die die Vergeltung aus der Nacht heraufbeschworen und ihm die grässlichen Formen der Bestrafung vor Augen geführt hatte. Das wirkliche Leben war ein Chaos, aber die Fantasie hatte etwas schrecklich Logisches. Es war die Fantasie, die der Sünde die Reue auf den Fuß folgen ließ. Es war die Fantasie, die jedes Verbrechen seine missgestaltete Brut gebären ließ. In der alltäglichen Welt der Tatsachen wurden weder die Bösen bestraft noch die Guten belohnt. Erfolg wurde den Starken zuteil, Misserfolg den Schwachen auferlegt. Das war alles. Außerdem, wäre irgendein Fremder um das Haus herumgeschlichen, so wäre er von den Bediensteten oder den Wachleuten gesehen worden. Wären irgendwelche Fußspuren in den Blumenbeeten entdeckt worden, hätten es die Gärtner gemeldet. Ja: Es war bloße Einbildung gewesen. Sibyl Vanes Bruder war nicht zurückgekommen, um ihn zu töten. Er war mit seinem Schiff fortgesegelt, um in irgendeiner winterlichen See zu ertrinken. Jedenfalls war er vor ihm sicher. Der Mann wusste ja gar nicht, wer er war, konnte nicht wissen, wer er war. Die Maske der Jugend hatte ihn gerettet.

Doch selbst wenn es nur eine Sinnestäuschung gewesen war, wie schrecklich war doch der Gedanke, dass das Gewissen so furcht-

phantoms, and give them visible form, and make them move before one! What sort of life would his be if, day and night, shadows of his crime were to peer at him from silent corners, to mock him from secret places, to whisper in his ear as he sat at the feast, to wake him with icy fingers as he lay asleep! As the thought crept through his brain, he grew pale with terror, and the air seemed to him to have become suddenly colder. Oh! in what a wild hour of madness he had killed his friend! How ghastly the mere memory of the scene! He saw it all again. Each hideous detail came back to him with added horror. Out of the black cave of Time, terrible and swathed in scarlet, rose the image of his sin. When Lord Henry came in at six o'clock, he found him crying as one whose heart will break.

It was not till the third day that he ventured to go out. There was something in the clear, pine-scented air of that winter morning that seemed to bring him back his joyousness and his ardour for life. But it was not merely the physical conditions of environment that had caused the change. His own nature had revolted against the excess of anguish that had sought to maim and mar the perfection of its calm. With subtle and finely-wrought temperaments it is always so. Their strong passions must either bruise or bend. They either slay the man, or themselves die. Shallow sorrows and shallow loves live on. The loves and sorrows that are great are destroyed by their own plenitude. Besides, he had convinced himself that he had been the victim of a terror-stricken imagination, and looked back now on his fears with something of pity and not a little of contempt.

After breakfast he walked with the Duchess for an hour in the garden, and then drove across the park to join the

bare Hirngespinste hervorrufen, ihnen sichtbare Gestalt geben und sie vor einem in Bewegung setzen konnte! Welch ein Leben würde er führen, wenn ihn Tag und Nacht die Schatten seines Verbrechens aus stillen Ecken heraus anstarrten, ihn von verborgenen Orten aus verhöhnten, ihm ins Ohr flüsterten, wenn er beim Festmahl saß, ihn mit eisigen Fingern weckten, wenn er schlief! Als dieser Gedanke durch sein Gehirn kroch, wurde er blass vor Entsetzen und die Luft schien ihm plötzlich kälter geworden zu sein. Oh, in welch rasender Stunde des Wahnsinns hatte er seinen Freund getötet! Wie entsetzlich war die bloße Erinnerung an die Szene! Er sah alles wieder vor sich. Jede grässliche Einzelheit kehrte mit verstärktem Grauen zu ihm zurück. Aus der schwarzen Höhle der Zeit stieg, schrecklich und in Scharlachrot gehüllt, das Abbild seiner Sünde empor. Als Lord Henry um sechs Uhr hereinkam, fand er ihn schluchzend wie jemand, dessen Herz brechen will.

Erst am dritten Tag wagte er aus dem Haus zu gehen. Es lag etwas in der klaren, nach Kiefern duftenden Luft dieses Wintermorgens, das ihm seine Fröhlichkeit und Lebenslust wiederzugeben schien. Aber es waren nicht nur die äußeren Umstände der Umgebung, die diese Veränderung herbeigeführt hatten. Seine eigene Natur hatte sich gegen das Übermaß der Angst aufgelehnt, das die Vollkommenheit ihrer Ruhe zu beschneiden und zu zerstören gesucht hatte. Bei empfindsamen und feinsinnigen Gemütern ist es immer so. Ihre starken Leidenschaften müssen entweder zermalmen oder sich unterwerfen. Entweder töten sie den Menschen oder sie sterben selbst. Oberflächlicher Kummer und oberflächliche Liebe leben weiter. Die Liebe und der Kummer, die tief sind, gehen an ihrer eigenen Heftigkeit zugrunde. Außerdem hatte er sich selbst davon überzeugt, dass er das Opfer einer Schreckensfantasie gewesen war, und blickte auf seine Ängste nun mit einer Art Mitleid und ziemlicher Verachtung zurück.

Nach dem Frühstück ging er mit der Herzogin eine Stunde lang im Garten spazieren und fuhr dann durch den Park, um sich

shooting-party. The crisp frost lay like salt upon the grass. The sky was an inverted cup of blue metal. A thin film of ice bordered the flat reed-grown lake.

At the corner of the pine-wood he caught sight of Sir Geoffrey Clouston, the Duchess's brother, jerking two spent cartridges out of his gun. He jumped from the cart, and having told the groom to take the mare home, made his way towards his guest through the withered bracken and rough undergrowth.

'Have you had good sport, Geoffrey?' he asked.

'Not very good, Dorian. I think most of the birds have gone to the open. I dare say it will be better after lunch, when we get to new ground.'

Dorian strolled along by his side. The keen aromatic air, the brown and red lights that glimmered in the wood, the hoarse cries of the beaters ringing out from time to time, and the sharp snaps of the guns that followed, fascinated him, and filled him with a sense of delightful freedom. He was dominated by the carelessness of happiness, by the high indifference of joy.

Suddenly from a lumpy tussock of old grass, some twenty yards in front of them, with black-tipped ears erect, and long hinder limbs throwing it forward, started a hare. It bolted for a thicket of alders. Sir Geoffrey put his gun to his shoulder, but there was something in the animal's grace of movement that strangely charmed Dorian Gray, and he cried out at once, 'Don't shoot it, Geoffrey. Let it live.'

'What nonsense, Dorian!' laughed his companion, and as the hare bounded into the thicket he fired. There were two cries heard, the cry of a hare in pain, which is dreadful, the cry of a man in agony, which is worse.

der Jagdgesellschaft anzuschließen. Der spröde Raureif lag wie Salz über dem Gras. Der Himmel glich einer umgestülpten Schale aus blauem Metall. Ein dünner Eisfilm säumte den seichten, schilfbewachsenen See.

Am Rande des Kiefernwaldes erblickte er Sir Geoffrey Clouston, den Bruder der Herzogin, der gerade zwei leere Patronenhülsen aus seinem Gewehr stieß. Er sprang vom Wagen, und nachdem er dem Stallknecht befohlen hatte, die Stute nach Hause zu bringen, bahnte er sich durch das welke Farnkraut und das buschige Unterholz einen Weg zu seinem Gast.

»Hattest du eine gute Jagd, Geoffrey?«, fragte er.

»Nicht besonders, Dorian. Ich glaube, die meisten Vögel sind aufs freie Feld geflüchtet. Vermutlich wird es nach dem Mittagessen besser, wenn wir in neues Gelände kommen.«

Dorian schlenderte an seiner Seite weiter. Die kalte, aromatische Luft, die braunen und roten Lichter, die im Wald schimmerten, die heiseren Rufe der Treiber, die von Zeit zu Zeit erschallten, und das scharfe Knallen der Gewehre, das dann folgte, faszinierten ihn und erfüllten ihn mit einem Gefühl köstlicher Freiheit. Er war von der Sorglosigkeit des Glücks durchdrungen, dem erhabenen Gleichmut der Freude.

Plötzlich schoss etwa zwanzig Meter vor ihnen aus einem dicken Büschel alten Grases ein Hase heraus, die schwarz auslaufenden Ohren aufgerichtet und die langen Hinterläufe vorwärtswerfend. Er schnellte auf ein Erlendickicht zu. Sir Geoffrey schulterte sein Gewehr, aber in der anmutigen Bewegung des Tieres lag etwas, das Dorian Gray seltsam bezauberte, und er rief hastig: »Erschieß' ihn nicht, Geoffrey. Lass ihn leben.«

»Was für ein Unsinn, Dorian!«, lachte sein Gefährte, und als der Hase ins Dickicht sprang, schoss er. Man hörte zwei Schreie, den gequälten Schrei eines Hasen, der entsetzlich ist, und den Schmerzensschrei eines Menschen, der noch schlimmer ist.

'Good heavens! I have hit a beater!' exclaimed Sir Geoffrey. 'What an ass the man was to get in front of the guns! Stop shooting there!' he called out at the top of his voice. 'A man is hurt.'

The head-keeper came running up with a stick in his hand.

'Where, sir? Where is he?' he shouted. At the same time the firing ceased along the line.

'Here,' answered Sir Geoffrey, angrily, hurrying towards the thicket. 'Why on earth don't you keep your men back? Spoiled my shooting for the day.'

Dorian watched them as they plunged into the alder-clump, brushing the lithe, swinging branches aside. In a few moments they emerged, dragging a body after them into the sunlight. He turned away in horror. It seemed to him that misfortune followed wherever he went. He heard Sir Geoffrey ask if the man was really dead, and the affirmative answer of the keeper. The wood seemed to him to have become suddenly alive with faces. There was the trampling of myriad feet, and the low buzz of voices. A great copper-breasted pheasant came beating through the boughs overhead.

After a few moments, that were to him, in his perturbed state, like endless hours of pain, he felt a hand laid on his shoulder. He started, and looked round.

'Dorian,' said Lord Henry, 'I had better tell them that the shooting is stopped for to-day. It would not look well to go on.'

'I wish it were stopped for ever, Harry,' he answered, bitterly. 'The whole thing is hideous and cruel. Is the man ...?'

He could not finish the sentence.

»Um Himmels willen! Ich habe einen Treiber getroffen!«, rief Sir Geoffrey aus. »Welcher Dummkopf ist direkt vor die Gewehre gelaufen! Hört auf zu schießen!«, brüllte er so laut er konnte. »Ein Mann ist verwundet.«

Der oberste Wildhüter kam mit einem Stock in der Hand herbeigelaufen.

»Wo, Sir? Wo ist er?«, rief er. Im selben Augenblick hörte das Feuern auf der ganzen Linie auf.

»Hier«, erwiderte Sir Geoffrey verärgert und rannte auf das Dickicht zu. »Warum um alles in der Welt halten Sie Ihre Männer nicht zurück? Hat mir für heute die Jagd verdorben.«

Dorian beobachtete sie, wie sie in das Erlengebüsch eindrangen und dabei die biegsamen, schwingenden Zweige zur Seite bogen. Kurz darauf traten sie heraus und zogen einen Körper hinter sich her ans Sonnenlicht. Entsetzt wandte er sich ab. Es schien ihm, als folge ihm das Unglück, wohin er auch ging. Er hörte Sir Geoffrey fragen, ob der Mann wirklich tot sei, und die bestätigende Antwort des Wildhüters. Der Wald schien auf einmal voller lebendiger Gesichter. Er hörte das Trampeln unzähliger Füße und ein gedämpftes Stimmengewirr. Ein großer Fasan mit kupferfarbener Brust rauschte durch die Äste über ihm dahin.

Nach einigen Augenblicken, die ihm in seinem verstörten Zustand wie endlose Stunden der Qual vorkamen, fühlte er, wie sich ihm eine Hand auf die Schulter legte. Er zuckte zusammen und wandte sich um.

»Dorian«, sagte Lord Henry, »ich sage ihnen wohl besser, dass die Jagd für heute beendet ist. Es würde keinen guten Eindruck machen, sie fortzusetzen.«

»Ich wünschte, sie wäre für immer beendet, Harry«, antwortete er bitter. »Die ganze Sache ist grässlich und grausam. Ist der Mann …?«

Er konnte den Satz nicht vollenden.

'I am afraid so,' rejoined Lord Henry. 'He got the whole charge of shot in his chest. He must have died almost instantaneously. Come; let us go home.'

They walked side by side in the direction of the avenue for nearly fifty yards without speaking. Then Dorian looked at Lord Henry, and said, with a heavy sigh, 'It is a bad omen, Harry, a very bad omen.'

'What is?' asked Lord Henry. 'Oh! this accident, I suppose. My dear fellow, it can't be helped. It was the man's own fault. Why did he get in front of the guns? Besides, it is nothing to us. It is rather awkward for Geoffrey, of course. It does not do to pepper beaters. It makes people think that one is a wild shot. And Geoffrey is not; he shoots very straight. But there is no use talking about the matter.'

Dorian shook his head. 'It is a bad omen, Harry. I feel as if something horrible were going to happen to some of us. To myself, perhaps,' he added, passing his hand over his eyes, with a gesture of pain.

The elder man laughed. 'The only horrible thing in the world is *ennui,* Dorian. That is the one sin for which there is no forgiveness. But we are not likely to suffer from it, unless these fellows keep chattering about this thing at dinner. I must tell them that the subject is to be tabooed. As for omens, there is no such thing as an omen. Destiny does not send us heralds. She is too wise or too cruel for that. Besides, what on earth could happen to you, Dorian? You have everything in the world that a man can want. There is no one who would not be delighted to change places with you.'

'There is no one with whom I would not change places, Harry. Don't laugh like that. I am telling you the truth. The wretched peasant who has just died is better off than I am.

»Ich fürchte, ja«, antwortete Lord Henry. »Er hat die ganze Ladung Schrot in die Brust bekommen. Er muss fast auf der Stelle tot gewesen sein. Komm; lass uns nach Hause gehen.«

Seite an Seite gingen sie fast fünfzig Yard in Richtung der Allee, ohne miteinander zu sprechen. Dann sah Dorian Lord Henry an und sagte mit einem tiefen Seufzer: »Das ist ein böses Omen, Harry, ein sehr böses Omen.«

»Was denn?«, fragte Lord Henry. »Ach, vermutlich dieser Zwischenfall. Mein Lieber, es ist nicht zu ändern. Der Mann war selbst schuld. Warum lief er vor die Gewehre? Außerdem betrifft es nicht uns. Für Geoffrey ist es natürlich ziemlich unangenehm. Es ist nicht gut, Treiber zu durchsieben. Es lässt die Leute glauben, man sei ein kopfloser Schütze. Und das ist Geoffrey nicht; er zielt sehr genau. Aber es hat keinen Sinn, über die Sache zu reden.«

Dorian schüttelte den Kopf. »Es ist ein böses Omen, Harry. Ich habe das Gefühl, als würde irgendeinem von uns etwas Entsetzliches zustoßen. Vielleicht mir selbst«, fügte er hinzu und fuhr sich in einer gequälten Bewegung mit der Hand über die Augen.

Der Ältere lachte. »Das einzig Entsetzliche auf der Welt ist *ennui*, Dorian. Das ist die einzige Sünde, für die es keine Vergebung gibt. Aber wir werden wohl kaum darunter leiden, es sei denn, diese Burschen tratschen beim Abendessen weiter über diese Sache. Ich muss ihnen sagen, dass das Thema tabu ist. Und was das Omen angeht, so etwas wie ein Omen gibt es gar nicht. Das Schicksal sendet uns keine Vorboten. Dazu ist es zu weise oder zu grausam. Außerdem, was in aller Welt könnte dir zustoßen, Dorian? Du hast alles auf der Welt, was sich ein Mensch wünschen kann. Es gibt niemanden, der nicht entzückt wäre, mit dir zu tauschen.«

»Es gibt niemanden, mit dem ich nicht tauschen würde, Harry. Lach nicht so. Ich sage die Wahrheit. Der elende Bauer, der gerade gestorben ist, ist besser dran als ich. Ich habe keine Angst vor dem

I have no terror of Death. It is the coming of Death that terrifies me. Its monstrous wings seem to wheel in the leaden air around me. Good heavens! don't you see a man moving behind the trees there, watching me, waiting for me?'

Lord Henry looked in the direction in which the trembling gloved hand was pointing. 'Yes,' he said, smiling, 'I see the gardener waiting for you. I suppose he wants to ask you what flowers you wish to have on the table to-night. How absurdly nervous you are, my dear fellow! You must come and see my doctor, when we get back to town.'

Dorian heaved a sigh of relief as he saw the gardener approaching. The man touched his hat, glanced for a moment at Lord Henry in a hesitating manner, and then produced a letter, which he handed to his master. 'Her Grace told me to wait for an answer,' he murmured.

Dorian put the letter into his pocket. 'Tell her Grace that I am coming in,' he said, coldly. The man turned round, and went rapidly in the direction of the house.

'How fond women are of doing dangerous things!' laughed Lord Henry. 'It is one of the qualities in them that I admire most. A woman will flirt with anybody in the world as long as other people are looking on.'

'How fond you are of saying dangerous things, Harry! In the present instance you are quite astray. I like the Duchess very much, but I don't love her.'

'And the Duchess loves you very much, but she likes you less, so you are excellently matched.'

'You are talking scandal, Harry, and there is never any basis for scandal.'

'The basis of every scandal is an immoral certainty,' said Lord Henry, lighting a cigarette.

'You would sacrifice anybody, Harry, for the sake of an epigram.'

Tod. Das Herannahen des Todes ist es, was mich in Schrecken versetzt. Seine ungeheuren Flügel scheinen in der bleiernen Luft um mich zu kreisen. Gütiger Himmel! Siehst du nicht einen Mann dort hinter den Bäumen, der mich beobachtet, der mir auflauert?«

Lord Henry sah in die Richtung, in die die zitternde behandschuhte Hand zeigte. »Ja«, sagte er lächelnd, »ich sehe den Gärtner auf dich warten. Vermutlich will er dich fragen, welche Blumen du heute Abend auf dem Tisch haben willst. Wie lächerlich nervös du bist, mein Lieber! Du musst meinen Arzt aufsuchen, wenn wir wieder in der Stadt sind.«

Dorian stieß einen Seufzer der Erleichterung aus, als er den Gärtner näherkommen sah. Der Mann tippte an seinen Hut, blickte einen Augenblick lang zögernd zu Lord Henry hin und zog dann einen Brief hervor, den er seinem Herrn reichte. »Ihre Gnaden hat mir aufgetragen, auf Antwort zu warten«, murmelte er.

Dorian steckte den Brief in die Tasche. »Sagen Sie Ihrer Gnaden, dass ich hereinkäme«, sagte er kühl. Der Mann machte kehrt und ging rasch in Richtung des Hauses.

»Wie gern die Frauen doch gefährliche Dinge tun!«, lachte Lord Henry. »Das ist eine der Eigenschaften, die ich am meisten an ihnen bewundere. Eine Frau wird mit jedem Mann auf der Welt flirten, solange andere Leute dabei zuschauen.«

»Wie gern du doch gefährliche Dinge sagst, Harry! In diesem Fall bist du völlig auf dem Holzweg. Ich mag die Herzogin sehr, aber ich liebe sie nicht.«

»Und die Herzogin liebt dich sehr, aber sie mag dich weniger, also passt ihr hervorragend zusammen.«

»Du erzählst Klatschgeschichten, Harry, und Klatsch hat niemals eine Grundlage.«

»Die Grundlage jeden Klatsches ist eine unmoralische Gewissheit«, sagte Lord Henry und zündete sich eine Zigarette an.

»Um einer Pointe willen würdest du jeden opfern, Harry.«

'The world goes to the altar of its own accord,' was the answer.

'I wish I could love,' cried Dorian Gray, with a deep note of pathos in his voice. 'But I seem to have lost the passion, and forgotten the desire. I am too much concentrated on myself. My own personality has become a burden to me. I want to escape, to go away, to forget. It was silly of me to come down here at all. I think I shall send a wire to Harvey to have the yacht got ready. On a yacht one is safe.'

'Safe from what, Dorian? You are in some trouble. Why not tell me what it is? You know I would help you.'

'I can't tell you, Harry,' he answered, sadly. 'And I dare say it is only a fancy of mine. This unfortunate accident has upset me. I have a horrible presentiment that something of the kind may happen to me.'

'What nonsense!'

'I hope it is, but I can't help feeling it. Ah! here is the Duchess, looking like Artemis in a tailor-made gown. You see we have come back, Duchess.'

'I have heard all about it, Mr. Gray,' she answered. 'Poor Geoffrey is terribly upset. And it seems that you asked him not to shoot the hare. How curious!'

'Yes, it was very curious. I don't know what made me say it. Some whim, I suppose. It looked the loveliest of little live things. But I am sorry they told you about the man. It is a hideous subject.'

'It is an annoying subject,' broke in Lord Henry. 'It has no psychological value at all. Now if Geoffrey had done

»Die Welt geht aus freien Stücken zum Altar«, war die Antwort.

»Ich wünschte, ich könnte lieben«, rief Dorian Gray mit inbrünstigem Pathos in der Stimme. »Aber ich scheine die Leidenschaft verloren und das Verlangen vergessen zu haben. Ich bin zu sehr auf mich selbst konzentriert. Mein eigenes Wesen ist mir zur Last geworden. Ich möchte fliehen, weglaufen, vergessen. Es war töricht von mir, überhaupt hierherzukommen. Ich glaube, ich werde Harvey telegrafieren, dass er die Jacht fertig machen lässt. Auf einer Jacht ist man sicher.«

»Sicher wovor, Dorian? Du bist in irgendwelchen Schwierigkeiten. Warum sagst du mir nicht, was es ist? Du weißt, ich würde dir helfen.«

»Ich kann es dir nicht sagen, Harry«, antwortete er traurig. »Und wahrscheinlich ist es nur eine Einbildung von mir. Dieser unglückselige Unfall hat mich aus der Fassung gebracht. Ich habe eine schreckliche Vorahnung, dass mir etwas Ähnliches zustoßen könnte.«

»Was für ein Unsinn!«

»Ich hoffe, es ist Unsinn, aber ich kann dieses Gefühl nicht loswerden. Oh, hier ist die Herzogin, sie sieht aus wie Artemis in einem maßgeschneiderten Kleid. Sie sehen, wir sind zurück, Herzogin.«

»Ich habe schon alles gehört, Mr. Gray«, antwortete sie. »Der arme Geoffrey ist schrecklich aufgebracht. Und anscheinend hatten Sie ihn noch gebeten, den Hasen nicht zu erschießen. Wie merkwürdig!«

»Ja, es war sehr merkwürdig. Ich weiß nicht, was mich bewogen hat, das zu sagen. Irgendeine Laune vermutlich. Es sah aus wie das niedlichste aller kleinen Lebewesen. Aber es tut mir leid, dass man Ihnen von dem Mann erzählt hat. Es ist ein grässliches Thema.«

»Es ist ein langweiliges Thema«, unterbrach ihn Lord Henry. »Es hat keinerlei psychologischen Wert. Hätte Geoffrey

the thing on purpose, how interesting he would be! I should like to know some one who had committed a real murder.'

'How horrid of you, Harry!' cried the Duchess. 'Isn't it, Mr. Gray? Harry, Mr. Gray is ill again. He is going to faint.'

Dorian drew himself up with an effort, and smiled. 'It is nothing, Duchess,' he murmured; 'my nerves are dreadfully out of order. That is all. I am afraid I walked too far this morning. I didn't hear what Harry said. Was it very bad? You must tell me some other time. I think I must go and lie down. You will excuse me, won't you?'

They had reached the great flight of steps that led from the conservatory on to the terrace. As the glass door closed behind Dorian, Lord Henry turned and looked at the Duchess with his slumberous eyes. 'Are you very much in love with him?' he asked.

She did not answer for some time, but stood gazing at the landscape. 'I wish I knew,' she said at last.

He shook his head. 'Knowledge would be fatal. It is the uncertainty that charms one. A mist makes things wonderful.'

'One may lose one's way.'

'All ways end at the same point, my dear Gladys.'

'What is that?'

'Disillusion.'

'It was my *début* in life,' she sighed.

'It came to you crowned.'

'I am tired of strawberry leaves.'

'They become you.'

'Only in public.'

es hingegen mit Absicht getan, wie interessant wäre er jetzt! Ich würde gern jemanden kennen, der einen wirklichen Mord begangen hat.«

»Wie abscheulich von dir, Harry«, rief die Herzogin. »Nicht wahr, Mr. Gray? Harry, Mr. Gray ist wieder unwohl. Er wird gleich ohnmächtig werden.«

Dorian hielt sich mit Mühe aufrecht und lächelte. »Es ist nichts, Herzogin«, murmelte er; »meine Nerven sind schrecklich durcheinander. Das ist alles. Ich fürchte, ich bin heute Morgen zu viel spazieren gegangen. Ich habe nicht gehört, was Harry sagte. War es sehr schlimm? Sie müssen es mir ein andermal erzählen. Ich glaube, ich muss mich jetzt hinlegen. Sie entschuldigen mich, nicht wahr?«

Sie hatten die große Treppe erreicht, die vom Wintergarten auf die Terrasse führte. Als sich die Glastür hinter Dorian schloss, wandte sich Lord Henry um und betrachtete die Herzogin mit seinen schläfrigen Augen. »Bist du sehr in ihn verliebt?«, fragte er.

Sie gab eine Weile keine Antwort, sondern stand da und blickte in die Landschaft. »Ich wünschte, ich wüsste es«, sagte sie schließlich.

Er schüttelte den Kopf. »Das Wissen wäre fatal. Es ist die Ungewissheit, die einen reizt. Ein Nebel macht die Dinge wunderbar.«

»Man könnte vom Weg abkommen.«

»Alle Wege enden am selben Punkt, meine liebe Gladys.«

»An welchem?«

»Ernüchterung.«

»Sie war mein *début* im Leben«, seufzte sie.

»Sie kam gekrönt zu dir.«

»Ich bin der Erdbeerblätter überdrüssig.«

»Sie stehen dir gut.«

»Nur in der Öffentlichkeit.«

'You would miss them,' said Lord Henry.

'I will not part with a petal.'

'Monmouth has ears.'

'Old age is dull of hearing.'

'Has he never been jealous?'

'I wish he had been.'

He glanced about as if in search of something. 'What are you looking for?' she enquired.

'The button from your foil,' he answered. 'You have dropped it.'

She laughed. 'I have still the mask.'

'It makes your eyes lovelier,' was his reply.

She laughed again. Her teeth showed like white seeds in a scarlet fruit.

Upstairs, in his own room, Dorian Gray was lying on a sofa, with terror in every tingling fibre of his body. Life had suddenly become too hideous a burden for him to bear. The dreadful death of the unlucky beater, shot in the thicket like a wild animal, had seemed to him to prefigure death for himself also. He had nearly swooned at what Lord Henry had said in a chance mood of cynical jesting.

At five o'clock he rang his bell for his servant and gave him orders to pack his things for the night-express to town, and to have the brougham at the door by eight-thirty. He was determined not to sleep another night at Selby Royal. It was an ill-omened place. Death walked there in the sunlight. The grass of the forest had been spotted with blood.

Then he wrote a note to Lord Henry, telling him that he was going up to town to consult his doctor, and asking him to entertain his guests in his absence. As he was putting it into the envelope, a knock came to the door,

»Sie würden dir fehlen«, sagte Lord Henry.

»Ich werde mich von keinem einzigen Blatt trennen.«

»Monmouth hat Ohren.«

»Das Alter ist schwerhörig.«

»Ist er nie eifersüchtig gewesen?«

»Ich wünschte, er wäre es gewesen.«

Er blickte sich um, als suche er etwas. »Was suchst du?«, fragte sie.

»Den Knopf deines Floretts«, antwortete er. »Du hast ihn fallen lassen.«

Sie lachte. »Ich habe immer noch die Maske.«

»Sie macht deine Augen noch hübscher«, war seine Antwort.

Sie lachte erneut. Ihre Zähne sahen aus wie weiße Kerne in einer scharlachroten Frucht.

Oben in seinem Zimmer lag Dorian Gray auf einem Sofa, Entsetzen durchzuckte jede Faser seines Körpers. Das Leben war ihm plötzlich zu einer allzu furchtbaren Bürde geworden, die unerträglich war. Der schreckliche Tod des unglücklichen Treibers, in dem Dickicht erschossen wie ein wildes Tier, war ihm so vorgekommen, als kündige er auch ihm selbst den Tod an. Er wäre fast in Ohnmacht gefallen bei der Bemerkung, die Lord Henry aus einer zufälligen Laune heraus mit einem zynischen Scherz gemacht hatte.

Um fünf Uhr läutete er mit der Glocke nach seinem Diener und wies ihn an, seine Sachen für den Nachtexpress in die Stadt zu packen und den Wagen für halb neun ans Tor zu bestellen. Er war entschlossen, keine weitere Nacht in Selby Royal zu schlafen. Es war ein Ort mit einem bösen Omen. Der Tod ging hier im Sonnenlicht um. Das Gras des Waldes war mit Blut befleckt.

Dann schrieb er eine Nachricht an Lord Henry, in der er ihm mitteilte, dass er in die Stadt fahre, um seinen Arzt aufzusuchen, und ihn bat, sich während seiner Abwesenheit um seine Gäste zu kümmern. Als er den Brief in den Umschlag steckte, klopfte es an

and his valet informed him that the head-keeper wished to see him. He frowned, and bit his lip. 'Send him in,' he muttered, after some moments' hesitation.

As soon as the man entered Dorian pulled his cheque-book out of a drawer, and spread it out before him.

'I suppose you have come about the unfortunate accident of this morning, Thornton?' he said, taking up a pen.

'Yes, sir,' answered the gamekeeper.

'Was the poor fellow married? Had he any people dependent on him?' asked Dorian, looking bored. 'If so, I should not like them to be left in want, and will send them any sum of money you may think necessary.'

'We don't know who he is, sir. That is what I took the liberty of coming to you about.'

'Don't know who he is?' said Dorian, listlessly. 'What do you mean? Wasn't he one of your men?'

'No, sir. Never saw him before. Seems like a sailor, sir.'

The pen dropped from Dorian Gray's hand, and he felt as if his heart had suddenly stopped beating. 'A sailor?' he cried out. 'Did you say a sailor?'

'Yes, sir. He looks as if he had been a sort of sailor; tattooed on both arms, and that kind of thing.'

'Was there anything found on him?' said Dorian, leaning forward and looking at the man with startled eyes. 'Anything that would tell his name?'

'Some money, sir—not much, and a six-shooter. There was no name of any kind. A decent-looking man, sir, but rough-like. A sort of sailor we think.'

Dorian started to his feet. A terrible hope fluttered past him. He clutched at it madly. 'Where is the body?' he exclaimed. 'Quick! I must see it at once.'

der Tür und sein Diener meldete ihm, dass der oberste Wildhüter ihn sprechen wolle. Er runzelte die Stirn und biss sich auf die Lippen. »Schicken Sie ihn herein«, murmelte er nach kurzem Zögern.

Als der Mann eintrat, zog Dorian sein Scheckbuch aus einer Schublade heraus und legte es aufgeschlagen vor sich hin.

»Sie kommen vermutlich wegen des unglücklichen Vorfalls von heute Vormittag, Thornton?«, sagte er und nahm eine Feder zur Hand.

»Ja, Sir«, antwortete der Wildhüter.

»War der arme Kerl verheiratet? Hatte er für irgendwelche Angehörige zu sorgen?«, fragte Dorian mit gelangweilter Miene. »Wenn ja, so möchte ich nicht, dass sie in Not zurückbleiben, und werde ihnen jeden Betrag schicken, den Sie für notwendig halten.«

»Wir wissen nicht, wer er ist, Sir. Deshalb war ich so frei, Sie aufzusuchen.«

»Wissen nicht, wer er ist?«, sagte Dorian teilnahmslos. »Wie meinen Sie das? War er nicht einer von Ihren Leuten?«

»Nein, Sir. Hab ihn nie zuvor gesehen. Sieht wie ein Matrose aus, Sir.«

Die Feder fiel Dorian Gray aus der Hand und ihm war, als hätte sein Herz plötzlich aufgehört zu schlagen. »Ein Matrose?«, rief er aus. »Sagten Sie ein Matrose?«

»Ja, Sir. Er sieht aus, als sei er eine Art Matrose gewesen; an beiden Armen tätowiert und solche Sachen.«

»Wurde irgendetwas bei ihm gefunden?«, sagte Dorian, beugte sich vor und sah den Mann mit aufgerissenen Augen an. »Etwas, das seinen Namen verraten könnte?«

»Etwas Geld, Sir – nicht viel, und ein Sechsschüsser. Keine Spur von einem Namen. Ein anständig aussehender Mann, Sir, aber ein rauer Typ. Eine Art Matrose, nehmen wir an.«

Dorian sprang auf. Eine schreckliche Hoffnung durchzuckte ihn. Er klammerte sich daran wie ein Wahnsinniger. »Wo ist der Leichnam?«, rief er aus. »Rasch! Ich muss ihn sofort sehen.«

'It is in an empty stable in the Home Farm, sir. The folk don't like to have that sort of thing in their houses. They say a corpse brings bad luck.'

'The Home Farm! Go there at once and meet me. Tell one of the grooms to bring my horse round. No. Never mind. I'll go to the stables myself. It will save time.'

In less than a quarter of an hour Dorian Gray was galloping down the long avenue as hard as he could go. The trees seemed to sweep past him in spectral procession, and wild shadows to fling themselves across his path. Once the mare swerved at a white gate-post and nearly threw him. He lashed her across the neck with his crop. She cleft the dusky air like an arrow. The stones flew from her hoofs.

At last he reached the Home Farm. Two men were loitering in the yard. He leapt from the saddle and threw the reins to one of them. In the farthest stable a light was glimmering. Something seemed to tell him that the body was there, and he hurried to the door, and put his hand upon the latch.

There he paused for a moment, feeling that he was on the brink of a discovery that would either make or mar his life. Then he thrust the door open, and entered.

On a heap of sacking in the far corner was lying the dead body of a man dressed in a coarse shirt and a pair of blue trousers. A spotted handkerchief had been placed over the face. A coarse candle, stuck in a bottle, sputtered beside it.

Dorian Gray shuddered. He felt that his could not be the hand to take the handkerchief away, and called out to one of the farm-servants to come to him.

»Er liegt in einem leeren Stall auf der Home Farm, Sir. Die Leute haben so was nicht gern in ihren Häusern. Sie sagen, eine Leiche bringt Unglück.«

»Auf der Home Farm! Gehen Sie sofort dorthin und warten Sie da auf mich. Sagen Sie einem der Stallknechte, er soll mein Pferd herbringen. Nein. Lassen Sie es. Ich werde selbst zu den Ställen gehen. Das spart Zeit.«

Kaum eine Viertelstunde später galoppierte Dorian Gray so schnell er konnte die lange Allee hinunter. Die Bäume schienen in gespenstischer Prozession an ihm vorbeizufliegen und wilde Schatten sich vor ihm auf den Weg zu schleudern. Einmal scheute die Stute an einem weißen Torpfosten und warf ihn fast ab. Er schlug ihr mit seiner Gerte auf den Hals. Sie durchschnitt die dämmrige Luft wie ein Pfeil. Die Steine stoben unter ihren Hufen davon.

Endlich erreichte er die Home Farm. Zwei Männer lungerten im Hof herum. Er sprang aus dem Sattel und warf einem von ihnen die Zügel zu. Im hintersten Stall schimmerte Licht. Etwas schien ihm zu sagen, dass dort der Leichnam liege, und er eilte zur Tür und legte die Hand auf den Riegel.

Da hielt er einen Augenblick inne, weil er spürte, dass er kurz vor einer Entdeckung stand, die sein Leben entweder retten oder zerstören würde. Dann stieß er die Tür auf und trat ein.

Auf einem Haufen Sackleinen im hintersten Winkel lag der tote Körper eines Mannes, bekleidet mit einem groben Hemd und einer blauen Hose. Ein fleckiges Taschentuch war über sein Gesicht gebreitet. Eine billige Kerze, in eine Flasche gesteckt, brannte knisternd neben ihm.

Dorian Gray schauderte. Er fühlte, dass er nicht mit eigener Hand das Taschentuch wegziehen konnte, und rief einen der Knechte zu sich.

'Take that thing off the face. I wish to see it,' he said, clutching at the doorpost for support.

When the farm-servant had done so, he stepped forward. A cry of joy broke from his lips. The man who had been shot in the thicket was James Vane.

He stood there for some minutes looking at the dead body. As he rode home, his eyes were full of tears, for he knew he was safe.

»Nehmen Sie das Ding vom Gesicht. Ich möchte ihn sehen«, sagte er und hielt sich Halt suchend am Türpfosten fest.

Als der Knecht das getan hatte, trat er heran. Ein Freudenschrei entfuhr seinen Lippen. Der Mann, der im Dickicht erschossen worden war, war James Vane.

Er stand einige Minuten lang da und betrachtete den toten Körper. Als er nach Hause ritt, standen seine Augen voller Tränen, denn er wusste jetzt, dass er sicher war.

Chapter XIX

'There is no use your telling me that you are going to be good,' cried Lord Henry, dipping his white fingers into a red copper bowl filled with rose-water. 'You are quite perfect. Pray, don't change.'

Dorian Gray shook his head. 'No, Harry, I have done too many dreadful things in my life. I am not going to do any more. I began my good actions yesterday.'

'Where were you yesterday?'

'In the country, Harry. I was staying at a little inn by myself.'

'My dear boy,' said Lord Henry, smiling, 'anybody can be good in the country. There are no temptations there. That is the reason why people who live out of town are so absolutely uncivilized. Civilization is not by any means an easy thing to attain to. There are only two ways by which man can reach it. One is by being cultured, the other by being corrupt. Country people have no opportunity of being either, so they stagnate.'

'Culture and corruption,' echoed Dorian. 'I have known something of both. It seems terrible to me now that they should ever be found together. For I have a new ideal, Harry. I am going to alter. I think I have altered.'

'You have not yet told me what your good action was. Or did you say you had done more than one?' asked his companion, as he spilt into his plate a little crimson pyramid of seeded strawberries, and through a perforated shell-shaped spoon snowed white sugar upon them.

'I can tell you, Harry. It is not a story I could tell to any one else. I spared somebody. It sounds vain, but you

KAPITEL 19

»Es hat keinen Sinn, mir zu erzählen, dass du gut werden willst«, rief Lord Henry, während er seine weißen Finger in eine rote, mit Rosenwasser gefüllte Kupferschale tauchte. »Du bist ganz vollkommen. Bitte ändere dich nicht.«

Dorian Gray schüttelte den Kopf. »Nein, Harry. Ich habe in meinem Leben zu viele schreckliche Dinge getan. Ich werde nicht noch mehr tun. Gestern habe ich mit meinen guten Taten angefangen.«

»Wo warst du gestern?«

»Auf dem Land, Harry. Ich war allein in einem kleinen Gasthof.«

»Mein lieber Junge«, sagte Lord Henry lächelnd, »auf dem Land kann jeder gut sein. Dort gibt es keine Versuchungen. Das ist der Grund, weshalb Leute, die nicht in der Stadt wohnen, so völlig unzivilisiert sind. Zivilisation ist keineswegs leicht zu erlangen. Es gibt nur zwei Arten, wie man sie erreichen kann. Die eine besteht darin, dass man kultiviert ist, die andere, dass man verderbt ist. Die Landbewohner haben weder zum einen noch zum anderen Gelegenheit, deshalb bleiben sie in ihrer Entwicklung stehen.«

»Kultur und Verderbtheit«, wiederholte Dorian. »Ich habe von beidem etwas kennengelernt. Heute erscheint es mir schrecklich, dass sie immer zusammen anzutreffen sein sollten. Denn ich habe ein neues Ideal, Harry. Ich werde mich ändern. Ich glaube, ich habe mich schon geändert.«

»Du hast mir noch nicht erzählt, worin deine gute Tat bestand. Oder sagtest du, du hättest mehr als eine getan?«, fragte sein Freund, während er eine kleine karmesinrote Pyramide aus Erdbeeren auf seinen Teller schüttete und mit einem muschelförmigen Sieblöffel weißen Zucker darüber schneien ließ.

»Dir kann ich es erzählen, Harry. Es ist eine Geschichte, die ich sonst keinem erzählen könnte. Ich habe jemanden verschont.

understand what I mean. She was quite beautiful, and wonderfully like Sibyl Vane. I think it was that which first attracted me to her. You remember Sibyl, don't you? How long ago that seems! Well, Hetty was not one of our own class, of course. She was simply a girl in a village. But I really loved her. I am quite sure that I loved her. All during this wonderful May that we have been having, I used to run down and see her two or three times a week. Yesterday she met me in a little orchard. The apple-blossoms kept tumbling down on her hair, and she was laughing. We were to have gone away together this morning at dawn. Suddenly I determined to leave her as flower-like as I had found her.'

'I should think the novelty of the emotion must have given you a thrill of real pleasure, Dorian,' interrupted Lord Henry. 'But I can finish your idyll for you. You gave her good advice, and broke her heart. That was the beginning of your reformation.'

'Harry, you are horrible! You mustn't say these dreadful things. Hetty's heart is not broken. Of course she cried, and all that. But there is no disgrace upon her. She can live, like Perdita, in her garden of mint and marigold.'

'And weep over a faithless Florizel,' said Lord Henry, laughing, as he leant back in his chair. 'My dear Dorian, you have the most curiously boyish moods. Do you think this girl will ever be really contented now with any one of her own rank? I suppose she will be married some day to a rough carter or a grinning ploughman. Well, the fact of having met you, and loved you, will teach her to despise her husband, and she will be wretched. From a moral point of view, I cannot say that I think much of your great renunciation. Even as a beginning, it is poor. Besides, how do you know that Hetty isn't floating at the present

Es klingt eitel, aber du verstehst, was ich meine. Sie war sehr schön und glich auf wunderbare Weise Sibyl Vane. Ich glaube, das war es, was mich zuerst zu ihr hinzog. Du erinnerst dich doch an Sibyl, nicht wahr? Wie lange das her zu sein scheint! Nun, Hetty gehörte natürlich nicht unserem Stand an. Sie war nur ein Dorfmädchen. Aber ich liebte sie wirklich. Ich bin ganz sicher, dass ich sie liebte. Den ganzen wunderbaren Mai hindurch, den wir hatten, bin ich zwei- oder dreimal in der Woche hingefahren, um sie zu sehen. Gestern empfing sie mich in einem kleinen Obstgarten. Die Apfelblüten fielen in einem fort auf ihr Haar herab und sie lachte. Wir hatten vor, heute früh bei Tagesanbruch zusammen fortzugehen. Plötzlich entschloss ich mich, sie so blumengleich zu verlassen, wie ich sie gefunden hatte.«

»Ich vermute, die Neuartigkeit dieses Gefühls hat dir einen wahren Wonneschauer bereitet, Dorian«, unterbrach ihn Lord Henry. »Aber ich kann dir dein Idyll zu Ende erzählen. Du gabst ihr gute Ratschläge und brachst ihr das Herz. Das war der Anfang deiner Besserung.«

»Harry, du bist abscheulich! Du darfst nicht so furchtbare Dinge sagen. Hettys Herz ist nicht gebrochen. Natürlich weinte sie und all das. Aber es liegt keine Schande auf ihr. Sie kann weiterleben wie Perdita in ihrem Garten voller Minze und Ringelblumen.«

»Und über einen treulosen Florizel weinen«, sagte Lord Henry lachend, während er sich in seinem Sessel zurücklehnte. »Mein lieber Dorian, du hast höchst merkwürdige, kindische Anwandlungen. Glaubst du, dieses Mädchen wird jetzt jemals mit einem Mann ihres Standes wirklich zufrieden sein? Vermutlich wird sie eines Tages einen derben Fuhrmann oder einen grinsenden Feldarbeiter heiraten. Nun, die Tatsache, dass sie dich kennengelernt und geliebt hat, wird sie lehren, ihren Ehemann zu verachten, und sie wird unglücklich sein. Vom moralischen Standpunkt aus kann ich nicht sagen, dass ich viel von deiner großartigen Entsagung halte. Selbst für einen Anfang ist es

moment in some star-lit mill-pond, with lovely water-lilies round her, like Ophelia?'

'I can't bear this, Harry! You mock at everything, and then suggest the most serious tragedies. I am sorry I told you now. I don't care what you say to me. I know I was right in acting as I did. Poor Hetty! As I rode past the farm this morning, I saw her white face at the window, like a spray of jasmine. Don't let us talk about it any more, and don't try to persuade me that the first good action I have done for years, the first little bit of self-sacrifice I have ever known, is really a sort of sin. I want to be better. I am going to be better. Tell me something about yourself. What is going on in town? I have not been to the club for days.'

'The people are still discussing poor Basil's disappearance.'

'I should have thought they had got tired of that by this time,' said Dorian, pouring himself out some wine, and frowning slightly.

'My dear boy, they have only been talking about it for six weeks, and the British public are really not equal to the mental strain of having more than one topic every three months. They have been very fortunate lately, however. They have had my own divorce-case, and Alan Campbell's suicide. Now they have got the mysterious disappearance of an artist. Scotland Yard still insists that the man in the grey ulster who left for Paris by the midnight train on the ninth of November was poor Basil, and the French police declare that Basil never arrived in Paris at all. I suppose in about a fortnight we shall be told that he has been seen in San Francisco. It is an odd thing, but every one who disappears is said to be seen at San Fran-

kläglich. Außerdem, woher weißt du, dass Hetty in diesem Augenblick nicht von lieblichen Wasserlilien umgeben in irgendeinem sternbeschienenen Mühlenteich treibt wie Ophelia?«

»Ich ertrage das nicht, Harry! Erst spottest du über alles und dann deutest du die schlimmsten Tragödien an. Jetzt tut es mir leid, dass ich es dir erzählt habe. Es kümmert mich nicht, was du mir sagst. Ich weiß, dass ich richtig gehandelt habe. Arme Hetty! Als ich heute Morgen an dem Hof vorbeiritt, sah ich ihr weißes Gesicht am Fenster wie einen Jasminzweig. Lass uns nicht mehr darüber sprechen und versuche nicht, mich davon zu überzeugen, die erste gute Tat, die ich seit Jahren getan habe, das erste bisschen Selbstaufopferung, das ich je gekannt habe, sei in Wirklichkeit eine Art Sünde. Ich will mich bessern. Ich werde mich bessern. Erzähle mir etwas von dir. Was ist in der Stadt los? Ich war seit Tagen nicht im Klub.«

»Die Leute reden noch immer über das Verschwinden des armen Basil.«

»Ich hätte gedacht, sie wären der Sache inzwischen überdrüssig«, sagte Dorian, während er sich etwas Wein einschenkte und leicht die Stirn runzelte.

»Mein lieber Junge, sie reden erst seit sechs Wochen darüber und die britische Öffentlichkeit ist der geistigen Anstrengung wirklich nicht gewachsen, innerhalb von drei Monaten mehr als ein Gesprächsthema zu haben. Allerdings haben sie in letzter Zeit großes Glück gehabt. Sie hatten meine Scheidung und Alan Campbells Selbstmord. Jetzt haben sie das mysteriöse Verschwinden eines Künstlers. Scotland Yard beharrt noch immer darauf, dass der Mann in dem grauen Ulstermantel, der am neunten November mit dem Mitternachtszug nach Paris abreiste, der arme Basil war, und die französische Polizei erklärt, Basil sei gar nie in Paris angekommen. Vermutlich wird man uns in etwa vierzehn Tagen erzählen, er sei in San Francisco gesehen worden. Es ist seltsam, aber jeder Mensch, der verschwindet, ist angeblich in San

cisco. It must be a delightful city, and possess all the attractions of the next world.'

'What do you think has happened to Basil?' asked Dorian, holding up his Burgundy against the light, and wondering how it was that he could discuss the matter so calmly.

'I have not the slightest idea. If Basil chooses to hide himself, it is no business of mine. If he is dead, I don't want to think about him. Death is the only thing that ever terrifies me. I hate it.'

'Why?' said the younger man, wearily.

'Because,' said Lord Henry, passing beneath his nostrils the gilt trellis of an open vinaigrette box, 'one can survive everything nowadays except that. Death and vulgarity are the only two facts in the nineteenth century that one cannot explain away. Let us have our coffee in the music-room, Dorian. You must play Chopin to me. The man with whom my wife ran away played Chopin exquisitely. Poor Victoria! I was very fond of her. The house is rather lonely without her. Of course married life is merely a habit, a bad habit. But then one regrets the loss even of one's worst habits. Perhaps one regrets them the most. They are such an essential part of one's personality.'

Dorian said nothing, but rose from the table, and, passing into the next room, sat down to the piano and let his fingers stray across the white and black ivory of the keys. After the coffee had been brought in, he stopped, and, looking over at Lord Henry, said, 'Harry, did it ever occur to you that Basil was murdered?'

Lord Henry yawned. 'Basil was very popular, and always wore a Waterbury watch. Why should he have been murdered? He was not clever enough to have enemies. Of course he had a wonderful genius for painting.

Francisco gesehen worden. Das muss eine entzückende Stadt sein und sie muss offenbar alle Reize der nächsten Welt besitzen.«

»Was, glaubst du, ist Basil zugestoßen?«, fragte Dorian, wobei er seinen Burgunder gegen das Licht hielt und sich wunderte, dass er so ruhig über die Sache sprechen konnte.

»Ich habe nicht die leiseste Ahnung. Wenn Basil es vorzieht, sich zu verstecken, so ist das nicht meine Sache. Wenn er tot ist, will ich nicht an ihn denken. Der Tod ist das Einzige, was mir jemals Angst macht. Ich hasse ihn.«

»Warum?«, fragte der Jüngere müde.

»Weil«, erwiderte Lord Henry und führte sich das vergoldete Gitter eines geöffneten Riechdöschens zur Nase, »man heutzutage alles überleben kann bis auf ihn. Tod und Vulgarität sind die beiden einzigen Tatsachen im neunzehnten Jahrhundert, die man nicht wegerklären kann. Lass uns den Kaffee im Musikzimmer trinken, Dorian. Du musst mir etwas von Chopin vorspielen. Der Mann, mit dem meine Frau davongelaufen ist, spielte Chopin hinreißend. Arme Victoria! Ich hatte sie sehr gern. Das Haus ist recht einsam ohne sie. Natürlich ist das Eheleben nur eine Gewohnheit, eine schlechte Gewohnheit. Aber schließlich bedauert man selbst den Verlust seiner schlimmsten Gewohnheiten. Vielleicht trauert man diesen am meisten nach. Sie sind ein so wesentlicher Teil unserer Persönlichkeit.«

Dorian sagte nichts, sondern stand vom Tisch auf, ging ins Nebenzimmer hinüber, setzte sich an das Klavier und ließ seine Finger über das weiße und schwarze Elfenbein der Tasten gleiten. Nachdem der Kaffee gebracht worden war, hörte er auf, sah zu Lord Henry hinüber und sagte: »Harry, ist dir je in den Sinn gekommen, dass Basil ermordet wurde?«

Lord Henry gähnte. »Basil war sehr beliebt und trug immer nur eine Waterbury-Uhr. Warum sollte er ermordet worden sein? Er war nicht klug genug, um Feinde zu haben. Natürlich hatte er eine wunderbare Begabung als Maler. Aber ein Mensch

But a man can paint like Velasquez and yet be as dull as possible. Basil was really rather dull. He only interested me once, and that was when he told me, years ago, that he had a wild adoration for you, and that you were the dominant motive of his art.'

'I was very fond of Basil,' said Dorian, with a note of sadness in his voice. 'But don't people say that he was murdered?'

'Oh, some of the papers do. It does not seem to me to be at all probable. I know there are dreadful places in Paris, but Basil was not the sort of man to have gone to them. He had no curiosity. It was his chief defect.'

'What would you say, Harry, if I told you that I had murdered Basil?' said the younger man. He watched him intently after he had spoken.

'I would say, my dear fellow, that you were posing for a character that doesn't suit you. All crime is vulgar, just as all vulgarity is crime. It is not in you, Dorian, to commit a murder. I am sorry if I hurt your vanity by saying so, but I assure you it is true. Crime belongs exclusively to the lower orders. I don't blame them in the smallest degree. I should fancy that crime was to them what art is to us, simply a method of procuring extraordinary sensations.'

'A method of procuring sensations? Do you think, then, that a man who has once committed a murder could possibly do the same crime again? Don't tell me that.'

'Oh! anything becomes a pleasure if one does it too often,' cried Lord Henry, laughing. 'That is one of the most important secrets of life. I should fancy, however, that murder is always a mistake. One should never do any-

kann malen wie Velazquez und trotzdem denkbar langweilig sein. Basil war wirklich ziemlich langweilig. Er weckte nur einmal mein Interesse, und das war, als er mir vor Jahren erzählte, dass er eine leidenschaftliche Verehrung für dich empfinde und dass du das beherrschende Motiv seiner Kunst seist.«

»Ich hatte Basil sehr gern«, sagte Dorian mit einem traurigen Klang in der Stimme. »Aber behaupten die Leute nicht, er sei ermordet worden?«

»Ach, einige Zeitungen behaupten das. Es kommt mir völlig unwahrscheinlich vor. Ich weiß, es gibt fürchterliche Gegenden in Paris, aber Basil war nicht der Mann, der dorthin gegangen wäre. Er war nicht neugierig. Das war sein Hauptfehler.«

»Was würdest du sagen, Harry, wenn ich dir erzählte, ich hätte Basil ermordet?«, fragte der Jüngere. Er beobachtete ihn gespannt, nachdem er gesprochen hatte.

»Ich würde sagen, mein Lieber, dass du eine Rolle spielst, die nicht zu dir passt. Jedes Verbrechen ist vulgär, so wie alles Vulgäre ein Verbrechen ist. Es ist dir nicht gegeben, Dorian, einen Mord zu begehen. Es tut mir leid, wenn ich deine Eitelkeit verletze, indem ich das sage, aber ich versichere dir, es ist wahr. Das Verbrechen steht ausschließlich den unteren Schichten zu. Ich werfe es ihnen nicht im Geringsten vor. Ich könnte mir vorstellen, das Verbrechen ist für sie das, was die Kunst für uns ist, nämlich schlicht eine Methode, sich außergewöhnliche Empfindungen zu verschaffen.«

»Eine Methode, sich Empfindungen zu verschaffen? Glaubst du also, dass ein Mensch, der einmal einen Mord begangen hat, das gleiche Verbrechen womöglich wieder begehen könnte? Sag so etwas nicht.«

»Oh, alles wird zum Vergnügen, wenn man es zu oft tut«, erklärte Lord Henry lachend. »Das ist eines der wichtigsten Geheimnisse des Lebens. Ich glaube allerdings, dass Mord immer ein Fehler ist. Man sollte nie etwas tun, worüber man nicht nach dem

thing that one cannot talk about after dinner. But let us pass from poor Basil. I wish I could believe that he had come to such a really romantic end as you suggest; but I can't. I dare say he fell into the Seine off an omnibus, and that the conductor hushed up the scandal. Yes: I should fancy that was his end. I see him lying now on his back under those dull-green waters with the heavy barges floating over him, and long weeds catching in his hair. Do you know, I don't think he would have done much more good work. During the last ten years his painting had gone off very much.'

Dorian heaved a sigh, and Lord Henry strolled across the room and began to stroke the head of a curious Java parrot, a large grey-plumaged bird, with pink crest and tail, that was balancing itself upon a bamboo perch. As his pointed fingers touched it, it dropped the white scurf of crinkled lids over black glass-like eyes, and began to sway backwards and forwards.

'Yes,' he continued, turning round, and taking his handkerchief out of his pocket; 'his painting had quite gone off. It seemed to me to have lost something. It had lost an ideal. When you and he ceased to be great friends, he ceased to be a great artist. What was it separated you? I suppose he bored you. If so, he never forgave you. It's a habit bores have. By the way, what has become of that wonderful portrait he did of you? I don't think I have ever seen it since he finished it. Oh! I remember your telling me years ago that you had sent it down to Selby, and that it had got mislaid or stolen on the way. You never got it back? What a pity! It was really a masterpiece. I remember I wanted to buy it. I wish I had now. It belonged to Basil's best period. Since

Abendessen plaudern kann. Aber lassen wir den armen Basil. Ich wünschte, ich könnte glauben, dass er ein so wahrhaft romantisches Ende gefunden hat, wie du andeutest; aber ich kann es nicht. Wahrscheinlich ist er aus einem Omnibus heraus in die Seine gefallen und der Schaffner hat den Skandal vertuscht. Ja, ich könnte mir vorstellen, dass das sein Ende war. Ich sehe ihn jetzt auf seinem Rücken unter den dunkelgrünen Wassern liegen und die schweren Lastkähne gleiten über ihn hinweg und lange Wasserpflanzen verfangen sich in seinem Haar. Weißt du, ich glaube nicht, dass er noch viel Gutes zustande gebracht hätte. In den letzten zehn Jahren hatte seine Malerei sehr nachgelassen.«

Dorian stieß einen Seufzer aus und Lord Henry schlenderte durch das Zimmer und begann, einem wunderlichen Java-Papageien den Kopf zu kraulen, einem großen, graugefiederten Vogel mit rosafarbenem Schopf und Schwanz, der auf einer Bambusstange balancierte. Als seine spitzen Finger ihn berührten, ließ er die weißen Schuppen seiner faltigen Lider über die schwarzen, glasähnlichen Augen fallen und fing an, sich vor und zurück zu wiegen.

»Ja«, fuhr er fort, während er sich umwandte und sein Taschentuch aus der Tasche zog; »seine Malerei hatte ziemlich nachgelassen. Sie schien mir etwas verloren zu haben. Sie hatte ein Ideal verloren. Als du mit ihm nicht mehr so eng befreundet warst, hörte er auf, ein großer Künstler zu sein. Was hat euch auseinandergebracht? Ich nehme an, er langweilte dich. Wenn das der Fall war, hat er dir das nie verziehen. Das ist bei langweiligen Menschen gewöhnlich so. Was ist übrigens aus dem wunderbaren Porträt geworden, das er von dir gemalt hat? Ich glaube, ich habe es nicht mehr gesehen, seit er es vollendet hat. Ach, ich erinnere mich, dass du mir vor Jahren erzählt hast, du habest es nach Selby hinunter geschickt und es sei unterwegs verloren gegangen oder gestohlen worden. Hast du es nie zurückbekommen? Wie schade! Es war wirklich ein Meisterwerk. Ich erinnere mich, dass ich es kaufen wollte.

then, his work was that curious mixture of bad painting and good intentions that always entitles a man to be called a representative British artist. Did you advertise for it? You should.'

'I forget,' said Dorian. 'I suppose I did. But I never really liked it. I am sorry I sat for it. The memory of the thing is hateful to me. Why do you talk of it? It used to remind me of those curious lines in some play—"Hamlet," I think—how do they run?—

"Like the painting of a sorrow,
A face without a heart."

Yes: that is what it was like.'

Lord Henry laughed. 'If a man treats life artistically, his brain is his heart,' he answered, sinking into an armchair.

Dorian Gray shook his head, and struck some soft chords on the piano. '"Like the painting of a sorrow,"' he repeated, '"a face without a heart."'

The elder man lay back and looked at him with half-closed eyes. 'By the way, Dorian,' he said, after a pause, '"what does it profit a man if he gain the whole world and lose—how does the quotation run?—his own soul"?'

The music jarred and Dorian Gray started, and stared at his friend. 'Why do you ask me that, Harry?'

'My dear fellow,' said Lord Henry, elevating his eyebrows in surprise, 'I asked you because I thought you might be able to give me an answer. That is all. I was going through the Park last Sunday, and close by the Marble

Jetzt wünschte ich, ich hätte es getan. Es stammte aus Basils bester Schaffensperiode. Seitdem bestand sein Werk aus jener eigenartigen Mischung aus schlechter Malerei und guten Absichten, die einen Mann stets dazu berechtigt, als repräsentativer britischer Künstler bezeichnet zu werden. Hast du eine Anzeige deswegen aufgegeben? Das hättest du tun sollen.«

»Ich kann mich nicht erinnern«, sagte Dorian. »Vermutlich schon. Aber ich habe es nie wirklich gemocht. Es tut mir leid, dass ich dafür Modell gestanden habe. Schon die Erinnerung an das Ding ist mir zuwider. Warum sprichst du davon? Es hat mich immer an jene merkwürdigen Zeilen aus irgendeinem Theaterstück erinnert – aus Hamlet, glaube ich – wie lauten sie?

›… *gleich dem Gram im Bilde,*
Ein Antlitz ohne Herz.‹

Ja: Genau so war es.«

Lord Henry lachte. »Wenn ein Mensch das Leben künstlerisch betrachtet, ist sein Hirn sein Herz«, antwortete er und ließ sich in einen Sessel sinken.

Dorian Gray schüttelte den Kopf und schlug leise ein paar Akkorde auf dem Klavier an. »Gleich dem Gram im Bilde«, wiederholte er, »ein Antlitz ohne Herz.«

Der Ältere lehnte sich zurück und sah ihn mit halb geschlossenen Augen an. »Übrigens, Dorian«, sagte er nach einer Pause, »was hülfe es dem Menschen, wenn er die ganze Welt gewönne und doch – wie lautet die Stelle noch? – seine eigene Seele verlöre?«

Die Musik brach abrupt ab, Dorian Gray fuhr auf und starrte seinen Freund an. »Warum fragst du mich das, Harry?«

»Mein lieber Freund«, sagte Lord Henry und hob überrascht die Augenbrauen. »Ich fragte dich, weil ich dachte, du könntest mir vielleicht eine Antwort geben. Das ist alles. Letzten Sonntag bin ich durch den Park gegangen, und in der Nähe von Marble

Arch there stood a little crowd of shabby-looking people listening to some vulgar street-preacher. As I passed by, I heard the man yelling out that question to his audience. It struck me as being rather dramatic. London is very rich in curious effects of that kind. A wet Sunday, an uncouth Christian in a mackintosh, a ring of sickly white faces under a broken roof of dripping umbrellas, and a wonderful phrase flung into the air by shrill, hysterical lips–it was really very good in its way, quite a suggestion. I thought of telling the prophet that Art had a soul, but that man had not. I am afraid, however, he would not have understood me.'

'Don't, Harry. The soul is a terrible reality. It can be bought, and sold, and bartered away. It can be poisoned, or made perfect. There is a soul in each one of us. I know it.'

'Do you feel quite sure of that, Dorian?'

'Quite sure.'

'Ah! then it must be an illusion. The things one feels absolutely certain about are never true. That is the fatality of Faith, and the lesson of Romance. How grave you are! Don't be so serious. What have you or I to do with the superstitions of our age? No: we have given up our belief in the soul. Play me something. Play me a nocturne, Dorian, and, as you play, tell me, in a low voice, how you have kept your youth. You must have some secret. I am only ten years older than you are, and I am wrinkled, and worn, and yellow. You are really wonderful, Dorian. You have never looked more charming than you do to-night. You remind me of the day I saw you first. You were rather cheeky, very shy, and absolutely extraordinary. You have changed, of course, but not in appearance. I wish you would tell me your secret. To

Arch stand eine kleine Ansammlung ärmlich aussehender Leute, die irgendeinem ordinären Straßenprediger lauschten. Als ich vorbeiging, hörte ich den Mann diese Frage seinem Publikum entgegenschreien. Es hörte sich für mich ziemlich dramatisch an. London ist sehr reich an kuriosen Eindrücken solcher Art. Ein regnerischer Sonntag, ein ungehobelter Christ in einem Regenmantel, ein Kreis kränklich bleicher Gesichter unter einem lückenhaften Dach triefender Regenschirme und ein wunderbarer Satz, gellend und hysterisch in die Luft geschleudert – das war auf seine Art wirklich sehr gut, geradezu eine Anregung. Ich dachte daran, dem Propheten zu sagen, dass die Kunst eine Seele habe, der Mensch aber nicht. Aber ich fürchte, er hätte mich nicht verstanden.«

»Nein, Harry. Die Seele ist eine schreckliche Wirklichkeit. Man kann sie kaufen und verkaufen und eintauschen. Man kann sie vergiften oder vervollkommnen. In jedem von uns ist eine Seele. Ich weiß es.«

»Bist du dir da ganz sicher, Dorian?«

»Ganz sicher.«

»Ach, dann muss es sich um eine Sinnestäuschung handeln. Die Dinge, deren man sich vollkommen sicher fühlt, sind niemals wahr. Das ist das Verhängnis des Glaubens und die Lehre der romantischen Liebe. Wie düster du bist! Sei nicht so ernsthaft. Was haben du oder ich mit dem Aberglauben unserer Zeit zu schaffen? Nein: Wir haben unseren Glauben an die Seele aufgegeben. Spiel mir etwas vor. Spiel mir ein Nocturne, Dorian, und, während du spielst, erzähle mir leise, wie du dir deine Jugend bewahrt hast. Du musst irgendein Geheimnis haben. Ich bin nur zehn Jahre älter als du und bin faltig und verwelkt und gelb. Du bist wirklich wunderschön, Dorian. Nie hast du bezaubernder ausgesehen als heute Abend. Du erinnerst mich an den Tag, an dem ich dich zum ersten Mal sah. Du warst ziemlich schnippisch, sehr schüchtern und ganz und gar außergewöhnlich. Natürlich hast du dich verändert, aber nicht im Aussehen. Ich wünschte, du

get back my youth I would do anything in the world, except take exercise, get up early, or be respectable. Youth! There is nothing like it. It's absurd to talk of the ignorance of youth. The only people to whose opinions I listen now with any respect are people much younger than myself. They seem in front of me. Life has revealed to them her latest wonder. As for the aged, I always contradict the aged. I do it on principle. If you ask them their opinion on something that happened yesterday, they solemnly give you the opinions current in 1820, when people wore high stocks, believed in everything, and knew absolutely nothing. How lovely that thing you are playing is! I wonder did Chopin write it at Majorca, with the sea weeping round the villa, and the salt spray dashing against the panes? It is marvellously romantic. What a blessing it is that there is one art left to us that is not imitative! Don't stop. I want music to-night. It seems to me that you are the young Apollo, and that I am Marsyas listening to you. I have sorrows, Dorian, of my own, that even you know nothing of. The tragedy of old age is not that one is old, but that one is young. I am amazed sometimes at my own sincerity. Ah, Dorian, how happy you are! What an exquisite life you have had! You have drunk deeply of everything. You have crushed the grapes against your palate. Nothing has been hidden from you. And it has all been to you no more than the sound of music. It has not marred you. You are still the same.'

'I am not the same, Harry.'

'Yes: you are the same. I wonder what the rest of your life will be. Don't spoil it by renunciations. At present you are a perfect type. Don't make yourself incomplete. You are quite flawless now. You need not shake your

würdest mir dein Geheimnis verraten. Um meine Jugend zurückzubekommen, würde ich alles auf der Welt tun, außer Gymnastik treiben, früh aufstehen oder ehrbar sein. Jugend! Nichts kommt ihr gleich. Es ist lächerlich, von der Unwissenheit der Jugend zu reden. Die einzigen Leute, deren Ansichten ich mir heute mit einigem Respekt anhöre, sind Leute, die viel jünger sind als ich. Sie scheinen mir voraus zu sein. Das Leben hat ihnen sein jüngstes Wunder enthüllt. Was die Alten angeht, so widerspreche ich den Alten stets. Ich tue es aus Prinzip. Wenn man sie nach ihrer Meinung zu etwas fragt, das gestern geschehen ist, dann geben sie feierlich die Ansichten von sich, die 1820 aktuell waren, als die Leute hohe Halsbinden trugen, alles glaubten und absolut nichts wussten. Wie hübsch das ist, was du da spielst! Ob Chopin es auf Mallorca geschrieben hat, während das Meer die Villa umflutete und die salzige Gischt gegen die Fensterscheiben spritzte? Es ist wunderbar romantisch. Was für ein Segen, dass uns wenigstens eine Kunst geblieben ist, die nicht aus Nachahmung besteht! Hör nicht auf. Heute Abend will ich Musik hören. Es kommt mir vor, als ob du der junge Apoll wärst und ich Marsyas, der dir zuhört. Ich habe meine eigenen Sorgen, Dorian, von denen selbst du nichts weißt. Die Tragödie des Alters ist nicht, dass man alt ist, sondern dass man jung ist. Manchmal bin ich über meine eigene Aufrichtigkeit überrascht. Ach Dorian, wie glücklich du bist! Was für ein köstliches Leben hast du gehabt! Du hast von allem reichlich getrunken! Du hast die Trauben an deinem Gaumen zerdrückt. Nichts ist dir verborgen geblieben. Und all das war für dich nicht mehr als der Klang von Musik. Es hat dich nicht verdorben. Du bist noch immer derselbe.«

»Ich bin nicht mehr derselbe, Harry.«

»Doch: Du bist derselbe. Ich frage mich, wie der Rest deines Lebens sein wird. Verdirb es nicht durch Entsagung. Gegenwärtig verkörperst du einen vollkommenen Menschen. Mach dich nicht selbst unvollkommen. Du bist jetzt völlig makellos. Du

head: you know you are. Besides, Dorian, don't deceive yourself. Life is not governed by will or intention. Life is a question of nerves, and fibres, and slowly built-up cells in which thought hides itself and passion has its dreams. You may fancy yourself safe, and think yourself strong. But a chance tone of colour in a room or a morning sky, a particular perfume that you had once loved and that brings subtle memories with it, a line from a forgotten poem that you had come across again, a cadence from a piece of music that you had ceased to play–I tell you, Dorian, that it is on things like these that our lives depend. Browning writes about that somewhere, but our own senses will imagine them for us. There are moments when the odour of *lilas blanc* passes suddenly across me, and I have to live the strangest month of my life over again. I wish I could change places with you, Dorian. The world has cried out against us both, but it has always worshipped you. It always will worship you. You are the type of what the age is searching for, and what it is afraid it has found. I am so glad that you have never done anything, never carved a statue, or painted a picture, or produced anything outside of yourself! Life has been your art. You have set yourself to music. Your days are your sonnets.'

Dorian rose up from the piano, and passed his hand through his hair. 'Yes, life has been exquisite,' he murmured, 'but I am not going to have the same life, Harry. And you must not say these extravagant things to me. You don't know everything about me. I think that if you did, even you would turn from me. You laugh. Don't laugh.'

'Why have you stopped playing, Dorian? Go back and give me the nocturne over again. Look at that great honey-coloured moon that hangs in the dusky air. She is

brauchst nicht den Kopf zu schütteln: Du weißt, dass du es bist. Außerdem, Dorian, betrüge dich nicht selbst. Das Leben wird nicht durch Wille oder Absicht gelenkt. Das Leben ist eine Frage der Nerven und Fasern und langsam aufgebauten Zellen, in denen sich das Denken versteckt und die Leidenschaft ihren Träumen nachhängt. Du glaubst vielleicht, du wärst sicher, und hältst dich für stark. Doch ein zufälliger Farbton in einem Zimmer oder am Morgenhimmel, ein bestimmter Duft, den du einmal geliebt hast und der zarte Erinnerungen mit sich bringt, eine Zeile aus einem vergessenen Gedicht, auf das du zufällig wieder gestoßen bist, einige Takte aus einem Musikstück, das du längst nicht mehr spielst – ich sage dir, Dorian, von solchen Dingen hängt unser Leben ab. Browning schreibt irgendwo darüber, aber unsere eigenen Sinne werden sie uns vor Augen führen. Es gibt Augenblicke, da durchströmt mich plötzlich der Geruch von *lilas blanc* und ich muss den sonderbarsten Monat meines Lebens noch einmal durchleben. Ich wünschte, ich könnte mit dir tauschen, Dorian. Die Welt hat ihre Stimme gegen uns beide erhoben, aber dich hat sie immer angebetet. Sie wird dich immer anbeten. Du bist die Verkörperung dessen, was unsere Zeit sucht und was sie fürchtet, gefunden zu haben. Ich bin so froh, dass du nie etwas geschaffen hast, nie eine Statue gemeißelt oder ein Bild gemalt oder irgendetwas außer dir selbst hervorgebracht hast! Das Leben war deine Kunst. Du hast dich selbst vertont. Deine Tage sind deine Sonette.«

Dorian stand vom Klavier auf und fuhr sich mit der Hand durchs Haar. »Ja, das Leben ist köstlich gewesen«, murmelte er, »aber ich werde dieses Leben nicht so weiterführen, Harry. Und du darfst nicht solche überspannten Dinge zu mir sagen. Du weißt nicht alles von mir. Ich glaube, wenn du es wüsstest, würdest selbst du dich von mir abwenden. Du lachst. Lach nicht.«

»Warum hast du aufgehört zu spielen, Dorian? Geh wieder ans Klavier und spiel mir nochmals das Nocturne. Sieh dir diesen großen, honigfarbenen Mond an, der in der dunklen Luft

waiting for you to charm her, and if you play she will come closer to the earth. You won't? Let us go to the club, then. It has been a charming evening, and we must end it charmingly. There is some one at White's who wants immensely to know you–young Lord Poole, Bournemouth's eldest son. He has already copied your neckties, and has begged me to introduce him to you. He is quite delightful, and rather reminds me of you.'

'I hope not,' said Dorian, with a sad look in his eyes. 'But I am tired to-night, Harry. I shan't go to the club. It is nearly eleven, and I want to go to bed early.'

'Do stay. You have never played so well as to-night. There was something in your touch that was wonderful. It had more expression than I had ever heard from it before.'

'It is because I am going to be good,' he answered, smiling. 'I am a little changed already.'

'You cannot change to me, Dorian,' said Lord Henry. 'You and I will always be friends.'

'Yet you poisoned me with a book once. I should not forgive that. Harry, promise me that you will never lend that book to any one. It does harm.'

'My dear boy, you are really beginning to moralize. You will soon be going about like the converted, and the revivalist, warning people against all the sins of which you have grown tired. You are much too delightful to do that. Besides, it is no use. You and I are what we are, and will be what we will be. As for being poisoned by a book, there is no such thing as that. Art has no influence upon action. It annihilates the desire to act. It is superbly sterile. The books that the world calls immoral are books that show the world its own shame. That is all. But we won't discuss literature. Come round

hängt. Er wartet darauf, dass du ihn bezauberst, und wenn du spielst, wird er sich der Erde nähern. Du willst nicht? Dann lass uns in den Klub gehen. Es war ein reizender Abend und wir müssen ihn reizend beenden. Im White's ist jemand, der dich unbedingt kennenlernen will – der junge Lord Poole, Bournemouth' ältester Sohn. Er hat bereits deine Krawatten imitiert und mich angefleht, ihn dir vorzustellen. Er ist ganz entzückend und erinnert mich ein wenig an dich.«

»Hoffentlich nicht«, sagte Dorian mit einem traurigen Ausdruck in den Augen. »Aber ich bin heute Abend müde, Harry. Ich werde nicht mehr in den Klub gehen. Es ist fast elf und ich will früh zu Bett gehen.«

»Bleib doch noch. Du hast noch nie so gut gespielt wie heute Abend. Es lag etwas Wunderbares in deinem Anschlag. Er hatte mehr Ausdruck als ich je bei dir gehört habe.«

»Das kommt daher, weil ich gut sein werde«, antwortete er lächelnd. »Ich bin schon ein wenig verändert.«

»Für mich kannst du dich nicht ändern, Dorian«, sagte Lord Henry. »Du und ich, wir werden immer Freunde sein.«

»Und doch hast du mich einst mit einem Buch vergiftet. Das sollte ich dir nicht verzeihen. Harry, versprich mir, dass du dieses Buch nie wieder jemandem leihen wirst. Es stiftet Unheil.«

»Mein lieber Junge, du fängst wirklich an, Moralpredigten zu halten. Bald wirst du umherlaufen wie ein Bekehrter und Erweckungsprediger und die Leute vor all den Sünden warnen, derer du überdrüssig geworden bist. Du bist viel zu entzückend, um das zu tun. Außerdem ist es sinnlos. Du und ich, wir sind, was wir sind, und werden sein, was wir sein werden. Und vergiftet werden durch ein Buch: So etwas gibt es nicht. Kunst hat keinen Einfluss auf das Handeln. Sie löscht das Verlangen zu handeln aus. Sie ist herrlich unfruchtbar. Die Bücher, die die Welt unmoralisch nennt, sind Bücher, die der Welt ihre eigene Schande vorhalten. Das ist alles. Aber wir wollen nicht über

to-morrow. I am going to ride at eleven. We might go together, and I will take you to lunch afterwards with Lady Branksome. She is a charming woman, and wants to consult you about some tapestries she is thinking of buying. Mind you come. Or shall we lunch with our little Duchess? She says she never sees you now. Perhaps you are tired of Gladys? I thought you would be. Her clever tongue gets on one's nerves. Well, in any case, be here at eleven.'

'Must I really come, Harry?'

'Certainly. The Park is quite lovely now. I don't think there have been such lilacs since the year I met you.'

'Very well. I shall be here at eleven,' said Dorian. 'Good-night, Harry.' As he reached the door he hesitated for a moment, as if he had something more to say. Then he sighed and went out.

Literatur diskutieren. Komm morgen bei mir vorbei. Ich werde um elf ausreiten. Wir könnten zusammen ausreiten und danach nehme ich dich zum Mittagessen bei Lady Branksome mit. Sie ist eine entzückende Frau und will dich wegen einiger Wandteppiche um Rat fragen, die sie kaufen möchte. Komm also. Oder sollen wir bei unserer kleinen Herzogin essen? Sie sagt, sie sieht dich jetzt gar nicht mehr. Hast du vielleicht genug von Gladys? Das dachte ich mir schon. Ihre kluge Zunge geht einem auf die Nerven. Also, sei auf jeden Fall um elf hier.«

»Muss ich wirklich kommen, Harry?«

»Unbedingt. Der Park ist jetzt ganz herrlich. Ich glaube, seit dem Jahr, in dem ich dich kennenlernte, hat es keinen solchen Flieder mehr gegeben.«

»Also gut. Ich werde um elf hier sein«, sagte Dorian. »Gute Nacht, Harry.« Als er an der Tür war, zögerte er einen Augenblick, als hätte er noch etwas zu sagen. Dann seufzte er und ging hinaus.

CHAPTER XX

It was a lovely night, so warm that he threw his coat over his arm, and did not even put his silk scarf round his throat. As he strolled home, smoking his cigarette, two young men in evening dress passed him. He heard one of them whisper to the other, 'That is Dorian Gray.' He remembered how pleased he used to be when he was pointed out, or stared at, or talked about. He was tired of hearing his own name now. Half the charm of the little village where he had been so often lately was that no one knew who he was. He had often told the girl whom he had lured to love him that he was poor, and she had believed him. He had told her once that he was wicked, and she had laughed at him, and answered that wicked people were always very old and very ugly. What a laugh she had!—just like a thrush singing. And how pretty she had been in her cotton dresses and her large hats! She knew nothing, but she had everything that he had lost.

When he reached home, he found his servant waiting up for him. He sent him to bed, and threw himself down on the sofa in the library, and began to think over some of the things that Lord Henry had said to him.

Was it really true that one could never change? He felt a wild longing for the unstained purity of his boyhood—his rose-white boyhood, as Lord Henry had once called it. He knew that he had tarnished himself, filled his mind with corruption and given horror to his fancy; that he had been an evil influence to others, and had experienced a terrible joy in being so; and that of the lives that had crossed his own it had been the fairest and the most full of promise that he had brought to

KAPITEL 20

Es war eine herrliche Nacht, so warm, dass er seinen Mantel über den Arm warf und nicht einmal seinen Seidenschal umlegte. Als er, seine Zigarette rauchend, nach Hause schlenderte, gingen zwei junge Männer in Abendgarderobe an ihm vorüber. Er hörte, wie der eine dem anderen zuflüsterte: »Das ist Dorian Gray.« Er erinnerte sich, wie erfreut er früher gewesen war, wenn man auf ihn zeigte oder ihn anstarrte oder über ihn sprach. Jetzt war er es leid, seinen eigenen Namen zu hören. Der halbe Reiz des kleinen Dorfes, wo er in der letzten Zeit so oft gewesen war, bestand darin, dass dort niemand wusste, wer er war. Er hatte dem Mädchen, das er in sich verliebt gemacht hatte, oft erzählt, er sei arm, und sie hatte ihm geglaubt. Einmal hatte er ihr gesagt, er sei böse, und sie hatte ihn ausgelacht und geantwortet, böse Menschen seien immer sehr alt und sehr hässlich. Was für ein Lachen sie hatte! Wie eine singende Drossel. Und wie hübsch sie gewesen war in ihren Baumwollkleidern und ihren großen Hüten! Sie wusste nichts, aber sie besaß alles, was er verloren hatte.

Als er nach Hause kam, stellte er fest, dass sein Diener auf ihn gewartet hatte. Er schickte ihn zu Bett, warf sich auf das Sofa in der Bibliothek und begann über einige der Dinge nachzudenken, die Lord Henry zu ihm gesagt hatte.

War es wirklich wahr, dass man sich niemals ändern konnte? Er spürte eine wilde Sehnsucht nach der unbefleckten Reinheit seines Knabenalters – seines rosenweißen Knabenalters, wie Lord Henry es einmal genannt hatte. Er wusste, dass er sich besudelt hatte, seinen Geist mit Verderbtheit angefüllt und seiner Fantasie Schrecken eingeflößt hatte; dass er einen schlimmen Einfluss auf andere ausgeübt und dabei eine schreckliche Freude empfunden hatte; und dass er von den Menschenleben, die das seine gekreuzt hatten, gerade die schönsten und verheißungsvollsten in

shame. But was it all irretrievable? Was there no hope for him?

Ah! in what a monstrous moment of pride and passion he had prayed that the portrait should bear the burden of his days, and he keep the unsullied splendour of eternal youth! All his failure had been due to that. Better for him that each sin of his life had brought its sure, swift penalty along with it. There was purification in punishment. Not 'Forgive us our sins,' but 'Smite us for our iniquities,' should be the prayer of man to a most just God.

The curiously-carved mirror that Lord Henry had given to him, so many years ago now, was standing on the table, and the white-limbed Cupids laughed round as of old. He took it up, as he had done on that night of horror, when he had first noted the change in the fatal picture, and with wild tear-dimmed eyes looked into its polished shield. Once, some one who had terribly loved him, had written to him a mad letter, ending with these idolatrous words: 'The world is changed because you are made of ivory and gold. The curves of your lips rewrite history.' The phrases came back to his memory, and he repeated them over and over to himself. Then he loathed his own beauty, and flinging the mirror on the floor crushed it into silver splinters beneath his heel. It was his beauty that had ruined him, his beauty and the youth that he had prayed for. But for those two things, his life might have been free from stain. His beauty had been to him but a mask, his youth but a mockery. What was youth at best? A green, and unripe time, a time of shallow moods, and sickly thoughts. Why had he worn its livery? Youth had spoiled him.

Schande gestürzt hatte. Aber war das alles nicht wiedergutzumachen? Gab es keine Hoffnung für ihn?

Ach, in was für einem ungeheuerlichen Augenblick des Hochmuts und der Leidenschaft hatte er gebetet, das Porträt möge die Bürde seiner Tage tragen und er sich den ungetrübten Glanz ewiger Jugend bewahren! Sein ganzes Scheitern war darauf zurückzuführen. Es wäre besser für ihn gewesen, wenn jede Sünde seines Lebens ihre sichere, schnelle Strafe mit sich gebracht hätte. In der Bestrafung lag Reinigung. Nicht ›Vergib uns unsere Sünden‹, sondern ›Züchtige uns für unsere Missetaten‹ sollte das Gebet eines Menschen an einen allgerechten Gott lauten.

Der eigentümlich geschnitzte Spiegel, den Lord Henry ihm vor nunmehr so vielen Jahren geschenkt hatte, stand auf dem Tisch, und die weißgliedrigen Liebesgötter ringsum lachten wie eh und je. Er nahm ihn zur Hand, wie er es ihn jener Schreckensnacht getan hatte, als er zum ersten Mal die Veränderung an dem verhängnisvollen Porträt bemerkt hatte, und blickte mit wildem, tränenverhangenem Blick in seinen glänzenden Schild. Einmal hatte ihm jemand, der ihn schrecklich geliebt hatte, einen wahnsinnigen Brief geschrieben, der mit diesen abgöttischen Worten schloss: ›Die Welt ist anders geworden, weil du aus Elfenbein und Gold geschaffen bist. Die geschwungenen Linien deiner Lippen schreiben die Geschichte neu.‹ Diese Sätze kamen ihm ins Gedächtnis zurück und er sprach sie immer und immer wieder vor sich hin. Dann erfasste ihn eine Abscheu gegen seine eigene Schönheit und er schleuderte den Spiegel zu Boden und zertrat ihn unter seinem Absatz zu silbernen Splittern. Seine Schönheit war es, die ihn zugrunde gerichtet hatte, seine Schönheit und die Jugend, um die er gebetet hatte. Ohne diese beiden Dinge wäre sein Leben vielleicht makellos geblieben. Seine Schönheit war für ihn nur eine Maske, seine Jugend nur Blendwerk gewesen. Was war die Jugend denn bestenfalls? Eine grüne, unreife Zeit, eine Zeit oberflächlicher Stimmungen und kranker

It was better not to think of the past. Nothing could alter that. It was of himself, and of his own future, that he had to think. James Vane was hidden in a nameless grave in Selby churchyard. Alan Campbell had shot himself one night in his laboratory, but had not revealed the secret that he had been forced to know. The excitement, such as it was, over Basil Hallward's disappearance, would soon pass away. It was already waning. He was perfectly safe there. Nor, indeed, was it the death of Basil Hallward that weighed most upon his mind. It was the living death of his own soul that troubled him. Basil had painted the portrait that had marred his life. He could not forgive him that. It was the portrait that had done everything. Basil had said things to him that were unbearable, and that he had yet borne with patience. The murder had been simply the madness of a moment. As for Alan Campbell, his suicide had been his own act. He had chosen to do it. It was nothing to him.

A new life! That was what he wanted. That was what he was waiting for. Surely he had begun it already. He had spared one innocent thing, at any rate. He would never again tempt innocence. He would be good.

As he thought of Hetty Merton, he began to wonder if the portrait in the locked room had changed. Surely it was not still so horrible as it had been? Perhaps if his life became pure, he would be able to expel every sign of evil passion from the face. Perhaps the signs of evil had already gone away. He would go and look.

He took the lamp from the table and crept upstairs. As he unbarred the door, a smile of joy flitted across his

Gedanken. Warum hatte er ihre Livree getragen? Die Jugend hatte ihn verdorben.

Es war besser, nicht an die Vergangenheit zu denken. Sie war durch nichts mehr zu ändern. An sich selbst und seine eigene Zukunft musste er denken. James Vane war in einem namenlosen Grab auf dem Friedhof von Selby verborgen. Alan Campbell hatte sich eines Nachts in seinem Laboratorium erschossen, doch das Geheimnis, dessen Mitwisserschaft ihm aufgezwungen worden war, hatte er nicht verraten. Die augenblickliche Aufregung über Basil Hallwards Verschwinden würde sich bald legen. Sie ließ bereits nach. In dieser Sache war er vollkommen außer Gefahr. Es war auch in der Tat nicht Basil Hallwards Tod, der am schwersten auf seinem Gemüt lastete. Es war der lebendige Tod seiner eigenen Seele, der ihn quälte. Basil hatte das Porträt gemalt, das sein Leben zerstört hatte. Das konnte er ihm nicht verzeihen. Das Porträt war an allem schuld. Basil hatte Dinge zu ihm gesagt, die unerträglich waren und die er dennoch geduldig ertragen hatte. Zu dem Mord war es einfach aus dem Wahnsinn eines Augenblicks heraus gekommen. Was Alan Campbell betraf, so war der Selbstmord dessen eigene Tat gewesen. Er hatte ihn selbst gewählt. Ihn ging das nichts an.

Ein neues Leben! Das war es, was er wollte. Das war es, worauf er wartete. Ja, er hatte es bereits begonnen. Jedenfalls hatte er ein unschuldiges Wesen verschont. Nie wieder wollte er Unschuld in Versuchung führen. Er würde gut sein.

Als er an Hetty Merton dachte, begann er sich zu fragen, ob sich das Porträt in dem verschlossenen Zimmer verändert hatte. Bestimmt war es nicht mehr ganz so grauenvoll, wie es gewesen war? Vielleicht könnte er, wenn sein Leben rein würde, jede Spur böser Leidenschaft aus dem Gesicht verbannen. Vielleicht waren die Spuren des Bösen schon verschwunden. Er wollte nachsehen.

Er nahm die Lampe vom Tisch und schlich die Treppe hinauf. Als er die Tür entriegelte, huschte ein freudiges Lächeln über sein

strangely young-looking face and lingered for a moment about his lips. Yes, he would be good, and the hideous thing that he had hidden away would no longer be a terror to him. He felt as if the load had been lifted from him already.

He went in quietly, locking the door behind him, as was his custom, and dragged the purple hanging from the portrait. A cry of pain and indignation broke from him. He could see no change, save that in the eyes there was a look of cunning, and in the mouth the curved wrinkle of the hypocrite. The thing was still loathsome—more loathsome, if possible, than before—and the scarlet dew that spotted the hand seemed brighter, and more like blood newly spilt. Then he trembled. Had it been merely vanity that had made him do his one good deed? Or the desire for a new sensation, as Lord Henry had hinted, with his mocking laugh? Or that passion to act a part that sometimes makes us do things finer than we are ourselves? Or, perhaps, all these? And why was the red stain larger than it had been? It seemed to have crept like a horrible disease over the wrinkled fingers. There was blood on the painted feet, as though the thing had dripped—blood even on the hand that had not held the knife. Confess? Did it mean that he was to confess? To give himself up, and be put to death? He laughed. He felt that the idea was monstrous. Besides, even if he did confess, who would believe him? There was no trace of the murdered man anywhere. Everything belonging to him had been destroyed. He himself had burned what had been below-stairs. The world would simply say that he was mad. They would shut him up if he persisted in his story. ... Yet it was his duty to confess, to suffer public shame, and to make public atonement. There was a God who called upon men to tell their sins to earth as well as to heaven.

seltsam jung aussehendes Gesicht und verweilte einen Augenblick auf seinen Lippen. Ja, er wollte gut sein, und das grässliche Ding, das er verborgen hatte, würde nicht länger ein Schrecken für ihn sein. Ihm war, als sei die Last schon jetzt von ihm genommen.

Er ging ruhig hinein, schloss die Tür wie üblich hinter sich ab und zog den purpurroten Vorhang von dem Porträt. Ein Schrei des Schmerzes und der Entrüstung brach aus ihm heraus. Er konnte keine Veränderung entdecken, außer dass ein durchtriebener Ausdruck in den Augen lag und um den Mund der verkniffene Zug des Heuchlers. Das Ding war noch immer abscheulich – abscheulicher als zuvor, wenn das überhaupt möglich war –, und der scharlachrote Tau, der die Hand befleckte, sah glänzender und noch mehr wie frisch vergossenes Blut aus. Dann erzitterte er. War es bloße Eitelkeit gewesen, die ihn zu seiner einzigen guten Tat getrieben hatte? Oder das Verlangen nach einer neuen Empfindung, wie Lord Henry mit seinem spöttischen Lachen angedeutet hatte? Oder jene Lust, eine Rolle zu spielen, die uns manchmal Dinge tun lässt, die edler sind als wir selbst? Oder vielleicht all das zusammen? Und warum war der rote Fleck größer, als er gewesen war? Er schien wie eine entsetzliche Krankheit über die runzligen Finger gekrochen zu sein. Blut war auf den gemalten Füßen, als ob das Zeug herabgetropft wäre – Blut sogar auf der Hand, die nicht das Messer gehalten hatte. Gestehen? Bedeutete dies, dass er gestehen sollte? Sich stellen und hingerichtet werden? Er lachte. Er fühlte, dass diese Vorstellung ungeheuerlich war. Außerdem, selbst wenn er gestehen würde, wer würde ihm glauben? Nirgends gab es eine Spur des Ermordeten. Alles, was ihm gehört hatte, war vernichtet worden. Er selbst hatte verbrannt, was unten gewesen war. Die Welt würde einfach sagen, dass er wahnsinnig sei. Man würde ihn einsperren, wenn er auf seiner Geschichte beharrte … Und doch war es seine Pflicht, zu gestehen, öffentlich Schande zu erleiden und öffentlich Buße zu tun. Es gab einen Gott, der die Men-

Nothing that he could do would cleanse him till he had told his own sin. His sin? He shrugged his shoulders. The death of Basil Hallward seemed very little to him. He was thinking of Hetty Merton. For it was an unjust mirror, this mirror of his soul that he was looking at. Vanity? Curiosity? Hypocrisy? Had there been nothing more in his renunciation than that? There had been something more. At least he thought so. But who could tell? ... No. There had been nothing more. Through vanity he had spared her. In hypocrisy he had worn the mask of goodness. For curiosity's sake he had tried the denial of self. He recognized that now.

But this murder—was it to dog him all his life? Was he always to be burdened by his past? Was he really to confess? Never. There was only one bit of evidence left against him. The picture itself—that was evidence. He would destroy it. Why had he kept it so long? Once it had given him pleasure to watch it changing and growing old. Of late he had felt no such pleasure. It had kept him awake at night. When he had been away, he had been filled with terror lest other eyes should look upon it. It had brought melancholy across his passions. Its mere memory had marred many moments of joy. It had been like conscience to him. Yes, it had been conscience. He would destroy it.

He looked round, and saw the knife that had stabbed Basil Hallward. He had cleaned it many times, till there was no stain left upon it. It was bright, and glistened. As it had killed the painter, so it would kill the painter's work, and all that that meant. It would kill the past, and when that was dead he would be free. It would kill this monstrous soul-life, and, without its hideous warnings, he

schen aufforderte, ihre Sünden vor der Erde und dem Himmel zu bekennen. Nichts, was er tun konnte, würde ihn reinwaschen, ehe er seine Sünde bekannt hatte. Seine Sünde? Er zuckte mit den Schultern. Der Tod Basil Hallwards kam ihm bedeutungslos vor. Er dachte an Hetty Merton. Denn es war ein ungerechter Spiegel, dieser Spiegel seiner Seele, in den er hineinblickte. Eitelkeit? Neugier? Heuchelei? War in seiner Entsagung nicht mehr gewesen als das? Da war mehr gewesen. Zumindest glaubte er das. Aber wer konnte das sagen? … Nein. Da war nicht mehr gewesen. Aus Eitelkeit hatte er sie verschont. Aus Heuchelei hatte er die Maske der Güte getragen. Aus Neugier hatte er sich in Selbstverleugnung versucht. Jetzt erkannte er es.

Aber dieser Mord – sollte er ihn sein ganzes Leben lang verfolgen? Sollte er immer die Bürde seiner Vergangenheit tragen müssen? Sollte er wirklich gestehen? Niemals. Es war nur noch ein einziges Beweisstück gegen ihn übrig geblieben. Das Bild selbst – das war der Beweis. Er würde es zerstören. Warum hatte er es so lange aufbewahrt? Einst hatte es ihm Vergnügen bereitet, zu beobachten, wie es sich veränderte und älter wurde. In der letzten Zeit hatte er dieses Vergnügen nicht mehr empfunden. Es hatte ihn nachts nicht schlafen lassen. Wenn er fort gewesen war, hatte ihn eine schreckliche Angst erfüllt, andere Augen als die seinen könnten es erblicken. Es hatte Schwermut über seine Leidenschaften gebracht. Die bloße Erinnerung daran hatte ihm viele Momente der Freude verdorben. Es war für ihn wie sein Gewissen gewesen. Ja, es war sein Gewissen gewesen. Er würde es zerstören.

Er sah sich um und entdeckte das Messer, das Basil Hallward erstochen hatte. Er hatte es oft gereinigt, bis kein Fleck mehr darauf zurückgeblieben war. Es war blank und glänzte. So, wie es den Maler getötet hatte, so würde es das Werk des Malers töten und alles, was es bedeutete. Es würde die Vergangenheit töten, und wenn diese tot war, würde er frei sein. Es würde dieses ungeheuerliche Seelenleben töten, und ohne dessen grässliche Mah-

would be at peace. He seized the thing, and stabbed the picture with it.

There was a cry heard, and a crash. The cry was so horrible in its agony that the frightened servants woke, and crept out of their rooms. Two gentlemen, who were passing in the Square below, stopped, and looked up at the great house. They walked on till they met a policeman, and brought him back. The man rang the bell several times, but there was no answer. Except for a light in one of the top windows, the house was all dark. After a time, he went away, and stood in an adjoining portico and watched.

'Whose house is that, constable?' asked the elder of the two gentlemen.

'Mr. Dorian Gray's, sir,' answered the policeman.

They looked at each other, as they walked away, and sneered. One of them was Sir Henry Ashton's uncle.

Inside, in the servants' part of the house, the half-clad domestics were talking in low whispers to each other. Old Mrs. Leaf was crying, and wringing her hands. Francis was as pale as death.

After about a quarter of an hour, he got the coachman and one of the footmen and crept upstairs. They knocked, but there was no reply. They called out. Everything was still. Finally, after vainly trying to force the door, they got on the roof, and dropped down on to the balcony. The windows yielded easily: their bolts were old.

When they entered, they found hanging upon the wall a splendid portrait of their master as they had last seen him, in all the wonder of his exquisite youth and beauty. Lying on the floor was a dead man, in evening dress, with a knife in his heart. He was withered, wrinkled, and loathsome of visage. It was not till they had examined the rings that they recognized who it was.

nungen würde er Frieden haben. Er ergriff es und stach damit auf das Bild ein.

Man hörte einen Schrei und einen Sturz. Der Schrei war so entsetzlich in seiner Todesangst, dass die Dienstboten erschreckt aufwachten und aus ihren Zimmern hervorkrochen. Zwei Herren, die gerade den Platz unten überquerten, blieben stehen und sahen zu dem großen Haus hinüber. Sie gingen weiter, bis sie einen Polizisten trafen, und brachten ihn mit zurück. Der Mann läutete mehrmals die Glocke, aber es kam keine Antwort. Bis auf ein Licht in einem der Dachfenster war das Haus vollkommen dunkel. Nach einer Weile ging er fort, stellte sich in einen angrenzenden Toreingang und schaute herüber.

»Wem gehört das Haus, Wachtmeister?«, fragte der ältere der beiden Herren.

»Mr. Dorian Gray, Sir«, antwortete der Polizist.

Sie sahen einander an, als sie weitergingen, und lachten höhnisch. Einer der beiden war der Onkel von Sir Henry Ashton.

Drinnen, im Dienstbotentrakt des Hauses, sprachen die halb angekleideten Bediensteten leise flüsternd miteinander. Die alte Mrs. Leaf weinte und rang die Hände. Francis war totenbleich.

Nach etwa einer Viertelstunde holte er den Kutscher und einen der Lakaien und schlich mit ihnen hinauf. Sie klopften, aber es kam keine Antwort. Sie riefen. Alles war still. Schließlich, nachdem sie vergeblich versucht hatten, die Tür aufzubrechen, kletterten sie auf das Dach und ließen sich auf den Balkon fallen. Die Glastüren gaben leicht nach: Ihre Riegel waren alt.

Als sie eintraten, sahen sie ein wunderbares Porträt ihres Herrn an der Wand hängen, so wie sie ihn zuletzt gesehen hatten, in all dem Zauber seiner köstlichen Jugend und Schönheit. Auf dem Boden lag ein Toter im Abendanzug mit einem Messer im Herzen. Er hatte ein verlebtes, runzliges, widerliches Gesicht. Erst als sie die Ringe genauer betrachteten, erkannten sie, wer es war.

Anhang

Glossar

anglomanie – Schwärmerei für englisches Wesen
arbiter elegantiarum (lat.) – Schiedsrichter/Sachverständiger des guten Geschmacks
argot – Umgangssprache
cassone (ital.) – Truhe
chaudfroid – Vorspeisen aus Fleisch oder Fisch in Gelee
de la vieille roche – aus der besten Türkismine im ehemaligen Persien (Ali-Mersai-Berg)
décolletée – dekolletiert
doctrinaire – Doktrinär, Prinzipienreiter
doigts de faune – Faunsfinger
du supplice encore mal lavée – von der Marter noch immer schlecht gereinigt
édition de luxe – Luxusausgabe
Émaux et Camées – *Emaillen und Kameen,* Gedichtsammlung von Théophile Gautier, 1852
ennui – Langeweile, Überdruss
entrées – Vorspeisen
fin de siècle – Ende des Jahrhunderts
fin du globe – Ende der Welt
fine-champagne – Cognac aus der Champagne
fleurs de lys – Lilien
grande passion – große Leidenschaft
la consolation des arts – der Trost der Künste
lacis – Netzstoff
les grand-pères ont toujours tort – die Großväter haben immer unrecht
lilas blanc – weißer Flieder
Madame, je suis tout joyeux – Madame, ich bin ganz fröhlich
précis – kurze Zusammenfassung

riposte – schlagfertige Antwort
taedium vitae (lat.) – Lebensüberdruss
trop d'audace – zuviel Kühnheit
trop de zêle – zuviel Eifer

Gedicht

Théophile Gautier
Über den venezianischen Karneval

(»Sur le carnaval de Venise«, Ausschnitt aus Teil II, »Sur les lagunes«, der Gedichtsammlung *Émaux et camées*, 1852)

Übersetzung des Gedichts auf Seite 402/403

Über eine chromatische Tonleiter,
den Busen mit Perlen bedeckt,
entsteigt die Venus der Adria
mit ihrem rosig-weißen Körper dem Wasser.

Die Kuppeln auf dem Azur der Wellen,
der Phrase in klarem Umriss folgend,
steigen auf wie die Rundung des Busens,
den ein Liebesseufzer anhebt.

Die Gondel legt an und setzt mich ab,
das Tau um den Pfeiler werfend,
vor einer rosenfarbenen Fassade,
auf den Marmor einer Treppe.

(Übersetzung: Anke Clodius)